SILVANA GIACOBINI

ICH KENNE DEIN GEHEIMNIS

THRILLER

Aus dem Italienischen
von Ingrid

aufbau taschenbuch

Die Originalausgabe unter dem Titel
Conosco il tuo segreto
erschien 2009 bei Cairo Editore, Mailand.

Dieses Werk ist Frucht der Phantasie. Namen, Personen, Orte und Geschehnisse sind von der Autorin frei erfunden. Alle Ähnlichkeiten mit Ereignissen, Organisationen, Örtlichkeiten, lebenden oder verstorbenen Personen sind rein zufällig.

ISBN 978-3-7466-2605-5

Aufbau Taschenbuch ist eine Marke der Aufbau Verlag GmbH & Co. KG

1. Auflage 2010

Umschlaggestaltung capa, Anke Fesel,
unter Verwendung eines Motivs von © Flirt/mauritius images
Druck und Binden CPI Moravia Books, Pohořelice
Printed in Czech Republic

www.aufbau-verlag.de

All denen gewidmet, die an eine bessere Zukunft glauben

Die wichtigsten Personen der Handlung:

Chiara Bonelli – Fernsehjournalistin und Medium wider Willen, Freundin von Silvia Giorgini

Silvia Giorgini – Kommissarin. Wurde vor kurzem von Rom nach Mailand versetzt.

Pacì Barbera – Vicecommissario, Silvia Giorginis treuester Mitarbeiter, der sich mit ihr hat versetzen lassen.

Dante Bonadeo – Ispettore.

Smeralda Mangano – aufstrebendes Fernsehsternchen mit dunkler Vergangenheit.

Anna Principini – Chirurgengattin, die ihren Kummer im Alkohol ertränkt.

Amanda Soleri – Boutiquebesitzerin, deren Erfolg auf Treibsand gebaut ist.

Vivy Sannazzaro – Baronin und Besitzerin eines Weingutes im Chianti. Auch ihr Keller ist voller Leichen, die allerdings nicht auf ihre Rechnung gehen.

Lamberto De Gubertis – Filmproduzent, aktueller Liebhaber von Smeralda Mangano.

Giampiero Principini – berühmter Chirurg mit zwielichtigen Bekanntschaften.

Enzo Pelori – wohltätiger Parlamentsabgeordneter, dessen Karriere an seidenen Fäden hängt.

Franco Spargi – ehemaliger Dressman, derzeitiger Geschäftsführer und Geliebter von Amanda Soleri, zwielichtige Type.
Vituzzu Santanna – kleiner Boss mit großen Zielen.
Brando – Adoptivkind von Amanda Soleri, eine Art Faustpfand.

Baron Volfango Rocca d'Altino alias *Wolfgang von Altemburg* – ein Edelmann aus dem 18. Jahrhundert, auf dem ein Fluch lastet.
Franzin und Balà – seine treuen Diener.
Eufrasia dei Marchesi Gallo – seine Gattin.
Oliva Branciforte Marchesa di Regalmici – die Liebe seines Lebens.

PROLOG

Im Erste-Klasse-Wagen des Eurostar nach Venedig spielte die Klimaanlage verrückt. Die meisten Reisenden dösten vor sich hin, lasen oder wechselten einige Worte mit ihren Sitznachbarn. War das kühle Lüftchen mal wieder versiegt, versuchten sie sich mit der Zeitung ein wenig Luft zuzufächeln. Nur ein Grüppchen wild gestikulierender Japaner in der letzten Sitzreihe ließ sich von der Hitze nicht beeindrucken. Ihre lautstarke Diskussion schien niemanden zu stören, ganz im Gegensatz zu dem penetranten Quengeln eines kleinen Jungen, der auf dem Schoß seiner Mutter auf der Gangseite saß. Sie versuchte ihn mit einem Gummihündchen abzulenken, doch er hörte nicht auf zu jammern.

»Schau mal, Tommy«, sagte die Frau und schaukelte ihren Sohn auf den Knien, »da kommen zwei Polizisten!« Sie betonte das letzte Wort so dramatisch, als handele es sich bei den beiden um furchteinflößende Ungeheuer. Einen Moment lang verstummte das Kind, wie hypnotisiert starrte es die näherkommenden Männer an.

»*Ciao, piccolino*!«, grüßte Michele Calabrò von der Bahnpolizei im Vorübergehen.

»Sag dem *signore* guten Tag, mein Schatz!« Aber ehe die Frau die Hand des Kleinen nehmen konnte, um damit zu winken, hatten die beiden Uniformierten ihre Sitzreihe längst passiert.

»Wir sind fast durch«, Calabrò seufzte. Sein Hemd war

schweißnass und klebte ihm am Rücken, was aber durch das Dunkelblau des Stoffes zum Glück nicht weiter auffiel.

»Endlich, hier drin geht man ja ein«, stöhnte sein Kollege Antonio Celletta. »Es ist alles in Ordnung, denke ich, lass uns zurückgehen.«

»Sicherheitshalber noch einen Blick in die Toilette.«

»O ja, der Hort des Grauens!«, frotzelte Celletta. »Obwohl die Toiletten regelmäßig saubergemacht werden, weiß man nie, was einen dort erwartet.«

Die Anzeige war grün.

»Es ist frei.«

Calabrò drückte die Klinke, doch die Tür ließ sich nicht öffnen. Er versuchte es ein zweites Mal, jetzt energischer. »Die Tür ist von innen blockiert. Da hatte es jemand verdammt eilig ...«

»Lass mich mal.« Celletta nahm kurz Anlauf und warf sich gegen die Tür. Sie sprang sofort auf. Ein widerlicher Geruch nach Exkrementen und süßlichem Parfüm schlug ihnen entgegen. Angeekelt wandten sie sich ab.

»Mein Gott«, stöhnte Calabrò, sämtliche Farbe war aus seinem Gesicht gewichen.

Auf der Klobrille saß eine blonde Frau, die Beine gespreizt. Der Kopf war gegen die Wand gesunken, die Augen weit aufgerissen, der Mund halb geöffnet. Zwischen ihren üppigen Brüsten, die ein großzügiger Ausschnitt mehr enthüllte als bedeckte, steckte eine lange Hutnadel. Voller Abscheu starrten die beiden Polizisten auf die Tote, deren Füße in hochhackigen weißen Lacksandalen steckten. Die Nägel waren blutrot lackiert. Siedendheiß fiel Calabrò ein, dass seine Frau ein ähnliches Paar Schuhe besaß. Er zuckte zusammen.

Die beiden Polizisten standen einen Moment lang einfach nur da und sagten kein Wort. Sie hatten schon viel erlebt, aber eine Leiche hatten sie noch nie gefunden, noch dazu auf einer Zugtoilette.

»Pass auf, dass niemand in die Nähe kommt«, Calabrò presste sich ein Taschentuch auf Mund und Nase und zwängte sich durch die Tür.

Celletta warf einen raschen Blick in den Erste-Klasse-Wagen. »Alle sitzen auf ihren Plätzen.«

»Was für eine Schweinerei, verdammt, was für eine Schweinerei!«, schimpfte Calabrò und wartete, bis sein Kollege ebenfalls am Tatort war. Dann verriegelte er die Tür von innen. Natürlich wussten sie, dass sie nichts berühren durften, aber in der engen Toilettenkabine war das gar nicht so einfach. Mit äußerster Vorsicht beugte sich Calabrò über das Opfer. Die blauen Flecken am Hals deuteten darauf hin, dass die Frau erwürgt worden war. Ihre Stirn war kalt, sie musste also schon mehrere Stunden tot sein.

»Vielleicht finden wir einen Ausweis«, Calabrò schaute sich suchend um. Auf dem Boden lag eine halb geöffnete Handtasche, er hob sie auf und durchsuchte sie.

»Hier ist nichts, aber vielleicht finden wir heraus, wo sie gesessen hat, und können sie anhand ihres Gepäcks identifizieren.« Celletta warf einen erneuten Blick auf das Gesicht der Toten. Irgendetwas daran ließ ihn nicht los. »Wie alt mag sie wohl gewesen sein?«

»Um die vierzig, schätze ich, vielleicht jünger.«

»Ein Jammer, so eine schöne Frau«, Calabrò seufzte tief und wandte sich ab.

Auf so schreckliche Weise ermordet zu werden. Über Täter und Motiv mussten sich aber jetzt andere den Kopf zerbrechen.

1

Morgens um halb sieben im Park an der Porta Venezia. Die zwei Joggerinnen hatten bereits ihre erste Runde hinter sich, und auch Nummer zwei war fast geschafft.

»Ich kann nicht mehr, Silvia.«

»Jammer nicht, Paola. Sei lieber froh, dass ich dich in Form bringe!« Silvia lächelte, ohne das Tempo zu verlangsamen. Im Grünen joggen zu können versöhnte sie mit Mailand, selbst an einem drückend schwülen Tag wie heute. Bereits zu dieser frühen Stunde hatte die Sonne die feuchte Luft aufgeheizt. Sicher, die Hektik der Mailänder war auch für Silvia gewöhnungsbedürftig, aber ihre Pünktlichkeit und Zielstrebigkeit gefielen ihr. Zudem es selbst in der Innenstadt grüne Inseln gab, man musste sie nur finden. Manchmal verbarg sich hinter der Fassade eines alten Palazzo ein verwunschener Innenhof voller Blumen. Und überhaupt hatte Commissario Silvia Giorgini eigentlich keinen Grund, sich zu beschweren, immerhin war sie auf eigenen Wunsch von Rom nach Mailand versetzt worden. Sie brauchte Abstand. Zwar war es ihr durch ihren letzten Fall, eine aufreibende Ermittlung im Sektenmilieu, gelungen, einen Schlussstrich unter ihre Vergangenheit zu ziehen, doch die Sache steckte ihr noch immer in den Knochen. Dank ihrer Hartnäckigkeit konnten die Satanssekte zerschlagen und ihre Rädelsführer vor Gericht gebracht werden. Eine der Hauptverantwortlichen war das Ex-Model Maité Persella, die extravagante Ehefrau eines skandalumwitterten

Baulöwen. Späte Gerechtigkeit für ihren Bruder Roberto, der vor nunmehr zehn Jahren durch eine satanistische Sekte in den Selbstmord getrieben worden war. Sie hatte damals tatenlos zusehen müssen. Ein Neuanfang würde ihr sicher guttun, sinnierte sie, während Paola Monti hinter ihr herkeuchte. »O ja, meine Freude kennt keine Grenzen! Und zum Zeichen meiner Dankbarkeit nehme ich dich sogar zu Rolando mit, damit er deinem Strubbelkopf endlich mal eine richtige Frisur verpasst.«

»Unter kurzen Haaren steckt immer ein kluger Kopf«, konterte Silvia. Messerscharfe Repliken waren ihr Markenzeichen. Paola wollte gerade etwas entgegnen, als das Handy der Kommissarin klingelte.

»Nicht zu fassen, um diese Uhrzeit!« Silvia hielt an und beugte sich kurz vor, um zu Atem zu kommen. Auf dem Display ihres Handys sprang ihr der Name »Barbera« entgegen.

»Was gibt's, Pacì?«

Paola nutzte die Gelegenheit und ließ sich auf eine Bank sinken. Ein Blick in Silvias angespanntes Gesicht genügte: An diesem Morgen würden sie nicht mehr joggen. Die Kommissarin hatte sich neben sie gesetzt.

»Was ist passiert? O.K., gib mir nur einen Moment, damit ich duschen und mich umziehen kann, ich bin gleich vor Ort.«

»Die Arbeit ruft«, spottete Paola.

Aber Silvia war mit dem Kopf schon am Tatort. Sie hörte gar nicht mehr hin.

»Das bedeutet, die Frau im Eurostar ist weder durch Erwürgen noch dadurch ums Leben gekommen, dass die Hutnadel das Herz getroffen hat. Todesursache war vielmehr eine Überdosis ...« Silvia steckte sich eine Zigarette an, die fünfte an diesem Tag. Wäre sie nicht so nervös gewesen, hätte sie das

Rauchen bestimmt mehr genossen, vielleicht zusammen mit einem doppelten Espresso. Doch schnell eine rauchen war besser als nichts. Zum Glück hatte ihr Mailänder Büro ein größeres Fenster als das in Rom, das sie selbst im Winter stets einen Spaltbreit offen gelassen hatte. Ihr Blick blieb an der halbleeren Zigarettenpackung auf dem Schreibtisch hängen. Trotz aller guten Vorsätze, die sie lauthals verkündet hatte, würde sie heute auf gut dreißig Glimmstängel kommen.

Vicecommissario Pacì Barbera kannte sie gut genug, um mit einem einzigen Blick zu erfassen, woran sie dachte, aber er schwieg. Seiner Vorgesetzten zu widersprechen, dazu war er einfach nicht in der Lage, niemals. Das war sein großer Schwachpunkt, aber auch Ausdruck bedingungsloser Verehrung. Als Silvia ihn gebeten hatte, mit ihr nach Mailand zu gehen, hatte er ohne Zögern eingewilligt.

»Das ist der Autopsiebericht.« Barbera legte eine Aktenhülle aus Plastik auf den Tisch. »Eine Überdosis. Und auch eine Überdosis Nikotin kann tödlich sein, Commissario ...« Er riss das Fenster auf.

Silvia ignorierte seine Bemerkung. Sie nahm den Bericht aus der Mappe und begann zu lesen. »Die Einstichstelle ist deutlich erkennbar.«

»Ja. Dottor Scelsi sagt, dass zwischen der Injektion, dem Erwürgen und dem Stich mit der Hutnadel nur wenig Zeit lag.«

»Was macht es für einen Sinn, eine Sterbende zu erwürgen und ihr dann noch eine Hutnadel in die Brust zu rammen?«

Barbera zuckte mit den Schultern. »Ein Ritual vielleicht? Auf jeden Fall ist die Kriminaltechnik dabei, sämtliche Spuren zu untersuchen.«

»Ähnliche Fälle?«

»Keine, habe ich überprüft.«

»Das schließt einen Serientäter aus, zumindest einen uns

bekannten. Hoffen wir nur, dass das hier nicht der Anfang einer Serie ist. Was weiß man über das Opfer?«

»Nichts. Die Handtasche war leer. Das mit der Hutnadel ist tatsächlich sonderbar ...«

»Wie meinst du das?«

»Typisch weiblich eben. Hast du zufällig ›Matador‹ gesehen, den Film von Pedro Almodóvar?«

»Fürs Kino habe ich keine Zeit, Barbera.«

»Das ist ein älterer Film, bestimmt schon zwanzig Jahre alt. Es geht um eine Mörderin, die, inspiriert vom Tötungsritual der Matadore, ihren Liebhabern beim Orgasmus mit einer Hutnadel das Herz durchbohrt.«

»Mag ja sein, aber unser Opfer ist eine Frau, und ich glaube nicht, dass ...«

»Schon gut, Commissario. Ich meinte ja auch nur ...«

»Wir geben das Foto des Opfers an die Presse und ans Fernsehen. Irgendjemand muss sie ja schließlich kennen.«

»Wird erledigt.«

Silvia vertiefte sich wieder in den Bericht. »Ein dreifacher Tod ...«, murmelte sie.

»Silvia? Commissario?«

»Ja?«

»Dein Handy klingelt.«

»Oh, verdammt, wo ist ...« Silvia warf ihrem Kollegen einen ungeduldigen Blick zu, während sie ihre Tasche durchwühlte. »Ah, hier ... Barbera, im Moment brauche ich dich nicht.«

Als sie den Namen auf dem Display sah, lächelte sie.

Chiara schaltete das Handy aus. Sie brauchte jetzt Ruhe. Im Bad warf sie einen kritischen Blick in den Spiegel. Diese Falten zwischen den Augenbrauen gefielen ihr gar nicht, sie ließen ihr Gesicht düster wirken. Dabei hatten die Falten nichts mit dem Älterwerden, sondern mit ihrem Gespräch mit Silvia zu tun. Einen Moment lang bereute sie, das Telefonat geführt zu haben. »Die Vergangenheit ist wie ein Phantom. Man muss mit ihr abschließen, sonst vergiftet sie deine Zukunft«, hatte ihre Großmutter Lia einmal gesagt. Ungewöhnliche Worte für eine alte Frau. Chiara hatte immer geglaubt, dass alte Menschen in ihren Erinnerungen lebten. Aber ihre Großmutter war eben nicht wie die anderen. Sie besaß eine Weisheit, die nicht aus Büchern stammte, sondern die sie sich im Verlauf ihres langen Lebens durch Zuhören und Beobachten erworben hatte. Bei diesen Gedanken musste Chiara lächeln, und der verkrampfte Ausdruck um ihre Augen verschwand. Einen Moment lang glaubte sie sogar im Spiegel das Gesicht ihrer Großmutter zu sehen, die mit ausgebreiteten Armen vor ihrem Haus in Pieve Santo Stefano stand, um sie willkommen zu heißen. Bei ihr hatte Chiara als Kind jedes Jahr die Sommerferien verbracht. Sie sah ihr gebräuntes, wettergegerbtes Gesicht mit dem feinen Netz blauer Äderchen um die Nase und auf den Wangen vor sich, vor allem aber die hellwachen Augen, sichtbares Zeichen ihrer offenen Art. Mit zehn Jahren hatte Chiara ihren letzten Sommer in Pieve verbracht, und diese Wochen hatten ihr Leben radikal verändert. Lia hatte sie danach nie wiedergesehen.

Sie erschrak. Warum musste sie ausgerechnet jetzt an den letzten Sommer bei ihrer Großmutter denken? Nach so langer Zeit? Am Telefonat mit Silvia Giorgini konnte es nicht liegen. Sie schüttelte den Kopf, wütend auf sich selbst. Fing das schon wieder an? Jedes Mal, wenn ihre Gedanken abschweiften, führte sie das auf ihre besondere Gabe zurück. Wie konnte sie nur so anmaßend sein? Die Welt drehte sich doch nicht nur um sie und ihr Zweites Gesicht! Nachdem sie das erkannt hatte, fühlte sie sich schon besser. Sicherlich hatte das

Gespräch mit Silvia Erinnerungen an gemeinsame Erlebnisse in Rom wachgerufen. Sie hatten sich während polizeilicher Ermittlungen kennengelernt, die Commissario Silvia Giorgini gegen eine satanistische Sekte geführt hatte. Chiara hatte ihr geholfen, die Anführer dingfest zu machen und zwei Menschen das Leben zu retten. Diese Ereignisse waren für sie wie eine Katharsis gewesen, obwohl sie mit aufreibenden und äußerst belastenden Begleiterscheinungen verbunden waren. Sie hatte endlich akzeptiert, dass sie das Zweite Gesicht besaß und Dinge sehen konnte, die anderen verborgen blieben. Und Silvia hatte endlich einen Schlussstrich unter die Vergangenheit ziehen können. Aus dieser gemeinsamen Erfahrung hatte sich eine innige Freundschaft entwickelt, eine tiefe Verbundenheit oder Seelenverwandtschaft, wie Silvia es nannte, die mit Worten nicht zu beschreiben war. Selbst Silvias Versetzung nach Mailand hatte daran nichts geändert.

Auch Chiara hatte sich beruflich verändert. Ihr Boss bei Telestella, Ermanno Forte, hatte ihr die Leitung einer Talkshow angeboten, die im Studio in Rom produziert wurde. Die Sendung hieß »Mein Geheimnis«. In dreißig Minuten sollte Chiara den mehr oder weniger berühmten Gästen bisher Verschwiegenes aus ihrem Leben entlocken. Sicher, Telestella war kein großer Sender, das Geld war knapp und auch die Zuschauerzahlen waren bescheiden, aber für Chiara war »Mein Geheimnis« trotzdem eine Chance. Endlich hatte sie ein gewisses Maß an Freiheit, es war IHRE Sendung, und sie durfte sowohl ihre Interviewpartner als auch die Fragen auswählen. Die Vorbereitung war ein Knochenjob – manchmal arbeitete sie von morgens um acht bis abends um elf, weil sie sich persönlich um Texte und Filmbeiträge kümmerte. Aber die Mühe lohnte sich, die ersten Reaktionen waren vielversprechend.

»Wieder eine deiner ›Desperate Housewives‹«, spöttelten

die Kollegen, wenn der Klingelton die Ankunft einer neuen E-Mail ankündigte. Sie hatten natürlich nicht unrecht, meist waren es in der Tat Hausfrauen, auch wenn bei weitem nicht alle ihre Fans so dumm und verzweifelt waren, wie einige Kritiker schrieben, die es sich zum Ziel gesetzt hatten, Telestella und alle, die dort arbeiteten, in den Dreck zu ziehen.

Chiara dachte an ihren nächsten Gast. Welches Geheimnis würde Maria De Filippi den Zuschauern wohl preisgeben? Mit den Fragen, die sie der bekannten Fernsehmoderatorin stellen wollte, war sie noch nicht ganz zufrieden. Aber sie hatte noch einige Tage Zeit, um sich intensiv über ihren Gast zu informieren. Für den Augenblick schob sie den Gedanken jedoch beiseite, schlüpfte aus dem Nachthemd und drehte den Heißwasserhahn der Dusche auf. Zum Glück musste sie heute erst später ins Büro, der Termin mit Tony war erst um halb zwölf. Gemeinsam mit dem Cutter wollte sie das Interview mit der »Superstar«-Gewinnerin Anna Mauri schneiden. Die nächsten zwei Stunden gehörten ganz allein ihr. Während sie darauf wartete, dass das Wasser heiß wurde, kam ihr das Gespräch mit Silvia in den Sinn.

»Rate mal, womit ich mich gerade beschäftigen muss?«, hatte die Kommissarin mit einem Hauch Sarkasmus in der Stimme gefragt.

»Ein Mord ohne Motiv und ohne Mörder?« Silvias tiefer Seufzer bestätigte, dass Chiara mit ihrer spontanen Antwort richtiglag. Mehr hatte sie gar nicht wissen wollen und deshalb rasch das Thema gewechselt. Ein Fehler. Offenbar hatte Silvia auf ihre Hilfe gehofft, denn kurz darauf hatte sie das Gespräch abrupt beendet. Doch Chiara war auch nur ein Mensch. Wie oft musste sie noch erklären, dass ihre Gabe nicht auf Knopfdruck funktionierte? Was zum Teufel hatte sich Silvia dabei gedacht?

»Vergiss es einfach und lass dir diesen wunderbaren Tag nicht verderben!«, entschied sie und stellte sich unter die Dusche. Das heiße Wasser rann ihren Körper herunter, entspannte Nacken und Schultern und ließ sie wohlig erschauern. Zum perfekten Glück fehlte nur noch Paolo. Doch der Mann in ihrem Leben, wie sie ihn ein wenig scherzhaft nannte, war in New York. Er spezialisierte sich in Internationalem Recht, und seine Fortbildung zum Thema Steuerhinterziehung würde noch einige Monate dauern.

Obwohl sie oft miteinander telefonierten, hatte sich Chiara anfangs verloren gefühlt, als ob ein Teil von ihr fehlte. »Du kostest mich ein Vermögen!«, scherzte er.

»Sei bloß still! Wer von uns ist denn der Großverdiener?«, gab Chiara zurück.

Mit seinem hintergründigen, nie aufdringlichen Humor hatte Paolo De Felice ihr Herz erobert. Natürlich hatte auch das blendende Aussehen des jungen Anwalts eine Rolle gespielt. Er war der Erste, der ihr tief verwurzeltes Misstrauen Männern gegenüber ins Wanken gebracht hatte.

»Daran ist die Trennung meiner Eltern schuld. Dieses Erlebnis hat mich geprägt«, rechtfertigte sich Chiara vor ihren Freundinnen, wenn sie wieder einmal einen Mann nach kurzer Zeit verlassen hatte. Meistens stieß sie auf Verständnis, aber es gab Ausnahmen. Besonders ihre Kollegin Maria Pia Rossini hatte ihr schwere Vorwürfe gemacht: »Lassen wir dein Kindheitstrauma und die Psychologie mal beiseite, mein Schatz. Den Eltern die Schuld zu geben ist ein bequemes Alibi für das eigene Scheitern. Die Wahrheit ist, dass du einfach noch keinen Mann gefunden hast, der dir richtig den Kopf verdreht hat.«

Maria Pia hatte recht. Doch dann kam Paolo. Bei ihm hatte sie alle Bedenken über Bord geworfen. Zum allerersten Mal in ihrem Leben war sie richtig verliebt, ohne Wenn und Aber. Mehr noch: Sie hatte nicht einmal Angst, ihn zu verlieren.

Nach dem Duschen gönnte sie sich eine Tasse grünen Tee und einen Vollkorntoast mit Honig. Wer weiß, vielleicht wäre sie bei Paolos Rückkehr zu einer radikalen Veränderung bereit. Sie blickte auf die Küchenuhr. Halb zehn. In New York war es mitten in der Nacht. »Was soll's!«, dachte sie und sprang auf, um ihr Handy aus dem Badezimmer zu holen. Plötzlich wurde ihr schwarz vor Augen, ein stechender Schmerz zuckte durch ihren Kopf. Wahrscheinlich der Blutdruck. »Zu schnell aufgestanden«, dachte sie, während sie sich an der Wand abstützte und tief durchatmete. Sie blickte sich um. Alles war wie immer. Gut. Sie sprach ihren Gedanken laut aus, um sich selbst zu überzeugen. Unter ihren nackten Fußsohlen fühlte sich der Küchenboden merkwürdig kalt an, als wäre er aus Eis. Auch ihre Hände waren plötzlich eiskalt. Sie löste sie von der Wand, vielleicht war es der Kontakt mit den Keramikkacheln? Dann hüllte sie sich fest in den Bademantel. Mit einem Schlag fühlte sie sich unglaublich leicht, alles um sie herum begann zu strahlen, so sehr, dass es in den Augen weh tat. Ein schwacher Duft nach Tee lag in der Luft, nur ein Hauch, aber doch durchdringend. Ihr fiel auf, dass sie jeden noch so feinen Geruch wahrnahm, selbst die Brotkrumenreste, die im Toaster steckengeblieben waren, oder den leichten Schweißfilm auf ihrem Körper. Sie stieß gegen den Teller auf dem Tisch, es dröhnte in ihren Ohren wie ein Pistolenschuss. Die Intensität der Sinneseindrücke verwirrte sie, ihr wurde übel. Sie zwang sich, nach unten zu blicken, und versuchte gleichzeitig, das blendende Weiß der Fliesen zu ignorieren. Konzentriere dich auf das Hier und Jetzt, konzentriere dich. Selbst ihre Gedanken hallten laut in ihrem Kopf wider. Sie schloss die Augen. Noch bevor es ihr bewusst wurde und sie etwas dagegen tun konnte, war sie nach langer Zeit wieder ins Unbewusste, ins Reich der Visionen, eingetaucht. Während sie immer tiefer sank, wurde sie den Gedanken nicht los, dass das, was gerade passierte, etwas mit Silvia Giorgini zu tun haben musste.

Sie stand um 7:29 Uhr auf, genau eine Minute bevor der Wecker klingelte. Ihre Freunde machten sich schon über diese Marotte lustig. »Das kann jeder«, sagte sie. »Ihr müsst nur vor dem Einschlafen die Uhrzeit verinnerlichen, zu der ihr aufstehen wollt, und zack! – am nächsten Morgen wacht ihr auf die Sekunde genau auf.«

»Und warum stellst du dir dann überhaupt einen Wecker, meine kleine Hexe?«, wollte Paolo eines Tages wissen. Im Grunde gefiel ihm seine Rolle, er fühlte sich wie Darrin Stephens, der nicht magisch begabte Ehemann von Samantha, der Hauptdarstellerin der amerikanischen Fernsehserie »Verliebt in eine Hexe«.

»Ob du es glaubst oder nicht, ich will mich absichern, für den Fall, dass meine magischen Fähigkeiten einmal versagen.« Chiara sah ihn an und zog die Nase kraus, genau wie die Hexe Samantha vor ihren Zaubereien. »Siehst du? Nichts passiert. Ich habe dich nicht in eine Katze verwandelt. Deshalb verlasse ich mich lieber auf die Technik oder handfeste Tatsachen.« Sie lachte.

Nach der Vision vom Vortag jedoch fand sie nicht in die Realität zurück, sosehr sie sich auch anstrengte. Die Erinnerung an das, was vor ihrem inneren Auge abgelaufen war, ließ sie nicht mehr los:

Schlagartig war das gleißende Licht, das die Küche zum Strahlen gebracht hatte, erloschen. Chiara fühlte sich in einen dunklen, feuchten Keller versetzt. Dann ein Lichtblitz und wie aus dem Nichts war vor ihr das bleiche Gesicht einer blonden Frau aufgetaucht. Sie hatte die Augen geschlossen, die Gesichtszüge waren verzerrt. Chiara wollte einen Schritt auf sie zugehen, konnte sich aber nicht von der Stelle rühren. Unvermittelt hatten sich die Augenlider der Unbekannten gehoben und zwei blutunterlaufene weiße Augäpfel enthüllt. Sie hatte den Mund geöffnet, als ob sie etwas sagen wollte. Doch zwischen ihren Zähnen steckte etwas fest, das sie am Sprechen hinderte: ein großes Stück Zunge, so dunkel, als hätte man es schwarz angemalt.

Chiara schüttelte sich. Heute war ein neuer Tag, sagte sie sich und dachte an den Stress, der auf sie wartete. Das würde sie ablenken. Um elf hatte sie einen Termin mit Alba Sereni, einer Darstellerin aus dem Film »Kollegen im Büro«. Welches Geheimnis konnte eine Dreiundzwanzigjährige schon haben? Abgesehen davon, dass sie mit dem Regisseur des Films ein Verhältnis hatte. Für Ermanno Forte war das natürlich kein Problem, solange die junge Frau an den richtigen Stellen gut bestückt war.

Rasch machte sie sich mit der alten Mokka-Kanne einen Kaffee. Zum Geburtstag hatte sie von ihrem Vater zwar einen modernen Vollautomaten bekommen, der einen wunderbaren Espresso produzierte, doch sie traute sich an dieses technische Wunderwerk nicht so recht heran. Besser, damit warten, bis Paolo wieder da war. Noch schnell einen Toast mit Honig, dann unter die Dusche, erst heiß, anschließend eiskalt, um auf Touren zu kommen. Danach rieb sie sich mit Feuchtigkeitsmilch ein, putzte sich die Zähne und warf einen Blick in den Spiegel. Ihre Haare waren ziemlich gewachsen, und die gefärbten Strähnchen wirkten an einigen Stellen schon etwas blass. Zum Glück gab es ja Antonio. Ein Friseur am Arbeitsplatz war Gold wert, wenigstens ein Pluspunkt, der die Nachteile ihres

Jobs bei Telestella ein wenig aufwog. Erleichtert stellte sie fest, dass sie nur leichte Ringe unter den Augen hatte, die ihre wunderbare Maskenbildnerin Francesca mit etwas Abdeckstift und Make-up locker in den Griff bekommen würde.

»Meine Göttin.« Antonio richtete eine letzte Locke und trat einen Schritt zurück, um sein Meisterwerk zu bewundern. »Du wirst sehen, das hat einen tollen Effekt!« Dabei riss er die Augen auf, was Chiara zum Lachen brachte.

»Du bist dran, Schätzchen …«, affektiert winkte Antonio einer jungen Frau in Jeans und T-Shirt zu, die mit einem Schminkkoffer in der Hand ungeduldig auf Chiara wartete. »Zack, zack«, Antonio klatschte theatralisch in die Hände.

Chiara zeigte auf ein erdfarbenes Rouge. »Heute möchte ich besonders natürlich wirken, dieser Ton wäre ideal.«

Francesca lächelte ihr zu und machte sich ans Werk. Zwischen Puder und Schminke warf sie hin und wieder ängstliche Blicke zu Imelde hinüber. Die Produzentin der Sendung tigerte durch die Garderobe, ein untrügliches Zeichen, dass sie sich beeilen musste. Während Chiara geschminkt wurde, klingelte ununterbrochen ihr Handy. Ein paar Mal hatte sie auf die Stummtaste gedrückt, aber als sie den Namen auf dem Display las, nahm sie den Anruf schließlich doch an. »Ja, Chef, keine Bange, ich werde die Sereni nicht in Schwierigkeiten bringen. Verstehe, ganz wie Sie wollen …« Chiara rollte die Augen. »Aber nein, entschuldigen Sie, ich wollte sagen, wie sie es verdient hat, natürlich, im Anbetracht ihres Talents.«

In der Zwischenzeit war Imelde näher gekommen und deutete nervös mit dem Zeigefinger auf die Uhr. Chiara legte die Hand über die Muschel: »ER ist dran, nur einen Augenblick noch.« Dann sprach sie weiter: »In Ordnung, Chef. Wird gemacht.«

Während Francesca mühevoll versuchte, ihr falsche Wimpern anzukleben, tauchte Alba Serenis Agentin Lola Frezza in der Garderobe auf. Wichtigtuerisch bombardierte sie Chiara mit einer Reihe von Verhaltensregeln. Sie verbot ihr auch, über den neuen Verlobten der Sereni zu sprechen. Regisseur Cirri war derzeit noch mit einer Unternehmerin verheiratet, mit der er zwei Kinder hatte.

»Aber dass die beiden zusammen sind, steht in jeder Zeitung«, warf Chiara ein.

»Das spielt keine Rolle. Sie will nicht darüber sprechen. Alba hat sich für das Interview nur deshalb zur Verfügung gestellt, weil sie Ermanno Forte noch einen Gefallen schuldet.« Dabei blickte sie Chiara vielsagend an. »Sie müssen schon verstehen, immerhin ist Telestella nur ein Regionalsender …«

Chiara hätte ihr gerne eine passende Antwort gegeben, aber stattdessen schenkte sie der Agentin ein hintergründiges Lächeln, das mehr sagte als tausend Worte.

Die Sendung stand unter keinem guten Stern. Ein Tontechniker stolperte über ein Kabel und verstauchte sich den Knöchel. Cirri hatte Ermanno Forte persönlich angerufen, um sicherzugehen, dass sein Name in der Sendung nicht genannt würde. Jetzt rief er ein zweites Mal an, um das Interview ganz abzusagen. Aber Forte gelang es schließlich, ihn zu überzeugen. Er könne ihm vertrauen, sein Name würde nicht erwähnt werden und auch Alba Sereni könne ganz beruhigt sein.

Allen Problemen zum Trotz gab es einen Lichtblick: Antonio hatte recht gehabt, Chiaras Frisur war sensationell.

Während Chiara sich umzog, stand Gilla, die neue Garderobiere, neben ihr und weinte. Sie bemühte sich vergeblich, ihre Schluchzer zu unterdrücken, doch die Tränen ließen sich nicht zurückhalten. Alba Sereni hatte sie als unfähige Null beschimpft, weil sie keine roten Lackpumps mit zwölf Zentimeter hohem Absatz auftreiben konnte. »Ich habe ein Paar gefunden, aber der Absatz war nur zehn Zentimeter hoch«, schluchzte die junge Frau. Sie war am Boden zerstört. Für zartbesaitete Seelen war Telestella nicht gerade der ideale Arbeitsplatz.

»Nimm's dir nicht so zu Herzen. Das hier ist ein Affenzirkus, daran musst du dich noch gewöhnen«, Chiara klopfte ihr aufmunternd auf die Schulter und reichte ihr ein Taschentuch.

»Sind wir so weit?« Giusti, der Regisseur, warf einen ungeduldigen Blick auf den Lichttechniker. »So geht das nicht mit dem Licht!«

Im Studio war es eiskalt.

»Wenn die Klimaanlage nicht heruntergedreht wird, bekomme ich eine Lungenentzündung.« Die Sereni straffte sich, was ihre üppigen Formen unter dem aufreizenden Top besser zur Geltung brachte. Chiara warf Imelde einen raschen Blick zu, die sofort die Temperatur regulieren ließ.

In der Zwischenzeit nahmen die Protagonisten auf den weißen Sesseln Platz und warteten darauf, dass sich der Regisseur und der Lichttechniker einig wurden.

»Schlimmer geht immer«, versuchte Imelde zu scherzen. Doch Lola Frezza blieb ungerührt und bedachte sie mit einem geringschätzigen Blick. Chiara beobachtete die beiden. Irgendwie waren sie sich ähnlich, zwei Megären, die nur darauf warteten, sich beim ersten Fehler zu zerfleischen. Glücklicherweise begann der Regisseur mit dem Countdown: »Fünf, vier, drei, zwei, eins …«

Geschafft. Chiara wollte nur noch ihre Ruhe. Auch wenn sie es nicht zugeben mochte: sie hatte Sehnsucht nach Paolo. Einen Augenblick lang war sie versucht, alles hinzuschmeißen, Forte um Urlaub zu bitten und sich in den nächsten Flieger nach New York zu setzen. Aber dazu war sie nicht der Typ. Jedenfalls jetzt nicht. Vielleicht würde sie irgendwann einmal den Mut haben, einen so verrückten Gedanken auch in die Tat umzusetzen.

Jetzt musste sie sich erst einmal entspannen. Sie ließ warmes Wasser in die Badewanne, gab Rosenöl dazu, zündete Duftkerzen an und löschte das Licht. Dann ließ sie sich in die Wanne gleiten. Allerdings nicht ohne das Handy auf den Rand gelegt zu haben, für den Fall, dass Paolo anrief. Als sie zur Ruhe gekommen war, tauchte sein Bild vor ihrem inneren Auge auf. Sie schloss die Augen und stellte sich vor, er käme zu ihr in die Wanne. Stieg der Wasserspiegel jetzt wirklich an, oder bildete sie sich das nur ein? Sie öffnete die Beine ein wenig, um Platz zu machen, und hatte plötzlich Paolos männlichen Duft in der Nase, der sich mit ihrem eigenen mischte. Schließlich spürte sie, wie sich etwas Festes an die Innenseiten ihrer Oberschenkel presste. Ihr Herz begann schneller zu schlagen, ein kribbelndes Vibrieren durchlief ihren Körper wie schwache Stromstöße. Sie atmete tief durch, einmal, zweimal. Die Schwingungen breiteten sich wellenartig über ihren Körper aus, sie schnappte nach Luft, und plötzlich war ihr, als dringe etwas in sie ein, das sich dann sanft in ihr bewegte. Zu was die Phantasie so alles fähig ist, dachte sie und gab sich dem erregenden Gefühl hin. Einen Augenblick später entlud sich die Spannung und machte lustvoller Erschöpfung Platz. Für einige Sekunden genoss sie noch das warme, wohlige Gefühl, dann öffnete sie die Augen.

Da sah sie ihn.

Der Mann war nicht Paolo. Und er war auch nicht in der Wanne, sondern stand neben dem Waschbecken und sah sie verwundert an, als könne er sich ihre Anwesenheit nicht erklären.

Chiara stockte der Atem, sie war wie gelähmt. Was war das? Diesmal hatte keine Vision sie in eine andere Welt entführt, sondern jemand war zu ihr gekommen. Der Mann trug ein elegantes altertümliches Kostüm: eine Samthose, eine lange Weste, darunter ein Baumwollhemd, dessen weite Ärmel kunstvoll bestickt und mit Goldposamenten geschmückt waren, die Manschetten waren mit Spitze verziert. Er wirkte wie ein Schauspieler aus einem Theaterstück des 18. Jahrhunderts.

Chiara musterte ihn genauer. Obwohl sein Gesicht von einer dicken Schicht Puder bedeckt war und die Lippen unnatürlich rot leuchteten, ging eine besondere Faszination von ihm aus. Der stechende Blick, das zu einem Pferdeschwanz gebundene pechschwarze Haar, die in das fahle Gesicht fallenden rebellischen Locken verliehen ihm ein düsteres Aussehen. Angst jedoch hatte Chiara nicht.

»Wer bist du?«, presste sie schließlich heraus.

Ohne den Blick abzuwenden, neigte der Mann kaum merklich den Kopf, antwortete aber nicht.

»Wer bist du?« Chiara wiederholte ihre Frage, denn der Mann schien sie nicht zu verstehen. Das Wasser war inzwischen kalt geworden, und sie zitterte. Zum Glück konnte sie sich wieder bewegen und legte ihre Hände schützend über Brüste und Scham, stieg vorsichtig aus der Wanne und schlüpfte in den blauen Bademantel, der an der Tür hing. Den Blick des Fremden versuchte sie zu ignorieren. »Außerdem bist du nicht wirklich da«, dachte sie. Und tatsächlich: Als sie sich dem Mann näherte, bemerkte sie, dass er nicht aus Fleisch und Blut war, wie sie von weitem gedacht hatte. Er schien vielmehr eine Art Hologramm zu sein, die Verbindung unzähliger Lichtpunkte, das dreidimensionale Abbild einer Person, von der ein Energiefeld ausging. Chiara streckte ihre Hand aus, doch der Mann zuckte erschrocken zurück. Sie versuchte es noch einmal, und dieses Mal ließ er es zu.

Sie griff nach ihm, dabei hatte sie das Gefühl, als würde sie seinen Körper wie mit einer Schwertklinge durchbohren. Chiara schrie entsetzt auf, und der Mann verschwand durch die geschlossene Badezimmertür.

»Warte!« Chiara hastete hinter ihm her, öffnete die Tür und stand in einem hohen Raum, spärlich beleuchtet durch dreckverkrustete Lampen, deren Öl die kahlen Wände geschwärzt hatte.

Sie blickte an die Decke, in deren Mitte sich ein Lichtschacht befand. Der Mann in der altertümlichen Kleidung war ihr einige Schritte voraus und deutete auf ein Himmelbett, das vom einfallenden kalten Tageslicht erhellt wurde. Auf dem Bett lag eine Frau, die Arme vor der Brust verschränkt, das Gesicht hinter einem grauen Schleier verborgen. Chiara ging näher. Aus der Ferne waren Geräusche zu hören, Lachen und Schluchzen, wie Kinderstimmen, die der Wind herüberwehte. Verängstigt schaute sie wieder zu dem Mann hinüber. Mit einer würdevollen Geste forderte er sie auf, näher ans Bett zu treten. Der Körper der Frau war mit einer Schicht grauen Staubes bedeckt, auch das Kleid, das sie trug, war grau. Der Staub der Jahrhunderte. Erst jetzt fiel Chiara auf, dass auch der Mann mit Staub bedeckt war. Bevor sie einen Schritt nach vorne machen konnte, hatte er den Schleier vom Gesicht der Frau gezogen. Chiara wich entsetzt zurück und schrie. Es folgte eine bedrohliche Stille. Im Gesicht der Frau erinnerte nichts an einen Menschen, sie hatte einen Wildschweinkopf mit eiskalten Augen und bluttriefendem Raubtiergebiss. Wie ein Werwolf. Chiara eilte zur Tür, doch bevor sie die Hand nach der Klinke ausstrecken konnte, spürte sie, dass sie mit Macht nach hinten gezogen wurde. Als sie sich umdrehte, sah sie viele kleine Hände, die sich an ihren Bademantel krallten. Kinderhände.

»Chiara! Chiara! Hörst du mich?« Eine ihr wohlbekannte Stimme drang von unten an ihr Ohr. Das ist unmöglich, dachte sie und versuchte die Knie anzuwinkeln. Das Wasser in der Badewanne war inzwischen eiskalt. Sie musste, sie wollte hier raus, doch ihr Körper gehorchte ihr nicht.

»Chiara, sag doch was! Bist du dran?«

Paolo? Mit einer schier übermenschlichen Kraftanstrengung öffnete Chiara die Augen und stemmte sich mit den Händen am Wannenrand hoch. Auf dem Fußboden erkannte sie ihr Handy. Von dort kam auch die Stimme. Vorsichtig, um ja nicht auszurutschen, stieg sie aus der Wanne und bückte sich nach dem Telefon.

»*Pronto*, Paolo, mein Schatz?« Sie sank auf den flauschigen Badvorleger und genoss die kuschelige Wärme.

»Ich bin nicht dein Schatz, sondern sein Vater!«

»Venzy?«

»Ja. Alles klar, Chiara? Erst hast du abgenommen und danach kam gar nichts mehr ... Ich habe mir Sorgen gemacht, weil ich dachte, dir wäre etwas passiert.«

»Wirklich?«

»Bist du sicher, dass alles in Ordnung ist?«

»Ganz sicher, ich lag gerade in der Badewanne und muss wohl eingeschlafen sein, entschuldige.«

»Kein Problem.«

»Deshalb habe ich dich auch mit Paolo verwechselt. Aber ich freue mich, von dir zu hören, dann habe ich wenigstens einen Mann aus der Familie bei mir.«

»Wenn du dich einsam fühlst ohne deinen Schatz, dann komm doch zu uns nach Crotone. Lucetta würde sich freuen, dich zu sehen.«

Chiara seufzte. Auch sie würde Lucetta Felisi gerne wiedersehen. Nachdem sie ihre Tätigkeit als Lehrerin aufgegeben und zu Venzy in die kleine Pension auf dem Land gezogen war, hatte sie endlich ihren Frieden gefunden.

»Wie geht's Lucetta?«

»Ausgezeichnet, wir lassen es uns richtig gutgehen.«

»Und ihr lebt in wilder Ehe! Wann wirst du aus ihr endlich eine ehrbare Ehefrau machen?«

»Zuerst seid ihr dran. Ich will nicht erst Opa werden, wenn ich alt und trottelig bin. Also, wann ist es endlich so weit? Wann kommt ein kleiner De Felice?«

»Vergiss es, ein De Felice reicht mir«, lachte Chiara. Ehrlich gesagt flößte ihr der Gedanke an ein Kind etwas Angst ein. Doch sie war Venzy dankbar für seinen Anruf, seine aufmunternden Worte hatten die Gedanken an den schrecklichen Traum in der Wanne wenigstens für kurze Zeit vertreiben können. Nachdem sie Venzy versprochen hatte, bald zu Besuch zu kommen, stand sie auf und zog den blauen Bademantel an. Während sie den Anfang des Gürtels suchte, der aus der Schlaufe gerutscht war, bemerkte sie, dass ein Stück Saum ausgerissen und mit einer klebrigen dunklen Flüssigkeit getränkt war. Verwirrt griff sie nach dem Saum und roch daran. Blut.

2

Venedig, 1756

Die düstere Gasse wurde durch das schwache Licht der Fackel an der steinernen Hauswand nur spärlich erhellt. Die Gesichter der in schwarze Mäntel gehüllten Männer waren kaum zu erkennen, so tief hatten sie sich den Dreispitz in die Stirn gezogen. Sie passierten das Haus mit der Fackel, dann schlichen sie vorsichtig weiter, immer darauf bedacht, nicht gesehen zu werden. Tief geduckt durchschritten sie den Torbogen zwischen dem Vicolo degli Appestati und dem Vicolo dei Marinai und erreichten schließlich einen kleinen Hof. Der Kleinste der drei betätigte einmal den Türklopfer in Form eines Löwenkopfes und drehte sich dann zu seinen Kumpanen um. Als sie bestätigend nickten, ließ er den Schwengel noch zwei weitere Male gegen die massive Holztür schlagen. Endlich öffnete sie sich und ein in Lumpen gehüllter alter Mann mit ungepflegtem Bart und verfilzten Haaren ließ sie ins Haus. Sein Rücken war gekrümmt, die Hände von Arthritis verformt.

»Wenn so das Alter aussieht, dann möchte ich lieber jung sterben, und sei es durch das Schwert«, sagte der Jüngste der drei, ein Edelmann, der seine dunklen Locken in einem Pferdeschwanz gebändigt hatte. Mit raschem Blick hatte er bemerkt, dass der gebrechliche Alte obendrein noch hinkte.

In dem düsteren Zimmer konnte man einen kaputten Stuhl und einen kleinen Tisch erkennen, auf dem ein Zinnteller mit Essensresten, ein Krug, ein alter Trinkhumpen und eine brennende Kerze standen.

»Wir werden erwartet«, blaffte der Mann, der geklopft hatte. Der Alte riss die Augen auf, um ihn besser erkennen zu können, entgegnete aber nichts.

Nachdem er einen kurzen Blick mit den beiden anderen getauscht hatte, drängte der Jüngste: »Durch das Feuer bricht ein neuer Morgen an.«

Bei diesen Worten leuchtete es in den Augen des Alten wissend auf. Er nahm einen Holzspan, den er an der Kerzenflamme ansteckte, und schlurfte zu einem Fass, das aus dem Dunkel des Raumes auftauchte. Als er sah, dass der Span nicht genug Licht gab, zündete er eine Fackel an. Dann betätigte er einen Mechanismus, der das Fass knarrend zur Seite bewegte und eine Öffnung in der Wand freilegte. Wie durch ein Wunder schien der Greis seine jugendliche Elastizität wiedergefunden zu haben. Sein Rücken straffte sich, so dass er größer wirkte. Selbst seine Hände entkrampften sich, die Finger allerdings glichen immer noch Topinamburknollen, dem für das Veneto typischen Gemüse. Am meisten jedoch verblüffte sein federnder Gang. »Nicht schlecht, das Schauspiel«, meinte der Jüngste sarkastisch.

»Meine edlen Herren, wenn Sie mir bitte folgen wollen.« Die tiefe Stimme des Alten hallte durch die dunkle Höhle, die sich vor ihnen geöffnet hatte. Er griff nach der Fackel und stieg die schmale Holztreppe hinunter, die anderen folgten mit einigem Abstand.

Die spärlich erleuchtete Treppe schien kein Ende zu nehmen. Doch plötzlich zeigte ein helles Licht zu ihren Füßen, dass sie ihr Ziel erreicht hatten. Sie kamen in einen großen Saal mit feuchten Wänden, viel höher, als man bei einem unterirdischen Raum vermuten würde. Das flackernde Licht der Kerzenleuchter in den Nischen malte bedrohlich-bizarre Schatten an die Wände, die aussahen wie die riesigen Klauen eines Ungeheuers.

Die drei Männer sahen sich neugierig um. Die Luft war erfüllt von durchdringendem Wachsgeruch. Auf einem steinernen Podium stand ein schmaler Nussbaumtisch, dessen Ränder mit geheimnisvollen Symbolen verziert waren. Beim Nähertreten waren Kornähren, geflügelte Fabelwesen mit Tierleib und Engelsgesicht sowie Mimosenblüten zu erkennen. In einer Schale in der Mitte des Tisches lagen ein goldenes Stilett, eine ockerfarbene Pergamentrolle und ein Brenneisen mit der Initiale F, eingerahmt von den Zahlen eins und drei.

Rund um den Tisch standen neun Edelmänner in prunkvollen Gewändern und kostbarem Geschmeide. Die Szenerie erinnerte an ein farbenprächtiges Gemälde, von amarantrot über tannengrün bis meerblau. Funkelnd brach sich das Kerzenlicht im Schmuck der Edelleute. Vor jedem stand ein Kelch mit blutrotem Wein.

Der Alte führte die drei Männer herein und bedeutete ihnen, die Mäntel abzulegen. Dann gingen sie gemeinsam zum Tisch hinüber, wo schon vier weitere Weinkelche für die Neuankömmlinge bereitstanden.

»Brüder, jetzt sind wir bereit, das Licht des Neuen Morgens zu empfangen. Im Zeichen des Feuers und der Gerechtigkeit.« Die würdevolle Stimme des Alten hallte durch den Raum, eine Stimme, die so gar nicht zu seiner armseligen Kleidung passen wollte. Er war offenbar der Meister der Bruderschaft.

»Und jetzt, Brüder, gießt ein jeder von uns das Blut der Verheißung in den Kelch seines Nachbarn.« Er griff nach dem goldenen Stilett und ritzte sich, ohne zu zögern, die Pulsschlagader auf. Dann ließ er einige Tropfen Blut in den Kelch des neben ihm Stehenden fallen. Die anderen Männer reihum taten es ihm nach, während der Meister damit begonnen hatte, eine unverständliche Litanei zu murmeln. Als er damit fertig war, hoben alle um den Tisch Versammelten gleichzeitig den Kelch und gelobten: »Das ist der Wein des unsterblichen Geistes. Lasst uns unseren Schwur mit diesem Wein besiegeln, in der Stille vereint, bereit, wenn dies nottut, das eigene Leben für den anderen zu geben. Aber auch bereit, jeden zu vernichten, der es wagt, sich dem Feuer der Gerechtigkeit in den Weg zu stellen.« Dann sprach wieder der Meister: »Wir geloben, dem Ruf bedingungslos zu folgen. Im Zeichen des Feuers sollen unser Leben und unser Hab und Gut auf ewig dem Neuen Morgen dienen. Sagt: Ich schwöre.«

»Ich schwöre!«, wiederholten die Brüder unisono und tranken. Anschließend nahm der Meister einen Kerzenleuchter aus einer Nische, stellte ihn auf den Tisch, nahm das Brenneisen und rollte das Pergament auseinander. Dann begann er zu lesen: »Gianola, Montenegro, Arciboni, Salteri, Fenzo, Roccabruna, Querini, Corot, De Laurentiis, Ramsey, De Bonis, von Altemburg.« Bei jedem Namen streifte der Betreffende Jacke, Weste und Hemd ab und hielt dem Meister die entblößte rechte Schulter hin. Der hatte inzwischen das Brenneisen an der Kerze erhitzt und drückte jedem das glühende »F« ins blanke Fleisch. Die Männer bissen die Zähne zusammen, wandten den Kopf aber nicht ab und blieben hochaufgerichtet stehen. Beim Letzten angekommen, hielt der Meister inne und blickte in die Runde, so als wolle er jedem Einzelnen eine geheime Botschaft übermitteln. Dann fuhr er mit der Zeremonie fort.

»Von Altemburg!« Der junge Edelmann mit den schwarzen Haaren und den lapislazuliblauen Augen trat vor und entblößte seine Schulter. Ungerührt blickte er auf das Brenneisen. Er zuckte mit keiner Wimper, als das Eisen sich zischend in sein Fleisch fraß und der Schmerz ihm durch Mark und Bein bis ins Innerste seiner Seele fuhr. Jeder der Anwesenden hätte im Nachhinein geschworen, dass er gelächelt hatte.

Die Gondel legte am Bootssteg des Palazzo Barbarigo Moretti an, der in der Dunkelheit leuchtete wie ein riesiger Diamant. In der Tat, wie ein Diamant, dachte Baron Wolfgang von Altemburg und lächelte.

»Halte dich an der üblichen Stelle bereit«, befahl er, während der Gondoliere ihm die Hand reichte, um ihm beim Aussteigen zu helfen. Er schritt auf den Palazzo zu, seine treuen Diener Franzin und Balà folgten in respektvollem Abstand. Vor dem imposanten Portal schlossen sie auf, um ihren Herren schützend zu flankieren. »Lasst, die ihr eintretet, alle Hoffnung fahren.« Der Baron erinnerte sich an diese Worte von Fürst Napier, die Dantes »Inferno« entlehnt waren. Altemburg zögerte und atmete tief durch, so eng war ihm ums Herz geworden. Trotz der Kälte standen ihm kleine Schweißperlen auf der Stirn. Das erregte Stimmengewirr und das laute Gelächter, das vom Palazzo nach draußen drang, trafen ihn wie ein Peitschenhieb.

So ging es ihm jedes Mal, wenn er vor dem Palazzo Barbarigo Moretti stand. Wie viele andere venezianische Edelmänner, die sich jeden Freitagabend in den eleganten Salons trafen, hatte sich auch von Altemburg vom Spielfieber anstecken lassen. Es war wie ein Zwang. Auch an diesem Abend das übliche Bild: glückstrunkene Gewinner und untröstliche Verlierer. Die einen würden mit Wein, Weibern und Gesang eine rauschhafte Nacht verbringen, ehe sie in die Arme ihrer Frau zurückkehrten, manch anderer würde sich aus Verzweiflung das Leben nehmen.

Es war, als überschritte man die Schwelle zu einer anderen

Welt, einer Welt ohne Grenzen, wo selbst der eingefleischteste Puritaner jeden Sinn für Anstand und Moral verlor. Das Spielfieber hatte in Venedig wie ein Flächenbrand um sich gegriffen. Bei diesem neuen Kartenspiel gab es nur zwei Möglichkeiten: alles oder nichts. Auf einen Schlag konnte man das von Generationen durch harte Arbeit erworbene Vermögen verlieren. Doch gerade diese Herausforderung berauschte tausendmal mehr als der süffige Wein, der in diesen Nächten in Strömen floss. In diesen Nächten glich der Palazzo einem Tollhaus, die aufgestauten Gefühle entluden sich in hemmungslosen Exzessen mit willfährigen Damen hinter mit chinesischen Mustern verzierten Paravents oder in verborgenen Nischen.

Nachdem er sich die weiße Maske vors Gesicht gezogen hatte, stieg Baron von Altemburg die Treppe zum Salon hinauf. Dabei erregte der lustvolle Schrei einer Frau, gefolgt vom gutturalen Lachen eines Mannes, seine Aufmerksamkeit. Hinter einer spanischen Wand vergnügte sich ein Edelmann mit seiner Gespielin. In dem Durcheinander von Unterröcken und heruntergelassenen Hosen war schwer auszumachen, wer Männlein und wer Weiblein war. Unter anderen Umständen hätte der Anblick von Altemburg erregt, doch in dieser Nacht hatte er anderes im Sinn.

Der Salon erstrahlte im Licht unzähliger Kerzen. Auf Verlangen brachten die livrierten Diener weitere Leuchter, um die Spieltische noch besser zu erhellen. Die von rauschhafter Erregung verzerrten Gesichter der Spieler wirkten im flackernden Kerzenlicht geradezu grotesk. Die Frauen trugen einen Luxus zur Schau, der am Tage vulgär gewirkt hätte. Ihre durch enggeschnürte Mieder hochgedrückten, gepuderten Brüste wurden durch die tiefen Dekolletés ihrer rüschen- und schleifengeschmückten Kleider mehr entblößt als verhüllt. Die kostbaren Stoffe glänzten in den Farben, die gerade Mode waren: vom Azurblau des Frühlingshimmels, über zartes Wiesengrün bis zu leuchtendem Rosa. Männer wie Frauen trugen die Augen rußgeschwärzt und die Wangen grellrot geschminkt auf kalkweißen Gesichtern, was ihnen, zusammen mit den gepuderten Perücken und hochaufgetürmten Frisuren, ein künstliches, ja fast gespenstisches Aussehen verlieh. Schweiß und geschmolzenes Kerzenwachs verbanden sich zu einer übelriechenden Mixtur, gegen die selbst die mit französischem Parfüm getränkten Taschentücher der Spieler nichts ausrichten konnten. Im Gegenteil, der Gestank wurde dadurch noch unerträglicher.

»Heutzutage besteht die einzig mögliche Form der Demokratie in der Tatsache, dass wir alle stinken«, dachte von Altemburg, als er ein besonders übelriechendes Pärchen passierte und auf einen Tisch zuging, an dem absolute Stille herrschte. Die Spieler waren in eine Partie Whist vertieft, ein erst vor kurzem aus England importiertes Kartenspiel, bei dem das Sprechen verboten war. Neugierige Zuschauer rund um den Tisch kommentierten den Spielverlauf mit Aufseufzen und kaum unterdrücktem Stöhnen. Eine Spielerin erkannte von Altemburg sofort: Gräfin Florinda Pisani. Auch ihre beiden Begleiter waren ihm nicht fremd: Fürst Napier und Marchese Pavan. Die Gräfin, wie üblich extravagant gekleidet und übertrieben geschminkt, mischte gerade die Karten, auf deren Rückseite verschiedene Tier-, Frucht- und Blumenmotive zu erkennen waren. Es hieß, es seien Karten mit magischen Kräften, nicht gezinkt natürlich, und sie würden ihr Glück bringen: »Diese Karten sind ein Familienerbstück und solange ich sie benutze, wird mir das Glück hold sein, meine edlen Herren.« Als sie den Baron erkannte, schenkte sie ihm ein maliziöses Lächeln. Dabei spielte sie mit der Zungenspitze an ihrer winzigen Zahnlücke.

»*Contessa.*« Von Altemburg deutete eine Verbeugung an und hauchte ihr einen Kuss auf die Hand. »Ihr wollt ein Spielchen mit mir wagen? Mit Euren Karten, nehme ich an?«

»Selbstverständlich, Monsieur. Sie bringen mir Glück, wie Ihr wisst.«

»Ein guter Grund, sie nicht auszutauschen. Doch ist nicht jeder seines Glückes Schmied? Aber selbstverständlich werde ich Euch diesen Vorteil auch dieses Mal gewähren.« Der Baron warf ihr einen verführerischen Blick zu.

»Verlieren wir keine Zeit«, flüsterte er ihr ins Ohr, dabei registrierte er mit Genugtuung, dass sie unter der Puderschicht errötete. Der Baron wusste sehr genau, welche Wirkung er auf Frauen hatte. Er war von athletischer Gestalt, mit männlich-markanten Gesichtszügen und strahlenden, tiefblauen Augen. Zu seinem attraktiven Erscheinungsbild gesellte sich die Faszination seiner mysteriösen Herkunft, kurz, die Venezianerinnen lagen ihm zu Füßen, zumal ihm der Ruf vorauseilte, ein phantastischer Liebhaber zu sein.

Man munkelte, er sei ein Verschwörer, ein Abenteurer ohne adlige Herkunft. Aber nein, behaupteten andere, er ist ein exkommunizierter Abt, deshalb trägt er auch die Maske, damit ihn niemand erkennt. Stellt Euch vor, er trägt sie sogar beim Liebesspiel … Die Kirche hat sämtliche Geheimbünde verboten, und von Altemburg ist aus Österreich nach Venedig gekommen, um den Dogen zu töten …

Der Baron kannte natürlich all diese Gerüchte, aber er kümmerte sich nicht darum. Ohne Beweise würde man ihn kaum in die Bleikammern werfen.

»Heute Nacht, Contessa, will ich sehen, wie mich das Rot Ihrer Wangen blendet wie die Sonne selbst! Seid Ihr bereit?« Sein unverschämtes Grinsen unter der weißen Maske verschlug Florinda Pisani die Sprache. In der ringgeschmückten Hand des

Barons lagen plötzlich zwei riesige Diamanten. Mit aufreizender Langsamkeit legte er sie auf den grünen Samt des Spieltisches. Die Gräfin hielt den Atem an und starrte wie gebannt auf die Steine. Ihre Selbstsicherheit war verflogen, sie umklammerte die Karten so fest, dass ihre Knöchel weiß hervortraten. Heute Nacht meinte der Baron es ernst. Inzwischen hatten auch die anderen Spieler ihren Einsatz gebracht. Als Florinda Pisani an der Reihe war, lagen bereits acht Diamanten auf dem grünen Samt. »Nur Mut, Contessa«, sagte der Baron herausfordernd. Florinda öffnete ihren chinesischen Fächer und begann nervös, sich Luft zuzufächeln. Noch immer hatte sie kein Wort gesagt. Auch Napier und Pavan schwiegen. Sie tupften sich mit ihren Spitzentaschentüchern den Schweiß von der Stirn, dabei ließen sie die Contessa nicht aus den Augen. Florinda Pisani langte mit der freien Hand in ihre Tasche, nahm ein Säckchen aus indischer Seide heraus, in dem sich ein ovaler weißer Diamant befand, der beim Drehen einen ganz leichten Blauschimmer aufwies.

»Das Weiß des Schnees verlangt nach dem Blau des Himmels, dem Rot des Feuers und dem Grün des Schlangenbluts.« Bei diesen Worten legte von Altemburg einen Saphir, einen Rubin und einen Smaragd neben den weißen Diamanten und warf seinen drei Mitspielern ein aufreizendes Lächeln zu.

Ein Zittern durchlief den Körper der Gräfin. Der Schweiß malte Linien in ihr gepudertes Gesicht, aber Eitelkeit war jetzt fehl am Platze. Auch Napier und Pavan blieben im Spiel. Pavan zog drei weitere Edelsteine aus der Tasche.

Von Altemburg seufzte und nahm sich einen der Weinkelche, die ein maurischer Diener in Landestracht darreichte. Auch die anderen griffen zu. In der Zwischenzeit hatten sich weitere Schaulustige um den Spieltisch versammelt, wobei die Damen in ihren ausladenden Reifröcken sich mit einem Platz in der zweiten Reihe begnügen mussten. »Das verspricht interessant zu werden …«, hörte man eine männliche Stimme sagen. Es wurde totenstill. Die Spannung war mit Händen zu greifen. Der Baron brach das Schweigen: »Ihr seid wieder am Zug, meine Liebe …«

Die Contessa warf drei weitere Edelsteine auf den grünen Samt: einen Saphir, einen Rubin und einen Smaragd. Ihr Gesicht glühte.

»Meine Herren, ein würdiger Einsatz!« Von Altemburg klatschte in die Hände. »Bedenkt, die höchste Karte gewinnt alles!«

»Nehmt die Maske ab, Baron!« Die Stimme der Contessa zitterte. »Ich will Euch in die Augen sehen, wenn Ihr Euer Hab und Gut und das Erbe Eurer Kinder und Kindeskinder verliert.«

Von Altemburg zögerte. »Wie recht diese Hure hat«, schoss es ihm durch den Kopf. Alles hatte er verpfändet, sogar sein geliebtes Schloss in Bayern. Ganz zu schweigen von dem persönlichen Risiko, das er einging: Die Bruderschaft hatte ihm das Geld für den Kauf der Juwelen geliehen, mit der Maßgabe, den Einsatz mindestens zu verdoppeln. »Schwört auf das Zeichen des Feuers, von Altemburg«, hatte ihn der Meister aufgefordert, als er ihm das Geld in die Hand gedrückt hatte. Und der Baron hatte geschworen, die linke Hand an das Brandmal auf der rechten Schulter gepresst, den Blick gesenkt. Dieses Mal jedoch nicht aus Ehrerbietung.

Die Contessa, überrascht vom Zögern ihres Kontrahenten, stichelte weiter: »Ich habe da wohl einen wunden Punkt getroffen, Monsieur …«

»Nicht im Geringsten, Contessa«, von Altemburg lächelte kühl und lüftete die Maske. In seinen lapislazuliblauen Augen glomm ein düsteres Feuer. »Ihr habt das Privileg, die erste Karte ziehen zu dürfen.«

Florinda klappte den Fächer mit einem Ruck zu und nahm

eine Karte. »Sind Sie bereit, *principe*?«, wandte sie sich an den Fürsten Napier zu ihrer Linken.

»Aber gewiss, *madama*.«

Dann war von Altemburgs Nebenmann an der Reihe. »Marchese Pavan?«

Mit zitternden Fingern griff der Edelmann nach einer Karte. Die Rivalen belauerten sich, die Spannung hatte ihren Höhepunkt erreicht. Nur von Altemburg hatte noch keine Karte gezogen. Mit sicherer Hand nahm er die letzte Karte auf und legte sie neben die drei anderen verdeckt auf den Tisch. Er sagte: »Marchese Pavan, Principe Napier, Contessa Pisani, ich werde Euch jetzt meine Karte zeigen, und Ihr werdet es mir gleichtun.«

Ganz langsam drehten die Spieler ihre Karte um, begleitet vom gepressten Stöhnen der Zuschauer. Als die Contessa die Karten sah, sank sie ohnmächtig zu Boden.

»Die Arme. Sie ist ruiniert!« Eine Zuschauerin hielt ihr ein Riechfläschchen unter die Nase.

Pavan und von Altemburg sahen sich wortlos an. Wenn sie es sich hätten erlauben können, wären auch sie in Ohnmacht gesunken. Nur Napiers Augen glänzten ekstatisch. Er bemühte sich allerdings um Zurückhaltung; seinen Triumph ungehemmt auszukosten, wäre wenig standesgemäß gewesen. Er ließ die Juwelen rasch in seine Tasche gleiten. Herrisch winkte von Altemburg den Diener heran und ließ sich einen weiteren Kelch Wein servieren, den er in einem Zug leerte.

»Principe, an Eurer Stelle würde ich mich ab jetzt sehr in Acht nehmen, mit Eurem Gewinn könnte man eine ganze Flotte ausrüsten.« Der Baron griff nach einem weiteren Kelch. Doch um diese Niederlage zu vergessen, würde selbst der gesamte Wein Venedigs nicht ausreichen.

Im Spielsalon war der Geräuschpegel schlagartig angestiegen. Alle sprachen über Fürst Napiers sagenhaftes Glück. Auf einen Schlag hatte er ein unermessliches Vermögen gewonnen, das sich in einer Hand transportieren ließ.

»Die Contessa ist immer noch am Boden zerstört, sie scheint sogar die Sprache verloren zu haben«, lästerte *principessa* Marianna Feltrami. *Baronessa* Enrica de Braud entgegnete empört: »Nun, ich möchte Euch in gleicher Lage sehen, meine Liebe.«

»Erlaubt, dass ich mich einmische, meine Damen, aber ich hielte das für keinen großen Verlust. Dann müssten wir uns wenigstens das törichte Geschwätz der Contessa nicht mehr anhören. Überhaupt, Ihr Frauen …« Der edle Herr Corrier beendete seinen Satz nicht, denn ein hübscher junger Mann hatte sich zu ihnen gesellt. »Teo, wo warst du nur?« Corrier fuhr sich mit der Zunge über die Lippen und strich dem Jungen sanft über das glatte Gesicht.

»Sieh an, sieh an.« Baronessa de Braud deutete zum anderen Ende des Saales. »Da kommt der Baron, er hat wohl genug.«

Für einen Augenblick ließ Corrier von seinem jungen Geliebten ab. »Ich glaube nicht, dass er sehr weit kommt. Seht nur, wie er schwankt. Es scheint, als habe er die Orientierung verloren. Der Arme.«

Die Umstehenden lachten, nahmen aber sofort Haltung an, als von Altemburg mit wirrem Blick an ihnen vorbeitorkelte. Er schien nicht mehr Herr seiner Sinne zu sein.

»Sie haben sich übel zugerichtet. Marchese Pavan musste sogar nach Hause getragen werden, weil er sich nicht mehr auf den Beinen halten konnte. Ein erbärmlicher Anblick.« Die Baronessa wandte sich ab.

»Mit Pavan habe ich sogar noch ein wenig Mitleid, aber dieser hochmütige von Altemburg …« Principessa Feltrami warf dem Baron einen abschätzigen Blick zu.

»Da kann ich Ihnen nur zustimmen, Gnädigste, dieser ungehobelte Flegel ist eine Schande für den Adel«, pflichtete ihr Corrier bei.

»Ich sprach von Hochmut, nicht vom Adelsstand. Von edlem Stande scheint bei unserem Freund nur das zu sein, was er in der Hose trägt«, die Principessa lächelte maliziös.

»Übrigens, mein lieber Corrier«, sie warf einen anzüglichen Blick auf den jungen Mann an seiner Seite, »ein starker Hengst zähmt auch die wildeste Stute, das solltet Ihr doch am besten wissen.«

Corrier deutete ein Lächeln an und zog seinen Geliebten mit sich.

»*Buonanotte, barone*«, der Diener verbeugte sich tief. Von Altemburg würdigte ihn keines Blickes. Die von den Fackeln nur spärlich beleuchtete Treppe erschien ihm heute noch steiler und länger als sonst, was aber bestimmt mit dem abrupten Wechsel vom überhitzten Salon in die Kälte der Nacht zu tun hatte. Er vergewisserte sich, dass ihn niemand beobachtete, setzte seine Maske wieder auf und eilte sicheren Schrittes die Treppe hinunter. Er war stocknüchtern, aber das sollte niemand wissen.

»Wohin ist er gegangen?«, fragte er Balà und Franzin.

»Dort entlang, mein Herr«, antworteten seine treuen Diener unisono und zeigten auf die schmale Gasse, die von dem kleinen Platz nach links abzweigte. Die Nacht unter dem sternenlosen Himmel war stockfinster und totenstill, einzig ihre Schritte hörte man auf dem Pflaster widerhallen.

»Principe, lasst mich Euch begleiten. Mit dem, was Ihr in der Tasche tragt, könnt Ihr nicht genug Geleitschutz haben.« Als er von Altemburgs Stimme hörte, fuhr Napier erschrocken herum.

»Barone?« Napier traute seinen Augen nicht.

»Nachts wimmelt es hier von Gesindel, seid auf der Hut, Principe.«

»Mein Diener ist gut bewaffnet, er wird mich schützen«, sagte Napier mit schwerer Zunge. Aber auch sein Begleiter war offensichtlich angetrunken. Als er sein Schwert aus der Scheide zog, kam er ins Straucheln und schien fast das Gleichgewicht zu verlieren. Obwohl von Altemburg bis aufs äußerste angespannt war, hatte er Mühe, ein Lachen zu unterdrücken. Sein Plan würde aufgehen, es war ein Kinderspiel. Franzin und Balà waren unterdessen an die Seite des Fürsten und seines Dieners getreten. Er saß in der Falle.

»Achtung!«, rief Napier, zückte schwerfällig sein Schwert und fuchtelte in der Luft herum.

Der Baron sprang leichtfüßig einen Schritt zurück. »In Eurem Zustand trefft Ihr nicht einmal ein Scheunentor.«

Während Napiers Mund mühsam ein »O« formte, wurde sein Diener von Franzins Schwert durchbohrt.

»Ich habe Euch gewarnt, Napier. Hier wimmelt es von Gesindel.« Von Altemburg warf Balà einen raschen Blick zu, der sprang auf Napier zu und entwaffnete ihn. Von Altemburg nutzte die Gunst der Stunde und stach drei Mal auf ihn ein. Bevor der Fürst nach vorne sank, entfuhr ihm ein gequälter Laut. Von Altemburg griff nach einer Fackel und trat auf ihn zu. Er wollte sich den Anblick dieses Mannes nicht entgehen lassen, der am glücklichsten Tag seines Lebens sterben musste. Einen Augenblick lang sah Napier seinem Mörder tief in die Augen, als wollte er ihm etwas Wichtiges mitteilen oder ihn vor einer Gefahr warnen, einer Gefahr, die nur er kannte. Doch kurz darauf erloschen seine Augen, und er stürzte zu Boden. Von Altemburg hob sein Schwert zum finalen Hieb, als sich ein Blutschwall aus Napiers Mund über seine Stiefel ergoss. Der Baron hielt inne.

»Ich glaube, er ist tot«, sagte Balà.

Von Altemburg zögerte, offenbar enttäuscht über das rasche Ende. Dann beugte er sich über den Fürsten, durchsuchte seine Taschen, bis er schließlich auf das Säckchen mit den Edelsteinen stieß. Es war blutgetränkt. »Ich bin untröstlich, Principe, aber jetzt habe ich den Trumpf gezogen!« Dann erhob er sich. »Lasst uns schleunigst von hier verschwinden.«

Balà und Franzin hoben Napiers Leichnam auf, von Altemburg kümmerte sich um den Diener. Zum Glück war er nicht schwer und bis zum Kai war es nicht weit.

Die Gondel erwartete sie schon. Während der Gondoliere von Altemburg beim Einsteigen behilflich war, entkleideten Balà und Franzin die beiden Leichen und warfen die blutbefleckten Kleider ins Boot. Einen Moment später hörte man zwei Mal kurz hintereinander ein dumpfes Platschen. Ein Geräusch, das von Altemburg noch lange in den Ohren widerhallte. Auch die Erinnerung an den warnenden Blick des sterbenden Fürsten wurde er die ganze Nacht nicht los.

3

Mailand, 2009

Lamberto De Gubertis stand im Badezimmer seiner Wohnung in der Via XX Settembre. Bis auf das Handtuch, das er sich um die Hüften geschlungen hatte, war er nackt. Offiziell hatte er die Wohnung als Büro angemeldet, tatsächlich handelte es sich aber um ein Liebesnest, in dem er sich mit häufig wechselnden Gespielinnen vergnügte. Zufrieden blickte er sich um. Das geräumige Bad war mit persischem Travertin gefliest, die Wände und die Decke waren verspiegelt. Auch in seiner Villa hingen überall Spiegel. Aber bestimmt nicht aus Eitelkeit, dazu war er in den letzten Jahren zu sehr in die Breite gegangen. Komplexe hatte er deswegen allerdings keine. »Dicker Bauch, dickes Konto«, das war seine Devise. Er war überzeugt davon, dass ihm seine massige Statur Autorität verschaffte. Es gab sogar Frauen, die Männer mit Bauch besonders attraktiv fanden. Vor allem, wenn diese reich und großzügig waren. Bei ihm traf beides zu. Bevor er als Filmproduzent Karriere machte, war er Taucher gewesen, daher seine ursprünglich athletische Gestalt. Aber das fehlende Training und die opulenten Abendessen in den besten Restaurants hatten aus ihm das gemacht, was er heute war. Er war den schönen Dingen des Lebens eben sehr zugetan. Und so war es für ihn ein Aphrodisiakum, in die Spiegel zu blicken und sich an den nackten Körpern seiner Geliebten zu weiden, meist jungen Frauen, die von einer Zukunft als Filmstar träumten. In letzter Zeit allerdings tauchte in seinem Terminkalender nur ein einziger Name auf: Smeralda Mangano. Die aufstrebende sizilianische Schauspielerin war ihm vom Parlamentsabgeordneten Enzo Pelori vorgestellt worden. Smeraldas makelloser Körper im Spiegel, wenn sie sich lasziv in seinem Kingsize-Bett räkelte … eine erregende Vorstellung. Er warf einen Blick auf das Handy, das er auf den Rand des Waschbeckens gelegt hatte. Er war spät dran. An diesem Morgen hatte er einen Termin mit dem Anwalt Morici, um die Klauseln des Vertrags mit Rossella Follini zu besprechen, dem Star aus »Die Nacht ist jung«, den Medien zufolge so etwas wie die Mailänder Version von »Sex and the city«. Eigentlich war das Treffen schon für den Vortag im Hotel Principe di Savoia angesetzt gewesen, aber De Gubertis hatte es vorgezogen, stattdessen mit Smeralda im Ristorante »Il Baretto« im Hotel Baglioni zu Mittag zu essen. Und auch jetzt mussten sich Morici und seine Mandantin wohl noch etwas gedulden …

»Gehst du schon?« Smeralda lehnte lässig an der Tür und warf ihm einen aufreizenden Blick zu. Sie war nackt. De Gubertis hatte ihr Kommen gar nicht bemerkt. Er legte den Rasierer zur Seite und wischte sich das Kinn trocken. Ihr Spiegelbild war genauso verlockend wie sie selbst. »Ich habe einen Termin mit der Follini, diesem kleinen Flittchen«, sagte er beiläufig, um sie ein bisschen hinzuhalten. Es gefiel ihm, wenn sie eifersüchtig war oder zumindest so tat, als ob sie es wäre.

»Wenn sie ein kleines Flittchen ist, warum bekomme ich dann die Rolle nicht? Warum? Bin ich dir etwa nicht hübsch genug?« Smeralda ging auf ihn zu, rieb ihre Brüste an seinem Rücken, öffnete den Knoten des Handtuchs und griff ihm zwischen die Beine. De Gubertis stöhnte. Inzwischen war das Handtuch zu Boden geglitten und hatte seinen erigierten Penis enthüllt. Mit etwas flacherem Bauch würde er länger wirken, dachte er bedauernd. Aber warum sich aufregen, wenn es Smeralda nicht störte? Der sanfte Druck ihrer Brüste und ihr warmer Atem auf seinem Hals machten ihn verrückt. »Hast du immer noch nicht genug? Du bist einfach unersättlich!«

Er drehte sich zu ihr um und drückte sie sanft auf die Knie. Smeralda wehrte sich nicht, sondern schenkte ihm einen lüsternen Blick. Dann begann sie ihn kunstvoll mit dem Mund zu liebkosen. Sie wusste genau, was sie tun musste, um De Gubertis in den Wahnsinn zu treiben. Doch trotz ihrer Virtuosität tat sie alles mechanisch, sie empfand nichts dabei. Sie hätte gedanklich auch bis hundert zählen oder ein Gedicht aufsagen können, doch wenn man ihr ins Gesicht sah, konnte man meinen, sie befände sich auf dem Gipfel der Erregung.

»So wie du hat es mir noch keine besorgt.« De Gubertis konnte sich nicht mehr beherrschen, er keuchte und winselte. Seine Hände waren in Smeraldas Haaren vergraben, und er stöhnte: »Ich komme!« Dabei blickte er in den Spiegel. Wer war dieser Mann?

Erst jetzt ließ Smeralda von ihm ab. Für heute hatte sie ihre Pflicht erfüllt. »O Smery, wenn du so weitermachst, krieg ich bei meinen anderen Geliebten keinen mehr hoch! Du kennst wirklich alle Tricks, besser als jede Professionelle …«, sagte De Gubertis ironisch und griff nach dem Handtuch, während Smeralda ihren Ekel nur mit Mühe unterdrückte.

»Heute können wir uns leider nicht mehr sehen, Smery.«

»Warum?«

»Abendessen mit Bastelli. Alles Arschlöcher, die Chefs der großen Sender, weißt du das?«

Smeralda gähnte ungeniert. Jetzt, da Lamberto befriedigt war, musste sie keine Rücksicht mehr auf sein männliches Ego nehmen.

»Sie denken nur ans Sparen: beim Casting, beim Drehbuch,

bei der Location. Qualität ist ihnen egal. Alles Idioten, verstehst du?«

Smeralda nickte. »Und was ist mit deinem Versprechen, deine Frau zu verlassen? Beichte deiner Ciccina endlich, dass du es in einem kleinen Mailänder Appartement mit mir treibst, statt ihr vorzumachen, du seist aus geschäftlichen Gründen in Paris.«

Lamberto De Gubertis verzog das Gesicht. Er hasste es, wenn man ihn unter Druck setzte. Und von Smeralda hatte er das auch nicht erwartet. Sie war für ihn immer anders als die anderen gewesen: anders als die verrückte Brasilianerin, anders als Maria, der polnische Vulkan, oder als Sofia aus Tschechien. All diese Filmsternchen waren angetreten, den Platz seiner Frau Cicci einzunehmen. Nichts als Illusionen.

Er überlegte. Wie sollte er reagieren? Wenn er jetzt einen Streit vom Zaun brach, wäre der Tag für ihn gelaufen. Das war es nicht wert. »Hör zu, Smery«, besänftigend legte er ihr die Hände auf die Schultern, dieses Mal allerdings, um ihr tief in die Augen sehen zu können. »Ich plane einen neuen Film, einen, der richtig einschlagen wird. Titel: ›Der Ruf des Schicksals‹. Für dich habe ich eine wunderbare Rolle vorgesehen.« Hatte er sie überzeugen können? Smeralda zwang sich zu einem Lächeln und sagte gleichgültig: »In Ordnung.«

De Gubertis nahm ihr Gesicht in beide Hände. »Du machst mich verrückt«, murmelte er und küsste sie.

Smeralda spürte seine drängende Zunge. Sie hatte überhaupt keine Lust, seinen Kuss zu erwidern, aber schließlich ging es nur um ihren Körper, Gefühle spielten keine Rolle. Deshalb schloss sie die Augen und öffnete die Lippen.

Etwas später hatte Smeralda das riesige Bett wieder für sich allein. Das Schlafzimmer war, wie der Rest der Wohnung, ausgesprochen luxuriös eingerichtet. Kostbare Buchara-Teppiche, antike Möbel aus verschiedenen Epochen. Das Wohnzimmer war von einem Innenarchitekten namens Pinto im minimalistischen Stil ausgestattet worden. Lamberto schwärmte sehr für ihn, Pintos »neue Einfachheit« war wohl gerade en vogue.

Früher oder später werde ich lernen, mich in diesen Kreisen zu bewegen, dachte sie. Mit eisernem Willen und großer Beharrlichkeit hatte sie schon jetzt viel erreicht, vor allem war es ihr gelungen, die Vergangenheit hinter sich zu lassen. Eine Vergangenheit, auf die sie weiß Gott nicht stolz war.

Das Fernsehpublikum kannte Smeralda Mangano meist als männermordenden Vamp. Dabei hatte sie für ihren Auftritt in einer TV-Serie über die Mafia, in der sie die Ehefrau eines Kronzeugen verkörpert hatte, lobende Kritiken bekommen. Gerade ihr sizilianischer Akzent, den sie sich mühevoll abzugewöhnen versuchte, hatte dabei zu ihrer Glaubwürdigkeit beigetragen.

Da sie an diesem Tag keine Termine hatte, ließ sie es ruhig angehen. Sie klingelte nach dem peruanischen Dienstmädchen, um sich das Frühstück bringen zu lassen. Dann schaltete sie das Radio an, drehte die Lautstärke herunter und dachte lächelnd an ihren cleveren Schachzug. Das Letzte, was sie wollte, war, dass Lamberto seine Frau verließ. Auch eine Karriere im Fernsehen oder beim Film interessierte sie nicht. Wirklich wichtig für sie war Schutz. Sie war aus einem bestimmten Grund nach Mailand gekommen, und bis sie dieses Ziel erreicht hatte, brauchte sie vor allem Sicherheit. Sie griff nach dem Handy auf dem Nachttisch und schaltete es ein. Ihre Agentin Edy Micheli, ihr schwuler Freund Peppy Piano und die Kosmetikerin hatten versucht, sie zu erreichen. Sie war gerade dabei, Edys Nummer zu wählen, als es an der Tür klopfte.

»Darf ich?«

»Komm rein, Raquel.«

»*Buongiorno, signorina*, haben Sie gut geschlafen?«

»Ja, danke, Raquel.«

»Wollen Sie im Bett oder lieber am Schreibtisch frühstücken?«

»Im Bett.«

Raquel stellte das silberne Tablett auf dem kleinen Tisch neben dem Sofa ab und trug ihn zum Bett herüber.

Auf einer Spitzenserviette neben der Limoges-Tasse lag ein Briefumschlag. Smeralda spürte, wie ihr Herz plötzlich schneller schlug. Auch Raquel war ihre Erregung nicht verborgen geblieben.

»Alles in Ordnung, Signorina?«

»Ja, danke, Raquel.« Smeralda zwang sich zu einem Lächeln.

»Ich habe die kalorienreduzierte Orangenmarmelade besorgt.«

»Ja, ja, danke. Du kannst gehen.«

Smeralda wartete, bis Raquel das Schlafzimmer verlassen hatte, dann griff sie nach dem Umschlag. Ihre Hände waren schweißnass. Der Brief war an »Smeralda Mangano, Via XX Settembre 14, Mailand« adressiert, abgestempelt im Bahnhof Lambrate.

Sie schluckte. Einen Moment lang überlegte sie, ob sie den Brief nicht ungeöffnet in den Papierkorb werfen sollte, doch dann legte sie ihn beiseite. Mechanisch goss sie sich eine Tasse Tee aus der Sheffield-Silberkanne ein und griff nach einer Scheibe Toast, die sie mit einem Hauch Marmelade bestrich. Ihre Hand zitterte so sehr, dass sie etwas Tee verschüttete, und sie bekam keinen Bissen herunter. Immer wieder wanderte ihr Blick zu dem Brief zurück. »Verdammt.« Wütend klatschte sie den Toast zu Boden und riss den Umschlag auf.

Die Buchstaben tanzten vor ihren Augen, es waren Großbuchstaben, ausgeschnitten aus einer Zeitung. Sie kam sich vor wie in einem Totò-Film. Nur, dass sie das hier nicht witzig fand.

»ICH KENNE DEIN GEHEIMNIS, DU HURE. WANN WIRST DU VON DEINEN ZWEI SCHÄTZEN ERZÄHLEN?« Dann folgte ein Satz, der in den vorangegangenen Briefen fehlte: »ICH WERDE DICH WISSEN LASSEN, WIE DU MIR DEINE DANKBARKEIT ERWEISEN KANNST.«

»*Avi a ghittari sanghi!* Er soll verrecken, dieser verfluchte Bastard!« Smeralda zerknüllte den Brief und verbrannte ihn im Aschenbecher, dann goss sie etwas Tee darüber, damit es nicht so lange kokelte. Anschließend zündete sie sich eine Zigarette an. Sie hatte sich das Rauchen abgewöhnt, doch seit sie diese verdammten Briefe bekam, war es vorbei mit der Disziplin.

Zum x-ten Mal fragte sie sich, wann ihr der ominöse Erpresser endlich sagen würde, was er eigentlich wollte. Und vor allem: Was war ihr sein Schweigen wert? Sie wusste es nicht. Sie stand auf und schüttete die Asche ins Klo. Ein Blick in den Spiegel beruhigte sie, keine Spur von Stress und Erschöpfung. Sie sah eine wunderschöne Frau mit wallender Löwenmähne und endlos langen Beinen. Ihre dreiunddreißig Jahre sah man ihr nicht an. Einziger Schwachpunkt war der flache Po, was den Männern allerdings kaum auffiel, weil sie nur Augen für ihre üppigen Brüste hatten. Smeralda tat alles, um in Form zu bleiben und diese zur Geltung zu bringen, denn ihr Körper garantierte ihr ein angenehmes Leben fern der Armut.

Während sie die Zigarette gierig zu Ende rauchte, erinnerte sie sich an die Zeit, als sie noch in Catania lebte und Maria Catena Eustochia Smeralda Calogero hieß, genannt Caty oder auch *'a Minnona*, »die mit den großen Brüsten«. Damals war sie ein naives junges Ding, das sich von allen ausnutzen ließ. Doch das hatte sich schlagartig geändert, seit sie sich Scila genannt hatte, ein Name, den sie in einem Film aufgeschnappt hatte. Damals war sie zweiundzwanzig Jahre alt gewesen. Ihr war plötzlich klargeworden, dass ihre Brüste ihr Kapital waren. Ein Kapital, das gezielt eingesetzt werden musste. Sie ließ sich nur noch mit Männern ein, die neben Geld auch Stil und Kultur zu bieten hatten. Sie wollte mitreden können, nicht mehr nur das reizende Dummerchen sein. Peinlich berührt erinnerte sie sich an ihre Liaison mit Commendatore Picone, einem unersättlichen Endsechziger, der sie einmal »meine Tanagra-Statue« genannt hatte.

»Tanagra? Was zum Teufel ist das denn?«, hatte sie gefragt. Picone hatte gelacht, und Smeralda wäre vor Scham am liebsten im Boden versunken, obwohl der alte Bock sie bestimmt nicht hatte beleidigen wollen. Beim Gedanken an Picone und an all die anderen, die es nur auf ihren Körper abgesehen hatten, wurde ihr übel. Wenn ihr Geheimnis auffliegen würde, würde sie wieder in diesem Milieu enden. Eine Horrorvorstellung.

Anna Bechi saß am Frühstückstisch und spielte geistesabwesend mit dem Löffel. Sollte sie das dritte Marmeladenbrot noch essen, das letzte, das noch auf dem Teller lag? Ihr Mann Giampiero Principini hatte sich mit einer Tasse grünen Tees ohne Zucker, einem frisch gepressten Orangensaft und einem Magerjoghurt begnügt und las wie jeden Morgen ungerührt die Zeitung. Wie immer Il sole 24 ore und den Corriere della Sera. Außer einem flüchtigen »Guten Morgen« hatten sie noch kein Wort miteinander gewechselt. Das war nichts Ungewöhnliches in ihrer Ehe, die ersten Jahre einmal ausgenommen. Da hatte sich Giampiero von seiner besten Seite gezeigt, war zuvorkommend und liebevoll gewesen. Vor allem, um seinem Schwiegervater und Mentor, dem berühmten Genforscher Ambrogio Bechi zu imponieren. Aber die Leidenschaft war schnell abgekühlt, besonders als Professor Bechi das Klinikum San Raffaele verlassen hatte und in Pension gegangen war.

Voller Neid betrachtete Anna die gepflegten Hände und die perfekten Fingernägel ihres Ehemanns. Ihre Hände sahen nie so aus, selbst nach einer Maniküre nicht. Sie brauchte immer etwas zwischen den Zähnen, und wenn keine Butterkekse in der Nähe waren, dann kaute sie eben an den Fingernägeln oder rauchte eine Zigarette nach der anderen. Die gelben Flecken an ihren Fingern waren noch das kleinere Übel. Giampiero hingegen war diszipliniert und ausgeglichen wie ein Zen-Meister. Dank eiserner Diät, Tennistraining und Fitnessstudio war er trotz seiner achtundvierzig Jahre in Topform. All das neben seiner Tätigkeit als Neurochirurg und seinen Forschungen im Bereich der Gentechnik.

Er war fast eins neunzig groß, hatte dunkle Augen, graumelierte Haare und für einen Mann ausgesprochen sinnliche Lippen. Der klassische Verführertyp. Es gab nicht eine unter Annas Freundinnen, die sie nicht glühend beneidete. Natürlich wussten die meisten nichts von der Gefühlskälte und der Teilnahmslosigkeit zwischen ihnen, geschweige denn von der fehlenden körperlichen Nähe. Wann hatten sie das letzte Mal miteinander geschlafen? Sie konnte sich an das genaue Datum nicht erinnern, wusste nur noch, wie schnell alles vonstattengegangen war. Im Dunkeln, in aller Eile und ohne ein zärtliches Wort. Giampiero hatte nicht einmal gewartet, bis sie ausgezogen war. Er hatte sich auf sie gestürzt und war brutal in sie eingedrungen. Noch heute hatte sie seine abfälligen Bemerkungen über ihren schlaffen Bauch und ihre biedere Unterwäsche im Ohr.

Giampiero nahm einen weiteren Schluck Tee, ohne von der Zeitung aufzusehen. Er schien in seine Lektüre vertieft, aber Anna wusste, dass er nur vermeiden wollte, sie essen zu sehen. Er konnte den Anblick einfach nicht ertragen. Sie hatte bereits zwei Tassen Milchkaffee, zwei Brioche mit Marmelade und zwei Toast in sich hineingestopft und dachte gerade über einen dritten nach. »Daran ist mein niedriger Blutdruck schuld«, sagte sie, wenn ihr Mann doch einmal hochblickte.

Verstohlen streckte sie die Hand nach dem Toast aus. Erst als sie hineinbiss, bemerkte sie, dass sie gar keinen Hunger mehr hatte. Schon um fünf Uhr früh hatte sie sich in die Küche gestohlen, um heimlich die Reste der wunderbaren Sachertorte zu essen, die ihre Köchin Rosy gebacken hatte. Für Notfälle hatte Anna im Schlafzimmerschrank sogar immer eine Schachtel Pralinen und eine Flasche Fernet versteckt.

»Um Gottes willen«, Giampiero faltete die Zeitung zusammen und legte sie auf den Tisch. Dann musterte er sie verächtlich.

Anna blickte verschämt auf den Teller. Sie hatte nicht gedacht, dass er sie heimlich beobachten würde.

»Anna, bitte, ich sage das nur zu deinem Besten. Du weißt, dass ich dich mag. Aber du musst aufhören, so viel zu essen, das tut dir nicht gut ...«

Das Einzige, was Anna aufhorchen ließ, waren die Worte: »Du weißt, dass ich dich mag.« Einen Augenblick lang war sie versucht, ihm zu glauben. Sie spürte, wie es in ihrer Nase zu kitzeln begann und ihr die Tränen in die Augen stiegen. Wenn er jetzt noch ihre Hand nähme oder sie sogar streichelte, dann würde sie sofort eine Diät beginnen, ohne Wenn und Aber. Doch ihr Mann fuhr ihr nur mechanisch über die Haare. »Du rauchst zu viel, du isst zu viel. Was denkst du, was die

Leute sagen, wenn sie dich so sehen? Sie denken, es ist meine Schuld. Ich würde mich nicht genug um dich kümmern ... Wir sind nicht wie andere Ehepaare, Anna. Wir stehen im Licht der Öffentlichkeit. Das müsstest du doch besser wissen als ich, denk an deinen Vater ...«

»Und genau deshalb nimmst du mich nie mit, nicht wahr?« Anna war außer sich. Das Papiertaschentuch, das sie in Händen gehalten hatte, bestand nur noch aus Fetzen. Sie dachte an die Worte ihrer Freundin Amanda, dass Männer ihre öffentlichen Auftritte unter rein machtstrategischen Gesichtspunkten betrachteten. »Du nimmst mich nicht mit, weil du dich mit mir schämst! Gib es zu!«

»Anna, bitte, fang nicht schon wieder damit an.« Giampiero vermied es, sie anzusehen, um nicht das bisschen Beherrschung zu verlieren, das ihm geblieben war.

Aber Anna war nicht zu bremsen: »Der großartige Wissenschaftler«, höhnte sie, »merkst du denn nicht, wie lächerlich du dich mit deinem Gehabe machst? Der Halbgott in Weiß, der geniale Forscher! Vergiss nicht, dass ich die Wahrheit kenne, mein kleines Genie.«

Giampiero warf ihr einen eiskalten Blick zu. »Was willst du damit andeuten?« Er hatte sich ruhig erhoben, doch seine Hände zitterten leicht, ganz untypisch für einen Chirurgen. »Genügt dir das Fressen nicht mehr? Musst du jetzt auch noch saufen?«

»Ich trinke nicht.«

»Ach nein? Und was hast du unter deiner Wäsche im Schlafzimmerschrank versteckt? Sprich nie wieder in diesem Ton mit mir, Anna, sonst ...«

Anna sah ihn entsetzt an, ihr Herzschlag setzte aus. Die Spannung war mit Händen zu greifen. »Giampiero, ich ... ich wollte nicht ...«

Giampiero Principini stürmte aus dem Zimmer, außer sich vor Wut.

Erst als die Tür hinter ihm zuschlug, wagte Anna wieder zu atmen. Dieses Mal war sie zu weit gegangen. Noch nie hatte sie so mit ihm gesprochen. Wieder war etwas zwischen ihnen zerbrochen, auf ewig zerstört. Unfähig, sich vom Stuhl zu erheben, fragte sie sich, was passieren würde, wenn Giampiero von den anonymen Briefen erführe, die sie seit einigen Monaten bekam. In allen stand der gleiche Satz: »Ich kenne dein Geheimnis.« Ihr Geheimnis, das einzige Mal, dass sie sich einem anderen Mann hingegeben hatte. Plötzlich bemerkte sie, dass ihr Mund völlig ausgetrocknet war.

»Der Professor ist so weit«, hatte José dem Chauffeur zugerufen. Gino saß bereits am Steuer des schwarzen Mercedes 500, der vor dem Gittertor der Villa parkte, und las Zeitung.

Principini stieg in den Wagen und schloss die Tür. »*Buongiorno, professore*«, grüßte Gino und blickte in den Rückspiegel. Heute war es besser, die Fahrt schweigend zurückzulegen, das konnte er am Gesichtsausdruck seines Chefs ablesen.

Giampiero sah aus dem Fenster und dachte über den heftigen Zusammenstoß mit Anna nach. Wenn der drohende Imageverlust nicht wäre, hätte er diese blöde Kuh längst verlassen. Diese saufende Matrone hatte nichts mehr mit dem schüchternen, adretten Mädchen zu tun, das er geheiratet hatte. Ab diesem Moment war es mit der Karriere aufwärtsgegangen, nicht zuletzt durch die Unterstützung seines Schwiegervaters. Aber Principini war selbstbewusst genug, um zu wissen, dass auch er seinen Teil zum Erfolg beigetragen hatte. Er war strebsam, hatte einflussreiche Freunde und nicht zuletzt einen guten Riecher. Seine Forschungsergebnisse im Bereich Pädiatrische Onkohämatologie, Parkinson und Alzheimer hatten europaweit für Aufsehen gesorgt. Im Verborgenen widmete er sich aber auch einträglicheren Geschäften. In der Kosmetikforschung arbeitete er mit der Krüger AG zusammen, einer international operierenden Firma, die mit dem Kauf der Marke Donna Diabla vor kurzem auch in die Modeszene eingestiegen war.

Während Gino den Mercedes vor dem Eingang der Klinik Santa Regina parkte, waren Principinis Gedanken von Anna zu seinem Kollegen Caccetti gewandert. Ein lästiger Gedanke. Ich muss ihn zur Räson bringen. Seit geraumer Zeit bringt er nicht die gewohnte Leistung und ist viel zu nachgiebig. Aber die Zusammenarbeit jetzt zu beenden, wäre hochproblematisch.

Wie jeden Morgen wurde er vom Klinikpersonal ehrerbietig begrüßt. Er nickte kurz in die Runde und ging rasch in sein Büro. Was stand heute an? Wichtig war vor allem der Termin mit seinem Anwalt Morici. Von ihm brauchte er juristischen Rat, bevor er sich mit einigen Freunden traf. Freunde? Wohl eher Geschäftspartner. Und was für Partner, dachte er angewidert, als er die Bürotür hinter sich schloss.

Hinter ihm lag ein anstrengender Tag. Neben der üblichen Visite, hatte Principini Interviews über Fortschritte in der Pädiatrischen Onkohämatologie gegeben, eines mit dem Daily Telegraph, ein zweites mit der Bunten. Er sah auf die Uhr, es war fast sieben. Er rief seinen Fahrer an, um ihm mitzuteilen, dass er ihn in zwanzig Minuten erwartete. Anschließend trug er die Termine des Folgetags in sein ledergebundenes schwarzes Notizbuch ein und gönnte sich eine kurze Pause in seinem ergonomisch geformten Entspannungssessel. Das edle Schreibset auf dem Mahagonitisch und der elegante lederne Rezeptblock waren Geschenke eines reichen Patienten. Alles in seinem Büro strahlte Macht und über lange Jahre erworbenen Reichtum aus. Von seinem Sessel blickte er auf ein faszinierendes Bild: ein Kunstdruck des Ölgemäldes »Nr. 15« von Mark Rothko. Die Farben dieses Bildes waren seine Energiequelle, in ihrer Betrachtung fand er zur inneren Ruhe. Es schien, als würde das Bild in Flammen stehen. Die Farbpigmente wirkten wie mikroskopisch kleine Lebewesen, die sich ständig zu verändern schienen, genau wie die Körperzellen, die er tagaus, tagein im Labor untersuchte.

Danach ging er in sein privates Bad hinüber, benetzte sein Gesicht mit Wasser und betrachtete sich im Spiegel. Nur wenn er lächelte und seine strahlend weißen Zähne zeigte, waren winzige Fältchen zu erkennen. Ja, er war ein schöner Mann. Ein Mann, der die Frauenherzen höher schlagen ließ. Und Frauen waren nun mal das schönste Spielzeug für einen Mann, und manchmal waren sie sogar nützlich. Er versicherte sich, dass er Handy und Hausschlüssel eingesteckt hatte, und verließ das Büro. Sein Anwalt Edmondo Morici erwartete ihn, ein guter Freund, allerdings keiner, der Rabatte gewährte. Besser, gleich zahlen, als Schulden haben. Früher oder später präsentierten selbst Freunde ihre Rechnung, mit Zins und Zinseszins, sinnierte er, als er den hell erleuchteten Flur im ersten Stock entlangeilte. Dann fiel ihm ein, dass er vergessen hatte, Anna zu sagen, dass er an diesem Abend nicht zu Hause essen würde. Erst wollte er die Sache auf sich beruhen lassen, dann rief er doch an. José nahm ab und leitete das Gespräch an Anna weiter.

»Pronto, Giampiero ...«, Annas Stimme hatte jede Härte verloren. Prinicipini atmete tief durch, sagte aber nichts und wartete ab.

»Giampiero, es tut mir leid wegen heute Morgen ...«

Sie hörte ihn seufzen und wusste, dass er ihr verziehen

hatte. »Schon vergessen, mach dir keine Sorgen. Ich habe vergessen, dir zu sagen, dass ich heute später nach Hause komme, ich habe noch ein Arbeitsessen.« Sein Ton war freundlich, doch Anna spürte die Kälte, die von ihm ausging.

»Schade. Ich sage Rosy, dass sie heute nicht zu kochen braucht.«

»Gut. Pass auf dich auf.«

»Das werde ich, ciao.«

»Ciao.«

Als sie das Klicken in der Leitung hörte, spürte Anna das Loch in ihrem Magen. Sie wusste genau, dass ihr Mann log. Das »Arbeitsessen« war sicher ein Date mit seiner Geliebten. Sie brauchte unbedingt etwas zu essen, irgendetwas, um die innere Leere zu füllen. Während sie die Pralinen aus dem Schlafzimmerschrank holte, beschloss sie, am nächsten Tag bei Amanda vorbeizugehen. Vielleicht konnte sie sich auch mit einem schicken Kleid aus der Boutique ihrer Freundin etwas Gutes tun.

Sie trafen sich bei Cova zur Happy Hour.

»Sag bloß, du rauchst«, Luca Pellani schaute Giampiero Principini ungläubig an, der sein Feuerzeug gezückt hatte.

»Nein, aber ich liebe das Feuer«, Principini blies die Flamme aus.

»Nun, was machen die Geschäfte in Mitteleuropa?«

»Es läuft gut. Die Nachfrage ist groß, die Beschaffung macht allerdings die üblichen Schwierigkeiten.«

»Die Details klären wir heute Abend bei Pasquali«, Principini wollte das Thema nicht vertiefen.

Pellani verzog das Gesicht und spielte mit seinem Glas. »Citerich ist wie üblich zu spät, früher oder später werden wir ihm eine Lektion erteilen müssen. Wenn er in fünf Minuten nicht da ist, gehen wir.«

Principini musterte seinen Partner misstrauisch. In letzter Zeit kam er ihm verändert und gehetzt vor. Würde er dem Druck standhalten?

»Da kommen Santini und Citerich«, Pellani wirkte erleichtert.

Er hatte die beiden Männer sofort erkannt. Beide um die vierzig, der eine klein und mager, der andere ein Hüne mit slawischen Zügen.

Pellani leerte seinen Gin in einem Zug.

»Langsam, Luca. Der Alkohol mindert dein Denkvermögen.«

»Auch falscher Ehrgeiz schadet nur«, konterte Pellani.

Die anderen waren inzwischen an den Tisch gekommen.

»Wollt ihr etwas trinken?« Principini hatte gerade sein Glas Tomatensaft mit Zitrone ausgetrunken.

»Nein, danke«, erwiderte Santini, der kleinere der beiden Neuankömmlinge.

»Geht schon vor, wir kommen nach. Es ist besser, nicht zu sehr aufzufallen, besonders du nicht, mein lieber Professore.«

Citerich sprach mit leicht kehligem Akzent. Principini bedachte ihn mit einem eiskalten Lächeln. Dann bedeutete er Pellani aufzustehen und verließ mit ihm das Lokal. Ihr Ziel war Pasqualis Wohnung in der Via dei Giardini.

Die Nacht war totenstill und stockfinster, nur einige wenige Sterne standen am Himmel. Obwohl die Wärme des Tages noch nicht gewichen war, zitterte sie vor Kälte. Das weiße Baumwollkleid klebte an ihrem Körper, als hätte man sie unter die Dusche gestellt. An eine Wand gepresst, kauerte sie im Laderaum des kleinen Lastwagens. Sie hatte die Knie dicht an den Körper gezogen, der Schweiß lief ihr über die Stirn in die Augen, die zu brennen begannen. Sie hatte Angst. Noch nie hatte sie solche

Angst gehabt. Sie versuchte, sich auf ihren Atem zu konzentrieren, denn eine Panikattacke würde alles noch viel schlimmer machen.

Der Lastwagen hatte vor wenigen Minuten angehalten, wo, wusste sie nicht. Der Stille nach zu urteilen, wahrscheinlich irgendwo auf dem Land. Ihr Herz schlug zum Zerspringen. Sie hörte Türen klappen und Wortfetzen von Männern, die sich draußen unterhielten. Warum hatte sie nicht auf ihre Mutter gehört? »So ein aufreizendes Kleid, zieh das bloß aus.«

»Ich gehe doch nur zum Bäcker, Mama, fünf Minuten, was soll mir da schon passieren?« Jetzt wusste sie es besser. Selbst in fünf Minuten konnten die schlimmsten Dinge passieren. Die Hecktür wurde geöffnet. Während kräftige Arme sie aus dem Wagen zerrten, kniff sie instinktiv die Augen zusammen, so fest sie konnte. Dumpf schlug sie auf dem Pflaster auf. Und da geschah das Wunder: Sie konnte fliegen. Hoch in die Lüfte erhob sie sich, wie ein Vogel. Dass es grobe, gierige Männerhände waren, die sie in der Schwebe hielten, zählte nicht. Sie flog.

Als sie die Augen schließlich wieder öffnete, fand sie sich in einem alten Schuppen wieder, der von einer nackten Glühbirne beleuchtet wurde. Es stank erbärmlich. Sie erkannte Ackergeräte und einen ausrangierten Motor. Und drei Männer. Drei Raubtiere, die ihre Beute eingekreist hatten.

Einer kam ihr bekannt vor. Aber sie war zu verwirrt, um das Gesicht zuordnen zu können. Er stieß sie zu Boden. Sie fiel nicht hart, sondern angenehm weich. Dann packte der Mann sie an den Füßen und drehte sie bäuchlings auf die stinkende Matratze. Ihr blieb die Luft weg, als ihre Nase einen verkrusteten dunklen Fleck streifte. Blut. Als sie spürte, wie der Mann ihr das Kleid auszog und ihre Pobacken umfasste, war sie fast ohnmächtig vor Angst. Absurderweise musste sie in diesem Moment daran denken, dass sie ihr Lieblingskleid nie wieder sauber bekommen würde. Dann hörte sie, wie der Mann seinen Reißverschluss aufzog, ein Geräusch, das sie nie wieder vergessen würde.

Schweißüberströmt schreckte sie aus dem Schlaf auf, geweckt durch ihren eigenen Schrei. Auf dem Nachttisch standen die Reste des Frühstücks. Und der Brief. Wieder begann ihr Herz zu rasen, genau wie in ihrem Alptraum. Es war nicht das erste Mal, dass sie einen anonymen Brief bekommen hatte, doch diesmal erschien er ihr besonders bedrohlich. Das Schlimmste aber war das Gefühl, von einer unbekannten Macht in die Vergangenheit zurückgezogen zu werden, eine schmerzliche Vergangenheit, die sie um jeden Preis vergessen wollte. Da half es auch nichts, sich vor den Spiegel zu setzen, zu lächeln und sich zu sagen, dass diese gutaussehende dunkelhaarige Frau Smeralda Mangano war. Und nicht etwa Maria Catena Eustochia Smeralda Calogero. Selbst die raffinierteste Schminke und falsche Wimpern nutzten nichts, sie wurde dieses beklemmende Gefühl einfach nicht los. Und auch eine Stippvisite bei Amandas exklusiver Boutique würde ihr keinen Frieden bringen. Heute Morgen brauchte sie stärkeren Trost, Trost, den man mit Geld nicht kaufen konnte. Sie nahm ihr »Allerheiligstes« vom Nachttisch, ein Bittgebet an ihre Schutzpatronin, die heilige Eustochia von Messina. Das Gebet stammte von Don Giuseppe, dem Pfarrer ihres Heimatdorfs Mongiuffi. Als sie die heiligen Worte in Händen hielt, musste sie an ihre Mutter Concetta denken. »Ich wollte dich Maria Catena nennen und *basta*, doch Don Giuseppe sagte mir, dass die heilige Eustochia dich immer beschützen und dein Glück wachsen würde, genau wie die Haare und die Nägel deiner Schutzpatronin, die auf wundersame Weise immer wieder nachwachsen und jedes Jahr geschnitten werden müssen.«

So sagte es die Legende. Wenige Jahre später hatte sie im Religionsunterricht die wahre Geschichte gelernt: Smeralda Calafato wurde am 25. März 1434 geboren und starb am 20. Januar 1491. Um vor ihren aufdringlichen Freiern zu flüchten, fasste sie den Entschluss, Nonne zu werden. Im Kloster hatte sie den Namen Eustochia angenommen, nach einer Schülerin des heiligen Girolamo. Smeralda erinnerte sich noch genau an den 11. Juni 1988, als Papst Johannes Paul II. ihre Schutzpatronin heiliggesprochen hatte. Da war sie gerade elf, aber schon so groß wie heute, eine wahre Riesin unter ihren Klassenkameradinnen. Außerdem war sie spindeldürr. Ihre Mitschülerinnen zogen sie damit auf und nannten sie »Zahnstocher«. Smeralda versuchte die Sticheleien zu ignorieren. Sie schämte sich zuzugeben, dass es zu Hause zu wenig zu essen gab. »Du armes Kind, bringst Opfer, genau wie Eustochia«, sagte Don Giuseppe immer und strich ihr über den Kopf. Wann immer es möglich war, brachte er ihr etwas zu essen mit: einmal einen in Öl getunkten Kanten Brot, ein anderes Mal eine Scheibe Bruschetta. Er sorgte für sie, solange er konnte, die Ärmsten seiner Gemeinde ließ er nicht im Stich. Doch dann war er gestorben, und Smeralda hatte die Kirche nicht mehr betreten.

Aber trotz Armut und Elend erblühte sie zu einer Schönheit, mit feinen Gesichtszügen und makellosem Körper. Die Hänseleien der Kindheit verwandelten sich in Bewunderung und Begehren. Sie liebte es, durch die Straßen zu schlendern und die Blicke der Männer auf sich zu ziehen, nicht ahnend, dass gerade dieses Glück ihr einmal so viel Leid bringen würde.

Smeralda duschte rasch, dann schlüpfte sie in das tiefdekolletierte neue Dolce&Gabbana-Kleid. Sie betrachtete sich von allen Seiten im dreiflügeligen Schlafzimmerspiegel. Das Kleid war sensationell. Sie hatte es für das Weinevent das Jahres, die exklusive »Rosso-Bianco-Oro«-Party gekauft, das in der Luxusvilla von Viveca Sannazzaro stattfinden würde, einer Winzerin mit internationalem Renommee, deren Name in einem Atemzug mit Frescobaldi genannt wurde.

Die Einladungen für die handverlesenen Gäste waren in goldenen Lettern geprägt, auf dem Briefumschlag prangte ein ebenfalls goldgeprägter Traubenhenkel. »Kauf das aufregendste Kleid, das du finden kannst. Ich will, dass du die Allerschönste bist«, hatte De Gubertis gesagt und sie hinters Ohr geküsst. Dann hatte er ihr einen Blankoscheck überreicht, und Smeralda war schnurstracks zu Amanda gestürmt. Jetzt kamen ihr jedoch Zweifel. War das Kleid für den Anlass nicht doch etwas zu gewagt? Der Alptraum hatte ein tiefes Schamgefühl in ihr geweckt, sie wollte nicht, dass die Männer sie mit Blicken auszogen.

»Die zahlt man wohl pro Kilo Oberweite, was?«, hatte sie einen Manager von Medialight während einer Party nach dem Drehschluss des De-Guberti-Films »Bäume ohne Wurzeln« sagen hören. Der Satz hatte sie verletzt, obwohl sie Aussagen wie diese üblicherweise nicht aus der Ruhe brachten.

Sie zog das Kleid wieder aus, hängte es sorgsam in den Schrank und entschied sich für ein blauviolettes Blumarine-Kleid und schwarze Designer-Schuhe. Dann bürstete sie ihre schwarzen Haare und legte ein dezentes Make-up auf. Auf ihre Haare war sie besonders stolz. »Ich bin wie Samson. Meine Haare sind das Geheimnis meiner unbezwingbaren Stärke«, kokettierte sie immer bei ihren Liebhabern. Sie überprüfte den Inhalt ihrer schwarzen Chanel-Krokoledertasche, zog den ecrufarbenen Louis-Vuitton-Mantel über und verließ eilig das Haus, in Gedanken bereits in ihrer Lieblingsboutique.

»Ich komme wieder, mein Schatz, und dann lasse ich dich nie mehr allein.« Alessandro Preziosi hielt Miranda Biglieris Hände und bedeckte sie mit Küssen. Jedes Mal, wenn sie diese Szene aus De Gubertis' erfolgreichem Historienschinken »Der Inquisitor« sah, musste Smeralda an ihre eigene Geschichte denken. Es kam ihr vor wie ein schlechter Scherz, denn sie hatte diese Szene tatsächlich erlebt. Vor vielen Jahren und mit fast genau den gleichen Worten. Im Gegensatz zu Miranda jedoch, die Alessandro guten Glaubens ziehen ließ, hatte sie sich ihrem Märchenprinzen zu Füßen geworfen und ihn angefleht zu bleiben. »Wenn du gehst, bringe ich mich um«, hatte sie gedroht.

»Sag so was nicht, Scila. Ich komme bald zurück, und dann werden wir heiraten. Das schwöre ich bei allem, was mir heilig ist.« Dann hatte er ihr aufgeholfen, frei nach seiner Devise: »Die Welt muss dir zu Füßen liegen, und nicht umgekehrt.«

Der Film spielte zur Zeit der Hexenverfolgungen. Alessandro Preziosi war ein Inquisitor, der sich in eine Adlige verliebt hatte, die zu Unrecht als Hexe verdächtigt wurde. Zum Schluss kehrte er zu ihr zurück, ein Happy End, das Smeralda nicht vergönnt gewesen war.

Sie stellte den DVD-Player ab und tupfte sich die Tränen aus dem Gesicht. Dann rief sie nach Raquel und bat um einen starken Espresso. Vielleicht würde der Kaffee ihre Melancholie und die schmerzvolle Erinnerung an Lupo Sannazzaro d'Altino vertreiben, an den »Blauen Baron«, wie die Klatschpresse den Playboy der Florentiner High Society getauft hatte. Er war immer und überall unterwegs gewesen, an den mondänsten Orten des alten Kontinents. Auf Beutejagd. Manchmal konnte sie sich nicht einmal mehr an seine Gesichtszüge erinnern, manchmal jedoch, wie heute, sah sie ihn ganz deutlich vor sich. Mittelgroß, blond, sportlich, mit vorwitzigen Sommersprossen im Gesicht und auf den Händen. Ein bisschen erinnerte er an Lapo Elkann, nur mit etwas längeren Haaren und Koteletten. Lupo selbst machte immer seine Scherze über diese Ähnlichkeit.

»Lapo ist Lapo, und ich bin Lupo, und ich schnappe mir das Leben.« Als Kind war er in der Chiesa Grinzane Cavour auf den Namen Wolf getauft worden, was später zum italienischen Lupo wurde. Zusammen mit dem klangvollen Nachnamen seiner Eltern machte es Eindruck, wenn er sich vorstellte: »Lupo Sannazzaro d'Altino«, mit rollendem r. Eine leichte Verbeugung, ein Handkuss für die Damen: Dieses Entree hätte bei jedem anderen lächerlich gewirkt, bei ihm nicht. Lupo war ein Charmeur, der geborene Verführer, raffiniert und unwiderstehlich.

»Dir gehen alle auf den Leim, egal, ob Männer oder Frauen«, hatte Smeralda einmal gesagt. Er war nicht weiter darauf eingegangen, aber im Grunde hatte sie recht. Er war ein Hasardeur, ein eiskalter Bluffer, besonders beim Glücksspiel, dem Sannazzaro d'Altino schon in seiner Jugend verfallen war. Bereits mit sechzehn hatte er zu spielen begonnen und nach und nach ein kleines Vermögen verloren, sogar die bescheidene Erbschaft seines Großvaters Velio. Auch später ließ seine Spielleidenschaft nicht nach, weshalb sein Vater Rodolfo Sannazzaro ihm den Geldhahn zudrehte. Aber Lupo kannte die richtigen Leute und verstand es meisterhaft, sich Geld zu beschaffen. Seine Freunde Brenno Sanza, Edoardo Calisi und Pierpaolo Mereu waren immer bereit, ihn finanziell zu unterstützen, solange ihr Risiko mit echter Leidenschaft belohnt wurde, sei es beim Spiel, beim Sex oder durch Drogen.

Den Teil der Geschichte, der nun folgte, kannte Smeralda nur zu gut. Lupo hatte es sehr bedauert, nicht rechtzeitig erkannt zu haben, wie viel Kummer er seiner Mutter mit seinem

Lebenswandel bereitet hatte. Jedes Mal, wenn er von ihr gesprochen hatte, hatte Smeralda sich unbehaglich gefühlt. Aus Bewunderung, aber auch aus Eifersucht gegenüber einer starken Frau, die nach dem Tod ihres Mannes einen Sohn erziehen und eine Firma führen musste, ohne fremde Hilfe. Doch bereits nach kurzer Zeit hatte sie das Unternehmen zum Erfolg geführt und Medici-d'Altino-Weine sogar in die USA exportiert.

Smeralda fragte sich, was Lupo wohl gesagt hätte, wenn er zusammen mit ihr die Pressenotiz gelesen hätte, dass Vivy Sannazzaro vor kurzem vom italienischen Staatspräsidenten zum *Cavaliere del Lavoro*, »Ritter der Arbeit«, ernannt worden war.

Im Salon der Suite des Mondello Palace Hotels hatte er ihr eines Abends erzählt, welch unerträgliches Leid seine Mutter erlebt hatte. Am schlimmsten sei es nach dem tödlichen Jagdunfall ihres Erstgeborenen Raul gewesen, ein Jahr vor dem Ableben ihres Mannes. Da sei sie mit ihren Kräften am Ende gewesen. »Mein Bruder war noch nicht einmal zwanzig, ich gerade siebzehn. Unsere Mutter liebte ihn abgöttisch. Bevor sie mit ihm schwanger wurde, glaubte sie, keine Kinder bekommen zu können.« Offiziell war Rauls Tod zwar ein Unfall gewesen, aber Vivy hatte immer daran gezweifelt. »Als man Raul in unserem toskanischen Jagdgebiet fand, hatte er Striemen an den Handgelenken, als ob er gefesselt gewesen wäre.« Bei diesen Worten hatte Lupo sie verzweifelt an sich gepresst, und Smeralda war es eiskalt den Rücken heruntergelaufen.

Natürlich hatte Vivy nach diesem traumatischen Erlebnis ihren zweiten Sohn geradezu mit Liebe erdrückt und ihn nach Strich und Faden verwöhnt. Sie konnte einfach nicht loslassen. Aber wer sollte ihr das verdenken?

»Vorbei ist vorbei«, sagte Smeralda sich, während sie auf

den Tisch deutete, wo Raquel den Kaffee abstellen sollte. Das Gleiche hatte sie auch zu Lupo gesagt, als er ihr seine früheren Liebschaften gebeichtet hatte. »Ich will dir nichts verheimlichen, selbst meine dunklen Seiten nicht.«

Allerdings war das für Smeralda nicht neu, seine amourösen Abenteuer hatten in allen Klatschmagazinen gestanden. Sie wusste, wie die Dinge liefen: eine Nacht im »Billionaire«-Club von Flavio Briatore, ein Wochenende auf der Jetset-Insel Pantelleria, ein rauschendes Fest in Portofino oder ein Abendessen im »Due Ladroni« in Rom. Wenn die Fotografen ihn dann noch in Begleitung einer leichtbekleideten Schönheit erwischten, titelte die Sensationspresse: »Der Blaue Baron hat wieder zugeschlagen!«

Auf einem seiner Beutezüge durch die Welt der Reichen und Schönen war Lupo eines Tages nach Palermo gekommen, zur Premiere von »Lucia di Lammermoor« im Teatro Massimo. Doch Lupo stand der Sinn nach anderen Vergnügungen. Kaum aus dem Flugzeug gestiegen, hatte er seinen Freund Brenno Sanza di Tropea angerufen und sich nach dem schönsten Mädchen Siziliens erkundigt.

»Adlig oder sexy?«, hatte Brenno scherzhaft gefragt.

«Ihr Stammbaum interessiert mich nicht, solange sie mit meinem Baumstamm umzugehen weiß.«

Brenno hatte gelacht und ihm dann eine Telefonnummer genannt. »Sie ist die Beste.«

»Verarmter Adel?«

»Eher umgekehrt. Und ihren Namen trägt sie zu Recht.«

»Und der wäre?«

»'a Minnona.«

Lupo musste lachen. Auch wenn er kein Sizilianisch konnte, verstand er sofort, was gemeint war.

In einer Luxussuite des »La Perla del Mare« in Mondello hatten sich Lupo und 'a Minnona das erste Mal getroffen. Zu einer Nacht ohne Verpflichtungen, gutem Sex und sonst nichts. Aber es kam anders. Für beide war es Liebe auf den ersten Blick. Smeralda entdeckte eine ganz neue Seite an sich. Bei Lupo konnte sie Wärme und Begehren empfinden, fernab aller Professionalität. Er war sanft und doch voller Leidenschaft, und während sie miteinander schliefen, spürte Smeralda, wie ihr Panzer aus Zynismus und Berechnung zerbarst. Von Männern war nichts Gutes zu erwarten außer Geld, das hatte sie die Erfahrung gelehrt. Doch in diesem Moment hatte Smeralda begriffen, dass es auch anders sein konnte. Danach waren sie ineinanderverschlungen eingeschlafen und hatten sich bis zum nächsten Morgen keinen Millimeter bewegt. Smeralda hatte nicht einmal geahnt, wie schön das sein konnte, auch wenn ihr Arm von Lupos Gewicht schon ganz taub war.

Aus einem Wochenende wurden elf Tage. Wieder und wieder hatte Lupo seine Abreise verschoben. Seiner Mutter hatte er erzählt, er leide an einer schweren Grippe. Wenn Lupo doch einmal das Hotel verließ, hatte Smeralda keine Fragen gestellt. Sie hatte im riesigen Doppelbett auf ihn gewartet und vor sich hingeträumt.

Brenno Sanza war es schließlich gewesen, der ihr die Wahrheit gesagt hatte. Ihr Blauer Baron hatte am Spieltisch das Glück erzwingen wollen. Die Suite kostete tausend Euro die Nacht, und Lupo war das Geld ausgegangen.

»Pass auf, Lupo. Das Mädel hat dir den Kopf verdreht, in Ordnung. Aber mit diesen Typen ist nicht zu spaßen«, hatte Brenno gewarnt.

»Meine Mutter wird das regeln.«

»Deine Mutter ist nicht Krösus.«

»Wenn ich ihr sage, dass ich in Schwierigkeiten bin, wird sie mir helfen.«

»Weißt du eigentlich, wie hoch deine Schulden sind?«

Lupo schwieg.

»Dreihunderttausend Euro!«

»Das kann nicht sein. Das letzte Mal waren es doch nur fünfundzwanzigtausend.«

»Das vorletzte Mal, Lupo …«

Lupo blieb unbeeindruckt.

»Wenn du nicht zahlst, machen sie dich kalt.«

»Niemand wird es wagen, einen Sannazzaro zu töten. Man bringt doch auch keinen Agnelli um.«

»Denen ist völlig egal, wer du bist, die wollen nur ihr Geld. Und sie vergessen nie.«

Wenn sie daran dachte, spürte sie einen Stich in der Brust. War es ihre Schuld, dass es so weit gekommen war? Brenno hatte ihr erzählt, dass Lupo die Gerüchte, die in der besseren Gesellschaft Palermos kursierten, ignoriert hatte. »Er liebt dich wirklich«, hatte er noch gesagt.

Am letzten Abend im La Perla del Mare hatte sie sich ihm zu Füßen geworfen, ihn angefleht, bei ihr zu bleiben, doch er hatte sie beruhigt, genau wie Alessandro Preziosi es mit Miranda Biglieri gemacht hatte. »Ich bin bald zurück, und dann heiraten wir. Das schwöre ich.« Doch am nächsten Tag war Lupo für immer verschwunden.

»Der Blaue Baron stirbt bei einem tragischen Autounfall. Porsche des Millionärs geht in Flammen auf. Der Sohn von Vivy Sannazzaro verliert auf dem Weg zum Flughafen Palermo die Kontrolle über sein Fahrzeug. Grund war überhöhte Geschwindigkeit.«

Smeralda erinnerte sich noch gut an die Schlagzeilen der

Zeitungen und an den Artikel im Corriere della Sera über die Muttersöhnchen, die als unverantwortliche Raser die Straßen unsicher machten. Sie erinnerte sich an die vielen Fernsehinterviews mit Freunden und ehemaligen Geliebten Lupos, oder solchen, die vorgaben, es gewesen zu sein. Vor allem aber erinnerte sie sich an Brennos Worte. *Denen ist völlig egal, wer du bist, die wollen nur ihr Geld. Und sie vergessen nie.*

»Kann es sein, dass du meine Größe grundsätzlich nicht vorrätig hast?« Verärgert inspizierte Anna die Modelle, die auf den zahlreichen Kleiderständern in Amanda Soleris Boutique hingen.

»Du solltest ein Schild aufhängen: Nur für Magersüchtige! Nein, noch besser: für Magersüchtige mit dickem Portemonnaie.« Dabei wedelte sie ihrer Freundin mit einem Preisschild vor dem Gesicht herum.

»Etwas nervös heute, was?« Amanda Soleri nahm das Preisschild und steckte es an seinen Platz zurück. »Hat dein Giampiero wieder irgendetwas angestellt?«

»Lass gut sein.« Anna Bechi Principini schüttelte den Kopf. Ihre Freundin kannte sie gut genug, um zu wissen, dass sie jetzt besser nicht weiter bohrte. Sie erinnerte sich daran, wie sie sich kennengelernt hatten, damals im Speisesaal der Ursulinen im Viale Majno. Ihre Freundschaft war aus der Not heraus entstanden, denn Anna mochte kein Gemüse, Amanda keine Pasta. Deshalb hatten sie sich nebeneinandergesetzt und heimlich getauscht. Später waren sie richtige Freundinnen geworden, hatten gemeinsam gelernt und Spaß miteinander gehabt. Da sie beide Einzelkinder waren, hatten sie in der anderen das gefunden, was sie in ihrer eigenen Familie vermissten: eine Schwester, der sie bedingungslos vertrauen konnten. Ihre Charaktere konnten unterschiedlicher nicht sein: Hier die brave, schüchterne Anna mit der ordentlichen Ponyfrisur, dort die aufsässige, chaotische Amanda, die sich einen Spaß daraus machte, im Unterricht ständig ihre rote Löwenmähne zu schütteln, was die Lehrerin schier in den Wahnsinn trieb. In Wahrheit aber diente diese Geste dazu, die Lehrerin abzulenken, wenn sie mal wieder bei Anna spickte. Ihre Freundin war schriftlich zwar sehr gut, doch mündlich stand ihr ihre Schüchternheit im Wege. Amanda erinnerte sich noch genau an eine mündliche Prüfung in Geschichte in der achten Klasse. Anna hatte kein Wort herausgebracht. Sie schwieg, obwohl sie alles wusste. Amanda dagegen wusste nur wenig und hatte sich eine gute Ausrede für die Lehrerin ausgedacht, falls sie drankommen würde.

»Es tut mir leid, Bechi, aber dieses Mal kann ich dir keine gute Note geben«, hatte die Lehrerin bedauernd gesagt und ihr ein »Ausreichend« eingetragen.

»Ausreichend?« Die Mitschülerinnen waren empört. »Sie hat nicht einmal den Mund aufgemacht!«

»Mir hätte sie ein ›ungenügend‹ gegeben.«

»Mir auch …«

»Wundert euch das? Sie ist eben das ›Professorentöchterlein‹, wie Schwester Gelasia immer sagt.«

Amanda wollte ihrer Freundin helfen, aber die Angst vor den anderen war größer gewesen als ihre Loyalität. Jahrelang hatte sie wegen ihrer Feigheit ein schlechtes Gewissen gehabt. Zum Glück hatte Anna nie etwas davon erfahren. Amanda blieb das Vorbild, dem sie nachzueifern versuchte. Sie war fasziniert von ihrer Gradlinigkeit und Souveränität. Die Männer lagen ihr zu Füßen. Wie eine Spinne lockte sie die Opfer in ihr Netz, um sie auszusaugen, zu demütigen und selbst die größten Narzissten zu willenlosen Kreaturen zu machen.

»Eines Tages wird einer kommen, der nicht in deinem Netz

kleben bleibt, dann wirst du ein echtes Problem haben«, hatte Anna einmal scherzhaft gesagt.

Amanda hatte nur gelacht, solche Gedanken waren ihr fremd. Ihre Freundschaft hatte das Gymnasium und die Universität überdauert. Beide hatten Neuere Literaturwissenschaft studiert, obwohl Anna lieber Ärztin geworden wäre. Doch die Vorstellung, sich von Amanda zu trennen, machte ihr Angst. Warum, wusste sie selbst nicht, sie wollte es auch nicht wissen. Schweren Herzens verzichtete sie auf ein Medizinstudium. Während sie ihren Abschluss gemacht hatte, hatte Amanda das Studium im dritten Jahr geschmissen, um Roberto De Santis zu heiraten, einen gutaussehenden jungen Mann, der die Accademia di Brera besuchte und damit prahlte, ein genialer Künstler zu sein. Aber hinter der Fassade verbarg sich ein egozentrischer, selbstverliebter Nichtsnutz. Erst hatte er sie geschwängert, dann zur Abtreibung gezwungen und damit ihr Leben ruiniert. Nach dem Eingriff hatte Amanda eine Infektion, so dass sie keine Kinder mehr bekommen konnte. Nach einem Jahr hatten sie sich wieder scheiden lassen. Danach waren Männer für Amanda tabu, stattdessen hatte sie sich in die Arbeit gestürzt. Einige Jahre später setzte sie alles auf eine Karte und kaufte eine Luxusboutique. Wie sie das sündhaft teure Geschäft finanziert hatte, war Anna bis heute ein Rätsel. Amandas Eltern konnten sie jedenfalls nicht unterstützt haben, sie besaßen selbst nicht viel. Aber Anna hatte sich deshalb keine Gedanken gemacht, mit ihrem unternehmerischen Geschick und ihrer Energie würde Amanda es bestimmt schaffen. Außerdem hatte Anna in dieser Zeit ganz andere Dinge im Kopf. Sie hatte einen faszinierenden Mann kennengelernt und sich Hals über Kopf in ihn verliebt. Es gab nicht eine Studentin, die sie nicht darum beneidete, dass der Sonnyboy der Universität, Giampiero

Principini, der Assistent ihres Vaters, ein Auge auf sie geworfen hatte.

»Was sagst du dazu?« Amanda hatte ein elegantes schwarzes Seidenkleid entdeckt. »Das wird wunderbar an dir aussehen.«

Anna sah sie zweifelnd an.

»Los, geh in die Kabine und probier es an!« Amanda nahm das Kleid vom Bügel und hielt es ihr hin. »Du wirst sehen, dein Mann wird begeistert sein.«

Anna verzog das Gesicht.

Aber Amanda wusste, dass sie gewonnen hatte. »Komm her, Anna, alles wird gut, glaub mir.« Dann nahm sie ihre Freundin in die Arme. Anna gab sich der Umarmung hin und fühlte sich einen Moment lang in die Schulzeit zurückversetzt, als ein Wort von Amanda genügt hatte, um selbst die verfahrensten Situationen zu retten.

»Ruf mich, wenn du so weit bist«, Amanda lächelte, als sie in ihr Büro ging.

»*Buongiorno, direttore*!« Michele, der hochgewachsene Bodyguard im schwarzen Anzug, lächelte dem Mann zu, der gerade Amandas Boutique betrat. Wortlos ging Franco Spargi an ihm vorbei. Es war zehn Uhr, das Geschäft hatte gerade erst geöffnet. Bei seinem Eintritt schallte ihm dröhnend laute Musik entgegen, aber das störte Spargi nicht. Es gehörte einfach dazu. Die Musik wurde von DJ Fargetta extra für Amandas Boutique zusammengestellt, ein weiteres Merkmal ihrer Exklusivität. Spargi war jeden Tag aufs Neue von der extravaganten Einrichtung des Ladens fasziniert, der den gesamten zweiten Stock eines großbürgerlichen Palazzos einnahm. Geplant war er nach dem gleichen avantgardistischen Konzept wie die Megastores in New York. Immer taghell erleuchtet und frühlingshaft temperiert. Der weiße Kunstharzboden reflektierte das Licht und gab dem Ganzen eine betont kühle Atmosphäre, die auf den Kleiderständern aufgereihten Modelle exklusiver Marken bildeten dazu einen farbenfrohen Kontrast. Als Umkleidekabinen dienten mobile Wände, die zum einen Intimität, zum anderen aber auch ausreichend Bewegungsfreiheit garantierten. Amandas »magische« Spiegel ließen jede Figur vorteilhaft schlank erscheinen, den Kundinnen wurde der Eindruck vermittelt, das Modell sei ihnen wie auf den Leib geschneidert. Das von einem Theaterbeleuchter eingerichtete Licht wurde von Weichzeichnern gefiltert, wodurch die Haut weniger glänzte und Augenringe und Cellulitis dezent kaschiert wurden. All diese kleinen Tricks waren ausgesprochen verkaufsfördernd. Amanda hatte ihr Ziel erreicht: Ihre Kundinnen fühlten sich schön. Nur Anna Principini kannte das Geheimnis der Spiegel, aber sie behielt es für sich. Das Hochgefühl der Kundinnen fand jedoch ein jähes Ende, wenn sie den attraktiven Verkäuferinnen ihre Kreditkarten reichten und danach einen verstohlenen Blick auf den Zahlungsbeleg warfen. Danach wirkte ihr eben noch strahlendes Lächeln etwas gequält. Wer sich vom Einkaufsstress erholen musste, der konnte das in der eleganten Bar in der westlichen Ecke der Boutique tun. An winzigen Tischchen wurde man von gutaussehenden Kellnern in dunkler Uniform mit Häppchen und Getränken verwöhnt. Die Kellner, meist Studenten, wirkten wie aus einem Hochglanzmagazin entsprungen. Amanda persönlich leitete das Auswahlverfahren, das einem Casting für eine Fernsehshow glich. Was die Attraktivität ihrer Angestellten anging, wollte sie nichts dem Zufall überlassen. Nicht selten entwickelten sich leidenschaftliche Affären zwischen ihren Kellnern und reichen Kundinnen. Sie kannte Frauen, die nur deshalb zu ihr kamen. Aber das störte sie nicht, im Gegenteil. Sie wusste aus eigener

Erfahrung, dass es keinen besseren Grund gab, sich neu einzukleiden, als die Liebe und der Wunsch, gut auszusehen.

Franco Spargi näherte sich einer grazilen brünetten Verkäuferin, die gerade dabei war, eine Samthose auf einen Kleiderständer zurückzuhängen. Sie hatte ihren Chef nicht kommen hören und ließ das edle Stück vor Schreck zu Boden fallen. »Vorsicht, Titti«, warnte er. »Es tut mir leid«, stammelte sie, hob die Hose mit zitternden Händen auf und versuchte sie wieder in Form zu bringen. Sie war erst eine Woche im Haus, und das Einzige, was sie bis jetzt gut beherrschte, war der unschuldige Augenaufschlag, mit dem sie den attraktiven Geschäftsführer bedachte. Sie war beileibe nicht seine einzige Verehrerin. Für die weibliche Kundschaft war nicht zuletzt Franco Spargi ein Grund, den Laden eifrig zu frequentieren. Beim Begutachten der neuen Kollektion warfen sie ihm heimliche Blicke zu und schwärmten: »Er sieht einfach phantastisch aus.« Drei Jahre lang war Spargi in New York für Calvin Klein auf Modenschauen gelaufen. Zurück in Italien, hatte er sich aus dem Modelgeschäft zurückgezogen. Es waren vor allem seine Augen, die die Frauenherzen höher schlagen ließen. Je nach Lichteinfall veränderten sie die Farbe, manchmal wirkten sie blau, manchmal unergründlich dunkel, ja fast schwarz. Gegen den Trend trug er die dunklen Haare lang, häufig zu einem Pferdeschwanz gebunden. Was kümmerte ihn schon die Mode? Er war ein schöner Mann, und schöne Männer können sich alles erlauben.

»Buongiorno, Direttore«, grüßte ihn seine Stellvertreterin Luisa freundlich. Sie war wohl seine unscheinbarste, sicher aber seine effektivste Mitarbeitern.

»Buongiorno, Luisa. Ist Amanda schon da?«

»Ja. Sie wartet im Büro auf Sie.«

»Endlich!« Amanda stand in ihrem weiß möblierten Büro

vor einem Schifano-Gemälde, dessen kräftige Farben den Betrachter in Bann zogen. Sie fixierte Spargi mit finsterem Blick.

Franco Spargi ließ sich nicht einschüchtern. Aufreizend langsam hob er den Arm und sah auf seine Rolex. »Wir haben fünf nach zehn, Amanda.«

Amanda schnaubte. Obwohl es angenehm kühl im Raum war, standen ihr Schweißperlen auf der Stirn. Auf dem mit dünnen Papierstreifen übersäten Schreibtisch stand ein Aktenvernichter. Amanda registrierte Spargis fragenden Blick und schwitzte jetzt so stark, dass sie sich die Stirn abtupfen musste.

»Geht es dir nicht gut?«, fragte er und steckte sich eine Zigarette an. Amanda donnerte mit der Faust auf den Tisch, so dass einzelne Papierstreifen zu Boden segelten. »Wie oft muss ich dir noch sagen, dass hier nicht geraucht wird? Du weißt, dass das die Kundschaft nicht schätzt.«

Spargi räkelte sich im Sessel, die Zigarette lässig zwischen Zeige- und Mittelfinger geklemmt, die Füße auf der Tischplatte.

»Ach Amanda, du bist doch diejenige, die es stört. Du ahnst gar nicht, wie viele Kundinnen in der Bar fragen, ob sie rauchen dürfen ...«

»Und runter mit den Füßen.« Selbst jetzt blieb Spargi locker. Erst als sie ihm die Zigarette aus der Hand riss und sie im Limoges-Aschenbecher ausdrückte, wurde er unruhig. Ihre Blicke kreuzten sich. Dann sprang Spargi auf, packte sie an den Schultern und zischte: »Mach das nie wieder, sonst schlage ich zu!«

Amanda wich zurück: »Mit deinen Drohungen beeindruckst du mich kein bisschen!«

»Ach nein?« Er zog sie brutal an sich. Amanda mochte das. Sie fragte sich, ob Franco genauso empfand. Manchmal schlug seine Wut urplötzlich in wildes Verlangen um. Waren seine Gefühlsausbrüche Hass oder Leidenschaft?

»Hör gut zu«, sie sah ihm fest in die Augen. Jetzt war sie am Zug. »Ich habe dich aus dem Dreck gezogen, als du deinen Körper reichen alten Weibern verkauft hast, ich habe dir einen guten Job verschafft, weil ich mich von deinem Freund habe blenden lassen: *Der arme Junge hat so viel mitgemacht, er hat keine Eltern mehr und ist bei den Salesianern von Don Bosco aufgewachsen …«* Sie wartete auf seine Reaktion. Doch Spargi schwieg und hielt ihrem Blick stand, so schnell gab er sich nicht geschlagen.

Amanda war mit ihrer Geduld am Ende. »Gut, du willst es nicht anders. Sollte ich herausfinden, dass du gewisse Dinge ausgeplaudert hast, wirst du dir wünschen, nie geboren worden zu sein«, drohte sie und hielt ihm eine Handvoll Papierstreifen unter die Nase.

Einen Moment lang war Spargi versucht, Amanda auf den Schreibtisch zu werfen und sie links und rechts zu ohrfeigen. Es wäre nicht das erste Mal, dass ihr Vorspiel so ungestüm begann, man sah noch immer den Abdruck von Amandas Zähnen auf seiner rechten Hand. Doch er riss sich zusammen, irgendetwas in Amandas Gesichtsausdruck verriet ihm, dass es ihr ernst war. »Sagst du mir jetzt endlich, was los ist?«

»Heute Morgen habe ich diesen Brief bekommen«, Amanda zeigte auf einen zerrissenen Umschlag neben dem Telefon.

Franco Spargi schwieg und wartete ab.

»Und ich habe ihn vernichtet!« Wieder griff Amanda nach den Papierstreifen und warf sie wie Konfetti in die Luft. Tränen standen in ihren Augen.

»In dem Brief stand: ›Ich kenne dein Geheimnis.‹ Aber ich habe niemandem etwas erzählt. Der Einzige, der mein Geheimnis kennt, bist du.«

»Buongiorno, Signorina Mangano.« Titti Lepori ging lächelnd auf die Schauspielerin zu. »Die neue Frühling-Sommer-Kollektion ist eingetroffen.« Smeralda ließ die Augen durch die Boutique schweifen. Der Donna-Diabla-Ständer war nicht schwer zu finden, denn fast alle Kleidungsstücke, die dort hingen, waren leuchtend rot.

»Kommen Sie bitte«, Titti ging voraus und blieb dann vor einem langen Kleid mit tiefem Rückenausschnitt stehen. »Wie Sie sehen, sind die Modelle ausgesprochen sexy, ohne vulgär zu wirken.«

Smeraldas Hände glitten sanft über die Kleiderbügel, während sie die Kollektion begutachtete. Auch wenn Titti noch wenig Erfahrung hatte, wusste sie instinktiv, dass Smeralda den Laden nicht mit leeren Händen verlassen würde. »Jedes Kleid hat seine individuelle Note, die Persönlichkeit der Trägerin wird darin optimal zur Geltung gebracht. Für eine Frau wie Sie, die ständig im Licht der Öffentlichkeit steht, ist Donna Diabla einfach ideal.«

Smeralda zog die rechte Augenbraue hoch. »Lassen Sie das, ich bin nicht wie die anderen …«, wies sie die Verkäuferin zurecht und ließ eine Hand über das rote Kleid mit dem tiefen Rückenausschnitt gleiten.

»Das wollte ich damit auch nicht sagen, Signorina. Nicht jede Frau kann Donna Diabla tragen, für dieses Modell braucht man einen perfekten Körper. Wie Ihren. Dieses Kleid ist wie für Sie gemacht«, schmeichelte Titti.

»Ich möchte es anprobieren. Ist Egle da?«

»Unsere Schneiderin kommt heute leider etwas später. Marianna ist aber da, wenn Sie es eilig haben.«

Smeralda schüttelte den Kopf. »Nein, danke, ich vertraue nur Egle.« Egle war Amandas beste Kraft, mit sicherem Auge und begnadeten Händen steckte sie in Windeseile ein Kleid so ab, dass es nach kleinen Änderungen aussah wie ein maßgeschneidertes Modell.

»Suchen Sie etwas für eine besondere Gelegenheit?« Titti half Smeralda, das Kleid vom Bügel zu nehmen.

»Ja, für die Rosso-Bianco-Oro-Party …«, antwortete Smeralda wortkarg, doch Titti ließ sich nicht entmutigen. »Natürlich, die Weingala.« In Sachen Klatsch und Tratsch aus der High Society war sie Expertin.

»Genau die.«

»Ah, darüber habe ich gerade gestern etwas im Internet gelesen, habe aber nicht so recht verstanden, worum es da geht.«

Smeralda hatte nicht die geringste Lust, über die Gala zu sprechen, wollte aber auch nicht unfreundlich sein. »Es handelt sich dabei um einen Preis, den der Winzerverband Associazione Vinicola delle Terra di Chianti ausgeschrieben hat, ein Muss für alle großen Winzer. In diesem Jahr sind die Sannazzaros die Gastgeber.« Alles, was Rang und Namen hatte, würde dabei sein, sogar Mitglieder der berühmten Adelsfamilien Tarabelli und Frescobaldi. Und das alles zu Ehren von Viveca Sannazzaro.

Ängstlich dachte sie daran, dass der große Tag unmittelbar bevorstand.

»Geht es Ihnen nicht gut, Signorina?« Titti sah sie besorgt an und nahm ihren Arm.

»Doch, alles in Ordnung.«

»Sie wurden plötzlich ganz blass, ich dachte schon, Sie würden ohnmächtig werden.«

»Nein, nein. Es geht mir gut, danke, Titti.« Sie blickte in Richtung Eingang, wo sie eine Bekannte gesehen hatte. Sie ging ihr entgegen. »Ciao, Anna.«

Anna Principini blickte erschrocken hoch. Es dauerte eine

Weile, bis sie Smeralda erkannt hatte, dann zwang sie sich zu einem Lächeln. »Du hast abgenommen«, bemerkte Smeralda und warf Anna einen mitleidigen Blick zu, die sich dadurch nur noch dicker und hässlicher vorkam. Frustriert betrachtete sie ihr Gesicht in einem Wandspiegel. Die Augenringe erschienen ihr noch ausgeprägter als sonst, aber das konnte auch an ihrer Verfassung liegen. Es war nicht zu leugnen: Wenn man sie ansah, wusste man sofort, wie sie sich fühlte. Der Streit mit ihrem Mann und der anonyme Brief gingen ihr einfach nicht aus dem Kopf. Hinter ihr stand die strahlend schöne Smeralda und beobachtete sie. Wie schon so oft, packte Anna der Neid, und sie hasste sich dafür. Sie musterte ihr aufgedunsenes blasses Rauchergesicht und fragte sich, wie jemand anderes als ihr Mann auch nur irgendetwas an ihr hatte finden können. Nun ja, es war eine Weile her, als sie sich noch nicht so gehen ließ. Aber nein. Damals, als es passiert war, hatte sie schon genauso ausgesehen wie jetzt: fett und blass. Und trotzdem hatte er sie begehrt, und sie hatte es zugelassen, das erste Mal nach so vielen Jahren, taub für die warnende Stimme in ihrem Kopf: *Tu's nicht. Tu's nicht, Anna.* Aber die Sehnsucht danach, begehrt zu werden, war stärker gewesen als der gesunde Menschenverstand. Noch heute spürte sie den bitteren Nachgeschmack dieser demütigenden Erfahrung. Er hatte sie ausgenutzt, und sie hatte sich so sehr dafür geschämt.

Sie atmete schwer. Es gab noch etwas Schlimmeres als Scham: Angst. Sie wagte sich nicht einmal vorzustellen, was passieren würde, wenn ihr Geheimnis ans Licht käme.

Smeralda musterte noch immer Annas sorgenvolles Gesicht. Die tiefe Qual, die sie in Annas Zügen las, kannte sie nur zu gut. Wir haben alle unsere Sorgen, dachte sie seufzend. Dann versuchte sie die düsteren Gedanken zu verdrängen, indem sie sich das feuerrote Kleid anhielt. Sie war so in ihr eigenes Spiegelbild versunken, dass sie Annas verzweifelten Blick völlig vergaß.

»Früher oder später erschlage ich dich und verschwinde auf Nimmerwiedersehen.« Franco Spargi war wieder die Souveränität in Person. Er zog eine Zigarette aus der Packung, steckte sie an und blies Amanda den Rauch entgegen. Amanda sah ihn missbilligend an, auch wenn der Rauch im Augenblick gewiss ihr geringstes Problem war. »Dazu wärst du gar nicht fähig …«

»Sieh mal, mein Engel«, Spargi legte seinen rechten Fuß auf den Tisch, »ich kann nicht mit einer Frau zusammenleben, die mir nicht vertraut. Wenn irgendjemand deine dunkle Vergangenheit kennt, dann ist das dein Problem, nicht meins.«

Amandas Nerven waren zum Zerreißen gespannt, es kostete sie eine fast übermenschliche Selbstbeherrschung, ihm nicht an die Gurgel zu gehen. Sie versuchte sich abzulenken, griff nach einem Kugelschreiber und kritzelte auf dem Notizbuch neben dem Telefon herum. »Hör gut zu, Franco«, sagte sie nach kurzem Schweigen, »ich würde dir ja gerne glauben, aber du weißt so gut wie ich, dass nur wir beide von dem Geld wissen, außer demjenigen, der es mir gegeben hat, natürlich. Ich habe mit niemandem sonst darüber gesprochen.«

Spargi musterte sie abschätzig, dann trat ein spöttisches Lächeln auf seine Lippen. »Und warum könnte nicht gerade er es gewesen sein, der dich verraten hat? Vielleicht hat er einer seiner Geliebten etwas geflüstert, als sie miteinander im Bett waren? So ähnlich wie bei uns?«

Amandas Hals war wie zugeschnürt, ihr Herz raste vor Wut. Das war zu viel. Sie wollte gerade kontern, als Titti in der

Tür erschien. »Signora Principini und Signorina Mangano sind da und möchten Sie gerne begrüßen.«

Amanda fuhr herum und schnaubte: »Wie oft habe ich dir schon gesagt, dass du anklopfen sollst?«

»Die Tür war offen«, rechtfertigte sich die junge Verkäuferin und sah verstohlen zu Spargi hinüber, der ihr ein Lächeln schenkte.

Amanda schüttelte den Kopf. »Wir sind noch nicht fertig miteinander«, fauchte sie, bevor sie zur Tür ging. In diesem Moment klingelte ihr Handy in der Gucci-Handtasche auf dem Sofa. Amanda ging hinüber und zog es heraus. »Pronto?« Sie erblasste. Spargi drückte seine halbgerauchte Zigarette aus und trat zu ihr. Doch Amanda hob abwehrend die Hand. Als sie auflegte, hatte ihr Gesicht einen Ausdruck angenommen, den Spargi nur allzu gut kannte. »Ich gehe«, sie griff so hastig nach ihrer Handtasche, dass ihre Brieftasche herausfiel. Sie bemerkte es nicht einmal. Spargi hob sie auf und reichte sie ihr. »Brando?«, fragte er, obwohl er die Antwort bereits kannte. »Ja, es war die Schule. Wieder ein Anfall.« Voller Sorge eilte Amanda aus dem Büro.

Spargi und Titti blickten sich nur wortlos an.

»Das Auto steht bereit, Signora«, Augusto, der junge Fahrer, reichte Amanda die Schlüssel für den Smart. »Danke, Gus.« Sie wollte jetzt nur zwei Dinge: Allein sein und so schnell wie möglich zu Brando kommen. Auch wenn die Kinderfrau ihren Sohn nicht aus den Augen ließ, war sie in heller Aufregung, denn bei einem Anfall ließ er sich nur von ihr beruhigen. Wie oft schon hatte die Schule angerufen, weil Brando einen Mitschüler geschlagen, eine Lehrerin attackiert oder Tische und Bänke umgeworfen hatte. »Brandos Wutausbrüche machen den anderen Kindern Angst. In diesem Zustand verliert er die

Kontrolle über sich, wird gewalttätig und damit zu einer Gefahr für sich und seine Umgebung«, hatte der Direktor am Telefon etwas verlegen gesagt.

Beim Zuhören hatte Amanda tiefe Schuldgefühle gehabt. Sie war die Mutter, sie fühlte sich verantwortlich, auch wenn die Psychologin ihr erklärt hatte, dass die Anfälle nicht zwangsläufig mit ihr zu tun hätten. Es käme häufiger vor, dass Pflegekinder aggressives Verhalten an den Tag legten. Aber Amanda quälte sich weiter. Wenn sie nur begreifen könnte, was im Kopf ihres Sohnes vorging, nur ein einziges Mal. Dann würde sie wissen, was ihn verfolgte, und vielleicht den Schlüssel zu den selbstzerstörerischen Attacken finden, die ihn seit frühster Kindheit quälten. Wenn sich Brando wie ein Welpe in ihre Arme kuschelte, hatte sie Hoffnung, doch noch näher an ihn heranzukommen. Dann durfte sie ihm durch die Haare fahren, und er strahlte sie an. Auf dieses Bild versuchte sie sich jetzt zu konzentrieren, als sie sich verzweifelt durch den dichten Verkehr in der Innenstadt schob. Doch die Worte des Direktors schwirrten durch ihren Kopf wie ein lästiges Insekt. »Die Eltern der anderen Kinder haben sich beschwert. Sie fürchten, dass Brando eines Tages ernsthaft jemanden verletzen könnte, immerhin ist Brando ein Jahr älter und größer und kräftiger als die anderen …«

Im Jahr zuvor hatte Amanda ihren Sohn aus der ersten Grundschulklasse nehmen müssen. Eines Morgens hatte er eine Glasfigur zertrümmert und danach das Kindermädchen gebissen, das sogar mit einer Schadensersatzklage gedroht hatte. Von einer Sekunde auf die andere jedoch hatte sich Brando wieder beruhigt, und Amanda hatte ihn in die Schule gebracht. Nach einigen Stunden war es zu einem weiteren, weit stärkeren Anfall gekommen. Danach hatte Amanda Brando in die Kinderpsychiatrie bringen müssen, die ihr

Freund Vincenzo Pelori ihr empfohlen hatte. Mit Hilfe von Medikamenten und viel Geduld war es Doktor Frangini gelungen, den Jungen so weit zu stabilisieren, dass er das erste Schuljahr wiederholen konnte.

Was, wenn sie ihren Sohn ein weiteres Mal von der Schule nehmen müsste? Besser nicht darüber nachdenken. Mit acht Jahren konnte er die erste Klasse nicht noch einmal wiederholen.

»Körperlich ist alles in Ordnung. Es gibt auch keine neurologischen Probleme. Brando ist ein gesundes Kind, Signora«, hatte sie der Kinderarzt beruhigt. Ein gesundes Kind mit einem Trennungstrauma. Manchmal lag Amanda nächtelang wach und malte sich aus, was der Kleine im Waisenhaus durchgemacht hatte. Auch die Umstände, wie sie zu ihrem Pflegekind gekommen war, ließen ihr keine Ruhe. »Bei mir hat er es besser«, sagte sie sich immer wieder, um ihr Gewissen zu beruhigen.

Während sie vor ihrem Haus parkte, fiel ihr unvermittelt der Streit mit Spargi ein. Schlimmer hätte der Tag kaum beginnen können. Ganz zu schweigen von dem anonymen Brief. Als sie aus dem Auto stieg, fühlte sie sich unendlich einsam, doch sie zwang sich, dieses Gefühl zu unterdrücken. Sie durfte sich keine Schwäche erlauben, Brando brauchte sie. Sie spürte, wie ihr die Tränen in die Augen stiegen. Nein, jetzt nicht weinen. Wie sehr hatte sie sich ein Kind gewünscht. Für ein Kind war sie zu allem bereit gewesen. Und dieses »alles« war ihr von Pelori auf einem Silbertablett serviert worden. »Er ist fünf Jahre alt und schön wie ein Engel«, hatte der bekannte Politiker am Telefon gesagt, der ihr vor Jahren auf einem Fest bei Freunden vorgestellt worden war. Damals waren ihr vor Glück die Knie weich geworden, eine Welle der Freude hatte sie erfasst. Aber inzwischen empfand sie nicht mehr nur

Dankbarkeit für Pelori, durch den sie auch Franco Spargi kennengelernt hatte. Ohnmacht und Wut waren heute mindestens ebenso stark. Es hatte ihr noch nie gefallen, in jemandes Schuld zu stehen, auch wenn sie sich eingestehen musste, dass sie ohne Pelori weder zu einem Pflegekind gekommen noch eine erfolgreiche Geschäftsfrau mit eigenem Laden wäre. Eine Nobelboutique wäre für immer der unerreichbare Wunschtraum einer jungen Frau geblieben, die zwar viel wollte, der aber die finanziellen Mittel fehlten.

Als sie damals den kleinen Brando vom Waisenhaus abgeholt hatte, hatte die Direktorin ihr gesagt: »Er ist ein guter Junge, aber er braucht unendlich viel Liebe und Hingabe.« Amanda hatte ihr mit glückseligem Lächeln versichert, dass Brando bei ihr in besten Händen sei, sie würde alles für ihn tun. Als sie jetzt ängstlich den Schlüssel ins Schloss steckte, fragte sie sich wie so oft: War die Bürde der Verantwortung doch zu schwer? Hatte sie sich überschätzt?

Gegen elf füllte sich die Boutique. Viele Kundinnen kamen aus reiner Neugier und setzten sich erst einmal an die Bar, um den neusten Klatsch und Tratsch auszutauschen. Die meisten warfen zusammen mit ihren Freundinnen dann aber doch einen Blick auf die Kollektionen. »Es gibt zwei Situationen, in denen die weibliche Solidarität immer hervorragend funktioniert: wenn sie verlassen worden sind oder wenn es darum geht, Kleider oder Schmuck zu kaufen«, hatte Amanda einmal zu Franco gesagt, der es hasste, wenn die Kundinnen aus reiner Neugier durch den Laden streiften. »Du wirst sehen, früher oder später kaufen sie doch«, hatte sie ihn beruhigt, und sie sollte recht behalten. Ihre Prophezeiungen hatten sich fast immer bewahrheitet.

»Elfhundert Euro!«, Paola Tellini war entsetzt. Die Anwältin hatte einen Blick auf das Preisschild des eleganten schwarzen Etuikleids geworfen. Ihre Freundin Elsa Marchini, eine erfolgreiche Unternehmerin, erwiderte trocken: »Besser elfhundert Euro ausgeben, meine Liebe, als aussehen wie alle anderen. Die Konkurrenz schläft nicht. Hast du das Dinner im Jagdclub vergessen? Die Polli und die Russo sahen in ihren weißblauen Gehröcken für fünfundsechzig Euro aus wie Zwillinge, die man nach der Geburt getrennt hat.«

»Sehen Sie? Was habe ich Ihnen gesagt?« Titti, die dem Gespräch der beiden zugehört hatte, lächelte Smeralda und Anna freundlich an. Die Standardargumentation, um noch unschlüssige Kundinnen zu überzeugen. Smeralda nickte höflich, während Anna immer noch sinnierte, warum Amanda aus dem Geschäft gestürmt war, ohne sie richtig zu begrüßen. Da stimmte etwas nicht. Als die Tellini und ihre Freundin weitergegangen waren, wandte sie sich an Titti: »Probleme mit Brando?«

Titti seufzte und zuckte mit den Schultern. Amanda konnte es nicht ausstehen, wenn in der Boutique von ihr oder ihrem Sohn gesprochen wurde. Die Chefin erfuhr alles, und wen sie beim Tratschen erwischt hatte, der flog. Titti vermutete, dass zwischen den Kleidern Mikrophone versteckt waren, vielleicht reichten auch schon die Kameras aus, die überall installiert waren.

»Deshalb will ich keine Kinder. So sehr sich eine Mutter auch aufopfert, es ist nie genug.« Smeraldas Ton war schneidend scharf. Anna und Titti musterten sie verwundert. Völlig unbeeindruckt nahm Smeralda ein hautenges Seidenkleid vom Ständer. »Außerdem will ich meine Figur nicht ruinieren.« Selbstverliebt betrachtete sie sich im Spiegel.

Anna beobachtete sie und dachte daran, dass sie alles dafür tun würde, ein Kind zu bekommen. Vielleicht wäre das die

Rettung für ihre Ehe. Aber es klappte einfach nicht. Eine Adoption kam nicht in Frage, das Risiko, ein fremdes Kind aufzuziehen, war ihr zu groß.

»Weißt du, Anna, in meinem Job genügt ein Kilo zu viel. Das war's dann.« Smeralda sah ihre Freundin erwartungsvoll an, als würde sie auf Zustimmung oder wenigstens auf Verständnis hoffen.

Anna nickte: »Sicher, im Fernsehen oder auf einem Foto sieht ein Gramm schon aus wie ein Kilo. Zum Glück bleibt es uns Normalsterblichen erspart, aussehen zu müssen wie Magersüchtige.« Mit dem letzten Rest an Selbstachtung musterte Anna ihr Profil im Spiegel und zog dabei den Bauch ein.

Wie im sechsten Monat, dachte sie, während Smeralda ihre Wahl getroffen hatte und Titti lächelnd das Seidenkleid reichte. »Was meinst du? Ein Kleid für einen ganz besonderen Anlass …« Anna seufzte. »Donna Diabla ist wie für dich gemacht. Triffst du dich mit deinem Produzenten?«

»Genau. Ein romantisches Abendessen zu Hause …« Obwohl Smeraldas Stimme gleichgültig klang, war Anna neidisch. Sie konnte einfach nicht anders. Besser, einen langweiligen Geliebten als einen langweiligen Ehemann. Dem Ersteren konnte man wenigstens jederzeit den Laufpass geben.

»Du Glückliche. Ich muss los.« Anna verabschiedete sich hastig und verließ die Boutique.

Sie befand sich an einem trostlosen dunklen Ort. Unter ihr staubtrockener rötlicher Boden. Plötzlich spürte sie, wie in ihrem Körper etwas nach draußen drängte. Die Tritte wurden heftiger, der anfangs noch leichte Schmerz nahm zu und ließ sich schließlich kaum noch ertragen. Instinktiv legte sie sich auf den Boden und spreizte die Beine. Während sie versuchte, dem Schmerz entgegenzuatmen, spürte sie einen feuchtwarmen Lufthauch über sich, etwas Klebriges strich ihr über Haare und Hals. Als sie sich aufrichtete, sah sie eine riesige Hündin über sich, die drohend die Zähne fletschte. Nicht jetzt!, schrie sie, aber sie konnte ihre Stimme nicht hören. Sie war stumm. Die Krämpfe kehrten zurück, sie umfasste ihren Bauch mit den Armen und besudelte sich mit rotem Schlamm. Dann glitt ein schleimiges Etwas zwischen ihren Beinen hervor, klebriges dunkles Blut lief ihr die Beine herunter. Sie hatte wahnsinnige Angst vor der Wahrheit, doch ein letztes Mal gehorchte sie dem Instinkt, der gegen ihre Vernunft kämpfte, und blickte nach unten: Ein unförmiges, gesichtsloses Etwas, von dickem, dunklem Blut umhüllt, war aus ihrem Körper geglitten und mit einem Plumps auf den Boden gefallen. Bevor sie wusste, was geschah, beugte sich die Hündin über das blutige Etwas und biss ihm den Kopf ab. Die rote Erde öffnete sich genau dort, wo sie lag, es tat sich ein Schlund auf und verschluckte sie. Wie eine Sternschnuppe stürzte sie ins Nichts, sie spürte den peitschenden Wind auf ihrem Gesicht und die Kraft der Erdanziehung, die sie unwiderstehlich nach unten sog. Mit der Geschwindigkeit eines abstürzenden Flugzeugs raste sie ins Dunkel und zerschellte am Boden.

»Wach auf, mein Schatz, aufwachen!« Eine wohlbekannte Stimme rief sie ins Bewusstsein zurück. Luft drängte mit Macht in die Lungen, ihr Herz pochte wie verrückt. Sie öffnete die Augen. Obwohl ihr Blick von Tränen verschleiert war, erkannte sie den Mann, der neben ihr am Bett saß.

»Du hast wieder einen Alptraum gehabt, Smery«, Lamberto De Gubertis zog sie an sich und strich ihr über die schweißverklebten Haare.

»Es war furchtbar.«

»Wovon hast du dieses Mal geträumt?« De Gubertis wiegte sie sanft hin und her und trocknete ihre Tränen. Smeralda schüttelte heftig den Kopf, sie konnte sich an keinen zweiten

Traum erinnern, aber offenbar war das eben nicht der erste in dieser Nacht. Sie versuchte, den Alptraum von eben zu verdrängen und sah ihren Geliebten an. »Nichts.«

«Vielleicht solltest du mal zum Arzt gehen, damit er dir ein Schlafmittel verschreibt …«

»Vielleicht hast du recht«, stimmte Smeralda ihm zu und presste sich an ihn. Noch immer hatte sie Angst, im Nichts zu verschwinden. Eine halbe Stunde später war sie wieder eingeschlafen.

Dieses Mal schien die Tür aus massivem Holz zu sein, aber als sie die Hand ausstreckte, um sie zu berühren, bemerkte sie, dass sie ins Nichts griff. Frustriert versuchte sie es ein zweites Mal. Wieder nichts. Absolut nichts. Konzentriere dich! Sie versuchte ruhig zu atmen und fixierte den roten Spion, der über dem Pfosten leuchtete. Sich der Angst zu unterwerfen würde nichts helfen. Ganz allmählich kehrte das Bild zurück. Sie wartete, bis die Konturen nicht mehr zitterten und die Vision stabiler wurde, dann streckte sie ganz langsam wieder die Hand aus. Der Sog war gewaltig. Anders als erwartet, schoss sie nicht nach vorne, sondern nach hinten und das in einem unkontrollierbaren Tempo. Weit und breit nichts, wo man Halt finden konnte, im finsteren Gang dieses Zuges, in den sie nicht eingestiegen war, zumindest erinnerte sie sich nicht daran. Weiter ging die Fahrt, Waggon für Waggon, bis sie wieder an einer Tür ankam, die genauso aussah wie die erste. Einen Moment lang dachte sie, es sei die gleiche Tür und sie hätte sich alles nur eingebildet. Doch dann bemerkte sie, dass die Lampe dieses Mal grün leuchtete. Zum ersten Mal keimte Hoffnung in ihr auf. Auf der anderen Seite der Wand musste jemand sein. Sie hörte ein Wimmern, nein, es klang eher wie ein Röcheln. Das Geräusch machte ihr Angst, obwohl es ihr seltsam vertraut erschien. Sie hatte es vor vielen Jahren einmal gehört, im Sommer, auf dem Bauernhof der Großmutter. Der Großvater hatte ihr verboten, das Schlachthaus zu betreten, aber sie war mit einer Freundin trotzdem hineingegangen. An einem Eisenhaken an der Decke baumelte ein Schwein. Es schrie wie ein Neugeborenes. Unter dem Tier lag ein fleischiges Etwas in einer Blutlache. Es zuckte wie ein Fisch am Haken. Angeekelt, aber auch neugierig gingen sie näher. Das am Boden liegende Etwas war die Zunge des Schweins. »Für die Katzen«, hatte der Großvater gesagt, der wie aus dem Nichts neben ihnen aufgetaucht war. Doch die Erklärung interessierte sie schon nicht mehr, sie hatte die Flucht ergriffen. Ihre Freundin hatte sie sich selbst überlassen. Noch von weitem hatte sie das markerschütternde Geschrei gehört. Es war das erste Mal, dass sie die Freundin allein gelassen hatte, doch sie hatte sich damit getröstet, dass es nie wieder vorkommen würde. In diesem Moment konnte sie noch nicht wissen, dass sich die Situation im folgenden Jahr wiederholen würde.

Was hatte sie nicht alles versucht, diesen schrecklichen Gedanken und die diffusen Schuldgefühle beiseitezuschieben, die sie seitdem bis in den Schlaf verfolgten. Sie versuchte vergeblich, die Türklinke herunterzudrücken. Der Knall der zurückschnellenden Klinke traf sie wie eine Ohrfeige. Obwohl die grüne Lampe »offen« signalisierte, war die Tür verschlossen. Sofort kehrten Frustration und Angst zurück, eine Angst, die sie zuvor noch nie erlebt hatte. Aber dieses Mal würde sie nicht flüchten. Sie nahm kurz Anlauf und trat mit aller Kraft gegen die Tür. Zu ihrer größten Überraschung ging sie auf. Ihr Erstaunen währte allerdings nur den Bruchteil einer Sekunde und schlug dann in panische Angst um: Im Bad lag eine nackte Frau, die gerade ein Kind gebar. Der Boden war mit einer klebrigen roten Masse bedeckt. Blut? Sie zitterte am ganzen Körper und ging etwas näher. Sie kannte die Frau. Sie kannte jede Pore ihres Körpers, jeden noch so entlegenen Gedanken. Sie kannte ihre Träume und ihre Ängste. Einen Augenblick glaubte sie, wieder im Schlachthaus ihres Großvaters zu stehen, wieder spürte sie dieselbe Abscheu, dieselbe Neugier. Sie überwand ihre Angst, beugte sich nach unten und warf einen verstohlenen Blick zwischen die Beine der Frau. Das war kein Kind, sondern ein Stück blutendes Fleisch. Noch bevor sie sich angeekelt abwenden konnte, rief jemand ihren Namen.

»Chiara!«

Es war Lauras Stimme. Ihre Freundin aus Kindertagen rief aus weiter Ferne. Chiara wusste, dass sie sie nie erreichen würde.

Irgendwo in Sizilien, 2009

Maria Rosalia betrat das Schlafzimmer. Nachdem sie das kleine Tablett mit der dampfenden Tasse auf den Eichenholzschreibtisch gestellt hatte, ging sie zum Fenster, um den Rollladen hochzuziehen.

»*Buongiorno, nonna*. Hier ist dein Kaffee, entkoffeiniert, wie der Doktor gesagt hat.« Sie sprach Italienisch mit einer Mischung aus amerikanischem und sizilianischem Akzent. »Heute ist es wunderschön draußen.«

Maria Manniti schob sich zwei Kissen hinter den Rücken und setzte sich auf, dann strich sie mit der beringten Hand das Laken glatt. Bevor sie aufstehen konnte, musste sie einen Moment sitzen und tief durchatmen.

»Von wegen Doktor! Zu mehr, als mir alles zu verbieten, reicht es bei Caffaro sowieso nicht, der wäre besser Tierarzt geworden.« Maria Manniti hatte schlechte Laune. Das linke Bein tat weh, und die alte Narbe am Haaransatz über dem linken Auge hatte wieder zu pochen begonnen. Kein gutes Zeichen, offensichtlich wollte sie ihr Unbewusstes an die Vergangenheit erinnern. Es war eine Illusion zu glauben, sie könne die Tragödie, die sie vor vielen Jahren heimgesucht hatte, irgendwann vergessen. Der hämmernde Kopfschmerz zwang sie immer wieder dazu, zurückzublicken. Auf den Tag, als sie mit Piddu einen Ausflug gemacht hatte.

Sie gingen in Richtung des brandneuen Alfa Giulietta. Es war schwül, der Himmel bleigrau, aber das war egal. Sie war die glücklichste Frau der Welt, ohne Wehmut für die Vergangenheit, ohne Angst vor der Zukunft, hingerissen von den ehrgeizigen Plänen ihres Mannes. Während sie ihm fasziniert zuhörte, vergaß sie sogar den Hass auf ihren Vater und den Rest ihrer Familie. Piddu hatte ihr Respekt und Aufmerksamkeit geschenkt, die Wertschätzung, die sie bei ihrem Vater immer vermisst hatte.

Piddu war vorausgegangen und schon ins Auto gestiegen. Ihr war die Tasche zu Boden gefallen, und sie hatte sich gebückt, um den verstreuten Inhalt aufzusammeln. Als sie den Kopf wieder hob, schien es, als würde die Welt um sie herum explodieren. Auf den grellen Lichtblitz folgte ein ohrenbetäubender Knall. Noch bevor sie begriff, was passierte, wurde ihr Körper in die Luft geschleudert. Ein flammendes Inferno. Die Haut riss in Fetzen, es roch nach verbranntem Fleisch und schmelzendem Metall. In diesem Augenblick wusste Maria genau, was das Wort »Hölle« wirklich bedeutete. Dann traf sie der Splitter. Er drang in sie ein, als ob er kein anderes Ziel gefunden hätte. Während sie zu Boden sank, dachte Maria, dass das alles nicht wahr sein konnte. Warum gerade jetzt? Wo sie endlich ihr Glück gefunden hatte. Für einen Moment spürte sie es wieder, das Glück, die Vorfreude. Sie schlich aus dem Haus, um sich mit Piddu zu treffen, dem Sohn eines Bauern, der für ihren Vater arbeitete. Dann wurde es schwarz um sie her. Nach einigen Stunden war sie in einem dämmrigen Zimmer wieder aufgewacht. Neben ihr saß ein dunkel gekleideter fremder Mann, der ihr offenbar zu Hilfe geeilt war. »Dein Mann hat es nicht geschafft«, hatte er gesagt und ihr die Hand gedrückt. Das Dunkel war noch dunkler geworden, und Maria Manniti hatte voller Verzweiflung begriffen, dass ihr Leben, wie auch immer es in Zukunft aussehen würde, noch nicht zu Ende war.

Wie so viele andere Witwen hatte sie die Ärmel hochkrempeln müssen, um das Erbe ihres Mannes zu erhalten und ihre siebenjährige Enkelin zu erziehen, die Vater und Mutter verloren hatte. Maria Rosalia, genannt Rosaly, war das Kind ihrer einzigen Tochter Carmela, die nach ihrer Hochzeit mit Peppe Cali nach New York gegangen war.

»Reichst du mir den Kaffee, Rosaly? Ich sehe morgens so schlecht, und mein Bein tut weh.«

Maria Rosalia half ihr aus dem Bett und in den Morgenmantel.

»Du wirst sehen, Großmutter, wenn du dich bewegst, dann geht der Schmerz vorbei. Um zehn hast du übrigens ein Treffen mit Russo und Milazzo.«

Die alte Frau zog die rechte Augenbraue hoch, die linke war seit dem Unfall gelähmt.

»Russo kommt aus Catania, Milazzo aus Palermo. Erinnerst du dich, Großmutter, es geht um die Geschäftsberichte.«

»Natürlich. Ich sehe zwar nicht mehr so gut wie du, aber verblödet bin ich noch nicht.«

Maria Manniti warf ihrer Enkelin einen tadelnden Blick zu. In den letzten Jahren expandierte das Geschäft, aus Piddus bescheidenem Erbe war ein Imperium geworden, das jedoch wie ein Kartenhaus in sich zusammenstürzen würde, wenn sie einmal nicht mehr da wäre. Maria Manniti vertraute niemandem, selbst die engsten Mitarbeiter hielt sie für um ein sterbendes Tier kreisende Geier. Arbeitsscheue Drückeberger und Nichtsnutze hasste sie wie die Pest, da kannte sie kein Pardon. Natürlich gab es immer ein paar Emporkömmlinge, die glaubten, ihr die Stirn bieten zu können. Da galt es wachsam zu sein.

»Rosaly, du bist eine wunderschöne Frau geworden. Irgendwann musst du gehen und dir einen Mann zum Heiraten suchen.« Maria Manniti nippte an ihrem Kaffee, verzog das Gesicht und stellte die Tasse zurück.

»Nonna, ich habe bestimmt nicht in Berkeley studiert, um mein Leben hinter dem Herd zu verbringen. Du weißt, dass ich von dir Tag für Tag etwas Neues lerne. Gib mir Zeit. Ich bin fünfundzwanzig, und du warst sechzehn, als Mama auf die Welt kam. Das will ich nicht. Aber sonst bist du in jeder Hinsicht mein Vorbild!« Maria Rosalia lächelte und küsste sie auf die Stirn. Die alte Frau schüttelte den Kopf. »Ach, ihr Amerikaner«, seufzte sie und stützte sich auf den Arm der Enkelin, um die ersten Schritte des Tages zu tun.

4

»Die Zeit vergeht, und wir haben noch rein gar nichts.« Commissario Giorgini knallte den Ordner auf den Tisch und nahm eine Zigarette aus dem halbleeren Päckchen. Der leicht vorwurfsvolle Blick ihres Kollegen Pacì Barbera war ihr nicht entgangen, aber das forderte sie nur noch mehr heraus. Sie hatte persönlich nichts gegen ihn, ihr ging es ums Prinzip. Sie war eine Rebellin, die sich nichts verbieten ließ. Im Grunde wunderte sie sich selbst darüber, dass sie auf der Seite von »Recht und Ordnung« gelandet war. Sie hätte genauso gut auf der anderen Seite stehen können. »Also?«, fragte sie wütend.

Barbera hatte eine blaue Plastikmappe auf den Knien und starrte verlegen an die Wand. »Es muss ein Motiv für diesen mysteriösen Mord geben«, bei diesen Worten vermied er immer noch, der Kommissarin in die Augen zu blicken. Er konnte es nicht ertragen, sie so ratlos zu sehen. Wenn er sich jemals in eine Frau verlieben sollte, dann in dieses drahtige kleine Energiebündel in Jeans und Tennisschuhen mit den stets zerzausten Haaren. Das würde er natürlich nie zugeben, nicht einmal sich selbst gegenüber. »Ich muss niemanden verführen«, hatte er sie einmal zu einem Kollegen sagen hören, der sich eine Bemerkung über ihre männliche Kleidung erlaubt hatte. »Und neidisch auf euch Männer bin ich schon gar nicht. Meine Kleidung muss vor allem eins sein: bequem.« Barbera hatte versucht, ihr beizuspringen, aber Silvia hatte seine Bemerkung gar nicht witzig gefunden. »Und irgendwann komme ich dann in Highheels«, hatte er gesagt. »Wage es nur, Barbera, dann findest du dich im Innendienst wieder und treibst Bußgelder ein.«

Silvia blies ihm eine Rauchwolke ins Gesicht. »Ich habe eben mit Rom telefoniert. Diese Frau war auch vor ihrem Tod schon ein Rätsel. Interpol hat sie nicht in der Datei. Nicht einmal das Foto hat weitergeholfen. Niemand hat sie vermisst. Keine Freunde, keine Familie. Ein Fressen für die Presse, ich sehe die Schlagzeilen schon vor mir!«

»Die Blonde mit der Hutnadel«, schlug Barbera vor, während sein Blick über das Foto des Opfers glitt, das vor ihm auf einem Aktenstapel lag. Commissario Giorgini hatte recht, aus Rom kam keine Hilfe, kein Hinweis, der sie weiterbringen würde. Die Handtasche der Toten war leer gewesen. Ihm war jedoch etwas aufgefallen, was der Kommissarin und den Kollegen aus Rom verborgen geblieben war. Er räusperte sich, nahm allen Mut zusammen und deutete auf den Hals der Toten. »Und wenn das ...«

Silvia schnappte sich das Foto. Das Opfer trug eine Kette mit einem stilisierten Kreuz. Silvia zog die Augenbrauen hoch. »Ja und, das ist ein stinknormales Kreuz ...«

»Stimmt, aber aus Muranoglas. Ein Schmuckstück, das in Venedig hergestellt und dann in ganz Italien verkauft wird.«

»Ich weiß, was du meinst, Barbera.« Silvia Giorgini sah ihm in die Augen, ihm brach der Schweiß aus. »Gut, fangen wir noch einmal an. Wir suchen nach dem Glasbläser, der diesen Typ Anhänger herstellt, und nach sämtlichen Verkaufsstellen.«

»Schon passiert.« Barbera konnte seinen Triumph kaum verbergen. Endlich war er der Kommissarin einmal voraus. »Hinter dem Kreuz ist ein Einschluss im Glas, eine Art Herkunftsnachweis«, sagte er und hielt ihr die Sammelmappe hin, die er die ganze Zeit auf dem Schoß gehabt hatte. »Die Firma Rattazzi ist bekannt dafür. Sie beliefert mehrere kleine Geschäfte in Venedig und Mestre. Wir waren überall und haben das Foto des Opfers gezeigt. Anfangs vergeblich, aber dann hat eine aufmerksame ältere Verkäuferin unsere Frau erkannt. Allerdings war sie ihrer Meinung nach braunhaarig und nicht blond. Sie hat uns erzählt, sie hieße Malena und würde als Pflegerin arbeiten. Dann haben wir alle Geschäfte in der Nachbarschaft befragt. Ein Bäcker war sicher, das Opfer öfter gesehen zu haben. Er meinte allerdings, sie hieße Melena und würde mit einem Mann zusammenleben, dem er schon öfter Ware geliefert hatte.« Pacì hielt kurz inne, um Silvia Giorginis staunenden Gesichtsausdruck zu genießen. Es gelang ihm selten genug, sie zu überraschen.

Silvia öffnete die Mappe. »Gut gemacht, Barbera.«

»Manchmal braucht man eben ein bisschen Glück.«

»Hast du etwas über diesen Mann herausbekommen?«

»Er heißt Antonio Livraghi und ist ein kleiner Kunstsammler, oder sagen wir, er sammelt das, was man so für Kunst hält. Er wohnt am Rio Farin in Venedig. Sie war sein ukrainisches Mädchen für alles. Sie nannte sich Malena, aber ihr wahrer Name war Yelena Marcovich. Wahrscheinlich war sie von allem etwas: schwarzhaarig, blond und braun, hatte glatte und lockige Haare, war Pflegerin, Kellnerin und Prostituierte.« Barbera warf Silvia einen prüfenden Blick zu. Die Kommissarin wusste, was jetzt kam. Er hatte noch ein Ass im Ärmel und wollte sichergehen, dass sie ihm aufmerksam zuhörte. »Und weiter?« Barbera ließ sich nicht lange bitten: »Jetzt kommt das Beste. Livraghi ist schon mit dem Gesetz in Konflikt gekommen. Er war in windige Import-Export-Geschäfte verwickelt, die sich als getarnte Drogengeschäfte entpuppten. Sehr wahrscheinlich war Malena oder Melena seine Geliebte. Nach den Aussagen der Befragten zu urteilen, gab sie ziemlich viel Geld für ihr Äußeres aus.«

Silvia Giorgini seufzte tief und drückte die erst halb gerauchte Zigarette im Aschenbecher aus. »Gute Arbeit, Pacì. Ausgezeichnet.« Wenn sie ihn beim Vornamen nannte, war sie zufrieden mit ihm. Barbera wurde rot. Für einen Moment herrschte Stille, dann sprachen sie beide gleichzeitig weiter. Sie lächelten verlegen, und Barbera schwieg, während Silvia in sachlichem Ton fortfuhr: »Sag Bonadeo Bescheid, er soll unverzüglich nach Venedig fahren und Livraghi hierherbringen. Ich bin gespannt, was er zu sagen hat.«

Ispettore Dante Bonadeo war mit neunundzwanzig von Palermo nach Mailand versetzt worden. Hier hatte er in kürzester Zeit Karriere gemacht, als Belohnung für seinen mutigen Einsatz bei der Verhaftung von zwei rumänischen Dealern. Obwohl er dabei verletzt worden war, hatte er entscheidend dazu beigetragen, dass die beiden vor Gericht gestellt werden konnten. Er erzählte immer, dass er wegen seiner Eltern zur Polizei gegangen war. Schon in seiner Kindheit hatten sie ihm ihr dualistisches Weltbild eingebläut. Es gab nur »die Guten« und »die Bösen«. Das galt selbst für den Fußball, seine große Leidenschaft. Die Guten, das waren die Palermo-Fans, die Bösen waren für Catania. Der Polizeiberuf bot neben Sicherheit auch solide finanzielle Möglichkeiten. Dante stammte aus einer kleinbürgerlichen Familie. Obwohl das Geld knapp war, hatten seine Eltern alles darangesetzt, ihn studieren und einen Abschluss in Jura machen zu lassen. Seine Mutter war Schneiderin, sie hatte jahrelang auf alles verzichtet, damit er an ihrer Stelle ins Kino oder Pizza essen gehen konnte. Sein Vater, ein Gentleman alter Schule, hatte das Rauchen aufgegeben, sein einziges Laster, und sogar den lange fälligen Kauf eines neuen

Autos zurückgestellt. »Wer mit dem Rauchen aufhört, spart viel Geld, und gesund ist es auch«, hatte er immer gesagt. Dante war ihrem Vorbild gefolgt und bescheiden geblieben. Bevor er zur Polizei ging, hatte er als Briefträger, als Dogsitter und als Hausmeister in einem Wohnblock gearbeitet, gelernt hatte er nachts. Er hatte alle Prüfungen mit Bravour bestanden und kurz vor dem Tod des Vaters seinen Abschluss gemacht. Ironie des Schicksals: Sein Vater starb an Lungenkrebs. Obwohl sein Leben entbehrungsreich war, hatte er seine wohlhabenden Altersgenossen nie beneidet. Eines allerdings machte ihm Kummer: Er hatte einfach kein Glück mit Frauen. Nicht, dass er hässlich war, im Gegenteil: Er hatte einen vom Kickboxen gestählten Körper, volles dunkles Haar und goldbraune Augen mit grünen Einsprengseln. An Verehrerinnen fehlte es nicht, von denen einige sogar äußerst hartnäckig waren. Doch wenn er sich dann auf eine Beziehung einließ, traf er meist die falsche Wahl. Entweder machten ihm die Frauen das Leben zur Hölle, oder er wurde betrogen. Meistens waren sie mehr an einem flüchtigen Abenteuer als an einer festen Beziehung interessiert. Er konnte einfach nicht verstehen, warum. »Die Welt ist auf den Kopf gestellt«, hatte ihm Vicecommissario Pacì Barbera eines Tages an der Kaffeemaschine im Flur gesagt: »Früher sind wir Männer vor dem Altar geflohen, heute tun es die Frauen. Vielleicht liegt es auch an unserem Beruf …«

Dante Bonadeo hatte mit den Schultern gezuckt und gelächelt: Er verstand es wirklich nicht.

»Einen tollen Job habe ich mir da ausgesucht«, maulte Bonadeo, während er hinter zwei anderen Polizisten die schmale Treppe des venezianischen Hauses hochstieg. Sie waren nachts um halb zwei in Mailand aufgebrochen und jetzt war es gerade mal drei. Doch das Adrenalin, das durch seinen Körper strömte, wenn er an die bevorstehende Verhaftung dachte, vertrieb seine Müdigkeit. Bonadeo zog die Waffe und rief: «Polizei, machen Sie auf!« Er hämmerte gegen die Tür. Die Kollegen standen rechts und links von ihm, auch sie mit den Waffen im Anschlag. Sie warteten. Als sie aus der Wohnung Geräusche zu hören glaubten, brachen sie die Tür auf. Ispettore Bonadeo knipste das Licht an. Der jüngere Kollege zuckte entsetzt zurück, während sich der andere an der Wand abstützte und sich erbrach. Der Einzige, der die Fassung bewahrte, war Bonadeo.

Den Polizisten bot sich ein grauenvoller Anblick. Der Leichnam eines etwa vierzigjährigen Mannes war an einen Metallstuhl gegenüber der Eingangstür gefesselt. In den leeren Augenhöhlen steckte jeweils eine Hutnadel. Eine verästelte Blutspur hatte sich über das bleiche Gesicht ausgebreitet wie ein Spinnennetz. Aber das Schlimmste war der Stumpf der abgeschnittenen Zunge, den man zwischen den blutigen Zähnen erkennen konnte. Im Zimmer stank es nach verbranntem Fleisch.

Bonadeo nahm ein Paar Latexhandschuhe aus der Tasche, streifte sie über und ging langsam auf den Leichnam zu. »Bevor er getötet wurde, hat man ihn brutal gefoltert«, sagte er und hob vorsichtig den rechten Arm des Opfers in die Höhe, »sie haben ihm die Finger verbrannt, seht mal hier, und auch die Füße.« Unter dem Stuhl erkannte man zwei schwarze Stummel. Bonadeo atmete tief durch und blickte sich suchend um. Er brauchte eine Pause. Die Wohnung war nicht groß, aber äußerst luxuriös eingerichtet, mit vergoldeten Barockspiegeln an den Wänden und einem wertvollen Rokokosofa genau hinter dem Toten. Beherrscht wurde der Raum von einem antiken Eichentisch. Durch eine offene Tür blickte man in das Schlafzimmer.

»Reißt euch zusammen. Erst rufen wir die Spurensicherung, und dann verschwinden wir. In der Zwischenzeit allerdings sehen wir uns noch ein bisschen um.«

Bonadeo erreichte Mailand mit dem Gefühl, einen Volltreffer gelandet zu haben. Wenigstens bei der Arbeit lief es. Nachdem er Vicecommissario Barbera Bericht erstattet hatte, wartete er darauf, mit Commissario Giorgini zu sprechen.

»Die Chefin erwartet dich«, Barbera stand auf und steckte das Handy in die Tasche. »Los geht's.« Er klopfte dem Inspektor auf die Schulter und ging vor ihm die Treppe hinauf.

Die Kommissarin stand vor ihrem Schreibtisch, den Bericht in der einen, die obligatorische Zigarette in der anderen Hand.

»Schieß los«. Silvia Giorgini zog gierig an ihrer Zigarette und blies Bonadeo den Rauch ins Gesicht, der allerdings viel zu aufgeregt war, um zu protestieren. Er zwang sich zu einer ruhigen Tonlage und zu präzisen Aussagen, immerhin war er kein Anfänger mehr. »Im Beisein von Vicecommissario Barbera haben wir eine zweite Tatortbesichtigung in Livraghis Wohnung durchgeführt. Wir haben jedes Fenster und jede Fensterblende überprüft und sogar ein frisch gegrabenes Loch an der Außenseite des Hauses unter die Lupe genommen. Wir haben Küche und Bad akribisch untersucht, jeden Flakon umgedreht ...«

»Kommen Sie bitte zum Punkt«, die Kommissarin wurde ungeduldig.

»Natürlich. Auf der Treppe bin ich fast gestürzt, weil ich eine Stufe schlecht erwischt hatte. Als ich mich gefangen und zu Barbera umgedreht hatte, bemerkte ich ein loses Brett. Ich hebe es an, und was finde ich? Unseren USB-Stick mit 20 Gigabyte!« Bonadeo tauschte einen raschen Blick mit Barbera, dann sahen sie erwartungsvoll die Kommissarin an. Silvia Giorgini kannte den Inhalt bereits.

»Der Stick enthält fünfundzwanzig Filme und dreißig Fotos mit pädophilem Inhalt: Minderjährige beim Sex mit anderen Minderjährigen und Erwachsenen.« Silvia Giorgini schüttelte den Kopf. Es war beileibe nicht das erste Mal, dass sie solches Material auswertete, aber an diesen Anblick würde sie sich nie gewöhnen. Andere Kollegen dagegen waren längst zu Zynikern geworden, auch außerhalb des Jobs. Sie zog ein Foto aus der Mappe. »Das einzige Bild ohne pornografischen Inhalt war dieses.«

Barbera und Bonadeo sahen ein hübsches Mädchen mit braunen Locken und hellen Augen. Es trug einen grauen Schlafanzug und lächelte. »Die Experten meinen, sie dürfte nicht älter als vier Jahre gewesen sein, als das Foto gemacht wurde«, erläuterte die Kommissarin.

Es herrschte betretenes Schweigen. Was wohl aus diesem Kind geworden war?

»Livraghi hat wahrscheinlich mit Kinderpornografie gehandelt, vielleicht hat er die Kinder angeworben.« Bei dem Gedanken, dass diese Kinder aus ihren Familien gerissen und entführt worden waren und sich nun in der Gewalt von Perversen befanden, drehte sich Silvia Giorgini der Magen um. Das war noch unfassbarer und unerträglicher als die bizarre Welt der Psychosekten, gegen die sie fast ihr ganzes Leben kämpfte und die ihr vor elf Jahren ihren über alles geliebten Bruder genommen hatten.

»Wir warten auf den Bericht von Interpol, dann werden wir wissen, ob die Kinder als vermisst gemeldet sind. Im Jahr 2008 sind allein auf der Insel Lampedusa von dreizehnhundertzwanzig minderjährigen Flüchtlingen vierhundert spurlos verschwunden. Inzwischen haben wir die Fotos an alle italienischen Polizeidienststellen geschickt und warten auf Informationen über sämtliche in den vergangenen zehn Jahren entführte Kinder. Zum Glück können wir heute einen Steckbrief digital verändern und zum Beispiel Menschen auf Fotos künstlich altern lassen. Die Technologie scheint das Einzige zu sein, worin die Welt Fortschritte gemacht hat.«

Bonadeo und Barbera nickten und blickten betroffen auf das Foto des kleinen Mädchens.

»Wir werden diese Schweine finden«, sagte Bonadeo.

Barbera betrachtete die auf dem Schreibtisch verstreuten Fotos des verstümmelten Leichnams. »Livraghis Mörder waren in der Tat nicht zimperlich.«

»Die Zunge abgeschnitten und die Augen ausgestochen. Da wollte jemand ein Exempel statuieren ...«

»Die Strafe für einen Verräter. Für jemanden, der etwas gesehen oder gesagt hat, was er nicht hätte sehen oder sagen dürfen. Oder auch beides zusammen«, schaltete sich Silvia Giorgini ein.

»Meinen Sie, das gilt auch für die Frau im Eurostar? Im Grunde ist die Tat vergleichbar ...«, mutmaßte Bonadeo.

»Es ist noch zu früh, um etwas darüber sagen zu können. Wir wissen zu wenig über Yelena Marcovich. Nach ihrer Einreise nach Italien vor etwa zehn Jahren hat sie sich in Luft aufgelöst. Wahrscheinlich hat sie ständig die Identität gewechselt: Haarfarbe, Namen, das ganze Programm.«

»Eine winzige Spur haben wir aber doch«, wandte Pacì Barbera ein: »Dieser Bäcker hat ausgesagt, dass Malena hin und wieder mit seinem Lehrling aus Palermo gescherzt hat, und zwar in sizilianischem Dialekt. Vielleicht hat sie mal in Sizilien gelebt. Jedenfalls habe ich Milazzo gebeten, den Jungen nach der Frau zu befragen.«

»Wir dürfen nichts unversucht lassen, Barbera, aber es muss schnell gehen.« Silvia Giorgini griff nach dem Foto des Mädchens und steckte es in die Akte zurück. Dabei dachte sie darüber nach, welche schrecklichen Szenarien mit dieser Ermittlung verbunden sein könnten. Sie war sich nicht sicher, ob sie dazu bereit war. Sie wartete, bis ihre Kollegen das Büro verlassen hatten, dann steckte sie sich die letzte verbliebene Zigarette an. »Rauchen tötet« stand auf der Schachtel. Silvia verzog den Mund zu einem bitteren Lächeln.

5

In den Salons des Quirinalspalasts drängten sich die Menschen. Die reich mit vergoldeten Stuckornamenten verzierten hohen Decken schluckten die angeregten Gespräche der Gäste, die zur Verleihung des Premio Copernico gekommen waren. Mit diesem Preis wurden besonders verdienstvolle Bürger ausgezeichnet: Unternehmer, Künstler, Wissenschaftler und Politiker, die herausragende Leistungen erbracht hatten. Auf der Gästeliste fanden sich unter anderem Luca Cordero di Montezemolo, die Unternehmer Diego Della Valle und Leonardo Del Vecchio sowie die Modedesignerin Laura Biagiotti. In einem eleganten ecrufarbenen Abendkleid, dem kostbare antike Juwelen Glanzlichter aufsetzten, stand sie ganz in der Nähe des Staatspräsidenten, des Schirmherren der Veranstaltung.

Nichts wurde dem Zufall überlassen. Auf einer Seite des prächtigen Salons stand ein mit einer Damasttischdecke bedeckter langer Tisch, auf dem ein üppiges Büfett aufgebaut worden war, beflissen serviert von knabenhaft wirkenden Kellnern mit weißen Handschuhen.

Man kannte sich. Die Gäste flanierten durch den Salon, grüßten, schüttelten Hände und tauschten den neusten Klatsch und Tratsch der High Society aus. Für einige Gäste war der Premio Copernico der gesellschaftliche Höhepunkt des Jahres, nicht selten wurden beim Austausch von Höflichkeiten auch wichtige Geschäftsbeziehungen geknüpft.

Vom Zeremonienmeister begleitet, schritt der Staatspräsident nebst Gattin durch die Menge und begrüßte die illustre Schar. Wer das Privileg genoss, vom ersten Bürger des Landes persönlich willkommen geheißen zu werden, wurde vom Rest der Gäste mit neidischen Blicken bedacht.

Nachdem er einige Worte mit dem Handels- und Industrieminister gewechselt hatte, wandte sich Cavaliere Luca Ridoni einer Dame in einem grauen Armani-Kostüm zu. »Baronessa, Sie sehen hinreißend aus.«

»Eine Kunst in meinem Alter, deshalb werte ich das als Kompliment …« Baronessa Vivy Sannazzaro schenkte ihm ein schelmisches Lächeln. Trotz aller Fältchen hatte ihr leicht gebräuntes Gesicht mit den veilchenblauen Augen sich seinen jugendlichen Charme bewahrt.

»Das Alter kann doch Ihnen nichts anhaben …«

»Wir sollten uns öfter treffen, lieber Ridoni. Doch erst einmal erwarte ich Sie zu meiner Gala, gemeinsam mit Ihrer Gattin selbstverständlich. Die Einladung haben Sie sicherlich erhalten?«

»Natürlich, das lassen wir uns nicht nehmen.« Ridoni beobachtete sie, während sie einen weiteren Gast begrüßte. Wenngleich bereits über siebzig, war sie noch immer eine schöne Frau, schlank und von großer Eleganz. Es war nicht schwer, denjenigen zu glauben, die meinten, als junge Frau sei Vivy schöner gewesen als Liz Taylor.

Auf der Suche nach der Gattin seines Freundes Giampiero Prinicipini schnappte Ridoni einige Gesprächsfetzen auf. Er wusste zwar nicht, wer sich mit wem unterhielt, aber das Thema des Gesprächs war ihm wohlbekannt. Es ging um die Baronessa.

»Im Privatleben hat sie ja nicht viel Glück gehabt. Erst Raul, dann ihr Mann und schließlich Lupo …«, seufzte eine Frau mit auffälligem Goldschmuck.

»Keiner in ihrer Familie hatte ihr Format, das kannst du mir glauben. Von diesem liederlichen Zweitgeborenen ganz zu schweigen. Ich kannte den Blauen Baron recht gut …«, schaltete sich der Mann an ihrer Seite ein.

Hinter den beiden machte Ridoni ein bekanntes Gesicht aus. »Anna! Wie lange ist das her …«, er lächelte Principinis Gattin zu.

»Ciao, Luca.«

»Gut siehst du aus.«

Unsicher wich Anna seinem Blick aus und fragte sich, ob das nachtblaue Musselinkleid ihre überflüssigen Kilos auch gut genug kaschierte. So elegant wie die anderen Damen fühlte sie sich bei weitem nicht. Sie warf der Baronessa einen Blick zu und dachte daran, dass sie alles dafür geben würde, im Alter auch so auszusehen.

»Wo ist denn unser Giampiero?« Ridoni blickte sich suchend um.

»Gerade war er noch hier, aber …«

»Du hast eben einen berühmten Mann. Jeder will ihm zu seinem Erfolg gratulieren.«

»Wie wahr!« Annas Seufzer verriet ihre ganze Frustration, was Ridoni nicht verborgen blieb. Aber er wagte nicht, nachzufragen, dazu kannte er sie zu wenig. »Wir sehen uns«, verabschiedete er sich.

Annas Blick schweifte derweil hinüber zum Büfett. Sie kämpfte mit sich – einen erbitterten Kampf, den sie nicht gewinnen konnte.

»Der Kaviar ist köstlich.«

Anna zuckte zusammen. »Marilena!« Sie drehte sich um. Hinter ihr stand die Frau des Mailänder Stahlunternehmers Carlo Rossi, ein strahlendes Lächeln auf den Lippen. Anna riss sich zusammen und lächelte zurück.

»Ich habe gerade Giampiero begrüßt. Dein Mann hat es weit gebracht …«

Anna nickte. »Und Carlo?«, fragte sie beiläufig. Hauptsache, sie war abgelenkt und musste nicht weiter an das Büfett denken.

»Es geht ihm ausgezeichnet. Morgen fliegt er nach China. Weißt du, er hat einen Teil der Fabrikation nach Shanghai verlegt. Ich wollte ihn ursprünglich begleiten, aber ich muss mich um Annabella kümmern, ihre Leistungen in der Schule machen uns Sorgen. Nächste Woche stehen Besuche bei den Lehrern an. Manchmal beneide ich dich, Anna, Kinder sind doch immer auch eine Belastung.«

Anna seufzte. In wenigen Sekunden hatte ihre Freundin gleich drei heikle Themen angeschnitten: Giampiero, Essen und Kinder. Sie konzentrierte sich auf Marilenas leuchtend rotes Kleid. Eine Farbe, die für den feierlichen Anlass etwas gewagt war, doch der wohlproportionierte Körper, den es verhüllte, glich das bei weitem wieder aus. »Ein wunderschönes Kleid.«

»Donna Diabla«, sagte Marilena und machte eine kleine Drehung, um es noch besser zur Geltung zu bringen.

Anna erinnerte sich, wie empört sie gewesen war, dass die Donna-Diabla-Modelle in Amandas Boutique nur bis Größe 38 zu haben waren.

»Natürlich würde es noch besser sitzen, wenn ich diese verdammten beiden Kilos wieder loswerden würde, die mich seit letztem Jahr plagen.« Marilena klopfte auf ihre unsichtbaren Speckröllchen an den Hüften.

Das vierte Tabuthema. Das war zu viel. Anna sah sich suchend nach Giampiero um. Von allen Übeln war ihr Mann im Augenblick noch das kleinste.

Sie fand ihn schließlich in Gesellschaft der Baronessa

d'Altino. Immerhin keine Jüngere, dachte sie, aber trotzdem fühlte sie sich einsam und verlassen.

»Giampiero weicht mir aus«, dachte sie. »Er hat mich nur mitgenommen, weil man zu einem solchen Anlass eben mit Ehefrau erscheint. Sonst hätte er mich bestimmt zu Hause gelassen.« Sie biss sich auf die Lippen. Der Kampf in ihrem Inneren ging weiter.

»Champagner, Signora?« Ein gutaussehender Kellner stand vor ihr, ein Silbertablett in der Hand.

»Danke.« Anna griff nach einem Glas, leerte es in einem Zug und stellte es lächelnd auf das Tablett zurück. »Was soll's!«, dachte sie und ging ans Büfett. Sie hatte den Kampf verloren.

Für Baronessa Vivy Sannazzaro d'Altino war der Rückweg ins Chianti eine Qual. Nicht, weil das Fest zu anstrengend gewesen wäre, es war vielmehr die Einsamkeit, die sie bedrückte und die sich immer dann schwer auf ihre Seele legte, wenn sie sich nicht mit Arbeit ablenken konnte.

Sie saß im Lieblingssessel ihres verstorbenen Mannes im Salon ihrer Villa. Auf dem antiken Tisch aus der Epoche Karls VIII. standen silberne Bilderrahmen. Sie nahm den größten in die Hand und sah lange auf das Foto. Es war eine Farbaufnahme, die sie selbst gemacht hatte: eine glückliche Familie an einem Sommertag im Garten der Villa. Ihr Mann Rodolfo, schlank, elegant, mit angegrautem Bärtchen, lächelte in die Kamera. Seine Hände ruhten liebevoll auf den Schultern seiner Söhne. Raul hatte eine ähnliche Statur wie sein Vater, er wirkte reif für sein Alter, auf seinen Lippen lag ein melancholisches Lächeln. Lupo dagegen sah unbeschwert aus, seine langen blonden Haare leuchteten in der Sonne.

»Meine armen Kinder«, murmelte sie und strich sanft über das Foto. Es war alles, was von ihrem verlorenen Glück geblieben war. Schon lange war ihre Trauer bei Freunden und Geschäftspartnern kein Thema mehr, aber sie wusste genau, was sie dachten: Sie hat viel Pech gehabt. Doch so einfach war es nicht. Vivy war sicher, dass ihr Schicksal vorherbestimmt war, wenngleich ihr ihr gesunder Menschenverstand sagte, dass sie das lieber für sich behielt. Wie so oft, wenn sie sich unbeobachtet wusste, stand sie auf und öffnete das Geheimfach eines wuchtigen Schranks aus dem 18. Jahrhundert, der die ganze Wand beherrschte. Sie nahm eine vergilbte Mappe heraus und setzte sich wieder auf den Sessel. Bevor sie die Mappe aufschlug, zögerte sie kurz, dann setzte sie eine mit Swarovski-Kristallen besetzte Brille auf. Jedes Mal, wenn sie die engbeschriebenen Blätter las, versetzte es ihr einen Stich. Die erste Seite begann wie folgt:

Im Jahre des Herrn 1768 beginne ich, Baron Wolfgang von Altemburg, besser bekannt als Barone Rocca d'Altino, mit der Niederschrift meiner Memoiren, um die Wahrheit für die Nachwelt festzuhalten …

Republik Venedig, 1756

»Die Contessa schläft, Signore.« Pina versuchte sich ihm in den Weg zu stellen, aber Wolfgang von Altemburg lachte nur und schob die Dienerin beiseite.

Der Baron war im Morgengrauen in der Villa Corrier angekommen. Er war inkognito gereist, die Fenster der Kutsche verhängt, nur seine treuen Diener Franzin und Balà an seiner Seite. Sie durften das Gepäck nicht aus den Augen lassen. Die Taschen schienen ungewöhnlich leicht zu sein, wenn man bedachte, dass ihr Herr Venedig für immer verlassen wollte. Aber die beiden waren daran gewöhnt, keine Fragen zu stellen, sie gehorchten ohne Widerworte. Wenn er mit leichtem Gepäck reiste, umso besser.

Der Baron betrat das Schlafzimmer von Contessa Maria Emilia Corrier, ohne anzuklopfen. Das Boudoir war mit roter und gelber Seide ausgeschlagen, an den Wänden hingen Silberspiegel und Veronese-Gemälde. Die Tür war mit Intarsien und Edelsteinen geschmückt, wie eine kostbare Tabakdose. Die Decke war mit Putten bemalt, die maliziös hinter Wolken hervorlugten, als ob sie die Menschen unter sich heimlich beobachten wollten. Hier hatten der Baron und die Contessa viele leidenschaftliche Liebesnächte verbracht. Heute war sein erster Besuch bei Tag. Im hellen Morgenlicht wirkte der ganze Luxus fast abstoßend. Die schwülstig-kokette Einrichtung passte sicherlich gut zur Contessa, aber ihm war der ganze Pomp zuwider. Zum Glück würde er diesen Raum heute zum letzten Mal betreten. Der blondgelockte Kopf von Maria Emilia Corrier ruhte auf einem edlen Leinenkissen. Der Baron bewunderte ihr feingezeichnetes Gesicht, das in dem weichen Licht, welches durch die meerblauen Vorhänge ins Zimmer fiel, aussah wie das Antlitz eines Engels.

Wenn er an die Lustschreie dachte, die die Contessa während ihres Liebespiels ausstieß, überkam ihn prickelnde Erregung. Zum Glück war Conte Giuseppe Corrier jede Nacht betrunken, er hörte sowieso nichts. Zudem gab es Gerüchte, dass ihr Ehemann die Gesellschaft von hübschen Knaben bevorzugte.

Maria Emilia Corrier öffnete die Augen und hielt sich geziert die Hand vor den Mund, um ein Gähnen zu verstecken. »Was für eine Überraschung, mein Herr. Euer morgendliches Verlangen tut gut daran, sich meinen Reizen anzuvertrauen«, fuhr sie fort, dabei entblößte sie ihre makellosen Beine. Geschmeidig wie eine Katze beugte sie sich nach vorne und zog den Baron an sich. Von Altemburg gab sich der Umarmung hin und ließ seine Zunge in ihrem Mund spielen. Seine Hand glitt unter das hauchdünne Batistnachthemd, umfasste ihre samtweichen Brüste und liebkoste ihre Brustwarzen. Während die Contessa erregt zu stöhnen begann, wich er zurück, legte die Hände auf ihre Schultern und schob sie sanft von sich. »Maria, ich bin gekommen, um Euch adieu zu sagen. Ich habe eine wichtige Aufgabe übernommen und muss umgehend nach Österreich. Wie Ihr wisst, ist meine Familie unermesslich reich. Die Summe, die ich heute Nacht am Spieltisch verloren habe, ist nichts dagegen. Aber jetzt brauche ich dringend Geld, um das Land verlassen zu können. Bei meiner Rückkehr werde ich Euch alles mit Zins und Zinseszins zurückzahlen. Ihr habt mein Wort.«

Maria Emilia setzte sich im Bett auf. Ihr durchscheinendes Nachthemd ließ ihre üppigen Brüste und die milchweiße, samtene Haut mehr als nur erahnen. Erregt von ihren steil aufragenden Brustwarzen, konnte sich der Baron nicht länger zurückhalten, drehte sie um und presste sich gegen ihren drallen Hintern. Ein letztes Mal noch …

»Monsieur, bitte …«, bettelte die Contessa und schmiegte sich lustvoll an ihn. Von Altemburg drehte sie wieder auf den Rücken, schob das Nachthemd hoch und sog gierig an ihren Brustwarzen. Dann wanderte er mit seiner Zunge über ihren Bauch, verharrte spielerisch an ihrem Nabel, um schließlich seinen Weg fortzusetzen. Maria Emilias Körper stand in Flammen. Sie winselte wie ein gefangenes Tier, während sie ungeduldig an seiner Hose nestelte. Doch von Altemburg verweigerte sich ihr ein zweites Mal und schob ihre Hände weg. »Maria, ich bitte Euch, erfüllt erst meinen Wunsch. Danach werde ich Euch Lust verschaffen wie noch nie zuvor«, flüsterte er ihr mit rauer Stimme ins Ohr. Maria Emilia erhob sich und ging zum Tresor, der auf einer vergoldeten Konsole neben dem Bett stand. Sie holte den Schlüssel aus einem Versteck und drehte sich dann zu von Altemburg um. Sie bebte vor Lust.

»Los!«, seine raue Stimme vibrierte.

Die Contessa öffnete den Tresor und nahm eine Handvoll Goldmünzen und wertvollen Schmuck heraus. Dann riss sie sich das Nachthemd vom Leib und ließ es auf den Boden fallen. »Das gehört Euch!«, keuchte sie, aber es klang, als meinte sie sich selbst und nicht die Preziosen. Wie von Zauberhand tauchte zwischen den Fingern des Barons ein Lederbeutel auf, in dem er Münzen und Schmuck verschwinden ließ. Dann knöpfte er seine Hose auf. »Dreht Euch um!«, befahl er. Sie tat wie geheißen und bot ihm ihr dralles Hinterteil. »Macht schnell!« Von Altemburg drang unsanft in sie ein, um sich dann ebenso schnell wieder aus ihr zurückzuziehen.

»Hilfe! Hilfe!« Vor der Tür hörte man die verzweifelten Schreie einer Frau.

»Das ist Pina. Was ist passiert?«, fragte die Contessa verängstigt.

»Ich weiß es nicht. Rührt Euch nicht von der Stelle!« Von Altemburg knöpfte hastig seine Hosen zu, griff nach dem Beutel und versteckte ihn unter dem am Boden liegenden Nachthemd der Contessa. Dann nahm er sein Schwert und glitt an der Wand entlang zur Tür. Unterdessen schrie die Dienerin weiter: »Hilfe, Hilfe, Diebe!«

»O mein Gott!« Die Contessa versuchte verzweifelt, ihre Blöße zu bedecken. Von Altemburg wollte gerade die Tür öffnen, als Franzin ins Zimmer stürzte. »Zigeuner!«, rief er und ließ sein Schwert sinken.

»Nimm das und verstecke es in der Kutsche!« Von Altemburg gab ihm den Beutel. »Beeil dich!« Vom Ende des Flurs kamen Pina und zwei weitere Frauen auf ihn zugerannt. »Barone, helft uns! Wir sind ganz allein, unsere Männer sind bei der Arbeit. Die Zigeuner wollten uns erst Kupfer verkaufen, und jetzt haben sie gedroht, Fonzino, den kleinen Sohn der Köchin, mitzunehmen.« Die Frauen schoben von Altemburg den Flur entlang zur Eingangshalle. »Fonzinos Brüder haben versucht, den Kleinen mit Messern zu verteidigen, aber die Zigeuner waren stärker und haben sie entwaffnet. Obwohl sie nur zu zweit sind, ein Mann und eine Frau«, sagte Pina. »Sie gebärdet sich wie ein Teufel!«, fügte eine andere hinzu.

Von Altemburg drängte die Frauen beiseite und stürmte in den Salon. Der Tisch war umgestürzt, überall Scherben. Die Bilder waren von den Wänden gerissen und aufgeschlitzt, die Sofas und Sessel umgestoßen. In der Mitte des Zimmers klammerten sich Fonzinos Brüder aneinander und starrten angstvoll auf den riesigen Zigeuner, der sie mit einem langen Messer bedrohte. Seine Kumpanin tanzte in einem bunten Rock um die Kinder herum und gab unverständliche Laute von sich.

»Sie versteckt Fonzino unter ihrem Rock!« Pina zeigte auf die alte Zigeunerin. Der Riese spürte die Gefahr, drehte sich um, hechtete blitzschnell auf von Altemburg zu und hielt ihm das Messer an die Kehle. Die Augen des Zigeuners glühten vor Mordlust, der Baron hielt den Atem an. War das etwa sein Ende? Noch eine winzige Bewegung und die Klinge würde ihm den Hals durchtrennen. In Erwartung seines nahen Todes schloss er die Augen. Plötzlich brach Tumult aus. Als er die Augen wieder öffnete, wusste er, dass der Tod noch etwas warten musste. Balà hatte dem Riesen sein Schwert in den Rücken gerammt, während es Franzin gelungen war, den Kleinen aus der Gewalt der alten Zigeunerin zu befreien. Er hatte ihr ein Stilett in die Seite gestoßen.

Die Alte schrie gellend auf und griff sich an die Brust. Ein unmenschlicher Schrei. Sie hielt sich noch einen Augenblick auf den Beinen, bevor sie sterbend vor dem am Boden liegenden Riesen zusammenbrach. Mit letzter Kraft drehte sie sich zu von Altemburg um, in ihren Augen lag blanker Hass. Sie sah aus wie der leibhaftige Teufel.

»Ich verfluche dich und alle deine Nachkommen! Das Vermögen, das du geraubt hast, wird auf ewig dein Verderben sein, es wird mit dem Blut deiner Familie besudelt werden!« Bei diesen Worten schoss der Alten ein Schwall dunkles Blut aus dem Mund.

Der Baron wich einen Schritt zurück. Zitternd hob er sein Schwert und rammte es in den Bauch der Frau, immer wieder, bis er das dämonische Licht in ihren Augen verlöschen sah. Dann zog er die blutbesudelte Klinge heraus und stürzte mit Franzin und Balà aus der Villa, ohne die schreckensstarre Contessa eines Blickes zu würdigen. Erst als er in der Kutsche saß, den Beutel in der Hand, konnte er wieder ruhig atmen. »Schneller!«, schrie er aus dem Fenster.

Franzin und Balà ließen sich das nicht zweimal sagen. Sie trieben die Pferde an, als wären ihnen gleich mehrere Teufel auf den Fersen.

»Im Zeichen des Feuers eröffne ich unsere Zusammenkunft, und im Zeichen des Feuers werde ich sie beenden.« Die würdevolle Stimme des Meisters hallte von den Wänden des düsteren, feuchten Kellerraums wider. Die in schwarze Mäntel gehüllten Edelmänner waren einzeln eingetreten, jeder mit einer schwarzen Maske vor dem Gesicht. In ihrer dunklen Kleidung schienen sie mit der venezianischen Nacht zu verschmelzen, unsichtbar für die Spione des Dogen. Jetzt saßen sie still um den Tisch in der Mitte des Raumes. Alle elf spürten, dass etwas Folgenschweres vorgefallen sein musste.

»Ich muss Euch mitteilen, dass ein Mitglied unserer Bruderschaft uns schmählich hintergangen hat. Eine niederträchtige Tat. Er hat sich in illustre Kreise eingeschlichen, die ihm ohne uns verschlossen geblieben wären, und sich danach aus der Republik Venedig abgesetzt.« Die Brüder sahen sich an. Auch wenn ihre Gesichter verhüllt waren, wussten sie genau, wer gemeint war. »Conte Corrier hat mich darüber in Kenntnis gesetzt, dass Baron von Altemburg letzte Nacht am Spieltisch ein Vermögen verloren hat. Der Conte wusste allerdings nicht, dass dieses Vermögen uns gehörte …«

»Wir sind bereit, unser Eigentum zurückzuholen, wohin auch immer der Verräter geflüchtet sein sollte.«

»Das ist noch nicht alles. Wir hatten vereinbart, dass der Sieger des Spiels nicht überleben sollte, und so ist es auch geschehen. Prinz Napier ist mit seinem Gewinn nie zu Hause angekommen. Von Altemburg hat diesen Teil der Abmachung erfüllt. Doch dann hat er sich von der Gier leiten lassen. Von Corrier weiß ich auch, dass der Verräter in sein Haus eingedrungen ist und den Überfall zweier Zigeuner dazu benutzt hat, Goldmünzen und Juwelen der Contessa zu stehlen. Danach ist er mit seiner Beute geflohen. Seine Diener Franzin und Balà begleiten ihn.«

»Wir werden ihn finden. Ein Mann mit einem solchen Schatz kann sich nicht einfach in Luft auflösen.«

Der Meister fuhr fort: »Conte Corrier hat ihn beim Dogen angezeigt. Somit besteht auch für uns Gefahr. Wenn die Soldaten der Republik von Altemburg vor uns finden, könnte er das Geheimnis der Bruderschaft preisgeben, um sein Leben zu retten. Wir haben keine Zeit zu verlieren. Verehrte Brüder, im Zeichen des Feuers wird dieser Ort den Flammen preisgegeben und an anderer Stelle neu entstehen, an einem geheimen und sicheren Platz.«

»Im Zeichen des Feuers«, schworen die elf Edelmänner.

Kurz vor Sonnenaufgang glich Venedig einem Flammenmeer. Durch das vergitterte Fenster seines Hauses betrachtete der Meister das faszinierende Schauspiel und seufzte erleichtert. Mit der Zerstörung ihres Versammlungsorts war das Geheimnis der Bruderschaft erst einmal gerettet.

Der Kapitän des Schiffs, das von Ancona nach Brindisi aufbrach, weigerte sich, das Gepäck von Marchese Leone Nazari an Bord zu nehmen. »Diese Kiste kommt nicht auf mein Schiff, Marchese.« Er richtete seine ohnehin schon imposante Figur drohend auf. »Die Pferde nehme ich mit, aber das Unglück lasse ich nicht freiwillig auf mein Schiff.« Dabei zeigte er auf die Holzkiste, die von zwei Dienern getragen wurde. Auf dem Deckel waren eine Zeichnung und eine Inschrift zu sehen: »Magst du auch grob sein oder arm, sei willkommen auf meinem Kahn! Aber habt acht, ihr Reichen, Hasardeure und Galane, nähert ihr euch meiner Fahne, dann schnappt meine Falle zu!«
Der Marchese warf seinen Dienern einen fragenden Blick zu. Der eine war stumm, und auch der andere hatte kaum ein Wort gesagt, seitdem sie im Hafen angekommen waren. Jetzt zuckten die beiden nur mit den Schultern. Auch sie verstanden nicht, warum der Kapitän von Unglück sprach.

»Ich verstehe Euch nicht, Capitano«, der Marchese bemühte sich, ruhig zu bleiben, während er mit der rechten Hand nervös über den Knauf seines Schwertes strich. »Was gefällt Euch nicht an meiner Kiste?«

»Das fragt Ihr noch? Seht Ihr nicht die Zeichen des Todes, die Sense und den schwarzen Mantel?« Er ließ seine Finger über die Zeichnung auf dem Kistendeckel gleiten und zog die Hand dann ruckartig zurück, als hätte er sich verbrannt. Der Marchese sah sich das Bild genauer an: Ein in einen schwarzen

Mantel gehülltes Skelett lehnte an einem Grabstein, auf dem die rätselhafte Inschrift zu lesen war. Im Hintergrund war das Meer zu sehen, in der Mitte ein Schiff mit geblähten Segeln und zwei Männern an Bord. Der stumme Diener, der die Szene aufmerksam verfolgt hatte, sah kurz zum Marchese hinüber und tippte sich auf die Brust, in etwa da, wo sein Herr in der Innentasche seines Wamses das Geld aufbewahrte. Der Kapitän hatte nichts bemerkt.

Der Marchese hatte das Zeichen sofort verstanden. »Wegen einer solchen Lappalie …«, seufzte er und wandte sich an den Kapitän. Mit der rechten Hand zog er einen Beutel aus der Westentasche und ließ einige Goldmünzen in seine linke Hand rollen.

»Genügt das?«

Die Augen des Kapitäns leuchteten. Wieder warf Nazari einen fragenden Blick zu seinem stummen Diener hinüber. Als dieser kaum merkbar nickte, ließ er zwei weitere Goldstücke in den Handteller rollen. »Und jetzt?« Der Kapitän nahm das Geld und ließ es geschickt in seine Tasche gleiten. »Ihr könnt an Bord gehen, aber unter einer Bedingung: Eure Diener bleiben mit der Kiste in Eurer Kabine, und meine Männer müssen keine Hand an das Teufelsding legen.«

»Wie Ihr wünscht, Kapitän.« Der Marchese blickte gen Himmel, dann gab er den Dienern den Befehl, die Kiste an Bord zu bringen. »Wartet. Lasst uns besser das hier darüberlegen«, sagte er und zog seinen Mantel aus.

Der Kapitän lächelte. »Besser so.«

»Was für ein Glück, dass uns der Kapitän in derselben Kabine untergebracht hat, werter Marchese Franzin …«, spottete der stumme Diener von Altemburg. »So darf ich in einem Bett schlafen, und die Kiste wird rund um die Uhr bewacht.«

Erschöpft sank der Baron auf die Bank. Einen Augenblick lang hatte er befürchtet, man würde sie nicht an Bord lassen. »Diese Hose zwickt furchtbar«, beschwerte er sich. Vorsorglich hatte er mit seinem Diener Franzin die Rollen getauscht. Aus Franzin war der Marchese Leone Nazari geworden, während der etwas tumbe Balà die leichtere Rolle spielte. Er war und blieb ein Diener.

Sich als stummer Diener auszugeben, half dem Baron zudem, seinen österreichischen Akzent zu verbergen. An Franzins Auftritt hatte er nichts auszusetzen. Außer dem kurzen Zögern, als er das Säckchen mit den Goldmünzen aus der Westentasche zog, hatte er sich als Marchese Nazari wacker geschlagen. »Der Plan scheint zu funktionieren.« Von Altemburg schlug mit der Hand auf die Kiste, in deren doppeltem Boden die gestohlenen Goldmünzen und die Edelsteine verborgen waren. Auch die Idee für die Inschrift stammte von ihm, und sie hatte prächtig funktioniert. Aus Erfahrung wusste er, dass Menschen auf Reisen, egal, ob zu Wasser oder zu Land, zum Aberglauben neigen. Die geheimnisvolle Aufschrift würde die Matrosen wirksamer von der Kiste fernhalten als ein Schwert.

Sizilien 1770

Als sie in Küstennähe kamen, verlangsamte das kleine Schiff seine Geschwindigkeit. Es war mitten in der Nacht, die Fackeln an Bord waren erloschen, nur ein leises Plätschern war zu hören. Das Boot näherte sich einer Felsengrotte, die über einen schmalen Streifen Strand zugänglich war, auf dem bereits vier andere Boote lagen. Einer der Männer stieg ins Wasser und zog das Boot mühevoll an Land. Dann half er den drei Passagieren beim Aussteigen. Der Sand strahlte noch immer die Wärme der sizilianischen Sonne aus, doch die Nachtluft war kühl und feucht. Die drei hüllten sich enger in ihre Mäntel. Nach mehreren Versuchen gelang es einem der Männer, die mitgebrachte Fackel zu entzünden. Der schwache Lichtschein vermochte die tiefe Finsternis dieser Nacht kaum zu erhellen. Der Mann ging auf eine Felsspalte zu, aus der plötzlich ein Junge auftauchte. Mit einem Kopfnicken bedeutete er den dreien, ihm zu folgen. In der Höhle war es feucht, ab und zu fiel ein Wassertropfen von der Decke, das leise Aufklatschen hallte von den Höhlenwänden wider. Nach einigen Metern wurde es enger, so dass die Männer in gebückter Haltung hintereinandergehen mussten. Nach zahlreichen Windungen endete der Felsengang und mündete in einen noch schmaleren Gang, der augenscheinlich von Menschenhand in den Stein gehauen worden war. Die Männer krochen auf allen vieren, als plötzlich ein grässlicher Schrei ertönte. Sie zuckten erschrocken zusammen, aber keiner wagte, etwas zu sagen. Der Junge hielt inne, bis der Schrei verhallt war, und kroch dann weiter. Kurze Zeit später erreichten sie einen hohen Raum, der von Fackeln erhellt wurde. In der Mitte des Raumes stand ein mit einem schwarzen Tuch bedeckter Tisch, an dem sieben Männer in schwarzen Kapuzenmänteln saßen. Sie trugen schwarze Masken. Der achte, in rotem Mantel und roter Maske, musste der Meister der Bruderschaft sein. Nachdem sich die drei Neuankömmlinge dem Tisch genähert hatten, begann er mit fester Stimme zu sprechen. »Wir sind hier versammelt, um drei neue Mitglieder aufzunehmen. Schwört, unseren Geboten ewig treu zu bleiben.« Als das Echo seiner Worte verstummt war, ließ er die drei Männer niederknien und befahl: »Eure Namen?«

»Don Calogero Gianni.«

»Principe Federico Inzariota.«

»Barone Raffaele Caprini.«

»Seid willkommen, meine Freunde. Ihr seid heute hier, um Blutsbrüder zu werden, mit dem Versprechen, euch mit Leib und Seele den Gesetzen der Bruderschaft zu unterwerfen und das Gebot der Verschwiegenheit zu achten, heute und in alle Ewigkeit. Unsere Bruderschaft arbeitet im Verborgenen gegen die Ausbeutung des Volkes und gegen die Skrupellosigkeit der Adligen. Alle, die mit uns sind, müssen unsere Regeln akzeptieren. Wir handeln nach unseren Gesetzen, keine Obrigkeit und kein Richter wird uns daran hindern. Und jetzt schließt euch uns an, Brüder.«

Die drei setzten sich an den Tisch, während die anderen Brüder sich auf den Initiationsritus vorbereiteten. Jeder schnitt sich in die rechte Hand und ließ einige Tropfen Blut in einen Kristallkelch fallen. Danach füllte der Junge, der sie hergebracht hatte, den Kelch mit Rotwein auf und reichte ihn dem Meister. Dieser nahm einen tiefen Schluck, dann reichte er den Kelch an den Bruder zu seiner Rechten weiter. Nachdem dieser getrunken hatte, gab er den Kelch ebenfalls weiter. Immer rechts herum, bis alle getrunken hatten. Der Meister hielt einen Moment inne, dann begann er erneut zu sprechen: »Nach der Weihe unserer neuen Brüder verurteile ich, Barone d'Altino, Carmelo Scala zum Tode. Im Zeichen des Lichts, der Wahrheit und der Treue. Er hat schwer gesündigt. So sterben alle Verräter, heute und für alle Zeit. *Blut verlangt nach Blut.* Er hat unsere Ehre beschmutzt, unsere Bruderschaft beleidigt. Er hat aus Habgier geraubt und zwei unschuldige Menschen getötet, die sich ihm entgegengestellt haben. Deshalb muss er sterben, sein Vermögen wird konfisziert.«

Ein markerschütternder Schrei hallte durch die Höhle. Die neuen Brüder sahen sich mit schreckensgeweiteten Augen an. Dieser Schrei hatte nichts Menschliches mehr. Auf ein Kopfnicken des Meisters hin erhoben sich zwei Brüder, um kurze

Zeit später mit einem Mann zurückzukehren, der sich kaum noch auf den Beinen halten konnte. Sein Körper war mit Wunden und Blutergüssen übersät. Seine vornehme Kleidung war zerfetzt.

»Gnade! Ich bin unschuldig! Ich bin kein Verräter und kein Dieb! Ich habe niemanden getötet!« Unter Aufbietung aller Kräfte gelang es dem Gefangenen, den Kopf zu heben und den Meister anzusehen. Seine Augen waren verquollen, seine Stimme nur noch ein Krächzen. »Nehmt alles, was ich besitze, aber lasst mich gehen!« Er fiel auf die Knie und begann zu weinen. »Erbarmen«, presste er noch heraus, bevor eine Hand in seinen Mund griff, die Zunge herauszog und mit einem einzigen Schnitt abtrennte.

Wild zuckend sank der Gepeinigte zu Boden. Für einen Augenblick schien es ihm, als sei er gelähmt, blind und taub zugleich. Sein Herz raste, als wollte es explodieren. Er spürte die starken Hände, die sich um seinen Hals gelegt hatten und die ihn über den feuchten Höhlenboden zerrten. Dann merkte er, wie er hochgezogen, hingesetzt und festgehalten wurde. Als er die Augen wieder öffnete, saß er auf einem Stuhl, Hände und Beine gefesselt. Vor ihm stand ein Bruder mit einem Stilett in der rechten Hand. Carmelo Scala öffnete den Mund, bereit, erneut um Erbarmen zu bitten, doch dazu kam es nicht mehr. Der Mann in Schwarz stieß ihm das Stilett mit aller Macht in die Brust. In einem letzten Aufbäumen fragte er sich, ob das nicht alles ein böser Traum war. Wieso musste man sterben, wenn man nichts Böses getan hatte?

Das Blut spritzte wie eine Fontäne aus seiner Brust und besudelte den Mantel des Vollstreckers. Die Brüder blickten ungerührt auf das Schauspiel. Nur die drei Neuen zuckten entsetzt zusammen, was sie aber rasch zu verbergen suchten.

Nach der Exekution löste Barone d'Altino die Versammlung auf. Einer nach dem anderen verschwand durch den finsteren Stollen, der zum Strand führte, wo fünf Boote warteten.

Sie waren die ganze Nacht durch geritten, als sie den Hof erreichten, waren die Pferde völlig erschöpft. Barone d'Altino befahl Balà, sich um die Tiere zu kümmern, während er sich mit Franzin in sein Schlafgemach zurückzog. Nach den Strapazen der langen Reise erschien ihm der Raum noch heimeliger. Die damastbezogenen Wände leuchteten in intensivem Karminrot, der Boden war mit kunstvoll bemalten Altamura-Kacheln gefliest. Der Baron setzte sich auf das Himmelbett und streckte seinem Diener die Beine entgegen, der sich auf den Boden gekniet hatte, um ihm die Stiefel abzustreifen.

»Ich habe Durst.« Franzin goss seinem Herrn aus einem Tonkrug einen Becher Wein ein und wartete auf weitere Befehle.

»Weck Meluzza auf und bring sie her.«

Franzin runzelte ungläubig die Stirn. Woher nahm der Baron nur seine Energie? *Offenbar hat er den Teufel im Leib.*

Aus dem Dienstbotenzimmer hörte man tiefe Atemzüge. Franzin versuchte es zunächst ganz sanft, doch die junge Frau wollte einfach nicht aufwachen. Jedes Mal, wenn er sie am Arm packte und hochziehen wollte, rollte sie sich wieder zusammen und murmelte einige unverständliche Worte. Das erste Mal, als er sie zum Baron gebracht hatte, hatte Meluzza sich mit Händen und Füßen gewehrt und wie am Spieß geschrien, so lange, bis sie keine Stimme mehr hatte. Im Vergleich zu damals war es mittlerweile ein Kinderspiel. Die junge Frau leistete kaum noch Widerstand, nur manchmal vergoss sie ein paar Tränen. Franzin versuchte es erneut, dieses Mal resoluter. Er zerrte sie hoch und nahm sie auf den Arm.

Vor dem Schlafzimmer des Barons setzte Franzin die noch immer benommene Frau ab und schubste sie hinein.

D'Altino lag nackt in seinem Bett. Er bemühte sich gar nicht, Meluzza richtig aufzuwecken. Ihre teilnahmslose Gefügigkeit erregte ihn so sehr, dass er gar nicht von ihr ablassen konnte. Die junge Dienerin ertrug seine Brutalität mit der unerschütterlichen Geduld der Bauern, die sich den Launen der Natur unterwarfen: Einmal strafte sie der Himmel mit sintflutartigem Regen, ein anderes Mal mit nicht enden wollender Trockenheit.

Der Baron zog die Vorhänge zur Seite und blickte aus dem Fenster. Das helle Morgenlicht blendete ihn, und er musste die Augen zusammenkneifen, doch er war froh über das gute Wetter. Er schlüpfte in ein Hausgewand und ging in den weitläufigen Salon, in dem er zu frühstücken pflegte. Wie jedes Mal hatte er Gewissensbisse, als er am Schlafzimmer seiner Frau Eufrasia vorbeiging. Er machte sich keine Vorwürfe, sondern spürte Bedauern und Mitleid. Als Eufrasia noch jung und attraktiv war, hatten sie viele leidenschaftliche Liebesnächte miteinander verbracht. Jetzt waren ihre sexuellen Begegnungen hastig und mechanisch, etwa so, als müsse man seine volle Blase leeren. Eufrasia dei Marchesi Gallo war schon vierzig und hatte zwei Schwangerschaften und drei Totgeburten hinter sich. Während der Schwangerschaften hatte sie einige Zähne verloren, und selbst die Schminke konnte die tiefen Falten nicht verdecken, die das Schicksal in ihr Gesicht gegraben hatten: Sie hatte beide Kinder durch tragische Unglücksfälle verloren. Das eine war ertrunken, das andere durch einen Schlangenbiss getötet worden. Für weitere Nachkommen war sie zu alt. Zu diesem Schmerz gesellte sich ein weiterer. Sie wusste, dass sie die Erwartungen ihres Mannes nicht erfüllt hatte. Das Geschlecht der d'Altino würde zugrunde gehen, weil es keinen Erben gab.

Der Baron ging zu einem Schrank hinüber, zu dem allein er den Schlüssel besaß. Er öffnete die Tür und zog ein Bündel handbeschriebener Blätter aus einem Schubfach, die mit einem roten Band zusammengehalten wurden. Dann setzte er sich an den wuchtigen Schreibtisch, der inmitten des Zimmers thronte. Ein kostbares, mit Intarsien geschmücktes Stück, das Meisterwerk eines Künstlers, der in Diensten der Herrscher von Caserta stand. Nachdem er ein neues Blatt aus dem Schubfach genommen hatte, tauchte er die Gänsefeder ins goldene Tintenfass und begann zu schreiben:

Sizilien, im Jahr des Herren 1770

Heute Nacht habe ich die Dienerin Carmela geschwängert, bekannt unter dem Namen Meluzza. Das Kind, das sie zur Welt bringen wird, wird ein d'Altino sein, von meinem Blut und der Erbe meines Vermögens. Es wird meinen Namen tragen und meine Ehefrau Marchesa Eufrasia Gallo wird seine offizielle Mutter sein. Sollte das Kind ein Junge sein, wird er mein legitimer Stammhalter werden. Er wird auf immer den Fluch der Zigeunerin auslöschen, dem meine Kinder, die mir in meiner vor der Heiligen Mutter Kirche geschlossenen Ehe geschenkt wurden, zum Opfer gefallen sind.

Der Baron legte das Blatt zu den anderen, verschloss das Bündel mit dem roten Band und legte es vorsichtig in die Schublade zurück. Dann läutete er, um sich das Frühstück servieren zu lassen. An diesem Morgen war er hungriger als sonst.

6

Rom, 2009

Das Studio an der Via Tuscolana, in dem die neue Talkshow von Telestella aufgezeichnet wurde, war bis zum letzten Platz besetzt. Die Zuschauer warteten gespannt auf den Star des Abends: Smeralda Mangano. Selbst die Kameramänner hatten sich von der Aufregung anstecken lassen. »Wer weiß, ob sie live genauso gut aussieht wie auf den Fotos …«, flüsterte Nando Casaretti einem Studenten der Kommunikationswissenschaften zu, der ein Praktikum bei Telestella machte. Während seiner zwanzig Jahre beim Fernsehen hatte Casaretti schon etliche Stars erlebt, von denen, seiner bescheidenen Meinung nach, nur wenige Format hatten und wirklich gut aussahen. Die Hochglanzfotos auf den Kalendern waren retuschiert, Cellulitis, Gesichtsfalten oder Dellen im Po mit Hilfe von Bildbearbeitungsprogrammen beseitigt.

»Die hat es wirklich, das kannst du mir glauben«, schwärmte Adolfo Siani, mit sechzig der Senior unter den Technikern. »Aber wann geht's hier endlich los? Es ist schon halb zehn. Dass die Mangano noch nicht da ist, okay, aber die Bonelli könnte wenigstens pünktlich sein.«

»Nun, meine Teuerste, gefällst du dir?« Antonio schwenkte den Spiegel, damit sich Chiara Bonelli von allen Seiten betrachten konnte. Die Journalistin musterte ihre Frisur. Kein Zweifel, das war heute nicht sein Tag. Meistens gelang es

Antonio, ihre Haare trotz aller Kunstgriffe natürlich aussehen zu lassen. Dieses Mal jedoch hatte er sie im Stil der achtziger Jahre über dem Nacken voluminös auftoupiert, was ihr überhaupt nicht gefiel. War Antonio etwa nervös? Wegen der Mangano? In Insiderkreisen war bekannt, dass Smeralda nicht nur heterosexuelle Männer ins Schwärmen brachte, sondern auch in der Schwulenszene ein Star war.

»Ich würde sagen, das sieht wunderbar aus. Los geht's!« Imelde riss Antonio den Spiegel aus der Hand. Die Produzentin hatte ihr typisches gekünsteltes Lächeln aufgesetzt. »Das werden gigantische Einschaltquoten werden, Chiara, die Mangano hat sich der Presse bisher immer verweigert, da sind natürlich Legenden entstanden …« Imelde war in ihrem Element. Würde es der Moderatorin gelingen, Smeralda Mangano ein Geheimnis zu entlocken? Und wenn ja, welches?

Chiara Bonelli seufzte. Warum brauchte Francesca nur so lange mit dem Eyeliner?

»Nicht bewegen, Chiara, sonst verschmiere ich alles.«

»Entschuldige.«

»Immer noch hier?« Unerwartet dröhnte Ermanno Fortes Stentorstimme durch die Garderobe. Francesca hatte sich so erschreckt, dass sie mit dem Eyeliner abgerutscht war. »Oh, sorry, ich bringe das sofort in Ordnung.«

Imelde präsentierte Forte den Programmablauf. »Wir sind so weit, Boss.« Chiara warf ihr einen geringschätzigen Blick zu. Sie hasste die unterwürfige Art der Produzentin, allzeit bereit, sobald der Chef auftauchte. Manchmal träumte Chiara davon, so berühmt zu sein, dass sie Forte endlich einmal unverblümt die Meinung sagen konnte, ohne Angst vor den Konsequenzen haben zu müssen. Während Francesca sich mit Abdeckcreme bemühte, den Schaden an ihrem Make-up zu beheben, betrachtete sich Chiara ein letztes Mal im Spiegel.

Jetzt war nichts mehr zu machen, ob sie wollte oder nicht: Sie musste mit dieser Frisur ins Studio.

»Chiara Bonelli, heute gilt es. Gib dein Bestes!« Ermanno Fortes gewaltige Pranken legten sich auf ihre Schultern. Chiara zuckte zusammen. Ihre Abscheu steigerte sich noch, als sie sah, dass sich ihr Chef ein Lächeln abrang, ein Versuch, der jedoch missglückte.

»Bleib hartnäckig, grabe in ihrer Vergangenheit, frag sie nach De Gubertis.« Forte gab ihr einen aufmunternden Klaps. «Bohr nach, ob sie will, dass er sich scheiden lässt.« Wieder ein Tätscheln.

Forte war jetzt nicht mehr zu bremsen. »Dann können wir Einspieler über De Gubertis Exgeliebte bringen: Linda Kalifa, das brasilianische Nacktmodel aus dem Miami-Kalender, oder Maria Petjla, diese Polin aus ›Das perfekte Verbrechen‹, wo sie Roberta Missoni doubelt, und dann diese andere ..., wie heißt sie noch, diese kleine blonde Nutte aus ›Die oberen Zehntausend?‹ Er steckte sich eine seiner stinkenden Zigarren in den Mund. Einen Augenblick lang hatten alle den gleichen Gedanken: Hoffentlich zündet er sie nicht an.

»Laura Balzoni«, warf Chiara ein.

«Balzoni, genau!« Ermanno Forte fiel vor Begeisterung die Zigarre aus dem Mund, und Chiara nutzte die Gelegenheit, um aufzustehen und sich vor seinen Tätscheleien in Sicherheit zu bringen.

»Ehrlich gesagt, hat mir die Agentin der Mangano ans Herz gelegt, mit den Fragen zurückhaltend zu sein«, gab Chiara zu bedenken. Sie wusste, dass ihr Chef es gar nicht schätzte, wenn man ihm widersprach, aber sie konnte ihm die Einwände nicht verschweigen. »Es scheint, die Mangano ist ein harter Brocken. Wenn ihr etwas nicht gefällt, kann es durchaus passieren, dass sie aufsteht und mich sitzenlässt.«

»Alles Quatsch.« Forte schwenkte seine Zigarre, die zum Glück noch immer nicht brannte. »Mach sie fertig, Bonelli, knallhart, ohne Mitleid, bitte.« Er biss auf seine Zigarre, dann musterte er Chiara von Kopf bis Fuß: »Was soll übrigens dieser Aufzug?«

Chiara, die sich immer unwohler fühlte, strich über ihr unauffälliges, klassisches Kostüm.

»Das war meine Idee«, meldete sich Imelde zu Wort, »diese Stars sehen es nicht gerne, wenn man ihnen die Schau stiehlt, und ich dachte, wenn Chiara dieses hochgeschlossene dunkelbraune Kostüm …«

»Ach, dann kommen also nur noch Schwuchteln als Moderatoren in Frage, oder was?« Forte blickte provokativ zu Piergiorgio Sperelli hinüber, Chiaras homosexuellem Freund, der gerade die Garderobe betrat.

»Idiot!« Sperelli umarmte Chiara und küsste sie auf die Wange. »Selbst in Sack und Asche bist du noch die Schönste!« Forte hatte inzwischen den Raum verlassen.

»Was für eine Überraschung!« Chiara strahlte. Einen Freund im Publikum zu wissen, gab ihr Sicherheit.

»Irre ich mich, oder seid ihr alle ein bisschen nervös?«, fragte Piergiorgio.

»Das liegt an der Mangano«, antwortete Chiara.

Imelde klatschte in die Hände. »Auf, auf!«

»Ich muss los.« Chiara umarmte ihren Freund. »Hals- und Beinbruch!«, sagte Piergiorgio, doch sie war zu aufgeregt, um zu antworten.

Kurze Zeit später betrat sie das Studio. Smeralda Mangano thronte bereits in einem der beiden weißen Sessel, die langen Beine lasziv übereinandergeschlagen. Das rote Kleid schien ihr auf den Leib geschneidert zu sein, ihre üppigen Formen wirkten noch aufreizender als sonst. Sie sah einfach umwerfend aus.

Selbst Nando Casaretti musste nach einem verstohlenen Blick in ihr abenteuerliches Dekolleté zugeben, dass sie auch live eine Augenweide war. Die beiden Protagonistinnen begrüßten sich mit einem kurzen Händedruck und einem nervösen Lächeln. Die Beleuchter waren bereit.

»Ruhe bitte!« Der Regisseur nickte der Technik kurz zu, der Countdown lief. Genau in diesem Moment spürte Chiara, wie ihr Sessel zu vibrieren begann. *Ein Erdbeben*, dachte sie und blickte verängstigt um sich. Aber niemand schien beunruhigt. *Ich bin einfach nur nervös.*

»Fünf, vier, drei, zwei ...«

Ich bin einfach nur nervös ...

»*Buonasera,* liebe Zuschauer, und herzlich willkommen. Wie bereits angekündigt, haben wir heute eine aufstrebende, junge Schauspielerin zu Gast, deren großes Talent es noch zu entdecken gilt: Smeralda Mangano.«

Spontaner Applaus brandete auf, früher, als die Technik erwartet hatte.

»Danke, Chiara.«

»Ich habe zu danken, Smeralda. Wie fühlt man sich auf dem Sessel der Wahrheit?«

»Ein bisschen nervös.«

»Ich bin sicher, das Publikum wird Sie unterstützen.«

Erneuter Applaus.

»Danke, sie sind wirklich wunderbar, danke sehr.« Smeralda schenkte dem Publikum ein strahlendes Lächeln.

»Sind Sie bereit?«

»Ja, es kann losgehen.«

»Wie alt sind Sie?«

»Achtundzwanzig.«

Niemals, dachte Chiara.

»Und Ihr Sternzeichen?«

»Schütze.«

»Ihre größte Stärke?«

»Ehrlichkeit.«

Das geht ja gut los. Chiara lächelte ihr zu.

»Ihre größte Schwäche?«

»Mmm … ich gebe nie auf.«

Das ist doch eine Stärke, keine Schwäche. Unsere Diva will einfach perfekt sein …

»Ihr Lieblingsbuch?«

»›Die Klasse‹.«

Ob sie das wirklich gelesen hat?

»Warum gerade das?«

»Weil … ach, einfach so.«

»Das ist keine Antwort, Smeralda …«

Smeralda lächelte unsicher. »Es ist gut geschrieben.«

»Wurden Sie schon einmal unter Druck gesetzt, sei es privat oder im Beruf?«

Smeralda Mangano löste ihre Beine, um sie dann erneut übereinanderzuschlagen. Nervös zog sie ihr Kleid zurecht. »Nein.«

Chiara wollte gerade zur nächsten Frage übergehen, als sie bemerkte, dass Ermanno Forte ihr ein Zeichen gab. *De Gubertis*, konnte sie von seinen Lippen ablesen. *De Gubertis*.

Chiara wandte sich wieder ihrem Gast zu. »Waren Sie jemals verheiratet?«

»Nein.«

»Und der Produzent De Gubertis?«

Smeralda sah sie vorwurfsvoll an, aber Chiara ließ sich nicht beeindrucken.

»Sind Sie ein Liebespaar?«

»Kein Kommentar.« Die Schauspielerin runzelte die Stirn, ohne dass auch nur eine Falte zu sehen war.

»Botox«, dachte Chiara. »De Gubertis ist ein erfolgreicher Produzent, es wäre nicht seine erste Affäre. Unter anderem sagt man ihm eine Beziehung mit Linda Kalifa nach, dem brasilianischen Model …«

»Ich kenne seine Vergangenheit nicht, und sie interessiert mich auch nicht.« Smeralda wurde immer nervöser. Am Haaransatz bildeten sich Schweißperlen, ihre Haut begann unter der Schminke zu jucken.

»Smeralda, unsere Sendung heißt ›Mein Geheimnis‹. Einige persönliche Fragen muss ich daher schon stellen dürfen …«

Smeralda nickte und zwang sich zu einem Lächeln.

»Hätten Sie gerne Kinder?«

Smeralda zögerte, die Antwort fiel ihr sichtlich schwer. »Sicher, irgendwann schon. Ich glaube, für jede Frau ist die Familie das höchste Glück.« Der Satz wirkte wie einstudiert.

»Haben Sie schon Kinder?« Diese Frage stand nicht im Skript, Chiara hatte sie ganz spontan gestellt. »Sind Sie schon Mutter?«, wiederholte sie wie in Trance.

Smeralda sah sie entgeistert an. »Nein!«

Chiara erblasste. Ihr wurde schwindlig, der Sessel begann wieder zu vibrieren. »Doch, Sie haben Kinder!«, beharrte sie und fixierte ihren Gast eindringlich. »Sie haben Kinder.«

Smeralda starrte Chiara an, als hätte sie den Verstand verloren. »Wie bitte?«

»Es ist wahr. Die Erde … der Sumpf … alles rot!«

Chiaras Stimme war nur ein Flüstern, aber Smeralda hatte sie trotzdem verstanden.

»Was erlauben Sie sich?« Die Schauspielerin war jetzt schweißgebadet.

»Ich will nur die Wahrheit wissen.«

»Die Wahrheit?«, Smeralda lachte verächtlich, »welche Wahrheit? Sie sind nichts als eine unverschämte Intrigantin!

Ihre boshaften Lügen muss ich mir nicht länger anhören.« Sie sprang auf.

»Halt, warten Sie!« Chiara fasste sie am Handgelenk, um sie zurückzuhalten. Smeralda riss sich los. »Sind Sie total verrückt geworden? Lassen Sie mich los! Was ist das für eine Sendung, bitte?« Sie wandte sich empört ans Publikum, dabei zitterte sie am ganzen Körper. »Ich werde Sie vor Gericht bringen, ich verklage Sie!« Tränenüberströmt stürzte sie aus dem Studio. Das Publikum war schockiert.

Imelde und Forte rannten hinter ihr her, während der Regisseur das Zeichen für einen Werbeblock gab.

Sobald das Aufnahmezeichen erloschen war, eilte der Regieassistent auf Chiara zu, die kurz vor der Ohnmacht stand. »Was ist los? Geht's dir nicht gut?«

Chiara blickte sich verwirrt um. Das dumpfe Murmeln des Publikums erschien ihr ohrenbetäubend laut. Sie war nassgeschwitzt, aber ihre Hände waren eiskalt.

»Wasser mit Zucker, sofort!« Piergiorgio Sperelli kam auf seine Freundin zu.

»Es tut mir leid, aber das ist nicht gestattet.«

»Ich bin ein Freund«, rechtfertigte sich Piergiorgio.

»Sorry, aber es ist verboten.« Piergiorgio hielt inne, um zu widersprechen, aber Chiara nickte ihm beruhigend zu.

Nach und nach ebbten die Geräusche des Publikums ab, aber alle wussten, dass die Sendung beendet war. Die Mangano würde nicht zurückkommen.

Wenige Minuten später versuchte Piergiorgio Sperelli seine Freundin zu trösten, die völlig verzweifelt in der Garderobe saß: »Du wirst sehen, das renkt sich alles wieder ein. Du hast doch nur deinen Job gemacht.«

»Ja, aber diese Frage stand nicht im Drehbuch.« Chiara kauerte zusammengesunken auf einem Stuhl, unfähig, sich abzuschminken, geschweige denn, sich umzuziehen. »Ich weiß auch nicht, welcher Teufel mir das eingeflüstert hat.«

»Es ist nicht deine Schuld, wenn die Mangano so leicht die Nerven verliert …«

Chiara schüttelte den Kopf.

»Außerdem konnte jeder sehen, dass es dir schlecht ging. Keine Sorge, niemand wird dir etwas vorwerfen.«

Chiara sah ihn dankbar an: »Du bist immer so nett, Piergiorgio.« Dabei strich sie ihm über die Wange.

Piergiorgio errötete. »Wie geht's dir jetzt?«

»Gut, sehr gut.«

»War das der Blutdruck?«

»Ja«, bestätigte Chiara, die so schnell wie möglich das Thema wechseln wollte.

Doch Piergiorgio kannte sie lange genug. »Doch nicht der Blutdruck?«

Chiara seufzte tief.

»Ich kenne diesen Gesichtsausdruck. Du hattest wieder eine Vision.«

Chiara schwieg und schüttelte halbherzig den Kopf.

»Mir kannst du es doch sagen.«

»Es war mehr als eine Vision. Ich hatte das Gefühl, als könnte ich plötzlich einen Zusammenhang herstellen.«

»Einen Zusammenhang?«

»Ja, das klingt absurd, ich weiß, aber plötzlich saß ich in einem Zug.«

»In einem Zug? Ein klares Zeichen, dass du am liebsten abgehauen wärst …«, spottete Piergiorgio.

Chiara lächelte. Der Zug, den sie vor ihrem geistigen Auge gesehen hatte, war nicht irgendein Zug gewesen. Es war der Eurostar, in dessen Toilette die Frau ohne Identität gefunden worden war. Und aus irgendeinem Grund, den sie noch nicht fassen konnte, war das Geschehen in diesem Zug mit Smeralda Mangano verknüpft.

Aus dem Flur waren Schritte und Stimmen zu hören. Chiara erkannte sofort die wütende Stimme ihres Chefs. »Dieses Mal fliegt sie. Ein knackiges Interview, schön und gut, aber dieser mediale Tsunami? Das ist zu viel!«, wetterte er. »Diese Verrückte hat mir die Sendung ruiniert.«

»Adieu, Karriere«, Chiara sank Piergiorgio in die Arme.

»Darüber macht man keine Witze«, flüsterte er ihr ins Ohr und tupfte mit einem Taschentuch eine Träne ab.

Francescas perfektes Make-up war jedenfalls dahin.

Gilla, die Kostümbildnerin, hatte das Geschehen hinter den Kulissen verfolgt. Sie war sofort in die Gästegarderobe gestürmt, um zu prüfen, ob dort alles in Ordnung war. Ließen sich die Türen öffnen? Die Garderoben waren spartanisch eingerichtet, vor allem an den Schlössern war gespart worden. Gilla hatte kaum aufgeschlossen, als auch schon Smeralda Mangano hereinstürmte, Casaretti und Siani im Schlepptau, die noch gar nicht glauben konnten, was geschehen war.

»Danke«, bellte Smeralda und entließ die beiden. Sie hasste es, wenn Männer hinter ihr herhechelten.

Während Gilla ihr in den Sessel half, bewunderte sie das rote Kleid. Donna Diabla war in der breiten Öffentlichkeit noch weitgehend unbekannt, aber in der Szene war die Marke mit ihren raffinierten Kreationen schon lange ein Thema.

»Soll ich Ihnen beim Umziehen helfen, Signorina?«

Smeralda deutete ihr an, noch etwas zu warten.

»Wie kann sie es wagen! Diese Dilettantin!« Ihre Agentin

Edy Micheli stürzte wie eine Furie in die Garderobe. »Wir werden die Schlampe verklagen, sie soll richtig bluten.«

Smeralda sah sie gequält an. »Edy, bitte hör auf, so zu schreien. Mir platzt der Schädel.«

In der Zwischenzeit hatte auch Ermanno Forte die Garderobe betreten, nachdem er seine Zigarre vor der Tür in den Aschenbecher gelegt hatte.

»Signorina Mangano, ich bin untröstlich und entschuldige mich in aller Form, im Namen das gesamten Telestella-Teams.«

»Eine Entschuldigung reicht nicht, mein lieber Signor Forte«, entgegnete Edy, während Smeralda sich abwandte. Eine Szene war das Letzte, was sie jetzt brauchte.

»Das, was passiert ist, ist unverzeihlich, ich weiß, Signorina Micheli«, Forte betonte besonders das Wort »Signorina«, um der Agentin zu schmeicheln. Die Bezeichnung traf allerdings nur auf die Tatsache zu, dass die eher farblose Mittfünfzigerin nicht verheiratet war.

Aber Edy Micheli ließ sich nicht mit Komplimenten abspeisen. Mit hochgezogenen Augenbrauen wartete sie, dass Forte noch etwas nachlegte.

»Ich versichere Ihnen, verehrte Signorina, dass dieser Auftritt Konsequenzen für Chiara Bonelli haben wird.«

»Papperlapapp. Viel schwerwiegender ist die Tatsache, dass dieser Auftritt Konsequenzen für Smeralda Mangano haben wird!«

Forte schluckte und zwang sich zu einem Lächeln. Wie gern hätte er seine Hände um ihren faltigen Hals gelegt und zugedrückt. Aber die Agentin fuhr ungerührt fort: »Ehrlich gesagt, kann ich mir nicht vorstellen, dass Sie bei Telestella Anfängerinnen beschäftigen. Auf Sie wartet eine saftige Schadensersatzklage!« Innerlich triumphierte sie. Endlich würde sie mit dieser blöden Kuh von Mangano, die TV-Auftritte und Presseinterviews vehement ablehnte, richtig Geld machen.

Smeralda stand auf und sagte: »Edy, könnten wir das bitte später in Ruhe besprechen?«

Forte schenkte der Schauspielerin ein bewunderndes Lächeln, auch wenn ihre Schönheit in diesem Moment seine Angst vor einer Schadensersatzklage nicht verdrängen konnte. »Ich habe nicht vor, den Lesern der Klatschmagazine zum Fraß vorgeworfen zu werden«, Smeralda warf Edy einen raschen Blick zu, »wir werden einen Weg finden, die Angelegenheit in beiderseitigem Einvernehmen zu regeln.«

»Selbstverständlich«, Forte war die Freundlichkeit in Person.

Edy Micheli sah Smeralda entgeistert an. Blanker Hass stand in ihren Augen, sie hatte Mühe, sich zu beherrschen. Wieder einmal hatte die Mangano ihr ein einträgliches Geschäft vermasselt. Aber was sollte sie machen? An Forte gewandt, sagte sie: »Sie werden eine Unterlassungsklage unseres Rechtsanwalts Morici bekommen. Keine Sekunde dieser Sendung darf jemals ausgestrahlt werden, kein Ton an die Presse. Falls doch, muss Telestella umgehend dementieren, sonst kommen Sie in Teufels Küche.«

Ermanno Forte nickte zustimmend, als Siani hereinstürzte: »Direttore, schnell, mit Chiara Bonelli stimmt etwas nicht!«

»Wenn Sie mich bitte entschuldigen wollen«, verabschiedete sich Forte in einem Anflug von Fürsorge. Dann verschwand er und erging sich in Selbstmitleid, wobei er zu spät bemerkte, dass Edy Micheli ihm gefolgt war.

»Eine letzte Sache noch, Signor Forte. Sie schulden mir noch etwas«, Edy hatte sich drohend vor ihm aufgebaut. »Sie werden die Barillini in Ihre Sendung einladen, den Star aus ›Grand Hotel‹.«

»Wollen Sie, dass ich bleibe, Signorina?«, Gilla ging vorsichtig auf Smeralda Mangano zu.

»Nein, du kannst gehen, danke, Gilla«, sie sah nicht einmal auf und suchte hektisch in ihrer Tasche nach dem Handy. Gilla verließ die Garderobe, blieb aber unschlüssig hinter der Tür stehen. Konnte sie die Schauspielerin in diesem Zustand allein lassen? Sie war leichenblass.

»Verdammt!«, fluchte Smeralda, während sie mit zitternden Fingern eine Nummer wählte. Dann wartete sie einige Sekunden. Als sie die Stimme am anderen Ende der Leitung hörte, brach es aus ihr heraus: »Chiara Bonelli weiß alles. *Alles*!« Dann klappte sie das Handy zu und brach in Tränen aus.

Gilla hatte Smeraldas Worte gehört. *Chiara Bonelli weiß alles*? Sie schlich sich davon, um so schnell wie möglich mit Chiara zu sprechen. Vielleicht hatte die Mangano tatsächlich ein Geheimnis.

Chiara blickte Gilla dankbar an, die völlig aufgewühlt vor ihr saß.

»Gut, dass du mir das gesagt hast.«

Die junge Frau zuckte mit den Schultern und errötete. Eigentlich war sie eher schüchtern und wartete lieber ab, bis die anderen die Initiative ergriffen, statt selbst aktiv zu werden. Doch dieses Mal hatte sie handeln müssen.

»Es gehört eigentlich nicht zu meinen Gewohnheiten, die Gespräche anderer zu belauschen ... Aber ich hatte Sorge, Signorina Mangano könnte vielleicht meine Hilfe brauchen, deshalb ...«

»Das weiß ich doch, Gilla. Du brauchst dir nichts vorzuwerfen, du hast alles richtig gemacht.«

»Wissen Sie denn, was die Mangano damit gemeint hat?«

Chiara runzelte die Stirn.

»Ich glaube, es hat etwas mit der Frage nach den Kindern zu tun«, Gilla wagte eine Hypothese.

»Möglich ...«, Chiara versuchte auszuweichen. Ob die Mangano Kinder hatte oder nicht, war ihr ziemlich egal. Wichtig war einzig und allein, ob, und wenn ja, welche Verbindung es zwischen der Schauspielerin und dem Opfer im Eurostar gab.

»Signorina Bonelli, Sie waren immer freundlich zu mir und haben nie die Geduld verloren, auch wenn ich am Anfang viele Fehler gemacht habe ...«

»Es ist noch kein Meister vom Himmel gefallen, das ging uns allen so.«

»Wenn Signor Forte davon wüsste, würde er Sie bestimmt nicht entlassen.«

Chiaras Gesicht verzog sich zu einer Grimasse. Gilla begriff, dass sie sich wieder einmal einen Fauxpas geleistet hatte. Chiara wusste noch gar nichts von ihrer Entlassung, auch wenn sie es sich hätte denken können, so laut, wie Forte gebrüllt hatte.

»Es tut mir leid«, murmelte sie und starrte zu Boden.

Chiara strich ihr über die Wange. »Kein Problem. Mit Forte werde ich schon einig.«

»Vielleicht haben wir uns nicht richtig verstanden, Bonelli. Der Schaden könnte immens sein.« Forte schlug donnernd auf den Schreibtisch und scharrte nervös mit den Füßen. Selbst sein ergonomisch geformter Komfortsessel half nicht, er fand einfach keine bequeme Sitzposition. Chiara stand reglos vor ihm und betrachtete ihn mit einer Mischung aus Wut, Ungeduld und Angst. Sie fühlte sich wie eine Schülerin, die beim Direktor erscheinen musste, weil sie etwas ausgefressen hatte.

»Haben Sie sich das klargemacht?«

Chiara nickte. »Ja, das habe ich. Aber auf meine Intuition kann ich mich verlassen. Was, wenn ich recht habe? Kommt Ihnen Smeralda Manganos Reaktion nicht auch etwas überzogen vor? Man regt sich doch nicht ohne Grund so auf, es sei denn, ich habe einen Nerv getroffen.«

»Wissen Sie, wo Sie sich Ihre Intuition hinstecken können? Wissen Sie das?« Forte nahm die halbgerauchte Zigarre aus dem Aschenbecher und steckte sie sich provozierend langsam in den Mund. Chiara war sicher, dass er damit auf etwas Vulgäres anspielen wollte, und wandte angewidert den Blick ab. Doch inzwischen hatte ihre Wut die Oberhand gewonnen. »Machen Sie doch, was Sie wollen! Schmeißen Sie mich einfach raus!« Ehe ihr Chef Luft holen konnte, drehte sie sich um, verließ den Raum und schmiss die Tür zu.

Ermanno Forte blieb sitzen. Jetzt ging es ihm besser. Endlich war es ihm gelungen, Chiara Bonelli aus der Reserve zu locken. Frauen mit Biss hatten ihm schon immer gefallen.

»Chiara, wo willst du hin?« Piergiorgio Sperelli lief ihr auf dem Flur hinterher.

»Ich gehe. Soll der Trottel doch sehen, wo er bleibt! Seine stinkenden Zigarren gehen mir sowieso auf die Nerven.«

»Mein Kompliment! Darf ich dich nach Hause begleiten?«

»Gerne. Aber erst ziehe ich mich um. Dieses Kostüm hat mir kein Glück gebracht. Warte doch draußen an der Bar auf mich.« Chiara rüttelte an der Garderobentür. »Mist, ich habe abgeschlossen, und jetzt komme ich nicht mehr rein«, schimpfte sie und versuchte mit Gewalt, den Schlüssel im Schloss zu drehen.

»Darf ich?« Sperelli nahm ihr sanft den Schlüssel aus der Hand. »Mit Feingefühl geht alles, siehst du?«

Zu Hause war ihre Entschlossenheit bereits wieder verflogen. Der Adrenalinschub war verpufft. In Fortes Büro hatte sie sich noch stark gefühlt, jetzt war sie nur noch ein Häufchen Elend. Sie ließ sich auf das blaue Sofa sinken, das Paolo ihr geschenkt hatte, und fixierte ihr Handy, das auf dem Kissen lag. Sie musste etwas tun.

»Chiara, was für eine Überraschung! Wie geht's dir?« Silvias Stimme war rau, ein sicheres Zeichen, dass sie zu viel geraucht hatte. Trotzdem war es tröstlich, sie zu hören.

»Mir geht's gut, abgesehen davon, dass ich gerade entlassen wurde. Genaugenommen habe ich mich selbst entlassen …«

»Erzähl!«

Chiara berichtete von ihrer Auseinandersetzung mit der Mangano, von deren Reaktion auf die unerwartete Frage, von dem Telefongespräch, das Gilla belauscht hatte, und von ihrem Streit mit Forte. Zum Schluss erzählte sie von ihrer Vision, in der die Leiche im Eurostar eine Hauptrolle gespielt hatte.

Silvia hörte schweigend zu, dann stellte sie doch eine Frage: »Welche Verbindung könnte es zwischen der Mangano und der Ermordeten im Zug geben?«

»Keine Ahnung.« Chiara schüttelte den Kopf. Was vor ihrem inneren Auge abgelaufen war, war einfach zu diffus.

Silvia zog wieder an der Zigarette. »Da kann ich dir nicht helfen, Chiara.«

»Das habe ich mir gedacht. Tut mir leid.«

»Du wirst es mir nicht glauben, aber ich habe gar nicht gewusst, wer die Mangano ist, bevor du mir von ihr erzählt hast.«

Chiara war verblüfft. »Wirklich? Aber die kennt doch jeder!«

»Ich lese keine Klatschblätter, und das Fernsehen interessiert mich schon gar nicht.«

»Nicht einmal Telestella, so wie es aussieht …«

»Niemand ist perfekt. Wie war das noch, woher stammt die Mangano?«

»Darüber hatten wir noch gar nicht gesprochen. Sie kommt aus Rom. Genauer gesagt, hat sie kurze Zeit in Rom gelebt, bevor sie nach Mailand gezogen ist. Geboren ist sie in Sizilien.«

»Sizilien?«

»Ja.«

»Das könnte eine Verknüpfung mit einem zweiten Toten sein, wir haben den Fall ›Laguna-Express‹ genannt …«

»Laguna-Express?«

»Im Augenblick kann ich dir nicht mehr sagen, Chiara, aber es gab einen zweiten Mord in Venedig, der in direktem Zusammenhang mit der Toten im Eurostar steht, und eine Spur führt nach Sizilien. Das ist nicht viel, aber …«

Chiara seufzte. Sie hätte der Kommissarin gerne geholfen. »Habt ihr noch mehr über die Tote im Zug herausgefunden?«

»Etwas schon. Morgen veröffentlichen wir ein Phantombild des Opfers mit einem etwas verjüngten Gesicht und dunklen Haaren. Es scheint, als ob es auch hier eine Verbindung nach Sizilien gibt …«

Smeralda war mit einer Bronchitis und hohem Fieber nach Mailand zurückgekehrt. Das Erlebnis bei Telestella hatte sie so geschockt, dass ihr Immunsystem zusammengebrochen war. De Gubertis wollte sie unbedingt sehen, aber sie hatte abgelehnt, sie musste erst einmal zur Ruhe kommen. Am liebsten würde sie diesen Mann aus ihrem Leben streichen, aber das war unmöglich. Ihre Vergangenheit würde sie immer wieder einholen. Sie blickte aus dem Fenster, doch sie war zu sehr in Gedanken versunken, um die Umgebung überhaupt wahrzunehmen.

Die Wächter wechselten sich ab, sie trugen Masken und sprachen nur das Nötigste, wie: »Wir gehen jetzt«, wenn der tägliche Spaziergang anstand. Die Gefangene zog einen Schal oder einen Mantel über und ging in Begleitung eines Wächters auf den Hof. Aber sie wurde schnell müde, was in ihrem Zustand nicht überraschte. Sie betrachtete die scharrenden Hühner und den Hund, der ihr hinterherlief und freudig an ihr hochsprang. Jeden Tag das Gleiche, ihre einzige Möglichkeit für ein bisschen Glück, ein Genuss, den sie bis zur Neige auskostete. Sie sog den Duft der Landschaft ein, manchmal warm und süß, manchmal kalt und modrig. Ansonsten war sie einsam und allein mit ihren Gedanken, die aber nur um eine Frage kreisten: Wann würde es endlich vorbei sein? Alles, was danach kam, würde sie bewältigen, da war sie sich sicher. Doch der Gedanke an *diesen Tag* ließ sie nicht los. Selbst nachts nicht, wenn er mit der wirren, aber nie völlig abwegigen Logik ihrer Träume verschmolz. Die Träume ließen die schreckliche Erinnerung an die zweite Entführung wieder aufleben. Im Gegensatz zum ersten Mal wusste sie genau, wer dahintersteckte und warum man sie entführt hatte. Doch dieses Mal war ihre Angst größer, eine Angst, die sie einerseits lähmte, ihr andererseits aber auch übermenschliche Kräfte verlieh. Sie wusste, dass sie sich keine Schwäche erlauben konnte, denn jetzt war sie nicht mehr nur für ihr eigenes Leben verantwortlich, sondern auch für das Leben ihrer Kinder, die sie unter dem Herzen trug.

Dann war es so weit. Die Wehen hatten bereits begonnen, jede noch so kleine Bewegung verursachte Schmerzen und panische Angst. Plötzlich wurde die Tür aufgerissen, der Entführer stand vor ihr, an seiner Seite eine dunkelhaarige junge Frau, die sie noch nie zuvor gesehen hatte.

»Das ist die Hebamme, sie wird sich um dich kümmern.

Alles wird schnell vorbei sein, dann kannst du wieder arbeiten gehen«, hatte der Mann mit verächtlicher Stimme gesagt.

Sie war aufgestanden, hatte die Hände zu Fäusten geballt und ihm entgegengeschrien: »Ich werde dich vernichten, dich und die anderen mit dir!« Dann war sie von einer Wehe gekrümmt zu Boden gesunken. »Lupo habt ihr getötet, was habe ich noch zu verlieren? Viel Spaß mit deinem dreckigen Geld, du Schwein!« Sie spuckte auf den Boden.

Der Mann hatte nur gelacht und sie dann mit der Hebamme allein gelassen, die ihr beim Aufstehen half und das Bettlaken glattzog. Ohne die Frau eines Blickes zu würdigen, hatte Smeralda zu beten begonnen: »Heilige Eustochia, rette meine Kinder! Dann werde ich mein Leben ändern, für immer, das verspreche ich dir. Bestärke auch die anderen, nie wieder für dieses Schwein zu arbeiten!« Dabei presste sie das Heiligenbildchen, das sie immer bei sich trug, an ihre Brust.

Um zwei Uhr nachts war nach einer schweren Geburt ein Zwillingspärchen zur Welt gekommen, ein Junge und ein Mädchen.

Ihr Entführer hatte das Zimmer betreten, während die beiden Kleinen an ihrer Brust lagen. »Du hast es geschafft, Smeralda. Ich habe immer gewusst, dass dich nichts umwerfen kann. Du bist einfach die Beste. Und jetzt beweise es!« Dann hatte er der Hebamme mit einem Kopfnicken zu verstehen gegeben, sie allein zu lassen. Seine Worte waren wie Hammerschläge. »Vergiss nie, wie großzügig wir sind. Die Kinder sind deine Lebensversicherung. Du bleibst am Leben, deine Kinder bleiben am Leben, und wenn du je die Absicht haben solltest, einen deiner Wohltäter zu verraten, dann denke einfach an deine Kinder.«

Trotz ihrer Erschöpfung fand Smeralda noch die Kraft, zu schreien: »Die Kinder gehören mir! Ich werde dich und die anderen niemals verraten. Ich werde alles tun, was ihr wünscht, aber lasst mir meine Kinder!« Der Mann nickte beifällig und strich ihr über Gesicht und Hals: »So gefällst du mir!«

In den folgenden Tagen bekam sie hohes Fieber. Die Hebamme mit den streng nach hinten gekämmten Haaren, deren Namen sie noch immer nicht kannte, kam und ging. Sie beugte sich über ihr schweißnasses Gesicht und gab ihr kleine Schlucke Wasser zu trinken. Aber Smeralda wandte den Kopf ab und wiederholte immer wieder die gleichen Worte: »Gebt mir meine Kinder zurück. Ich will meine Kinder zurück.« Dann sank das Fieber, und ihr wurde endgültig klar, dass sie ihre Kinder nie wiedersehen würde. Diese Tatsache brach ihr das Herz. Nichts ist schlimmer, als innerlich zu sterben, während der Körper am Leben bleibt.

»Signorina, ich habe Ihnen den Corriere mitgebracht«, Raquel hatte das Zimmer betreten.

»Danke, leg ihn bitte aufs Bett.«

»Soll ich Fieber messen?«

»Jetzt nicht, vielleicht später.«

Raquel legte die Zeitung aufs Bett und schloss die Tür hinter sich. Smeralda nahm den Corriere della Sera und blätterte darin. Im Gesellschaftsteil sprang ihr eine Schlagzeile ins Auge: »Vorbestrafter Mann in Venedig zu Tode gequält.« Sie überflog den Artikel. Das Opfer hieß Antonio Livraghi. Weiter kam sie nicht, denn ihr Blick fiel auf das Bild rechts neben dem Artikel. Es war ein Phantombild, und darüber stand zu lesen: »Das neue Gesicht der dreifachen Toten.« Auch hierzu gab es einen Artikel, in dem davon die Rede war, dass Livraghi wahrscheinlich der Geliebte der Toten im Zug gewesen war. Es folgte die fettgedruckte Telefonnummer der Polizei. Wer sachdienliche Hinweise zu der Toten auf dem Phantombild geben konnte, wurde gebeten, sich zu melden. Smeraldas Herzschlag setzte einen Moment aus. Der ausweichende Blick, die feinen Gesichtszüge, die dunklen Haare. Der Name, der ihr immer unbekannt geblieben war, ebenfalls fett gedruckt: Yelena Marcovich.

Plötzlich wurde ihr schwindlig. Sie legte sich auf die Seite und versuchte sich zu entspannen, an nichts zu denken. Bevor sie in einen unruhigen Schlaf fiel, glaubte sie die kalte Stimme ihres Entführers zu hören: *Deinen Kindern wird es gutgehen, und du kannst ein neues Leben anfangen. Überleg doch mal: Nie wieder Maria Catena Calogero, nie wieder Caty oder Scila, nie wieder 'a Minnona. Du wirst Smeralda Mangano sein, die Schauspielerin. Und von uns bekommst du das Startkapital.*

»Ein neues Leben anfangen«, murmelte Smeralda und schlief ein.

Die Geschäfte laufen schlecht, wir brauchen neue Einnahmequellen. Vito Santanna schob den Gedanken, der ihn schon seit Tagen plagte, beiseite, um einen Blick ins Giornale della Sicilia zu werfen. Die Zeitungslektüre beim Frühstück war eine feste Gewohnheit, bei der er nicht gestört werden wollte. Er ging nicht einmal ans Telefon. Seinen Leuten erklärte er immer, er sei eben der Chef und könne sich das erlauben. Sicher, jetzt hatte er viel mehr Geld und Einfluss als früher, als er nur ein kleiner *battitaccu* war, ein Fußabtreter für alle, und man ihn verächtlich *Vituzzu ù Ciuncu,* Vituzzu der Krüppel, nannte.

Er goss sich eine Tasse Kaffee ein und schlug die Zeitung auf. Nervös blätterte er bis zum Gesellschaftsteil, er wusste, dass die Lektüre an diesem Morgen weniger entspannend sein würde als sonst.

»Neue Details zum Tod von Antonio Livraghi« – die

Schlagzeile sprang ihm sofort ins Auge. Erst nachdem er den Artikel bis zum Schluss gelesen hatte, merkte er, dass er die ganze Zeit über die Luft angehalten hatte.

»Sie wissen nichts«, seufzte er erleichtert und betrachtete das Phantombild der toten Frau aus dem Eurostar, die er als Lena kannte. »Verdammt!« Er warf die Zeitung auf den Tisch, nahm einen Schlüssel aus einem Kästchen, schloss den Schrank auf und holte eines der beiden abhörsicheren Handys heraus. Er gab eine Nummer ein und wartete.

»Gute Arbeit. Allerdings hat unser faules Ei Spuren hinterlassen.«

Bei der Antwort zog er die Stirn in Falten. In diesem Augenblick tauchte in der Tür ein dunkelhaariger Junge in Pluderhosen auf, die seinen Bauchnabel freiließen. Ein laszives Lächeln umspielte seinen Mund, doch Santanna ignorierte ihn. Er sprach weiter: »Du kannst mir hier und jetzt zusichern, dass sie von unseren Geschäften in Venedig nichts wissen?« Dabei gab er dem Jungen zu verstehen, er solle den Raum verlassen.

Dann wartete er gespannt auf die Antwort.

»Ganz sicher, ja? Die Signora soll den Mund halten, sie quatscht zu viel, die redet sich um Kopf und Kragen. Die kleine Hure muss mehr Umsatz machen. Und das mit der Briefschreiberei hört jetzt auch auf.«

Noch während er sprach, klingelte sein zweites Handy.

»Der Rumäne«, murmelte er und wies den Anruf ab. »Dieser Idiot hat noch immer nicht kapiert, dass er mich auf diesem Telefon nicht anrufen soll.« Santanna setzte sich wieder an den Frühstückstisch, der Appetit war ihm allerdings vergangen. »Zum Teufel!« Wieder griff er nach dem abhörsicheren Handy und tippte die Nummer des Rumänen ein. Auch wenn er ihn nicht ausstehen konnte: Geschäft war Geschäft.

Und diese Geschäfte waren ausgesprochen lukrativ, ohne sie würde er nie ein unabhängiges Leben führen können. Das Gespräch war wie immer kurz und bündig. Der *dottore* würde am nächsten Morgen um sechs nach Bukarest fliegen und danach so schnell wie möglich nach Mailand zurückkehren. In der Klinik würde alles für seine Ankunft vorbereitet sein. Immer wenn ein Kind starb, machte er Gewinn, kalkulierte Santanna nüchtern. Da war er Geschäftsmann, kein Moralist.

Er legte das Handy in den Schrank zurück, setzte sich an den Tisch und trank eine Tasse Kaffee. Lustlos kaute er auf einer Scheibe Zwieback mit Honig herum. Sein Ernährungsberater betonte immer wieder, wie wichtig Kohlenhydrate zum Frühstück waren. Kaum hatte er einen Bissen zu sich genommen, ertönte ein heiteres Marschmotiv. Seufzend nahm er den Anruf an. Er wusste, wer dran war.

»Wann bekomme ich meine Kinder zurück? Erst schreibt mir irgendein Durchgeknallter anonyme Briefe, und jetzt noch diese Frau, die über alles Bescheid weiß! Von wegen Geheimnis!«, herrschte Smeralda ihn an, so laut, dass Santanna das Handy vom Ohr weghalten musste.

»Die anonymen Briefe kannst du vergessen, das wird aufhören. Aber diese Frau interessiert mich. Wer ist das?«

»Chiara Bonelli, eine Journalistin von Telestella.« Smeralda erzählte ihm die ganze Geschichte. »Was soll ich denn jetzt machen? Besser, ich packe aus. Die Presse bekommt ohnehin Wind davon und wird in meiner Vergangenheit herumwühlen. Dann haben wir die Kontrolle über die Angelegenheit ganz verloren. Ich schwöre dir, ich habe kein Sterbenswörtchen verloren. Sag ihnen das! Sie sollen mir endlich meine Kinder zurückgeben!«

Zum ersten Mal an diesem Morgen wusste Santanna nicht, was er sagen sollte. Er atmete tief durch. »Ich bringe das in

Ordnung, mach dir keine Sorgen«, sagte er und beendete das Gespräch. Wie konnte diese Journalistin hinter das Geheimnis gekommen sein? Wer konnte sie verraten haben? Etwa jemand aus der *parrina*? Gab es einen Verräter in der Familie?

Rosy betrat die Küche. Sie war auf dem Weg nach Hause, den Mantel schon übergezogen, die Tasche über die Schulter gehängt. »Sind Sie sicher, Signora, dass ich nicht im Esszimmer decken soll?«

»Danke, Rosy, aber ich habe heute Abend keinen Appetit«, log Anna Principini. »Außerdem hat mein Mann angerufen, dass er länger in der Klinik bleibt und auswärts isst.« Dabei blickte sie nervös zu ihrer Haushälterin hinüber und knabberte an der Kuppe ihres rechten Daumens. Natürlich hätte sie sich lieber eine Zigarette angesteckt oder einen Keks in den Mund geschoben, aber Giampiero reagierte allergisch, wenn sie in der Küche rauchte. Und vor Rosy zu essen, nachdem sie gesagt hatte, sie habe keinen Hunger, dazu war sie zu stolz. Deshalb blieb ihr nichts anderes übrig, als zu warten, bis die Haushälterin gegangen war. Dann würde ihr täglicher Kampf gegen die Sucht in die nächste Runde gehen. Sie hatte sich geschworen, an diesem Abend nur etwas Leichtes zu essen, vielleicht einen Salat mit Thunfisch.

»Wenn Sie wirklich keinen Hunger haben … Schade, gerade heute ist mir der Reisauflauf besonders gut gelungen. Es sind vier verschiedene Sorten Käse drin. Wenn Sie es sich doch noch anders überlegen sollten, können Sie den Auflauf einfach in die Mikrowelle schieben.«

»Nein, danke, Rosy«, sagte Anna barsch. Manchmal hasste sie ihre Haushälterin, hatte gleichzeitig aber ein schlechtes Gewissen, weil Rosy das wirklich nicht verdient hatte.

»Gut, Signora, ich gehe dann. Ruhen Sie sich jetzt aus, und

wenn irgendetwas ist, rufen Sie mich bitte auf dem Handy an, in Ordnung?« Rosy wartete, bis Anna Principini ihr zugenickt hatte, und verließ dann die Küche.

Sobald sie die Haustür ins Schloss fallen hörte, stürzte Anna zum Ofen, zog das Backblech heraus und starrte gierig auf den Reisauflauf. Sie mobilisierte ihre gesamte Willenskraft, um das Blech wieder in den Ofen zu schieben und wie geplant den Salat aus dem Kühlschrank zu holen. Vergebens. Der ständige deprimierende Kampf mit sich selbst rieb sie auf. Was, wenn Giampiero sie in diesem Zustand sehen könnte? Sie stellte das Blech auf den Tisch, nahm sich ein Messer und schnitt ein Stück Reisauflauf ab. »Nur eins, nur zur Beruhigung«, sagte sie sich. Der Auflauf war schon kalt, aber das war ihr egal. Wie ferngesteuert schnitt sie noch ein zweites Stück ab, dieses Mal ein größeres, und lud es auf den Teller. Während sie sich darüber hermachte, dachte sie an Giampiero, an ihre verzweifelten Bemühungen, ihre Ehe zu retten. Sie hatte alles versucht, selbst Rosys Kochkünste hatte sie bemüht. Aber sie erreichte genau das Gegenteil. Je verführerischer Rosys Gerichte waren, desto strenger wurde Giampieros Diät, von vegetarisch über makrobiotisch bis zu rohem Fisch.

Amanda hatte ihr geraten, es mit Reizwäsche zu probieren. Noch heute sah sie Giampieros verblüffte Miene vor sich. Sein einziger Kommentar war gewesen: »Zieh dir etwas über, sonst wird dir kalt.« Gemeint hatte er wahrscheinlich: »Zieh dir etwas über, du bist mir zu fett.« Die Erinnerung an diese Szene wühlte sie so auf, dass sie quasi gezwungen war, sich ein drittes Stück abzuschneiden, welches sie, ohne zu kauen, in sich hineinstopfte. Mit Giampiero hatte sie noch nie gut reden können. Weder über Kultur noch über Politik, noch über irgendein anderes Thema. Das Thema Arbeit war sowieso tabu. »Warum sollten wir darüber reden? Du verstehst doch sowieso nichts davon!«

Ich muss mir ein Hobby suchen, mit dem ich mich ablenken kann. Anna räumte Messer, Gabel und Teller beiseite. Mit bloßen Händen stopfte sie den Auflauf in sich hinein, direkt vom Blech. In ihrem Kopf herrschte Chaos, die Gedanken fuhren Karussell. Es musste doch irgendwo in ihrem Gehirn eine positive Erinnerung geben, an der sie sich festhalten konnte, damit es weiterging. Doch, es gab etwas. Ihr Kampf gegen die Fresssucht schien gewonnen, als sie einige Jahre nach ihrer Hochzeit begonnen hatte, sich wieder regelmäßig mit alten Freundinnen aus der Uni zu treffen. Sie besuchten Lesungen und gingen ins Theater. Zwei Jahre lang hatte die Clique sogar ein Abonnement für das Teatro Manzoni gehabt. »Wie in alten Zeiten, erst Kultur und dann ins Santa Lucia oder ins Paper Moon«, schwärmte sie ihrem Mann vor. Damals konnte sie noch elegantere Sachen tragen. »Du glaubst gar nicht, wie mich alle um dich beneiden! Sie meinen, du würdest besser aussehen als jeder Schauspieler. Wenn sie wüssten, dass du nur an deine Arbeit denkst …« Sie hatte ihn umarmt, doch er war steif wie eine Statue geblieben und hatte sie sanft, aber bestimmt von sich geschoben. »Ich tue das alles nur für dich, damit du alles bekommst, was du verdienst.« Diesen Satz hatte sie nie vergessen.

»Alles, was du verdienst«, murmelte Anna sarkastisch und fraß weiter. Dann nahm sie den spärlichen Rest des Auflaufs und schmiss ihn wütend in den Mülleimer. Noch während sie den letzten Bissen hinunterwürgte, brach sie in Tränen aus und schlug die Hände vors Gesicht. Sie hatte eine weitere Schlacht gegen sich selbst verloren, doch es kam ihr vor, als hätte sie den ganzen Krieg verloren. Sie unterdrückte einen weiteren Schluchzer, öffnete den Kühlschrank und griff nach einem Stück Grana Padano, ein paar Scheiben in Wachspapier eingewickelten gekochten Schinken und einem Büffelmozzarella. Als sie sich über das Eisfach hermachen wollte, überfiel sie eine Welle aus Scham und Ekel. »Nein, jetzt reicht's!«, schrie sie und warf die Kühlschranktür zu. Doch, sie konnte den Zwang stoppen. Jederzeit. Der letzte Psychotherapeut, bei dem sie in Behandlung war, hatte ihr immer wieder gesagt, dass es nie zu spät war. Manchmal half bereits ein Gespräch, den selbstzerstörerischen Mechanismus zu unterbrechen, vielleicht mit einem Menschen, der einem nicht so nahe stand oder mit dem man schon länger keinen Kontakt hatte. Ihr fiel Maria Teresa Corsini ein, die damals die alte Clique zu Theater- und Diskobesuchen mobilisiert hatte. Sie hatte ihre Nummer sicher noch. Sie fand sie im Adressbuch des Handys, wählte und ließ es so lange klingeln, bis sie schließlich genervt aufgab. Wie blöd, zu glauben, dass Maria Teresa auf ihren Anruf wartete! Voller Scham wurde ihr bewusst, dass alle ihre Freundinnen berufstätig waren. Sie waren keine rundum versorgten Ehefrauen wie sie. *Ich muss etwas trinken*. Aufgewühlt und wütend auf sich selbst, ging sie ins Wohnzimmer, wo in der Bar eine noch ungeöffnete Flasche Wodka stand. »Großartig«, sagte sie und riss hastig die Metallkappe rund um den Verschluss ab.

Als sie einige Stunden später den Schlüssel in der Tür hörte, zuckte sie erschrocken zusammen. Sie hoffte inständig, dass sie noch klar artikulieren konnte. Sie hatte im dunklen Wohnzimmer gesessen und vor dem laufenden Fernseher Glas um Glas in sich hineingeschüttet. Das Programm hatte sie gar nicht mehr wahrgenommen.

»Anna, wo bist du?« Giampiero stand auf der Schwelle. Das von hinten auf ihn fallende Flurlicht ließ seine Gestalt noch imposanter wirken.

»Ich habe dich nicht gehört«, lallte Anna. Es war wohl besser, sich zurückzuziehen. »Ich habe Kopfschmerzen, ich gehe ins Bett.« Sie quälte sich hoch und ging schwankend an ihrem Mann vorbei, krampfhaft bemüht, seinen angewiderten Gesichtsausdruck zu ignorieren.

Im Schlafzimmer sank sie in die Kissen, die sie wie ein Strudel zu verschlingen schienen. Sie bemerkte nicht einmal, dass ihr Mann sich neben sie legte, immer darauf bedacht, sie nicht zu berühren. Nach einigen Stunden schreckte sie hoch. Wo war Giampiero? Sie streckte die linke Hand nach ihm aus. Sein Platz war leer, aber noch warm. Sie wartete, bis sich ihre Augen an die Dunkelheit gewöhnt hatten. Als das spärliche Licht, das durch die Ritzen der Fensterläden ins Zimmer drang, zumindest Konturen erahnen ließ, stand sie auf. Trotz aller Vorsicht stieß sie gegen den Schreibtisch und konnte gerade noch rechtzeitig Giampieros iPhone auffangen, bevor es auf den Boden fiel. Seufzend legte sie es auf seinen Platz zurück und verließ das Zimmer.

Durch den offenen Spalt der Badezimmertür drang ein Lichtschimmer in den Flur. Sie schlich näher. Giampiero sprach ganz leise mit jemandem. Er benutzte sein Diensthandy. Vielleicht jemand aus der Klinik?, dachte Anna, unentschlossen, ob sie wieder ins Bett gehen sollte. Aber die Neugier war stärker.

»Verstehe, aber ich werde nicht mitten in der Nacht nach Bukarest fahren.« Giampiero sprach leise und beherrscht, aber Anna wusste, dass er wütend war.

»Wo kommt das Mädchen her?«

»Wie alt?«

»Fünf? Das passt. Wer ist der Spender?«

»Ich habe Ihnen bereits erklärt, dass der Spender hirntot sein muss. Verhalten Sie sich danach. Eine eventuelle Verzögerung macht die Operation unmöglich, weil das Organ abstirbt. Die Eingriffe müssen unbedingt parallel vorgenommen werden …«

»Einverstanden, wenn Sie mir das versichern können, reise ich sofort ab«, schloss Giampiero das Gespräch. Seine Stimme klang eiskalt.

Anna huschte gerade noch rechtzeitig ins Bett zurück. Als ihr Mann das Zimmer betrat, lag sie unter der Decke und tat so, als ob sie schliefe.

Giampiero knipste das Deckenlicht an. »Anna, wach auf!«

Anna murmelte etwas Unverständliches und bedeckte ihre Augen mit dem Kopfkissen.

»Anna, wach auf!« Giampiero schüttelte sie.

»Was ist los?«, fragte sie beunruhigt

»Ich muss sofort zu einem Patienten, ein Infarkt.«

»Wann bist du zurück?«

Giampiero sah auf die Uhr. »Es ist halb fünf. Wenn ich jetzt losfahre, dann komme ich … Ich werde ein paar Tage weg sein.«

»Wie, ein paar Tage?«

»Nach der Visite fahre ich sofort weiter. Mit der Krüger nach Polen, erinnerst du dich nicht?«

»Mit der Krüger?«

»Du hörst mir einfach nicht zu.«

Anna schlug schuldbewusst die Augen nieder. Sie erinnerte sich partout nicht an diese Dienstreise. Sie hörte ihm wohl wirklich nicht zu …

Giampiero seufzte genervt. »Frau Krüger hat eine Konferenz zu den jüngsten Innovationen auf dem Gebiet der Kosmetikforschung organisiert. Eine Revolution! Endlich ein Mittel, das der Alterung wirklich vorbeugt. Wenn es auf den Markt kommen sollte, wäre das doch auch etwas für dich«, spottete er.

Anna drehte sich auf die Seite. »Gute Reise. Und mach das Licht aus, bitte.« Ihr Mann sollte ihre Tränen nicht sehen.

Anna schlug die Augen auf. Der Elektrowecker auf dem Nachttisch zeigte acht Uhr. Giampiero war seit etwa drei Stunden weg. Sie hatte jeden seiner Schritte verfolgt, allen Geräuschen gelauscht und sich dabei vorzustellen versucht, was er tat. Sie hatte gehört, wie er ins Ankleidezimmer ging und den kleinen Safe öffnete, der in einem Schrankfach hinter den Kaschmirpullovern versteckt war. Dort bewahrte er seine Uhren auf: Rolex, Patek Philippe, Cartier und Fabergé. Dann hatte er José geweckt und ihn gebeten, den Louis-Vuitton-Koffer zu packen, während er seinen Aktenkoffer aus dem Büro holte. Schließlich hatte er den Chauffeur informiert und dann die Haustür hinter sich geschlossen. Danach war Anna völlig erschöpft gewesen, als hätte jemand in ihrem Kopf den Schalter auf »aus« gedreht.

Sie stand auf. Ihr Magen war wie zugeschnürt, kein Hunger, kein Durst. Sie ließ sich von Rosy einen schwarzen Kaffee bringen, duschte, zog sich etwas Bequemes an und ging spazieren. Sie musste die Spannung abbauen, die sich in dieser Nacht aufgestaut hatte. Giampiero hatte ihr noch nie von Organtransplantationen erzählt. Wenn sie nur daran dachte, dass die Hände ihres Mannes einem leblosen Kinderkörper die Leber oder das Herz entnahmen, erschauderte sie. Man las schreckliche Dinge in den Zeitungen. Warum hatte Giampiero nie mit ihr darüber gesprochen? Wenn sie ihn fragen würde, hätte er bestimmt eine plausible Begründung parat. Er würde ihr erklären, dass man durch Organtransplantationen Menschenleben retten könne, und sie würde ihm glauben. Aber entsprach das auch der Wahrheit? Plötzlich kam ihr manches aus der Vergangenheit seltsam vor: Die spontanen Reisen, die mysteriösen Telefonate, die Kurznachrichten auf seinem Handy, die Giampiero immer als Werbe-SMS der Telefongesellschaft abgetan hatte und die sie sowieso nicht lesen konnte, da er sein Mobiltelefon nie aus der Hand gab.

Anna biss sich auf die Lippe. Warum war ihr das alles nicht schon früher aufgefallen? Einmal hatte sie Giampiero mit einem slawisch aussehenden Mann in der Garage überrascht, den er als kroatischen Kollegen vorgestellt hatte. Ihr war aufgefallen, dass der Fremde zusammengezuckt war, als ob er etwas zu verbergen hätte. Damals hatte sie dem keine Bedeutung beigemessen, aber jetzt war sie sicher, dass der »kroatische Kollege« etwas mit dem Geheimnis ihres Mannes zu tun hatte.

Auf der Piazza San Babila hatte sie plötzlich das Bedürfnis, in die Kirche zu gehen. Sie erinnerte sich daran, wie sie in ihrer Kindheit mit dem Vater zur Heiligen Messe gegangen war. Er hatte sie untergehakt und ihr Wärme und Sicherheit gegeben, mit ihm wäre sie bis ans Ende der Welt gegangen. Mit einem Mal wurde ihr bewusst, wie sehr er ihr fehlte. Wenn er noch am Leben wäre, hätte sie einen Freund, einen Menschen, dem sie bedingungslos vertrauen könnte. Ihr Vater war ein mitfühlender, kluger Mann mit großem Weitblick gewesen. Er machte Giampiero zu seinem Assistenten, weil er von seiner Integrität und seiner Fachkompetenz überzeugt war. Vielleicht hatte Giampiero ihr sein Geheimnis deshalb nicht offenbart, um sie nicht zu beunruhigen, weil sie »schwache Nerven« hatte, wie er immer sagte. Eines seiner geflügelten Worte war: »Empfindsamen Menschen sollte man die Wahrheit besser verschweigen.«

Anna schob den Gedanken beiseite und blickte sich um. Sie war ganz allein in der Kirche. Sie setzte sich auf eine Bank und begann laut zu beten, wie es ihr Vater ihr beigebracht hatte. Aber die Worte flossen nur mechanisch aus ihrem Mund, ohne dass sie den Sinn erfasste. Sie brach ab. Während sie die Kirche verließ und auf die Via Montenapoleone hinaustrat, fragte sie sich, ob ihre Worte für Gott trotzdem eine Bedeutung hatten.

Die eleganten Boutiquen waren noch geschlossen. Mailands Prachtstraße sah an diesem Morgen aus wie jede andere Straße auch, sogar ein bisschen traurig. Sie warf flüchtige Blicke in die Schaufenster und bog in die Via Manzoni ein, bis sie vor dem Theater stand. Ihr Blick fiel auf das Plakat von Goldonis »Die venezianischen Zwillinge«, von dem ihr Massimo Dappórtos Gesicht regelrecht entgegensprang. Wehmütig dachte sie an die Zeit, als sie mit ihren Freundinnen regelmäßig ins Theater gegangen war. Wie viele Aufführungen hatten sie gesehen, wie vielen großartigen Schauspielern hatten sie begeistert applaudiert! Vielleicht war sie damals aber auch deshalb so glücklich gewesen, weil sie den Mann ihrer Träume gefunden hatte, um den sie alle beneidet hatten.

Sie streifte durch die Ladenpassage und kam an den Schaufenstern von Laura Biagiotti vorbei. Auf der Verleihung des Premio Copernico im Quirinal hatte sich die Modeschöpferin in Bestform präsentiert. Damals war Anna sich inmitten der attraktiven, schlanken Frauen abgrundtief hässlich vorgekommen, selbst gegenüber der Baronin d'Altino. Sie war sogar ein wenig eifersüchtig gewesen, als Giampiero die betagte Dame charmant angelächelt und ihr einen Arm um die Schulter gelegt hatte. Jetzt wäre es ihr gleichgültig, jetzt fühlte sie sich stark. Wenigstens in dieser Beziehung.

Sie schlenderte die Via della Spiga entlang bis zu Amandas Boutique. Der Laden öffnete gerade. Anna trat ein und setzte sich an die Bar.

»Das Übliche, Signora Principini?«, fragte ein junger, gutaussehender Kellner.

Anders als sonst hatte Anna an diesem Morgen Gewissensbisse, ihren Whisky auf Eis zu bestellen.

»Nein, danke, Maurizio. Ich nehme eine Orangenlimonade.« Dabei blickte sie sich verschämt um. Im Hintergrund erkannte sie ihre Freundin Amanda, die sich angeregt mit Spargi unterhielt. Als Amanda sie sah, eilte sie sofort auf sie zu.

»Anna, was für eine Überraschung! Um diese Zeit?«

Die Freundinnen umarmten sich und küssten sich auf die Wange.

»Du siehst ziemlich fertig aus.« Amanda sah sie besorgt an.

»Ich muss mit dir reden.«

»Natürlich, setzen wir uns.«

»Nein, nicht hier. Unter vier Augen.«

Amanda zögerte. Was wollte Anna von ihr? »Wie du willst, gehen wir in mein Büro.«

Im Büro saß Spargi am PC. Er sprang auf und begrüßte Anna mit einem charmanten Lächeln.

»Buongiorno, Signora Principini.«

»Buongiorno.« Anna errötete leicht.

«Kann ich Ihnen etwas anbieten?«

»Ja, einen Espresso, schwarz, bitte.«

Dann wandte er sich an Amanda. »Möchtest du auch etwas?«

»Nein.«

Als Spargi mit dem Kaffee zurückkam, bat ihn Amanda, sie allein zu lassen und die Tür hinter sich zu schließen.

»Nun, Anna, was ist los?«

Anna holte tief Luft und erzählte. Danach sah sie ihre Freundin ängstlich an: »Was meinst du? Wenn das etwas Illegales ist?

Ich habe in den Zeitungen schon viel über Organhandel gelesen, wirklich entsetzlich.«

Amanda schüttelte lächelnd den Kopf. »Aber Anna, was sind denn das für abstruse Gedanken?«

»Lach nicht!« Anna knetete nervös ihre Hände.

»Ich lache doch gar nicht.«

Anna schlug mit der Faust auf den Tisch. »Doch, du lachst, ich hab's genau gesehen.«

Amanda war verblüfft. Sie wusste natürlich, dass ihre Freundin zu viel trank. Und sie wusste auch, dass man als Alkoholiker paranoid und aggressiv werden konnte. Aber doch nicht Anna! Deshalb versuchte sie die Wogen zu glätten und zwang sich zur Ruhe. »Bevor du voreilige Schlüsse ziehst, solltest du Beweise suchen ...«

»Aber Amanda, wenn es legal wäre, warum sollte er es mir dann verschweigen?«

»Du weißt doch, wie er ist. Er spricht halt nicht gern von seiner Arbeit.«

»Glaubst du wirklich, dass alles in Ordnung ist?« Anna war der Verzweiflung nahe.

»Glauben heißt nicht wissen, und hundertprozentig weiß ich es natürlich nicht. Aber ich bin sicher, dass es eine vernünftige Erklärung gibt. Warum fragst du ihn nicht einfach?«

»Ihn fragen? Machst du Witze? Mit ihm kann ich nicht darüber reden. Ich wage gar nicht daran zu denken, wie er reagieren würde. Du ahnst ja nicht, wozu Giampiero fähig ist. Nein, ich muss zur Polizei.«

Amanda war erschüttert. Noch nie hatte ihre Freundin so offen darüber gesprochen, welche Angst sie vor ihrem Mann hatte. »Es tut mir leid, Anna, aber ich weiß wirklich nicht ...«

Anna brach in Tränen aus.

»Beruhige dich. Du wirst sehen, alles wird gut. Alles wird

gut«, flüsterte sie und nahm ihre Freundin fest in die Arme. Wirklich sicher war sie sich nicht, doch sie wollte in diesem Moment nur eins: Anna die Angst nehmen. »Anna, hörst du mir zu?« Dabei blickte sie ihr fest die in Augen.

Anna sah sie flehend an, wie ein verängstigtes Kind, die Augen gerötet, ihr Körper von Schluchzern geschüttelt.

»Du beruhigst dich jetzt und behältst die Sache erst einmal für dich. Sprich mit niemandem darüber, auch nicht mit der Polizei.«

Anna nickte.

»Und ich werde Mittel und Wege finden, die Wahrheit ans Licht zu bringen, einverstanden?«

Anna nickte erneut und wischte sich die Tränen aus dem Gesicht: »Jetzt brauche ich einen Whisky auf Eis, bitte.«

7

Chiara stand unter Strom, als sie das Studio betrat. Sie schwitzte so sehr, dass die Maskenbildnerin ihr mehrere Male das Gesicht pudern musste. Antonio hatte ihr nochmals die gekräuselten Haare geglättet. Am schlimmsten war das weiße Scervino-Kleid, das Imelde ausgesucht hatte – es war so eng, dass sie zu ersticken glaubte. Aber da musste sie jetzt durch. Heute musste sie mehr als ihr Bestes geben. Forte hatte ihr eine zweite Chance gegeben. Sie hatte ihm versprechen müssen, dass dieses Mal alles perfekt laufen würde. Zweite Bedingung war die Präsentation einer Vorschlagsliste »kooperativer« Interviewpartner. Der erste auf der Liste war Sebastiano Gemma, bei den weiblichen Zuschauern äußerst beliebt, besonders nach dem Erfolg der Serie »Der Richter und das Urteil«, in der er die Rolle eines vorbestraften Kronzeugen spielte. Chiara hatte ihn vorgeschlagen, weil sie wusste, dass er besonders zuverlässig war, was Interviews anging. Und sie hatte sich nicht getäuscht. Die Sendung lief ausgezeichnet. Regie, Licht, Aufnahme, alles funktionierte wie am Schnürchen. Chiara sprühte vor Vitalität, Gemma antwortete spontan und ohne Umschweife auf alle Fragen und erzählte sogar eine rührende Geschichte aus seiner Kindheit. Nachdem er von herzlichem Applaus begleitet das Studio verlassen hatte, fiel allen ein Stein vom Herzen, von Imelde über den Regisseur bis zu Forte und Chiara.

Direkt nach Ende der Sendung bedankte sich Sebastiano

Gemma bei Chiara: »Du warst wunderbar, ich habe mich bei einem Interview noch nie so wohl gefühlt. Ich hatte zum ersten Mal das Bedürfnis, von meiner Familie und meiner Vergangenheit zu erzählen, herzlichen Dank.«

»Ich habe zu danken, lieber Sebastiano«, Chiara küsste ihn auf die Wange. »Hoffentlich gibst du uns bald wieder die Ehre«, gab sie das Kompliment zurück, erschöpft, aber glücklich.

In der Garderobe streifte sie die hochhackigen Schuhe ab und ließ sich in den Sessel fallen. Vielleicht habe ich damit meinen Kopf gerettet, dachte sie, auch wenn ihr klar war, dass Forte diese Sendung mit Gemma nicht genug war. Ihre Feuerprobe würde ein zweites Interview mit der Mangano sein. Und dieses Mal musste sie unter die Gürtellinie gehen, schonungslos, ohne Rücksicht auf Verluste. Aus gutem Grund wurde Ermanno Forte, je nach Situation, »der Starke unter den Schwachen« oder auch »ein starker Mann mit kleinen Schwächen« genannt.

Chiara fuhr nach Hause. Sie fühlte sich einsam. Es kam ihr inzwischen vor, als wäre Paolo schon seit einer Ewigkeit weg. Zwischen ihnen lag eine halbe Welt. Sie suchte im Internet nach Last-Minute-Angeboten für New York, doch die einzigen freien Flüge waren unter der Woche, dann, wenn sie mit Tony die Sendung schneiden musste. Erschöpft klappte sie ihren Laptop zu und ging in die Küche, um sich etwas Gutes zu kochen. Sie hatte Lust auf einen Reissalat, wie ihn Nonna Lia immer im Sommer in Pieve Santo Stefano gemacht hatte. In letzter Zeit musste sie oft an ihre Großmutter denken, meistens dann, wenn sie sich leer und verunsichert fühlte. Sie schaute in den Kühlschrank und entdeckte Tomaten, eine Paprika und eine Packung Mozzarella. Irgendwo musste noch eingelegtes Gemüse sein. Dann schaute sie in den Vorratsschrank und fand eine Packung Reis. Sie prüfte die Kochzeit auf der Packung: zwanzig Minuten. Genug Zeit, um sich auf dem Sofa ein bisschen auszuruhen. Sie füllte einen Topf mit Wasser, schaltete den Herd an und ging ins Wohnzimmer zurück. Was konnte sie noch gegen ihre Einsamkeit tun? Donna Livia Colonna della Rovere kam ihr in den Sinn, die Frau, die im sechzehnten Jahrhundert von Pompeo Colonna, dem Fürsten von Zagarolo, ermordet worden war. Donna Livia, oder besser, die Vision von ihr, hatte es Chiara ermöglicht, Commissario Giorgini bei einem Satanismus-Fall wertvolle Informationen zu liefern. Mit ihrer Hilfe war es der Polizei gelungen, die Anführer der Sekte zu verhaften. Noch immer empfand Chiara ein tiefes Gefühl der Dankbarkeit, wenn sie an Donna Livia dachte. Durch diese Vision hatte sie endlich Vertrauen zu den Bildern gewonnen, die sie mit ihrem inneren Auge wahrnehmen konnte. Mit Hilfe ihrer Gabe hatte sie Lucetta Felisi das Leben gerettet. Dabei hatte sich die Lehrerin in Paolos Vater verliebt. Chiara war sich ganz sicher, dass sie und Donna Livia Freundinnen gewesen wären, wenn sie in der gleichen Epoche gelebt hätten. Dieser Gedanke munterte sie auf, auch wenn es ein bisschen verrückt war, seine Einsamkeit mit einem Menschen aus dem sechzehnten Jahrhundert vertreiben zu wollen. Zum Glück war Chiara mit der Zeit selbstbewusster geworden, der Spott der anderen ließ sie kalt.

Sie ließ sich von ihrer Phantasie davontragen und stellte sich vor, dass sie Livias kostbare Gewänder tragen würde, die weiten Reifröcke, die enggeschnürten Mieder, die spitzenbesetzten Unterkleider und die prunkvollen Geschmeide. Sie erinnerte sich daran, wie Nonna Lia sie an Karneval als Edelfräulein ausstaffiert hatte. Da war sie acht, und ihre Mutter hatte ihr Gesicht weiß gepudert und ihr einen Schönheitsfleck auf die Wange gemalt.

»Was für eine reizende junge Dame!«, hatte ihre Großmutter gerufen, als sie ihre Enkelin in diesem Aufzug in der Turnhalle der Grundschule gesehen hatte.

Voller Stolz betrachtete sie die blauen Satinschuhe mit der anmutigen Schleife, die unter ihrem weiten Reifrock herausblitzten. Dann hob sie den Kopf und drehte sich einmal um sich selbst, erstaunt, wie schwer der Rock und wie eng das Korsett waren. Sie konnte kaum atmen. Ihr großzügiges Dekolleté erlaubte einen Blick auf die sanften Rundungen ihrer puderbedeckten Brüste. Auf dem Kopf trug sie eine ebenfalls weiß gepuderte Perücke.

Sie ging einige Schritte und fand sich in einem prachtvollen Salon wieder. Die Wände waren mit goldgerahmten Spiegeln geschmückt, die flackernden Kandelaber warfen ein warmes Licht auf die zahlreichen Gäste. Die Perücke war so schwer, dass sie nur mit Mühe das Gleichgewicht halten konnte. »Wie lustig«, sagte sie zu sich selbst, als sie vor einem Spiegel anhielt, um sich ihre Haarpracht zu richten. Ein regelrechter Turm aus weiß gepuderten Locken, an dessen Spitze ein kleines Segelschiff und eine rosa Straußenfeder thronten. Der Friseur muss wahnsinnig gewesen sein, dachte sie amüsiert, während sie ihren handbemalten Fächer öffnete und sich neugierig umsah. Sie wollte nicht zu viel Aufmerksamkeit der adligen Herren und Damen auf sich ziehen, die in ihren eleganten pastellfarbenen Satinkleidern einfach wunderbar aussahen. Zum Glück waren die Gäste voll und ganz mit Trinken, Lachen und Plaudern beschäftigt, so dass sie sie gar nicht bemerkten. Chiara fasste Mut und mischte sich unter die Anwesenden, dabei schaute sie verstohlen nach rechts und links, wie ein Kind, das sich heimlich auf ein Fest der Erwachsenen geschlichen hatte. Als sie einen großgewachsenen Mann erblickte, der sich elegant in der Menge bewegte, sich hier verbeugte und dort einen Handkuss verteilte, stockte ihr der Atem. Sie hatte diesen Mann schon einmal gesehen, erinnerte sich an seinen durchdringenden Blick, die vollen Lippen und den schwarzen Pferdeschwanz. Sogar die Kleidung war die gleiche. Chiara erkannte die schwarze Samtweste und die Hosen aus Damast. Einen Augenblick lang sah sie wieder das karge Zimmer aus ihrer Vision vor sich, die rauchgeschwärzten Wände. Sie sah das Himmelbett, die Frau mit dem grauen Schleier über dem Gesicht. Zu Tode erschrocken, unterdrückte sie einen Schrei. Sie wusste, was sich unter dem Schleier verbarg. Während sie zitternd und mit wild klopfendem Herzen nach einem Ausgang suchte, spürte sie, wie etwas in ihren Hals eindrang. Chiara versuchte zu husten, um sich davon zu befreien. Doch je mehr sie hustete, desto stärker wurde das Gefühl zu ersticken. Staub. Jahrhundertealter Staub. Plötzlich war er überall. Er fiel so dicht, dass sie nichts mehr sehen konnte. Chiara presste die Lippen aufeinander. Sie stand ganz still, wie gelähmt, und hielt den Atem an. Sie war kurz davor, ohnmächtig zu werden, als jemand von hinten ihre Schultern berührte.

»Chiara«, sagte der dunkelhaarige Mann leise. Seine Stimme klang vertraut, der Mann in der schwarzen Weste konnte es nicht sein. Chiara drehte sich um und versuchte den Mann zwischen den Staubwolken zu erkennen. Seine Augen waren die schönsten, die sie je gesehen hatte. »Paolo!« brachte sie unter Tränen hervor. Dann streckte sie die Arme nach ihm aus, fand seine Hände und trat näher, um ihn zu umarmen und leidenschaftlich zu küssen. Eng umschlungen pressten sie sich aneinander wie zwei Ertrinkende.

Plötzlich löste sich Paolo von ihr. Ein geschlossener Fächer klopfte energisch auf ihre rechte Schulter. Chiara sah auf. Wer war das? Verblüfft presste sie sich die Hand auf den Mund. Eine

Frau. Smeralda Mangano. Wie alle anderen in einem Kleid aus dem 18. Jahrhundert, mit gepuderter Perücke und einem Schönheitsfleck über der Oberlippe. Sie starrte sie an und wollte gerade etwas sagen, als wie aus dem Nichts zwei Männer auftauchten, ihre Arme packten und sie ans Fenster zerrten. Die Menge wich zur Seite, um ihnen Platz zu machen.

»Nein!«, schrie Chiara, die sich plötzlich in Smeraldas Rolle wiederfand. Die beiden Männer schleiften sie zum Fenster. »Paolo, hilf mir! Sie wollen mich töten!« Inzwischen hatte einer der beiden das Fenster geöffnet, der andere versuchte sie herauszustoßen. Bevor sie aus dem Fenster stürzte, drehte sich Chiara noch einmal um, doch Paolo war verschwunden. An seiner Stelle stand der Edelmann mit dem schwarzen Pferdeschwanz, unbeweglich, mit versteinertem Gesicht. Wieder begann Staub vom Himmel zu regnen.

Palermo, 1771

Während er auf die Ankunft des Boten wartete, las Barone Volfango Rocca d'Altino, alias Wolfgang von Altemburg, noch einmal die Nachricht, die ihm Principe di Gravina geschickt hatte.

»Hochverehrter Barone d'Altino, in letzter Zeit sehen wir uns mit großen Problemen konfrontiert. Herrschaften aus dem palermitanischen Adel, hochwohlgeborene Männer und treue Diener der Heiligen Mutter Kirche, sind in unschöne Machenschaften verwickelt. Wir, Federico Principe di Gravina und Marchese Cosimo Cutò, bitten Euch höflichst, die Einladung in den Palazzo Gravina anzunehmen. Lassen Sie uns unsere Kräfte bündeln, um Ordnung und Gerechtigkeit wiederherzustellen.«

Volfango d'Altino zerriss den Brief und warf die Papierfetzen in den brennenden Kamin. »Der Bote des Principe di

Gravina ist eingetroffen«, sagte Balà, der auf der Türschwelle aufgetaucht war. Barone d'Altino verließ rasch das Zimmer. »Du fährst mit der Kutsche hinterher«, befahl er.

Im Palazzo wurde er von Principe di Gravina und Marchese Cutò im Halbdunkel des prunkvollen Festsaals empfangen, dessen Wände mit grünem Damast bespannt waren. Nach der protokollarischen Begrüßung und einigen einleitenden Bemerkungen über Integrität und Treue gewisser Adliger Palermos kam man schließlich zum eigentlichen Anlass ihrer Zusammenkunft. Don Amilcare La Celeste, ein stadtbekannter Edelmann, war verschwunden. Gravina hatte unauffällige Ermittlungen einleiten lassen, doch die Spuren Don Amilcares verloren sich in einer Vollmondnacht, als er auf dem Weg zur Wohnung seiner Geliebten war. Mit ihm war auch sein Diener verschwunden. Besonders bestürzt war man in Palermo über sein Verschwinden allerdings nicht gewesen, gab Marchese Cutò zu bedenken. Don Amilcare La Celeste hatte wegen seiner Leidenschaft für verheiratete oder verlobte Frauen viele Feinde. Was Gravina und Cutò wirklich beunruhigte, war, dass Don Amilcare nicht der erste Edelmann mit zweifelhafter Moral war, der urplötzlich wie vom Erdboden verschluckt schien. Gravina ergriff das Wort:

»Neben La Grua und Belmonte hat auch der Bischof von Palermo darum gebeten, Nachforschungen anzustellen, um das rätselhafte Verschwinden aufzuklären. Und deshalb habe ich den Marchese um Hilfe gebeten, der, wie Ihr wisst, ein Mann der Gerechtigkeit ist.«

D'Altino nickte. Auch er hatte gehört, dass Marchese Cutò ein glücklicher Vermittler in komplizierten Rechtsfragen war. Erst kürzlich hatte er beispielsweise den Konflikt zwischen Befürwortern und Gegnern des Hafenneubaus gelöst. Der Zustand des alten Hafens La Cala hatte sich in den vergangenen Jahren massiv verschlechtert, da die beiden unterirdischen Flüsse Kemonia und Papireto Unmengen Geröll und Schutt anspülten.

»Barone«, schaltete sich Cutò ein, »Ihr werdet verstehen, dass das Vertrauen des Volkes in die Justiz und in die Heilige Kirche Schaden nehmen und das Volk in die Arme von Geheimbünden getrieben werden könnte. Aus diesem Grund haben wir Euch hergebeten, um uns Eurer Unterstützung zu versichern, in *mutuum adiutorium* natürlich.«

»Ich verstehe, Ihr könnt auf mich zählen. Wer auch immer versuchen sollte, unsere Gesetze und die Gebote der Heiligen Kirche mit Füßen zu treten, soll seine gerechte Strafe bekommen.«

Als Volfango Rocca d'Altino eine Stunde später den Palazzo Gravina verließ, erwartete ihn bereits die abfahrbereite Kutsche. Balà half ihm beim Einsteigen.

Während sie gemächlich durch die Via Cassaro fuhren, die Piazza Quattro Canti überquerten und in die Via Maqueda einbogen, konnte der Baron die düsteren Gedanken an die Konsequenzen dieser unheilvollen Situation nicht abschütteln. Die Bruderschaft war in Gefahr. Seit seiner Ankunft in Sizilien waren der Reichtum und die Macht der Bruderschaft gewachsen, vor allem dank der konfiszierten Vermögen ihrer adligen Opfer. Die drohende Gefahr würde den Adel aufrütteln, sie würden scharfe Sanktionen fordern. Die Sorge um die Zukunft der Bruderschaft steigerte sich noch, als sie durch das Monte-Pietà-Viertel fuhren, wo die Beati Paoli ihren Sitz haben sollten, gefürchtet von den Mächtigen und verehrt vom Volk, so hieß es zumindest. Von dieser geheimnisvollen Sekte hatte sich Volfango d'Altino inspirieren lassen, als er seinen eigenen Geheimbund gründete, überzeugt davon, im Schatten der mächtigen Sekte unerkannt wirken zu können. Er verstand es geschickt, das Verschwinden der Edelleute mit den Beati Paoli in Verbindung zu bringen. Doch jetzt drohte das Eingreifen von Principe Gravina und Marchese Cutò die Anonymität seiner Mission zu gefährden. Das konnte er nicht zulassen. Unter keinen Umständen.

»Schnell, beeilt Euch! Donna Eufrasia liegt in den Wehen!« Tina stürzte mit hochrotem Kopf ins Zimmer des Barons.

»Gerade jetzt …«, Volfango d'Altino wirkte angespannt. In dieser Nacht hatte er einen Überfall auf den Palazzo von Conte Francesco di Torre del Grifo organisiert, einem Adligen, der ein Vermögen verspielt hatte und den die Schulden zu erdrücken drohten. Ein korrupter Diener hatte Franzin verraten, dass dort Juwelen von beträchtlichem Wert versteckt waren, die der Conte für seine Mutter aufbewahrte. Eine verlockende Beute ohne großes Risiko. Der Verdacht würde auf die Gläubiger del Grifos fallen.

»Ich komme«, sagte er und zwang sich zur Ruhe.

Im Wohnflügel der Baronessa war seit Stunden alles für die Geburt vorbereitet. Gleichwohl war alles in hellem Aufruhr, da auch die Dienerin Meluzza kurz vor der Niederkunft stand. Zu allem Überfluss war der Arzt, der Donna Eufrasia zur Seite stehen sollte, noch nicht eingetroffen. Nachdem sich die Dienerschaft wiederholt beklagt hatte, befahl der Baron, Meluzza neben dem Zimmer der Baronessa unterzubringen.

»Schnell, Don Volfango!«, mahnte Tina. Der älteste Diener eilte herbei, auch er völlig aufgelöst. »Die Kutsche des Dottore ist immer noch nicht eingetroffen, und Donna Eufrasia steht kurz vor der Niederkunft! Meluzza hat es fast geschafft, aber das Kind ist riesig, man könnte glatt zwei daraus machen!«

»Idiot!«, fauchte d'Altino. Doch dann mäßigte er seinen Ton: »Es wird alles gutgehen. Schickt nach Anita, die macht es genauso gut wie ein Arzt.«

Während sie die Gänge zu den Gemächern seiner Frau entlang hasteten, warf der Baron einen Blick auf die Gemälde an den Wänden. Die unbekannten Gesichter schienen ihn mit stummer Erwartung anzustarren. Edelmänner in Rüstung, ein Feldmarschall mit grauer Satinschärpe und Lockenperücke, ein spitzbärtiger Amtsrichter in grauer Uniform und weißer Halskrause, aber auch eine junge Frau mit gepuderter Perücke und Perlenkette. Aus ihrem Dekolleté blitzte eine Blume, das Symbol der Reinheit. Auf ihrem Schoß saß ein Hündchen, das Symbol der Treue. Der Baron hatte den Eindruck, dass alle diese Menschen wussten, dass in dieser Nacht das Schicksal des Hauses d'Altino besiegelt wurde. Plötzlich hatte er Angst, sie zu enttäuschen und hoffte inständig, dass das Schicksal ihm einen männlichen Erben bescheren würde.

Am Ende der Galerie hing ein großformatiges Porträt von Donna Eufrasia, das einzige Gemälde, das ein Mitglied seiner Familie zeigte. Alle anderen waren Beutestücke seiner Raubzüge. Donna Eufrasias Haare waren gepudert und mit kleinen Blüten und einer kostbaren Spange geschmückt. An der rechten Hand trug sie zwei Ringe: einen am Ringfinger, den anderen am kleinen Finger. Ihr prachtvolles Kleid aus cremefarbener Seide mit Blumenmotiven entsprach ganz der Mode. Die weiten Pagodenärmel ließen den Spitzensaum des Unterkleids hervorblitzen. Als das Bild gemalt worden war, hatte seine Frau bereits um einiges zugenommen, doch dem Künstler war es gelungen, ihre allzu üppigen Rundungen zu kaschieren. Von dem Gemälde lächelte ihm eine begehrenswerte, sinnliche Frau zu. In Wirklichkeit war ihm die Körperfülle seiner Frau gleichgültig gewesen, sie hatte sich sogar als Vorteil erwiesen. Donna Eufrasia musste lediglich ein Tuch um die Hüften binden, um ihre Umwelt davon zu überzeugen, dass sie wirklich ein Kind erwartete. Sicherheitshalber hatte sie in den letzten Monaten zwei Tücher verwendet.

Aus dem Zimmer neben Donna Eufrasia waren Schreie zu hören.

»Dottore, schnell, hier entlang!« Anita wies dem Arzt den Weg. Meluzza ging es schlecht. Die Wehen schienen endlos und waren von unmenschlichen Schmerzen begleitet. Eufrasia hatte sich im Nebenzimmer ein Kissen auf die Ohren gepresst, damit sie die Schreie nicht hören musste.

»Warum schreist du nicht?« Der Baron riss ihr das Kissen weg. Donna Eufrasia, die ihn nicht hatte kommen hören, fing an zu schreien, nicht weniger laut als Meluzza. Erst als ihre Dienerin Tina ins Zimmer trat, verstummte sie wieder. Nur Tina, Anita und der Arzt kannten die Wahrheit. Um sich ihr Schweigen zu erkaufen, hatte d'Altino tief in die Tasche gegriffen. »Es ist geschafft, Barone. Es sind Zwillinge, ein Junge und ein Mädchen«, verkündete Tina, während aus dem Nebenzimmer das Wimmern zweier Säuglinge zu hören war.

»Beeil dich und bringt den Jungen zu meiner Frau«, befahl der Baron. Unterdessen waren im Palazzo Hochrufe der Dienerschaft zu hören: »*Congratulazioni,* Barone! Die herzlichsten Glückwünsche!« D'Altino zuckte wütend zusammen, als er das hörte. »Sie sollen schweigen!«

Tina verschwand mit einem Knicks. Einen Augenblick später kehrte sie mit einem kreischenden Bündel im Arm ins Zimmer zurück. Als Donna Eufrasia das Neugeborene sah, brach sie in Tränen aus.

»Los, her damit!« Der Baron riss der Dienerin den Jungen

aus den Händen und drückte ihn seiner Frau an die Brust. Dann wandte er sich an Tina. »Du bleibst bei der Baronessa, bis ich wiederkomme.«

Meluzza lag auf den blutbefleckten Laken und weinte, dabei drückte sie das neugeborene Mädchen an ihre Brust. »Mein Kind, gebt mir mein Kind zurück!«, schluchzte sie verzweifelt, während Anita versuchte, ihr den Schweiß von der Stirn zu tupfen.

Der Baron stürmte ins Zimmer, schob Anita auf den Flur und schlug die Tür zu. Dann ging er auf Meluzza zu, die inzwischen zu weinen aufgehört hatte und ihn verängstigt anstarrte. Etwas in seinen Augen hatte sie verstummen lassen. So fest sie konnte, umklammerte sie ihr Kind. Aber d'Altino hatte bereits das Schwert gezogen und reckte es hoch in die Luft. Meluzza schrie gellend auf, ein einziger Schrei, bevor die Klinge ihre Brust durchbohrte. Mit irrem Blick hob d'Altino erneut das Schwert und stieß es, ohne zu zögern, ins Herz des kleinen Mädchens.

Als er zu seiner Frau zurückkehrte, war sein Gesicht ausdruckslos. »Ich möchte mit Donna Eufrasia allein sein und diesen Moment des Glücks in aller Ruhe genießen«, sagte er und schickte Tina aus dem Zimmer, »Meluzza ist bei der Geburt gestorben, auch ihre Tochter hat nicht überlebt. Das Schicksal wollte es so«, fügte er in feierlichem Ton hinzu und nahm den Jungen in den Arm. »Ihr erlaubt, meine Liebe?«

Donna Eufrasia nickte resigniert, zu schwach, um Widerstand zu leisten. Auch die Nachricht vom Tod Meluzzas und ihrer neugeborenen Tochter nahm sie gar nicht wahr.

»Das ist Lupo d'Altino, mein Sohn und mein Erbe«, sagte

der Baron mit Tränen in den Augen. Dabei hob er den Jungen, der vom Schreien rot angelaufen war, hoch in die Luft.

Mailand, 2009

Es war wunderschön gewesen. Erschöpft, aber glücklich, räkelte sich Amanda auf dem schwarzen Seidenlaken und legte ihren Kopf auf die muskulöse, glattrasierte Brust ihres Geliebten.

»Mist, jedes Mal lasse ich die Wasserflasche im Wohnzimmer stehen. Ich gehe sie holen. Willst du auch etwas?«, fragte Franco Spargi und stand auf. Amanda betrachtete seinen durchtrainierten Körper. Selbst bei Kerzenlicht brauchte es nicht viel Phantasie, um zu erkennen, wie attraktiv er war. Der erotischste Mann …

»Also, was willst du?« Spargi unterbrach brüsk ihre Träumerei.

»Ich bin wunschlos glücklich«, hauchte Amanda und sah ihm nach. Schade, dass er kein Benehmen hatte. Die schwarze Seide hatte sie zur Versöhnung aufgezogen, keine schlechte Idee. Die Inszenierung sollte Spargis Phantasie anregen, auch wenn er es bestimmt nicht bemerkt hatte. Er war eben ein einfacher Mann, wie er immer wieder betonte. Sie hatte sich große Mühe gegeben, damit er ein wenig gesellschaftlichen Schliff bekam, doch ohne großen Erfolg. Während sie auf Francos Rückkehr wartete, zündete sie eine weitere Kerze auf dem Nachttisch an.

»Mit diesen schwarzen Laken sieht das Zimmer aus wie ein Puff«, Spargi stellte die Flasche ab und glitt wieder unter die Decke.

Er zog sie an sich und spielte mit ihren Haaren, er wusste, was sie wollte.

»Warum schaust du mich so an?«, schnurrte Amanda.

»Du bist wie besessen von diesem Schwarz. Deine Bodyguards tragen Schwarz, deine Angestellten tragen Schwarz, die Boutique ist schwarz möbliert, deine Kleider sind schwarz und jetzt sogar noch das Bettzeug«, seine Stimme klang verächtlich.

»Ja und?«

»Schwarz macht alt, meine Liebe. Junge Frauen mögen weiß. Außerdem bedeutet Schwarz bei mir zu Hause Unglück.«

Franco zündete sich eine Zigarette an. Amanda beobachtete, wie er den Rauch einsog, obwohl sie ihn schon unzählige Male gebeten hatte, im Schlafzimmer nicht zu rauchen. Aber im Bett gab es keine Tabus. Im Bett konnte Spargi tun und lassen, was er wollte. Im Bett war er ihr Herr, ihr Gebieter. Sonst waren die Rollen allerdings vertauscht. In der Boutique hatte sie das Kommando.

Amanda strich sanft über den immer noch schmerzenden blauen Fleck auf ihrem Oberschenkel, ein Zeichen seiner animalischen Begierde. Dann wandte sie sich dem Geliebten zu. Die Glut der Zigarette kam ihrem Bein gefährlich nahe. »Lass das!«, Amanda starrte auf die Glut. Spargi lächelte diabolisch, er dachte gar nicht daran.

»Du bist ja verrückt!«, kreischte Amanda, wich aus und stieß ihren Geliebten zur Seite. Spargi schien das gar nicht zu gefallen, er schlug ihr mit der freien Hand ins Gesicht. »Finger weg!«, drohte er. Noch bevor sie reagieren konnte, zog er sie an sich und küsste sie brutal auf den Mund. Dabei biss er ihr die Lippen blutig. Amanda wusste nicht, wie ihr geschah: Wut, Schmerz, Lust, Ohnmacht, Verlangen und Angst, ein Cocktail der Gefühle. Es war wie jedes Mal. Spargi war ihr Gebieter, und sie war ihm willenlos ausgeliefert, für ihn würde sie alles tun.

In einem letzten Aufbäumen versuchte Amanda ihn von sich zu drängen. Doch ihre Hände waren zu schwach gegen seinen muskulösen Körper. Spargi sah sie mit hochgezogenen Augenbrauen an, dann wich er zurück und lächelte. Spöttisch fragte er: »Nun ... was wollte diese Heulsuse von Principini? Das schien ja fast ein Staatsgeheimnis zu sein.« Amanda zögerte. Sie wollte mit ihm nicht über Anna sprechen und das nicht nur, weil sie es ihrer Freundin versprochen hatte. Es war wie ein siebter Sinn, der auch jetzt noch funktionierte, trotz der gefährlichen Nähe des warmen nackten Männerkörpers.

»Warum müssen wir jetzt über Anna sprechen?«, flüsterte sie in sein Ohr und ließ ihre Hand zwischen seine Beine gleiten, wo sie erfreut feststellte, dass er bereits erregt war. Spargi stöhnte.

»Mach die Zigarette aus«, Amanda beugte sich über ihn. Spargi nahm einen letzten Zug und drückte die Zigarette dann im Aschenbecher auf dem Nachttisch aus. Mit beiden Händen nahm er Amandas Kopf und schob ihn in Richtung seines hochaufgerichteten Gliedes. Nachdem sie ihn mit der Zunge weiter erregt hatte, setzte sie sich rittlings auf ihn. »Ich will deine Titten anfassen, die sind das Beste an dir«, keuchte er und dachte an sein Gespräch mit Titti nach dem letzten Sex in der Umkleidekabine. »Amanda hat sie schon zweimal machen lassen, das war's dann bald.«

»Ich liebe dich, Amanda.« Spargi glitt vorsichtig unter ihr weg. Amanda war wie paralysiert, ihr Herz raste. Was hatte er gesagt? Sie wagte nicht, sich auch nur einen Millimeter zu bewegen, aus Angst, diesen magischen Moment zu zerstören. Spargi legte sich neben sie, ihr Kopf ruhte auf seinem Arm.

»Was ist los? Dieses Gesicht kenne ich doch ...«, sagte er nach einer Weile.

Amanda lächelte. Sie war noch nie so glücklich gewesen, zumindest nicht in letzter Zeit, und was davor war, hatte sie verdrängt.

»Du machst dir Sorgen, das sehe ich. Du hast diese Falte auf der Stirn.« Spargi strich ihr über die Stelle zwischen den Augenbrauen.

Amanda war verblüfft, wie konnte das sein? Aber ...

»Amanda, du weißt doch, dass du mit mir über alles reden kannst. Auch wenn ich manchmal etwas grob bin ...«

»Manchmal?« Amanda lachte.

»Okay, sagen wir immer, aber vertrauen kannst du mir deshalb trotzdem.«

Amanda atmete tief durch. Der Moment war zu schön, um ihn durch misstrauisches Schweigen zu zerstören. »Anna macht mir Sorgen.« Dann drehte sie sich zu ihm um und sah ihm tief in die Augen: »Und du erzählst es wirklich niemandem?«

Er nickte, schon etwas ungeduldig. »Hat es etwas mit deinen Geschäften zu tun?«

»Deine Scherze kannst du dir sparen. Anna weiß absolut nichts über unsere Geschäfte.«

»Deine Geschäfte«, korrigierte Spargi. Amanda bemerkte, dass seine Stimme wieder den üblichen barschen Ton angenommen hatte. Nach kurzem Zögern erzählte sie alles, was Anna ihr anvertraut hatte.

»Verstehst du jetzt, warum ich so besorgt bin?«

Spargi schwieg, zündete sich eine Zigarette an und nahm einen tiefen Zug.

»Franco?« Amanda fasst ihn am Arm. War es vielleicht doch ein Fehler gewesen, ihn in Annas Geheimnis einzuweihen?

»Blödsinn. Ihr Frauen seid wirklich hysterisch.«

Amanda fasste wieder Mut. »Vielleicht hast du recht.« Sie streichelte ihn, aber er schob ihre Hand beiseite.

»Lass uns schlafen, es ist schon spät.« Spargi wartete, bis er Amandas tiefe Atemzüge hörte, dann nahm er sein Handy vom Nachttisch und verließ das Zimmer.

Vito Santanna saß im gepanzerten Fiat Bravo und blickte durch die verdunkelte Scheibe. Nach einem heftigen Gewitter schien jetzt wieder die Sonne. »*'u suli,* die Sonne!« Das waren die ersten Worte, die die beiden anderen Männer im Auto seit Beginn der Fahrt von ihm hörten. Sie wussten, warum er so schweigsam war. Die Geschäfte liefen schlecht, vor allem, weil die Rumänen mit den Nigerianern gemeinsame Sache machten und Santanna einen großen Teil des Marktes weggeschnappt hatten. Außerdem wurden die Rohstoffe allmählich knapp.

Als sie einen Kleinlaster überholten, kam der Bravo ins Schlingern und der Fahrer musste sich gefährlich nahe hinter einem Fiat einfädeln. »Langsamer, Idiot!«, zischte Santanna, ein Verkehrsunfall hätte ihm gerade noch gefehlt. In diesem Moment begann sein Handy zu vibrieren.

»Ja?« Er wartete einen Moment. »Ich rufe dich zurück.« Er beendete das Gespräch und befahl dem Fahrer anzuhalten. Die Männer stiegen aus und gingen über die Piazza Beati Paoli in Richtung Chiesa Santa Maria del Gesù. Vor der Kirche blieb Vito Santanna stehen und schickte die anderen weg. Er wollte allein sein, das Gespräch war nicht für fremde Ohren bestimmt.

»Was ist los? Warum rufst du mich um diese Uhrzeit an?«

»Dieses Mal liefern wir der Signora einen Sarg, und unser singendes Vögelchen braucht auch einen Warnschuss.«

Er klappte das Handy zu und blickte nach oben. Am Himmel waren erneut Wolken aufgezogen. Er gesellte sich wieder zu den anderen. »Ein verrücktes Wetter, der Plan wird geändert. Wir gehen zum Auto zurück.«

Als Chiara aufstand, war es bereits acht, sie hatte im Halbschlaf den Wecker ausgeschaltet. Der Sturz aus dem Fenster des altehrwürdigen Palazzo wollte einfach nicht enden.

Sie spürte noch immer die Hände der Männer, die sie am Arm gepackt und ins Nichts gestoßen hatten, obwohl sie sich verzweifelt wehrte. Wer waren sie? Wer war der schwarzhaarige Edelmann, der sich immer wieder ins Blickfeld ihres geistigen Auges geschoben hatte? Sie fühlte sich hilflos und goss sich ein Glas Wasser ein, um die letzten Nebel der Vision zu zerstreuen. Ihr Handy auf dem Nachttisch blinkte, eine SMS. »In zwei Wochen bin ich zurück. Warte auf mich.« Als sie den Namen des Absenders las, wurde ihr Herz weit. Paolo. Was sollte sie antworten? Zum Beispiel, dass sie sich unbändig auf ihr Wiedersehen freute. Dass sie sich all die Jahre eingeredet hatte, sie sei auch ohne Mann eine starke Frau. Dass mit ihm alles anders geworden sei und sie sich zum ersten Mal schwach fühlte, dass diese Schwäche ihr jedoch die Kraft gegeben habe, das Leben zu meistern. Oder dass sie wünschte, mit ihm vor dem Fernseher zu liegen, mit heißer Schokolade und Keksen. Und dass sie vielleicht, vielleicht sogar ohne »vielleicht«, bereit wäre, seine Frau zu werden. Immer wieder setzte sie an, aber jedes Mal hatte sie den Eindruck, nicht die richtigen Worte zu finden. Eine Journalistin, die nicht wusste, was sie schreiben sollte! Schließlich wählte sie ganz einfache Worte, die all ihre Gefühle ausdrückten: »Ich kann es kaum erwarten. Ich liebe Dich.«

Während sie darauf wartete, dass das Teewasser kochte und der Toast fertig war, duschte sie rasch. Sie musste heute nicht ins Studio und wollte Silvia anrufen, um zu hören, ob es etwas

Neues gab. Vielleicht würde sie der Kommissarin auch von ihrem Alptraum erzählen.

Sie streifte den Bademantel über, band ihre Haare im Nacken zu einem Zopf zusammen und ging in die Küche zurück. Der Toast war fertig. Endlich konnte sie wieder einmal richtig frühstücken. Sie bestrich den Toast großzügig mit Himbeermarmelade. Diese Sorte hatte sie bereits als Kind am liebsten gemocht. Damals war das Frühstück der schönste Teil des Tages gewesen. Anfangs hatte sie mit ihrer Mutter über ihre Träume gesprochen, und gemeinsam hatten sie überlegt, was sie wohl bedeuten konnten. Im Laufe der Zeit hatte ihre Mutter die Traumbilder nicht mehr ganz ernst genommen, was zur Folge hatte, dass daraus ein Tabu wurde, über das man besser schweigt. Ihre Mutter hatte ihr den Rat gegeben, einfach die Augen zu schließen, dann würden die Bilder verschwinden. Aber so einfach war das nicht. Chiara hatte das Zweite Gesicht, mit geschlossenen Augen konnte ihr inneres Auge nur noch besser sehen. Während sie ihren Toast in den Tee tunkte, erinnerte sie sich an den letzten Sommer bei Nonna Lia in Pieve Santo Stefano. Sie hatte die Augen geschlossen, doch die Visionen waren nicht verschwunden. Diesen Sommer würde sie nie vergessen.

Als sie ihren Tee getrunken hatte, klingelte das Telefon.

»Ciao, Annalisa.«

»Ciao, Chiara, ich weiß, du hast heute frei, aber der Chef möchte dich sehen. Heute Morgen ist ein Umschlag in der Redaktion angekommen, und es scheint, dass eine Nachricht für dich drin war ...«

»Eine Nachricht?«

»Mehr weiß ich auch nicht. Es tut mir leid, aber der Chef wollte, dass ich dich sofort anrufe ...«

»Gut, gib mir eine Stunde.«

Chiara entschied sich für ein ärmelloses Stretchkleid mit Hahnentrittmuster, dazu blickdichte Strumpfhosen und hochhackige Schuhe. Als sie sich im Spiegel betrachtete, dachte sie an Ermanno Forte. Dem Boss würde sie so bestimmt gefallen. Wer wusste, wozu es gut war.

Sie verließ das Haus und eilte auf ihr Auto zu, doch nach einigen Metern hörte sie die Stimme der Concierge:

»Signora Bonelli, hier ist ein Umschlag für Sie.«

Chiara wollte nicht wieder umkehren und rief zurück: »Ich hole ihn später, danke, Giusi.«

Als sie in die Redaktion kam, unterbrachen die Kollegen ihre Arbeit und starrten sie an. Alle Gespräche verstummten.

»Jetzt tut doch nicht so, als hätte ich noch nie ein Kleid getragen!« Chiara konnte sich die Aufmerksamkeit der Kollegen nicht erklären. Doch als sie merkte, dass niemand über ihren Scherz lachte, war ihr klar, dass etwas anderes dahinterstecken musste.

Auf dem Schreibtisch das übliche Chaos: lose Blätter, Zeitschriften und bunte Notizzettel. Nichts Ungewöhnliches, die Blicke der Kollegen einmal ausgenommen. »Was ist los?«

»Forte wartet in seinem Büro auf dich«, Annalisas Stimme klang ernst.

»Besser, du beeilst dich«, empfahl Luca, klopfte ihr auf die Schulter und begleitete sie unaufgefordert zum Büro des Chefs.

Auf dem Nachhauseweg fuhr sie zweimal über eine rote Ampel. Sie wurde den Gedanken nicht los, dass die Bilder der Nacht eine Vorwarnung gewesen waren. Der Chef hatte alles versucht, um die Sache herunterzuspielen. So etwas würde vielen Film- und Fernsehleuten passieren, meinte er.

»Mach dir keine Sorgen, Bonelli, das ist nur ein Zeichen für deine Popularität.« Doch Chiara war blass geworden, als Forte ihr den Brief gezeigt hatte. Das war keine Nachricht eines psychisch gestörten Fans, da war sie sich sicher. Aber was dann? Wer hatte den Brief geschrieben?

Sie parkte ganz in der Nähe ihrer Wohnung. Ihre Beine zitterten noch immer. Kaum hatte sie den Hausflur betreten, kam ihr die Concierge entgegen. »Ihr Brief, Signora Bonelli!« Die Frau hielt ihr einen gelben Umschlag mit ihrem Namen und ihrer Adresse entgegen. Genau so hatte auch der Umschlag ausgesehen, der in der Redaktion eingegangen war.

Chiara riss ihr den Brief aus der Hand. »Danke«, stammelte sie und hastete zum Aufzug. Dann drehte sie sich noch einmal um. »Giusi, wissen Sie zufällig, wer den Brief abgegeben hat?«

»Ich habe niemanden gesehen. Ich war gerade auf dem Hof, um den Müll wegzubringen. In dieser Zeit muss jemand den Umschlag bei mir ans Fenster der Pförtnerloge gesteckt haben. Stimmt etwas nicht?«, fragte Giusi besorgt.

»Nein, alles in Ordnung, danke.«

Als sie in ihrer Wohnung war, drückte Chiara den Umschlag fest an sich. Sie hatte Angst, ihn zu öffnen, aber noch mehr ängstigte sie der Gedanke, es nicht zu tun. Sie nahm all ihren Mut zusammen und riss den Umschlag auf. Er enthielt genau das, was sie erwartet hatte. Der Gegenstand war nur etwas kleiner als der aus der Redaktion. Sie rief Silvia an. Nur sie konnte ihr etwas über dieses Projektil sagen.

Privatflugplatz Linate, sechs Uhr morgens. Giampiero Principini blickte aus dem Fenster der Falcon 900EX. In Mailand regnete es, genau wie in Bukarest. Während er darauf wartete, dass das Landemanöver beendet war, warf er einen gelangweilten Blick in die Zeitungen, die er mitgenommen hatte.

Die Seiten, auf denen er erwähnt wurde, hatte er mit gelben Post-its markiert. Erfreut stellte er fest, dass die Daily Mail und der Daily Express ihm einen umfangreichen wissenschaftlichen Artikel widmeten, allerdings nicht ohne den für die englische Presse typischen Klatsch und Tratsch. Neben dem Artikel das Foto eines gutaussehenden Mannes im Armani-Anzug, darunter die Bildunterschrift: Giampiero Principini – der Wissenschaftler als neues Sexsymbol. Die deutschen und die französischen Zeitungen berichteten seriöser. Spektrum der Wissenschaft und L'Express feierten seine Erfolge in der Stammzellenforschung, während in einem nicht mehr ganz aktuellen Hochglanzmagazin, das der rumänische Klinikchef extra für ihn aufgehoben hatte, ein Foto von ihm mit der Miss Ungarn zu sehen war. Der Arzt hatte auch eine Übersetzung des Artikels beigelegt. Principini las den Titel: »Giampiero Principini, einer der genialsten Wissenschaftler Europas«. Neben den Erfolgen in der Genetik, verwies der Journalist auch auf seine Forschungen auf dem Gebiet der Kosmetik, die er mit Krüger-Cosmetics zusammen durchführte. Die Krüger-Gruppe war dabei, ihre Marktsegmente auszubauen, und hatte in jüngster Vergangenheit auch das Modelabel Donna Diabla aufgekauft. Auf einem weiteren Bild unterhalb des Artikels war deshalb die italienische Schauspielerin Smeralda Mangano zu sehen, die ein verführerisches Donna-Diabla-Modell trug.

Als er ausstieg, steckte er die Zeitungen in seinen Aktenkoffer. Auf dem Rollfeld warteten die beiden Bodyguards, die ihn auch schon auf der Hinreise begleitet hatten. Es regnete in Strömen, Principini schlug den Mantelkragen hoch und hielt seinen Aktenkoffer schützend über den Kopf, bis einer der beiden Leibwächter einen Schirm über ihn hielt und ihn zum Ausgang begleitete. Dort wartete ein BMW mit verdunkelten

Scheiben. Der Bodyguard öffnete die hintere Tür, um ihn einsteigen zu lassen, dann setzte er sich neben ihn. Der andere nahm auf dem Beifahrersitz Platz. Principini schwieg während der gesamten Fahrt, seine Augen folgten dem fließenden Verkehr. Er war müde, müder als sonst. Zum Glück war der Eingriff erfolgreich verlaufen, eigentlich konnte er zufrieden sein. Aber wie zufrieden konnte man sein, wenn man von der Mafia erpresst wurde? Skrupellose Geschäftemacher, die ihn mit viel Geld und Ruhm gelockt und ihm dann die Pistole auf die Brust gesetzt hatten: Hippokratischer Eid oder Leben. Er hatte sich ohne großes Zögern fürs Überleben entschieden, für das Überleben als reicher Mann. Er hatte sogar einen Weg gefunden, sein Gewissen zu beruhigen: Die entnommenen Organe toter Kinder konnten das Leben anderer Kinder retten, die ohne seine ärztliche Kunst keine Chance gehabt hätten. Dass es sich bei den Organempfängern immer um Kinder reicher Eltern handelte und die verstorbenen Kinder immer arm waren, spielte für ihn keine Rolle. Es waren meist Waisenkinder, auf deren Körper niemand Anspruch erhob. So war das Leben eben. Fragen stellte er sich schon lange keine mehr. Er war Profi. Gewissensbisse hatten da keinen Platz. »Meine Arbeit beginnt und endet im Operationssaal«, sagte er immer, das war seine Devise. Ohne Wenn und Aber.

Während sie durch die Stadt fuhren, erinnerte er sich daran, wie alles begonnen hatte. Der Parlamentsabgeordnete Pelori hatte ihn aufgesucht und ihm eine hohe Spende für den Kampf gegen Alzheimer und Krebs angeboten. Principini hatte sich über die großzügige Spende gefreut, die angeblich von einem reichen Unternehmer stammte, dessen einziger und über alles geliebter Sohn an Leukämie gestorben war. Damals wusste er noch nicht, dass Pelori als politischer Wendehals bekannt war, der sein Fähnchen stets nach dem Wind richtete.

Pelori hatte ihm erklärt, dass der Industrielle, der anonym bleiben wolle, vorhabe, eine Stiftung in Gedenken an seinen Sohn ins Leben zu rufen. Unter der Bedingung, dass er, Giampiero Principini, Vorsitzender der Stiftung würde.

Als Principini endlich klargeworden war, was sich hinter dieser Großzügigkeit verbarg, war es bereits zu spät. Er steckte bis zum Hals im Sumpf, gefangen wie eine Fliege im Spinnennetz. Zwei finster dreinblickende Osteuropäer hatten ihm eines Tages die Quittung präsentiert: Er würde immer riskantere Operationen durchführen und dafür immer besser bezahlt werden. Bis ihn die gleichen Männer eines Tages in eine geheime Klinik in Rumänien gebracht hatten, wo ein hochspezialisiertes Ärzteteam zu seiner Unterstützung bereitstand. Er sollte den leblosen Körper eines vierjährigen Kindes operieren, dessen Hirntod offiziell noch nicht festgestellt worden war. Die Nieren sollten entnommen und einer fünfjährigen kleinen Französin eingepflanzt werden. Der Eingriff war ohne größere Komplikationen verlaufen, und er war pünktlich bezahlt worden. Von da an war der Ablauf immer der gleiche: Die schweigsamen Osteuropäer riefen Principini auf seinem abhörsicheren Handy an und holten ihn mit dem schwarzen BMW ab. Dann der Flug mit der Falcon 900EX, die Landung auf dem Flughafen Bukarest-Otopeni und die Fahrt in die Klinik. Am nächsten Tag ging es wieder zurück. Die Kinder, denen er die Organe entnahm, waren fast ausnahmslos an einem Schädel-Hirn-Trauma gestorben, aber einen Totenschein gab es nie. Die finanziellen Transaktionen waren unterdessen immer komplizierter geworden, das Geld floss über dubiose Kanäle und Scheinfirmen, und Principini selbst war immer tiefer darin verwickelt.

Als sie vor einer roten Ampel halten mussten, blickte er auf seine Audemars Piguet mit Platingehäuse. Sie waren bereits seit vierzig Minuten unterwegs, und in dieser Zeit hatte ihn kein einziger Anruf erreicht. Auch Anna hatte sich noch nicht gemeldet. Sie hatte sich in letzter Zeit seltsam benommen, war misstrauisch und aufbrausend. Daran war er natürlich nicht unschuldig. Er hätte einfach raffinierter vorgehen müssen. Hier und da ein Kompliment, ab und zu den ehelichen Pflichten nachkommen, das eine oder andere kleine Geschenk. Letzteres wäre die leichteste Übung. Während der Fahrer den Wagen parkte, überlegte er, sie mit einer Einladung zu einem gemeinsamen Wochenende zu überraschen, in London oder Paris oder einer anderen Großstadt ihrer Wahl.

»Ciao, Giampiero.« Anna wartete bereits in der Tür. Giampiero erfasste mit einem Blick, dass etwas nicht stimmte. Zunächst einmal war sie noch angezogen und geschminkt, obwohl sie sonst um diese Urzeit bereits ihren Morgenmantel anhatte. Ungewöhnlich war auch die Art der Begrüßung. Nicht nörgelnd, sondern kühl und distanziert. Seine lange unterdrückte Wut kochte hoch, es gelang ihm aber, sich zu beherrschen. Besser so. Das übliche flüchtige Begrüßungsküsschen auf die Wange, dann zog er den Mantel aus, ließ den Trolley im Flur stehen und ging ins Wohnzimmer, ohne sie eines weiteren Blickes zu würdigen. Anna sah ihm nach, dann ging sie hinterher.

»Wie ist es gelaufen?« Ihre Stimme klang noch immer kühl.

»Gut, aber ich bin völlig fertig.« Giampiero nahm eine Flasche Wodka vom Servierwagen. »Möchtest du auch?« Er bemerkte, dass die Flasche schon angebrochen war.

»Nein, danke.«

Dieses Mal konnte Giampiero seine Verwunderung nicht verbergen. Anna lehnte ein Glas Wodka ab?

»Was ist los, Giampiero?« Sie trat näher.

»Nichts.«

»Du wirkst irgendwie angespannt.«

»Ich bin müde, Anna, das habe ich dir doch schon gesagt.« Giampiero setzte sich aufs Sofa. »Wann wollen wir essen? Ich möchte heute Abend gerne früh zu Bett gehen, wenn es dir nichts ausmacht.«

Anna ging auf ihn zu, setzte sich aber nicht wie üblich zu ihm. Sie baute sich vor ihm auf, die Arme vor der Brust verschränkt. »Ich habe der Köchin einen Tag freigegeben.« Ihre Stimme klang herausfordernd.

»Schön, was kochst du?«

»Nichts.«

Giampiero blickte verblüfft hoch und sah in die kalten, unerbittlichen Augen seiner Frau.

»Anna, hast du ein Problem?«

»Du vielleicht?«

»Wie viel hast du heute schon getrunken?

»Gar nichts. Überrascht?«

»Könnte man erfahren, was mit dir los ist? Was willst du eigentlich von mir?« Am liebsten hätte er sie durchgeschüttelt, aber er riss sich zusammen.

Anna lächelte spöttisch: »Wo warst du?«

»O nein, nicht schon wieder eine deiner Eifersuchtsszenen!«

»Antworte mir!«

»Du bist ja paranoid!«

»Ich wünschte, es wäre so. Du ahnst gar nicht, wie sehr, mein Lieber.« Annas Ton war schneidend, sie ließ ihn nicht aus den Augen.

Giampiero horchte auf, sie meinte es offensichtlich ernst. »Gut, Anna. Wenn du die Scheidung willst, von deinem fiesen Ehemann, der dich immer nur vernachlässigt, einverstanden.« Er verließ das Wohnzimmer.

»Ich habe dich lediglich gefragt, wo du warst. Findest du deine Reaktion nicht etwas überzogen?«

Giampiero ging wutentbrannt ins Schlafzimmer und schlug die Tür hinter sich zu. Aber Anna ließ nicht locker. »Giampiero, es spielt keine Rolle, ob du mir antworten willst oder nicht«, sie betonte jedes Wort. »Es spielt keine Rolle, und weißt du, warum? Weil ich es selbst herausgefunden habe ...« Sie lachte höhnisch.

Giampiero hatte seine Frau noch nie so erlebt. Er konnte sich nicht mehr beherrschen und schlug ihr ins Gesicht, schloss seine Hände um ihren Hals und drückte zu: »Lass mal hören, was du herausgefunden hast, du Schnapsdrossel, lass hören!«

Annas Gesicht glühte vor Wut. Giampieros beißender Spott verschwand erst, als er seiner Frau in die Augen sah. Statt Panik und Angst blitzte ihm blanker Hass entgegen. Zum allerersten Mal hatte sie nicht nachgegeben. Erschrocken ließ er los und stieß sie von sich. »Du bist ja verrückt, völlig irre. Mit dir kann man nur noch Mitleid haben.«

Anna hustete und fasste sich an den Hals. Einen Augenblick lang sahen sie sich an wie zwei völlig Fremde, dann spürte Anna, wie ihre Kräfte langsam schwanden. »Du widerst mich an, du widerst mich so an!«, schrie sie und brach in Tränen aus.

Angeekelt betrachtete Giampiero, wie sie zitternd zu Boden sank. »Typisch Anna«, dachte er, aber er spürte keine Genugtuung. »Sieh dir nur an, was aus dir geworden ist«, höhnte er und trat mit der Schuhspitze nach ihr, als sei sie ein lästiges Insekt. »Du bist widerlich.«

Anna hob den Kopf: »Ich mach dich fertig. Du vergreifst dich an unschuldigen Kindern, vielleicht sogar an Entführungsopfern. Ich mache dich fertig, das schwöre ich dir.«

Giampiero erkannte einen neuen Ausdruck in ihren Augen

und erschrak. Sein Hals war wie zugeschnürt. Er wusste, dass Anna es ernst meinte und dass es nichts gab, was sie umstimmen konnte. Er schob sie zur Seite und verließ den Raum. Dann nahm er den Trolley und den Aktenkoffer und ging zum Auto. Besser, sterben, als alles verlieren, dachte er.

Während sie auf das Taxi wartete, betrachtete Chiara zum x-ten Mal das Projektil in ihrer rechten Hand. Sie konzentrierte sich. Nichts. Sie fühlte nichts. Entmutigt versuchte sie es mit der linken Hand, doch das Resultat war das gleiche. Das Einzige, was sie spüren konnte, war das kalte Metall, doch diese Erkenntnis würde Silvia wohl nur wenig nützen. Sie steckte das Projektil in den gelben Umschlag zurück, schlüpfte in ihre Schuhe, zog den Mantel an, griff nach ihrem Koffer und verließ die Wohnung.

»Stazione Termini«, sagte sie dem Taxifahrer.

Während der Fahrt dachte sie an ihre gestrige Vision. Sie war auf dem Sofa eingenickt und hatte sich plötzlich auf der Straße wiedergefunden, mitten in der Nacht, ganz allein, mit dem Schlüsselbund in der Hand. Als sie die Tür aufschloss, spürte sie, wie zwei Männer sie von hinten packten. Auch wenn sie die Gesichter der beiden nicht sehen konnte, wusste sie, um wen es sich handelte. Es waren dieselben Männer, die sie in der vorigen Vision aus dem Fenster geworfen hatten.

Plötzlich hatte sie eine Messerklinge vor sich aufblitzen sehen. »Wenn du nicht den Mund hältst, verlierst du deine Zunge«, hatte ihr der eine ins Ohr gezischt. Genau in diesem Moment war Chiara schreiend aufgewacht. Für einen Augenblick war ihre Zunge ganz taub gewesen.

»Dreißig Euro fünfzig, brauchen Sie eine Quittung?«

»Nein, danke«, Chiara zahlte und stieg aus.

Der Zug fuhr pünktlich um halb neun ab. Silvia würde Chiara gegen eins in Mailand abholen und abends wieder zum Bahnhof bringen. Wenn Chiara den Abendzug zurück nach Rom nehmen würde, könnte sie am nächsten Morgen wieder in der Redaktion sein. Das war zwar ausgesprochen anstrengend, aber die schnellste Möglichkeit, Silvia das Projektil zu zeigen.

Sie setzte sich ans Fenster. Das schweigsame Pärchen neben ihr störte sie nicht. Nachdem sie sich telefonisch rückversichert hatte, dass in der Redaktion alles in Ordnung war, zog sie einen Krimi von Andrea Camilleri aus der Tasche, fest entschlossen, sich beim Lesen zu entspannen.

Einige Stunden später saß sie in Silvias verrauchtem Büro. Chiara hatte das Gefühl, ersticken zu müssen.

»Hast du irgendeine Erklärung? Könnte es ein Fan sein oder jemand, der dich einschüchtern will?« Silvia hielt inne, um ihre Freundin nicht noch mehr zu verunsichern. Inzwischen hatte die Kommissarin das Projektil in eine Plastiktasche gesteckt und in die Kriminaltechnik geschickt.

Chiara seufzte: »Nein. Glaubst du, jemand will mich warnen?«

»Nein, das kann ich mir nicht vorstellen. Ich glaube, man will dich einschüchtern.«

»Könnte es nicht auch ein schlechter Scherz sein?«

»Vielleicht, möglich ist alles ...«

»Oder ein Geistesgestörter ...«, Chiara bohrte weiter.

»Keine Bange, die sind meist harmlos.«

Silvia zeigte auf das Foto des dunkelhaarigen Kindes, das sie in Livraghis Haus entdeckt hatten.

»Sie ist wunderschön«, sagte Chiara, fasziniert von dem ausdrucksvollen Blick des Mädchens.

»Ja, sie hat etwas Besonderes, findest du nicht auch?« Silvia schob das Bild in die Akte »Laguna-Express« zurück. »Aber kommen wir zu dir zurück«, sie zündete sich eine Zigarette an. »Stört es dich, wenn ich rauche?«

»Ich bin's gewöhnt«, entgegnete Chiara resigniert.

Die Kommissarin lachte und stand auf, um das Fenster zu öffnen. »Du hättest es nur zu sagen brauchen, dann hätte ich gleich das Fenster aufgemacht. Hast du jemanden verärgert oder enttäuscht?«

»Das Einzige, was mir einfällt, ist dieses verfluchte Interview mit Smeralda Mangano. Was ich damals im Studio mit dem inneren Auge gesehen oder, besser gesagt, gespürt habe, war wie ein Schock. Die Mangano hat jahrelang alle belogen, stell dir das vor! Und ich bin sicher, dass es zwischen ihr und der Toten im Zug eine Verbindung gibt.«

»Ich wüsste nicht, inwiefern Smeralda Manganos verheimlichte Mutterschaft etwas damit zu tun haben sollte ...«, Silvia warf ihr einen resignierten Blick zu.

»Ich verstehe es ja auch nicht. Es ist nur so ein Gefühl.«

»Das heißt, du könntest dich auch geirrt haben? Immerhin war es keine klare Vision, wie du selbst gesagt hast, sondern etwas sehr Konfuses ...«

Chiara fuhr sich über das Gesicht. Sie war todmüde. Nach dem Alptraum hatte sie keine Ruhe gefunden. Aus Angst, er könne sich wiederholen. Auch im Zug hatte sie keine Sekunde geschlafen.

»Willst du einen Espresso?«

»Nein, ich habe im Zug schon zu viel Kaffee getrunken. Hast du etwas Neues über die Mangano herausfinden können?«

Silvia runzelte die Stirn. »Ich habe einen meiner Mitarbeiter nach Sizilien geschickt. Die Mangano wurde in Mongiuffi geboren. Weißt du, dass ihr richtiger Name Maria Catena Calogero ist?«

Chiara starrte sie ungläubig an. »Was hat er noch herausgefunden?«

»Nichts, außer einem Haufen Gerüchte und Verleumdungen. Smeralda Mangano, oder besser, Maria Calogero, ist jedenfalls nicht vorbestraft.« Silvia nahm einen letzten Zug und drückte die Zigarette dann im Aschenbecher aus. »Chiara, ich frage dich noch mal. Könntest du dich nicht doch getäuscht haben?«

»Das wäre das Beste«, Chiara schüttelte den Kopf, »aber da ist noch etwas.«

»Ich höre.«

»Ich glaube, jemand will mich umbringen.«

»Wer?«

»Zwei Männer. Ich habe sie gesehen, das heißt, ich habe sie vor meinem inneren Auge gesehen ...«

Silvia wurde nervös. Im Gegensatz zu ihren Kollegen, für die nur klare Beweise zählten, hatte sie durch Chiara gelernt, dass es hinter der Grenze des Sichtbaren noch etwas anderes gab. Ein Netz, das alles untrennbar miteinander verband und in dem Vergangenheit, Gegenwart und Zukunft gleichzeitig existierten. Und sie wusste auch, dass Chiara in ihren Visionen die für andere unsichtbaren Fäden und Knoten dieses Netzes erkennen konnte.

»Es war wie ein Ausschnitt aus einem Film. Sie warfen mich aus einem Fenster. In einer anderen Vision drohten die gleichen Männer, mir die Zunge abzuschneiden.«

Silvia wurde blass. Die abgeschnittene Zunge. Eine Verbindung zu Livraghi! Von diesem grausamen Detail konnte Chiara nichts wissen, die Polizei hatte es bislang nicht veröffentlicht. »Erzähl mir alles ganz genau.«

Nachdem Chiara ihre Visionen bis ins letzte Detail beschrieben hatte, stand für Silvia fest: Ihre Freundin war in Gefahr. »Bleib einige Tage hier. In Mailand kann ich dich besser schützen.«

Chiara schüttelte den Kopf. »Das geht nicht, die Arbeit ... Außerdem kommt Paolo bald zurück. Ich will zu Hause sein, wenn er kommt.«

Silvia war überzeugt, dass Paolo mit ihrem Vorschlag einverstanden gewesen wäre. Chiaras Sicherheit hatte für ihn höchste Priorität. Sie wusste natürlich nicht, wie Ermanno Forte reagieren würde, aber was die Sendung betraf, würde sich bestimmt eine Lösung finden lassen.

Silvia lächelte, sie wusste, wie sie ihre Freundin packen konnte. »Du musst hier bleiben und mir bei den Ermittlungen helfen, ich brauche dich hier, Chiara.« Sie griff nach einem Päckchen Zigaretten, aber Chiara war schneller und schob sie beiseite.

»Wenn ich in Mailand bleibe, versprichst du mir dann, nicht zu rauchen?«

Silvia zögerte, das hatte sie nicht erwartet. Sie blickte sehnsüchtig auf die Schachtel. Ein hoher Preis.

»Chiara, lass es gut sein. Sind wir nicht alle von irgendetwas oder von irgendwem abhängig?«

»Nun?« Chiara ließ nicht locker.

»Ich versuche es. Oder besser, ich gebe mein Bestes.«

»Ja oder nein! Versuchen gilt nicht!«, fasste Chiara nach, unnachgiebig wie Jedi-Meister Yoda in »Krieg der Sterne«.

8

Ich hätte diesen Brief gerne mit »Lieber Giampiero« begonnen, aber ich kann es nicht. Du bist nicht mehr der Mann, den ich mehr geliebt habe als mich selbst. Seit langem schon weiß ich, dass Du mich betrügst, und das nicht nur mit jeder x-beliebigen Hure, die Dir über den Weg läuft. Du betrügst auch Dich selbst und das Vertrauen, das mein Vater in Dich gesetzt hat. Ein Mann, dem die Wissenschaft heilig war. Ein Mann, der Dich gefördert und alles dafür getan hat, dass Du das werden konntest, was Du heute bist.

Anna hielt inne und schniefte. Ihre Augen waren blind vor Tränen, sie konnte nicht mehr weiterschreiben. Sie dachte an ihre erste Begegnung im Arbeitszimmer ihres Vaters. Giampiero war der Mann ihrer Träume: groß und athletisch, bedingungslos loyal und ausgesprochen galant. Dass er neun Jahre älter war als sie, spielte keine Rolle. Mit ihm an ihrer Seite fühlte sich Anna sicher, sie strotzte vor Stolz und Vitalität, alles schien möglich. Doch jetzt war alles anders. Sie fühlte sich wie der letzte Dreck, belogen, betrogen, erschöpft und depressiv.

Sie schrieb weiter, jetzt flossen ihr die Worte aus der Feder. Als sie den Brief beendet hatte, ergänzte sie rechts oben das Datum, faltete ihn in der Mitte und steckte ihn in einen Umschlag, auf den sie »An Giampiero« schrieb. Sie atmete tief durch. Jetzt kam die schwerste Hürde: Sie musste zur Polizei gehen. Zuvor allerdings brauchte sie noch ein sicheres Versteck für den Brief, niemand durfte ihn finden, am wenigsten Giampiero. Er sollte ihn erst nach der Anzeige lesen, dann, wenn es zu spät war. Sie ging ins Schlafzimmer, wo ihr Blick auf die unterste Schublade der Wäschekommode fiel. Dort hatte sie hinter Unterhosen, Unterhemden und Büstenhaltern die Fernet-Flasche und die Pralinenschachtel versteckt, ihre Notfallration. Kein gutes Versteck. Giampiero wusste seit langem davon. Der Gedanke, dass jemand einfach in ihren Geheimnissen herumkramte und ihre Intimsphäre verletzte, machte sie wütend. Sie konnte sich nicht mehr beherrschen. Ihre zitternden Hände drängten zur untersten Schublade, auch wenn eine innere Stimme es immer wieder verbot. Sie wollte unbedingt stark bleiben, doch die Hände waren nicht das Einzige, das zur Schublade drängte. Alles in ihr hatte nur dieses eine Ziel. Die Sucht hatte gesiegt. Einen Augenblick später kniete sie am Boden und durchwühlte die Wäsche. Gierig griff sie nach der Flasche und öffnete den Verschluss. »Das ist das letzte Mal«, sagte sie und setzte die Flasche an. Als sie den Fernet wieder in der Schublade verstaute, fühlte sie sich schon besser. Das Zittern hatte aufgehört, die Angst war verschwunden. Jetzt konnte sie weiter nach einem Versteck für den Brief suchen.

Sie blickte sich um. Hinter das Bett und den Spiegel würden José oder Rosy beim Saubermachen mit Sicherheit schauen. Sie starrte auf den mit Seidenstoff verkleideten Spiegelrand, als hätte sie eine plötzliche Eingebung. Sie nahm den Brieföffner vom Schreibtisch, löste mit der Klinge vorsichtig ein Stück der Verkleidung und steckte den Umschlag hinein. Dann drückte sie den Stoff wieder fest. Anschließend ging sie einen Schritt zurück, um ihr Werk zu betrachten. Von dem Brief war nichts zu sehen. »Gute Arbeit, Anna. Jetzt hast du dir eine Belohnung verdient.« Sie warf einen verstohlenen Blick zur Schublade. »Ein Schlückchen, und dann ist Schluss«, sagte sie sich und nahm einen tiefen Schluck Fernet, um die quälenden Stimmen in ihrem Kopf endlich zum Schweigen zu bringen. Doch sie trank weiter, bis sie auf das Bett sank. »Nur ein halbes Stündchen«, dachte sie und fiel in einen komatösen Schlaf. Zwei Stunden später klingelte das Handy.

»Pronto«, stammelte sie benommen und versuchte vergeblich sich aufzurichten.

»Anna, bist du wach?«

Anna brabbelte etwas Unverständliches.

»Ich bin's, Amanda.«

»Ich fühle mich nicht gut.« Die weiteren Worte waren nicht zu verstehen.

»Was hast du gesagt?«

Anna bemühte sich, deutlicher zu sprechen: »Ich verlasse Giampiero, aber zuerst will ich alles über die Transplantationen herausfinden«, brachte sie heraus.

»Was redest du denn da? Willst du einen Skandal? Willst du Giampieros Karriere ruinieren?«

»Schöne Karriere!« Anna lachte gehässig.

»Hör auf, Anna. Lass uns in Ruhe darüber reden, wenn du ...«, Amanda stockte.

»Wenn ich wieder nüchtern bin? Ja, du hast recht, ich habe wieder getrunken, aber zum allerletzten Mal.«

»In Ordnung. Hör mir zu. Ich helfe dir, versprochen. Aber jetzt beruhigst du dich erst mal, ja?«

»Aber ja doch«, Annas Stimme triefte vor beißendem Sarkasmus. Sie schniefte geräuschvoll, um die Tränen zurückzuhalten. Aber Amanda ließ sich nicht täuschen. Sie wusste, dass Anna weinte, und versuchte sie abzulenken. Sie wechselte das Thema. »Anna, bist du noch dran? Hör mal, meine Liebe, ich habe eine Überraschung für dich. Heute und morgen liefern wir für unsere VIP-Kunden ein Geschenk aus. Ein Geschenk von Donna Diabla! Bei Euch ist immer jemand zu Hause, oder?«

Anna horchte auf. Wenngleich sie sich nicht vorstellen konnte, welches Teil aus der Kollektion ihr passen könnte, in ihrer Größe gab es bei Donna Diabla nichts. »Eigentlich schon, aber José und Rosy haben morgen einen Tag frei.« Sie zögerte einen Moment, dann flüsterte sie: »Ohne Giampiero gibt es einfach weniger zu tun …«

»Ach, wie schade! Heute ist der Bote auf einer anderen Tour. Es geht leider nur morgen.«

»Na gut, ich werde da sein. Hör zu, Amanda, ich habe schreckliche Kopfschmerzen, können wir ein andermal weitersprechen?«

»Sicher, ruh dich aus. Aber mach keinen Blödsinn. Versprochen?«

Anna seufzte tief.

»Anna, ich bitte dich.«

»Versprochen. Ich habe einfach Kopfschmerzen und …«

»Ich hab dich lieb, Annina.«

»Ich dich auch Amy.«

»Wir telefonieren.«

Amanda wartete, bis ihre Freundin aufgelegt hatte, dann drehte sie sich zu Spargi um. Sie war leichenblass. Ihr Liebhaber verzog keine Miene.

»Was machen wir jetzt, Franco?«, fragte Amanda verängstigt und wollte sich in seine Arme flüchten, doch er stieß sie zurück.

»Kümmere du dich um das Geschenk«, mit diesen schroffen Worten schlug er die Tür hinter sich zu.

Am nächsten Tag kam das Geschenk, ein in goldenes Papier eingewickeltes Paket. Zugestellt von einem jungen Mann mit eingesticktem Firmenlogo von »Amanda Luxury« auf der schwarzen Jacke. Anna konnte sich nicht erinnern, den Mann schon einmal in der Boutique gesehen zu haben. Sie war verwundert, dass er nur rasch das Trinkgeld einsteckte und wortlos wieder verschwand. Vielleicht war er verärgert, weil sie ihn vor der Tür hatte warten lassen, während sie telefonierte. »Das war Amanda«, versuchte sie sich zu rechtfertigen. Aber er hatte keine Miene verzogen und war davongestürmt. »Was für ein Typ«, dachte Anna und nahm sich vor, sich bei Amanda zu beschweren. Mit Sicherheit war ein Bote mit so schlechten Manieren keine gute Werbung für die Boutique.

Gespannt trug sie das Paket ins Schlafzimmer, wo sie es sofort öffnete. Eine rote Seidenstola! Anna war begeistert. Sie legte sie sich um die Schultern und blickte in den Spiegel. Zum Glück war es eine Stola und kein Kleid, in das eine Frau wie sie gar nicht hineinpasste. Während sie sich betrachtete, fiel ihr auf, wie blass sie war. »Ich müsste wieder mal ins Solarium«, dachte sie, faltete die Stola zusammen und legte sie in eine Schublade.

Ohne Giampiero und die Angestellten wirkte das Haus wie ausgestorben. Anna wurde unruhig. Sollte sie sich etwas zu essen machen und fernsehen? Nein, dieses Mal nicht. Diese Runde gegen ihre Fresssucht hatte sie gewonnen. Sie begann, die Einsamkeit als Möglichkeit zu begreifen, ihre Freiheit zurückzuerlangen. Als Neubeginn.

Sie ließ sich treiben und tat das, was ihr die Psychologen geraten hatten: Sie kümmerte sich um sich selbst. Sie machte sich ein gesundes Frühstück und kaute bewusst Bissen für Bissen. Dann öffnete sie den Schrank und räumte die Kleidungsstücke beiseite, die sie für den Fall gekauft hatte, dass sie noch mehr zunehmen würde. Sie würde sie verschenken. Schließlich gönnte sie sich ein ausgiebiges Bad mit ätherischen Ölen und cremte ihren Körper mit einer Lotion ein, die sie von ihrer Kosmetikerin geschenkt bekommen, aber noch nie benutzt hatte. Sie schminkte sich und zog sich an, als ob sie eine Verabredung hätte. Aber sie ging nirgendwohin.

Als es dämmerte, bemerkte sie stolz, dass sie noch keinen Tropfen Alkohol angerührt hatte. Sie ging ins Wohnzimmer, öffnete eines der vier Fenster zur Straße und blickte hinaus. Ein Lichtermeer hatte sich wie ein funkelnder Mantel über die Stadt gelegt. Wärme durchflutete sie. Wie wenig brauchte man doch, um sich wohl zu fühlen, um zu leben. Plötzlich hörte sie ein Geräusch hinter sich. Anna drehte sich um. »Wer ist da? Giampiero?«, flüsterte sie, damit niemand sie hören konnte. Nein, er konnte es nicht sein. Er konnte nicht einfach so zurückgekommen sein. Sie lauschte und rührte sich nicht vom Fleck. Nichts. Vielleicht kam das Geräusch von draußen? »José?« Keine Antwort. *Hier ist niemand*. Um sich zu beruhigen, konzentrierte sie sich auf die kleine Madonna, die zwischen ihren Brüsten baumelte und betrachtete weiter das wundervolle Panorama. Wenn die Madonna doch die ganze Stadt beschützen könnte! In diesem Moment wurde sie am Arm gepackt. Während Adrenalin in den Teil ihres Gehirns schoss, der sich wehren wollte, lähmte der andere Teil ihre Muskeln und suggerierte ihr, alles sei nur ein Traum. Warum sollte sie jemand aus dem Fenster stoßen wollen? Erst als sie bemerkte, dass ihre Füße keinen Bodenkontakt mehr hatten, trat sie um sich wie eine Furie. Sie wollte um Hilfe schreien, doch aus ihrem Mund drang kaum mehr als ein verzweifeltes Krächzen. Ihre Hände fanden keinen Halt mehr, und ihr Körper, ihr viel zu schwerer Körper, stürzte in die Tiefe. »Es ist vorbei«, dachte sie noch, bevor ihr Herz aussetzte, wenige Meter vor dem Aufprall.

»Ehefrau des renommierten Wissenschaftlers Giampiero Principini bei Sturz aus dem achten Stock ums Leben gekommen.«

Silvia saß am Schreibtisch und las den Artikel, der auf die fette Schlagzeile folgte. Wie die anderen italienischen und ausländischen Blätter gab auch der Corriere della Sera als Ursache für Anna Principinis Selbstmord ihr gestörtes Essverhalten, ihr starkes Übergewicht und ihre Alkoholsucht an. In La Repubblica und Il Messaggero gab es Hinweise auf Depressionen, außerdem wurde über eine Ehekrise spekuliert, denn ihrem Ehemann wurden zahlreiche Affären nachgesagt. Doch die Presse äußerte sich auch kritisch gegenüber der Mailänder High Society und ihrem Streben nach ewiger Jugend, der man im Notfall sogar mit plastischer Chirurgie nachhelfen musste, manchmal mit grotesken Ergebnissen. Pillen und Pastillen, Fitnessstudios und rigide Diäten standen ebenso im Fokus. Auf einem Internetportal konnte man anhand zweier Fotos den tragischen Verfall von Anna Principini nachvollziehen. Das erste Bild zeigte sie glücklich und strahlend schön am Tag ihrer Hochzeit, das zweite war beim letzten Premio Copernico aufgenommen worden. Wer es nicht besser wusste, wäre nie auf die Idee gekommen, dass es sich um dieselbe Person handeln könnte.

In einer Randnotiz nahm der Journalist auch Bezug auf Annas Vater, Professor Ambrogio Bechi, und zitierte natürlich auch ihren Ehemann, Giampiero Principini, Bechis Nachfolger: »Ich bin am Boden zerstört. Ich hätte nie gedacht, dass meine geliebte Anna so etwas tun könnte. Es stimmt, sie war in letzter Zeit oft erschöpft und niedergeschlagen. Doch selbst in dieser schweren Zeit stand sie mir bei der Organisation von Wohltätigkeitsveranstaltungen im Kampf gegen Krebs und Alzheimer zur Seite.«

Silvia runzelte die Stirn. Anders als andere Frauen war sie gegen Giampiero Principinis Charme immun. Auf sie wirkte sein ganzes Auftreten heuchlerisch und gekünstelt. Sie wurde den Eindruck nicht los, dass Annas Tod ihn von einer schweren Last befreit hatte. Dazu passte Chiaras Vision, in der zwei Männer sie an den Armen gepackt und aus dem Fenster eines luxuriösen Palazzo gestoßen hatten …

Wenn es gar kein Selbstmord war? Der Staatsanwalt schien kaum Zweifel zu haben, und auch ihre Mitarbeiter Bonadeo und Barbera hatten vor Ort keine Spuren gefunden, die in eine andere Richtung deuteten. Am Tag von Anna Principinis Tod war außer ihr niemand im Haus. Es gab keinerlei Einbruchspuren, die Eingangstür war verschlossen, auch wenn sich nicht feststellen ließ, ob von außen oder von innen, die Kette war nicht vorgelegt worden. Wahrscheinlich hatte Anna es vergessen. Schlüssel fehlten auch keine, fremde Fingerabdrücke in der Nähe des Fensters gab es ebenfalls nicht. Die beiden Polizisten hatten aber auch keinen Abschiedsbrief gefunden, und auch sonst gab es keine Anzeichen für einen geplanten Selbstmord, weder auf dem Laptop noch auf dem Handy des Opfers.

Silvia atmete tief durch. Im Augenblick gab es nichts, worauf sie ihre Vermutung stützen konnte. Sie musste noch die Autopsie und die Auswertung der letzten Spur abwarten: Das Geschenk von Amanda Luxury, das dem Opfer am Tag ihres Todes zugestellt worden war.

»Darf ich, Commissario?« Pacì Barbera tauchte in der Tür auf, eine Akte in der Hand. »Der Autopsiebericht.«

»Gib ihn her!«

»Bitte sehr.« Barbera drückte ihr die Akte in die Hand und wartete, dabei wippte er auf den Fußballen auf und ab.

»Noch was?«

Barbera räusperte sich und blieb ruhig stehen. »Nichts, Commissario.«

»Dann kannst du gehen und … Schließ die Tür, bitte.«

Als Barbera das Zimmer verlassen hatte, begann Silvia zu lesen. Anna war an Herzstillstand und nicht an einem Schädelbruch gestorben, wie es voreilig von einigen Zeitungen berichtet worden war. In den Stunden vor ihrem Tod hatte sie weder Psychopharmaka noch sonstige Medikamente zu sich genommen. Allerdings hatte man bei der Untersuchung Reste von Alkohol im Blut festgestellt, was die Selbstmordthese aufgrund von Depressionen erhärtete. Dem Bericht des Pathologen lag noch eine kurze Notiz bei, die Silvia rasch überflog. »Ich wusste es!«, rief sie. Aufgeregt griff sie nach dem Telefon, um Chiara anzurufen, doch die Leitung war besetzt. Um sich wenigstens etwas zu beruhigen, zog sie eine Zigarette aus dem Päckchen, das auf dem Papierstapel lag. Noch war Chiara in Rom, und ihr Pakt galt im Augenblick noch nicht. Während sie am offenen Fenster stand und rauchte, betrachtete sie wieder das Foto des dunkelhaarigen Kindes, das sie bei Livraghi gefunden hatten und das sie, ohne recht zu wissen warum, an die Magnettafel hinter ihrem Schreibtisch gehängt hatte. Sie blickte in die blauen Augen des Mädchens, und ihre Gedanken wanderten wieder zu Chiara. Auch was die Mordfälle im Eurostar und in Venedig anging, hatte ihre Freundin etwas Entscheidendes »gesehen«: die abgeschnittene Zunge, ein Detail, das in der Presse nicht erwähnt worden war. Und jetzt Anna Principinis Sturz …

Genau in diesem Augenblick rief Chiara zurück: »Morgen Mittag bin ich in Mailand.«

Wie ein zum Tode Verurteilter nahm Silvia noch einen letzten tiefen Zug. »Ich erwartete dich«, antwortete sie zufrieden und warf das noch fast volle Zigarettenpäckchen in den Mülleimer.

Ermanno Forte nahm Chiaras Wunsch überraschend positiv auf. Zwei Sendungen von »Mein Geheimnis« direkt hintereinander zu produzieren sparte Kosten, er müsste weniger Studiomiete zahlen, auch die Gehälter, die Kosten für den Friseur, die Maskenbildnerin und die anderen Mitarbeiter ließen sich minimieren. Außerdem hatte Chiara nach dem ganzen Stress etwas Ruhe verdient.

In der Tat stand Chiara nach den beiden anonymen Briefen unter enormem Druck, getrieben von der Angst, verfolgt zu werden. Jedes Mal, wenn sie sich ihrer Wohnung näherte, beschleunigte sie ihren Schritt und blickte sich immer wieder um. Jeder Unbekannte, dem sie begegnete, machte ihr Angst. Eines Abends hatte sie das Gefühl gehabt, dass ihr zwei Männer vom Studio bis nach Hause gefolgt waren. Mit klopfendem Herzen war sie aus dem Auto gestiegen, die Hausschlüssel schon in der Hand. Wie gebannt lauschte sie ihren eigenen Schritten auf dem Asphalt. Vor einem Restaurant in der Nähe hatte sich gerade ein Grüppchen junger Leute voneinander verabschiedet. Einer von ihnen hatte den Zebrastreifen überquert und war direkt auf sie zugekommen. Chiara atmete tief durch: Sollte jemand sie kidnappen wollen, würde ihr der junge Mann zur Seite stehen. Es sei denn, er wäre selbst der Angreifer … Wieder überfiel sie panische Angst. Nachdem sie sich ein letztes Mal umgeblickt hatte, schloss sie die Tür auf und schlug sie dem jungen Mann direkt vor der Nase zu. Dann war sie in den wartenden Aufzug gestürzt. Erst jetzt, in Sicherheit, war ihr eingefallen, dass er ihr Nachbar aus dem ersten Stock war! Höchste Zeit, Rom für eine Weile den Rücken zu kehren.

Auf Mailands Straßen war der Teufel los. »Wir haben gerade Modewoche. Die wollen alle zu den Prêt-à-porter-Schauen«, erklärte ihr der Taxifahrer. Hoffentlich stand Silvia auf der Gästeliste. Chiara liebte Modenschauen, gerade jetzt wären sie eine willkommene Ablenkung.

Sie ließ sich vor dem Hotel absetzen, packte den Koffer aus und duschte. Dann zog sie sich an und ging direkt in die Via della Spiga, wo sie am liebsten bummeln ging. Sie hatte Zeit bis um vier, erst dann hatte sie einen Termin in Silvias Büro.

Letztes Jahr an Weihnachten hatte sie mit Paolo, Venzy und Lucetta einen Einkaufsbummel im Stadtzentrum in Rom gemacht. In einer kleinen Boutique in der Via del Seminario hatte ihr Paolo eine handgenähte blaurote Ledertasche gekauft, die unter ihren Kolleginnen bei Telestella für Furore gesorgt hatte. Während sie vor den Auslagen des Armani-Stores stand, betrachtete Chiara ein junges Pärchen, das Arm in Arm die Straße hinunterging. Warum war Paolo jetzt nicht da? Sein männlicher Körper, seine Zärtlichkeit, sein Charme und seine Anteilnahme, all das fehlte ihr so sehr. Sie tröstete sich mit dem Gedanken, dass er in wenigen Wochen zurück sein würde. Dann schlenderte sie weiter, an Dolce&Gabbana vorbei, bis sie zu einer Auslage kam, wo eine Schaufensterpuppe ein tief ausgeschnittenes, schillernd rotes Kleid präsentierte. Auf dem Schild über dem Eingang der Boutique prangte in goldenen Lettern der Name Amanda Luxury. Der Klingelton ihres Handys rief sie in die Realität zurück. Silvia.

»Chiara, wo steckst du?« Ungläubig schaute Chiara auf die Uhr. Es war bereits halb fünf, sie hatte die Zeit vergessen.

»Mailand scheint dir gut zu tun!« Chiara blickte sich um. Irgendetwas in Silvias Büro hatte sich verändert, sie wusste nur noch nicht, was.

»Ist dir nichts aufgefallen?« Silvia lächelte ihre Freundin herausfordernd an.

Chiaras Blick fiel auf die Magnetwand hinter Silvias Schreibtisch, an der zahlreiche Zettel und Fotos befestigt waren. Auf einem Foto erkannte Chiara das dunkelhaarige Mädchen mit den großen blauen Augen. »Das Mädchen aus der Akte!«

»Ja«, Silvia war verblüfft. Auf das Foto wollte sie eigentlich nicht anspielen. »Außerdem rauche ich nicht mehr. Das ist dir nicht aufgefallen, oder?«

Chiara lächelte. »Ich bin stolz auf dich. Hier kann man jetzt ja richtig durchatmen.«

»Abgemacht ist abgemacht, was hast du denn gedacht? Wie war die Reise?«

»Gut, mit diesem Verkehrschaos hatte ich allerdings nicht gerechnet. Was das betrifft, besteht zwischen Rom und Mailand ja kaum noch ein Unterschied ... Sag mal, gibt es etwas Neues über die Projektile?«, fragte sie nervös.

Silvia atmete tief durch. »Ja. Beide Patronen sind Kaliber neun, das Kaliber eines Waffentyps, den wir hier ›Kriegswaffe‹ nennen. Ein ähnliches Projektil wurde vor vier Tagen in einem gelben Umschlag an Alessandro Ottavini geschickt, du weißt schon, der Staatsanwalt, der den Wirtschaftskrimi ›Die Schutzgeld-Mafia‹ geschrieben hat. Bei seiner Befragung kam heraus, dass er bereits eine Woche zuvor einen anonymen Anruf mit Todesdrohungen erhalten hat ...«

Chiara erschrak.

Silvia schaute ihr fest in die Augen. »Chiara, du hast nichts zu befürchten. Wir werden Mittel und Wege finden, dich zu schützen.«

Chiara nickte, aber Angst hatte sie trotzdem. »Und was ist mit Smeralda Mangano?«

»Ich warte auf den Bericht von Barbera und Bonadeo …«, Silvia hielt inne, es hatte geklopft. »Herein!«

Pacì Barbera und Dante Bonadeo betraten das Büro. »Was für eine Überraschung!« Barbera ging auf Chiara zu, um sie zu begrüßen.

»Ciao, Pacì«, grüßte Chiara herzlich zurück.

»Sie ist die Starmoderatorin von ›Mein Geheimnis‹«, sagte Barbera aufgeregt zu seinem Kollegen. Dann fügte er hinzu: »Und das ist Ispettore Dante Bonadeo.«

»Sehr erfreut«, sagte Bonadeo. Chiara gab ihm die Hand und musterte ihn aufmerksam. Der Ispettore war ein attraktiver Mann.

Auch Bonadeo war von der Journalistin sichtlich fasziniert. Silvia unterbrach den intensiven Blickkontakt und sagte: »Ihr kommt genau richtig. Wir sprachen gerade von der Mangano.«

»Hier sind unsere Ergebnisse«, Bonadeo zog einen Notizblock aus der Jackentasche und begann: »Mangano, Smeralda, Beruf: Schauspielerin, früherer Name: Calogero, Maria Catena, geboren in Mongiuffi in der Provinz Messina, Alter: zweiunddreißig, besondere Kennzeichen: ausgesprochen attraktiv.« Er räusperte sich, dann warf er Chiara einen vielsagenden Blick zu.

Die Journalistin lächelte verlegen.

»Weiter, Bonadeo.«

»Nach der achten Klasse die Schule verlassen, danach ist sie erst nach Catania, später nach Palermo gegangen, um als Verkäuferin oder als Hostess zu arbeiten.« Er blätterte die Seite um, »keine Vorstrafen und … ledig, keine Kinder. In ihrem Heimatdorf gilt sie als leichtlebig, außerdem gibt es Gerüchte, sie sei als Minderjährige vergewaltigt worden, aber niemand wollte mehr darüber sagen.«

»Eine Mauer des Schweigens«, ergänzte Barbera.

»Dabei hat er es sogar mit Kalabresisch versucht«, scherzte Bonadeo, dann fügte er an Silvia gewandt hinzu: »Das ist alles, Commissario.«

»Danke, Bonadeo, ihr könnt gehen.«

Als die beiden Frauen wieder allein waren, zeigte Silvia ihrer Freundin den Artikel im Corriere della Sera.

»Habe ich schon gelesen, die arme Frau ...«

Silvia nickte: »Chiara, sie ist genauso gestorben, wie du es in deinem Traum erlebt hast ...«

»Aber es war doch Selbstmord? So stand es jedenfalls in den Zeitungen.«

»So sah es zunächst auch aus. Aber die Autopsie hat ergeben, dass sie Hämatome an den Armen hatte, als ob jemand sie gewaltsam gepackt und ...«

»... aus dem Fenster gestoßen hätte«, murmelte Chiara mit starrem Blick, und ein furchtbarer Kopfschmerz begann in ihren Schläfen zu hämmern.

Vor dem Zelt hatte sich eine erwartungsvolle Menschenmenge eingefunden und wartete auf Einlass, darunter viele Journalisten und Fotografen, die auf die VIPs lauerten, die von schwarzgekleideten Bodyguards zu einem Nebeneingang geleitet wurden. Chiara umklammerte aufgeregt die Einladung zur Präsentation der Herbst-Winter-Kollektion von Roberto Cavalli, eine stilvolle Hochglanzkarte, auf der zwei Models unter einem funkelnden Sternenhimmel zu sehen waren. Sie hatte nicht wirklich erwartet, dass es klappen würde, aber Silvia hatte alle Hebel in Bewegung gesetzt.

Nach zwanzig Minuten Wartezeit erreichte sie ihren Platz

in der zweiten Reihe. Nach und nach füllte sich das Zelt, Geräuschpegel und Temperatur stiegen an. »Schon eine halbe Stunde Verspätung«, murmelte sie und warf einen Blick auf die Uhr. Ein junger Mann neben ihr lächelte sie freundlich an: »Die Models sind direkt von einer Modenschau im Viale Piave gekommen und müssen erst neu geschminkt und frisiert werden. Das dauert mindestens noch eine Viertelstunde.« Am Hals des Mannes baumelte eine professionell aussehende Kamera, und Chiara war sicher, ihn irgendwo schon mal gesehen zu haben, auch wenn sie sich im Augenblick nicht daran erinnern konnte, wo. Vielleicht ein bekannter Fotograf?

»Tja, und die VIPs lassen auf sich warten.«

»Da kommt eine, und auch noch die Schönste!« Ihr Nachbar zeigte auf eine dunkelhaarige Frau, die im Blitzlichtgewitter der Fotografen durch den Nebeneingang ins Zelt gekommen war. Chiara drehte sich um. Smeralda Mangano trug ein tiefdekolletiertes Kleid mit Leopardenmuster, ihre schwarzbestrumpften Beine schienen nicht enden zu wollen. Chiara wurde mulmig, hoffentlich erkannte sie die Schauspielerin nicht. Schließlich wurde es im Zuschauerraum dunkel und die Show begann. Alle Spots waren auf Sharon Stone gerichtet, die gemeinsam mit dem Stardesigner Roberto Cavalli aus dem Backstagebereich kam, um die anwesenden VIPs persönlich zu begrüßen.

Chiara war begeistert. Die Models schritten über den Laufsteg und präsentierten atemberaubende Kreationen. *Plötzlich erlosch das Licht, die Musik dröhnte weiter. Nur ein einziger Spot war auf den Laufsteg gerichtet. Im Lichtkegel zeichnete sich eine dunkel gekleidete, massige Figur ab, eine schwarze Maske verdeckte das halbe Gesicht. Erschrocken blickte Chiara sich um. Sie war allein, das Publikum war verschwunden. Panik stieg in ihr auf. Mit aller Kraft wehrte sie sich gegen die immer stärker werdende Vision. Die schwarze Figur begann zu schwanken. Der Mund schien sich von dem maskierten Gesicht zu lösen, kam näher und näher und wurde immer größer. Chiara konnte von den Lippen ablesen, was der Unbekannte ihr sagen wollte: Ich will dich!*

In diesem Moment brandete Applaus auf, und Chiara kehrte in die Realität zurück. Das Publikum war wieder da und bejubelte Roberto Cavalli, der Arm in Arm mit Sharon Stone und Penélope Cruz über den Laufsteg schritt und sich bei den begeisterten Zuschauern bedankte.

Chiara nutzte diesen Moment, um unbemerkt das Zelt zu verlassen. Sie ging auf den Wagen zu, den ihr Silvia samt Fahrer zur Verfügung gestellt hatte, dann ließ sie sich ins Hotel bringen, duschte und überlegte, wo sie zu Abend essen könnte. Silvias Nähe hätte ihr gutgetan, aber sie wollte die Gastfreundschaft ihrer Freundin nicht zu sehr strapazieren. Und den Polizisten konnte sie schlecht fragen, ob er mit ihr essen wollte.

Als Silvia anrief, erkundigte sie sich gerade beim Portier nach einem empfehlenswerten Restaurant in der Nähe.

»Wie war die Modenschau?«

»Wunderbar«, log Chiara.

»Das freut mich. Hast du zufällig ein attraktives männliches Model zum Abendessen eingeladen?«

»Ich stehe eher auf Anwälte«, scherzte Chiara.

»Nun, da du offensichtlich keine Verpflichtungen hast, warum kommst du heute Abend nicht zu mir? Ich habe ein paar Freunde eingeladen, es gibt Penne all'arabbiata. Was meinst du?«

»Eine gute Idee, ich freue mich.«

»Ach, noch etwas …«, Silvias Stimme nahm plötzlich einen ernsten Tonfall an, »morgen haben wir einen weiteren Ortstermin in Anna Principinis Wohnung.«

»Kann ich dabei sein?«

Silvia antwortete nicht gleich. »Ich glaube kaum, dass der Staatsanwalt damit einverstanden wäre, aber vielleicht fällt mir ja noch was ein, wie wir dich reinschummeln können. Und jetzt beeil dich!«

Am Ende der Modenschau hatte Smeralda Mangano den PR-Agenten von Roberto Cavalli gebeten, sie mit dem Taxi statt der ihr zur Verfügung stehenden Limousine nach Hause fahren zu lassen. Er solle sich keine Sorgen machen, sie allein trage die volle Verantwortung für diesen Schritt. Sie wollte allein sein, selbst entscheiden, auch wenn es nur um Kleinigkeiten ging. »Wann bin ich jemals wirklich frei gewesen?«, hatte sie sich gefragt, als der Designer sie begrüßt hatte. Dieser Abend stand von Anfang an unter keinem guten Stern. Ihre ohnehin schon schlechte Stimmung hatte sich noch mehr verdüstert, als sie diese penetrante Journalistin unter den Gästen entdeckt hatte. Smeralda schäumte vor Wut. »Dieser verfluchte Kerl hat mich angelogen«, dachte sie, als sie auf der Rückbank des Taxis saß. Als sie vor ihrer Wohnung angekommen waren, wollte der Taxifahrer kein Geld nehmen, es sei eine große Ehre gewesen, sie fahren zu dürfen. Smeralda war frustriert. Nie wieder würde sie ein normales Leben führen können.

Zu Hause zog sie die Schuhe aus, dann hörte sie den Anrufbeantworter ab. De Gubertis hatte eine Nachricht hinterlassen: »Ich liebe dich. Du fehlst mir so sehr. Ich bin in Paris, der Stadt der Versuchungen. Ich kann nur widerstehen, weil ich ständig an dich denke …«

Smeralda schnaubte verächtlich, löschte die Nachricht und hörte die nächste ab, sie war von Fabio, ihrem Personal Trainer. Er bat sie, den morgigen Termin auf sechzehn Uhr zu verschieben. Während sie auf die dritte Nachricht wartete, schrieb sie Fabio eine Bestätigungs-SMS. Als sie auf »Senden« drückte, hatte sie plötzlich das Gefühl, ihr würde ein Eiswürfel den nackten Rücken herunterrutschen. Aus dem Anrufbeantworter drang die ihr wohlbekannte, verhasste Stimme: »Ich bin um zehn bei dir. Richte dich danach.«

Smeralda biss sich auf die Lippen und versuchte sich zu beherrschen. Doch die Tränen rannen unaufhaltsam über ihr Gesicht. Nichts hatte sie mehr im Griff, selbst ihre eigenen Gefühle nicht.

9

Der Tag war in null Komma nichts an ihr vorbeigeflogen, und doch war Vivy noch voller Energie, als wäre sie gerade erst aufgestanden. Die Gründungsfeier der Stiftung zu Ehren ihres Sohnes hielt sie im Bann. Dieses Fest sollte ein epochales Highlight werden, mehr als nur ein Gesellschaftstermin. Für die Ausrichtung der Rosso-Bianco-Oro-Party hatte sie den Star der Szene gewinnen können: Gerardo Boschi. Er war der ungekrönte König in Sachen PR und mit seinem extravaganten Auftreten ein echter Trendsetter: Seine feminin geschnittenen, grellbunten Samtjacken und die der Mode des 19. Jahrhunderts entlehnten schweren Mäntel, in die er sich im Winter hüllte, hatten eine wahre Retrowelle ausgelöst. Seine Ideen wurden auf der ganzen Welt geschätzt, von Mailand bis New York, von Florenz über Rom und Paris bis nach Tokyo. Gerardo Boschi war das Aushängeschild des »Made in Italy«, vielleicht nur übertroffen von der Stilikone Beppe Modenese. Boschi war Vivy vor etwa zehn Jahren in Florenz auf der Herrenmodemesse »Pitti Uomo« vorgestellt worden, richtig kennengelernt hatten sie sich aber erst vor einigen Jahren. Heute schätzte sie ihn vor allem als zuverlässigen Freund. Gerry war einer der Ersten, die sich als homosexuell geoutet hatten, und seine Beziehung zu Conte Cesco de' Razzi lebte er mit großer Selbstverständlichkeit. Als Vivy von ihrem Projekt erzählt hatte, war Gerry spontan Feuer und Flamme gewesen, doch die Baronessa wusste, wie beschäftigt er war, und sie wollte das Maximum an Qualität. Deshalb waren sie übereingekommen, erst dann mit der Planung des Stiftungsfestes zu beginnen, wenn er den Rücken frei hätte. Jetzt war es so weit. »Gerry, ich möchte, dass das die rauschendste Party des Jahres wird, ein Fest, an das man sich auch noch in einigen Jahren erinnern wird«, hatte sie ihm mit leuchtenden Augen erklärt.

»Mit dem nötigen Kapital kein Problem«, hatte Gerry in seiner sprichwörtlichen Direktheit geantwortet, die auch nicht vor Beleidigungen haltmachte, was ihn bereits einige Freundschaften gekostet hatte. Keine echten Freundschaften, wie er immer wieder betonte. Gerry hatte natürlich recht, aber Geld war für Vivy zweitrangig. Man sollte sich an ihren Sohn erinnern, und alle Gerüchte, die sein kurzes Leben begleitet hatten, sollten endgültig verstummen. Alles andere war ihr egal.

Mit einem Lupo-Gedenkpreis, der medienwirksam an herausragende Persönlichkeiten des öffentlichen Lebens verliehen werden sollte, würde ihr Sohn nie ganz aus dem Gedächtnis der Menschen verschwinden. Wie sagte Gerry mit unerschütterlichem Zynismus immer: »Unsterblich wird ein Mensch heute nur durch die Medien.«

Bevor sie zu Bett ging, wollte Vivy noch einen Blick in die Bilanzen werfen. Der Export hatte stark angezogen, ihr Mann wäre stolz auf sie gewesen. Aber es gab auch die andere Seite der Medaille. Die Konkurrenz hatte in den letzten Jahren nicht geschlafen, und sie wurde auch nicht jünger. Nicht, dass es ihr an Energie fehlte, aber die ständigen Kleinkriege ermüdeten sie. Ans Aufgeben dachte sie deshalb noch lange nicht, schon allein im Gedenken an ihre Kinder.

Sie warf einen raschen Blick auf die Kostenseite. Sie hatte nicht geknausert, sondern geklotzt. Frei nach der Devise: Wer wachsen will, muss investieren. Seufzend beschloss sie, das Bilanzproblem auf den folgenden Tag zu verschieben und noch etwas zu lesen. Da sie in ihrem Bücherschrank nichts fand, was ihr Interesse weckte, ging sie zu dem wuchtigen Schrank aus dem 18. Jahrhundert hinüber, der die ganze Wand des Salons einnahm. Seit einer Weile schon hatte sie keinen Blick mehr in das Geheimfach geworfen, das sich links unter dem Abbild einer anmutigen Pagode versteckte. Vivy hatte den Mechanismus per Zufall entdeckt, als sie die wunderbaren Intarsien des Schrankes fotografierte. Die filigranen Muster sollten später eine Seidenjacke für Gerry schmücken. Sie hatte eine Unebenheit am Rand der Pagode bemerkt und mit Hilfe eines Vergrößerungsglases an der Stelle einen kleinen Spalt entdeckt. Ein kleiner Ruck mit einem Brieföffner und das Geheimfach hatte sich geöffnet. Eine aufregende Entdeckung! Noch heute schlug ihr Herz schneller, wenn sie daran zurückdachte.

Vorsichtig öffnete sie das Geheimfach, in dem Baron Wolfgang von Altemburg einen Teil seiner Memoiren versteckt hatte, und nahm die Mappe heraus.

Vivy öffnete die Mappe und machte es sich auf dem Sofa bequem, eine Kaschmirdecke um die Beine geschlungen. Wie jedes Mal, wenn sie die vergilbten Blätter in Händen hielt, hatte sie den Eindruck, ihren Urahn besser kennenzulernen. Enthielten die jahrhundertealten Aufzeichnungen vielleicht eine geheime Nachricht, die ihr hier und heute weiterhelfen konnte? Im sanften Licht der Stehlampe begann Vivy zu lesen.

In Palermo wächst die Macht der Beati Paoli von Tag zu Tag. Das Volk verehrt die Sekte, die ihre Wurzeln in der Stadt hat und unter dem Schutz des heiligen Francesco da Paola steht. Aber auch ich kann immer mehr treue Gefolgsleute um mich scharen, und ich glaube fest daran, dass wir siegen werden. Wer sich uns entgegenstellt, wird im Namen der Freiheit des Volkes vernichtet werden.

Die Zeit drängt. Die Adligen haben sich im Kampf gegen die Geheimbünde zusammengeschlossen, weil sie um ihre Macht fürchten. Genauso geht es der Kirche, mit all ihren Bischöfen, Äbten und Priestern. Ich fürchte jedoch, dass mich die Brüder des Feuers, deren Zeichen auch ich am Körper trage, bis zum Ende meiner Tage jagen werden. Aber ich werde mich wehren wie ein Wolf, zu Ehren meines Sohnes Lupo.

So schreibt Wolfgang von Altemburg, Wolf von Österreich, Wolf der Seerepublik Venedig und Wolf des heiligen Sizilien.

Als sie die letzten Sätze las, zuckte Vivy zusammen. Niemand konnte besser verstehen als sie, was diese Worte bedeuteten. Auch sie hätte für ihren über alles geliebten Sohn, Lupo Sannazzaro d'Altino, wie eine Wölfin gekämpft.

Sizilien, 1771

Das Smaragdcollier glitzerte im Schein der brennenden Kerzen.

»Donna Eufrasia, seht nur, wie herrlich sie funkelt!« Tina hielt die beiden Enden der Halskette und schwenkte sie vor den traurigen Augen der Baronessa hin und her. »Diese Pracht ist Eurer würdig. Bewundert Euch im Spiegel …«, die Dienerin war außer sich vor Begeisterung.

Auf Donna Eufrasias Antlitz trat ein verächtliches Lächeln. Sie nahm die Kette, hielt sie an den großzügigen Ausschnitt ihres grünen Brokatkleides, auch ein Geschenk ihres Mannes. Zusammen mit kostbaren Seidenballen waren diese Schätze aus der fernen Republik Venedig geliefert worden. Die Smaragde waren in Gold gefasst, der von Diamanten umrahmte Solitär in der Mitte der Kette war halb so groß wie ihr Handgelenk.

»Sie gefällt mir nicht«, Eufrasia warf den Schmuck achtlos auf den Frisiertisch.

Tina riss entsetzt die Augen auf. »Donna Eufrasia, wie könnt Ihr …? Es ist ein Geschenk zur Geburt Eures Sohnes. Und außerdem«, sie nahm die Kette wieder in die Hand und hielt sie hoch, »wurde sie eigens für dieses Gewand angefertigt!«

Eufrasia drehte den Kopf zur Tür, wo gerade die Amme mit dem kleinen Lupo auf dem Arm erschienen war. Wie immer, wenn sie den Jungen zu Gesicht bekam, versuchte sie in einem Anflug irriger Hoffnung, irgendetwas von sich in ihm zu entdecken. Vergebens. Dafür war Lupo seinem Vater wie aus dem Gesicht geschnitten. Die gleichen dichten, dunklen Locken, die Augen. Eufrasia zuckte verärgert zurück, als der Kleine die Ärmchen nach ihr ausstreckte.

»Agata, ich bin müde. Bring den Jungen bitte ins Bett«, sagte sie kalt und blickte aus dem Fenster.

Lupo begann zu weinen, als hätte er den Sinn der Worte seiner Mutter verstanden. Agata versuchte ihn zu beruhigen und drückte seinen Kopf gegen ihren üppigen Busen. »Donna Eufrasia, Euer Sohn ist ganz heiß, vielleicht hat er Fieber.«

»Worauf wartest du dann noch? Bring ihn ins Bett!« Wütend eilte die Baronessa aus dem Zimmer. Die beiden Dienerinnen blickten ihr nach. Was war nur aus Donna Eufrasia geworden? Seit Lupos Geburt war sie nicht mehr dieselbe: launisch, herrisch, teilnahmslos und kalt. Äußerlich allerdings hatte sie gewonnen, die Taille schmaler, der Busen straffer. Die Gesichtszüge schienen feiner geworden zu sein, wodurch ihre Augen noch größer wirkten. Sie sah jünger aus, obwohl ihre Haare an den Schläfen einen silbergrauen Schimmer bekommen hatten. Sie trug die grauen Strähnen mit Würde, selbst wenn sie Gäste hatten, weigerte sie sich, sie unter einer Perücke zu verbergen.

»Wenn sie nur endlich wieder richtig essen würde«, seufzte Tina und legte die Smaragdkette zurück auf den Frisiertisch.

»Sie ist wie eine Heilige …«, flüsterte Agata und wiegte sanft den Kleinen, der in ihren Armen eingeschlafen war. »Sie betet ununterbrochen, und der einzige Mensch, mit dem sie spricht, ist Michele, der Abt.«

»Warum lebt sie wie eine Nonne, jetzt, wo sie so gut aussieht? Ich würde das bestimmt nicht machen …«

Volfango d'Altino hatte Principe Federico di Gravina und Barone Cosimo Cutò mit ihren Gefolgsleuten und Familien zum Abendessen eingeladen. Vor der Villa hatten livrierte Diener aus dem Hause d'Altino die Kutschen in Empfang genommen und dem Gefolge die Unterstände gezeigt, während die adligen Gäste in den großen, mit prachtvollen Gobelins geschmückten Festsaal geleitet wurden. In der Mitte des Raumes war eine riesige, hufeisenförmige Tafel gedeckt, die von Dutzenden Kandelabern beleuchtet wurde. Vier Diener standen neben einem Rotweinbrunnen und einem Fass, aus dem ununterbrochen Zucker rieselte. Die Gäste waren beeindruckt. Die Damen hatten sich herausgeputzt, sie trugen hochaufgetürmte Perücken und prachtvolle Gewänder und waren stark geschminkt. Einige hatten allerdings entschieden übertrieben, wie der Baron belustigt feststellte. «Nichts gegen die Venezianerinnen«, dachte er, während er seiner Frau den Arm bot und sich einer Gruppe Gäste näherte.

»Erlaubt mir, Euch Donna Eufrasia Baronessa d'Altino vorzustellen.« Die Gäste neigten ehrerbietig den Kopf. Von Altemburg waren die bewundernden Blicke einiger Männer nicht entgangen. Rasch versicherte er sich, dass seine Frau sie nicht etwa erwiderte. Dabei bemerkte er verärgert, dass seine

Frau ihr neues Collier nicht trug. Diese Smaragde, die sie verschmähte, hatten schon allein aufgrund ihrer Herkunft einen unschätzbaren Wert. Einen Moment lang dachte er an jene Nacht im Spielsaal des Palazzo Barbarigo in Venedig zurück und sah den überraschten Blick des Fürsten Napier vor sich, kurz bevor er gestorben war.

Eufrasia war der Unmut ihres Mannes nicht verborgen geblieben. Sie warf ihm einen herausfordernden Blick zu, Worte waren überflüssig. Volfango wusste sehr wohl, warum Eufrasia ihn hasste, und er wusste auch, dass sie ihm niemals verzeihen würde. Die Geburt seines zukünftigen Erben war untrennbar mit dem Tod von vier Menschen verknüpft: Meluzza und das neugeborene Zwillingsmädchen, aber auch der Arzt und die Hebamme hatten sterben müssen. In den Augen Eufrasias war jeder einzelne Smaragd der Kette mit Blut befleckt.

Kurz vor Beginn des Festessens kam eine Frau auf Barone d'Altino zu, die ihr Gesicht hinter einem Fächer verbarg. Sein erster Blick fiel auf die üppigen Brüste der Unbekannten, die ein prächtiges, tief ausgeschnittenes Kleid aus himmelblauer Seide trug.

Als sie den Baron erreicht hatte, ließ die Dame den Fächer zuschnappen. D'Altino blickte in ein Paar rehbrauner Augen mit goldenen und grünen Einsprengseln, umrahmt von langen, seidigen Wimpern und einem wunderschönen, ebenmäßigen Gesicht.

»Madama, ich weiß nicht, wer Ihr seid, aber erlaubt mir die Bemerkung, dass Eure Augen wie Goldtopase funkeln«, Volfango d'Altino verbeugte sich und lächelte sie an.

»Ich bin Marchesa Oliva di Regalmici«, stellte sie sich vor und blickte ihm direkt in die Augen, herausfordernd, ja fast ein wenig unverschämt. Als er ihre raue Stimme hörte, fühlte der Baron eine prickelnde Erregung in sich aufsteigen, ein Gefühl, das er seit langem vermisst hatte.

In der Zwischenzeit machte der Principe di Gravina in der entgegengesetzten Ecke des Saales eifrig Konversation mit der Baronessa, wobei er peinlich darauf achtete, seine Bewunderung für sie hinter gedrechselten Phrasen zu verbergen. Doch als er sicher war, vor neugierigen Ohren und Augen geschützt zu sein, wagte er es: »Donna Eufrasia, Ihr Gemahl ist ein glücklicher Mann. Jetzt, da ich Euch zum ersten Male gegenüberstehe, begreife ich, warum er Euch behütet wie seinen Augapfel. Eure Schönheit könnte selbst den tugendhaftesten Mann in Versuchung führen ...«

Donna Eufrasia errötete, solche Komplimente hatte sie schon lange nicht mehr gehört. Nicht einmal die Schminke konnte ihre Verwirrung verdecken. Jahrelang hatte sie sich ihres fülligen Körpers geschämt und sich zurückgezogen. Wirklich begehrenswert hatte sie sich nie gefühlt, nicht einmal, als Volfango d'Altino bei ihrem Vater um ihre Hand angehalten hatte. Sie wusste nur zu gut, dass er nicht aus Leidenschaft um sie warb. Ihr Vater hatte sein ganzes Vermögen verspielt und den wie aus dem Nichts aufgetauchten von Altemburg gebeten, ihm zu helfen. Als Gegenleistung hatte er ihm die Hand seiner Tochter angeboten und ihm damit Zugang zu den Adelskreisen der Stadt verschafft.

Um ihre Verlegenheit zu kaschieren, begann Donna Eufrasia, heftig mit dem Fächer zu wedeln, und ließ ihren Blick durch den Saal schweifen. Der Fürst zog sich sofort taktvoll zurück, doch nicht, ohne ihr vorher zuzuraunen: »Wenn Ihr es erlaubt, Donna Eufrasia, werde ich auf ewig Euer treuer Diener sein.«

In dieser Nacht kündigte sich ein schweres Gewitter an. Baron d'Altino prüfte sorgfältig, ob alle Fenster geschlossen waren, und setzte sich dann an den schweren schwarzglänzenden, mit goldenen Verzierungen versehenen venezianischen Sekretär. Bevor er sich in seine Gemächer zurückzog, musste er unbedingt noch seine aufwühlende Begegnung mit der Marchesa di Regalmici festhalten. Er holte seine Memoiren hervor, nahm mit zitternder, schweißnasser Hand ein neues Blatt und versuchte, die ihn überwältigenden Gefühle zu Papier zu bringen.

Palermo, 10 September 1771

Dank dem Segen des allmächtigen Gottes wächst mein Sohn Lupo d'Altino gesund heran, was mich das Glück erleben lässt, das ich so lange entbehren musste. Aber dieses Glück wird getrübt von der Qual, weiter an der Seite meiner vor Gott angetrauten Ehefrau Eufrasia leben zu müssen.

Im Jahre 1771 habe ich eine Frau getroffen, die mir alles bedeutet. Ihr Name ist Oliva Branciforte, Marchesa di Regalmici. Ich würde mein Leben für sie geben, ihr mein gesamtes Vermögen zu Füßen legen. Oliva ist die schönste Frau, auf der meine Augen je geruht haben.

Am nächsten Morgen hatte sich das Unwetter ausgetobt, und nur ein leichter Regen erinnerte noch an die Stürme der vergangenen Nacht. Die Marchesa räkelte sich nackt zwischen linnenen Laken. Von draußen drang bleigraues Licht durch das Schlafzimmerfenster. Sie war aus einem erotischen Traum erwacht, in dem Volfango d'Altino und sie sich leidenschaftlich geliebt hatten. Der Baron hatte sie auf den ersten Blick fasziniert. Er hatte etwas Raubtierhaftes, das sie anzog und ihr gleichzeitig Angst machte, letzteres ein Gefühl, das sie nur selten empfand.

Auch wenn er die vierzig bereits erreicht hatte, war Volfango noch immer ein stattlicher Mann mit athletischem Körperbau, aber es waren vor allem seine lapislazuliblauen Augen, die Olivas Phantasie in Flammen gesetzt hatten. Diese Augen! Sie erinnerten an einen gefährlichen Strudel in einem auf den ersten Blick ruhigen Bergsee. Eine elektrisierende Kraft, der sie nicht widerstehen konnte, ging von ihnen aus. Nachdem sie sich gereckt und gestreckt hatte, befreite sich Oliva aus den feuchtwarmen Laken und stand auf, um sich im Spiegel zu bewundern. Sie stand in der Blüte ihrer Jahre, ihr Körper war straff und geschmeidig dank langer Spaziergänge und Ausritte in den umliegenden Wäldern. Die Männer lagen ihr zu Füßen und setzten alles daran, ihre Gunst zu gewinnen. Und Oliva wusste sehr genau um ihre Faszination, um die Verlockungen ihres wogenden Busens und ihres prallen Hinterns. Doch im Gegensatz zu ihren Freundinnen war es nicht ihr Körper, auf den sie stolz war, sondern ihr Geist, das Wissen, das sie sich über Jahre hinweg angeeignet hatte. Oliva war von ihren Eltern sehr frei erzogen worden, fast wie ein Junge. Ihr Vater Don Ferdinando hatte selbst in Paris studiert, er war fasziniert von den revolutionären Ideen, die in den Kreisen der Intellektuellen kursierten. Frauen hatten für ihn die gleichen intellektuellen Fähigkeiten wie Männer und sollten deshalb auch den gleichen Stellenwert in der Gesellschaft haben. Er hatte die Erziehung seiner einzigen Tochter einem gebildeten Mönch anvertraut, der ihm von niemand Geringerem als dem Abt des Kapuzinerklosters in Palermo empfohlen worden war. Von klein auf wollte Oliva alles wissen, ihr besonderes Interesse galt der Mathematik und der Philosophie, aber auch Latein und Griechisch faszinierten sie. Zudem hatte sie Französischunterricht bei Mademoiselle Francine, die extra aus Paris zu ihnen gekommen war. Auch der Sport war nicht zu kurz gekommen. Mit dreizehn konnte Oliva bereits ohne Sattel reiten und ausgezeichnet fechten. Selbst ihrem Cousin Antonino Maria La Grua Talamanca Branciforte, der für seine Fechtkünste weit und breit bekannt war, konnte sie die Stirn bieten. Bis dato war ihr Vater immer stolz auf ihre Erfolge in traditionell männlichen Domänen gewesen, aber inzwischen war sie eine junge Frau von zweiundzwanzig Jahren, und es war an der Zeit, sich etwas damenhafter zu benehmen. Schließlich war sie seit langem im heiratsfähigen Alter, und an Verehrern fehlte es nicht, trotz ihres Ungestüms und ihrer schonungslosen Offenheit. Doch Olivas Interesse an einem Mann war nie von langer Dauer, der eine war ihr zu langweilig, der andere zu bieder. Kaum war das erste Feuer abgekühlt, suchte sie schon nach neuen Abenteuern. Ihr Heißhunger nach immer neuen Herausforderungen war ihr selbst ein Rätsel. Vielleicht waren ihr Rastlosigkeit und Wagemut in die Wiege gelegt worden. Bereits mit dreizehn hatte sie mit einem glutäugigen Stallburschen im Heuschober ihre Jungfräulichkeit verloren. Danach war er spurlos verschwunden. Olivas Trauer währte nur kurz, doch ihre Lust war noch lange nicht gestillt, und so folgte ein Liebhaber auf den anderen, und es war gewiss nicht Vernunft, wovon sie sich in ihrer Wahl leiten ließ. Genau wie bei Baron d'Altino, diesem Hasardeur und Draufgänger, der ihr quasi vor den Augen seiner Gattin mit unmissverständlichen Blicken klargemacht hatte, dass er sie begehrte.

Selbst nachdem er seine Gelüste die ganze Nacht an Santuzza ausgelassen hatte, war Volfango d'Altinos Verlangen noch immer nicht gestillt. Er stellte sich vor, wie er zwischen die Schenkel der Marchesa glitt und seine Hände ihre Brüste liebkosten. Oliva war die Frau seiner Träume. Er wollte sie haben, um jeden Preis: Wenn es sein musste, würde er sie entführen und jeden töten, der sich ihm entgegenstellte. Doch seine verzehrende Leidenschaft machte ihn auch angreifbar. Ein hohes Risiko, gerade jetzt, wo die Bruderschaft in Schwierigkeiten war. Er brauchte einen klaren Kopf. Um seine Begierde zu zügeln, übergoss er sich wieder und wieder mit kaltem Wasser, bis sein Glied endlich erschlaffte. Er streifte sich gerade das Hemd über, als er Tinas Stimme hörte:

»Signore, Donna Eufrasia verlangt nach Euch.« Tina verschwand so schnell, wie sie gekommen war. Der Baron war in letzter Zeit oft übellaunig und brauste wegen jeder Kleinigkeit auf. Die Dienerin hatte gesehen, wie er ein Buch nach Santuzza geworfen hatte, nur weil sie auf sein Rufen nicht sofort reagiert hatte.

Als Volfango den Salon betrat, fuhr Donna Eufrasia erschrocken aus ihren Gedanken hoch, denen sie, mit einer Tasse Tee am üppig gedeckten Tisch sitzend, nachgehangen hatte.

»Ihr seid nervös, meine Liebe?« Volfango drückte ihr einen flüchtigen Kuss auf die Wange. Instinktiv wandte Eufrasia das Gesicht ab. Der Baron ignorierte ihre Ablehnung und nahm ihr gegenüber am Frühstückstisch Platz. »Nun«, begann er und strich einen Löffel Brombeermarmelade auf eine Scheibe Brot, »was wolltet Ihr mir so Dringendes sagen?«

»Ich möchte nach Palermo reisen. Jetzt, da ich Mutter geworden bin und Euch pflichtgemäß einen Stammhalter geboren habe, kann ich die Einladung in den Palazzo Gravina annehmen.« Bei den letzten Worten senkte sie errötend den Blick.

»Palazzo Gravina?«

»Ihr habt richtig gehört. Was soll daran verwerflich sein?« Eufrasia zupfte nervös an der Tischdecke. Volfango holte tief Luft, um etwas zu entgegnen, überlegte es sich aber anders.

»Was seht Ihr mich so an?«, blaffte er stattdessen.

Donna Eufrasia schüttelte den Kopf und starrte auf ihren Teller. Wie eine Marmorstatue saß sie auf ihrem Stuhl, kerzengerade, die Arme an den Körper gepresst.

»Darf man erfahren, warum Ihr nichts zu Euch nehmt? Schmeckt es Euch denn nicht?«

Donna Eufrasia schüttelte erneut den Kopf. »Seit einer Weile schon habe ich keinen Appetit mehr, was Euch allerdings erst heute aufgefallen zu sein scheint …«, antwortete sie mit einem bitteren Lächeln. Volfango starrte sie verblüfft an, als sähe er sie zum ersten Mal. In ihrem Gesicht lagen Verachtung und Melancholie. Ihre Enthaltsamkeit hatte Donna Eufrasia ohne Zweifel wieder zu einer attraktiven Frau gemacht. Während er sie betrachtete, fühlte er, wie die Erregung mit einem Mal wieder in ihm aufstieg.

»Es ist schon eine Ewigkeit her, dass …«, schmeichelte er und warf ihr einen flammenden Blick zu.

Donna Eufrasia stand abrupt vom Tisch auf. »Entschuldigt mich, ich fühle mich nicht wohl. Ich ziehe mich zurück.«

Noch bevor Volfango reagieren konnte, hatte sie bereits den Raum verlassen. Wütend schlürfte er seinen Tee. Was wollte seine Frau von diesem vornehmen Schwächling, fragte er sich aufgebracht. Plötzlich kam ihm eine Idee. Hastig sprang er auf, befahl, zwei Pferde zu satteln, und rief nach Franzin.

Während er auf den Ausgang zuschritt, tauchte plötzlich Santuzza auf und stellte sich ihm in den Weg.

»Was gibt's, du dummes Ding?«

»Entschuldigt, Herr.«

»Geh mir aus dem Weg!«

Santuzza trat zur Seite, lief aber hinter ihm her. »Entschuldigt, Signore«, ihre Stimme klang erregt, »Donna Eufrasia hat mir aufgetragen, Euch zu sagen, dass sie nach Palermo reisen wird. Hat sie Eure Erlaubnis?«

»Sie kann gehen, wohin sie will, und du auch.«

Er ging zu seinem Pferd, streichelte es und schwang sich in den Sattel. »Folge mir«, befahl er Franzin. Dann nahm er den Zügel straffer und dachte daran, wie gerne er einmal die schöne Oliva zügeln würde.

Santuzza kehrte hastig in Donna Eufrasias Gemächer zurück. »Donna Eufrasia, Euer Gemahl gestattet euch, nach Palermo zu reisen.«

»Sag Tina Bescheid. Ich werde einige Tage unterwegs sein und brauche ein Kleid für den Abend und eines für das Kloster, ich will meine Schwester besuchen.«

»Sehr gerne«, Santuzza verbeugte sich und machte sich auf die Suche nach Tina.

Während sie auf die beiden Dienerinnen wartete, überlegte Eufrasia, welches Kleid sie mitnehmen sollte, um Principe Gravina zu beeindrucken. Sie wollte unbedingt ihre Schuhe aus Atlasseide tragen, wie sie im Augenblick in Adelskreisen in Mode waren. Da diese Schuhe blaue Stickereien hatten, dachte sie an das weiße Abendkleid mit himmelblauen Spitzen, die der Baron von einer Klöpplerin aus Burano hatte anfertigen lassen. Die Baronessa war zwar noch nicht dort gewesen, aber sie wusste, dass es sich um eine Insel in der venezianischen Lagunenlandschaft handelte, die für ihre Spitzenklöppelei berühmt war.

»Zu Euren Diensten.« Tina und Santuzza betraten das Zimmer, knicksten und gingen auf den großen Nussbaumschrank zu, in dem die Reisegarderobe der Baronessa aufbewahrt wurde. Während die beiden die Reisekisten packten, öffnete Donna Eufrasia ihre Schmuckkassette und nahm ein Saphircollier mit passenden Ohrringen heraus. Nach kurzem Zögern griff sie noch zu einer Korallenkette mit Blumenanhänger und goldenen Ohrringen mit Korallenherzen. Sie verstaute alles in ihrem Reiseschmuckkästchen und befahl, noch das cremefarbene gestreifte Kleid mit den spitzenbesetzten Ärmeln einzupacken, das sie für das Porträt in der Galerie getragen hatte. Die Schneiderinnen hatten es enger gemacht, jetzt saß es wieder wie angegossen. Während Tina das Kleid sorgfältig zusammenfaltete, kümmerte sich Santuzza um den Krinolinenunterrock, der wegen der Reifenkonstruktion in einem Spezialbehälter transportiert werden musste. Alles in allem reiste die Baronessa mit drei großen Reisekisten, einem Schmink-, einem Medikamentenköfferchen und einer Schachtel für die Perücke. Eufrasia hasste Perücken, aber in Palermo würde sie eine tragen müssen.

Währenddessen war die Baronessa in Lupos Zimmer hinübergegangen. Die Amme saß am Fenster und stillte das Kind, dabei sang sie ganz leise ein Schlaflied. Eufrasia blieb hinter einer Säule stehen und beobachtete sie. Wie gerne wäre sie an Agatas Stelle gewesen und hätte das Kind mit den großen blauen Augen an ihren Busen gedrückt. Doch andererseits hätte sie den Gedanken nicht ertragen können, ein Kind zu stillen, das nicht ihr eigen Fleisch und Blut war und für dessen Leben so viele Menschen hatten sterben müssen. Der Hass auf den Baron übermannte sie und erstickte jedes mütterliche Gefühl im Keim. Die Familie d'Altino würde fortbestehen, ohne einen Tropfen ihres Blutes: ein unerträglicher Gedanke. Als sie sich umwandte, knarrten die Dielen. Agata sah auf: »Herrin!« Auch Lupo hatte sein Köpfchen zu ihr umgedreht, aber Donna Eufrasia hatte sich bereits in ihre Gemächer zurückgezogen. Weinend kniete sie vor dem Reliquienschrein nieder und heftete ihren Blick auf die Christusfigur aus Elfenbein und auf die beiden holzgeschnitzten Engel, die sie flankierten. Der eine hielt eine Trommel, der andere eine Blume in der Hand. Wie oft schon hatte sie die Engel um Schutz angefleht. Dieses Mal bat die Baronessa um Frieden für ihre Seele und um Schutz auf ihrer Reise nach Palermo. Sie hatte eine Entscheidung getroffen, die ihr Leben für immer verändern würde. Hatte sie die Kraft, den möglichen Konsequenzen ins Auge zu sehen? Die Einladung des Fürsten war gerade im richtigen Moment gekommen. Sie bat die Dienerinnen, das Reliquiar auf der Kutsche zu verstauen, auf ihr tägliches Gebet wollte sie auch fern von zu Haus nicht verzichten. Tina und Santuzza sahen sich verblüfft an. So viel Gepäck für eine kurze Reise?

Eufrasia lief im Zimmer auf und ab. In diesen vier Wänden, inmitten all der kostbaren Möbel, hatte sie viele Jahre ihres Lebens verbracht. Wehmütig erinnerte sie sich an die erste Liebesnacht mit Volfango. Er war ihr erster Mann gewesen. Nachdem er sie mit ungestümer Lust genommen hatte, hatte er ihr einen flüchtigen Kuss auf die Schulter gedrückt, sich umgedreht und war eingeschlafen. Tief enttäuscht hatte sie sich die Hand auf den Mund gepresst, damit er ihr Schluchzen nicht hörte. Bis zum Morgengrauen hatte sie wach gelegen, deprimiert und voller Angst vor der Zukunft. Diese Nacht war der Beginn einer langen Leidenszeit gewesen.

Eufrasia blickte in den Spiegel und wischte sich entschlossen die letzten Tränen aus dem Gesicht. Sie griff nach einem Gepäckstück.

»Bringt den Rest in die Kutsche!« Als sie den Reisehut aufgesetzt hatte, betrachtete sie sich ein letztes Mal prüfend im Spiegel. Sie war bereit.

In der Nähe der Ländereien der Familie Regalmici verlangsamten Baron d'Altino und Franzin ihren Ritt. Unter ihren zahlreichen Landgütern war der Besitz unweit von Palermo

Don Ferdinando und seiner Tochter Oliva das liebste. In einer herrlichen Villa, die auf den Überresten eines antiken Jagdschlösschens errichtet worden war, verbrachten sie die Sommermonate. Inmitten der Natur, weit genug entfernt vom hektischen Treiben Palermos, wo sie im Winter in einem luxuriösen Stadtpalais lebten. Das Landgut umfasste einen Weinberg, einen Olivenhain, unzählige Obst- und Mandelbäume sowie eine Seidenplantage, die von den Bauersfrauen besonders sorgfältig gepflegt wurde. Die schönste Jahreszeit war für Oliva der Sommer, wenn sie mit ihren Freundinnen und Cousins über Wiesen und Wälder reiten und sich an den frischen Früchten gütlich tun konnte. Nach einer wilden Jagd ruhten sie sich meist im Schatten eines mächtigen Feigenbaums aus, erschöpft, aber glücklich. Sie plauderten über neue und alte Liebschaften und warteten darauf, dass die Sonne etwas weniger unbarmherzig vom Himmel brennen würde.

Zitternd vor Erregung ließ Baron d'Altino sein Pferd Schritt gehen. Er blickte sich aufmerksam um, in der Hoffnung, nicht auf den Marchese zu treffen. Er wollte ganz sicher sein, obwohl Balà ihm bereits berichtet hatte, dass Don Ferdinando in diesen Tagen im Stadtpalais weilte. Doch d'Altino verließ sich nicht gerne auf Informationen aus zweiter Hand. Plötzlich hörte er Hufgetrappel zu seiner Rechten. Ein junger Reiter kam auf sie zu. Franzin warf einen fragenden Blick auf seinen Herrn, der ihm bedeutete abzuwarten. Inzwischen war der Reiter näher gekommen. Er trug einen federgeschmückten Filzhut, der einen Teil seines Gesichtes verdeckte, gegen den Staub hatte er ein Tuch vor den Mund gebunden. Kurz bevor er sie erreicht hatte, blieb er stehen und legte die Hand auf den Knauf seines Schwertes. Seine Stimme klang merkwürdig hoch: »Wer seid Ihr? Wie könnt Ihr es wagen, ohne Erlaubnis die Ländereien Don Ferdinandos zu betreten?«

Auch die Hand des Barons tastete nach dem Schwert: »Ich bin Barone d'Altino, und das ist mein Diener Franzin. Ich bin in friedlicher Absicht gekommen, um dem Marchese und seiner Tochter Oliva meine Aufwartung zu machen. Und wer seid Ihr?«

»Überraschung!« Der junge Mann löste das Tuch, setzte den Hut ab und öffnete die zusammengebundenen Haare. »Oliva, Ihr?«, rief d'Altino überrascht. Sein Gesicht glühte. Fasziniert beobachtete er, wie sie ihre Jacke ein wenig öffnete, so dass man die Ansätze ihrer Brüste erkennen konnte, auf denen Schweißtropfen perlten.

Ihr schallendes Lachen erinnerte eher an einen Mann als an eine Frau. Franzin starrte sie an, aber Oliva achtete nicht auf ihn. Ihr ganzes Interesse galt dem Baron. Sie lächelte ihm zu, senkte den Blick, um ihm dann tief in die Augen zu sehen. In ihrem Blick lag etwas Unergründliches, dem d'Altino nicht widerstehen konnte. Nur mit Mühe die Beherrschung wahrend, befahl er seinem Diener, sich zurückzuziehen. Er hätte nie gedacht, dass eine Frau in Männerkleidung eine solche Wirkung auf ihn haben könnte. Franzin gehorchte schweren Herzens, ließ sein Pferd erst Schritt, dann Trab gehen und war schließlich ganz verschwunden.

Oliva und Volfango blickten sich schweigend an, voll drängender Ungeduld, aber auch mit einer gewissen Scheu. Doch dann, als hätten sie sich abgesprochen, stiegen sie von ihren Pferden und schritten aufeinander zu. Oliva streckte die Arme aus, Volfango umfasste ihre zitternden, schweißnassen Hände. Sanft zog er die Marchesa an sich, sog den würzigen Duft ihres Körpers ein und küsste ihre Lippen. Seine Hand streichelte ihre Hüften. Oliva erwiderte seinen Kuss und ließ ihre Zunge fordernd in seinem Mund umherwandern. Volfango verlor fast den Verstand. Er riss ihr Jacke und Hemd vom Leib, nestelte an ihrem Gürtel herum, so ungestüm, dass er sich den Finger an der Schnalle verletzte. Oliva lachte, steckte sich den Finger in den Mund und saugte daran wie ein kleines Kind. Volfango schloss genussvoll die Augen und erschauderte, als Oliva ihm aufreizend langsam die Kleider abstreifte. Am liebsten hätte er sie gepackt und wäre sofort in sie eingedrungen, doch das Warten war noch viel erregender und erfüllender als der kurze Sinnesrausch. Er ließ sie gewähren, bis beide nackt waren. Dann ließen sie sich ins Gras sinken. Der Baron beugte sich über sie und bedeckte ihre samtweiche Haut mit Küssen, wie ein Verdurstender, der endlich trinken darf. Er schien damit gar nicht mehr aufhören zu wollen, doch dann spreizte sie ihre kraftvollen Schenkel und öffnete sich ihm. Sein tiefer Seufzer klang fast wie ein Schmerzensschrei. Kurze Zeit später wurde sein ganzer Körper vom Orgasmus erschüttert. Als er Oliva in die Augen blickte, erkannte er, dass sie zugleich mit ihm den Höhepunkt erreicht hatte.

»Jetzt, da ich dich gefunden habe, Oliva, lasse ich dich nie wieder gehen«, sagte er und küsste ihre Haare.

Auf der Via Cassaro sah Donna Eufrasia aus dem Fenster. Was für ein Gewimmel, Kutsche folgte auf Kutsche, dazwischen drängten sich elegant gekleidete Männer und Frauen. Palermo war ein Moloch gegenüber ihrer ländlichen Idylle. Einen Moment lang war sie wie benommen und bereute ihre Entscheidung. Doch sobald sie das Nonnenkloster La Martorana, die Heimat der edlen Damen von Santa Maria dell'Ammiragliato, erreicht hatte, waren ihre Zweifel verflogen. Zehn Jahre war es her, dass aus ihrer Schwester Bianca *suor* Addolorata geworden war.

»Willkommen, liebste Eufrasia. Gott sei mit dir!«, begrüßte Addolorata ihre Schwester, und ihr blasses, mageres Gesicht überzog sich mit einer leichten Röte. Donna Eufrasia nahm sie fest in die Arme. »Bianca, geliebte Schwester ... verzeih, Suor Addolorata. Was für eine Freude, dich nach so langer Zeit in die Arme schließen zu können.« Sie war wirklich glücklich, Bianca wiederzusehen, auch wenn es ihr jedes Mal schwerer fiel, in der blutleeren, blassen Nonne ihre achtundzwanzigjährige Schwester zu erkennen. Sie fragte sich, wie Bianca heute aussehen würde, wenn sie so gelebt hätte wie sie. Beunruhigt betrachtete sie das Gesicht ihrer Schwester. Obwohl die Stirn keine Falte zeigte, war es doch nicht die Stirn einer jungen Frau. Vielmehr schien sie alterslos zu sein, wie alles an ihr und den anderen Frauen im Kloster.

»Wie geht es unserem Vater?«, fragte Addolorata.

»Er ist gesund, aber ich habe ihn schon seit einer Weile nicht mehr gesehen«, Eufrasia war sichtlich bewegt.

»Ich habe von deiner Schwangerschaft gehört. Ich bete jeden Tag für dich und deinen Sohn.«

Eufrasia rollte eine Träne über die Wange, und sie senkte rasch den Blick.

»Du musst sehr glücklich sein, Eufrasia, das kann ich gut verstehen.«

Eufrasia nickte und wischte sich die Träne von der Wange. Sie war froh, dass ihre Schwester den wahren Grund ihrer Tränen nicht kannte, auch wenn sie ihr gerne ihr Herz ausgeschüttet hätte. Sie blickte Bianca wieder in die Augen. Eines Tages würde sie den Mut haben, ihr alles zu erzählen und sie um ihren Beistand zu bitten. »Erzähl mir von dir, Schwesterherz.« Eufrasia zwang sich zu einem Lächeln.

»Oh, abgesehen von den Bauarbeiten, die die Äbtissin beschlossen hat, geht hier alles seinen gewohnten Gang. Bald werden auch wir endlich die Via Cassaro sehen können.«

Donna Eufrasia riss die Augen auf: »Eine Aussicht auf die eleganteste Straße der Stadt? Ist das nicht eine Sünde?«

Als sie das Wort »Sünde« hörte, bekreuzigte sich Addolorata. »Aber nein, es ist keine Sünde, sich das weltliche Leben durch ein schützendes Eisengitter zu betrachten. Die Mönche von Origlione und Montevergine tun das doch auch.«

»Entschuldige, ich wollte dich nicht kränken …«

»Du hast mich nicht gekränkt. Stell dir vor, um die Loggia des Palazzo Guggino zu erreichen, von der aus wir die Via Cassaro sehen können, lässt die Äbtissin einen unterirdischen Gang in den Fels unter dem Kloster schlagen!«

»Wieso denn das? Warum nutzt Ihr nicht die Dächer der Häuser, um zur Loggia zu gelangen?«

»Unmöglich, liebe Eufrasia, der Weg wäre zu lang. Überlege doch einmal, wie viel einfacher es ist, den Palazzo durch einen unterirdischen Gang zu erreichen.«

»Und wann wird der Gang fertig sein?«

»Noch nicht so bald, fürchte ich. Der Bau hat vor einem Jahr begonnen, doch beim Graben hat man Reste antiker Gebäude gefunden, was die Arbeiten nun sehr verzögert. Hoffentlich wird es nicht Jahrhunderte dauern, bis der Gang fertig ist …«

Donna Eufrasia dachte nach. Wenn das die dringendsten Probleme waren, mit denen man sich als Nonne zu befassen hatte, konnte das Leben im Kloster nicht so schlecht sein. »Suor Addolorata, wenn auch ich den Wunsch hätte, ins Kloster zu gehen, wäre meine Ehe dann ein Hinderungsgrund?«

Suor Addolorata sah sie schweigend an. Der warme, fürsorgliche Blick einer leiblichen Schwester war schlagartig einer nonnenhaften, frommen Maske gewichen. Auch ihre Stimme hatte sich verändert.

»Gott segne dich, geliebte Schwester. Den Ruf des Herrn

soll man nicht ungehört verhallen lassen.« Sie bekreuzigte sich.

»Don Francesco ist mein Gast. Er wird so lange bleiben, bis er sich von seinem Jagdunfall erholt hat«, befahl Barone d'Altino und stützte die wieder als Mann verkleidete Oliva. Das verstaubte Tuch verdeckte ihr Gesicht. Die schmutzige Jacke sollte einen Sturz vom Pferd vortäuschen. Auch ihr Hinken wirkte verblüffend echt.

D'Altino blieb vor Franzin stehen. »Bring Don Francesco in das Gästezimmer neben meinen Gemächern.«

»Wie Ihr wünscht.« Franzin verbeugte sich und begleitete Oliva durch den Korridor.

In der Zwischenzeit waren die Dienstboten in das Gästezimmer geeilt, um alles vorzubereiten. Danach schickte der Baron sie weg. Don Francesco brauchte ein heißes Bad und viel, viel Ruhe.

»Geschafft, meine Liebe.« D'Altino betrat das riesige Schlafzimmer, ein großes Badetuch in der Hand.

Oliva räkelte sich im warmen Wasser und lächelte ihn verführerisch an. Nichts an ihr erinnerte mehr an einen jungen Mann.

»Komm heraus, wenn du dich traust.« Volfango breitete das Badetuch aus, voller Ungeduld, sie endlich nackt zu sehen. Mit katzenhaften Bewegungen glitt Oliva aus dem Wasser. Sie genoss seinen lüsternen Blick und ließ sich in das Handtuch wickeln. Dabei küsste sie ihn leidenschaftlich und presste sich an ihn. Es war bereits einige Zeit her, dass sie sich unter freiem Himmel geliebt hatten, doch die Erregung brannte noch immer in ihnen. Nachdem er sie kräftig abgerubbelt und ihr sanft den Rücken massiert hatte, ließ sie das Handtuch fallen und kniete sich auf den Boden. Volfango knöpfte seine Hose auf und drang von hinten in sie ein. Dabei flüsterte er ihr Worte ins Ohr, die er noch nie zu einer Frau gesagt hatte.

Später kämmte sich Oliva vor dem flackernden Kaminfeuer die üppigen Locken. Dabei fielen Wassertropfen auf ihre Schultern und rannen ihr den Rücken herunter. Der Baron sah ihr fasziniert zu. Bei Oliva konnte selbst ein Wassertropfen zu einem magischen Ereignis werden. Seufzend strich er ihr über den samtweichen Hals, dann ließ er seine Hand zu ihren prallen Brüsten wandern. Plötzlich runzelte Oliva die Stirn.

»Woran denkst du?«, fragte der Baron.

»An meinen Vater. Alle konnten wir täuschen, aber ihn nicht«, dabei blickte sie ihm in die Augen. In diesem Moment erkannte er, wie jung sie noch war.

D'Altino zog sie an sich und legte schützend die Arme um sie. »Mach dir keine Sorgen. Du kannst ihm schreiben, du seist vom Pferd gefallen, ich hätte dich gerettet und zu mir nach Hause eingeladen und …«

Oliva schüttelte den Kopf und befreite sich sanft aus seiner Umarmung. »Nein, so geht das nicht.«

»Warum?«

»Er würde mich sofort zurückholen.«

»Was schlägst du vor?«

Oliva stand auf und schlüpfte in das Herrenhemd, das eine Dienerin gewaschen und auf das Bett gelegt hatte. »Ich bin eine freie Frau, und mein Vater weiß das. Er hat mich so erzogen. Ich werde ihm die Wahrheit sagen.«

»Die Wahrheit?«

»Ja. Ich werde ihm schreiben, dass ich mich entschieden habe, ab jetzt meinen eigenen Weg zu gehen.«

»Deine Worte machen mich zum glücklichsten Mann der Welt, Oliva«, der Baron küsste ihr galant die Hand, »aber wird er nicht denken, ich hätte dich dazu gezwungen? Wenn er mich zum Duell fordern oder beim Vizekönig anklagen sollte: Ich bin zu allem bereit.«

»Ich glaube nicht, dass es so weit kommen wird«, sagte Oliva lachend. »Mein Vater würde niemals denken, dass du mich zu irgendetwas zwingen könntest, dazu kennt er mich zu gut. Ich habe mich noch nie Befehlen anderer gebeugt, und das werde ich auch zukünftig nicht tun. Ich gehöre nur mir.« Dann zog sie die frischgewaschenen Hosen an und betrachtete sich im Spiegel. »Meinst du, ich muss mir die Brüste abbinden oder sehe ich männlich genug aus?«

»Du bist perfekt.« D'Altino blickte sie nachdenklich an. *Ich gehöre nur mir*. Diese Worte hatten ihn bis ins Mark getroffen. Mit einem Mal wurde ihm klar, dass die junge Marchesa ihm nie gehören würde, jedenfalls nicht so, wie er sich das insgeheim erhofft hatte. Oliva war mehr als nur eine schöne, sinnliche Frau. In ihr loderten unbändige Kraft und Abenteuerlust. Was die Liebe anging, kannte sie weder Grenzen noch Moral. Vielleicht war es gerade das, was ihn an ihr so faszinierte. Doch durfte er sich diese Gefühle erlauben?

»Vergessen wir meinen Vater.« Oliva band sich die Haare zusammen und lächelte ihn an. Einen Moment lang vergaß er seine nagenden Zweifel.

Agnese öffnete die Vorhänge des Himmelbetts und brachte mit routinierten Griffen die Kissen und Decken in Ordnung. In der Zwischenzeit half Tano Principe di Gravina beim Ausziehen und beim Anlegen des Nachtgewands. Der Diener fragte sich, warum sein Herr an diesem Abend so schweigsam war.

»Eure Nachtmütze, Signore.« Der Blick des Fürsten war ausdruckslos, als würde er bereits mit offenen Augen schlafen. Dann besann er sich, setzte sich die Mütze auf den Kopf und sagte: »Das Fläschchen mit der Bergamotte-Essenz, bitte.«

Tano verbeugte sich und nickte.

»Braucht Ihr mich noch?« Agnese schlug demütig die Augen nieder.

»Nein, geh nur. Aber lass die Kerzen brennen. Ich lösche sie später aus.« Der Fürst deckte das Bett auf und drückte auf die Matratze, ein allabendlicher Ritus, um sich zu vergewissern, dass sie auch hart genug war. Agnese wartete, bis er zufrieden nickte, dann ging sie. »Gute Nacht, Herr.«

Als er allein war, roch der Fürst ausgiebig an der Bergamotte-Essenz, in der Hoffnung, dass sie die quälenden Kopfschmerzen vertreiben würde. Normalerweise half ihm Bergamotte immer. Während er auf die Wirkung wartete, versuchte er sich abzulenken und konzentrierte sich auf das Amarantrot der Bettvorhänge. Ihm fiel auf, dass die untere Kante bereits etwas ausgeblichen war. Es wird Zeit, sie zu erneuern, dachte er. Kleine Fehler, wie eine zu weiche Matratze oder verschlissene Stoffe, machten ihm immer schmerzlich bewusst, dass alles vergänglich war, auch das Leben. Als er ein wenig Linderung verspürte, erhob er sich wieder. Plötzlich durchzuckte ein stechender Schmerz seine Schläfen. Er schwankte kurz, verfing sich im Teppich und stürzte zu Boden. Fluchend dachte er an den Grund für seine Kopfschmerzen: seine Mutter. Am Morgen hatte sie ihn in ihre Gemächer kommen lassen, um ihn von einem Gespräch in Kenntnis zu setzen, das sie am Abend zuvor mit der Baronessa d'Altino geführt hatte. Er war leichenblass geworden, doch dann war die anfängliche Bestürzung der Besorgnis gewichen, bevor sie schließlich einer schmerzvollen Sehnsucht Platz gemacht hatte.

Er stand auf und ging zum Schreibtisch, um einen Brief zu schreiben. Doch als er die Gänsefeder in die Tinte getaucht hatte, hielt er inne. Was sollte er schreiben? Ein dicker Tropfen Tinte fiel auf das weiße Papier und zerfloss zu einem Gebilde, das an eine Blume erinnerte. Der Fürst starrte auf das Papier und dachte an das morgendliche Gespräch zurück.

»Du wirst nicht glauben, was mir Donna Eufrasia eröffnet hat«, hatte seine Mutter begonnen und dabei eine verschwörerische Miene aufgesetzt, wie immer, wenn sie sich anschickte, Klatsch und Tratsch zu verbreiten.

Ihr Sohn hatte sie gequält angeblickt. Wenn es nicht um Donna Eufrasia gegangen wäre, hätte er sich längst umgedreht und seine Mutter mit ihren Geheimnissen allein gelassen. Aber alles, was die Baronessa betraf, ging auch ihn etwas an, und so hatte er seine Mutter gebeten, fortzufahren.

»Denk nur, die Baronessa ist entschlossen, ihrer Schwester, Suor Addolorata, zu folgen und ins Kloster zu gehen! Und weißt du, warum?« Ohne ihrem Sohn Zeit für eine Antwort zu lassen, hatte sie weitergesprochen: »Wegen ihres Mannes! Es scheint, als habe der Baron sich die Marchesa di Regalmici ins Haus geholt, die seinetwegen ihren Vater allein gelassen hat! Aber das Schlimmste kommt noch: Wie es scheint, hat der Baron in den vergangenen Jahren durch mysteriöse Geschäfte ein Vermögen angehäuft … womöglich durch Kaperfahrten mit Piraten!«

Der Fürst hatte sie wortlos angestarrt. Eine bleierne Leere hatte sich in ihm ausgebreitet. *Donna Eufrasia im Kloster?* Der Baronessa nicht seine tiefen Gefühle bekunden zu können erschien ihm unvorstellbar! Er hatte versucht, seine Erschütterung zu verbergen, und gefragt: »Piraten?«

»Ja! Die Baronessa hat mir erzählt, dass ihr Mann mehr als einmal erst im Morgengrauen nach Hause gekommen ist, die

Hosen mit Salzwasser durchtränkt.« Bei diesen Worten hatte sie ihren Rosenkranz an die Brust gedrückt. Der Fürst hatte sie einfach weitersprechen lassen, auch wenn an dieser Geschichte etwas nicht stimmen konnte. Unter Kaiser Karl VI. war die Piraterie nahezu ausgestorben. Der frühere Vizekönig von Sizilien hatte Verträge mit Tunesien, Libyen und Algerien abgeschlossen, um die Sicherheit der Meere in dieser Region zu gewährleisten. *Mit welchen Piraten hätte d'Altino also gemeinsame Sache machen können?*

Der Fürst legte die Feder nieder, die Kopfschmerzen waren übermächtig. Diese Sache hatte keinesfalls etwas mit Piraten zu tun. Die nächtlichen Ausflüge des Barons mussten eine andere Ursache haben. Er dachte an die Gerüchte, die über d'Altino in Umlauf waren. Zwar achtete er nicht auf Geschwätz, aber im Kern ging alles in die gleiche Richtung. Erst vor einigen Wochen hatte einer seiner Pächter erzählt, in Palermo werde gemunkelt, dass der Baron, in dunkler Kleidung und Maske, nachts durch die Besitztümer der Adligen streife. In seiner Begleitung sei ein wagemutiger Halunke beobachtet worden. Außerdem hieß es, in Palermo habe ein geheimnisvoller venezianischer Edelmann, der sich als Richter ausgab, eine hohe Belohnung für denjenigen ausgesetzt, der ihm Informationen über einen österreichischen Hochstapler geben könne. Er habe die Spur des Schurken verloren, der ständig seine Identität wechsle. In der Stadt waren nicht wenige davon überzeugt, dass es sich dabei um den Baron d'Altino handelte.

Der Fürst hatte diese Informationen immer als Gerede abgetan. Doch jetzt war er sich nicht mehr so sicher. Der Mann mit dem seltsamen Akzent war urplötzlich in der Stadt aufgetaucht. D'Altino hatte behauptet, er habe ihn sich als Kind in Österreich angeeignet, wo er zur Schule gegangen sei. Auch wenn der Baron stets auf Höflichkeit und gute Umgangsformen achtete und seiner Frau ein tugendhafter Ehemann zu sein schien, hatte er mehr als einmal sein wahres Gesicht gezeigt, anderen Frauen lüsterne Blicke zugeworfen und Adlige, die ihm widersprochen hatten, barsch zurechtgewiesen. Wenngleich er sich jedes Mal sofort wieder in der Gewalt hatte, waren die Zweifel an seiner Person von Mal zu Mal gewachsen. Und jetzt hatte er seine Frau wegen einer Jüngeren verlassen und damit endgültig die Maske fallen lassen. So benahm sich kein gottesfürchtiger Mann, der vorgab, gegen einen Geheimbund zu Felde zu ziehen.

Plötzlich schoss ihm ein Gedanke durch den Kopf, der alle anderen Überlegungen verdrängte, wie eine eisige Windböe: Stand der Baron selbst in Kontakt mit den umstürzlerischen Geheimbünden? Vielleicht sogar mit der Bruderschaft der Rächer, den *Fratelli Vendicatori*, die er und andere Edelleute schon lange bekämpften?

Wieder tauchte er die Feder in das Tintenfass und begann, einen Brief an den Marchese di Regalmici, Don Antonino La Grua, zu schreiben. Olivas Cousin sollte ihm helfen. Vielleicht konnte er den mysteriösen Begleiter des Barons in seine Gewalt bringen und so der Wahrheit ans Licht verhelfen. Es hieß sogar, er sei der uneheliche Sohn d'Altinos. Wenn dem so wäre, würde der Baron sicher alles geben, um ihn zu befreien.

Im Jahre des Herrn 1771 hat mein Leben eine glückliche Wendung genommen. Mir wurde ein Erbe geboren. Lupo ist wohlauf und gesund. Außerdem habe ich eine Frau gefunden, die meiner würdig ist: Donna Oliva, Marchesa di Regalmici. Sie hat auf alles verzichtet, um für immer bei mir zu sein, und sie soll es nicht bereuen. Meine Ehefrau Eufrasia hat es vorgezogen, ins Kloster zu gehen, um meiner Freiheit und meiner Liebe zu

Oliva nicht im Wege zu stehen. Donna Oliva steht mir im Verborgenen bei meiner Aufgabe als Meister der Fratelli Vendicatori zur Seite, der Bruderschaft, die es sich zum Ziel gesetzt hat, den Unterdrückten Gerechtigkeit und Freiheit zu bringen …

Vivy Sannazzaro unterdrückte ein Gähnen und schloss für einen Moment die Augen. Es war schon fast Mitternacht, und morgen hatte sie einen anstrengenden Tag vor sich. Doch die Lektüre der Memoiren ihres Vorfahren hatte sie ihre Müdigkeit vergessen lassen. Jedes Mal, wenn sie in dem Manuskript las, fand sie neue faszinierende Details, die sie immer wieder in ihren Bann zogen. Volfango d'Altinos Mut und Unerschrockenheit, sein Leben als Edelmann und Pirat, der nicht nur die Welt, sondern auch die Kirche herausforderte, hatten etwas Heroisches, Mythisches. Er war nicht gegen das Gesetz, er war das Gesetz, das Schicksal hatte zu gehorchen. Aber das war es nicht allein. Wenn sie seine Lebensgeschichte las, fühlte sich Vivy weniger allein, so als wäre die ganze Familie noch bei ihr. Ein seltsames Gefühl, das sie mit niemandem teilte, aber auf das sie nicht verzichten konnte. Es gab ihr die Kraft, weiter voranzugehen. Nachdem sie sich die müden Lider massiert hatte, setzte sie ihre Lektüre fort. Sie wollte zumindest diese Seite zu Ende lesen.

Während ich diese Zeilen schreibe, brennt das tief ins Fleisch eingeprägte Zeichen des Feuers immer stärker. Ein Hinweis, dass die Venezianer in der Nähe sind. Sie werden keine Ruhe geben, bis sie mich endlich in ihrer Gewalt haben. Aus diesem Grund möchte ich hier zu Papier bringen, wo ich meine Schätze versteckt habe: die Smaragde, Diamanten, Saphire und Rubine aus Venedig, dazu das Geld, das mir wohltätige Gönner und gottlose Schuldner zu treuen Händen anvertraut haben. Der geheime Ort, an dem ich die Schätze verborgen habe, wird nie entdeckt werden, es sei denn, der Sucher erweist sich als würdig, die

Hinweise zu deuten, die ich meinem Sohn und Erben Lupo hinterlassen habe. Er wiederum wird sie an die folgenden Generationen weitergeben. Nur wer dieses Manuskript in Händen hält, wird die Hinweise erkennen können.

Vivy kniff die Augen zusammen. Die nun folgenden Zeilen waren so klein geschrieben, dass man sie kaum entziffern konnte. Sie hielt das Manuskript ganz dicht vor die Augen, doch auch das half nichts. Deshalb stand sie auf, um das Vergrößerungsglas aus der Schreibtischschublade zu holen. Im Licht der Halogenlampe studierte sie die Zeilen wieder und wieder …

Panormi. Bilinguis Infcriptio duabus Bafibus aequaliter infculpta Phoenicia five Punica effe non ambigitur sed et in quodam Parifino Litterario Diario interpretationem invenire poffumus.

Oliva di Regalmici war so glücklich wie noch nie. Das war das Leben, von dem sie immer geträumt hatte, frei wie der Wind, ohne Zwänge und Verpflichtungen gegenüber Familie, Kirche und Gesellschaft, die sie ohnehin nie interessiert hatten. Auf Nächte voller Leidenschaft folgten Tage voller Abenteuer. Wenn sie auf die Jagd gingen, band sie sich die Brüste ab, streifte das Herrenhemd über und schlüpfte in die Hose, die die Schneiderinnen des Barons für den vermeintlichen Don Francesco angefertigt hatten. Sie fasste die Haare zu einem Pferdeschwanz zusammen und band sich ein Tuch vor Nase und Mund, dass man von ihrem Gesicht nur noch die Augen erkennen konnte. Mit dem Hut auf dem Kopf stellte sie sich vor den Spiegel und übte männliche Gesten. Volfango konnte sich nicht an ihr sattsehen: In Männerkleidung fand er seine Geliebte noch begehrenswerter. Auch Oliva schien dieses Spiel Tag für Tag mehr zu genießen.

Um das Verwirrspiel nicht zu gefährden, ließ der Baron für die Marchesa doppelte Mahlzeiten kochen, den Rest verfütterte er an die Hunde. Aber auch Balà bekam einen Teil ab, so dass ihm bald keine Hose mehr passte. Unterdessen waren in der Stadt und der Umgebung Gerüchte laut geworden, dass ein vermeintlich unehelicher Sohn bei Barone d'Altino wohnte und mit ihm durchs Land streifte, auf der Suche nach Beute. Marchesa Oliva di Regalmici dagegen hielt man für die neue Frau an Volfangos Seite, nachdem Eufrasia ins Kloster gegangen war. Der kleine Lupo wurde von der Amme und den Dienerinnen aufgezogen. Die Frauen überboten sich in mütterlicher Fürsorge, sangen ihm Lieder und verwöhnten ihn über alle Maßen. So wuchs der Säugling wohlbehütet und geborgen zu einem freundlichen Jungen heran. Die Abwesenheit seiner Mutter und die fehlende Fürsorge seines Vaters schienen ihm nichts auszumachen. Ab und zu besah sich Volfango seinen Sohn, aber nur, um sich seines Wohlergehens zu vergewissern. Sein ganzes Leben drehte sich nur um Oliva. Er vergötterte diese Frau, die sich mit Leichtigkeit immer wieder von einer begehrenswerten Frau in einen Mann verwandeln konnte. Niemand würde ihr auf die Schliche kommen. Eines Tages überraschte Tina die beiden beim Fechttraining. Verwundert starrte die Dienerin auf die Frau mit geschürzten Röcken und in Reitstiefeln, die sich mit dem Baron duellierte. Irgendetwas stimmte hier nicht. Geistesgegenwärtig fingierte Oliva eine Ohnmacht.

»Die arme Marchesa ist einfach zu schwach für ein Duell mit einem Mann«, sagte Volfango tief besorgt. Sein Herz schlug bis zum Hals, fast wäre ihr Geheimnis aufgedeckt worden. Er hob die Marchesa behutsam auf und trug sie ins Schlafzimmer. Seit diesem Erlebnis war Volfango noch vorsichtiger: keine Duelle mehr und noch größere Diskretion im Schlafzimmer.

Außerhalb des Palazzos begann es zu rumoren, die Zahl seiner Feinde wuchs. Erst in jüngster Zeit war ihm eine höchst alarmierende Nachricht zu Ohren gekommen: Ein bedeutender venezianischer Jurist war in Palermo angekommen. Er war auf der Suche nach einem Hochstapler, der venezianische Adlige um Hab und Gut gebracht hatte. Seine alte Bruderschaft zog den Kreis immer enger. Höchste Vorsicht war geboten. Franzin und Balà betraten die Stadt nur noch verkleidet und mit verdecktem Gesicht. Auch neuen Feinden musste d'Altino die Stirn bieten: Olivas Vater und ihr gewalttätiger Cousin, Marchese di Regalmici, Antonino La Grua. Volfango vermutete, dass hinter dessen wiederholten Drohungen mehr steckte, als das Bedürfnis eines Mannes, die verletzte Ehre seiner Cousine und seiner Familie zu rächen. Außerdem stand zu befürchten, dass Eufrasia ihn beim Vizekönig angezeigt hatte. Aus diesem Grund hatte er beschlossen, den geheimen Treffpunkt der Fratelli zu verlegen. Die Grotte war nicht mehr sicher. Sie brauchten ein neues Versteck, gut geschützt vor neugierigen Augen. Und auch wenn ihm das schwerfiel, musste er sich um die Neutralität Donna Eufrasias bemühen. Wenn schon keine Vergebung zu erwarten war, so doch zumindest Waffenstillstand. Er würde sie im Kloster besuchen, in der Hoffnung, damit ein für alle Mal das Geschwätz der Adligen zum Schweigen zu bringen. Die schlimmsten Schandmäuler waren Principe di Gravina und seine Mutter, die seit Eufrasias Rückzug ins Kloster zu seinen erbittertsten Feinden geworden waren.

Die Begegnung fand in einem Saal statt, in dem sonst hohe Würdenträger empfangen wurden. Der Äbtissin stand die Genugtuung ins Gesicht geschrieben. Die Summe, die Barone d'Altino ihr überreichte, übertraf all ihre Erwartungen.

»Ich bitte Euch gnädigst, meine Spende anzunehmen, Mutter Äbtissin«, bat Volfango mit falscher Demut. Er wollte sie gnädig stimmen. Ihre Seele war zwar rein, den Verlockungen des Geldes aber konnte selbst sie nicht widerstehen.

Anders als viele ihrer Nonnen, wirkte die Äbtissin gesund und wohlgenährt. Sie nickte und würdigte d'Altino eines verhaltenen Lächelns. »Ich bin sicher, Eure Spende wird unserem Herrn sehr gefallen.« Sie bekreuzigte sich und murmelte ein kurzes Gebet. Dann erklärte sie dem Baron, wie sie das Geld nutzen wollte. »Mein Wunsch ist, auch den Schwestern des Klosters Santa Maria dell'Ammiragliato eine Aussicht auf die Via Cassaro zu ermöglichen.« Es folgte eine detailgenaue Schilderung des unterirdischen Ganges. Der Baron hörte interessiert zu.

»Mutter Äbtissin, wie großherzig von Euch. Ich fühle mich tief geehrt, Euch bei diesem Vorhaben zur Seite stehen zu dürfen. Ihr wisst, dass auch meine Gattin den Weg zu Gebet und religiöser Hingabe gewählt hat. Sie hat sogar die Liebe zu unserem Sohn Lupo der Liebe zu Gott dem Herrn geopfert. Etwas Gottgefälliges zu tun, ist für mich die einzige Möglichkeit, sie auf ihrem Weg zu unterstützen.«

Wieder neigte die Äbtissin würdevoll den Kopf, doch in ihrem Blick flammte einen Augenblick lang Gier auf. Jetzt hatte er sie so weit. D'Altino lenkte das Gespräch in die gewünschte Richtung: »Und, Mutter Äbtissin, wie gehen die Arbeiten voran?«

Sie erklärte, dass der Bau ins Stocken geraten war, da man Reste antiker Gebäude entdeckt hatte, wahrscheinlich aus der Zeit der Phönizier. »Eine Totenstadt mit labyrinthartigen Gängen. Möglicherweise haben die ersten Christen sie als Katakomben benutzt«, sie bekreuzigte sich, »wollt Ihr sie sehen?«

Der Baron nickte begeistert. »Sehr gerne, wenn es keine Umstände macht.«

»Ich kann Euch nicht alles zeigen, aber doch ein wenig. Folgt mir«, die Äbtissin ging durch die kalten und feuchten Gänge des Klosters voran. »Das ist das Refektorium, tretet ein.« Sie zog einen Schlüsselbund heraus und öffnete die schwere Holztür. In der Mitte des Raumes klaffte ein großes Loch im Fußboden, das mit fünf Kirchenbänken abgesperrt war. Der Baron trat näher.

»Im Vertrauen, Barone, das ist nicht der einzige Zugang zum unterirdischen Gang. Es gibt einen zweiten in der Via dei Tessitori und einen dritten in der Via dei Conciatori. Das darf aber niemand wissen!« Sie legte den Zeigefinger auf ihre Lippen. »Wehe uns, wenn die Gottlosen davon erfahren.«

D'Altino konnte seine Aufregung kaum verbergen. »Ihr könnt Euch auf mich verlassen«, versicherte er und verbeugte sich tief, damit die Äbtissin seine Augen nicht sehen konnte. »Ich danke Euch für Euer Vertrauen, Mutter Äbtissin, aber jetzt habe ich Euch genug Umstände bereitet und werde mich zurückziehen, wenn Ihr erlaubt.«

Nachdem die Äbtissin ihn zur Pforte begleitet, sich nochmals bedankt und ihn gesegnet hatte, erlaubte sich der Baron ein klammheimliches Lächeln. Die Fratelli Vendicatori hatten endlich einen neuen Versammlungsort.

Kaum hörte Oliva die Schritte des Barons auf dem Korridor, klappte sie ihr Buch zu und erhob sich, um ihn willkommen zu heißen.

»Meine Liebe«, Volfango umfasste ihre Taille und hob sie hoch.

»Lass mich runter«, die Marchesa küsste ihn auf den Mund. Irgendetwas stimmte nicht. Der Baron wirkte seltsam abwesend.

»Was grämt dich?«

»Nichts«, Volfango nahm ihre Hand und zog sie zum Bett. Bis jetzt hatte er ihr nichts von seinen Sorgen erzählt, aber nachdem ihm Balà einen weiteren Drohbrief übergeben hatte, wollte er sie einweihen. »Setz dich.«

Oliva war beunruhigt.

»Ich befürchte, dass wir noch vorsichtiger sein müssen, meine Liebe. Es sind Gerüchte im Umlauf, ich würde mit einem jungen Verwandten durch die Lande ziehen, um adlige Betrüger zu jagen, die dem Vizekönig durch die Lappen gegangen sind.« Er sah ihr tief in die Augen, noch unschlüssig, ob er ihr von dem Brief erzählen sollte, in dem Marchese di Regalmici damit drohte, ihn und den mysteriösen Begleiter umzubringen.

»Was willst du damit sagen? Ist es etwa vorbei mit unseren gemeinsamen Abenteuern?« Oliva erschauderte, jedoch nicht vor Angst. »Das wirst du nicht wagen!« Sie bebte vor Zorn. Volfango versuchte sie zu besänftigen, indem er zärtlich ihre Hand nahm. »Du weißt, wie sehr ich dich liebe, und deswegen werde ich alles tun, um dich zu schützen, auch gegen deinen Willen.«

Olivas Augen blitzten unnachgiebig. Volfango gab auf: »Nun gut, du hast gewonnen. Aber wir werden uns nicht mehr in der Grotte treffen.«

»Wo dann?« Volfango stellte erleichtert fest, dass Olivas Wut der Neugier gewichen war, und erzählte ihr von dem neuen Versteck und wie er darauf gekommen war.

»Santa Maria delle Sette Spade! Eine Kirche! Du bist ein Teufel!« Sie umarmte ihn.

Zum allerersten Mal wallten väterliche Gefühle in ihm auf. Seine Geliebte war so jung, dass sie seine Tochter hätte sein können. Unvermittelt musste er an die Fehlgeburten seiner Frau und den Fluch der Zigeunerin denken.

Diese Dinge hatte er lange verdrängt. Würde jetzt das Schicksal seinen Lauf nehmen? Doch seine Bedenken waren sofort vergessen, als ihm Oliva zwischen die Beine griff.

»Ich werde dich immer lieben«, flüsterte er, und sein Kuss war alles andere als väterlich.

Eine stockfinstere Nacht. Die feuchte Kälte des unterirdischen Saales kroch den Brüdern in die Knochen, und sie drängten sich dicht aneinander, um wenigstens etwas Wärme zu spüren. Dieser Ort war ihnen unheimlich, ein Labyrinth aus Gängen und Gräben, aber er war sicher. Ein Mitbruder, der Abt der Klosterkirche, hatte auf Bitten des Barons die Bauarbeiten unauffällig an eine andere Stelle verlegen lassen. Zudem verbargen jetzt riesige Felsbrocken den Eingang zum Saal. Der Baron hatte sogar eine Möglichkeit gefunden, ein Röhrensystem anlegen zu lassen, das ins Freie führte und frische Luft in die Tiefe leitete. Zwar bestand jederzeit Einsturzgefahr, aber dieses Risiko mussten die Brüder eingehen. Im Vergleich zu dem, was sie erwartete, wenn sie in die Hand ihrer Feinde fielen, war dies das kleinere Übel.

An diesem Abend plagten die Fratelli andere Sorgen. Barone d'Altino und sein junger Begleiter waren immer noch nicht da. Während sie voller Sorge auf sie warteten, gingen sie zum wiederholten Mal den Plan für den nächsten Überfall durch.

Inzwischen überquerten der Baron und die Marchesa gemeinsam mit Franzin die Straße nahe der Chiesa Santa Maria delle Sette Spade. Als sie die Kirche fast erreicht hatten, blieben sie abrupt stehen. Hinter ihnen waren Schritte zu hören. Noch bevor sie feststellen konnten, woher die Schritte kamen, sprangen sechs bewaffnete Männer hinter einer Häuserecke hervor und zückten ihre Schwerter.

Die Attackierten bildeten einen Kreis, Rücken an Rücken,

und zogen ebenfalls die Waffen. »Aufgepasst!«, schrie Volfango, dem kalter Schweiß über die Stirn rann.

»Tötet die beiden Männer, den Jungen lasst am Leben«, schrie der kräftigste Angreifer, offenbar der Anführer. D'Altino parierte seine wuchtigen Hiebe, doch es gelang ihm nicht, sich einen Weg freizukämpfen.

Oliva hatte zwei der Männer schwer verletzt. Sie kauerten röchelnd am Boden und flehten um Gnade. Franzin versetzte ihnen den Todesstoß, während Oliva die drei anderen in Schach hielt.

Als ihr Schwert einem Angreifer das Herz durchbohrte und Blut aus der klaffenden Wunde schoss, wichen die beiden anderen kurz zurück. Oliva kämpfte wie besessen und schlug die Angriffe mit Bravour zurück, während der Baron erneut versuchte, den Anführer außer Gefecht zu setzen.

Die Angreifer versuchten vergeblich, sich neu zu formieren. D'Altino und Franzin setzten nach. Durch ihr waghalsiges Manöver abgelenkt, achtete Oliva nicht auf das niedersausende Schwert. Als sie die Klinge im Fleisch spürte, ließ sie ihre Waffe zu Boden fallen, starr vor Schreck, Schmerzen spürte sie nicht. Der Mann mit dem Schwert stand über ihr, bereit zum tödlichen Stoß. Oliva hob den Kopf, den Hut hatte sie beim Sturz verloren, so dass ihr Pferdeschwanz deutlich zu sehen war. In ihren Augen lag nichts Männliches mehr, nur noch Hilflosigkeit. Gleichwohl erkannte der Angreifer nicht, wer da zu seinen Füßen lag. D'Altino und Franzin stürzten sich auf ihn und hieben unbarmherzig auf ihn ein. Dann riss der Baron dem Sterbenden den Mantel vom Leib und hüllte Oliva darin ein. Er setzte ihr den Hut auf und warf sich ihren Körper über die Schulter. »Ganz ruhig, alles wird gut.« Er flüchtete in die schmale Gasse, Franzin folgte ihm auf dem Fuß.

Hinter der vergitterten Trennwand des Parlatoriums erschien ihr Donna Eufrasia wie ein Gespenst. Santuzza hatte sie schon längere Zeit nicht mehr gesehen und war entsetzt, wie blass und verhärmt ihre Herrin aussah. Alles Leben in ihr schien erloschen, nur in ihren Augen loderte ein Feuer, als hätte sie Fieber.

»Donna Eufrasia, wie sehr habt Ihr mir gefehlt! Geht es Euch gut?«

»Ja, es geht mir gut, Santuzza, aber ich brauche deine Hilfe.«

»Ich tue alles, was Ihr wünscht.«

Donna Eufrasia zog einen Brief aus der Tasche ihrer Kutte und steckte ihn durch eine Gitteröffnung. »Beeil dich, es gilt, keine Zeit zu verlieren. Bringe diesen Brief heimlich zu Fürst Gravina.«

Santuzza zögerte. Sie schien verlegen.

»Nimm schon! Was ist denn in dich gefahren?«

Die Dienerin griff nach dem Brief und steckte ihn rasch in ihre Schürze. »Signora …«, setzte sie an.

Aus Donna Eufrasias Ungeduld wurde Zorn. »Auf der Stelle bringst du diesen Brief in den Palazzo, hast du verstanden?«

Santuzza senkte den Blick. »Ich kann nicht …«

»Wie, du kannst nicht?«

»Wisst Ihr es denn nicht? Fürst Gravina ist tot.«

Eufrasia fühlte das Blut aus ihrem Körper weichen, ihr wurde schwindlig. Plötzlich verschwand Santuzza in einem weißen Nebel.

»Er wurde außerhalb Palermos in einen Hinterhalt gelockt und ermordet.«

Eufrasia umklammerte das Gitter.

»Alle wurden umgebracht, auch die Diener! Und dem Fürsten hat man die Zunge abgeschnitten!«

»Schluss, es ist genug!«

»Es tut mir so leid, die Mutter des Fürsten weiß es auch noch nicht …«

»Wann ist das passiert?« Eufrasias Stimme brach.

»Vor zwei Tagen. Es heißt, es seien die Vendicatori gewesen …«

»Die Vendicatori …«, murmelte Eufrasia mit bitterem Sarkasmus in der schmerzverzerrten Stimme. Dann gelang es ihr unter unmenschlicher Anstrengung, ihre Hand nach Santuzza auszustrecken, ohne dass sie zitterte. »Gib mir den Brief zurück.« Sie nahm ihn und ließ ihn in der Schwesterntracht verschwinden. Anschließend ließ sie Santuzza schwören, dass sie niemandem von diesem Treffen erzählen würde, und verabschiedete sich von ihr.

Ein schnalzender Peitschenhieb, und die Pferde galoppierten über die holprige Straße, die aus Palermo herausführte. Am Himmel drohten mächtige Gewitterwolken, hinter denen der Mond verborgen blieb.

Oliva lag in Volfangos Armen und starrte durch das winzige Kutschenfenster, voller Furcht, es könnte jeden Moment etwas Schreckliches passieren. Sie war von Natur aus kein ängstlicher Mensch, doch die Tage und Nächte, in denen sie mit dem Tode gerungen hatte, von Fieberkrämpfen geschüttelt und von Alpträumen gejagt, hatten tiefere Spuren hinterlassen, als sie zugeben wollte. Volfango war das nicht verborgen geblieben. Wo war Olivas ungezügelte Wildheit geblieben, wo ihre blitzenden Augen beim Liebesspiel? Doch er hatte keine Zeit, weiter darüber nachzudenken. Die Gefahr war allgegenwärtig, die Schlinge zog sich zu. Der Baron wusste, dass ihn der oberste Richter Palermos zu einem schrecklichen Tod verurteilen würde, wenn seine Häscher ihn ergreifen würden.

»Volfango, was ist geschehen, während ich im Fieber lag?«

»Wir haben herausgefunden, wer dich entführen wollte«, Volfango nahm sanft ihre Hand. »Die Bruderschaft fühlte sich in ihrer Ehre verletzt und hat beschlossen, dass die Schuldigen bestraft werden müssen, nicht anders als Spione und Verräter.«

»Und was genau haben die Brüder beschlossen?«

»Sie haben den Fürsten Gravina zum Tode verurteilt und das Urteil vollstreckt. Er war ein Spion der Kirche und des Adels.« Volfango sah Oliva ins Gesicht. Auch wenn sie ein wenig schmaler wirkte, hatte sie nichts von ihrer Schönheit verloren. Im Gegenteil. Die markant betonten Wangenknochen ließen ihre Augen noch besser zur Geltung kommen. Er zog sie an sich und küsste sie, dann ließ er seine Hand über ihre Brüste gleiten.

»Mein Geliebter, du hast mir so gefehlt«, seufzte sie und schob ihn sanft, aber entschieden von sich weg. »Du kannst dir nicht vorstellen, welche Ängste ich ausgestanden habe! Ich wusste ja nicht, was mit dir geschehen war …«

Volfango schwieg. Zu ihrer eigenen Sicherheit hatte er Oliva während ihrer Rekonvaleszenz bei einem getreuen Mitbruder nicht aufgesucht.

»Ein Gewitter zieht auf.« Oliva spähte wieder aus dem Fenster. In diesem Augenblick hörte man erschrockenes Wiehern und Hufgetrappel.

Volfango umfasste Olivas Schultern. »Ich habe es dir bereits gesagt, Oliva: Die Fratelli haben ihr Urteil vollstreckt: Ein solches Blutbad hat Palermo noch nicht gesehen. Jetzt sind uns die Schergen der Justiz auf den Fersen. Wir müssen auf alles gefasst sein!« Volfango war aufs Äußerste angespannt. Erst als er sah, dass Pferd und Reiter in eine andere Richtung galoppierten, ließ er sich erleichtert zurücksinken.

Die Wiese gegenüber dem Palazzo hatte sich in ein Heerlager verwandelt. Als Oliva durch die Reihen ging, stellte sie beunruhigt fest, dass alle Männer bewaffnet waren.

»Gehen wir hinein.« Volfango schob die Marchesa durch die Tür.

Im Haus war es merkwürdig still, die Diener gingen hin und her, die Köpfe gesenkt. Gesprochen wurde nur das Nötigste, und wenn, dann im Flüsterton. Oliva war verwirrt. Wo war das heitere Plaudern der Köchinnen geblieben? Nur Volfango, der gerade ins Schlafzimmer kam, schien sich wohl zu fühlen.

Mitten im Zimmer stand ein Badezuber, die Luft war erfüllt von Calenduladuft. »Ein heißes Bad, herrlich!«, rief Oliva. Etwas neben dem Himmelbett erregte ihre Aufmerksamkeit. »Was ist das?«, fragte sie und zeigte auf zwei stark beschädigte Amphoren, die auf einer Holzkiste standen. »Die standen vorher nicht hier …«

»Wunderschön, nicht wahr?«

»Aber das sind doch nur noch Scherben …«

Volfango lächelte: »Das sind äußerst wertvolle antike Stücke, wie mir der Präfekt von Malta, Don Francesco Agius de Soldanis versichert hat, als er sie mir verkaufte.« Oliva trat näher. Sie erkannte eine Inschrift in einer fremden Sprache. »Sind sie echt?«

»Don Francesco ist sicher, dass sie aus der Zeit des römisch-phönizischen Krieges stammen. Du kannst doch Latein und Griechisch, was steht denn da?«

»Hm, ich werde mir die Inschrift ansehen, versprochen. Aber erst das Vergnügen.« Sie löste ihre Haare.

Nachdem Volfango die Tür verschlossen hatte, nahm er Oliva bei der Hand und führte sie zum Badezuber. Dann zogen sie sich ganz langsam aus. Als sie nackt waren, zog er sie an sich, umfasste ihre Taille und begann mit ihren erregten Brustwarzen zu spielen. Dann biss er ihr sanft in Hals und Nacken, bis er sie lustvoll aufseufzen hörte. Er half ihr in die Wanne, setzte sich zu ihr und drang in sie ein. Oliva umklammerte seinen Körper und bohrte ihm die Fingernägel in den Rücken. So musste es sein, wild und kraftvoll, genau wie beim ersten Mal. Nur so konnte sie ihre Angst vergessen und sich einbilden, dass die Zeit anhalten würde, wenigstens für einen Moment. Jeder Muskel seines Körpers war angespannt, Volfango bog sich nach hinten, Olivas Nägel zerkratzten seine Haut, doch der leichte Schmerz stachelte ihn nur noch mehr an. Gemeinsam kamen sie zum Höhepunkt, ihr heißer Atem mischte sich mit dem Calenduladuft. Befriedigt ließ Volfango den Kopf gegen den Zuberrand sinken.

»Und jetzt?«, fragte Oliva und bettete ihren Kopf auf seine Brust. Sein Herz pochte noch immer wie wild, doch das kurze Glück war verflogen.

»Wir müssen verschwinden.« Volfango streckte sich und sah sie bedauernd an, »in diesem Haus sind wir nicht mehr sicher, wir müssen Palermo verlassen.«

Plötzlich blitzte in Olivas Augen wieder der alte Abenteuergeist auf. »Warum gehen wir nicht nach Amerika? Es heißt, dort wäre alles möglich!«

Volfango lachte befreit auf, glücklich, dass auch sie wieder Lust am Leben hatte. »So weit muss es gar nicht sein … England wäre auch nicht schlecht.«

»Wie du meinst. Mit dir gehe ich bis ans Ende der Welt.« Oliva ergriff seine Hand.

»Das habe ich gehofft, aber zuerst muss ich einen sicheren Ort finden, wo ich mein Gold und meine Edelsteine verstecken kann, einen Ort, den nur du und ich und mein Sohn Lupo kennen.«

»Lupo? Aber dein Sohn ist doch noch so klein …« Olivas Augen verdüsterten sich.

»Ja, aber falls, was Gott verhüten möge, uns irgendwann doch etwas zustoßen sollte, weiß er Bescheid.«

Manchmal vergaß Oliva, dass es Lupo überhaupt gab. Erst würde aus ihm ein Junge, dann ein Jüngling und später ein Mann werden. Er würde ihr ihren Platz in Volfangos Herzen streitig machen. Ihr weiser Vater hätte das die »Rechnung mit der Realität machen« genannt. Sie schüttelte den Kopf und versuchte ihre Impulsivität im Zaum zu halten. »Wie du meinst«, sagte sie schließlich.

»Hilfst du mir, ein geeignetes Versteck zu finden?«

Oliva nickte und ließ ihren Blick schweifen. »Diese Amphoren …«, sagte sie und deutete auf die antiken Fundstücke.

Toskana, 2009

Jedes Mal, wenn sie ihr elegantes Büro in der Villa im Chianti betrat, überkam Vivy Sannazzaro ein Gefühl der Erleichterung. Das harmonische Ambiente ließ sie zur Ruhe kommen und setzte neue Kräfte frei. Das Gefühl der Einsamkeit aber blieb.

»Feng-Shui, meine Liebe. Ein gesundes Umfeld, in dem die Energieströme gleichmäßig fließen, ist eine wunderbare Therapie für Körper und Seele«, hatte ihr der Architekt erklärt, der das Büro in Greve eingerichtet hatte. Conte Cesco de' Razzi, Gerrys Lebensgefährte, war unter anderem für die Ausstattung des Neun-Sterne-Luxushotels in Dubai verantwortlich, das man weltweit in allen einschlägigen Zeitschriften bewundern konnte. Cesco hatte auch die anderen Innenräume der Sannazzaro-Villa eingerichtet und sich dabei an einem minimalistischen Konzept orientiert, ergänzt durch raffinierte Details, wie zum Beispiel extravagante Lampen, die Gerry »Löwentatzen« getauft hatte.

Ein Blickfang in Vivys Büro war eine Skulptur von Lynn Chadwick, die Cesco bei Sotheby's ersteigert hatte. An den Wänden hingen Originalzeichnungen von Bruno Munari und Mimmo Rotella, die Vivy ausgesucht hatte. Inmitten dieser Kunstwerke konnte die Baronessa jene innere Leere, die sie seit dem Tod ihrer Liebsten nicht mehr losgelassen hatte, wenigstens für kurze Zeit ausblenden.

An diesem Morgen hatte sie jedoch andere Dinge im Kopf. Ihr Assistent Bruno Velati hatte ihr einen Stapel Dokumente zur Unterschrift auf den Schreibtisch gelegt, außerdem musste sie sich um die Rosso-Bianco-Oro-Party kümmern. Das Datum musste genau abgestimmt werden, da durfte es keine Überschneidungen geben. Sie nahm ihren Kalender zur Hand und begann die Eintragungen durchzugehen, aber sie war nicht bei der Sache. Seit letzter Nacht hatte sich eine fixe Idee in ihrem Kopf festgesetzt, die sie nicht mehr losließ. Sie griff nach ihrer blauen Krokodilledertasche und zog einen Zettel heraus, auf dem sie einen Satz aus dem Manuskript ihres Urahns notiert hatte:

Panormi. Bilinguis Infcriptio duabus Bafibus aequaliter infculpta Phoenicia five Punica effe non ambigitur sed et in quodam Parifino Litterario Diario interpretationem invenire poffumus.

Ein Lateiner würde diesen Satz mühelos übersetzen können. Dann widmete sie sich den beiden nächsten Sätzen, die sie ebenfalls detailgenau abgeschrieben hatte. Sie waren in seltsamen Schriftzeichen abgefasst, die sie nicht kannte.

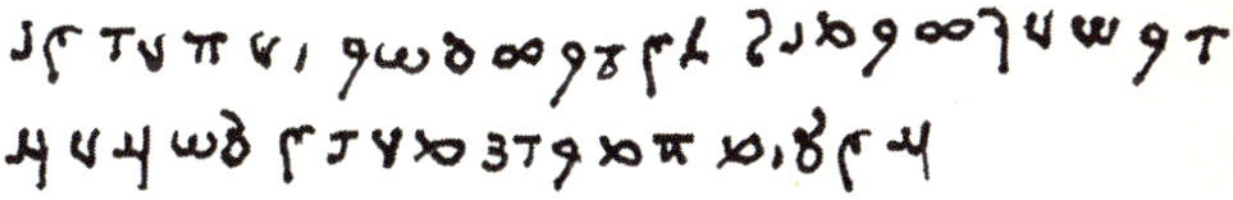

Vielleicht könnte ihr Gerry Boschi mit seinen Kontakten weiterhelfen. Sie rief nach Bruno und bat ihn, dem Fahrer

Bescheid zu geben, dass sie nach Florenz fahren wollte. Marco Tonioli wohnte in einem Nebengebäude der Villa. Er war nicht nur ihr Fahrer, sondern seit zehn Jahren auch ihr Leibwächter, ihm vertraute sie bedingungslos. Bevor sie aufbrach, rief sie noch Gerry an, um sich zu vergewissern, dass er Zeit für sie hatte.

Gerry und Cesco hatten eine gemeinsame Wohnung in der Via Tornabuoni. Ein extravaganter und doch harmonischer Mix aus Cescos Minimalismus und Gerrys Vorliebe fürs Barock. Gerry empfing seinen Gast in einem violetten samtenen Hausmantel mit magentafarbenem Satinrevers.

»Wie siehst du denn aus? Willst du Flavio Briatore imitieren?«, scherzte Vivy und küsste ihn auf beide Wangen.

»Wenn schon, dann D'Annunzio. Lass dich anschauen, meine Liebe. *Très charmante* …«

Vivy lachte und folgte ihm ins Wohnzimmer.

»Und jetzt heraus damit, ich sterbe vor Neugier!« Gerry bat sie, auf einem L-förmigen weißen Ledersofa Platz zu nehmen.

»Wie? Du bietest mir nichts zu trinken an?«

»Ach, was bin ich für ein schlechter Gastgeber! Zum Glück ist der Conte nicht da, der würde mir das nicht ungestraft durchgehen lassen.« Gerry schlug sich affektiert die Hand auf den Mund und machte große Augen. »Das Übliche, meine Liebe?«

»Um diese Zeit einen Kaffee, bitte.«

»Dein Wunsch ist mir Befehl.«

Nach einer Weile kam Gerry zurück, ein Tablett mit zwei Tassen heißem Kaffee in der Hand. Vivy hatte unterdessen den Zettel mit der geheimnisvollen Nachricht aus der Tasche geholt. »Hier«, sagte sie.

Gerry setzte seine Brille auf und begann die seltsamen Zeichen zu studieren. Anfangs war er fasziniert, doch er merkte recht schnell, dass er diese Hieroglyphen nicht entziffern konnte.

»Den lateinischen Text lege ich einer Freundin vor: Maria Majorana. Sie ist Professorin für alte Sprachen, für sie ist das ein Kinderspiel. Aber das hier scheint eine Geheimschrift aus dem 18. Jahrhundert zu sein. Ob das ein ›s‹ oder ein ›f‹ ist? Wer mag das entschlüsseln können ... Ich kann dir da nicht weiterhelfen, wir brauchen die Hilfe eines Experten.«

»Deshalb bin ich zu dir gekommen. Hast du nicht zufällig einen Bekannten, der sich mit Geheimschriften auskennt?«

»Gib mir ein paar Tage, aber jetzt trink deinen Kaffee, sonst wird er kalt.« Gerry lächelte und reichte ihr die Tasse.

Nachdem sie Gerry verlassen hatte, fühlte Vivy einen kleinen Stich im Herzen. Während Marco ihr die Wagentür öffnete, dachte sie wehmütig daran, wie anders alles wäre, wenn sie bei ihrer Rückkehr von ihren Söhnen und, wer weiß, vielleicht auch von ihren Enkelkindern empfangen werden würde. Sie hatte ihre Freundinnen schon immer beneidet, die durch ihre Enkel jung blieben. Sie dagegen hatte nichts als die Arbeit. Als sie an einer Ampel hielten, sah sie aus dem Fenster. Ihr Blick fiel auf einen uralten Nesselbaum, der seine mächtige Krone in den Himmel reckte. Nach dem keltischen Baumhoroskop war das »ihr« Baum, so hatte es jedenfalls Gerry erklärt. »Die unter dem Zeichen des Nesselbaums Geborenen, werden ein bewegtes Leben haben, reich an Anerkennung und gesellschaftlichem Erfolg.« Aber was nutzte ihr ein solches Leben, wenn es niemanden gab, der nach ihrem Tod die Früchte ernten konnte?

Ich bin kein Nesselbaum, ich bin ein sterbender Baum ohne Wurzeln, sinnierte sie und blickte dabei in den Rückspiegel.

Ihr Fahrer betrachtete sie aufmerksam. In all den Jahren, die er für sie arbeitete, hatte er die Baronessa noch nie so alt und erschöpft erlebt. In ihr Gesicht, von der Presse immer als »alterslos« bezeichnet, hatten sich plötzlich tiefe Spuren eingegraben, Spuren eines langen Lebens, das ihr alles abverlangt hatte.

Vivy Sannazzaro legte sich das Kaschmirplaid um die Schultern und trat ans Fenster. Draußen tobte ein Unwetter. Dicke Hagelkörner prasselten gegen die großen Wohnzimmerfenster, es klang wie Maschinengewehrfeuer. Sie hob den Blick und schaute fasziniert auf die vom Sturm gepeitschten Baumkronen. Seit Jahren hatte sie kein solches Gewitter mehr erlebt. Sie hoffte nur, dass sich das Wetter bis zur Stiftungsfeier wieder bessern würde.

Sie dachte an die vor ihr liegende Aufgabe und fragte sich, ob sie ihr wirklich gewachsen war.

»Reiß dich zusammen, Vivy. Das Stiftungsprojekt wird ein Erfolg werden, da bin ich sicher«, hatte ihr Cesco Mut gemacht, als er Gerrys Plan für die Stiftungsfeier gesehen hatte. An allen vier Wänden sollten riesige Fotos von Lupo in eigens dafür angefertigten Leuchtkästen präsentiert werden. In chronologischer Reihenfolge sollte sich das kurze Leben des Lupo Sannazzaro den Gästen wie in einem Zeitraffer darstellen.

Als sie den Entwurf begutachtet hatte, war Vivy flau im Magen geworden. Jetzt war sie am Zug. Die Fotos mussten noch mit einem speziellen Bildbearbeitungsprogramm aufbereitet werden, und das würde einige Tage in Anspruch nehmen.

Sie nahm einen Schluck Tee, stand seufzend vom Schreibtisch auf und ging zum Schrank hinüber, in dem die Fotoalben lagen. Es musste Jahre her sein, seit sie das letzte Mal die Familienfotos betrachtet hatte. Irgendwo musste auch noch einc alte Schachtel sein … »Hier ist sie ja!« Ganz hinten im Schrank hatte sie die blaue Pappschachtel entdeckt, die sie gesucht hatte.

Der Donner hallte in ihren Ohren wider. War das Gewitter etwa noch stärker geworden? Einen Moment lang hatte sie den absurden Gedanken, der Himmel würde ihre innere Zerrissenheit erkennen und die passende Geräuschkulisse dazu liefern. Eine kindische Vorstellung, keine Frage, aber ein Weg, sich weniger einsam zu fühlen. Sie setzte sich auf den Boden und schaute auf den Stapel Fotos in der Schachtel, dann zog sie eines heraus. War Raul als Kind wirklich so spindeldürr gewesen? Der gerade vier Jahre alte Lupo stand mit leicht gespreizten Beinen neben dem älteren Bruder, sein Gesicht drückte Kampfeslust aus. Mit dem rechten Zeigefinger fuhr Vivy sanft über die blonden Locken, die Lupo bis über die Augen fielen. Sie hätte ihr Leben dafür gegeben, seine Haare noch einmal flattern zu sehen. Mit dem gleichen Finger streichelte sie Rauls Gesicht. Die Erinnerungen übermannten sie, der Schutzwall, den sie all die Jahre gegen die immer wieder aufkeimende Trauer errichtet hatte, drohte einzustürzen. Sie musste stark bleiben. Wegen ihrer Stärke wurde sie allenthalben bewundert, aber auch gefürchtet. Mit einer resoluten Handbewegung wischte sie sich die Tränen aus den Augen und stand auf, um die Schachtel auf den Schreibtisch zu stellen. Doch ihre Gefühle fuhren Karussell. Einen Moment lang schien sich das Zimmer zu drehen. Um nicht zu stürzen, stützte sich Vivy auf die Sofalehne und ließ dabei die Schachtel fallen.

Als sie sich bückte, um die Fotos wieder einzusammeln, fiel ihr Blick auf ein altes Schwarzweißbild mit vergilbten Ecken, auf dem eine hübsche junge Frau im Abendkleid zu sehen war. Es war für die Vogue aufgenommen worden, während ihrer

Zeit in Paris und London. Eine glückliche Zeit. Danach war sie nach Florenz zurückgekehrt. Sie hatte sich gerade ihren Nasenhöcker richten lassen. Ihr Traumberuf war Schauspielerin gewesen, doch ihr Vater war dagegen. »Ich gestatte nicht, dass der gute Name unserer Familie in den Schmutz gezogen wird«, hatte Barone Velio mit entschiedener Stimme gesagt, die keinen Widerspruch duldete. Vivy hatte sehr darunter gelitten, doch kurz danach hatte sie die Liebe ihres Lebens getroffen, Conte Rodolfo Sannazzaro. Ihr Vater hatte keine Kosten und Mühen gescheut, um ihre Hochzeit zu *dem* Ereignis des Jahres werden zu lassen.

Während sie die Fotos wieder in die Schachtel zurücklegte, fiel ihr ein unscheinbares Bild auf, das unter einem anderen hervorlugte. Ein Familienporträt aus den vierziger Jahren, sie musste damals etwa sieben gewesen sein. Ihr Vater in Sakko und Krawatte, ihre Mutter in Kostüm und weißer Bluse. Vivy konnte sich nicht mehr genau daran erinnern, wann und wo das Foto gemacht wurde, aber als sie den Karren sah, von dem herab ihre Eltern dem Fotografen entgegenstrahlten, musste sie lächeln. Der Karren wurde von zwei Ochsen gezogen. Ein aus heutiger Sicht etwas merkwürdiges Fortbewegungsmittel mit einer hölzernen Sitzbank, für die damalige Zeit aber ideal. Jetzt kam ihr auch der schwarze Fiat Balilla wieder in den Sinn, mit dem ihr Vater durchs Dorf fuhr. »*Voscienza benedica*«, murmelten die Bauern ehrerbietig und nahmen den Hut vom Kopf, wenn das Auto an ihnen vorbeifuhr. Sie schloss kurz die Augen, hielt sich das Foto unter die Nase und atmete tief ein. Ob sie nach all den Jahren den Geruch ihrer Heimat noch erahnen konnte? Als sie die Augen wieder öffnete, sah sie ein blondes und ein dunkelhaariges Köpfchen aus dem Karren hervorlugen und vergaß für einen kurzen Moment alle anderen Bilder.

Um Viertel nach fünf schlug Maria Manniti die Augen auf. Das Licht des frühen Morgens drang durch die Ritzen des Fensterladens, ein schöner Tag kündigte sich an. Sie nahm eine Magenpastille aus der Schachtel und schluckte sie mit etwas Wasser hinunter. *Warum musste ich auch so viel essen?* Verärgert erinnerte sie sich an die üppige Portion Pasta alla Nonna, die ihre Köchin Ida am Vorabend aufgetischt hatte. Ihr Lieblingsgericht, dem sie nicht widerstehen konnte. Sie hatte schlecht geschlafen und sich lange im Bett herumgewälzt. In ihrem Kopf kreisten Gedanken und Erinnerungen, die sie schon längst verdrängt zu haben glaubte.

Mühsam quälte sie sich aus dem Bett. Ihre zerbrechlichen Knochen schmerzten. Dennoch würde sie heute nicht warten, bis Rosaly mit dem Kaffee kam. Sie hatte zu viel zu tun.

Sie duschte, zog einen Morgenmantel über und steckte die grauen Haare hoch. Vom glänzenden Kastanienbraun, eine ehemals wunderbare Kombination mit ihren mahagonifarbenen Augen, waren nur noch einige Strähnen an der Stirn übrig geblieben. Ihre ersten grauen Haare hatte anfangs keiner bemerkt. Keiner außer ihr. Piddu war erst wenige Tage tot gewesen und die Nachbarn und Freunde hatten die Veränderung gar nicht wahrgenommen. Damals hatte man sie sogar die »schwarze Witwe« genannt, ein Name, der bei einigen aus ihrer Umgebung bis heute Bestand hatte.

»Der Mensch ist ein Gewohnheitstier«, murmelte sie und setzte sich an den Schreibtisch. Die elegante Ledermappe, die darauf thronte, ließ sich kaum schließen, denn ihre Enkeltochter hatte ihr neues, edles Papier geschenkt. Sie benutzte allerdings lieber den einfachen Abreißblock, um sich Notizen zu machen, so wie es Piddu früher immer gemacht hatte. Nachdem sie mit ihrem platinbeschlagenen schwarzen Montblanc Bohème ein paar Stichpunkte notiert hatte, zerknüllte sie das Blatt und warf es in den Mülleimer. Was heute auf dem Programm stand, wusste sie ganz genau, das musste sie nicht aufschreiben. Der edle Füllfederhalter war ihr Glücksbringer, mit dem sie alle Verträge unterzeichnete. Ihr Blick fiel auf die in rotes Leinen eingebundene Bibel neben dem Telefon. Lange hatte sie nicht mehr daran gedacht, wie sie in den Besitz dieser kostbaren Ausgabe gekommen war. Der Priester, der ihr die Heilige Schrift geschenkt hatte, war mittlerweile ein mächtiger Würdenträger der Kirche, doch für Maria Manniti blieb er immer der scheue junge Mann, der ihr bei einem Unfall das Leben gerettet hatte. Während sie sich körperlich langsam wieder erholt hatte, hatte er sie zu überzeugen versucht, dass man durch die Kraft der Vergebung auch geistig wieder genesen konnte. Ein vergebliches Unterfangen, denn die einzige Stelle, die Maria Manniti aus der Bibel kannte, war ein Vers aus dem Lukas-Evangelium, und der sprach nicht von Vergebung:

Meint ihr, ich sei gekommen, um Frieden auf Erden zu bringen? Nein, sage ich Euch, nicht Frieden, sondern Spaltung. Denn von nun an wird es so sein. Wenn fünf Menschen im gleichen Haus leben, wird Zwietracht herrschen. Drei werden gegen zwei stehen, und zwei gegen drei, der Vater gegen den Sohn und der Sohn gegen den Vater …

Sie riss ein weiteres Blatt vom Block ab und schlug die Bibel an einer x-beliebigen Stelle auf. Was würde wohl der Priester dazu sagen? Das Buch öffnete sich bei den Sprüchen des Propheten Maleachi. Sie las die erste Zeile von Vers sechs:

Ein Sohn soll den Vater ehren,
und der Knecht seinen Herren.

Mühevoll schrieb sie die Worte ab. Schreiben fiel ihr schwer, denn mit fünfzehn hatte sie die Schule verlassen und war mit Piddu durchgebrannt. Später hatte sie nie wieder eine Schule besucht. »Mein Lehrmeister war das Leben«, sagte sie immer zu ihrer Enkelin, die sie stets bewundernd ansah. Als sie mit dem Text fertig war, faltete sie das Blatt zusammen und steckte es in die Tasche. Die Worte Maleachis würden sie den Tag über begleiten und auch den Einsatz des Spazierstocks rechtfertigen, den sie manchmal bei ihren Angestellten einsetzen musste, die versuchten, sie übers Ohr zu hauen. Während sie die Bibel zuklappte, bemerkte sie ein kariertes Zettelchen, das aus der Ledermappe lugte. Neugierig zog sie es heraus, und ihr Gesicht hellte sich auf. Es war die Rechnung für die Renovierung des Häuschens, das sie, ohne einen Pfennig dafür auszugeben, von Salvatore Lucignano übernommen hatte, einem Trinker und Spieler, der sich hilfesuchend an sie gewandt hatte, um seine Schulden zu begleichen. Ein weiterer Sohn aus gutem Hause, der sie früher verachtet hatte und dann winselnd angekrochen kam.

Sein Haus war eine Bruchbude gewesen, aber ihr Architekt Giuseppe Gueli hatte es in ein Schmuckstück in Weiß und Ziegelrot verwandelt.

Maria las die Endsumme und lächelte zufrieden. Dieser Gueli hatte fast umsonst gearbeitet. Nicht, dass sie das wunderte. Peppe Gueli war schon als Kind genügsam, diszipliniert, respektvoll und bescheiden gewesen, ein Abbild seines Vaters Tonino. Maria Manniti war zufrieden, dass ihm auch sein Prädikatsexamen an der Cornell University nicht zu Kopfe gestiegen war. Unter dem Rechnungszettel fand sie einen weiteren Umschlag mit Rosalys Fotos, die die verschiedenen Bauphasen dokumentierten. Das Häuschen war wirklich wunderschön geworden. Wenn ihr Vater noch leben würde, wäre er bestimmt fuchsteufelswild geworden. »Du hast diese Familie entehrt!« Noch heute hatte sie sein Schreien in den Ohren und spürte den gleichen Schmerz wie damals, als sie aus dem Haus gestürzt war, um sein Gebrüll nicht mehr hören zu müssen. Doch ungestraft hatte er sie nicht davonkommen lassen. Und die Gelegenheit dazu hatte sich bald geboten. Die Rache ihres Vaters war noch brutaler gewesen, als sie es sich je hätte vorstellen können. Sie schauderte, wenn sie nur daran dachte. Ihr Vater war zum Mörder geworden.

»Verflucht seist du, Vater, wo auch immer du bist«, murmelte sie, und eine einzelne Träne rann ihre Wange hinunter.

Sie riss ein weiteres Blatt ab und schlug erneut die Bibel auf. Dieses Mal landete sie im Alten Testament, beim ersten Buch der Makkabäer, Kapitel drei:

Er spürte die Abtrünnigen auf und verfolgte sie und die, die das Volk verführten, bestrafte er mit Feuer.

10

Smeralda lag noch im Bett. Zum Lesen hatte sie keine Lust. Sie schob die Tageszeitungen und Illustrierten, die Raquel ihr gebracht hatte, beiseite. Das hatte Zeit. Auch wenn sie sich allmählich von dem Schock zu erholen begann, machte ihr die Realität immer noch Angst. Ob bei den Fernsehnachrichten, beim Zeitunglesen, immer hatte sie diesen Druck im Magen. Sie fühlte sich wie ein Vulkan kurz vor dem Ausbruch. Unterdrückte Wut, dachte sie und hatte sofort wieder den Mann vor Augen, der dafür verantwortlich war. Dieser Mann, Alptraum der Vergangenheit und der Gegenwart, hatte sie am Vorabend angerufen. »Was hast du nur mit meinem Freund angestellt«, hatte er sie mit honigsüßer Stimme gefragt. Dann war er plötzlich aggressiv geworden. »Er hat sich über dich beschwert, du hättest seine Wünsche nicht erfüllt.«

Smeralda hatte geschwiegen. Besser, nichts sagen. Die Bilder und Gefühle der Vergewaltigung durch diesen Mann waren wieder präsent, mit ungeahnter Heftigkeit drängten sie sich in ihre Gedanken und ließen die alten Ängste erneut aufleben.

»Dieses Mal verzeihe ich dir noch, Scila, aber wag es nicht noch einmal, einen so mächtigen und großzügigen Mann wie Pelori abzuweisen, der so viel für uns getan hat, dich eingeschlossen.«

Smeralda hätte ihm gerne ins Gesicht geschleudert, dass sie vor nichts und niemandem mehr Angst hatte. Was hatte sie noch zu verlieren? Aber da machte sie sich etwas vor, sie hatte sehr wohl etwas zu verlieren. »Es wird nicht wieder vorkommen«, gab sie klein bei. Bevor er das Gespräch beendet hatte, musste sie ihm versprechen, sich bei Pelori zu melden. »Ich verlasse mich auf dich. Und sei dieses Mal netter ...«

Smeralda nahm die Zeitschriften und schmiss sie wütend wieder aufs Bett. Dabei fiel ihr Blick auf die Titelseite der Celebrity. In der rechten unteren Ecke ein Foto von De Gubertis mit einer Blondine, darunter die Schlagzeile: »De Gubertis' neue Geliebte Nathalie Lohan. Wie reagiert Smeralda Mangano?« Smeralda blätterte hektisch auf die Seite mit dem Artikel. Dort waren Fotos von dem Filmproduzenten in Paris zu sehen, wie er den amerikanischen Serienstar aus »Gossip Lady« leidenschaftlich küsste. Auch ein Foto von De Gubertis und Smeralda war abgedruckt, darunter stand: »Arme Smeralda! Für Männer müssen Frauen eben blond sein!«

Mit einem sarkastischen Lächeln auf dem Gesicht schlug sie die Zeitschrift wieder zu. Dann rief sie nach Raquel. »Bring mir einen starken Kaffee, bitte.«

Als die junge Frau den Kaffee brachte, lag auf dem Silbertablett neben der Tasse ein kleiner Umschlag. Raquel war ganz aufgeregt: »Eben wurde ein riesiger Strauß roter Rosen für Sie abgegeben, so groß, dass er in keine Vase passt. Hier ist die Karte.«

Neugierig öffnete Smeralda den Umschlag und las: »Chérie, je t'aime. Nimm ab, ich bitte dich. L.D.G.« Auf ihre Lippen hatte sich ein kaltes, berechnendes Lächeln geschlichen. *Armer Idiot. Wollen wir doch mal sehen, wer hier der raffiniertere Betrüger ist.*

Raquel war etwas früher gegangen. Deshalb nahm Smeralda ab, als das Telefon um halb sechs klingelte. Noch bevor sie die

Stimme des Anrufers hörte, wusste sie, dass es De Gubertis war. Sie hatte ihn an seinem Atmen erkannt. Ihr Herz schien stillzustehen, ihr wurde heiß. Um sich nicht zu verraten, versuchte sie sich zu entspannen. Dazu machte sie eine Meditationsübung, die ihr ein Schauspiellehrer empfohlen hatte für den Fall, dass sie sich in eine besonders anspruchsvolle Rolle hineinversetzen müsste. Sie konzentrierte sich einige Sekunden und atmete zehnmal tief ein und aus. Als sie die beruhigende Wirkung spürte, ging sie zum Angriff über: »Wie kannst du es wagen, mir das anzutun? Mich mit dieser Möchtegernschauspielerin zu betrügen und so zu demütigen? Du bist widerlich. Ich verlasse dich, es ist aus«, mimte sie mit hysterischer Stimme äußerst glaubwürdig den Part der betrogenen Geliebten.

»Aber nichts davon ist wahr, ich schwöre es«, versuchte sich De Gubertis zu rechtfertigen.

»Versuch bloß nicht, mich zu verarschen. Ich habe dich und dein Flittchen in der Celebrity gesehen, als turtelndes Liebespärchen in den Straßen von Paris!«

»Wir sind nur spazieren gegangen, Smery. Du weißt doch, wie die Presse ist. Ich könnte gar nichts mit ihr anfangen, niemals! Weißt du, dass man sie in Frankreich ›die Bundesbahn‹ nennt? Und weißt du auch, warum? Weil bei ihr jeder freie Fahrt hat! So nötig habe ich es nun auch wieder nicht.«

»Warum nicht? Sie ist genau der Typ Frau, den du verdienst«, Smeralda zwang sich zu einem Schluchzen. »Und wenn ich mir vorstelle, dass ich blöde Kuh dir immer treu war!«

»Nicht weinen, Smery. Ich liebe nur dich, wirklich! Verzeih mir, ich kann dir alles erklären.«

Smeralda schluchzte weiter. Der von De Gubertis finanzierte Schauspielunterricht war wirklich zu etwas nutze.

»Ich kann ohne dich nicht leben, Smery. Weißt du, was ich jetzt mache? Ich nehme den Privatjet und komme sofort nach Mailand. Um Punkt zehn bin ich da. Warte auf mich.«

Smeralda hielt inne und dachte nach, dann sagte sie mit tränenbelegter Stimme: »Tut mir leid, aber bei mir kommst du nicht rein.«

»Tu mir das nicht an, Smeralda, ich flehe dich an.«

»Lamberto, versteh mich nicht falsch. Du kannst nicht in die Wohnung, weil ich die Schlösser austauschen lassen musste. Ich fürchte, man hat mir die Schlüssel gestohlen. Deine passen jetzt nicht mehr.«

»Kein Problem, dann klingle ich eben. Du machst mir doch auf, oder?«

»Ich weiß nicht …«

»Gib mir noch eine Chance. Lass mich dir alles erklären, und wenn du mir dann immer noch nicht glaubst, dann gehe ich.«

»Also gut. Aber nur, wenn du wirklich gehst!«

»Ich verspreche es dir.«

»Schwöre!«

»Ich schwöre.«

Nachdem De Gubertis aufgelegt hatte, rief Smeralda Enzino Pelori an. Sie würde sich freuen, wenn er heute Abend um zehn zu ihr käme. Um nicht zu stottern, hatte sie den Text aufgeschrieben und auswendig gelernt. Sie wollte nicht, dass Pelori ihre Abneigung spürte und ihr Plan scheiterte. Alles sollte perfekt sein. Pelori hatte ihre Einladung begeistert angenommen, er würde pünktlich sein. Danach rief sie bei der Fotoagentur Rasycom an. De Gubertis käme an diesem Abend zu ihr, er wolle sich mit ihr versöhnen. Ein gefundenes Fressen für die Presse, oder? So sah die Agenturchefin das auch und versprach, gegen neun Fotografen vorbeizuschicken. Dann informierte Smeralda diverse andere Agenturen über ihr Versöhnungstreffen. Am nächsten Tag würde die italienische Klatschpresse nur ein einziges Thema haben.

Als sie ihre Telefonate beendet hatte, warf Smeralda einen prüfenden Blick in den Kleiderschrank. Was sollte sie anziehen? Spontan dachte sie an ein enganliegendes schwarzes Kleid, doch dann überlegte sie es sich anders. Das gab nicht genug her. Das weiße kam ebenfalls nicht in Frage, zu brav. Auch das rote und das Kleid im Pantherlook, mit dem sie bei der Cavalli-Show für Aufsehen gesorgt hatte, fanden keine Gnade. Zu oft getragen. Schließlich entschied sie sich für ein weit ausgeschnittenes weißes Minikleid mit roten Blüten. Aus dem Schuhschrank nahm sie ein Paar goldene Sandalen mit hohen Absätzen, mit denen sie besonders groß wirkte.

Und das Make-up? Möglichst aufsehenerregend: verrucht-üppiger Lidschatten, Eyeliner, Mascara und greller Lippenstift. Nach dem Schminken betrachtete sie das Ergebnis im Spiegel. »Wie eine echte Hure«, dachte sie zufrieden.

Jetzt hieß es warten. Smeralda nahm sich ein Buch, war aber zu unkonzentriert, um der Handlung folgen zu können. Dann schaltete sie den Fernseher ein und zappte sich durch die Kanäle. Alle fünf Minuten stand sie auf und ging ans Fenster, um die Straße zu beobachten. Paparazzi gehörten für sie zum Alltag, sensationsgierige Fotografen erkannte sie schon von weitem, selbst wenn es dunkel war. Es war bereits neun, und noch immer war die Straße menschenleer. Plötzlich erfasste sie Panik: Was, wenn etwas schiefging? Wenn Pelori sie wieder vergewaltigen würde? Ihre Hände begannen zu zittern. Sie goss sich ein Glas Wodka ein, setzte sich und starrte auf den Bildschirm. Immer wieder sprang sie auf und sah aus dem Fenster.

Um zwanzig nach zehn klingelte es an der Tür, und ihr

Herz begann zu rasen. Sie stellte ihr Glas auf dem Couchtisch ab und ging zur Sprechanlage.

»Mach auf, ich bin's.«. Es war Pelori.

Kurz darauf hörte sie eine zweite bekannte Stimme. »Was machst du denn hier?«

Smeralda reagierte nicht, hielt die Taste der Gegensprechanlage aber weiter gedrückt, um zu hören, wie es unten weiterging. Genau in diesem Moment vernahm sie das Klicken eines Fotoapparats. Die Falle war zugeschnappt. Jetzt kam ihr Auftritt. Sie eilte aus der Wohnung und fuhr mit dem Lift nach unten. Als sie kurz darauf die Haustür öffnete, wurde sie von einem Blitzlichtgewitter empfangen. Aus dem Augenwinkel sah sie, wie sich De Gubertis und Pelori heftig stritten. Im Hintergrund parkte der Einsatzwagen von Peloris Polizeieskorte. Um sich vor den grellen Blitzen zu schützen, hielt sie die Hand über die Augen, mit der anderen versuchte sie halbherzig die Streithähne zu trennen.

»Halt drauf! Die prügeln sich um die Mangano!«, schrie ein Fotograf begeistert.

»Zoom auf die Titten!«, befahl ein zweiter. Smeralda achtete nicht auf sie, sondern bemühte sich, Pelori von De Gubertis wegzudrängen. »Es reicht! Schluss jetzt, hört auf!« Smeralda warf sich De Gubertis entgegen, der wie entfesselt auf seinen Rivalen einschlug. »Komm mit, ich bitte dich«, sie packte ihn an der Jacke und zog ihn hinter sich her. Dabei verrutschte ihr Kleid und enthüllte eine nackte Brust. Ein weiteres Blitzlichtgewitter folgte. »Das übertrifft alles!« Die Fotografen knipsten wie verrückt.

Während Smeralda ihr Kleid zurechtzupfte, tauchten Peloris Personenschützer auf und trieben die Fotografen auseinander. »Die Party ist vorbei!« Smeralda verfolgte die Szene, als sie hinter sich ein weiteres Klicken hörte. Sie wandte sich um und sah einen Fotografen, der im Schutz eines Fiats von der anderen Straßenseite eifrig Fotos schoss. Ein Polizist riss ihm die Kamera aus der Hand. »Die siehst du morgen wieder, du kannst sie dir auf dem Revier abholen«, sagte er. Der Reporter wehrte sich, angeheizt von Kollegen, die solchen Übergriffen prinzipiell ablehnend gegenüberstanden. Immerhin war das ihr Job und keine Straftat. Aber der Polizist hielt die Meute in Schach, während sein Kollege Pelori zum Wagen brachte. »Los, nichts wie weg«, rief er und versteckte sich hinter den verdunkelten Scheiben.

De Gubertis und Smeralda waren allein. Die Fotografen waren abgezogen. »Ich kann es nicht glauben, du hast mich mit diesem Schwein von Pelori betrogen. Ich glaube es einfach nicht«, wiederholte der Filmproduzent schockiert. Smeralda brach in Tränen aus. Echte Tränen dieses Mal, denn die Anspannung forderte ihren Tribut. Dieser Skandal würde Pelori teuer zu stehen kommen, die Wähler würden ihm die Quittung präsentieren. Für Smeralda war das eine Genugtuung, auch wenn es das, was er ihr angetan hatte, nicht ungeschehen machen konnte. Jetzt ging es ihr schon viel besser. Sehr viel besser. Sie musste sich nur für den Anruf wappnen, der sicher nicht lang auf sich warten lassen würde, sobald die Neuigkeit gedruckt wäre.

Die Schlagzeilen der Tageszeitungen überschlugen sich, genau wie Smeralda es erwartet hatte: »Wild West in Mailands High Society. Politiker und Filmproduzent prügeln sich mitten in der Nacht auf offener Straße«, »Dolce Vita in Mailand: Smeralda Mangano halbnackt«, und: »Hochrangiger Politiker in Sexskandal verwickelt«.

Seit jenem Abend, da Chiara beim Verlassen des Studios von Telestella geglaubt hatte, jemand würde sie verfolgen, konnte sie keinen Schritt mehr tun, ohne sich ständig umzublicken. Sie hatte gehofft, dass sich das in Mailand ändern würde. Doch trotz Personenschutz war das bedrohliche Gefühl, dass jemand hinter ihr her war, immer noch und ununterbrochen präsent. Sie fürchtete, jeden Moment könne jemand aus einem Hinterhalt hervorschießen, genau wie die Eidechsen bei Großmutter Lia, die urplötzlich aus einer Mauerritze aufgetaucht und in die Küche geflitzt waren.

Während sie ins Hotel zurückkehrte, kamen ihr die Brombeerhecken auf beiden Seiten des Weges zum Haus ihrer Großmutter in Pieve Santo Stefano in den Sinn. Sie sah ihre Freundin Luisa vor sich, die spindeldürren Beine voller Kratzer und blutiger Schrammen. Luisa lief auf sie zu, die Handflächen nach vorn gedreht, als wollte sie ihr zeigen, dass sie nichts zu verbergen hatte. Wie versteinert war Chiara auf der Türschwelle stehen geblieben, die Augen fest auf diese Handflächen gerichtet, in der festen Gewissheit, dass jeden Moment etwas Schreckliches geschehen würde. Auch heute, so viele Jahre später, konnte sie sich noch daran erinnern. Sie spürte die Nähe des Todes, die sie unbewusst schon immer mit Luisa verbunden hatte. Dieses bedrohliche Gefühl würde bestimmt verschwinden, wenn sie ihren Blick auf Luisas Gesicht richten und ihr inneres Auge von ihren Händen lösen würde. Doch das, was sie dann sah, ließ sie erstarren. Sie schrie auf, der Zimmerschlüssel rutschte ihr aus der Hand.

»Signorina Bonelli, geht's Ihnen gut?« Der Polizist, der sie begleitet hatte, kam auf sie zu und hob den Schlüssel auf.

»Ja, alles in Ordnung.«

»Sind Sie sicher? Soll ich Sie auf Ihr Zimmer begleiten?«

»Nein, danke. Es geht mir gut«, Chiaras Lächeln wirkte gezwungen.

»Jedenfalls bleibe ich in Ihrer Nähe, falls Sie etwas brauchen, was auch immer es ist«, er musterte Chiara dabei mit einem seltsamen Blick.

»Danke«, Chiara errötete. Jedes Mal, wenn sie jemand so ansah, verwandelte sie sich wieder in ein Kind. Ein Kind, das von Visionen geplagt wurde und dem niemand glauben wollte. Wie hätte sie dem Polizisten erklären sollen, was gerade vor ihrem inneren Auge abgelaufen war? Vielleicht sollte sie es Silvia erzählen? Das unbekannte kleine Mädchen mit den großen blauen Augen kam ihr in den Sinn, dessen Foto in Silvias Büro hing. Es waren ihre Hände, die sie auf der Türschwelle des Hauses ihrer Großmutter gesehen hatte, nicht die von Luisa. Nicht nur die Hände, auch das Gesicht des Mädchens war voller Blut, und das Blut war überall, es quoll ihr sogar aus den Augen.

Auf der Magnettafel ihres Büros hatte Silvia Giorgini die für den Fall relevanten Fakten detailgenau dokumentiert: Fotos von Yelena Markovich, alias Malena, und von Antonio Livraghi, dem Toten aus Venedig, darunter standen, rot unterstrichen, Orte und Daten der Leichenfunde und, gelb hervorgehoben, wichtige Einzelheiten zu den Morden. Die Stichworte zu Livraghis illegalen Machenschaften und die Verknüpfungen mit den Kinderpornografie-Fällen in Portugal waren in grüner Schrift notiert. Grün war auch der Kreis, den Silvia um das Foto des unbekannten Mädchens gezogen hatte. In einer Ecke der Tafel hatte sie Phantombilder von Malena und Livraghi befestigt: Mit Hilfe eines speziellen Computerprogramms waren die Gesichter und die Frisuren verändert worden.

»Von wegen Laguna-Express. Wir kommen überhaupt nicht voran …« Silvia wandte ihren Blick von der Tafel ab.

Vicecommissario Pacì Barbera hatte ihr gerade eine Akte auf den Schreibtisch gelegt.

»Was ist das, Barbera?«

»Hinweise aus der Bevölkerung. Die meisten allerdings wohl reine Phantasieprodukte. Das da hingegen ...«, Barbera zog einen Umschlag aus der Mappe und hielt ihn seiner Chefin unter die Nase. »Der Brief ist in Catania abgestempelt und bestätigt, dass Malena bis vor kurzem noch brünett war, was sich mit den Aussagen aus Venedig deckt«, dabei zeigte er auf ein Phantombild an der Tafel. »Sie war Prostituierte und nannte sich Lena. Wir haben das überprüft: keine Vorstrafen. Könnte eine Spur sein ... Was meinen Sie?«

»Eine Spur ... Nun ja, daran glaube ich erst, wenn wir sie gefunden haben«, sagte die Kommissarin kurz angebunden, aber dann wurde sie etwas freundlicher. »Fortschritte haben wir bisher kaum vorzuweisen, und die Zeit vergeht ...« Wieder blickte sie auf die Fotos der Toten, vor allem auf das mit der abgeschnittenen Zunge. Wie zu sich selbst sagte sie: »Das erinnert an die Mafia ...«

Barbera ging sofort darauf ein: »Gut möglich, dass es sich um einen Racheakt handelt. Vielleicht waren die beiden ein Paar, das auf eigene Faust Kasse machen wollte, hinter dem Rücken der Organisation. Und dann, zack«, Barbera ahmte die Geste des Zungeabschneidens nach. »Dann müssten wir nur noch herausbekommen, um welche Mafia es sich handelt: Waren es die Italiener, die Russen, die Rumänen oder die Nigerianer?«

Silvia schüttelte den Kopf. »Neuigkeiten von den Kollegen vor Ort?« Just in diesem Moment betrat Dante Bonadeo den Raum.

»Das hier ist gerade gekommen«, der Ispettore reichte Silvia ein Blatt Papier, »es hat zwar nicht direkt mit unserem Fall zu tun, aber … Ein Zeuge hat einen Fahrerflüchtigen angezeigt, das Kennzeichen gehört zu einem als gestohlen gemeldeten Wagen.«

Silvia legte die Anzeige beiseite. »Darum kümmere ich mich später, Bonadeo, danke.«

»Das Kuriose an der Sache ist, dass es sich um das Fahrzeug handelt, mit dem neulich der Fotograf Salvo Falcetti angefahren und tödlich verletzt wurde. Ganz in der Nähe der Wohnung von Smeralda Mangano. Der Zeuge hat den Unfall vom Fenster aus beobachtet. Der Fahrer ist ausgestiegen, hat sich über Falcetti gebeugt und ihm Kamera und Laptop abgenommen.«

Silvia hob den Kopf. In ihren Augen lag ein gewisses Leuchten, das ihre Mitarbeiter nur zu gut kannten. »Diese Sache könnte durchaus etwas mit unserem Fall zu tun haben. Smeralda Mangano …«, murmelte sie und dachte an das Projektil, das man Chiara geschickt hatte. Und zwar nachdem sie das Interview mit der Schauspielerin gemacht hatte. »Die Mangano könnte das Bindeglied sein, nach dem wir suchen.«

»Nun, die Mangano ist ebenfalls Stammkundin bei Amanda Luxury …«, mischte sich Pacì Barbera ein. »Wegen des Falles Anna Principini habe ich doch die Liste der VIP-Kundinnen kontrolliert, an die ein Geschenk verschickt wurde, und die Mangano steht ganz oben.«

Silvia runzelte die Stirn. »Jetzt geht deine Phantasie aber mit dir durch, Barbera.« Dann wandte sie sich an Bonadeo: »Du kümmerst dich um die Mangano.«

Der Ispettore konnte ein leichtes Lächeln nicht unterdrücken, das Barbera sofort bemerkte. »Aber die Ermittlungen nicht vergessen!«, scherzte er und gab dem Kollegen einen freundschaftlichen Klaps auf die Schulter.

»Seid ihr fertig?«

»Ja, Commissario«, beide nickten.

»Gut, ich zähle auf euch. Und jetzt los, an die Arbeit«, dabei fixierte sie Barbera ein wenig länger als Bonadeo.

Als sie das Büro ihrer Chefin verlassen hatten, seufzte Barbera: »Hast du gesehen, wie sie mich angeschaut hat? Weißt du, was ich denke? Wenn sie nicht so auf ihre Arbeit fixiert wäre, dann ...«

»Mach dir keine Hoffnungen, alter Freund.«

»Warum? Meinst du, die Giorgini ist, nun, ich meine ...«, Barbera machte eine undefinierbare Geste.

»Ich glaube, die Chefin interessiert sich nur für ihre Arbeit«, sagte Bonadeo trocken.

Chiara hatte sich das Frühstück aufs Zimmer bringen lassen. Sie hatte schlecht geschlafen, aber zum Glück keine Alpträume gehabt, zumindest erinnerte sie sich nicht daran.

Sie legte den Löffel neben die Tasse und trank einen Schluck Cappuccino. Appetit hatte sie keinen, aber sie zwang sich trotzdem, das Brioche zu essen. Wie immer, wenn sie allein aß, begannen ihre Gedanken zu wandern. Sie dachte an ihren Besuch bei Amanda Luxury. Gemeinsam mit Silvia war sie bei der Besitzerin und ihrem Geschäftsführer gewesen. Das Verhalten der beiden hatte sie als merkwürdig empfunden, auch wenn sie nicht genau sagen konnte, warum. Was fanden die Frauen nur an diesem Mann? Franco Spargis Blick war so finster, dass er selbst sein blendendes Aussehen überschattete.

Doch das war es nicht, was sie beschäftigte, ebenso wenig wie die von einem fähigen Schönheitschirurgen kunstvoll veredelten Züge der Boutiquebesitzerin.

Chiara verschluckte sich an ihrem Cappuccino. Ihr Hals wurde eng, sie hustete, keuchte und schnappte nach Luft. Das

Blut stieg ihr in den Kopf. »Was für ein dämlicher Tod wäre das«, dachte sie kurze Zeit später, als die Hustenanfälle abebbten und sie wieder durchatmen konnte. Was hatte sie so aufgewühlt? Urplötzlich war der Edelmann mit den veilchenblauen Augen wieder aufgetaucht, und auch die beiden Männer waren wieder da. Sie packten Anna Principini an den Armen und stießen sie aus dem Fenster. Eine beklemmende Szene.

Heraufbeschworen hatte sie der Gedanke an Amanda Soleris Sohn, dem sie, zusammen mit seinem Kindermädchen, in der Edelboutique kurz begegnet waren. Chiara hatte sofort den Eindruck gehabt, ihn irgendwo schon einmal gesehen zu haben. Jetzt war sie sich sicher. Sie kannte dieses Kind. »Alles hängt miteinander zusammen, ich weiß noch nicht, wie, aber alles hängt zusammen«, sinnierte sie und betonte dabei jedes Wort. Sie musste so schnell wie möglich in Anna Principinis Wohnung. Sie spürte, dass es dort etwas gab, was sie unbedingt finden musste.

»Señorita Smeralda?« Raquel klopfte an die Schlafzimmertür, »Señorita?« Als niemand antwortete, öffnete sie langsam die Tür und streckte den Kopf hinein. Smeralda lag auf der Seite und schlief. Die junge peruanische Dienerin betrachtete sie voller Sorge. Seit Tagen hatte Smeralda das Bett nicht verlassen. Sie sprach nicht, aß kaum und ließ die schweren Schlafzimmervorhänge Tag und Nacht geschlossen. Raquel hatte die geschwollene Lippe und die Blutergüsse in Smeraldas Gesicht sehr wohl bemerkt, aber aus Angst, wegen ihrer Neugier ihre Stelle zu verlieren, hatte sie nicht nach der Ursache gefragt.

Smeralda erwachte.

»Señorita, da ist ein Mann von der Polizei, der mit Ihnen sprechen will. Ich habe ihn im Wohnzimmer Platz nehmen lassen, aber wenn Sie ihn nicht empfangen wollen, dann sage ich ihm, dass es Ihnen nicht gutgeht ...«

»Nein, danke, Raquel. Ich komme schon.«

Smeralda quälte sich aus dem Bett. Raquel reichte ihr den Seidenkimono, half ihr beim Überstreifen und band den Gürtel um die Taille. Dann schlüpfte Smeralda in die goldenen Pantoffeln, die De Gubertis ihr von einer Marokkoreise mitgebracht hatte, und betrachtete sich im Spiegel. Ihr blasses Gesicht ließ die blauen Flecke noch deutlicher hervortreten. Sie ließ sich den Schminkkoffer bringen, tupfte sich ein wenig Abdeckstift auf die Blessuren und versuchte sie dann mit Puder und Make-up zu kaschieren. Sie bürstete sich die Haare und steckte sie hoch. Schließlich setzte sie eine Sonnenbrille auf.

»Wie sehe ich aus?«

»Sehr gut, Signorina.« Raquel reichte ihr den Arm und begleitete sie ins Wohnzimmer, wo Dante Bonadeo wartete. Der Ispettore betrachtete gerade ein Gemälde an der Wand. Smeralda musterte ihn neugierig. Ein attraktiver Mann, ohne Zweifel.

»Es ist von Monachesi, gefällt es Ihnen?«

»Sehr.« Der Polizist drehte sich um, und Smeralda blickte ins Gesicht eines jungen Mannes mit feinen Zügen, der ihr fest in die Augen sah.

»Ispettore Bonadeo«, er hielt ihr seinen Ausweis hin.

Smeralda warf einen flüchtigen Blick darauf. »Was kann ich für Sie tun, Ispettore?«

Bonadeo bemerkte sofort die blauen Flecke und die Schwellungen unter der Schminke. Wer wusste, was sie hinter der Sonnenbrille zu verbergen suchte? Das alles konnte ihrer Schönheit jedoch nichts anhaben.

»Ich bin hier, um Ihnen einige Fragen zum Unfall des Fotografen Salvo Falcetti zu stellen«, er versuchte, seine Augen und seine Stimme unter Kontrolle zu halten, »Sie kannten ihn, oder?«

»Ja, der Unfall lässt mir keine Ruhe. Ich habe gehört, er sei überfahren worden. Stimmt das?«

»Ja.«

»Setzen Sie sich doch. Möchten Sie etwas trinken?«

»Einen Espresso, wenn es keine Umstände macht.«

»Raquel, kannst du uns bitte zwei Espressi bringen?«

»Sofort, Signorina.«

Bonadeo sah sie an. »Hatten Sie jemals Probleme mit Falcetti?«

»Nicht mehr als mit den anderen. Wie die meisten Paparazzi war er hartnäckig, aber nie unverschämt. Er hielt sich immer an die Regeln.«

»Er arbeitete für Rasycom, wussten Sie das?«

Smeralda wurde nervös. »Nein, ich kann ja nicht alles über jeden Sensationsreporter wissen, der hinter mir her ist, oder?«

»Aber Falcetti kannten Sie gut, nicht wahr?«

»Gut? So kann man das nicht sagen, wir kannten uns vom Sehen. Aber warum stellen Sie mir all diese Fragen? Glauben Sie etwa, ich hätte ihn angefahren?«

Bonadeo schüttelte den Kopf. »Bestimmt nicht. Aber bevor er überfahren wurde, hat man ihn vor Ihrer Haustür gesehen.«

Smeralda zuckte zusammen, doch zum Glück kam genau in diesem Moment Raquel mit den Espressi. Sie stellte das Tablett auf den Kristalltisch und verließ den Raum wieder.

»Waren Sie am Abend des Unfalls zu Hause?«

»Ich kann mich nicht erinnern …«

»Glauben Sie, dass Falcetti an diesem Abend wegen Ihnen vor Ihrem Haus stand?«

»Woher soll ich das wissen? Warum fragen sie nicht einfach in der Agentur nach? Die werden ihm doch einen Auftrag gegeben haben.« Smeralda versuchte, langsam zu sprechen, um ihren sizilianischen Dialekt zu verbergen.

Aber der Ispettore konzentrierte sich eher auf ihre Formen als auf ihren Akzent. Während er seinen Espresso trank, musterte er sie verstohlen. Alles an ihr war perfekt, sogar ihre feingliedrigen Handgelenke. Aber es war nicht allein ihre Schönheit, die ihn in ihren Bann zog. Smeralda Mangano erinnerte ihn an die Heimat, an die unbeschwerten Jahre seiner Kindheit und Jugend.

»Ehrlich gesagt, wundert mich das starke Interesse der Polizei an etwas so Banalem wie einem Autounfall.«

»Das war kein Unfall, sondern Mord. Der Mann, der Salvo Falcetti angefahren hat, hat nicht gebremst und auch keine Erste Hilfe geleistet.«

»Gewiss.« Smeralda befühlte nervös ihre geschwollene Lippe, nahm aber rasch die Hand wieder weg, als sie Bonadeos Blick bemerkte.

»Haben Sie sich verletzt?«

»Ach, nichts Schlimmes. Ich habe eine Actionszene geprobt.«

»Ich wusste gar nicht, dass es Soaps mit Actionszenen gibt.«

»Es geht um einen Film, nicht um eine Soap.« Smeralda erhob sich. »Es tut mir leid, dass ich Ihnen nicht helfen konnte.« Sie streckte ihm die Hand entgegen. Auch Bonadeo erhob sich und zog eine Visitenkarte aus der Tasche. »Das ist meine Telefonnummer. Wenn Ihnen noch irgendetwas einfällt.« Er ging nicht gerne mit leeren Händen, aber er wusste nicht, welches Kaninchen er noch aus dem Hut zaubern sollte.

Smeralda nahm die Karte und lächelte. »Sicher«, sagte sie und brachte ihn zur Tür.

»Ich hätte noch eine letzte Frage, Signorina Mangano«, Bonadeo drehte sich zu ihr um und beschloss, alles auf eine Karte zu setzen. »Haben Sie jemals eine gewisse Yelena Marcovich kennengelernt? Sie nennt sich auch Elena Marconi oder Malena.«

Smeralda erstarrte. »Nein«, antwortete sie überstürzt. »Yelena wer?« Sie versuchte, ruhig zu bleiben.

»Yelena Marcovich.«

»Nein, tut mir leid, nie gehört.« Smeralda öffnete die Tür.

»Schade.«

»Gut, Ispettore, auf Wiedersehen.«

»Auf Wiedersehen, Signorina Mangano«, dieses Mal drückte Bonadeo ihr die Hand. Sein Polizisteninstinkt sagte ihm, dass sie sich bald wiedersehen würden.

»Das war's dann wohl«, war der nüchterne Kommentar von Vituzzu Santanna. Er zerriss wütend die Zeitung, in der das Skandalfoto zu sehen war: Pelori und De Gubertis, die sich prügelten, und daneben die Mangano mit entblößter Brust. Ein trauriges Spektakel. Die politische Karriere des Abgeordneten Pelori war zu Ende, womit er auch für die Mafia wertlos geworden war.

Der Arzt hatte bei Santanna ein peptisches Magengeschwür diagnostiziert. Er musste das Rauchen aufgeben, säurehemmende Medikamente nehmen und möglichst auf Alkohol sowie proteinhaltige und stark gewürzte Speisen verzichten. Vito Santanna hatte nur gelacht. Auf Gewürze und Steaks konnte er verzichten, auf Zigaretten keinesfalls.

»Damit ist nicht zu spaßen, Signor Santanna. Ein solches Geschwür kann, wenn es nicht behandelt wird, zu einer Darmentzündung und zum Darmverschluss führen. Außerdem gibt es Fälle, bei denen auch andere Organe, wie zum Beispiel die

Bauchspeicheldrüse, in Mitleidenschaft gezogen werden. Sie machen sich keine Vorstellung, wie viele Todesopfer der Stress fordert, weit mehr als der Straßenverkehr«, hatte sein Arzt ihm erklärt.

Das hatte Santanna nun doch beeindruckt. Sein derzeitiger Stress hatte einen Namen: Enzino Pelori. Der Verlust dieses einflussreichen Mannes wog schwer, er hatte den Schlag noch nicht verdaut. Wenn die Einnahmen nicht den Erwartungen entsprechen würden, denn wäre er der Erste, der die Konsequenzen zu spüren bekäme, das wusste er sehr genau. So viele Jahre hatte er sich abgerackert, ein ständiger Ritt auf der Rasierklinge, nur um das Vertrauen der Bosse zu erlangen.

Und jetzt ließ ihn auch noch seine Gesundheit im Stich. Das konnte er sich nicht erlauben. Er hatte beschlossen, eine Woche auszuspannen und sich in seine kleine Villa am Meer in Mondello zurückzuziehen. Dort würde er strenge Diät halten, ein bisschen weniger rauchen, oder es zumindest versuchen, und vor allem nachdenken. Er brauchte eine Strategie. Jetzt, wo Pelori endgültig aus dem Spiel war, musste er sich etwas Neues überlegen, damit die Rechnung aufging. Er sah wieder auf das Foto: Die Mangano mit entblößter Brust, De Gubertis mit offenem Mund und Pelori, der sich kaum noch auf den Beinen halten konnte.

Wie immer kam Sara Pirallo, um ihm das Tor der Villa am Meer zu öffnen. Die ehemalige Prostituierte stand seit zwanzig Jahren in seinen Diensten. Fleißig, diskret und eher schüchtern, umsorgte sie ihn wie eine Mutter, wann immer er nach Mondello kam. Nachdem sie erfahren hatte, dass Santanna an einem Magengeschwür litt, hatte sie ihre Einkaufsliste umgestellt. Alles, was ihm schaden konnte, wurde gestrichen. Gesund und schmackhaft war jetzt die Devise. Santanna konnte sich auf sie verlassen. Die Treue und die Verschwiegenheit seiner Leute erkaufte sich Santanna mit Geld, aber auch mit Druck: Er baute auf ihre Angst und nicht auf ihre Dankbarkeit.

Santanna war kaum im Haus, schon gab er Anweisungen: »Das Mittagessen, ein heißes Bad und alle Tageszeitungen von heute.«

Während er darauf wartete, dass die Minestrone etwas abkühlte, blätterte er die Zeitungen durch, auch wenn er wusste, dass ihm das nicht guttun würde. Schlechte Nachrichten waren Gift für seinen Magen. In einigen Blättern war die Schlägerei zwischen De Gubertis und Pelori noch immer ein Thema. Als er die Schlagzeile der Samstagsbeilage des Corriere las, durchzuckte ihn ein starker Schmerz am Mageneingang. Das anhaltende Interesse der Öffentlichkeit am ausschweifenden Sexleben des Abgeordneten Pelori brachte die Familie ins Gerede, das war gefährlich. Und das alles wegen einer Frau! Alles nur wegen dieser Hure! Tief unten in seinem Rachen schien ein Feuer zu lodern. Um den brennenden Schmerz zu lindern, aß er ein Stück trockenes Brot. Seine Gedanken begannen zu kreisen, sie waren nicht mehr aufzuhalten. Er dachte an die teuer erkauften Stimmen für Pelori und das unschöne Gespräch mit Smeralda. Unter Tränen hatte sie ihm versichert, dass sie für die Eskalation des Streits zwischen Pelori und De Gubertis nichts konnte; sie hatte auf alles geschworen, was ihr heilig war. Und Vituzzu wusste nur zu gut, was das war. Schließlich, so hatte sie ihm entgegengeschleudert, hatte auch sie dank dieser beiden Widerlinge nicht nur ihr Gesicht, sondern wahrscheinlich auch den Job verloren. Doch Smeraldas Schicksal interessierte ihn nicht. Er hatte nur eines im Sinn: Wie ließ sich das Problem lösen, ohne dass er selbst ins Fadenkreuz geriet? Ihm fiel nicht einmal auf, dass Smeralda einfach aufgelegt hatte.

»Schlampe«, hatte er geschimpft und das Handy in seine Tasche gleiten lassen.

»Frauen! Allesamt Schlampen«, murmelte er und tauchte den Löffel in die Suppe. »Aber nicht mit Vituzzu Santanna.« Die beiden Frauen, die sich ihm zuletzt widersetzt und ihn hinters Licht hatten führen wollen, hatten ihren kurzen Erfolg mit dem Leben bezahlt. Mit Smeralda jedoch hatte er andere Pläne. Mit ihr wollte er weiter Katz und Maus spielen. Er hatte sie lange unter Kontrolle halten können, weil er ihr Geheimnis kannte und sie damit erpressen konnte. Doch jetzt schien sich das Blatt zu wenden, immer mehr alte Leichen kamen ans Tageslicht. Santanna hatte bereits über eine neue Strategie nachgedacht, um die Zügel in der Hand zu behalten. Er kannte eine schwerreiche Person, die alles für Smeralda Manganos Geheimnis zahlen würde. Da war der Verlust des Abgeordneten Pelori leicht zu verschmerzen.

Chiaras Zug war pünktlich. Sie bedauerte es, Mailand den Rücken zu kehren: Mit Silvia an ihrer Seite fühlte sie sich weniger allein. Aber im Augenblick konnte sie nichts für die Kommissarin tun, außerdem musste sie ins Studio zurück. Und nicht zuletzt freute sie sich auf das Wiedersehen mit Paolo. Während sie zur Stazione Centrale gingen, hatte Silvia ihr nochmals versichert, dass sie alle Hebel in Bewegung setzen würde, um einen Lokaltermin in Anna Principinis Wohnung zu erwirken. »Ich bin sicher, das klappt, aber es wird etwas dauern. Sobald ich grünes Licht habe, rufe ich dich an. Du bist dabei, versprochen!« Chiara hatte ihr die verwirrende Vision mit dem blauäugigen Kind auf dem Foto verschwiegen. Auch ihren Verdacht, dass zwischen diesem Kind und der Boutiquebesitzerin Amanda Soleri eine Verbindung bestehen könnte, hatte sie nicht erwähnt. Nur das ungute

Gefühl, das sie bei Franco Spargi hatte, war ein Thema gewesen.

Auch die Kommissarin hatte Vorbehalte gegen Spargi, aber keinen konkreten Ansatzpunkt, wie man gegen ihn vorgehen könnte. »Chiara, sei vorsichtig. Und wenn du weitere Drohbriefe bekommen solltest oder dich jemand verfolgen sollte, gib mir bitte Bescheid. Versprochen?«

»Versprochen!« Dann hatten sie sich verabschiedet.

Zum Glück war das Klima in Rom milder als in Mailand, die Sonne strahlte, und die Luft war lau. Chiara winkte ein Taxi heran und ließ sich nach Hause fahren. Während der Fahrt dachte sie an Paolo. »Weißt du überhaupt, wie viel du mir bedeutest?«, hatte er am Vorabend am Telefon gefragt. Sie war gerührt gewesen. »Ich weiß nur, wie sehr ich dich liebe«, hatte sie ihm geantwortet.

Als sie die Haustür öffnete, seufzte Chiara erleichtert. Alles war gutgegangen, niemand war ihr gefolgt. Sie stellte den Trolley im Schlafzimmer ab, auspacken wollte sie später. Dann zog sie Jacke, Jeans und Schuhe aus, schlüpfte in ihren Pyjama und steckte die Haare hoch, um sich abzuschminken. Sie sah müde und abgespannt aus. »Ich muss unbedingt zu Antonio und dann auf die Sonnenbank!«, beschloss sie. Wenn Paolo kam, wollte sie perfekt aussehen. Nach dem Abschminken cremte sie Gesicht und Dekolleté mit Feuchtigkeitscreme ein und begann die Wohnung zu inspizieren. Die Wohnzimmervorhänge wirkten angegraut. Noch während sie überlegte, wann sie zum letzen Mal gewaschen worden waren, klingelte das Handy.

»Paolo, Liebster, ich habe gerade an dich gedacht!«, sagte sie glücklich. Doch nach und nach breitete sich Enttäuschung auf ihrem Gesicht aus. Verstohlen wischte sie sich eine Träne aus dem Gesicht.

»Chiara, bist du noch dran? Chiara?«

»Ja«, murmelte sie.

»Es tut mir leid.« Mehr sagte er nicht.

Chiara atmete tief durch.

»Sag mir, dass du mir verzeihst.«

Chiara seufzte noch einmal. Was sollte sie auch anderes tun? »Natürlich verzeihe ich dir. Außerdem ist es nicht deine Schuld.«

»Wir können wieder anfangen, die Tage zu zählen.«

»Eine gute Idee.« Chiara schniefte. War es wirklich nicht Paolos Schuld? Warum versuchte er sich dann ständig zu rechtfertigen?

»Du musst das verstehen, dieses Angebot konnte ich nicht ablehnen. Stell dir vor, ich als rechte Hand dieser Koryphäe! Die Chance konnte ich mir nicht entgehen lassen. Sonst wäre die ganze Mühe umsonst gewesen, verstehst du?«

Chiara nickte, auch wenn sie ihn nicht wirklich verstand.

»Warum weinst du? Was ist los?«

»Nichts.« Nonna Lia hatte immer gesagt, dass erst Distanz bewies, wie groß die Liebe war, genau wie die Aufrichtigkeit gegenüber dem anderen. Doch sie war Paolo gegenüber nicht ehrlich gewesen.

»Ich tue es für uns, glaub mir. Du weißt gar nicht, wie sehr ich dich vermisse «

Chiara war kurz davor, ihm alles zu erzählen, die Drohbriefe, die Angst, verfolgt zu werden, und ihre Reise nach Mailand.

»Sag mir bitte, was los ist, Chiara. Du verheimlichst mir doch etwas.«

»Jetzt oder nie«, dachte Chiara, und ihr Herz begann aufgeregt zu klopfen. Wenn ich ihm alles erzählt habe, dann fliegt er auf der Stelle nach Hause, falls er mich wirklich liebt. Sonst …

»Chiara?«

Chiara zögerte. »Alles in Ordnung. Ich warte auf dich und zähle die Tage …«

Vito Santanna wurde telefonisch informiert, dass die Polizei bei Amanda Luxury gewesen war. Eine Kommissarin Giorgini.

»Allein?«

Der Anrufer verneinte, und Santanna sagte knapp: »Keine gute Gesellschaft. Wir werden unserem Singvögelchen ein Zeichen unserer Freundschaft schicken. Schönheit ist vergänglich. Das sollten gerade die wissen, die beim Fernsehen arbeiten.«

»Warten Sie noch, Signora.« Raquel spähte durch die Vorhänge, »Wie die Fliegen schwirren die Fotografen auf der Straße herum.«

Smeralda hatte schon den Mantel an, blieb aber im Flur stehen. »Was soll's. Hauptsache, man ist im Gespräch.«

»Was haben Sie gesagt?«

»Nichts.«

»Sie werden doch jetzt nicht rausgehen wollen?« Raquel hatte aus Versehen den Vorhang zurückgezogen, und sofort hatte es von unten geblitzt. »Verdammt«, sagte sie und schloss den Vorhang wieder. »Als wäre man ein Gefangener im eigenen Haus.« Smeralda warf einen Blick auf den Zeitschriftenstapel im Flur. Raquel sollte die Illustrierten in den Müll werfen, hatte sie aber stattdessen im Flur gestapelt. Erst mussten die Presseleute weg sein. Der Aufmacher war meist der Streit zwischen Pelori und De Gubertis, das »Dolce-vita-Duell«, wie die Boulevardpresse ihn getauft hatte. Ihre Agentin hatte alles gesammelt, was es zu diesem Thema gab, und dann Smeralda angerufen. Edy Micheli war regelrecht euphorisch gewesen. »Jetzt bist du eine Diva! Vergiss nicht, was Oscar Wilde gesagt hat: ›Gute Presse, schlechte Presse. Egal, Hauptsache man ist im Gespräch.‹ Smeralda hätte am liebsten sofort aufgelegt. Sie hätte gerne darauf verzichtet, durch einen Skandal berühmt zu werden. Andererseits durfte sie es sich mit Edy nicht verderben. Sie hatte den Streit schließlich nicht provoziert. Und wenn es gut für die Karriere war, warum nicht? Jetzt konnte sie voll durchstarten. Ihre Agentin war mit Angeboten überschüttet worden: Auftritte im Fernsehen und in Musikvideos, Werbespots, Modenschauen und nicht zuletzt Filmangebote, zwar nur kleinere Filme, aber immerhin.

»Gut. Ich werde mir alles gut überlegen«, hatte Smeralda ihr zugestanden, ihre Stimme klang dabei allerdings wenig begeistert.

»Etwas mehr Enthusiasmus, wenn ich bitten darf. Wir sprechen hier immerhin von dir und deiner Popularität.«

Und von dem Geld, das in deine Taschen wandert, hatte Smeralda gedacht.

»Sie wollen da wirklich raus, Signora?« Raquel hatte sich vor der Tür aufgebaut.

Smeralda warf einen erneuten Blick auf die Straße. »Ich warte noch. Früher oder später werden sie schon verschwinden, die haben ja auch Familie«, sagte sie und zog den Mantel wieder aus.

»Und wenn nicht?«

»Dann packen wir unsere Siebensachen und verschwinden.«

»Und wohin?«

»Irgendwohin«, Smeralda lächelte zwar, aber im Grunde meinte sie es ernst. Früher oder später würde Lamberto De Gubertis sie ohnehin aus der Wohnung werfen, in dem Versuch, den Rest seiner kläglichen Ehe zu retten. Smeralda konnte sich das Gespräch gut vorstellen: »Es tut mir leid, aber meine Frau hat mir die Pistole auf die Brust gesetzt. Sonst lässt sie sich scheiden.«

Nach diesem Skandal würde es zwischen De Gubertis und ihr ohnehin vorbei sein. Nicht, dass sie das bedauerte, im Gegenteil. Was sie dagegen beschäftigte, war das Problem Pelori. Sie hatte seine Karriere zerstört, und die Familie würde ihn fallenlassen: Das würde er ihr nie verzeihen.

Während sie auf dem Sofa saß und darauf wartete, dass sich die Fotografenmeute zerstreute, fiel ihr ein, dass es noch einen dritten Mann gab, der gefährlichste von allen. Ihm hatte sie nichts entgegenzusetzen. Er wusste nur zu gut, wie er sie unter Druck setzen konnte.

Sie öffnete ihre Handtasche und suchte nach dem Bildchen der heiligen Eustochia. Nur ein Gebet konnte jetzt gegen den blinden Hass helfen, den sie in sich auflodern spürte. Beim Wühlen fand sie eine Visitenkarte. Sie lächelte überrascht. Sie konnte sich gar nicht erinnern, die Karte eingesteckt zu haben.

»Dante Bonadeo«, las sie und fuhr mit dem Finger über die Karte. Unter dem Namen stand eine Handynummer.

Es klingelte an der Tür.

»Gehst du bitte, Raquel?«

»Natürlich. Das wird der Metzger sein.«

Während Raquel öffnete, steckte Smeralda das Kärtchen wieder in ihre Handtasche und zog das Bild der heiligen Eustochia hervor. Sie hatte kaum zu beten angefangen, als Raquel wieder in der Tür stand. »Sie haben Besuch, Ispettore Dante Bonadeo ist hier.«

»Was für ein Zufall!«, dachte Smeralda verblüfft. Sie steckte das Bildchen weg und zog stattdessen eine Puderdose aus der Handtasche, um sich im Spiegel zu betrachten. Sie hatte sich kurz zuvor geschminkt, die blauen Flecken waren kaum noch zu sehen. Als sie die Puderdose wieder in die Tasche steckte, schoss ihr ein absurder Gedanke durch den Kopf. »Nein, Smeralda, deinen Krieg musst du alleine führen.«

»Bitte ihn herein.«

»Buongiorno, Signorina Mangano«, Bonadeo trug Jeans, genau wie sie, und darüber eine abgetragene Lederjacke. Er war wirklich ein attraktiver Mann. Sie begrüßten sich und lächelten sich einen Moment lang schweigend an. Dem Ispettore kam es vor wie eine Ewigkeit. Sein Blick verlor sich in den hellen Augen der Schauspielerin. Mit dem weißen T-Shirt, den Jeans und den Mokassins sah sie aus wie ein junges Mädchen. Der Fragenkatalog, den er sich zurechtgelegt hatte, war plötzlich Nebensache. Er lauschte dem angenehmen Klang ihrer Stimme, Reminiszenz an Sizilien, ihre gemeinsame Heimat.

»Was für eine Überraschung, Commissario.«

»Ispettore.«

Smeralda lächelte verlegen. Irgendetwas an ihm erinnerte sie an Lupo. Der gleiche Blick, geradeheraus und doch voller Respekt. Er war nicht wie die anderen, die sie mit den Augen auszuziehen schienen.

»Mit Ihnen hatte ich gar nicht gerechnet.«

»Das kann ich mir gut vorstellen«, erwiderte Bonadeo leicht enttäuscht. »Ich möchte Sie nicht auch noch belästigen, da gibt es ja genügend andere …« Dabei zeigte er aus dem Fenster.

»Sind die denn immer noch da?«

»Ich fürchte, ja.«

»Irgendwann werden sie schon verschwinden. Was kann ich für Sie tun?«

Bonadeo räusperte sich und betete dann die Worte herunter, die er sich vorher zurechtgelegt hatte: »Ich möchte Ihnen eine Frage stellen: Besteht Ihrer Meinung nach eine Verbindung zwischen dem tödlichen Unfall des Journalisten Falcetti, Salvo und dem Streit zwischen dem Abgeordneten Pelori, Vincenzo und dem Filmproduzenten De Gubertis, Lamberto?«

»Warum nennt die Polizei immer erst den Nachnamen?«

Bonadeo hatte gerade sein Notizbuch aus der Jacke gezogen und sah sie verständnislos an.

Smeralda lächelte. »Das macht nichts, ich meinte nur ...«

»Nun, Signorina, ich frage noch einmal: Besteht Ihrer Meinung nach ...«

»Ich habe Ihnen alles gesagt, was ich weiß, Ispettore. Aber ich verstehe nicht ganz, worauf Sie hinauswollen.«

Dem Polizisten genügte ein Blick, um zu erkennen, dass er aus ihr nichts herausbekommen würde. Sie hatte die Arme abwehrend vor der Brust verschränkt.

»Wir haben neue Erkenntnisse, von denen Sie noch nichts wissen, Signorina.«

Äußerlich blieb Smeralda kühl, in ihrem Inneren jedoch brodelte es. Aber sie war ja Schauspielerin. »Ich höre ...«

»Wir haben Grund zu der Annahme, dass Ihr Haus beobachtet wird. Wir wissen noch nicht, von wem und was derjenige oder diejenigen im Schilde führen. Es könnte sich um Albaner handeln, denen bereits einige Industrielle und Politiker zum Opfer gefallen sind, oder aber ...«, Bonadeo machte eine Kunstpause, »um die sizilianische Mafia.«

Smeraldas Herz klopfte wie wild.

Bonadeo nutzte ihre Verunsicherung und setzte nach: »Wenn Sie etwas wissen, dann sagen Sie es besser jetzt, sonst muss ich Sie vorladen.«

»Ich verstehe nicht, was der Streit zwischen De Gubertis und Pelori mit dem Tod des Fotografen und irgendwelchen Albanern zu tun haben könnte.«

»Oder der sizilianischen Mafia …«

»Wie Sie wollen«, Smeralda reagierte gereizt. Bonadeos Fragen waren erschreckend nah an der Realität. Sie starrte ihn wütend an, doch gleichzeitig war ihr bewusst, dass der Polizist einfach nur seine Arbeit machte. Sofort bedauerte sie ihre Aggressivität. Er wollte ihr nur das Kommissariat ersparen.

»Ich mache mir Sorgen um Ihre Sicherheit.«

Erneut schoss Smeralda dieser abstruse Gedanke durch den Kopf. Könnte er ihr vielleicht helfen …? Nein, das Risiko war zu groß. Ein falscher Schritt, und es würde weitere Tote geben. Es war besser, sich ihm nicht anzuvertrauen.

»Ich danke Ihnen für Ihre Anteilnahme, im Augenblick habe ich nichts mehr zu sagen. Wenn ich etwas Verdächtiges bemerken sollte, rufe ich Sie sofort an. Ich habe ja Ihre Visitenkarte.«

Bonadeo kam es vor, als hätte beim letzten Teil des Satzes ein leicht maliziöser Unterton in ihrer Stimme gelegen, vielleicht bildete er sich das aber auch nur ein. »Und den Abgeordneten Pelori, wie gut kannten Sie den?«

»Besser, als ich es mir gewünscht hätte.« Smeralda wandte den Kopf ab, um Bonadeos Blick auszuweichen.

»Darf ich fragen, was das zu bedeuten hat?«

»Ach, Pelori war einer der vielen Männer, die glaubten, mich mit ihrem Status beeindrucken zu können …«

»Hatten Sie eine Beziehung?«

»Darauf möchte ich lieber nicht antworten.«

»Signorina …«

Smeralda fiel ihm ins Wort: »Dies ist eine Frage, die mein Privatleben betrifft, und das geht Sie nichts an. Aber ich beantworte Sie Ihnen trotzdem: Nein, es gab nie eine sexuelle Beziehung zwischen uns, und wenn jemand das behauptet …«

»Um was ging es dann bei diesem Streit?«

»Um es ein für alle Mal klarzumachen, Ispettore: Dieser Streit ist deshalb entstanden, weil Lamberto äußerst eifersüchtig ist und überall Nebenbuhler wittert.« Smeralda versuchte, ruhig zu bleiben.

Unbemerkt huschte ein bewunderndes Lächeln über Bonadeos Gesicht: »Das wundert mich überhaupt nicht.« Dann schwieg er.

Smeralda wollte die peinliche Stille überbrücken: »Pelori ist ein ehrenwerter Mann. Er engagiert sich sehr für in Not geratene Frauen und Kinder. Mit seiner Unterstützung konnte zum Beispiel Amanda Soleri, die Besitzerin von Amanda Luxury, ein Kind aus einem Waisenhaus adoptieren.«

»Sehr löblich«, kommentierte Bonadeo trocken und machte sich Notizen. Vielleicht könnte dieses Detail für Commissario Giorgini von Interesse sein.

Smeralda reagierte nicht. Allein der Gedanke, Partei für Pelori zu ergreifen, war ihr zuwider. »Nun gut«, sagte sie, um das Gespräch abzuschließen. Unter anderen Umständen hätte sie sich durchaus in den attraktiven Polizisten verlieben können … Doch Bonadeo war zu integer für eine Frau wie sie.

»Nun gut«, sagte auch Bonadeo bedauernd. Auch dieses Mal war er nicht weitergekommen. Er betrachtete fasziniert, wie Smeralda mit der Hand durch ihr Haar fuhr. Für so eine Frau könnte er glatt den Kopf verlieren. Doch Smeralda Mangano war für einen einfachen Polizisten wie ihn einfach eine Nummer zu groß. Komm wieder runter, Dante, rief er sich in die Realität zurück. Seinen Traum würde er ein anderes Mal weiterträumen, außer Dienst natürlich.

Amanda gab zehn Tropfen Valium in ein halbes Glas Wasser, nachdem sie den zerknüllten Brief wieder aus dem Papierkorb gefischt und auf dem Schreibtisch glattgestrichen hatte.

Tränenüberströmt las sie zum wiederholten Male die Worte, die sie inzwischen auswendig konnte:

»ICH KENNE DEIN GEHEIMNIS. STEUERN? SCHULDEN? NICHTS ZAHLST DU. ES GIBT VIELE LEUTE, DIE GERNE WISSEN WÜRDEN, WO DEIN GELD IST. ICH SAGE NUR VADUZ.«

Auch dieser Brief brachte sie nicht weiter. Keine klareren Hinweise, keine genaue Summe, keine konkreten Drohungen. Diese Ungewissheit machte sie wahnsinnig.

Sie blickte auf das Valiumfläschchen. Wäre es nicht besser, noch fünf Tropfen mehr zu nehmen? Sie war um zwei Uhr morgens aus dem Schlaf geschreckt und hatte seither keine Ruhe mehr gefunden. Sie hatte Angst, wieder von Anna zu träumen. Seitdem ihre Freundin tot war, kam es Amanda vor, als hätte sie den Kontakt zur Realität verloren. Sie fühlte sich wie ein Roboter: Sie aß, schlief, arbeitete, unterhielt sich, spielte mit Brando und schlief mit Spargi, doch irgendetwas in ihr war zerbrochen. Sie war am Leben und doch nicht wirklich da. Die Erinnerungen verblassten, die Gefühle erkalteten. Nur eines stand ihr immer vor Augen: Annas zerschmetterter Körper auf dem Asphalt. Dieses Bild ließ sie nicht los, trotz aller Versuche, sich zu betäuben, mit Alkohol, Valium und Sex. Aber es war nicht nur das Bild, sie hörte auch anklagende Stimmen: *Du hast sie umgebracht*. Ganz plötzlich waren sie da gewesen. Woher kamen sie? War es ihr Gewissen? War es Angst oder ein Fingerzeig Gottes? Diese Stimmen wollten sie mit aller Macht in die Realität zurückbringen, wollten sie zwingen, das Spinnennetz zu entwirren, das ihre Sinne lähmte. Hätte sie damals ihre Jugendfreundin nicht um Hilfe gebeten, dann wäre Anna vielleicht noch am Leben ... Ihr Blick fiel auf die Zeitung neben dem Telefon. Auf der ersten Seite ein großer Bericht über den Mann, den Anna ihr als uneigennützigen Wohltäter vorgestellt hatte: den Abgeordneten Enzo Pelori, für seine Freunde Enzino. Er hatte ihr Kontakte zu einer im Hintergrund agierenden Gruppe von Geldgebern vermittelt, die ihr das nötige Startkapital für die Eröffnung von Amanda Luxury zur Verfügung gestellt hatten. In all den Jahren war es Amanda nicht gelungen, die Identität ihrer Gläubiger zu lüften. Nur eines wusste sie: Alle hatten Kontakte zu Krüger-Cosmetics, dem multinationalen Kosmetikkonzern, zu dem auch Donna Diabla gehörte. Von Osteuropa aus wurde Donna Diabla in Russland, den Arabischen Emiraten, im Nahen Osten und insbesondere auch in Italien vermarktet.

Pelori war so etwas wie der Mittelsmann, er hatte Amanda auch Franco Spargi für den Posten des Geschäftsführers empfohlen, der ihrer Boutique als ehemaliger Dressman das nötige Flair geben sollte. Amanda war voller Elan ans Werk gegangen. Sie war überzeugt, dass ihr geschäftlicher Erfolg auf ihren Fleiß und auf die Verkettung glücklicher Umstände und nicht auf die Machenschaften irgendwelcher Strippenzieher im Hintergrund zurückzuführen war. Und jetzt steckte sie in diesem Sumpf fest. Wie hatte sie nur so enden können?

Gut, noch fünf Tropfen. Wie sie den bitteren Nachgeschmack hasste. Aber was war das schon gegen das prickelnde Gefühl auf der Zunge und die kurz darauf einsetzende Leichtigkeit in Kopf und Körper? »Wo bin ich da nur hineingeraten?«, fragte sie sich und leerte das Glas in einem Zug.

Seit Annas Tod quälte sie noch ein weiterer Gedanke: Was war mit Brando? War auch er ein Teil des perfiden Spiels aus Intrigen und Gewalt? Wer wusste, wo er ohne Pelori gelandet wäre. Mit Sicherheit nicht bei ihr.

»Valium, schon wieder? Genüge ich dir nicht?« Spargi kam ins Wohnzimmer, das weiße Hemd hing lässig über der engen schwarzen Jeans, unter der sich seine muskulösen Beine abzeichneten. Es war Montagmorgen und sie hatten noch etwas Zeit für sich, denn an diesem Tag öffnete Titti die Boutique. Spargi ließ sich aufs Sofa fallen und zündete sich eine Zigarette an.

»Franco, bitte. Du weißt doch, wie sehr es mich stört, wenn du in der Wohnung rauchst, besonders wenn Brando da ist.«

Spargi stieß eine Rauchwolke aus und musterte sie herausfordernd, die Augen halb geschlossen: »Bei dem ganzen Smog da draußen! Meinst du, ein Zigarettchen schadet ihm da noch?«

Amanda hatte heute nicht die Kraft, diese unendliche Diskussion fortzusetzen. Auch den anonymen Brief erwähnte sie nicht. Er war im Mülleimer gelandet.

Spargi klopfte neben sich auf das Sofa. »Komm schon.«

Amanda schüttelte den Kopf, aber sie wusste, dass sie am Ende doch nachgeben würde. Dieser Mann war unwiderstehlich in seiner herausfordernden Art, er wirkte wie ein Kater auf der Jagd nach einer fetten Maus.

Sie ging auf ihn zu, nahm ihm die Zigarette aus dem Mund und drückte sie im Aschenbecher aus. Franco wollte protestieren, doch sie erstickte seine Worte mit einem leidenschaftlichen Kuss. Dann streifte sie die Bluse ab und zog den BH aus, während er den Reißverschluss seiner Jeans öffnete. Darunter war er nackt. Amanda schlüpfte aus den Schuhen und schob den Rock hoch, dann setzte sie sich rittlings auf ihn.

»Du willst es hier machen?« Er tat überrascht, gleichzeitig schob er ihr den Rock über die Hüften nach oben. »Du bist wirklich ein böses Mädchen.« Dabei gab er ihr einen Klaps auf den Po und drang unvermittelt in sie ein. Amanda stöhnte auf und klammerte sich an seine Schultern. Doch kurz bevor sie den Höhepunkt erreichte, hörte sie plötzlich eine Stimme.

»O Gott! Es tut mir leid.« Brandos Kindermädchen war auf der Türschwelle aufgetaucht. Mit schamrotem Gesicht hatte sie Brando am Arm genommen und aus dem Zimmer gezerrt. »Komm her, mein armer Schatz«, sie drückte ihn fest an ihre Brust und hielt ihm die Ohren zu.

Ermanno Forte war begeistert. Der handgreifliche Streit vor Smeralda Manganos Wohnung hatte die Schauspielerin in den Mittelpunkt des Medieninteresses gerückt. Das sensationelle Interview bei Telestella würde die Einschaltquoten der Sendung in schwindelerregende Höhen treiben. Schon überlegte er, ob er es nicht auf YouTube hochladen sollte, der Erfolg wäre vorprogrammiert.

»Setz dich, meine Liebe.« Forte hatte die obligatorische Zigarre im Mund, doch in seinen Augen fehlte der Groll, mit dem er üblicherweise seine Mitarbeiter verunsicherte. Chiara hatte ihn selten so entspannt lächeln sehen.

Auf seinem Kalender lag ein Scheck über dreitausend Euro.

Forte reichte ihn ihr. »Ein kleines Dankeschön, das hast du dir verdient.«

Chiara sah ihn erstaunt an. »Ich verstehe nicht.«

»Was ist daran so kompliziert? Ist es etwa nicht dein Verdienst, dass wir in einer Woche in aller Munde sein werden?« Er hielt ihr einen Zeitungsausschnitt unter die Nase. »Verstehst du jetzt?«, fragte er mit einem Augenzwinkern. Schon die Schlagzeile machte klar, worum es ging: Pelori, De Gubertis und ihr Streit. Sie verstand noch immer nicht.

»Wach auf, Bonelli! Du kapierst es wirklich nicht, was? Dann erklär ich's dir: Ich werde die Sendung ausstrahlen!« Dabei donnerte er mit der Faust auf die Schreibtischplatte.

Chiara erblasste. »Das soll wohl ein Witz sein? Sie haben doch gehört, was Edy Micheli gesagt hat! Manganos Anwalt wird uns verklagen und …«

»Alles Quatsch! Die Werbeeinnahmen werden explodieren, die Sponsoren Schlange stehen. Und wenn er uns verklagen will, bitte schön. Pressefreiheit, meine Liebe! Wir werden uns den besten Anwalt nehmen, den wir kriegen können!«

Chiara gab ihm den Scheck zurück. »Das kann ich nicht annehmen«, sagte sie unmissverständlich. Aber es war nicht die Sorge vor der drohenden Klage gegen Telestella, die sie umtrieb. Es war die Angst um sich selbst. Nach diesem verdammten Interview hatte sich ihr Leben verändert, sie fühlte sich latent bedroht. Ermanno Forte hatte leicht reden, er bekam keine anonymen Briefe, und es war ja nicht sein Leben, das in Gefahr war.

»Ich verstehe dich nicht, Bonelli.«

»Ich will, ähm, sauber bleiben …«, Chiara fand nicht die richtigen Worte.

»Wie, sauber?«

»Nichts Unmoralisches und Gefährliches tun«, antwortete Chiara. Sie hätte es vielleicht besser ausdrücken können, aber das war zumindest das, was sie sagen wollte.

»Bonelli, wir sind ein Fernsehsender und kein Wohltätigkeitsverein. Und Moralisten sind wir schon gar nicht. Was die Gefahr angeht, wir fürchten nichts und niemanden!« Dabei bedachte er sie mit dem gleichen mitleidigen Blick, den er jedem armen Irren zudachte, der es wagte, ihm zu widersprechen.

Chiara erstarrte. An der Art, wie er auf seiner Zigarre herumkaute, erkannte sie, dass er zumindest für diesen Tag seine gute Laune verloren hatte.

»Wie du willst. Pech für dich«, polterte Ermanno Forte.

»Chef …«

»Kein Wenn und Aber. Hier wird nicht diskutiert.« Forte nahm den Scheck und zerriss ihn vor ihren Augen.

»Die Sendung wird ausgestrahlt, ob es dir nun passt oder nicht.«

Kopfschüttelnd verließ Chiara das Büro.

»Das ihn heute etwas aus der Bahn werfen konnte … unglaublich!«, wunderte sich Chiaras Kollegin Ilaria. Sie war nicht die Einzige, die Fortes Wutausbruch gehört hatte. Überall in der Redaktion wurde getuschelt. »Meiner Meinung nach hast du genau richtig gehandelt. Wenn die Sendung ausgestrahlt wird, ist der Ärger vorprogrammiert.«

Geknickt öffnete Chiara ihre Mailbox. Fünfundachtzig neue E-Mails. Eine Nachricht erregte sofort ihre Aufmerksamkeit, sie kam von der Agentur Ce.De.Ra. Es war die Einladung zur Rosso-Bianco-Oro-Party. In einem als PDF angehängten Flyer wurde auch über die Neugründung der Lupo-Sannazzaro-d'Altino-Stiftung informiert.

Chiara warf einen kurzen Blick auf die Gästeliste: Selbst George Clooney und Gwyneth Paltrow hatten ihre Teilnahme zugesagt. Sie notierte den Termin in ihrem Palm und wollte ihn zur Sicherheit auch noch in ihren Taschenkalender schreiben, doch der war verschwunden. »In diesem Chaos findet man rein gar nichts.« Während sie die Papierstapel auf dem Schreibtisch durchwühlte, hielt sie plötzlich inne. Auf einer Illustrierten lag ein gelber Umschlag. Sie spürte, wie ihr Herz zu rasen begann und sie kaum noch Luft bekam. Sie kannte diese Art Umschlag nur zu gut. Sie öffnete ihn vorsichtig und zog ein Projektil und eine in großen Druckbuchstaben geschriebene Nachricht heraus.

»DU HÄNGST DOCH SICHER AN DEINEM SCHÖNEN GESICHT? PASS AUF, DASS WIR DIR NICHT DIE FRESSE ZERSCHNEIDEN, BEVOR DU STIRBST.«

Chiara sprang auf, dabei fiel ihr Stuhl krachend zu Boden. Die Kollegen erschraken und drehten sich zu ihr um.

»Chiara, was ist los?« Ilaria war die Erste, die reagierte. »O mein Gott«, sagte sie betroffen, als sie den Brief las.

»Wer hat ihn gebracht?« Chiaras Stimme war kaum mehr als ein Flüstern.

»Mir ist nichts Besonderes aufgefallen, er muss in der normalen Post gewesen sein.«

Mittlerweile waren auch die anderen Kollegen näher gekommen. »Wir müssen die Polizei rufen«, drängte Ilaria.

Chiara nickte. »Das mache ich. Aber sagt Forte noch nichts.«

»Aber Chiara ...«

Chiara warf ihr einen vernichtenden Blick zu.

»Ist ja schon gut, dann machen wir es so, wie du willst, oder?« Ilaria blickte hilfesuchend zu den Kollegen. Nach einer hitzigen Diskussion entschied man sich schließlich für Chiaras Vorschlag, erst später mit dem Boss zu sprechen. So hatte sie wenigstens etwas Zeit gewonnen.

Chiara verließ die Redaktion, den gelben Umschlag an die Brust gepresst. Würde Forte so skrupellos sein, auch ihr ganz persönliches Drama für Werbezwecke zu missbrauchen? »Werde ich jetzt auch noch zynisch?«, fragte sie sich.

Zehn Uhr abends. Silvia Giorgini saß noch immer in ihrem Büro. Wieder und wieder verglich sie die Ergebnisse des Laguna-Express-Falls mit den Daten der großangelegten Ermittlungskampagne gegen Kinderpornografie in Catania und Palermo. Um der Lust auf eine Zigarette zu widerstehen, kaute sie Kaugummi.

In den Akten fand sie auch eine Liste mit Minderjährigen, die von ihren Eltern als vermisst gemeldet worden waren. Silvia schauderte bei dem Gedanken, dass diese Namen zu kleinen Wesen aus Fleisch und Blut gehörten, deren Schicksal niemand kannte. Sie wusste aus Erfahrung, dass die Chance, einen von ihnen wiederzufinden, gegen null ging. In jedem Jahr verschwanden in Italien Tausende Kinder. Gefunden wurden kaum mehr als zehn. In einem Plastikordner entdeckte sie Fotos und Computersimulationen, wie die Vermissten heute aussehen könnten. Mit Hilfe dieser Phantombilder wurde das Ermittlungsspektrum erweitert, das sich jetzt auch auf das Ausland erstreckte. Während sie das Bild einer blonden Sechzehnjährigen studierte, die vor vier Jahren verschwunden war, fragte sie sich, wie das kleine Mädchen mit den großen Augen wohl heute aussehen würde. Sie blickte zur Magnettafel. Das Mädchen schien sie anzublicken und ihre Gedanken lesen zu können. Silvia lächelte das Foto an. Sicherlich wäre sie heute eine schöne Frau. Dann kam ihr eine Idee. Sie steckte das Foto in einen weißen Umschlag und schrieb Barbera eine Nachricht dazu.

Wie gerne hätte sie noch ein Stündchen weitergearbeitet, aber sie konnte einfach nicht mehr. Die Augen brannten, die Schultern waren verkrampft. Sie schaltete den Computer aus und ging nach Hause.

Am nächsten Morgen um sieben war sie die Erste im Büro. Wie immer. Sie machte sich einen starken Kaffee und arbeitete da weiter, wo sie am Vorabend aufgehört hatte. Die Aussagen der Zeugen, die die verschwundenen Kinder gesehen hatten, und die Vernehmungsprotokolle der Verdächtigen waren nicht gerade ermutigend. Voller Ungereimtheiten, Rechtfertigungen und Widersprüche. Resigniert fuhr sich Silvia über das Gesicht. Die *omertà*, das Gesetz der Verschwiegenheit, war wie eine unüberwindbare Mauer, egal, ob es um die italienische, die russische, die nigerianische, die albanische oder die rumänische Mafia ging. Und diejenigen, die ins Blickfeld der Polizei gerieten, hatten immer ein wasserdichtes Alibi.

»Wie ich sehe, sind Sie schon früh auf den Beinen.« Ispettore Bonadeo stand auf der Türschwelle und lächelte.

»Buongiorno, Dante.« Zum ersten Mal nannte sie ihn beim Vornamen.

»Hast du etwas für mich?« Silvia hatte den DIN-A4-Umschlag in seiner Hand bemerkt.

»Ja, ein seltsamer Zufall, es wird Sie bestimmt genauso verblüffen wie mich.«

Silvia runzelte die Stirn: »Ich hoffe, es ist eine gute Nachricht.«

»Entscheiden Sie selbst. Einer der Polizisten aus Peloris Eskorte am besagten Abend hat mir das zukommen lassen.« Er zog ein Foto aus dem Umschlag. »Einer der Paparazzi vor Smeralda Manganos Haus hat es aufgenommen. Der Polizist hatte ihm die Kamera abgenommen und unter anderem dieses Foto darauf entdeckt.«

»Ein Nummernschild.«

»Ja, aber nicht irgendeins.«

Silvia schaute genauer hin.

»Geben Sie auf, Commissario?«

»Ja, klär mich auf, Bonadeo.«

»Es ist das Nummernschild des Autos, das Salvo Falcetti überfahren hat. Erinnern Sie sich, der Mann wurde von einem Zeugen gesehen, wie er Falcetti den Computer abgenommen hat.«

»Was?!« Die Kommissarin suchte unter dem Papierwust nach der Akte Falcetti.

»Ein unglaublicher Zufall, oder?«

Silvia verglich das Foto des Nummernschilds mit der Autonummer, die der Zeuge angegeben hatte. »Seltsam, alle Spuren führen zu Smeralda Mangano.«

Sofort verfinsterte sich Bonadeos Gesicht. Der Gedanke, dass Smeralda Mangano eine Rolle in einem Verbrechen spielen könnte, behagte ihm gar nicht. Die Kommissarin bemerkte nichts von seinen Gefühlen und sinnierte weiter: »Vielleicht stand das Auto nicht zufällig dort ... Vor allem, wenn wir es mit unterlassener Hilfeleistung, Fahrerflucht oder sogar Mord zu tun haben!«

»Du musst noch mal zu Smeralda Mangano.«

Bonadeo zuckte zusammen. Natürlich war er glücklich, sie wiedersehen zu dürfen, aber er fürchtete auch, dass sie in großen Schwierigkeiten steckte.

»Ich weiß, dass du bereits zweimal dort warst und nichts dabei herausgekommen ist. Aber alle Spuren führen zu ihr. Lass uns noch mal alles durchgehen. Welche Fragen müssen wir uns stellen? Erstens: Warum war das gestohlene Auto in dieser Gegend, als es zum ersten Mal dort gesehen wurde? Zweitens: Ist an diesem Abend noch etwas geschehen, von dem wir nichts wissen? Und drittens: Gibt es einen Zusammenhang zwischen der Mangano, Pelori und De Gubertis und dem, was am Abend des Unfalls geschehen ist, was immer das gewesen sein mag?«

»Gut, Commissario, ich erledige das gleich heute.«

»Bonadeo, warte mal.« Silvia hielt ihm den Umschlag hin, den sie am Vorabend für den Vicecommissario vorbereitet hatte. »Kannst du das bitte Barbera geben, wenn du ihn siehst?«

»Wird erledigt.«

Nachdem der Ispettore gegangen war, betrachtete Silvia nochmals das Foto mit dem Nummernschild. »Zufall?« Chiara hatte ihr einmal erklärt, dass viele vermeintliche Zufälle gar keine waren. »Manchmal sind es auch verschlüsselte Nachrichten, die uns bei der Entscheidung helfen, das zu tun, was das Schicksal für uns vorgesehen hat. Das Problem ist, dass wir diese Nachrichten meist ignorieren, auch wenn sich die Zufälle in unserem Leben häufen und unsere Pläne wieder und wieder durchkreuzen. Aber wenn wir lernen würden, diese Zeichen mehr zu beachten, könnten wir feststellen, dass Ereignisse, die wir für rein zufällig halten, in Wirklichkeit kleine Wunder sind, bewerkstelligt von jenem unermesslichen spirituellen Potenzial, das jeder von uns in sich trägt und das ab und zu an die Pforte unserer Rationalität klopft, um sich Gehör zu verschaffen.«

Silvia blickte wieder zu dem Foto des vermissten kleinen Mädchens. »Und was willst du mir sagen?«

»Keine Neureichen, keine Proleten, nur die Crème de la crème: Hochadel, Topunternehmer und herausragende Künstler, dazu die angesagtesten Designer und Stylisten«, hatte Cesco de' Razzi geschwärmt, als er mit Vivy noch einmal die Gästeliste durchging, »und als Sahnehäubchen natürlich einige internationale Megastars.«

Vivy hatte sich nur die ersten dreißig Namen angesehen. Sie musste die Gäste nicht einzeln durchgehen. Cescos Instinkt vertraute sie blind. Der Mann war zwar ein Snob, aber er hatte Klasse. Alles, was er tat, gelang optimal. »Hervorragende Arbeit, Cesco«, sagte sie und gab ihm die Liste zurück.

»Oh, das ist nur eine Vorauswahl.«

»Ich bin sicher, dass alles perfekt wird.«

»So muss es auch sein, meine Liebe. Dieses Fest soll unvergesslich werden: das High Society-Event schlechthin, aber ohne Pomp und Protz. Auch was die Stars betrifft, war ich sehr wählerisch, deshalb kommen Giorgio Albertazzi und Franco Zeffirelli …«

Vivy lächelte.

»Aber jetzt musst du dich auf das Kernthema konzentrieren: die Auswahl der Fotos. Wir brauchen mindestens zehn verschiedene Bilder für die Projektionen und die Präsentationsmappen.«

»Könnte das passen?« Vivy zeigte Cesco eine Aufnahme von Lupo im Kreis ihrer Mitarbeiter, die vor einem riesigen Holzfass standen, in dem der berühmte Sannazzaro-Wein reifte.

»Ausgezeichnet! Wenn du mich noch brauchst, ruf einfach an.« Dann verabschiedete er sich und küsste ihr die Hand.

Vivy hätte ihn gerne noch länger um sich gehabt, doch sie wusste, dass Cesco einen prall gefüllten Terminkalender hatte und die Zeit drängte. Bei der Auswahl der Fotos war Fingerspitzengefühl gefragt, sie arbeitete hochkonzentriert. Doch nach einer Weile musste sie, von ihren Gefühlen übermannt, eine Pause machen. Vor allem die Bilder aus der Kindheit rührten sie. Lupo war ein hübscher Bengel mit blonden Haaren und veilchenblauen Augen gewesen. Die meisten Aufnahmen allerdings stammten von gesellschaftlichen Ereignissen. Lupo, der Frauenschwarm, darunter allerdings auch einige Damen mit zweifelhaftem Ruf. Cesco hatte streng aussortiert und dann befürchtet, dass die Fotos für die Präsentation nicht ausreichen könnten. Aber es gab ja noch einen zweiten Karton. Auch die Texte zu den Bildern mussten stimmig sein. »Wir brauchen eine gewisse Chronologie«, hatte Cesco ihr erklärt. Zum Glück hatte Gerry seine Hilfe angeboten, ein Meister, was pointierte Texte anging.

Was die Hieroglyphen betraf, die Volfango d'Altino in seinen Aufzeichnungen hinterlassen hatte, gab es keine Fortschritte. Vielleicht hatte Maria Majorana bei ihren Recherchen mehr Glück. Vivy beschloss, Gerrys Bekannte umgehend aufzusuchen.

Mittlerweile hatte sie fünfzehn weitere Fotos von Lupo ausgewählt und in eine Plastikmappe gesteckt. Jetzt war der Grafiker am Zug. Es war bereits zwölf und Vivy verspürte leichten Hunger. »Das reicht für heute«, entschied sie und stand auf. Dieses Mal hatte sie die Tränen zurückhalten können.

Vor dem Mittagessen machte sie noch einen Abstecher in die kleine Kapelle, deren Innenraum Cesco neu gestalten ließ. Sie lag etwa fünfzig Meter von der Villa entfernt, unweit der großen Kellereianlagen. Nach den Vorstellungen von Cesco de' Razzi und Gerry Boschi sollte die Kapelle als Symbol für die Symbiose zwischen Familie und Weingut fungieren. »Die Kapelle ist ein Sinnbild für den Geist der Familie Sannazzaro, der sich auch in der Person von Lupo findet. Verstehst du, meine Liebe?«, hatte Gerry gesagt. »Diese geweihten Mauern sollen die Heimat der Erinnerungen darstellen, eine Art Schrein für den Geist deines Sohnes und gleichzeitig ein Ort der Besinnlichkeit und Kontemplation.«

Vivy wollte gerade das Büro verlassen, als die Sekretärin ihr mitteilte, dass Marco Tonioli sie dringend sprechen wolle. Die Art, wie sie das Wort »dringend« betonte, beunruhigte die Baronin zutiefst. Der Sicherheitschef ihrer Firma kam nur im äußersten Notfall in ihr Büro.

»Baronessa, entschuldigen Sie die Störung.«

»Komm, Marco, setz dich«, Vivy schloss die Tür.

»Im Magazin 2 gab es einen Unfall. Jemand hat in der Nähe der hölzernen Eingangstür Feuer gelegt. Nachdem der Alarm ausgelöst wurde, waren wir sofort vor Ort und haben die

Flammen gelöscht. Zum Glück ist nichts Ernsthaftes passiert. Aber wir haben das hier gefunden.« Er reichte ihr ein Blatt Papier.

Vivy griff danach und las die Nachricht, die in krakeligen Druckbuchstaben geschrieben war. Der Verfasser musste entweder ein Kind oder ein Mensch sein, der selten schrieb.

»WENN DU NICHT WILLST, DASS DEIN HAB UND GUT IN FLAMMEN AUFGEHT, MUSST DU GEHORCHEN.«

Vivy blickte Marco Tonioli entsetzt an. »Soll das ein Scherz sein? Ein Verrückter?«

»Ich weiß es nicht.«

»Wirklich Sorgen macht mir die Tatsache, dass jemand unbemerkt in Magazin 2 eindringen konnte. Was ist mit unseren Wachmännern?«

Wieder schüttelte Tonioli den Kopf. Er war am Boden zerstört. »Glauben Sie mir, Baronessa, bei unserem Sicherheitssystem ist es praktisch unmöglich, dass ein Fremder auf das Gelände gelangen kann.«

»Und trotzdem ist es passiert! In unserem System muss es eine Lücke geben!«

Tonioli senkte den Blick.

»Und du musst sie finden. Sofort.«

»Natürlich, Baronessa, es sei denn …«

»Es sei denn?«

»Es sei denn, es war gar kein Fremder, der in das Magazin eingedrungen ist.«

Vivy schwieg. Der Appetit war ihr vergangen.

Der Tag der Stiftungsfeier rückte immer näher, und Vivy fragte sich, ob sie dem Druck überhaupt würde standhalten können. Der Brand war nicht der einzige Unfall gewesen. Ein

Arbeiter, der ein Schild reparieren wollte, war vom Gerüst gefallen, das noch am Morgen von Marco persönlich kontrolliert worden war. Am nächsten Vormittag war der Chefgärtner mit dem Auto gegen einen Baum gefahren, weil die Bremsen gestreikt hatten. Und am Nachmittag war in Magazin 1 Wein aus einem Eichenfass ausgelaufen. Dass es sich nicht um Zufälle handeln konnte, bewiesen die drei Drohbriefe, die auf dem Werksgelände gefunden worden waren. Im letzten Brief gab es eine Schutzgeldforderung. Und wenn die Baronessa die Polizei einschalten würde, hätte sie die Folgen selbst zu verantworten.

Vivy stand im Wohnzimmer und sah auf die Veranda hinaus. Zum ersten Mal erschien ihr die geliebte Landschaft fremd und bedrohlich. Sie versuchte sich auf ein vertrautes Detail zu konzentrieren. War das nicht ihr Großvater Vittorio, den sie inmitten der grünen Weinberge zu erkennen glaubte? Den großen weißen Panamahut auf dem Kopf, um sich vor der Sonne zu schützen. Er hielt sie an der Hand und zeigte stolz auf die saftigen roten Trauben. Hinter ihnen stand ein dunkelhaariges schmächtiges Mädchen, um das sich der Großvater nicht weiter zu kümmern schien. Er hatte immer nur Augen für seine schöne Vivy gehabt. »Vergiss nie, mein Kind, je mehr Land du hast, desto besser geht es dir.«

»Warum?«, hatte das andere Mädchen gefragt, das ihnen folgte. Aber der Großvater antwortete nicht und widmete sich weiterhin nur seiner Enkelin Vivy: »Wenn ein Mann so viel Land hat, dass er die Grenzen seines Besitzes nicht mehr sieht, keine Straße, keinen Telefonmast, kein anderes Haus, dann ist er ein glücklicher Mann.«

Doch als Vivy jetzt aus dem Fenster sah und den Blick über die schier grenzenlosen Ländereien schweifen ließ, war sie alles andere als glücklich. Zum ersten Mal nach so vielen Jahren fragte sie sich, was aus dem dunkelhaarigen Mädchen geworden war, das unablässig hinter dem Großvater hergerannt war, ohne je von ihm beachtet zu werden. Ob sie wohl glücklich war?

»Wir sind da, Baronessa, die Mitglieder der Geschäftsleitung erwarten Sie im Sitzungssaal.«

Auf der Tagesordnung stand nur ein Punkt: Sollten sie das Schutzgeld zahlen oder nicht? Bei einem Nein würde die Baronessa die Polizei einschalten und den Erpressern den Krieg erklären.

Vivy hatte die ganze Nacht wach gelegen und überlegt, wie sie der kritischen Situation begegnen sollte. Im letzten Jahr war der Gesamtumsatz der Firma gestiegen, daher wären sie durchaus in der Lage, das Schutzgeld zu zahlen. Aber nicht mit ihr, sie ließ sich nicht erpressen. Mit eiserner Härte hatte sie alle Konkurrenten aus dem Weg geräumt. Im Gespräch mit ihrem Sicherheitschef war sie zu der Überzeugung gelangt, dass die Mafia einen Spitzel innerhalb der Firma haben musste. Wie hätte der Eindringling sonst alle Sicherheitssysteme umgehen können? Noch auf dem Weg zum Sitzungssaal ließ sie dieser Gedanke nicht los.

»In Anbetracht der Fakten sind Marco und ich zu der Überzeugung gekommen, dass es in unseren Reihen einen Verräter geben muss.« Mit diesen deutlichen Worten eröffnete die Baronessa die Sitzung. Mit Formalien hielt sie sich nicht lange auf.

Unter den Anwesenden entstand Unruhe, doch als die Baronessa weitersprach, wurde es sofort wieder totenstill: »Ich erwarte von jedem von Ihnen unverzüglich einen Bericht über die Personalentwicklung und die private Situation eines jeden Ihrer Mitarbeiter, vertraulich natürlich. Vor allem möchte ich wissen, ob es im Umfeld unserer Leute Personen gibt, die womöglich erpresst werden …« Sie machte eine Pause, sah eindringlich in die Runde und fuhr in entschiedenem Ton fort: »Auch die hier Anwesenden sind nicht ausgeschlossen. Wenn jemand auch nur den kleinsten Verdacht gegen einen Kollegen hat, ist er verpflichtet, mir das unter vier Augen mitzuteilen. Außerdem erwarte ich von jedem unter Ihnen einen detaillierten Bericht über seine familiäre Situation.«

Das Gemurmel im Raum brandete wieder auf, aber die Baronessa hatte nicht die Absicht, sich Kritik anzuhören, selbst von ihren engsten Mitarbeitern nicht. Sie erhob sich und verließ mit Marco Tonioli den Saal. Die Sitzung war beendet.

Nach dem dritten anonymen Brief hatte sich Chiaras Angst noch gesteigert. Wurde sie wirklich verfolgt? Vorsichtshalber fuhr sie mit dem Taxi ins Studio oder sie bat Ilaria, die in der Nähe wohnte, sie mitzunehmen. Aus Furcht, jemand könnte die Bremsen an ihrem Auto manipuliert haben. Das war kein Thema für ein Telefongespräch, sonst hätte sie sich längst Silvia anvertraut. An diesem Morgen hatte sie Forte um Urlaub gebeten, sie wollte so bald wie möglich nach Mailand fahren. Sie hatte vorgeschlagen, noch einmal mehrere Folgen von »Mein Geheimnis« am Stück zu produzieren. Um die Interviewpartner würde sie sich gegebenenfalls persönlich kümmern. Schließlich hatte Forte zugestimmt, allerdings nicht, um ihr einen Gefallen zu tun. Den Streit um die Ausstrahlung des Mangano-Interviews hatte er noch nicht vergessen. Die Gründe für seine Großzügigkeit waren rein wirtschaftlicher Natur.

Chiara hatte sich sofort an die Arbeit gemacht und kurz hintereinander Adriana Volpe und Anna Tatangelo interviewt. Beide hatten sich als ideale Gesprächspartnerinnen entpuppt, und die Zeit war dank der doppelten Arbeitsbelastung wie im Flug vergangen. Abends war sie mit Ilaria nach Hause gefahren, die ihr auch für die nächsten Tage eine Mitfahrgelegenheit angeboten hatte.

In der Spüle stapelten sich noch die schmutzigen Teller vom Vorabend, auf dem Tisch lagen die Reste des Frühstücks, ein Notizblock und ein Stift. Da Chiara vom frühen Morgen bis spätabends bei Telestella arbeitete, ließ sie den Haushalt schleifen. Gut, dass Paolo noch in New York war, sie hätte gar keine Zeit für ihn gehabt. Sie machte sich eine Portion Tiefkühlgemüse heiß, rieb etwas Grana Padano darüber und beträufelte das Ganze mit Olivenöl. Dann nahm sie den Teller, einen Block und einen Stift, setzte sich ins Wohnzimmer und schaltete den Fernseher ein, um sich von ihren quälenden Gedanken abzulenken: Chiara tat alles, um nicht einzuschlafen, so groß war die Angst, wieder von ihrem Fenstersturztraum gepeinigt zu werden. Schon seit zwei Nächten ging das so. Sobald sie einnickte, begannen sich die Zeitebenen in ihrem Kopf zu verschieben. Dann musste sie sich sofort aufraffen und ein paar Schritte gehen. Wenn sie diesen Moment verpasste, war die Vision wieder da und sie stürzte aus dem Fenster. Nach dem Aufwachen waren die Erinnerungen noch sehr präsent. Bevor die Bilder wieder verschwanden, notierte Chiara alles, was sie gesehen hatte. Deshalb hatte sie immer Notizblock und Stift bei sich.

Während sie wartete, bis das Gemüse etwas abkühlte, zappte sie durch die Kanäle. Auf RAI 2 lief eine Folge von »Medium«, in der es um eine Anwaltspraktikantin mit übernatürlichen Fähigkeiten ging. Die Hauptrolle spielte Patricia Arquette.

Chiara fand die Serie banal und langweilig, doch gerade als sie den Kanal wechseln wollte, erregte etwas ihre Aufmerksamkeit. Das Licht rund um Patricia Arquette wurde plötzlich blau und begann zu flackern, ein Zeichen, dass sie die Schwelle zum Reich der Visionen überschritten hatte. In diesem Stadium konnte sie mit Toten kommunizieren und diese um Hilfe bei der Aufklärung von Verbrechen bitten. In diesem blauen Tunnel wartete eine dunkelhaarige Frau auf Patricia. Die Zuschauer sahen sie allerdings nur von hinten.

»Was hast du mit dem Verbrechen im Zug zu tun?«, fragte Patricia Arquette die mysteriöse Dunkelhaarige. Chiara begann zu zittern, und der Löffel rutschte ihr aus der Hand. Sie wollte ihn wieder aufheben, aber die Muskeln versagten ihr den Dienst. Da war sie wieder, die hypnotische Lähmung, eine Art Trance, die ihren Körper weitgehend blockierte. Nur ihre Augen konnte sie bewegen, Zunge und Hände reagierten nicht. Ihr Gehirn jedoch war hellwach.

Aus dem Fernseher drang eine Stimme, doch es war jetzt nicht mehr die Stimme von Patricia Arquette, sondern ihre eigene: »Sag mir, wer die Frau aus dem Zug war!«

Als die Frau sich umdrehte, riss Chiara erstaunt die Augen auf. Sie kannte sie. Die Frau wollte gerade etwas sagen, als plötzlich zwei Männer aus dem blauen Licht auftauchten und sie wegzerrten. Einer der beiden drohte, ihr Gesicht zu zerschneiden. Dann wurde der Bildschirm schwarz. Patricia Arquette war verschwunden. Chiara wusste: Jetzt war für sie der Zeitpunkt gekommen, in das Reich der Visionen einzutauchen. Als die beiden Männer, die im Film eben erst die dunkelhaarige Frau fortgebracht hatten, an das Sofa traten, sie hochhoben und zum Fenster zerrten, wusste sie, was geschehen würde. Trotz aller Bemühungen gelang es ihr nicht, die Lähmung abzuschütteln. Plötzlich stand das Fenster offen und eiskalter Wind strömte ins Zimmer, wie ein Hauch des Todes. Einer der Männer hatte ein Klappmesser gezogen und es ihr gegen die Wange gedrückt.

»Neiiiiiin!«, schrie Chiara und bemerkte, dass sie nicht mehr auf dem Sofa in ihrem Wohnzimmer saß. Als sie sich umblickte, erkannte sie, wo sie war. Einen Augenblick später zerrten sie die beiden Männer über das Fensterbrett und stießen sie in die Tiefe. Dieses Mal erschien ihr der Sturz unendlich lang. Da erkannte Chiara auf dem Bürgersteig einen Mann, der die Arme nach ihr ausstreckte. Es war der Edelmann aus dem 18. Jahrhundert, der sie retten wollte. Kurz bevor sie auf dem Boden aufschlug, erwachte sie endlich. Chiara nahm Stift und Block und notierte die Adresse des Hauses und den Namen der dunkelhaarigen Frau.

Durch ihre Notizen gelang es Chiara, eine gewisse Struktur und Logik in ihre Visionen zu bringen. Vor allem aber waren sie eine große Hilfe dabei, wieder in die Realität zurückzukehren und sich nicht von ihrer Gabe beherrschen zu lassen. »Lass es nicht zu, Chiara, dass deine übersinnlichen Fähigkeiten dich beherrschen, du musst sie nutzen. Was einen Menschen zum Sklaven macht, ist eine Plage und keine Hilfe«, hatte ihre Freundin Danka einmal zu ihr gesagt.

Nachdem Chiara ihre Notizen wieder und wieder durchgelesen hatte, war sie davon überzeugt, dass es einen Schlüssel geben musste, diese Bilder zu interpretieren. Wenn sie die Lösung fände, dann wäre ihr Angstproblem gelöst, sie würde wieder Auto fahren können und sich nicht mehr ständig umdrehen müssen, aus Angst, jemand könnte ihr folgen.

»Smeralda Mangano?« Commissario Giorgini ließ den Bleistift auf die Kopie des Phantombilds fallen, das ihr Pacì Barbera gerade gebracht hatte. »Chiara, bist du sicher?«, fragte sie und presste den Telefonhörer ans Ohr.

»Ja, Silvia. Frag mich nicht, wieso und warum. Aber sie ist

die Frau, bei der wir ansetzen müssen. Ich bin überzeugt, dass Smeralda Mangano die Identität der im Zug ermordeten Frau kennt, Sie weiß mehr …« Chiaras Stimme war leise, aber bestimmt. Silvia sagte ihr nicht, dass sie bereits zu dem gleichen Schluss gekommen war. Bei Smeralda Mangano liefen alle Fäden zusammen. Sie war der Schlüssel. »Heute Morgen habe ich endlich die Erlaubnis für einen erneuten Lokaltermin in Anna Principinis Wohnung bekommen.«

»Gut, ich komme nächsten Freitag nach Mailand. Ich habe dir einiges zu erzählen.«

Die Kommissarin legte auf. Soeben hatte sie die Bestätigung bekommen, dass sie auf der richtigen Spur war. Wenngleich die Indizien im Augenblick nur bruchstückhaft waren, hatte sie nun die Gewissheit, dass alle Puzzleteile zu einem Bild gehörten. Sie musterte das Phantombild auf ihrem Schreibtisch. Die blauen Augen des Mädchens waren noch die gleichen, aber das Gesicht war jetzt schmaler, die Züge ausgeprägter. Mit Hilfe der Computertechnik hatte man aus dem Kind eine Zwanzigjährige gemacht. Gedankenversunken nahm Silvia den Bleistift und malte der jungen Frau etwas längere Haare, die ihr nun das Gesicht umrahmten. Dann fuhr sie die Augenbrauen und die Lippen nach und machte sie etwas breiter. Als sie kurz danach wieder auf das Foto schaute, zuckte sie zusammen. Ohne es zu merken, hatte sie Smeralda Mangano gezeichnet.

Tränenüberströmt und zitternd kauerte Smeralda vor dem Telefon. Seit Pelori aufgelegt hatte, waren bereits dreißig Minuten vergangen, aber sie schaffte es nicht aufzustehen. In ihren Ohren hallte die Drohung des Abgeordneten wider: »Du hast meine Karriere zerstört. Meine Parteifreunde fordern meinen Rücktritt, aber den Gefallen tue ich ihnen nicht. Ich und zurücktreten? In Italien tritt niemand zurück, schon gar nicht wegen so was. Aber du hast mich zum Freiwild für die Presse gemacht, die Schmeißfliegen verfolgen mich auf Schritt und Tritt. Hast du gelesen, was sie Nettes über mich schreiben? Heute verdächtigen sie mich, Kontakte zur Drogenmafia zu haben. Und morgen bin ich ein Pädophiler, übermorgen ein Mörder … Und alles wegen dir! WEGEN DIR! Das zahle ich dir heim. Und du weißt auch, wie. Alle werden erfahren, wer du bist, eine billige Hure, die in den übelsten Bordellen Siziliens angeschafft hat, kaltblütig genug, ihre neugeborenen Kinder im Stich zu lassen, die im Übrigen längst tot sind, irgendwo verscharrt und verrottet.«

Smeralda hatte schweigend zugehört, ohne ihn zu unterbrechen – bis er ihre Kinder ins Spiel brachte. An diesem Punkt war ihr ein verzweifeltes »Nein!« entfahren, doch Pelori war gnadenlos. Er hatte sie für den diffamierenden Artikel verantwortlich gemacht, der an diesem Tag im Corriere della Sera erschienen war. Der Verfasser war der Starjournalist Franco Milone, ein entschiedener Mafiagegner. Sein Buch »I Bramini« stand in diesen Tagen an der Spitze der Bestsellerlisten. Um seine These zu untermauern, Peloris rascher politischer Aufstieg habe mit Protektionismus und dubiosen Finanzgeschäften zu tun, hatte Milone extra in dem kleinen sizilianischen Dorf recherchiert, wo Pelori seine Karriere begonnen hatte. In Palermo hatte er von verlässlichen Quellen erfahren, dass für Pelori Stimmen gekauft worden waren. Als Beweis wurde ihm ein Handyfoto aus der Wahlkabine zugespielt.

Genau wie Pelori selbst wusste natürlich auch Smeralda, dass die Gefahr nicht von der Presse ausging, sondern von den Strippenziehern im Hintergrund, die ihre brutale Rache wahrscheinlich schon längst geplant hatten.

Tot, verscharrt und verrottet …

Smeralda quälte sich hoch. Wenn sie diese Stimme nicht aus ihrem Kopf verbannte, konnte sie für nichts garantieren, sie war mit den Nerven am Ende. Sie nahm ein Beruhigungsmittel, legte sich aufs Bett und wartete auf die Wirkung.

Als am Nachmittag Raquel an die Tür klopfte, um ihr mitzuteilen, dass Ispettore Bonadeo noch einmal mit ihr sprechen wolle, lag Smeralda angezogen auf dem Bett und schlief. Nur die Schuhe hatte sie abgestreift.

»Signorina«, Raquel rüttelte sie energisch an der Schulter. Aus dem Augenwinkel hatte sie das Fläschchen mit den Beruhigungstropfen und das Glas auf der Kommode gesehen.

Smeralda murmelte etwas Unverständliches.

»Der Ispettore muss Sie dringend sprechen. Er hat gesagt, er ist hier, um Ihnen zu helfen.«

Smeralda öffnete die Augen, dann stützte sie sich auf und ließ sich von Raquel hochhelfen. »Einen Espresso, bitte«, nuschelte sie und zog sich die Bluse zurecht. Dann band sie die Haare zusammen und legte etwas Rouge auf, um ihre Blässe zu verstecken.

Raquel half ihr, die Schuhe anzuziehen, und geleitete sie ins Wohnzimmer, wo Bonadeo wartete, eine blaue Plastikmappe in der Hand. Smeralda fiel auf, dass er heute ungewöhnlich ernst und förmlich wirkte.

»Buonasera, Signorina Mangano«, Bonadeo lächelte und schüttelte ihr die Hand. Aber sein Lächeln war nur höflich, sonst nichts.

»Ich bin hier, um Ihnen diese Fotos zu zeigen«, Bonadeo nahm einige Bilder aus der blauen Plastikmappe, dann zeigte er auf den Esstisch. »Darf ich?«

Smeralda nickte.

Bonadeo legte die Fotos nebeneinander auf den Tisch.

Smeralda wurde übel, einen Moment lang verschwamm alles vor ihren Augen. Vor ihr lagen Aufnahmen von zwei verstümmelten Leichen.

Bonadeo hatte bereits die am wenigsten grausamen Bilder ausgesucht, um sie wenigstens etwas zu schonen.

»Yelena Marcovich, die Tote aus dem Eurostar«, sagte er und zeigte auf die beiden ersten Aufnahmen. »Und das ist Antonio Livraghi, der Mann aus Venedig, der in seiner Wohnung gefoltert und ermordet worden ist.«

»Ich verstehe nicht«, Smeralda war leichenblass geworden. Sie umklammerte die Tischkante.

»Signorina Smeralda?« Bonadeo packte sie an der Schulter.

Sie reagierte nicht.

In diesem Augenblick kam Raquel mit dem Espresso herein. Als sie die Fotos sah, ließ sie fast das Tablett fallen. Bonadeo griff danach und stellte es auf den Tisch.

»Danke, Sie können gehen.«

»Milch, Zucker?«

Smeralda schüttelte den Kopf. Nachdem sie ihren Kaffee getrunken hatten, zeigte der Ispettore auf zwei weitere Fotos.

»Das sind verschiedene Phantombilder von Yelena Marcovich. Hier ist sie jünger, hier dunkelhaarig ...«

»Ich verstehe nicht, was das soll«, die Tasse in ihrer Hand zitterte.

»Kennen Sie diese Frau?«

»Nein.«

»Sind Sie sicher?«

Smeralda riss die Augen auf. Ihre Hand zitterte so stark, dass sie die Tasse abstellen musste.

»Und diese Frau?« Bonadeo zog ein weiteres Foto aus der blauen Mappe. Obwohl er sah, wie sehr sie litt, bemühte er sich um Sachlichkeit und Professionalität.

Smeralda schrie entsetzt auf. »Warum?«, fragte sie kaum wahrnehmbar.

»Sie kennen sie, oder?«

»Das bin ich …«, Smeralda nahm das Bild in die Hand und studierte ungläubig jedes Detail. »Was bedeutet das?«

Bonadeo sah sie an, kein Wort kam über seine Lippen. Er stellte die Nerven der jungen Frau auf eine harte Probe. Er wollte, dass ihr Panzer des Schweigens brach, denn nur dann konnte er ihr helfen. Und er hatte Erfolg.

Smeralda brach in Tränen aus und stürzte sich auf ihn: »Was wollen Sie von mir?« Hysterisch schluchzend krallte sie sich an seiner Jacke fest. »Lassen Sie mich in Ruhe! Lasst mich alle in Ruhe! Ich habe damit nichts zu tun. Absolut nichts!«

Bonadeo zuckte zusammen, mit diesem Gefühlsausbruch hatte er nicht gerechnet. Vorsichtig löste er ihre Hände von seiner Jacke, ließ sie aber nicht los und führte sie zum Sofa. »Hören Sie, Smeralda«, sagte er einfühlsam, aber in amtlichem Ton, »setzen Sie sich erst einmal.«

Sie ließ sich auf das Sofa fallen und stierte weinend zu Boden.

»Smeralda, hören Sie. Die Frau auf dem Bild sind nicht Sie.« Bonadeo tupfte ihr mit einem Taschentuch sanft die Tränen aus dem Gesicht.

Smeralda blickte ihn mit großen Augen an, als hätte er den Verstand verloren. »Wollen Sie mich auf den Arm nehmen, Ispettore?«

»Nein. Smeralda, sehen Sie mich an. Glauben Sie wirklich, dass ich das tun könnte?«

Smeralda starrte ihn an. Nein, er meinte, was er sagte. Sie schüttelte leicht den Kopf. »Aber ich verstehe es nicht. Ich verstehe einfach nicht …«

»Warten Sie einen Moment.« Bonadeo stand auf und holte die Plastikmappe, die er auf den Tisch gelegt hatte.

»Das Phantombild zeigt die mögliche Entwicklung dieses Kindes«, sagte er und legte Smeralda Mangano das Foto des vermissten kleinen Mädchens mit den blauen Augen vor, das Silvia Giorgini in ihrem Büro hängen hatte.

Smeralda ließ die Hände in den Schoß sinken. Bonadeos Gesicht erschien ihr plötzlich strahlend hell, seine Stimme schien von ganz weit her zu kommen. Sie öffnete den Mund, doch heraus kam nur ein schwaches Wimmern. Dann sank sie ohnmächtig auf dem Sofa zusammen.

»Mensch, Chiara, bitte nicht.« Ilaria stand auf und nahm ihre Kollegin in den Arm. Warum hatte sie nicht einfach ihren verdammten Mund halten können?

Chiara wehrte sie ab. »Wenn er das wirklich macht, dann kündige ich!« Sie kochte vor Wut.

»Ich hätte dir nichts sagen sollen.« Ilaria machte sich Vorwürfe.

Chiara warf ihr einen vernichtenden Blick zu. »Ich glaube kaum, dass sich das hätte verheimlichen lassen. Früher oder später hätte ich es sowieso erfahren.«

»Chiara, es tut mir leid. Du weißt doch, wie der Chef ist.«

»Ich dachte, er hätte es sich noch mal überlegt.«

»Ich bitte dich! Er hat nur auf den richtigen Moment gewartet. Du weißt doch, was man über ihn sagt: Er würde sogar über die Leiche seiner Mutter steigen, um sein Ziel zu erreichen.«

»Ja, aber jetzt ist es meine Leiche, über die er steigen will«, Chiara war so aufgebracht, dass sie nicht einmal weinen konnte.

»Und wenn du es ihm noch einmal ganz genau erklärst? Er

weiß doch von deiner Gabe. Und außerdem glaube ich nicht, dass er die Sache mit dem anonymen Brief und dem Projektil auf die leichte Schulter genommen hat.«

Chiara schüttelte den Kopf. »Lass es gut sein, Ilaria. Ich habe bereits mit ihm gesprochen. Und weißt du, was er mir geantwortet hat? ›Mach dir keine Sorgen, Bonelli, die Erpresser werden nichts unternehmen, wenn du erst einmal im Fokus des öffentlichen Interesses stehst.‹ Stell dir das mal vor!«

»Das heißt, du lässt die Sache einfach auf sich beruhen?«

»Was soll ich denn machen? Heute Abend will Forte auf Sendung gehen. Ich sehe ihn schon in seinem Büro, wie er sich die Schlagzeilen von morgen ausmalt.«

»Ja, sie sind immer noch da, trotz des strömenden Regens, Signorina«, bestätigte Raquel und zog die Vorhänge zu. Sie machte sich Sorgen, weil Smeralda kaum etwas zu sich nahm. Auch ihre Agentin war beunruhigt und rief täglich an, um sich zu vergewissern, dass ihr Schützling nicht gerade jetzt, wo sich die Presse und das Fernsehen um sie rissen, die Nerven verlor.

»Sollen die da unten doch verrotten!« Smeralda starrte apathisch ins Leere. Selbst als De Gubertis ihr gestattet hatte, noch einige Monate länger in der Wohnung zu bleiben, hatte sie keine Regung gezeigt. Seitdem Ispettore Bonadeo ihr erklärt hatte, dass das Foto des kleinen Mädchens ein Beweisstück in einer Untersuchung gegen einen Kinderpornoring war, war etwas in ihr endgültig zerbrochen. Ihr Kopf funktionierte nicht mehr richtig. Wenn Raquel sich nicht mit Engelsgeduld um sie kümmern würde, dann würde sie gar nichts mehr tun. Vor allem erinnerte sich Smeralda nicht mehr daran, ob sie Ispettore Bonadeo die Wahrheit über ihre Kinder, über Vito Santanna und all die anderen erzählt hatte. Diese

Ungewissheit quälte sie, und jedes Mal, wenn sie nach einer Antwort suchte, versank sie tiefer im Sumpf des Zweifels.

»Wo sind die Zeitungen?«

Raquel sah sie erstaunt an. Seit wann interessierte sich Smeralda wieder für die Presse? Sie zögerte, denn Edy Micheli hatte ihr aufgetragen, Smeralda nicht mit der Medienschlacht um Pelori und De Gubertis zu konfrontieren, die immer noch nicht zu Ende war. Doch Smeralda war die Chefin. Sie versuchte auszuweichen: »Vielleicht sollten Sie besser nicht …«

»Was sollte ich nicht, Raquel?« Auf Smeraldas Gesicht erschien ein trauriges Lächeln.

Raquel holte die Zeitungen, die sie im Flur versteckt hatte, und legte sie auf den Tisch. Die Presse kannte keine Gnade, selbst ein Foto von Smeralda beim Verlassen des Telestella-Studios war ihnen nicht zu banal. Das neue Wochenmagazin Scandal hatte ihr Bild direkt neben dem von Claudia Cardinale platziert und daran erinnert, dass die Filmdiva zu Beginn ihrer Karriere eine Mutterschaft verschwiegen und ihren Sohn als ihren Bruder ausgegeben hatte. Smeralda las den Artikel nicht. Sie wusste, dass ihre und Claudia Cardinales Vergangenheit nicht im mindesten vergleichbar waren. Das penetrante Klingeln ihres Handys ignorierte sie. Kurze Zeit später war ein Piepen zu hören, sie hatte eine SMS bekommen. »Tornatore will einen Film mit dir machen. Er sagt, du seist die neue Monica Bellucci. Ruf mich an, so schnell es geht. Edy.« Smeralda empfand keinerlei Hochgefühl. Sie lächelte sarkastisch. Ihr Leben lag in Scherben, und das Letzte, was sie jetzt interessierte, waren Erfolg und Publicity. Worüber hatte sie bloß mit Bonadeo gesprochen?

11

Amanda Soleri saß in ihrem Büro und prüfte die Bücher. Wieder und wieder ging sie die Zahlenkolonnen durch. Doch das Ergebnis blieb das gleiche. Die Einnahmen deckten die exorbitant hohen Ausgaben bei weitem nicht, die Zinsen für ihre Schulden hatten schwindelerregende Höhen erreicht. Amanda war in den Teufelskreis von Umsatzrückgang und immer weiter steigenden Wucherzinsen geraten. Sie konnte sich diesen drastischen Einnahmeverlust nicht erklären. Natürlich hatte die Wirtschaftskrise auch vor ihrer Branche nicht haltgemacht, aber ihre Kundinnen hatten immer noch Geld genug, um sich den Luxus leisten zu können, in ihrer Boutique einzukaufen. Sie konnte sich nicht vorstellen, dass sie einfach zu H&M oder Zara gewechselt waren. Sie blätterte den letzten Amanda-Luxury-Katalog durch. Man konnte nicht sagen, dass die aktuellen Kollektionen weniger attraktiv waren als die des letzten Jahres. Warum kamen dann die Frauen nur zum Kaffeetrinken und zum Klatschen zu ihr? Warum kauften sie keine Kleider mehr? Seit Annas Tod ging alles schief. Sorgen machten ihr vor allem die schlechten Umsatzzahlen von Donna Diabla. Diesen Trend musste sie auch dem Konzern melden. Sie war so in ihre Gedanken vertieft, dass sie das Klopfen nicht hörte. Titti betrat das Büro.

»Entschuldigen Sie bitte, Amanda, Ceccherini möchte wissen, ob die Compilation in Ordnung ist.«

»Ist er da?«

»Nein, er hat angerufen und nach Ihnen gefragt. Er habe es mehrere Male versucht, Sie aber nie erreicht.«

Amanda warf einen Blick auf ihr Handy, das auf stumm geschaltet war. Die CD des DJs hatte sie sich noch nicht einmal angehört.

»Danke, Titti. Die CD ist perfekt. Ich rufe Ceccherini später noch an, um mich zu bedanken. Wie läuft es sonst?«

»Wie üblich. Vielleicht etwas besser, die Chianti-Party steht vor der Tür.«

In Amanda keimte wieder ein wenig Hoffnung auf. »Ja richtig, die Rosso-Bianco-Oro-Party. Die Chance für Donna Diabla!«

»Ehrlich gesagt, haben die Kundinnen bis jetzt eher zu klassischen Outfits gegriffen.« Als Titti Amandas verärgerten Gesichtsausdruck sah, schob sie eilig nach: »Natürlich ist Donna Diabla einfach sensationell, aber doch ziemlich gewagt. Nicht jede Frau ist eine Smeralda Mangano ...«

»Wer von den Stammkundinnen war schon da?«

Titti überlegte: »Signora Foscari, Signora Mantovani, Signora Perelli ... Und eben ist gerade Signora Melli gekommen.«

«Francesca Melli? Das ist perfekt. Komm, wir beraten sie.« Amanda legte die Geschäftsbücher in die Schublade und stand auf, um eine ihrer besten Kundinnen zu begrüßen. Francesca Melli war eine elegante Frau um die fünfzig, die ihren Kummer mit dem Kauf von sündhaft teuren Kleidern bekämpfte. Wie Amanda wusste, befand sie sich einmal mehr in einer Beziehungskrise.

»Franci, meine Liebe, wie geht es dir?« Amanda strahlte sie an und küsste sie auf beide Wangen. »Gut siehst du aus!«

Francesca Melli schien dem Kompliment nicht recht zu trauen und konterte: »Das Gleiche kann man von dir auch sagen!«

»Titti hat mir erzählt, dass du etwas Schickes für die Party des Jahres suchst ...«

Francesca Melli zögerte: »Ja, ich weiß wirklich nicht, was ich anziehen soll. In den letzten zwei Monaten habe ich fünf Kilo zugenommen.« Sie seufzte.

»Mach dir keine Sorgen, wir finden etwas Passendes für dich. Du wirst umwerfend aussehen, Franci. Hier entlang.« Amanda hakte sie unter und tauschte einen kurzen Blick mit Titti. Dann gingen sie auf den Ständer mit der Donna-Diabla-Kollektion zu.

»Was sagst du dazu?«, fragte sie und nahm ein rotes Seidenkleid vom Bügel.

Francesca Mellis Augenbrauen hoben sich, ohne dass ihre Stirn Falten schlug. Botox sei Dank, dachte Amanda, während sie ihr das Kleid anhielt. »Schau dich im Spiegel an, Franci. Einfach sensationell.«

»Ich weiß nicht recht«, sie betrachtete sich skeptisch im Spiegel, »es ist bestimmt zu eng, der Ausschnitt zu gewagt und für eine Frau in meinem Alter etwas zu auffällig.«

»Du kannst es dir erlauben, meine Liebe. Komm, schlüpf doch einfach mal hinein.« Amanda begleitete sie zur Kabine und wartete, bis der Vorhang zugezogen wurde. Dann drehte sie sich um und erschrak. Sie hatte gar nicht bemerkt, dass jemand hinter ihr stand. »Franco!« Sie war erleichtert, dass es keine Kundin war. »Was machst du hier, du wolltest doch zur Bank?«

»Dort war ich auch. Ich muss mit dir reden, Amanda.«

»Ich habe Kundschaft«, Amanda lächelte ihn an.

»Das kann Titti machen. Komm!« Spargi packte sie am Arm.

»Was hast du denn, bist du verrückt geworden? Lass mich sofort los!«

»Ich muss dich sprechen, Amanda. Sofort!«

Amanda bemühte sich, das Gesicht zu wahren. »Gut, aber hör auf, dich wie ein Wilder aufzuführen«, zischte sie, »und lass mich wenigstens Titti rufen.«

Spargi kochte vor Wut. Bevor er reagieren konnte, tauchte Titti hinter dem Ständer mit der Alberta-Ferretti-Kollektion auf.

»Hier bin ich, Amanda«, flötete sie. Auf ihren Lippen lag dieses falsche Lächeln, das Amanda so beunruhigte. Sie musste ihre Auseinandersetzung bemerkt haben. »Titti, kümmere dich um die Melli und versuche ihr das Donna-Diabla-Kleid zu verkaufen.«

»Sei unbesorgt.«

»Könnte man erfahren, was es so Dringendes gibt?« Amanda schloss die Tür hinter sich und starrte Spargi wütend an. Sie zitterte am ganzen Körper.

»Die Bank macht Schwierigkeiten. Wie willst du deine siebenhunderttausend Euro Schulden bezahlen?«

Amanda schoss nach vorn und trommelte mit den Fäusten gegen Spargis Brust. »Sag mir, was du gegen mich hast, du verfluchter Kerl!«

Spargi schob sie weg und schlug ihr ins Gesicht. »Spiel jetzt bitte nicht verrückt!« Seine Stimme war eiskalt.

Amanda blieb wie vom Donner gerührt stehen. Sie zitterte immer stärker, bis Spargi sie in die Arme nahm. Amanda brach in Tränen aus.

»Warum musst du nur immer so schroff sein, Franco?«

Spargi presste ihren Kopf gegen seine Brust. Sie sollte nicht sehen, dass er ihr etwas vorspielte. »Ich mache mir Sorgen um dich, Amanda. Kannst du mir sagen, wo du das ganze Geld hernehmen willst?«

»Ich hole es mir von Principini.«

Franco schob sie von sich weg und sah sie ungläubig an. »Principini?«

»Genau. Wenn er erfährt, dass mir Anna vor ihrem Tod alles anvertraut hat, wird Giampiero jede Summe zahlen. Mein Schweigen ist für ihn mehr wert als alles Geld der Welt.«

»Du bist verrückt. Principini wird dir gar nichts geben. Du weißt doch, dass er nicht mehr in Italien ist. Nach Annas Selbstmord ist er zur Erholung ins Ausland gefahren. Du solltest dir lieber etwas anderes ausdenken, wenn du deine Wohltäter nicht verärgern willst.«

Amandas Wut war einem ungläubigen Staunen gewichen: »Auf welcher Seite stehst du eigentlich?« Sie betonte jedes einzelne Wort. Spargi schluckte, ihm fehlten die Worte. Das erste Mal war es Amanda gelungen, ihn in die Enge zu treiben.

»Nun, ich warte.«

Spargi umfasste ihre Taille und sah ihr tief in die Augen. Er wusste, dass sie das erregend fand. »Wie kannst du es wagen, mir eine solche Frage zu stellen?«, fragte er mit drohendem Unterton und presste sie brutal an sich. Amanda stöhnte auf, und Spargi wusste, dass er gewonnen hatte. Er ließ sie los, die Augen weiter fest auf sie gerichtet.

»Entschuldige, Franco«, winselte Amanda. Sie konnte sich gegen das unstillbare Verlangen, dass dieser Mann in ihr weckte, nicht wehren. »Ich bin nervös in der letzten Zeit, das Geschäft, die Schulden, Brando … Heute hat mich die Schulleiterin angerufen, Brando hatte schon wieder einen Anfall. Außerdem macht er seit zwei Nächten wieder ins Bett.«

Spargi schwieg und zündete sich eine Zigarette an. Er wusste, dass Amanda nicht die Kraft hatte, es ihm zu verbieten. Wieder einmal war es ihm gelungen, ihr ein schlechtes Gewissen zu machen.

»Du sagst gar nichts.«

Spargi musterte sie unbeteiligt. »Was sollte ich sagen?«

»Brando bedeutet dir gar nichts, oder?«

Spargi schüttelte unwirsch den Kopf und blies den Rauch aus: »Fang nicht wieder damit an, Amanda.«

»Keine zärtliche Geste, nichts.«

»Ich kann halt nicht mit Kindern, das weißt du. Hör auf, du bist einfach erschöpft.«

»Da ist noch etwas …« Amanda atmete schwer.

Spargi wusste, dass ein weiterer Weinkrampf bevorstand.

»Manchmal bist du so abweisend, als wärst du mein Feind.«

»Fängst du schon wieder an!«

»Nach allem, was passiert ist …«

»Vergiss es. Was vorbei ist, ist vorbei. Wir müssen nach vorn schauen, Amanda.«

»Gestern habe ich Pelori angerufen.«

Spargi zuckte zusammen. »Pelori? Warum denn das?«

»Um zu hören, wie es ihm geht. Ich bin ihm etwas schuldig, ich kann ihn nicht einfach fallenlassen, nur weil sein Stern verblasst ist. Ohne ihn hätte ich Brando nicht und dich auch nicht.«

Spargis Gesicht verhärtete sich, aber er schwieg.

»Warum hat mich Pelori eigentlich bei Brandos Adoption so sehr unterstützt?«

Spargi lächelte unergründlich. »Weil er ein Freund ist. Er wollte dir helfen und dem Jungen ein besseres Leben ermöglichen. Was ist los? Bereust du es, weil Brando so viele Probleme macht?«

Amanda schüttelte heftig den Kopf. »Das ist es nicht. Ich liebe Brando, das weißt du genau. Es ist nur …«

Spargis Augen durchbohrten sie wie Messerklingen. »Was?«

»All diese Dinge, die Anna mir über ihren Mann erzählt

hat: der Handel mit Organen von Kindern, die Transplantationen ... Und Pelori ist eng mit Principini verbunden. Ich habe gestern in der Zeitung gelesen, das Enzino sogar mit einem Kinderpornoring in Verbindung gebracht wird.«

Spargi wurde blass und drückte nervös seine Zigarette aus. »Was hat das mit Brando zu tun?«

Aus seiner Stimme meinte Amanda eine Drohung herauszuhören. Als Franco weitersprach, gab es keinen Zweifel mehr.

»Ich gebe dir einen guten Rat. Hör auf, dir über Dinge Gedanken zu machen, die dich nichts angehen. Kümmere dich lieber um dein Geschäft, wenn dir dein Leben lieb ist. Und das von Brando.«

Amanda war wie gelähmt. Spargi begann ihr Angst zu machen.

Commissario Giorginis Kugelschreiber flog über das Papier, während sie mit ihrem Stellvertreter telefonierte. »Gut, Barbera, ruf mich an, sobald es etwas Neues gibt.« Sie legte auf und warf Ispettore Bonadeo, der ungeduldig vor ihrem Schreibtisch stand, um Bericht zu erstatten, einen aufmunternden Blick zu.

»Schieß los, Bonadeo, wie war das Gespräch mit Maria Catena Calogero, alias Smeralda Mangano?«

»Hier steht alles drin, Commissario.« Bonadeo reichte ihr eine Akte. »Wie ich gestern bereits angedeutet habe, glaube ich, dass diese Frau viel mehr weiß, als sie zugibt.«

Silvia griff nach dem Bericht und überflog ihn. »Hier steht aber nicht, dass sie die Frau aus dem Zug erkannt hat ...«

»Nein, das hat sie kategorisch ausgeschlossen. Aber Sie hätten ihr Gesicht sehen sollen, als ich ihr das Foto von Yelena Marcovich gezeigt habe. Ganz zu schweigen von ihrer Reaktion auf das Phantombild des Mädchens. Sie ist in Ohnmacht gefallen. Lesen Sie den Abschnitt, er ist etwas weiter hinten ...«

»In Ohnmacht gefallen?«

»Ja, sie ist mit den Nerven am Ende. Sie kann einem fast leidtun.«

Silvia nickte langsam, dann sah sie zu ihm auf. »Und zu ihrer Mutterschaft, hat sie da etwas gesagt?«

»Ja.« Einen Moment lang hatte er die Szene wieder vor Augen. Nach ihrer Ohnmacht hatte sie sich wieder beruhigt und ihm unter Tränen die Geschichte ihrer Zwillinge erzählt. Wie man ihr die Kinder entrissen hatte, ohne jedes Mitgefühl.

»Meinst du, das Mädchen auf dem Foto könnte eines der Kinder sein?«, fragte Silvia, die weiter in der Akte blätterte.

»Die Ähnlichkeit ist jedenfalls verblüffend.«

»Wir müssen sie noch einmal befragen, dieses Mal ganz offiziell. Sie muss uns sagen, was sie über die Frau im Eurostar weiß, und wenn wir sie dazu zwingen müssen. Denn sie ist der Schlüssel zu unserem Fall, Bonadeo.«

»Aber meinen Sie nicht, wir sollten erst die Entwicklung der Ermittlungen in Catania und Venedig abwarten?«

»Schmieden wir das Eisen, solange es noch heiß ist.«

»Sicher, Sie haben recht. Aber Smeralda Mangano ist wirklich am Ende und ...«

»Und hier haben wir zu viele Tote für meinen Geschmack«, sagte Silvia und tippte auf die Ermittlungsakte. Dann wartete sie einige Sekunden und ergänzte: »Es ist nie gut, sich bei einem Fall von Gefühlen leiten zu lassen, Bonadeo.«

»Bitte, Commissario«, protestierte Bonadeo schwach, aber seine Chefin hatte natürlich recht.

»Also gut, ich warte noch zwei Tage, bevor ich den Staatsanwalt verständige. Aber keine Minute länger. In der Zwischenzeit besorgst du uns die Berichte aus Venedig und Catania.«

»Danke, Commissario, ich mach mich sofort an die Arbeit«, sagte Bonadeo erleichtert.

Smeralda hatte die ganze Nacht kein Auge zugetan. Dann hatte sie sich entschieden. Sie würde das Risiko eingehen. Was hatte sie noch zu verlieren? Außerdem war diese Frau die Einzige, die das Recht hatte, die ganze Wahrheit zu erfahren. Um neun bat sie Raquel um einen Espresso und fuhr den Computer hoch. Sie hatte feuchte Hände, wiederholt tippte sie die Adresse des Online-Telefonbuchs falsch ein. Dann wartete sie, bis die Telefonnummer angezeigt wurde, die erste in der Liste. Während sie die Nummer auf ein Stück Papier schrieb, fühlte sie, wie es in ihrer Brust eng wurde, ihr Mut schwand. Sie dachte an die Geschehnisse der letzten Tage. Ihr Geheimnis war kein Geheimnis mehr, Chiara Bonelli sei Dank. Außerdem wurde sie den Verdacht nicht los, sich unbewusst Ispettore Bonadeo anvertraut zu haben. Also, was hatte sie noch zu verlieren? Sie zog den Zettel aus der Tasche und griff nach dem Telefon.

Die Leitung war frei und nach einigen Sekunden ertönte Walzermusik. Smeralda atmete tief durch.

»Sannazzaro, Buongiorno. Sie sprechen mit Monica. Kann ich Ihnen helfen?«, fragte eine freundliche Stimme.

Smeralda zögerte.

»Hallo? Sind Sie noch dran?«

»Ja. Ich möchte Baronessa Sannazzaro d'Altino sprechen«, brachte Smeralda schließlich heraus.

»Einen Augenblick bitte. Ich verbinde Sie mit ihrem Sekretär.«

Während Smeralda wartete, glaubte sie das Blut in ihren Ohren rauschen zu hören.

»Bruno Velati.«

Smeralda nannte ihren Namen und bat, mit der Baronessa sprechen zu dürfen.

»Es tut mir leid, aber die Baronessa ist sehr beschäftigt. Rufen Sie bitte in den nächsten Tagen noch einmal an. Danke, auf Wiederhören.« Smeralda lauschte reglos dem »Tut-tut-tut« aus dem Telefonhörer. Dann nahm sie einen Bogen Briefpapier aus der Schreibtischschublade. In elegant geschwungenen Zahlen schrieb sie oben rechts das Datum. Dann stockte sie, zerknüllte das Blatt und warf es in den Papierkorb. Sie hatte Angst, dass auch andere den Brief lesen könnten, nicht nur die Baronin. Der über all die Jahre aufgestaute Schmerz traf sie plötzlich wie ein Peitschenhieb. Sie begann zu weinen. Aber dieses Mal lag nicht nur Verzweiflung in ihren Tränen, sondern auch Hoffnung: Welche Großmutter würde nicht Himmel und Hölle in Bewegung setzen, um ihre Enkel in die Arme zu schließen, von deren Existenz sie nichts gewusst hatte?

Vivy Sannazzaros veilchenblauen Augen schweiften besorgt über den Schreibtisch. Alles in Ordnung. Auf der Tischplatte lagen die aktualisierte Gästeliste und der Entwurf der Website der Stiftung. Vivy warf einen flüchtigen Blick darauf. Sie hatte bereits entschieden, alles Cesco zu überlassen.

»Baronessa, entschuldigen Sie …«, Bruno Velati stand mit der Post in der Hand auf der Türschwelle.

»Komm rein, Bruno«, Vivy fiel auf, dass alle Umschläge geöffnet waren. Sie hatte Bruno und Mario die Erlaubnis erteilt, die Briefe und Päckchen zu öffnen, die nicht persönlich an sie, sondern an die Firma adressiert waren.

»Alles in Ordnung?«, fragte sie ängstlich.

»Alles bestens, machen Sie sich keine Sorgen.« Velati legte die Post auf den Schreibtisch. »Sie ahnen gar nicht, wie viele

Menschen Ihnen schreiben und zur Party eingeladen werden möchten. Journalisten, Schauspieler, Sänger, Designer, Politiker. Ihre Feier ist wirklich das Topevent des Jahres. Monica und ich werden noch verrückt mit all dieser Post, von den E-Mails ganz zu schweigen …«

»O bitte, du weißt doch, wie sehr ich diesen Computerkram hasse.«

Bruno lächelte und blickte auf den Entwurf der Website auf dem Tisch. »Leider kommen wir heute ohne Computer nicht mehr aus, Baronessa. Ich habe Ihnen die wichtigsten Briefe herausgesucht. Am besten, schauen Sie die Post mit Cesco durch und entscheiden, wem Sie antworten wollen und wem nicht. Ich persönlich würde vorschlagen, die Zahl der Gäste streng zu limitieren.«

So wie die Baronessa den Kopf zur Seite gedreht hatte und an die Wand starrte, wusste Bruno Velati, dass sie ihm nicht zuhörte. »Baronessa?«

»Ja?« Vivy zuckte zusammen. »Ich schaue alles durch, mach dir keine Sorgen«, sagte sie fahrig und schlang die Arme um ihren Körper, als wäre ihr kalt. »Anrufe?«

»O ja, das Telefon steht nicht still. Ich denke nicht, dass etwas Wichtiges dabei war. Gestern hat diese Schauspielerin angerufen, über die im Moment alle sprechen. Wissen Sie, wen ich meine? Diese Smeralda Mangano, die bis heute ihre Kinder verleugnet hat?«

»Ehrlich gesagt, im Augenblick verfolge ich die Klatschpresse nur am Rande. Bei all dem, was auf mich einstürmt …«

»Sicher, das kann ich gut verstehen«, Velati nickte verlegen. »Ich habe sie gebeten, es in einigen Tagen noch einmal zu versuchen. Ein Skandal ist das Letzte, was wir jetzt brauchen, und diese Frau scheint Skandale anzuziehen wie das Licht die Motten.«

»Gut, danke, Bruno.« Vivy setzte sich an den überquellenden Schreibtisch und sah ihren Assistenten flehend an. Den gleichen Blick hatte sie einige Tage zuvor auch Marco Tonioli zugeworfen. Es war, als wolle sie ihren Vertrauten sagen, dass sie jetzt mehr denn je auf sie zählte. Ihre unbeugsame Kraft, mit der sie bisher alle Schwierigkeiten gemeistert hatte, war zerbröselt wie eine Eierschale.

Das erste Mal in ihrem Leben spürte die Baronin die Last des Alters. In der Öffentlichkeit gelang es ihr noch, ihre Schwäche zu verbergen. Eine gepflegte Erscheinung, die ihrer Umgebung den Eindruck von Disziplin und Effizienz vermittelte, aber sobald sie sich unbeobachtet fühlte, kamen ihre wahren Gefühle ans Licht. Auch Velati und Tonioli blieb nicht verborgen, wie schwach und verletzlich sie war. Sie taten aber alles, dies vor ihr zu verheimlichen.

Jetzt war wieder so ein Moment. Velati schaute verstohlen zur Baronessa hinüber. Sie saß hinter dem Schreibtisch und las einen der Briefe. Es tat ihm im Herzen weh, mit ansehen zu müssen, wie dünn sie geworden war.

Als Vivy Sannazzaro den Blick hob, wandte Velati sich verlegen ab und versuchte sie auf andere Gedanken zu bringen, indem er etwas Positives zur Sprache brachte. »Baronessa, Marco hat mir aufgetragen, Sie darüber zu informieren, dass die Sicherheitsvorkehrungen für die Stiftungsfeier nochmals erhöht wurden und Sie ganz beruhigt sein können.«

»Danke, Bruno«, Vivy schenkte ihm ein trauriges Lächeln. Sie wusste, dass Bruno und Marco alles taten, um Probleme von ihr fernzuhalten. Aber sie spürte natürlich, dass ihre Vertrauten selbst nervös waren. Das Event stand vor der Tür, und falls es ihnen nicht gelingen würde, die Saboteure zu entlarven, war die Stiftungsfeier in Gefahr. Die Security wäre nicht in der Lage, für die Sicherheit der Gäste zu garantieren, und das Risiko eines Imageschadens, für die Familie Sannazzaro wäre enorm. Ein Fest für die Presse. Wenn irgendetwas schiefgehen würde, wäre das ihr Ruin.

Während der ganzen Fahrt sagte Smeralda Mangano kein Wort. Ihr Blick war starr aus dem Fenster gerichtet, und sie grübelte, wie sie sich heimlich unter die Gäste der Rosso-Bianco-Oro-Party mischen könnte. Ihre Agentin saß neben ihr und zerknüllte ein Papiertaschentuch, dabei sah sie die Schauspielerin hin und wieder verstohlen an. Die Spannung war mit Händen zu greifen. Wenn Smeralda wenigstens etwas sagen würde. Aber im Grunde war Edy Micheli nicht unzufrieden. Sie hätte nie gedacht, dass Smeralda das Angebot von Amanda Luxury annehmen würde. Sie zu überzeugen war nicht einfach gewesen, aber was war mit Smeralda schon einfach. Schließlich hatte sie den Werbevertrag mit Donna Diabla unterschrieben, gegen eine astronomische Gage natürlich. Außerdem wurde ihr zugesichert, dass die Haare von Artù gestylt und das Make-up von der Topvisagistin Simona stammen würden. Das Foto würde in den wichtigsten Modezeitungen erscheinen.

»Smeralda, bitte, entspann dich ein bisschen!« Die Agentin berührte sie sanft am Arm. Sie fürchtete, dass die Schauspielerin vor der Kamera zu verkrampft wirken könnte. Um sie abzulenken, schwärmte sie von dem Termin bei Artù, der sie zwei Stunden und tausendfünfhundert Euro gekostet hatte.

Smeralda lächelte spöttisch: »Ganz ruhig, Edy. Ich werde perfekt sein, wie immer.«

»Daran habe ich keinen Zweifel«, log Edy, erleichtert, dass Smeralda ihr Schweigen endlich gebrochen hatte. »Weißt du, Amanda Soleri war der Meinung, du seist *das* Gesicht von Donna Diabla. Der mediterrane Typ, sinnlich, ein bisschen flippig, aber gleichzeitig elegant, genau wie die Marke selbst.«

»Wenn du das sagst.«

»Das sage nicht nur ich. Du kannst dir gar nicht vorstellen, welche Wirkung du mit einem Kleid von Donna Diabla auf Männer hast ...«

Smeralda gähnte und schaute wieder aus dem Wagenfenster, während Edy die Taschentuchreste aufsammelte und in den Ascher warf. Jetzt war das Schlimmste vorbei, in wenigen Minuten würden sie ihr Ziel erreicht haben.

Als sie die Boutique betraten, stand das ganze Team von Amanda Luxury Spalier, außer Amanda und Franco Spargi. Titti empfing sie mit einem riesigen Blumenstrauß: »Signora Soleri hat noch einen Gast, aber sie kommt, sobald es geht. Signor Spargi lässt sich vielmals entschuldigen, er hat Fieber.« Titti half Smeralda aus dem Mantel, während Carmen sich um Edy Michelis Mantel und die Blumen kümmerte.

»Wunderbar«, Edy stellte erleichtert fest, dass das Setting bereits so gut wie fertig war und der Fotograf Stefano LaFayette seinen Assistenten die letzten Anweisungen gab. Je schneller sie fertig wären, desto besser. Das schonte ihre Nerven, war aber auch gut für Smeralda, die schon jetzt erschöpft wirkte.

»Glückwunsch, das Setting ist perfekt, ihr habt ganze Arbeit geleistet, nicht wahr, Smeralda?«

Smeralda setzte ein maskenhaftes Lächeln auf: »Das kann ich nur bestätigen, wirklich perfekt.« Dabei blickte sie zum Set in der hinteren Ecke der Boutique, wo das Studioequipment aufgebaut worden war. Die Blitzanlage war vor dem blendend weißen Fotohintergrund installiert worden, so dass eine optimale Ausleuchtung garantiert war. Das war LaFayettes Spezialität: Das perfekte Licht. Er war ein Magier, der seine Motive verzauberte.

»Das ist das erste Modell«, Titti reichte Smeralda ein enganliegendes rotes Seidenkleid mit großzügigem Dekolleté und tiefem Rückenausschnitt. Ein Traum in Rot. Edy nahm Smeralda am Arm und zog sie in die Kabine. Als sich der Vorhang wieder öffnete, brandete Beifall auf. »Du siehst hinreißend aus«, schwärmte Edy, während Titti noch einige Details korrigierte. Dann übernahmen Artù und Simona das Kommando. Ihre begnadeten Hände gaben der schönsten Frau Italiens, wie sie von manchen Zeitungen genannt wurde, den letzten Schliff. Artù gelang es, ihre Haare noch fülliger und glänzender aussehen zu lassen, während Simona ihren goldbraunen Teint mit einer sonnenbeigen Grundierung unterstrich und ihre Augen mit verschiedenen Lidschatten betonte: Perlmuttrosa für die Augenlider, Goldgelb für die Lidränder und Weißgold für die Augenbrauen. Dazu ein Lippenstift in der Farbe des Kleides.

Eine Windmaschine sollte ein wenig Bewegung in Smeraldas Haare bringen. Der Fotograf überprüfte ein letztes Mal die Beleuchtung. Die Scheinwerfer sollten den perlweißen Hintergrund abwechselnd in verschiedene Farbtöne tauchen: Indigoblau, Violett und schließlich das für Donna Diabla typische Rot.

«Smeralda regarde-moi. Je te veux sexy et chic», forderte der Fotograf sie auf.

Smeralda nickte. Bei ihrem ersten Fotoshooting hatte sie vor Nervosität so furchtbar geschwitzt, dass die Maskenbildnerin ständig mit Puder nachhelfen musste, doch inzwischen war sie Profi. Mit der lasziv-trägen Arroganz eines Panthers blickte sie in die Kamera, sexy und chic, genau wie es der Fotograf verlangte.

Sie hatte gerade das Kleid gewechselt, als sie Amanda Soleri auftauchen sah, in Begleitung von Professor Principini.

LaFayette fiel sofort auf, dass Smeralda nicht mehr bei der Sache war. Er klatschte in die Hände und sagte halb ernsthaft, halb im Scherz: *»Ici, mon amour! Regarde-moi, s'il te plaît!«*

»Donna Diabla, wie sie leibt und lebt!«, flüsterte Amanda ihrem Begleiter zu, der fasziniert erst das durchscheinende Musselinkleid und dann seine Trägerin musterte.

»Was meinst du, Giampiero? Smeralda Mangano ist der Typ Frau, der einen alles vergessen lässt: Träume und Alpträume, sogar Gewissensbisse.« Die letzten Worte hatte Amanda besonders betont, dabei fixierte sie Giampiero, um seine Reaktion zu beobachten.

Nach kurzem Zögern nickte er: »Du hast recht. Diese Frau raubt dir den Verstand. Wenn ich daran denke, dass Pelori sie mir vorgestellt hat, bevor De Gubertis auf der Bildfläche erschienen ist! Das war die Gelegenheit ...«

Amanda war entsetzt. Wie konnte er so etwas Geschmackloses sagen? So kurz nach dem Tod seiner Frau! Aber sie riss sich zusammen, bloß keinen Skandal provozieren. Plötzlich sah sie Anna vor sich. Bei ihrem letzten Besuch in der Boutique war sie erschöpft und teilnahmslos gewesen, das Gesicht aufgequollen. Wie sehr musste sie mit diesem Mann an ihrer Seite gelitten haben?

Kurz darauf erstrahlte alles in feuerrotem Licht und Amanda wurde bewusst, dass die Sequenz zu Ende war. Sie wartete, bis LaFayette eine Pause ankündigte, und bat die Gäste an die Bar, wo sie ein exquisites Büfett arrangiert hatte.

»Smeralda, heute hast du dich selbst übertroffen!« Amanda umarmte die Schauspielerin und winkte den Kellner heran.

»Für mich nur Wasser, danke«, Smeralda schüttelte den Kopf, »bei Alkohol fange ich an zu schwitzen.« Dann wandte sie sich dem Büfett zu. Von dort bemerkte sie, wie Amanda und Giampiero miteinander tuschelten.

Als sie sich zögernd den Kaviarhäppchen näherte, schnappte sie einige Bruchstücke des Gesprächs auf.

»Die Rosso-Bianco-Oro-Party und die Gründungsfeier der Lupo-Sannazzaro-d'Altino-Stiftung stehen vor der Tür. Ich würde gerne darauf verzichten, wenn ich könnte«, seufzte Principini.

»Ich verstehe, die schmerzlichen Erinnerungen an Anna lassen dich nicht los«, Amandas Worte trieften vor falschem Mitgefühl.

»Ja, die arme Anna. Sie hat mich immer begleitet. Natürlich würde ich gerne auf die Party gehen, Vivy Sannazzaro ist schließlich eine gute Freundin und eine wunderbare Frau. Aber alleine? Nein, das möchte ich nicht.«

Der letzte Satz ließ Hoffnung in Smeralda aufkeimen. Wie zufällig schlenderte sie auf die beiden zu.

»Entschuldigung, Amanda, ich möchte dir nochmals für diese tolle Gelegenheit danken. Du weißt, ich vergöttere Donna Diabla.«

»Ich kenne keine Frau, die in einem Donna-Diabla-Modell besser aussieht als Sie, wenn ich mir diese Bemerkung erlauben darf.«

»Vielen Dank, Professore, Sie sind sehr freundlich.«

»Sehr ehrlich«, korrigierte sie Principini.

Smeralda senkte den Blick, dann atmete sie tief durch und hauchte: »Ich möchte Ihnen mein Beileid aussprechen, Professore ...«

Amanda und Principini tauschten einen gequälten Blick, bevor der Professor die peinliche Stille durchbrach. Seine Augen ruhten auf Smeraldas Dekolleté, als er entgegnete: »Danke, Signorina Mangano.«

»Nennen Sie mich doch bitte Smeralda.«

»Nur, wenn ich Ihnen das Du anbieten darf: Giampiero, sehr erfreut.«

»Gerne, Giampiero«, Smeralda lächelte und fuhr kurz darauf

in sachlichem Ton fort, »ich habe gehört, dass ihr euch über die Party bei Vivy Sannazzaro unterhalten habt. Ich sollte eigentlich De Gubertis begleiten, aber jetzt …« Sie seufzte tief, und ihre üppigen Brüste hoben sich effektvoll. Principini war wie paralysiert. »Smeralda, es wäre mir eine Ehre, wenn Sie mich, Pardon, wenn du mich auf die Party begleiten würdest.«

Die Schauspielerin schien zu zögern. Inzwischen hatte sich Titti genähert. »Signora Soleri, LaFayette möchte Sie gerne sprechen.«

Amanda biss sich auf die Lippen, sie hätte zu gern gewusst, ob Smeralda Principinis Angebot annehmen würde.

Principini wartete, bis Amanda außer Hörweite war, dann wandte er sich wieder Smeralda Mangano zu: »Ich bin ein Kavalier alter Schule, weißt du«, dabei schlug er sich theatralisch mit der Hand aufs Herz. »Und die schönste Frau der Welt an meiner Seite zu wissen …«

Von weitem sah Amanda das Erobererlächeln auf Giampieros Gesicht. Dieser Mann hatte ihre Freundin Anna zugrunde gerichtet, und selbst jetzt, so kurz nach ihrem Tod, konnte er die Finger nicht von fremden Frauen lassen.

»Ich brauche einen Kaffee, wer noch?« Ilaria quälte sich hinter ihrem Schreibtisch hoch. Es war zwölf, und sie brauchte eine Pause.

»O ja, gerne«, meldete sich Chiara, die wie alle ihre Kolleginnen ohne Unterbrechung gearbeitet hatte. Es gab nur ein Thema: die Rosso-Bianco-Oro-Party. Chiara und Ilaria waren die Gästeliste durchgegangen, die ihnen das Büro von Cesco de' Razzi gefaxt hatte. Sie war überraschend lang und beeindruckend bestückt: Keine B-Prominenz, keine Nobodys, keine Möchtegernstars, keine Exfreundinnen berühmter Persönlichkeiten.

»Handverlesen«, kommentierte Ilaria, als sie sich einen Becher Kaffee eingoss. Sie nahm vorsichtig einen Schluck, dann verzog sich ihr Gesicht: »Furchtbar«, sagte sie und schmiss den Plastikbecher in den Mülleimer. »Forte ist ein echter Geizhals. Erst schafft er die Kaffeemaschine ab, und dann kauft er auch noch den schlechtesten Kaffee der ganzen Umgebung.«

Chiara trank ihren Kaffee tapfer aus, sie musste wach bleiben. Als sie die Fotos und Biografien der Gäste durchging, war sie immer wieder eingenickt. Das Foto von Baronessa d'Altino, das sie in ihrer Kellerei neben einem Weinfass zeigte, schien sich für einen Augenblick verwandelt zu haben: Die Baronessa saß auf einem Sofa und las in einem dicken Buch. War das etwa schon wieder eine Vision?

»Chiara, wo bist du mit deinen Gedanken?« Ilarias Frage ließ sie hochschrecken.

»Entschuldige.«

»Hast du schon einen Interviewpartner für ›Mein Geheimnis‹ gefunden?«, fragte Ilaria weiter.

»Ja, ich habe mit den Agenten von Sienna Miller, Ezio Greggio, Pierre Cosso und Antonella Clerici telefoniert, dabei habe ich auch die Erlaubnis für Liveinterviews auf der Party bekommen. Ich versuche, möglichst effektiv zu arbeiten und in einer Sendung zwei Gäste unterzubringen. Apropos Interviews, ich habe vergessen, die Kostümbildnerin wegen der Kleider anzurufen, so ein Mist. Ich habe noch keine Ahnung, was ich anziehen soll.«

»Achte darauf, dass du dich während der Aufnahmen schnell umziehen kannst. Gilla wird dich bestimmt gut beraten, du wirst sehen.«

Chiara hatte sich die Info-Mappe zu ihren Interviewpartnern mit nach Hause genommen. Dabei waren auch Fotos der Location, die die PR-Agentur vorab geschickt hatte. Sie zeigten ein kleines Gebäude aus dem 15. Jahrhundert, in dem die Präsentation der Lupo-Sannazzaro-d'Altino-Stiftung stattfinden sollte, mit gigantisch großen Fotos des verstorbenen Namensgebers an den Wänden.

Als Chiara die Fotos betrachtete, fiel ihr Blick auf das schöne Gesicht von Viveca Sannazzaro. Ihr dezentes Lächeln, die hochgesteckten weißen Haare und die doppelreihige Perlenkette gaben ihr ein aristokratisches Aussehen. Chiara hatte den Eindruck, die Frau bereits zu kennen.

Während sie mit dem Zeigefinger über das Foto strich, meinte sie im Hintergrund eine schwermütige Melodie zu hören. Und eine Stimme, die sie von weit her zu rufen schien. Die leise Melodie schärfte ihre Sinne und half ihr, die Stimme zu verstehen. Vor ihrem inneren Auge erschien ein eleganter Salon. Die Frau saß auf einem Sofa, mit einem Buch auf dem Schoß. Dann klingelte das Telefon und riss Chiara aus ihrer Vision.

Ohne anzuklopfen, betrat Chiara Bonelli die Garderobe. »Planänderung. Ich brauche nicht nur die Kleider für die Interviews, sondern auch noch ein Abendkleid.«

Die Kostümbildnerin nähte gerade einen Saum, schreckte hoch und stach sich dabei in den Finger. »Chiara! Du hast mich vielleicht erschreckt!«

»Oh, das tut mir leid. Hast du dir weh getan?«

»Nein, nur ein kleiner Piks. Aber ich hätte fast einen Herzinfarkt bekommen!«

»Ich werde ab jetzt immer anklopfen, versprochen.«

»Keine leeren Versprechungen, bitte«, Gilla steckte den Finger in den Mund, um das Blut abzulecken. »Wie war das mit dem Abendkleid?«

»Ich habe gerade erfahren, dass die Party bis spät in die Nacht gehen und beim großen Finale das Fernsehen vor Ort sein wird. Das heißt, ich muss perfekt aussehen.«

»Kommt George Clooney auch?«

»Sieht ganz so aus.«

»Du weißt gar nicht, was ich darum geben würde, an deiner Stelle zu sein ...«

»Glaube mir, solche Personen aus der Nähe zu sehen ist eine einzige Enttäuschung. Immer.«

»Egal, ich beneide dich trotzdem. Was das Abendkleid angeht, da habe ich schon eine Idee, aber das muss ich erst aus der Garderobe holen. Du wirst wunderbar aussehen.«

»Gut, ich verlasse mich auf dich, du kannst es mir später zeigen. Ich brauche jetzt unbedingt ein Stündchen Ruhe. Heute Nacht habe ich wieder kein Auge zugetan. Ich schlafe schon im Stehen ein.«

»Also dann, bis später.«

»Ach übrigens, wenn ich bis in einer Stunde nicht wieder aufgetaucht bin, dann wecke mich doch bitte.«

»Wird gemacht.«

Als sie auf die Uhr blickte, stellte Chiara fest, dass sie seit einer halben Stunde nichts anderes getan hatte, als Hände zu schütteln und ihr »Gesichtslähmungs-Lächeln«, wie sie es nannte, aufzusetzen, ihre Geheimwaffe bei Events dieser Art. Kaum hatte sie die Mundwinkel einmal entspannt sinken lassen, ging es wieder los: »Chiara, schön, dich zu sehen!«, »Du auch hier?«, »Es ist schon so lange her ...«, »Da ist er ja, der Star von Telestella!«, »Was für ein wunderbares Kleid ...«

Wenn sie nicht mit Sicherheit gewusst hätte, dass sie sich auf dem gesellschaftlichen Ereignis des Jahres befand, wären ihr Zweifel gekommen. Es herrschte ein heilloses Durcheinander.

Chiara mischte munter mit und suchte nach medienwirksamen Gesichtern aus Finanzwelt, Wirtschaft und Film. Was tat man nicht alles für die Einschaltquote! Sie hatte bereits diversen Celebritys die Hand geschüttelt und war gerade dabei, Jaki Elkann und seine Frau Lavinia Borromeo zu begrüßen, als ihre Konkurrentin Paola Lovatelli ihr den Agnelli-Erben vor der Nase wegschnappte. Chiara brauchte eine Pause, sie war erschöpft. Bevor sie die Baronin Sannazzaro d'Altino zu ihrem Fest beglückwünschte, musste sie sich frisch machen und ihr Etuikleid wieder in Form bringen.

Chiara verließ den großen Salon und fragte eine livrierte junge Frau nach der Toilette. »Immer geradeaus, Signorina, den Korridor entlang und dann links.«

Chiara folgte der Beschreibung, durchschritt den Korridor und wandte sich dann nach links. Doch statt vor der Toilette stand sie vor einer Mauer. »Meine Güte, Chiara, wieder mal rechts und links verwechselt«, seufzte sie, ging zurück und wandte sich nach rechts. Aber auch dort stand sie vor einer Mauer. »Soll das ein Scherz sein?« Sie eilte den Korridor zurück, um die junge Frau zu suchen, doch am Eingang des Salons stand niemand mehr. Mit wachsender Unruhe blickte sie sich um. Der Eingang sah plötzlich ganz anders aus. Als sie sich erneut umdrehte, erkannte sie am Ende des Korridors eine Frau, die blitzschnell wieder verschwand. Sie war links abgebogen. »Wo will sie bloß hin?«, fragte sich Chiara und folgte ihr. Kurz vor der Mauer bemerkte sie eine Tür, die ihr vorher nicht aufgefallen war. Sie öffnete sie und stand in einem düsteren Weinkeller. An allen vier Wänden stapelten sich Barrique-Fässer. Aus der Ferne war Stimmengewirr zu hören. Vielleicht Gäste, dachte Chiara und suchte weiter nach der Frau. Sie fand sie neben einer hölzernen Treppe, die zu einer Terrasse führte. Als Chiara sie erkannte, schrie sie überrascht auf. »Baronessa!«

Vivy Sannazzaro drehte sich um. Die noch immer schöne Frau lächelte ihr zu, dabei spielte sie mit ihrer Perlenkette. Ihre Hände waren nicht die einer alten Frau. Chiara wollte auf sie zugehen, als sie hinter sich im Korridor ein knisterndes Geräusch hörte.

»Was ist los?«, fragte sie erschrocken.

Die Baronessa zuckte teilnahmslos mit den Schultern. »Baronessa«, rief Chiara wieder, doch als sie sah, dass die Baronin noch immer nicht reagierte, drängte sie nicht weiter. »Sie bleiben hier und bewegen sich nicht von der Stelle. Ich schaue nach, was los ist«, dabei ging sie zur Tür. Doch kaum hatte sie die Tür einen Spalt geöffnet, schlug Chiara sie wieder zu. Der Korridor stand in Flammen. »Es brennt! Schnell weg, hier lang!« Chiara rannte auf die Baronessa zu und nahm sie bei der Hand. »Es muss noch einen anderen Ausgang geben!«, sagte sie voller Panik.

»Nein, den gibt es leider nicht.« Vivy Sannazzaros Stimme klang merkwürdig ruhig. Unvermittelt schoss eine Feuerzunge hinter der Baronessa empor und verschlang sie. Chiara wollte um Hilfe rufen, doch der Rauch erstickte ihre Stimme zu einem Röcheln. Das war das Ende. Doch bevor die wabernde Hitze ihr die Sinne raubte, konnte sie einen Mann auf der Türschwelle stehen sehen. Obwohl er von gleißend hellem Licht umgeben war, erkannte Chiara ihn sofort. »Im Zeichen des Feuers!«, schrie der Edelmann aus dem 18. Jahrhundert und warf sich in die Flammen, um die Baronessa zu retten. Chiara verlor das Bewusstsein.

»Chiara! Chiara, wach auf! Die Stunde ist um.« Chiara öffnete die Augen. »Du hast gesagt, ich soll dich wecken.«

»Schon gut.« Chiara fuhr sich benommen über das Gesicht, sie versuchte, sich in ihrer Garderobe zurechtzufinden. »Danke, Gilla, ich komme gleich, ich brauche nur einen Moment, um ganz wach zu werden.« Als Gilla den Raum verlassen hatte, nahm Chiara ihren Notizblock zur Hand und schrieb das auf, was ihr an dem Alptraum am wichtigsten erschien: »Im Zeichen des Feuers.«

Bruno Velati übertrug die Namen der Gäste in eine Excel-Tabelle, als Marco Tonioli sein Büro betrat. »Ich habe die Resultate des Tests.«

»Und?« Aus Velatis Stimme sprach wenig Hoffnung auf eine gute Nachricht. Marcos Gesichtsausdruck sprach Bände.

»Leider positiv.«

Velati holte tief Luft und atmete dann langsam aus. »Jetzt müssen wir es der Baronessa sagen.«

»Wir haben keine andere Wahl.«

Vivy Sannazzaro saß wie versteinert hinter ihrem Schreibtisch, wortlos musterte sie die Gesichter ihrer engsten Vertrauten. Warum hatten Velati und Tonioli nicht schon früher mit ihr gesprochen? Wahrscheinlich, um sie zu schützen. Sie hielten den Kopf gesenkt, in ihren Augen standen Scham und Schuldbewusstsein. Sie hatten das eherne Gesetz gebrochen: absoluter Gehorsam und schonungslose Ehrlichkeit gegenüber der Baronessa.

»Was ist es diesmal?« Vivy versuchte ihre Verärgerung zu überspielen.

Nach einem kurzen Blickwechsel mit Velati ergriff Tonioli das Wort: »Vor zwei Tagen haben wir in Magazin 1 neben einem Barrique-Fass einen weiteren anonymen Brief gefunden. Dieses Mal drohen uns die Erpresser damit, die gesamte Weinernte zu vernichten, er reichte der Baronessa den Brief.

»Trink diesen Wein, wenn du mir nicht glaubst.« Vivy war konsterniert. »Das verstehe ich nicht.«

»Wir wollten Sie nicht grundlos beunruhigen. Deshalb haben wir beschlossen, Ihnen den Brief zu verheimlichen, bis wir sicher sein konnten, dass es sich nicht nur um eine leere Drohung handelt. Ich habe den Inhalt des Eichenfasses von meinem Cousin untersuchen lassen, der in einem chemischen Labor ganz in der Nähe arbeitet. Und das ist das Resultat.« Er reichte der Baronessa den Bericht. »Der Wein wurde mit Saccharose und Säure verpanscht.«

Vivy nickte bedächtig, sie hatte die Warnung verstanden. Bruno Velati dagegen noch nicht. »Säure?«

»Ja«, antwortete Vivy, »durch verdünnte Salzsäure zum Beispiel wird der Zweifachzucker Saccharose in die Einfachzucker Fruktose und Glukose aufgespalten. Dadurch wird das Weingesetz, das den Zusatz von Saccharose verbietet, umgangen und suggeriert, dass es sich um natürlichen Fruchtzucker handelt ...«

»Schöne Bescherung«, seufzte Velati.

»Allerdings«, schaltete sich Tonioli ein, »gehören Salzsäure oder Ascorbinsäure, in welcher Form auch immer, einfach nicht in den Wein, sie können verheerende Wirkung auf den Organismus haben ...«

Vivy dachte einen Augenblick nach. Das hatte gerade noch gefehlt. Wenn die Erpresser ihre Drohung wahr machten, wäre ihr Weingut am Ende: man würde sie der Weinpanscherei und krimineller Machenschaften anklagen. Sie erinnerte sich gut an einen ähnlichen Fall in der Provinz Taranto. Zwei Firmen waren damals angeklagt worden, eine Mischung aus Wasser, Zucker und teilweise lebensgefährlichen Chemikalien hergestellt und an mehrere Weingüter verkauft zu haben, die dieses Gemisch ihrem Traubenmost beimischten. Das Ergebnis war ein gepanschter Billigwein. Von Apulien aus hatte sich der Skandal auf ganz Italien ausgeweitet, was den Staatsanwalt von Taranto zu der Annahme veranlasst hatte, dass die Cosa Nostra und ihr apulischer Ableger, die Sacra Corona Unita in den Fall verwickelt sein mussten. Nicht nur, dass die Gefährdung von Menschen in Kauf genommen wurde, die skandalösen Machenschaften hatten auch viele rechtschaffene Winzer in Misskredit gebracht, und das Image der Weinbranche war nachhaltig beschädigt.

»Wir müssen die Kontrollen verstärken, egal, was das kostet. Wenn es nötig ist, ziehe Spezialisten hinzu, Marco. Das Stiftungsfest steht kurz bevor, wir können uns nicht leisten, dass etwas schiefgeht. Wenn sie Krieg wollen, sollen sie ihn haben«, Vivys Stimme zitterte leicht.

Tonioli versuchte sie zu beruhigen: »Ich habe schon eine Sicherheitsfirma beauftragt. Machen Sie sich keine Sorgen. Sie stellen uns auch Bodyguards für die Party.«

»Gut«, Vivy nickte, noch immer blass. Sie wollte sich erheben.

»Es gibt da noch etwas, Baronessa …« Tonioli zog ein zweites Blatt Papier aus der Tasche.

Vivy blieb sitzen. »Noch ein Brief?«

»Wir haben ihn in einer Weinkiste gefunden, die uns irgendwie verdächtig vorkam. Dieses Mal fordern sie Geld, viel Geld. Im Gegenzug würden die Sabotageaktionen sofort aufhören.« Tonioli reichte ihr den Brief.

»Die sind ja verrückt!« Vivys Gesicht verzog sich. »Wenn wir diese Summe zahlen, sind wir finanziell am Ende. Dann lasse ich es lieber drauf ankommen. Wie können diese Kerle eigentlich unbemerkt bei uns ein und aus gehen?«

Marco schüttelte den Kopf.

»Irgendeine Idee?«

»Noch nicht, aber wir arbeiten daran. Ich habe sogar eine Belohnung für sachdienliche Hinweise ausgesetzt. In der

Zwischenzeit sind die ersten Fragebögen eingegangen, und ich habe schon eine Liste derjenigen Mitarbeiter gemacht, in deren Umfeld Drogenprobleme bekannt sind.«

Vivy sah ihn mit Tränen in den Augen an. »Hoffen wir das Beste, Marco. Die Zeit arbeitet gegen uns.«

Vivy Sannazzaro hatte die letzte Anprobe. Für die Party hatte sie ein Top, eine lange Jacke und einen goldfarbenen Rock gewählt. Am Ausschnitt des Tops und am Jackenkragen glänzten kleine Swarovski-Kristalle in Rot und Weiß, die kunstvoll zu Traubenrispen zusammengefügt waren. Für die Gründungsfeier würde sie ein graues Gabardine-Kostüm tragen, dazu Schuhe und eine Tasche aus der Ferragamo-Kollektion. Die Baronessa betrachtete sich im Spiegel. Das Outfit war perfekt, doch ihr Gesicht wirkte verkrampft.

»Wenn Sie etwas in die Hand nehmen, dann führen Sie es auch zum Erfolg, wenn ich mir die Bemerkung erlauben darf. Es wird ein wunderbares Fest werden.« Lucia straffte die Naht des Tops. Der Schneiderin war die Anspannung der Baronessa nicht verborgen geblieben, aber wen wunderte es: Alle waren aufgeregt. Dann auch noch diese Fragebogenaktion über sie und ihre Familie. Lucia hatte nichts zu verbergen und hatte alles wahrheitsgemäß beantwortet, fand die Sache aber irgendwie seltsam.

»Geht es Ihnen gut, Baronessa?«

»Du hast dich selbst übertroffen, danke.«

»Das liegt nicht an mir, das liegt an Ihnen. Es wird alles gutgehen, glauben Sie mir. Und noch mal Glückwunsch zur Stiftung, das war eine großartige Idee.«

Nach der Anprobe ging Vivy mit Cesco und Gerry die letzten Details durch: Menüfolge, Dekoration, Sitzordnung … Nach zwischenzeitlichen Irritationen war jetzt alles perfekt. Unglaublich, wie der Lichttechniker Lucio Boschi die Fotos von Lupo in Szene gesetzt hatte: Sein feingeschnittenes Gesicht, die athletische Gestalt, seine würdevolle Ausstrahlung. Man konnte seine Präsenz förmlich spüren. Als sich Vivy Sannazzaro schließlich in die Stille ihrer Villa zurückzog, hatte sie das dringende Bedürfnis, mit jemandem zu sprechen, der ihr nahe war, dem sie nichts erklären musste. Ihr Urahn Baron Wolfgang von Altemburg war der Mensch, den sie jetzt gerne in ihrer Nähe gehabt hätte. Sie war selbst überrascht, dass sie einem Mann vertraute, der zu seiner Zeit ein Dieb, ein Verräter und ein Mörder gewesen war. Vivy fragte sich, was wohl Don Antonio dazu sagen würde. Mit Sicherheit würde der Priester sie am Sonntag von der Kommunion ausschließen. Einmal hatte Don Antonio in seiner Predigt vor Zauberei, Wahrsagerei und vor anderen magischen Künsten gewarnt, die seiner Meinung nach als Gotteslästerung bestraft werden sollten. Er hatte eine Stelle aus dem fünften Buch Mose vorgelesen, in dem es um die Befragung von Toten ging. Die Heilige Schrift sagte: »Denn wer solches tut, der ist dem Herrn, deinem Gott, ein Gräuel.«

Als Vivy an die Bibelverse dachte, fühlte sie sich unbehaglich. War sie etwa dabei, Ähnliches zu tun? Versuchte sie im Dialog mit ihrem Urahn etwas über sich und ihre Zukunft zu erfahren? »Wahrsagung in jeder Form ist abzulehnen«, hatte Don Antonio gezürnt, »denn wer ein Medium um Hilfe bittet, will die Zeit, die Geschichte und die Menschen beherrschen. Er ruft nach einer verborgenen Kraft, die nicht von Gott kommt.«

Vivy zögerte. Zum einen hatte sie Angst, eine Sünde zu begehen, andererseits versuchte sie sich zu überzeugen, dass sie nicht den Dialog mit einer übersinnlichen Kraft, sondern mit ihrer Familie suchte. Volfango war Teil ihrer Geschichte, im Guten wie im Schlechten. Für das, was vor Jahrhunderten geschehen war, trug sie keine Verantwortung. In voller Überzeugung, nichts Böses zu tun, setzte sie die Brille auf und suchte die Passage, die sie am meisten interessierte.

Ich bin sehr froh, meine Erinnerungen niederschreiben zu können, um immer im Gedächtnis zu behalten, was mir meine in Liebe verbundene Frau Oliva di Regalmici anvertraut hat. Als ich sie fragte, warum sie Sizilien so unbedingt verlassen möchte, eines der schönsten Fleckchen Erde, das mir je unter die Augen gekommen ist, hat sie mir geantwortet, dass sie frei sein will wie der Wind, der über die Orangenblüten streift und ihren Geruch mit sich fortträgt. Sie erzählte mir von ihrer französischen Gouvernante Francine. Diese großartige Frau hatte in ihr die Sehnsucht nach Freiheit entfacht, indem sie ihr das Buch einer englischen Schriftstellerin namens Maria Astell zu lesen gegeben hatte. Oliva konnte eine ganze Passage auswendig, die sie mir inzwischen so häufig zitiert hat, dass auch ich sie im Gedächtnis behielt.

»Eine Frau soll weder verkauft noch gekauft, noch gegen ihren Willen verheiratet werden. Der Schlüssel für diese Freiheit ist die Bildung.« Ich habe nur gelacht und ihr gesagt, dass die Kirche und der Adel sie als Hexe verbrennen würden, wenn sie das hörten, wie schon Jahrhunderte zuvor.

Ich habe Oliva gebeten, nach einem Versteck für unseren Schatz zu suchen und den Weg dorthin verschlüsselt zu notieren. Wir haben uns auf einen bestimmten Ort geeinigt, und Oliva hat diese geheimnisvollen Zeichen zu Papier gebracht.

Zum x-ten Mal studierte Vivy Sannazzaro die Hieroglyphen. Dann las sie den Hinweis auf die »geheimnisvollen Zeichen« noch einmal. Was sollte das bedeuten? Hatte Oliva den Text etwa mit der linken Hand oder auf irgendeine andere merkwürdige Weise geschrieben? Sie fand keine Antwort. Auch für Volfango musste die Nachricht wohl unverständlich gewesen sein. Bevor sie die Memoiren wieder zuklappte, kam ihr ein Satz von Volfango in den Sinn. Sie wusste weder, worauf er sich bezog, noch erinnerte sie sich, wo er genau stand. Es ging um das Zeichen des Feuers, das ins Fleisch eingebrannt worden war, und um einen Fluch, der auf den d'Altino und den nachfolgenden Generationen lastete. Plötzlich stand ihr das Bild des Feuers klar vor Augen. Was konnte das bedeuten?

»Wir haben es geschafft, meine Liebe. Morgen ist der große Tag!«

Cesco de' Razzi ließ sich theatralisch auf das Sofa fallen. Wie immer sah er ausgesprochen elegant aus. Er trug einen Anzug von Brioni und maßgefertigte Schuhe. »Ich bin völlig erschöpft!«, stöhnte er und spielte die Rolle des entkräfteten Opfers. Doch als er die hochgezogenen Augenbrauen der Baronessa sah, verbesserte er sich: »Erschöpft, aber glücklich.«

»Du und erschöpft? Dass ich nicht lache!«, schaltete sich Gerry Boschi ein, der gerade hereinkam. »Ich habe dich Tag und Nacht bedient, wie ein Sklave habe ich für dich geschuftet: Gerry mach dies, Gerry mach das, bring mir dieses, hol mir jenes. Was für eine Qual! Aber spiele ich hier etwa den Sterbenden Schwan?«

»Nicht streiten!« Vivy spielte das Spielchen mit. Die Nähe der beiden Freunde tat ihr gut. In den letzten Tagen hatte sie mehr als einmal daran gedacht, ihnen ihr Geheimnis anzuvertrauen, aber sich dann doch anders entschieden, aus Furcht, sie würden sie zwingen, die Party abzusagen. Jetzt war sie wieder kurz davor, sich zu offenbaren. Dieses Mal war es Gerry, der sie im letzten Moment davon abhielt: »Alles ist bereit, meine Teuerste. Du wirst die unbestrittene Königin des Festes sein.«

Vivy lächelte, aber nicht so, wie es ihre Freunde erwartet hatten. Es war eher ein melancholisches Lächeln.

»Vivy, was ist los?« Gerry legte ihr fürsorglich den Arm um die Schultern. »Du siehst bedrückt aus. Hast du Angst, es könnte etwas schiefgehen?«

Vivy schüttelte den Kopf.

»Das will ich auch meinen. Ich und Cesco sind die Weltbesten …«

Vivy schaute die beiden dankbar an und zwang sich zu einem strahlenden Lächeln. Wieder spürte sie den Drang, ihnen alles zu erzählen, auch wenn sie wusste, dass sie es besser nicht tun sollte. Auch die Geschäftsführung hatte nach eingehender Beratung beschlossen, die Erpressung als internes Problem zu betrachten und die Polizei nicht einzuschalten. Hinter der Aktion musste mehr stecken als der simple Erpressungsversuch eines Einzelnen. Auch Tonioli und Velati schlossen nicht aus, dass die Mafia ihre Finger im Spiel haben könnte.

»Mach dir keine Sorgen, *chérie*. Uns kannst du alles sagen, wir sind doch Freunde …«, sagte Cesco.

»Das weiß ich, ich bin nur ein wenig beunruhigt, was die Stiftung angeht. Plötzlich kommt die Vergangenheit wieder hoch. Als sei mein Lupo wieder auferstanden …« Sie hatte Tränen in den Augen.

»Aber Chérie, das ist doch wunderbar …«

»Ja sicher, aber das Gefühl übermannt mich. Und dann all die Gäste, so viele …«

»Das machen wir schon, Vivy. Wir haben ein Heer von Bodyguards, um die uns selbst der amerikanische Präsident beneiden würde«, sagte Gerry und zwinkerte Cesco zu. Dann fuhr er in gekünsteltem Ton fort: »Du hast dich noch gar nicht nach meinem Outfit für die Party erkundigt.«

»Unverzeihlich, ein Fauxpas!«

Vivy lächelte. »Da hast du recht. Ich bin sehr neugierig.«

»Warte, bleib ganz ruhig sitzen.« Gerry eilte aus dem Wohnzimmer. Einige Minuten später kehrte er mit einem blauen Kleidersack wieder zurück, den er mit großer Geste öffnete: »*Signori e Signore*, bewundern Sie Gerardo Boschis sensationelles Jackett! Hier sehen Sie den letzten Prinzen der Modewelt!« Dabei hielt er das Kleidungsstück in die Höhe, als wäre es eine Trophäe. Vivy bewunderte das Jackett, es war wirklich einzigartig. Der Stoff stammte aus der Fondazione Arte della Seta Lisio in Florenz, ein feuerroter Samtbrokat mit floralen Motiven im Renaissancestil. Das Tüpfelchen auf dem i waren die silbernen Knöpfe, die Gerry bei einem Silberschmied in Borgo San Jacopo aufgestöbert hatte.

»Mein Kompliment, das Jackett ist wirklich ein Kunstwerk! Vielleicht etwas extravagant, aber wunderschön. Welche Schuhe wirst du dazu tragen?«

»Voilà!« Aus dem magischen Kleidersack zog Gerry ein Paar feuerrote Lederpuschen.

»Himmel, hilf!« Cesco rollte mit den Augen. »Gerry, du hast wohl den Verstand verloren. Wenn du nicht der Mann meines Lebens wärst, würde ich dich wegen Verrohung der Sitten von der Party verbannen. Ich gestatte dir diesen Aufzug nur, weil das Event Rosso-Bianco-Oro heißt und deine Jacke ganz zweifellos röter als rot ist. Aber jetzt werfen wir mit Monica noch einen letzten Blick auf den *recall*.«

Edy Micheli hatte Smeralda geholfen, eine Ausrede zu finden, um nicht in Giampiero Principinis Wagen fahren zu müssen. Natürlich war sie froh, durch ihn auf die handverlesene Gästeliste der Sannazzaros zu gelangen, aber nicht um jeden Preis. Der Professor interessierte sie überhaupt nicht. Nach dem Fest wollte sie ihn nie wiedersehen. Am liebsten hätte sie überhaupt keinen Mann je wiedergesehen. Der einzige Mann, für den das nicht galt, war Ispettore Bonadeo. Bei ihm fühlte sie sich sicher, er behandelte sie mit Respekt, als Frau und als Mensch. Jedes Mal, wenn Dante Bonadeo ihr in die Augen gesehen hatte, war sie rot geworden und ihr Herz hatte schneller geschlagen. Nur ein einziger Mann hatte jemals die gleiche Wirkung auf sie gehabt: Lupo Sannazzaro d'Altino. Nach seinem Tod hatte Smeraldas schwerer Weg durch den Sumpf von Geheimnissen, Ängsten, Schuldgefühlen und Erpressungen begonnen. War das noch ein Leben? Sicher, sie hatte durch ihre Schönheit die Armut hinter sich gelassen, aber das Unglück war sie nie losgeworden. »Mein armes Kind, du bist für dieses Leben zu schön«, hatte ihre Mutter bei jeder Gelegenheit betont. Für sie war das Schicksal jedes Menschen vorbestimmt, es gab kein Entrinnen. Smeralda hatte sich das Schicksal immer als kleinen Zwerg vorgestellt, dem es Spaß machte, den Menschen, die sich nicht fügten, Steine in den Weg zu legen. Sie hatte sich nicht gefügt und war reich und berühmt geworden, und jetzt war der Zwerg zurück, um ihr einen Streich zu spielen.

Während sie den Reißverschluss ihres Trolleys zuzog, wunderte sich Chiara, dass sie so aufgeregt war. Hatte sie auch nichts vergessen? Waren Gas, Licht und die Waschmaschine ausgeschaltet? Nach einem weiteren Rundgang nahm sie die große Furla-Tasche und packte Geldbörse, Zugticket, Handy, Ladegerät und den Notizblock ein. Kurze Zeit später kontrollierte sie nochmals, ob sie auch alles dabeihatte. Wenn sie nervös war, halfen ihr Ordnung und Struktur, ihre flatternden

Nerven wieder in den Griff zu bekommen. Wenn sie dagegen Visionen oder Alpträume gehabt hatte wie heute, dann half gar nichts. Vor allem die Reise ins Chianti machte ihr Sorgen. Das Feuer, das sie im Traum in Vivy Sannazzaros Villa hatte ausbrechen sehen, stand ihr noch lebendig vor Augen. Und auch die Notiz, die sie sich unmittelbar nach dem Traum gemacht hatte, schien auf drohendes Unheil hinzudeuten. Sie hatte eine Vorahnung gehabt. *Im Zeichen des Feuers …*

Während sie auf das Taxi wartete, zog sie den Notizblock heraus. Jedes Stichwort war wie ein Faden, der sich mit den anderen zu einem fragilen Spinnennetz verband: Man musste nur einen Punkt berühren und das ganze Gebilde geriet in Bewegung. Alles hing irgendwie miteinander zusammen. Doch wie sollte Chiara dieses Rätsel entschlüsseln? Wo musste sie ansetzen? Wieder und wieder ging sie ihre Aufzeichnungen durch. Ihre Kollegin Ilaria hatte einen NLP-Kurs gemacht und ihr geholfen, die Notizen in ein Raster einzuzeichnen. »Dieses Raster hilft dir, alle Daten zu verarbeiten und neue Verbindungen zu erschließen. Jede Information, die dein Gehirn erreicht, egal, ob als Gefühl, als Erinnerung, als Gedanke oder als Bild, kannst du dir als Wurzelstock vorstellen, aus dem Abertausende Triebe sprießen. Jeder einzelne Trieb steht für eine Assoziation und verzweigt sich weiter. Genau so funktioniert unser Gehirn. Eine Art Megacomputer, in dem von unzähligen Datenknotenpunkten Gedanken ausstrahlen«, hatte ihr Ilaria erklärt. Chiara hatte das Raster auf ihrem Block ausprobiert. In einem gelben Kreis in der Mitte stand der Name Smeralda Mangano, darunter hatte sie »verheimlicht ihre Kinder« notiert. Rund um dieses Zentrum hatte sie andere Kreise gruppiert, die alle mit Smeralda verknüpft waren, jeder in einer anderen Farbe. Ein Kreis für die ukrainische

Frau, die im Eurostar ermordet worden war, ein Kreis für den Pädophilen, den man in Venedig zu Tode gequält hatte, einen für Anna Principini, einen für Amanda Soleri, einen für den geheimnisvollen Adligen aus dem 18. Jahrhundert, einen für Vivy Sannazzaro d'Altino, einen für das Feuer und einen für sich selbst mitsamt dem Projektil, das man ihr als Warnung geschickt hatte.

Jetzt musste sie nur noch wissen, wo sie anfangen sollte, damit das System in Fluss kam und sich das Puzzle zu einem logischen Ganzen zusammenfügte.

»Ist das nicht die Mangano?«, fragte Alberta Invernizzi von E!Entertainement Television ihren Kollegen Luciano Zagaria. Auch er hatte sich schon über das merkwürdige Paar gewundert, das durch den Park geschlendert war und die Villa betreten hatte. »Eine wunderschöne Frau, oder?«

»Aber auch er macht was her ... Was meinst du, könnte das der Aufmacher des Abends werden?«

In der Zwischenzeit hatten sich auch einige Gäste zu den beiden umgedreht. Wenngleich man sich hier und da über die seltsame Verbindung mokierte, war man einhellig der Meinung: ein attraktives Paar. Der hochgewachsene Chirurg sah in seinem Armani-Anzug einfach blendend aus, ein ebenbürtiger Partner der Schauspielerin in ihrem tief ausgeschnittenen roten Seidenkleid von Donna Diabla.

Cesco de' Razzi war schockiert. Reiner Zufall, dass er sie aus den Augenwinkeln wahrgenommen hatte. »Was zum Teufel macht die denn hier?«, zischte er und eilte auf Gerry zu, der sich gerade mit der Marchesa Francesca Baldi unterhielt.

»Meine liebe Marchesa, seien Sie mir nicht böse, aber ich muss Ihnen Gerry einen kleinen Moment entführen«, flötete er und zog seinen Lebensgefährten beiseite, um ihn über die Situation zu informieren.

»Um Gottes willen, sie muss sofort wieder verschwinden. Wie konnte das passieren?«

»Ich weiß es nicht, aber ich werde es herausbekommen, verlass dich drauf. Jetzt gehe ich noch mal die Gästeliste durch, damit wir von weiteren Peinlichkeiten verschont werden.« Cesco riss der Servicekoordinatorin Francesca Ainis ohne weitere Erklärung die Tischordnung aus der Hand. Wer würde an Principinis Tisch sitzen? Für jeden Gast war eine Begleitperson vorgesehen, meist der Ehemann oder die Ehefrau. Auf dem Plan gab es nur einen einzigen freien Platz: den neben Principini.

»Wie konnte Ihnen das entgehen?«, fuhr er Francesca Ainis an, die verzweifelt nach dem unerwünschten Gast Ausschau hielt. Smeralda Mangano stand neben einem der Pavillons, ein Glas Wein in der Hand, und blickte sich nervös um. »Ich habe keine Ahnung, Cesco, auf der Liste stand lediglich Principini und Begleitung. Der Professore wollte den Namen nicht preisgeben.«

»Jetzt wissen wir Bescheid«, zischte Cesco wütend und wandte sich wieder den Gästen zu. Für Smeralda war es nichts Neues, angestarrt zu werden, sie bemühte sich, die zweideutigen Blicke und das aufgesetzte Lächeln zu ignorieren. Die weiblichen Gäste warfen ihr nur hin und wieder verstohlene Blicke zu, während die Männer ihre Augen nicht von ihr, beziehungsweise ihrem gewagten Dekolleté ließen. Wenn die Blicke allzu dreist wurden, wandte Smeralda sich anmutig ab und tat so, als würde sie in der Menge ihren Begleiter suchen. Giampiero Principini begrüßte gerade seine Freunde. In Wirklichkeit hielt Smeralda nach jemand anderem Ausschau: Vivy Sannazzaro. Bisher hatte Smeralda die Gastgeberin nur flüchtig gesehen und sie dann aus den Augen verloren. Ihr Glas war leer. Sofort tauchte ein Kellner auf, damit sie es auf einem Tablett abstellen konnte, während ein zweiter ihr einen weißen Sannazzaro anbot. »Bitte sehr«, der junge Mann lächelte freundlich. Es war das erste spontane Lächeln, das man ihr heute schenkte. Sie bedankte sich und setzte ihre Suche fort. Ein schwieriges Unterfangen, bei all den elegant gekleideten Damen und Herren, die in gepflegter Unterhaltung auf die Eröffnung des Gala-Diners warteten. Die Tische waren festlich gedeckt: Goldfarbene Tischdecken und geschmackvolle Blumengestecke in Rot und Weiß. An den Decken der Pavillons glitzerten unzählige kleine Lichter, die an einen Sternenhimmel erinnerten.

Smeralda fiel auf, dass einzelne Gäste bereits Platz genommen hatten und die Menüfolge studierten. Serviert wurden Cannoncini di Foie Gras d'Oie und ein auf einem goldenen Blatt angerichtetes Risotto, mit Tropfen von Tomatensauce, schwarzem Sarawak-Pfeffer und einem Hauch Käse. Die Stars des Abends waren natürlich die Weine aus dem Hause Sannazzaro: rot, weiß und goldgelber Sauternes. Die Ehrengäste wurden von Hostessen und Bodyguards in den größten Pavillon geleitet. Die Leibwächter bildeten eine lebende Mauer, um die Stars vor allzu neugierigen Blicken und vor allem vor den schussbereiten Kameras abzuschirmen. Hinter zwei schwarzgekleideten Hünen konnte Smeralda einen kurzen Blick auf George Clooney und seinen Freund Matt Damon erhaschen. Sie starrte ihnen nach. In einer Gruppe in der Nähe des VIP-Pavillons erkannte sie die Baronessa. Ihr Herz schlug schneller. Wenn sie Vivy Sannazzaro noch vor dem Essen sprechen könnte, hätte sie ihr Ziel erreicht. Dann könnte sie ihrem Begleiter erzählen, es ginge ihr nicht gut, und das Fest sofort verlassen. Sie schritt auf den Pavillon zu, doch ein Fernsehteam schnitt ihr den Weg ab. Smeralda kochte vor Wut, denn als sie wieder freie Sicht hatte, war Vivy Sannazzaro verschwunden. Smeraldas Missmut steigerte sich noch, als Principini auf sie zukam. »Entschuldige, dass ich dich so lange allein gelassen habe, meine Liebe«, sagte er und nahm ihr zuvorkommend das Glas aus der Hand. Dann winkte er einen Kellner heran, der ein Tablett mit diversen Appetithäppchen anbot. »Unser Tisch ist da hinten«, sagte Principini und zeigte ihr den Weg. Smeralda sah ihn an. Ob sie wollte oder nicht, sie musste wohl zum Essen bleiben.

»Wollen wir?« Principini bot ihr galant den Arm.

»Gerne«, Smeralda nickte, ignorierte aber sein Angebot. Männer, die sich der Illusion hingaben, sie mit Galanterie erobern zu können, waren ihr schon immer suspekt gewesen. Nicht dass sie gute Manieren nicht zu schätzen wusste, sie hatte in ihrer Kindheit genug Misshandlungen erfahren, um das nicht zu tun, aber sie zog Spontanität vor. Nicht zuletzt deshalb hatte Dante Bonadeo sie so tief beeindruckt. Noch bevor der Polizist ein Wort gesagt hatte, konnte man an seinen Augen und seinem Lächeln ablesen, dass er es ehrlich meinte. Sie dachte gerade daran, wie er sie bei ihrem ersten Zusammentreffen angeschaut hatte, als sie die Stimme der Baronessa hörte. Sie stand direkt hinter ihr und war in ein Gespräch mit einem anderen Gast vertieft.

»Geh ruhig vor, Giampiero, ich komme sofort nach«, sagte Smeralda, und ohne Principinis Antwort abzuwarten, drehte sie sich um. Jetzt oder nie! Sie nahm all ihren Mut zusammen: »Baronessa Sannazzaro, entschuldigen Sie bitte ...« Sie war so aufgeregt, dass ihre Stimme ganz piepsig klang.

Die Baronessa sah sie überrascht an. »Ja?« Ihr Ton war schneidend, sie versuchte gar nicht erst, ihre Abneigung gegenüber der jungen Frau zu verbergen.

Smeraldas Mund war plötzlich staubtrocken, ihre Zunge klebte am Gaumen: »Ich würde gerne einen Moment mit Ihnen sprechen, wenn es möglich ist …«, war alles, was sie herausbrachte.

Vivy Sannazzaro nickte kurz. Aus ihrem Blick sprach Misstrauen, aber auch eine Spur Neugier: »Ja, bitte?«

»Mein Name ist Smeralda Mangano.«

Vivy Sannazzaro hob die Augenbrauen. Diesen Namen hatte sie schon mal gehört.

»Sie kennen mich nicht. Ich bin mit Professore Principini gekommen«, stellte Smeralda klar und hoffte, der Name ihres Begleiters würde den Argwohn der Gastgeberin lindern. In der Tat erschien ein leichtes Lächeln auf ihren Lippen. »Oh, Giampiero, wo ist er denn?«, fragte sie und sah sich um, doch ihr Interesse hielt sich in Grenzen. Sie wollte den unliebsamen Gast offensichtlich so schnell wie möglich loswerden.

»Ich glaube, er hat bereits Platz genommen, wir sitzen etwas abseits. Hören Sie, Baronessa, ich muss unbedingt mit Ihnen sprechen …«

»Nun, dann sprechen Sie«, Vivy wurde zunehmend ungeduldig, die flackernde Unruhe in Smeraldas Augen gefiel ihr gar nicht. »Unter vier Augen bitte, es geht um etwas sehr Privates.« Der Mund der Baronessa öffnete sich, sie sagte aber nichts. Jetzt wusste sie wieder, warum ihr der Name bekannt vorkam. Smeralda Mangano hatte Bruno Velati angerufen, weil sie unbedingt auf die Gästeliste wollte. Sie hatte eine entscheidende Rolle in dieser vulgären Geschichte mit dem Abgeordneten gespielt. Bruno hatte die Schauspielerin abgewimmelt, meinte er zumindest. Aber da hatte er sich wohl geirrt. »Es tut mir leid, Signora Mangano, aber wie Sie sehen, ist das hier nicht der richtige Rahmen für ein privates Gespräch. Wenn es wirklich wichtig ist, rufen Sie doch in etwa zehn Tagen an und vereinbaren einen Termin mit meinem Sekretär.« Bei diesen Worten lächelte sie ihr Gegenüber kalt an. Smeralda wusste, dass sie auf diesem Weg niemals einen Termin bekommen würde, und setzte deshalb alles auf eine Karte. »Ich habe Lupo gekannt.« Ihre Worte klangen entschlossen.

Vivy versteifte sich und starrte sie an. Unter ihrer Schminke bildeten sich hektische rote Flecken.

»Wir haben uns geliebt und wollten heiraten.«

»Hören Sie auf, ich bitte Sie. Mein Sohn ist tot, und alles, was zwischen Ihnen war, ist mit ihm gestorben.«

»Nein, das stimmt nicht.«

Die Baronessa sah sie ungläubig an. Sie war verwirrt.

»Etwas von Lupo ist geblieben, etwas, das auch zu Ihnen gehört, Vivy.« Smeralda hatte Tränen in den Augen. »Ihre beiden Enkel«, hauchte sie, dann versagte ihr die Stimme.

Vivy Sannazzaros Herz schien stillzustehen. Tränen füllten ihre Augen. Die beiden Frauen schauten sich an. Nach einer gefühlten Ewigkeit kam Marco Tonioli auf sie zu. »Baronessa, kann ich Sie einen Moment sprechen?«

Vivy zuckte zusammen. Dann fasste sie sich wieder und nickte. Sie bewegte sich wie ein Automat.

»Kommen Sie bitte, hier entlang.« Vivy zögerte und wandte sich an Smeralda. »Ich erwarte Sie morgen um zehn in der Villa«, sagte sie. Dann straffte sie die Schultern, hob den Kopf und folgte Tonioli. Vorbei an ihren frohgestimmten Gästen, die natürlich nicht ahnen konnten, dass ihre Welt gerade auf den Kopf gestellt worden war.

Während des gesamten Interviews mit dem Regisseur Pupi Avati dröhnten Stimmen in Chiaras Kopf, und ihr war, als würde sie in einen Strudel hinabgerissen werden. Widerstand war zwecklos. Plötzlich hatte eine Stimme, ob Mann oder

Frau, wusste sie nicht, »Feuer! Feuer!« geschrien, und Chiara hatte mit ihrem inneren Auge Smeralda Mangano gesehen, die mit brennenden Kleidern zwischen den Pavillons umhergeirrt war.

Obwohl sie der Vision folgte, war ein Teil in ihr offensichtlich hellwach geblieben, denn als Pupi Avati seine letzte Frage beantwortet hatte, brandete Beifall auf. Der Kameramann streckte ihr lächelnd den nach oben gereckten Daumen entgegen: Ein Zeichen, dass das Interview gut gelaufen war. Leider erinnerte sich Chiara nur noch schemenhaft, dass der Regisseur einige Geschichten aus seiner Jugend zum Besten gegeben hatte. Während sie sich noch herzlich bei Avati bedankte, bekam sie mit halbem Ohr die Unterhaltung zwischen der Maskenbildnerin und dem Tontechniker mit: »Sie war seltsam heute, ist dir das auch aufgefallen? Sie schien irgendwie neben sich zu stehen!«

»Das ist doch schon länger so.«

Chiara hatte genug gehört. »Ich gehe die Gastgeberin begrüßen«, sagte sie. Während sie sich zwischen den zahllosen Gästen hindurchschlängelte, traf sie Cesco de' Razzi: »Ciao, Cesco, Glückwunsch zu deiner gelungenen Organisation. Du hast dich mal wieder selbst übertroffen.«

»*Grazie, cara.*« Cesco küsste ihr die Hand.

»Ich würde auch gerne der Gastgeberin gratulieren ... Eben habe ich sie noch gesehen, aber jetzt ist sie verschwunden.«

»Ich bin auch auf der Suche nach ihr – ein hoffnungsloses Unterfangen in diesem Durcheinander. Aber mach dir keine Sorgen, wenn die Torte angeschnitten oder der Ball eröffnet wird, muss Vivy wieder auftauchen. Dann kann sie uns nicht mehr entfliehen.« Cesco lächelte sie an, doch Chiara lächelte nicht zurück. Sie war unruhig. Plötzlich war auch Cesco verschwunden. Chiara drehte sich um und fand ihn einige Meter entfernt im Gespräch mit Gerry. Aber wer war der große, elegant gekleidete Mann hinter ihnen? Sie starrte ihn neugierig an, in der Hoffnung, dass er sich umdrehte, so wie sie es als Kind oft erlebt hatte. Wenn sie damals fest an jemanden gedacht hatte, passierte es oft, dass gerade dieser Mensch kurze Zeit später anrief. »Mit Magie hat das nichts zu tun«, hatte ihr viele Jahre später ihr Medium Danka erklärt. »Telepathie ist eine Form der Kommunikation, die sich durch die physische Struktur des Universums erklären lässt und die den Regeln von Anziehung und Resonanz gehorcht. Die Basis der Materie bildet eine einzige psychische Dimension, eine Art universelles Bewusstsein, aus der jede Synchronität und alle Gedanken entspringen. In dieser kosmischen Matrix sind wir alle präsent und alle miteinander verbunden.«

Das Experiment funktionierte auch dieses Mal. Der Mann drehte sich ganz kurz um. Chiara lief es kalt den Rücken herunter. Sie glaubte ihn zu kennen, aber die Zeit war zu kurz, um sicher zu sein. So lange sie konnte, folgte sie ihm mit ihren Blicken. Zielstrebig ging er in Richtung Villa. Unmöglich. Er konnte es nicht sein. Einen solchen Menschen würde Vivy Sannazzaro nie einladen. Aber wenn es wirklich Franco Spargi war, dann musste zwangsläufig auch Amanda Soleri hier sein. »Wahrscheinlich eine Vision«, dachte sie.

Marco Tonioli faltete den Brief wieder zusammen und ließ sich ungläubig in den dunklen Ledersessel im Büro der Baronessa fallen. Ihm gegenüber stand Bruno Velati, der ähnlich verwirrt war. »Wie spät ist es?«, fragte er besorgt.

»Elf, in einer Stunde wird die Torte serviert. Wir können sie jetzt nicht stören, außerdem habe ich meinen Jungs gesagt, sie sollen alle Videoaufzeichnungen durchgehen. Ich kann es einfach nicht glauben.«

»Was kannst du nicht glauben, Marco?« Die Stimme der Baronessa erschreckte die beiden Männer zu Tode. Keiner hatte sie hereinkommen hören, vor allem hatte keiner mit ihr gerechnet. Tonioli sprang auf, ließ den Brief in der Tasche verschwinden, während Velati ein missglücktes Lächeln aufsetzte.

»Baronessa …«

»Ich möchte etwas für die Marchesa Baldi holen. Was ist denn los?« Vivy war die Anspannung der beiden nicht entgangen. »Also, wer von euch sagt es mir?«

Tonioli suchte Blickkontakt mit Velati, der kurz nickte. Dann zog er den Brief wieder aus der Tasche. Die Baronessa erbleichte: »Noch einer!«

»Ja, jemand hat ihn mir in die Jackentasche gesteckt. Ich habe keine Ahnung, wie das passieren konnte. Aber machen Sie sich keine Sorgen, der Wachdienst arbeitet schon daran.«

Vivy setzte die Brille auf. Die Nachricht bestand aus zwei Sätzen in Großbuchstaben, die man aus einer Zeitung ausgeschnitten hatte: »DU WILLST EINEN TOTEN? DU SOLLST IHN HABEN.«

Aufgebracht zerknüllte Vivy den Brief und schleuderte ihn auf den Boden. »Das muss einer der Gäste gewesen sein«, zischte sie, während Tonioli das Papierknäuel wieder aufhob. »Oder einer der Angestellten«, gab er zu bedenken, glättete den Brief und steckte ihn wieder ein.

»Wie dem auch sei, Marco, hier gibt es einen Verräter, das ist völlig klar.«

Tonioli schwieg. Velati kam ihm zu Hilfe: »Wer immer es ist, wir werden ihn finden. Er hat keine Chance. Die Videokameras erfassen jeden Winkel, und der Sicherheitsdienst wurde weiter verstärkt.«

Vivy war am Ende ihrer Kräfte. Die Begegnung mit Smeralda Mangano hatte sie aufgewühlt, und schon kam der nächste Schlag. Sie wirkte schutzlos und zerbrechlich, wie sonst nur in ganz privaten Momenten.

»Sammeln Sie Ihre Kräfte, Baronessa, und machen Sie einfach weiter, als sei nichts gewesen. Tun Sie es für Lupo.«

»Machen Sie sich keine Sorgen. Das Fest wird weitergehen, ohne dass etwas Schlimmes geschieht«, versuchte Tonioli sie aufzumuntern und strich ihr dabei sanft über den Arm.

Zurück an ihrem Tisch, hatte Vivy ein halbwegs überzeugendes Lächeln aufgesetzt. Die Routine der vielen Jahre im Rampenlicht der Gesellschaft kam ihr jetzt zugute. Sie brauchte eine Aufmunterung, deshalb griff sie nach ihrem Glas, prostete ihren Gästen zu und nahm einen großen Schluck. Der Rest des Essens zog an ihr vorbei, ohne dass sie irgendetwas davon wahrgenommen hätte. Um Mitternacht erloschen die Lichter, und Cesco de' Razzi bat die Gäste, sich um die im Zentrum des Parkes aufgebaute Tanzfläche zu versammeln. Der Höhepunkt des Abends stand bevor: Angeführt von einem Diener in einem Kostüm aus dem fünfzehnten Jahrhundert, der eine Fackel in der Hand hielt, trugen sechs gleichermaßen kostümierte Kellner einen Tisch zur Tanzfläche, auf dem eine kunstvoll gestaltete dreifarbige Torte thronte: rot, weiß, gold. Applaus brandete auf. Die Fotografen drängten Vivy Sannazzaro, sich mit ihren Ehrengästen neben der Torte zu postieren. Cesco und Gerry hatten an alles gedacht und die entsprechenden Personen bereits um sie gruppiert. Gerührt verfolgte Cesco die Szene. Zum Glück hatte Smeralda Mangano das Fest bereits verlassen. Sie hatte ihn gebeten, sie bei Professore Principini wegen einer plötzlichen Unpässlichkeit zu entschuldigen. Auch Gerry klatschte begeistert. Alles lief wie am Schnürchen, von dem kurzen Auftritt der Mangano einmal abgesehen.

Während die Baronessa am Arm von George Clooney für die Fotografen posierte, war es Chiara gelungen, sich bis ganz nach vorn durchzuschlängeln. Sie wartete, bis sich die Baronessa von dem Hollywoodstar verabschiedet hatte, und ging dann auf sie zu. Doch die Distanz schien, statt kleiner, mit jedem Schritt größer zu werden. Auch die Kulisse hatte sich mit einem Schlag verwandelt. Sie standen nicht mehr auf der Tanzfläche, sondern in dem Keller, den Chiara schon kannte. Vivy Sannazzaro verharrte reglos am Fuße der Kellertreppe und sah sie mit den unschuldigen Augen eines Kindes an. Chiara erwiderte den Blick, doch noch bevor sie reagieren konnte, züngelte eine Stichflamme von der Decke und verschlang die Baronin. »Feuer!«, schrie Chiara, ihre Augen waren blind vom Rauch. Während die Kulisse erneut wechselte, konnte sie schemenhaft erkennen, wie die Baronin umgeben von lodernden Flammen die Torte anschnitt. Dann fiel sie in Ohnmacht.

Am nächsten Morgen erwachte Vivy mit fürchterlichen Kopfschmerzen. Die Nacht war schrecklich gewesen. Gegen drei war sie aufgestanden, um ein Glas Wasser zu trinken. Dann hatte sie sich wieder hingelegt, aber noch immer nicht einschlafen können. Zwar war das Fest ein voller Erfolg gewesen und ohne den angedrohten Toten zu Ende gegangen, aber man konnte weiß Gott nicht sagen, dass alles reibungslos abgelaufen war. Wie war es Smeralda Mangano gelungen, die strengen Sicherheitsvorkehrungen zu umgehen? Wer war noch durch das Sicherheitsnetz geschlüpft? Die Baronessa war mit einer schrecklichen Wahrheit konfrontiert worden, für die sie noch keine Beweise hatte. Zu allem Überfluss war ein weiterer anonymer Brief aufgetaucht und die Journalistin von Telestella in Ohnmacht gefallen. Wie hatte sie in all diesem Chaos bis zum Schluss ihre Nerven im Griff halten können? Während Signora Bonelli vom Notarzt versorgt worden war, hatte sie die Torte angeschnitten und den Ball eröffnet.

»Baronessa, hier sind die Zeitungen«, sagte Alfredo und stellte das Frühstückstablett auf den Schreibtisch. »Signor de' Razzi möchte Sie gerne sprechen.«

Vivy fuhr sich rasch durch die Haare und zupfte den Morgenmantel zurecht, dann ließ sie ihn hereinbitten.

»Meine Liebe, lass mich dir als Erstes sagen, dass du eine wunderbare Gastgeberin bist.« Cesco küsste sie auf beide Wangen.

»Schade nur, dass das nicht gereicht hat«, kommentierte Vivy und verzog das Gesicht.

Cesco warf einen Blick auf die Schlagzeilen der Zeitungen. »Die Stiftungsfeier ist *der* Aufmacher!«, schwärmte er enthusiastisch, bevor er Platz nahm und etwas weniger enthusiastisch hinzufügte: »Und natürlich auch ihre Randerscheinungen.«

Vivy seufzte.

»Aber sehen wir es doch mal positiv. So ein sensationelles Programm hätten wir niemals planen können! Ein gefundenes Fressen für die Presse. Alle sprechen über dich, und das ist es doch, was zählt.«

»Mag sein. Allerdings hätte ich ein Medienecho ohne Skandale vorgezogen.«

»Aber unsere Gesellschaft braucht Sensationen. Popularität hat ihren Preis.«

»Die Welt ist eine andere geworden«, sagte Vivy traurig.

Dann klopfte es an der Tür.

»Herein.«

»Besuch für Sie. Signorina Mangano.«

Als Alfredo sagte, die Baronessa erwarte sie im Wohnzimmer, überlief es Smeralda heiß und kalt. Endlich war der Moment gekommen. Auch wenn sie gewollt hätte, jetzt gab es kein Zurück mehr. Sie folgte dem Diener und ballte die Fäuste, um sich Mut zu machen.

Als Smeralda in Jeans und T-Shirt den Raum betrat, glaubte Vivy ihren Augen nicht zu trauen. Das sollte die provokant gekleidete Diva von gestern Abend sein? Ohne Schminke und Highheels, die Haare zu einem schlichten Pferdeschwanz gebunden, sah sie aus wie ein junges Mädchen. »Buongiorno, Baronessa. Danke, dass Sie mich empfangen.« Smeralda schlug schüchtern die Augen nieder und blieb mitten im Raum stehen.

Nachdem Vivy ihren Gast von oben bis unten gemustert hatte, bat sie die junge Frau, ihr gegenüber auf dem Sofa Platz zu nehmen. Ihr Körper war stocksteif, und ihre Schultern schmerzten, als ob Backsteine auf ihnen lasten würden. »Ich möchte vorwegnehmen, Signora Mangano, dass ich mir keine Lügen über meinen Sohn anhören werde«, sagte sie bestimmt. »Was auch immer Sie mir sagen wollen, Ihr Wort allein genügt mir nicht.«

»Ich verstehe.«

»Sehr gut. Für den Fall, dass Sie keine Beweise für das haben, was Sie vorbringen, brauchen Sie also gar nicht erst anzufangen.«

Smeralda biss sich auf die Lippe. Zögernd begann sie.

»Ich könnte den Körper Ihres Sohnes Zentimeter für Zentimeter beschreiben. Aber das dürfte wohl kaum genügen, um Sie davon zu überzeugen, dass wir uns sehr nahestanden ...«

»Ersparen Sie mir bitte die Details«, fiel ihr Vivy ins Wort. Dieses Mal ließ Smeralda sich nicht einschüchtern. »Nein, bitte, lassen Sie mich weitersprechen. Ich könnte Ihnen von

Lupos Leberfleck an der Leiste erzählen. Als er ein Kind war, haben Sie immer gesagt, der Fleck sei das Zeichen für den Regenbogen, der bei seiner Geburt am Himmel stand.«

Vivys Augen füllten sich mit Tränen.

»Und dass er nur seiner großen Liebe von diesem Geheimnis erzählen sollte.«

»Das beweist gar nichts«, sagte Vivy mit einem Kloß im Hals.

»Die konkreten Beweise, die Sie von mir fordern, habe ich nicht, aber ich kann Ihnen die Wahrheit sagen. Die ganze Wahrheit über Lupos Tod.«

Bei diesen Worten wurde Vivy leichenblass, die Konturen des Zimmers verschwammen vor ihren Augen. »Was wollen Sie damit sagen?«, flüsterte sie.

»Lupo ist nicht bei einem Autounfall umgekommen.«

Vivys Hände umklammerten die Sessellehne. »Wie bitte?«

»Ihr Sohn wurde ermordet. Es tut mir leid, dass ich Ihnen das so brutal ins Gesicht sagen muss, aber es ist die Wahrheit.«

»Fahren Sie fort.«

»Es war die Mafia.« Smeralda hielt kurz inne. Sie wollte der Baronessa nicht weh tun, aber sie wusste, dass sie alles erzählen musste: »Lupo hatte hohe Spielschulden. Doch er wollte Sie um keinen Preis enttäuschen, daher versuchte er, das Problem auf eigene Faust zu lösen. Er hat sich bei Wucherern Geld geliehen. Ich habe ihm gesagt, er solle mit Ihnen sprechen, aber Lupo wollte nicht, dass sich seine Mutter für ihn schämte.«

Vivy atmete geräuschvoll ein und aus und versuchte die Fassung zu bewahren. Ihr Gesicht war starr wie eine Maske. Trotzdem begannen die Tränen zu fließen, langsam, aber unaufhörlich. Sie kam sich vor wie Niobe, die Gemahlin des Königs von Theben, die nach dem Tod ihrer Kinder, die von der

Göttin Leto ermordet worden waren, vor Schmerz erstarrte und von den Göttern in einen Felsen verwandelt wurde.

»Ich werde Ihnen sagen, wer ich bin«, fuhr Smeralda fort. Es fiel ihr schwer, die Tränen der alten Dame zu ignorieren. »Bevor ich nach Mailand gekommen bin, um Schauspielerin zu werden, war ich Prostituierte in Palermo. Dort hat Lupo mich auch kennengelernt.« Bei dem Wort Prostituierte war die Baronin zusammengezuckt. »Er hat sich trotzdem in mich verliebt. Und in Mondello haben wir uns unserer Liebe hingegeben. Diese Tagen waren die schönsten meines Lebens.« Jetzt weinte auch sie.

Die Baronin schwieg. Sie hielt die Hände in ihrem Schoß verschränkt und presste die Finger so fest aneinander, dass es weh tat, um sich von ihrem seelischen Schmerz abzulenken. Die beiden Frauen weinten still, vereint in ihrem Leid. Mit großer Mühe sprach Smeralda weiter: »Nach Lupos Tod erfuhr ich, dass der Mord von einem Mann in Auftrag gegeben worden war, der enge Verbindungen zur Mafia hatte, einem Mann, den ich gut kannte. Lupo sagte immer, dass er sich von diesen verdammten Wucherern niemals einschüchtern lassen würde. Und seine Exekution sollte eine Abschreckung für all jene sein, die nicht gehorchen wollten. Ich habe ihnen Rache geschworen, denn ich wusste Bescheid. Ich wusste alles.«

Smeralda blickte zu Vivy hinüber, voller Mitleid für diese alte zerbrechliche Frau, die alles versuchte, um sich gegen eine kaum zu ertragende Wahrheit zu wehren. Aber sie bemitleidete auch sich selbst, weil sie viel zu lange geschwiegen hatte. »Baronessa, ich fürchte, ich muss Ihnen noch etwas sagen, das Ihnen sehr weh tun wird.«

Vivy presste die Augen fest zusammen und wartete auf den nächsten Schlag.

»Kurz nach Lupos Tod stellte ich fest, dass ich schwanger

war. Erst da habe ich begriffen, dass es ein großer Fehler war, seinen Mördern zu drohen. Ich dachte doch, ich hätte nichts mehr zu verlieren … und plötzlich war da dieses Leben in mir.«

Die Baronessa starrte sie atemlos an.

»Ich wurde während der gesamten Schwangerschaft gefangen gehalten, und als die Zwillinge geboren wurden, haben sie sie mir weggenommen. Als Faustpfand für mein Schweigen. Seitdem habe ich meine Kinder nie wiedergesehen.« Smeralda schlug sich die Hände vors Gesicht und brach in haltloses Schluchzen aus.

Alle Härte war aus Vivys Gesicht gewichen. Mit zitternden Beinen stand sie auf, setzte sich neben Smeralda auf das Sofa und nahm sie fest in den Arm: »Weine nur. Weine, so lange du willst.« Sanft presste sie den Kopf der jungen Frau an ihre Brust und weinte mit ihr zusammen, so lange, bis sie einfach keine Kraft mehr hatte. Erst dann entspannte sich ihr Körper, und die Last auf ihre Schultern war verschwunden.

Chiara erwachte gegen acht. Sie hatte in einem kleinen mittelalterlichen Dorf übernachtet, etwa zehn Kilometer von der Villa Sannazzaro entfernt. Gilla hatte sie sofort nach der Party mit dem Auto zu einem Gasthof gebracht. Chiara hatte sich zwar gewehrt, aber Gilla war hart geblieben. »Keine Widerrede, Chiara, nach allem, was passiert ist, setzt du dich nicht mehr ans Steuer. Hast du nicht gehört, was der Arzt gesagt hat? Du brauchst Ruhe.« Dann hatte sie Chiara auf ihr Zimmer begleitet. Letztendlich kam es ihr ganz gut zupass, die Nacht in der Nähe des Weinguts zu verbringen: eine gute Gelegenheit, am nächsten Morgen noch einmal mit der Baronin zu sprechen.

Ihr Zimmer war einfach eingerichtet und spartanisch möbliert, aber es hatte ein großes Fenster, durch das man auf die Felder blicken konnte. Sie war von Vogelgezwitscher und dem schüchternen Licht der Morgensonne geweckt worden, das durch die Ritzen der Rollläden drang. Sie öffnete einen Moment das Fenster, um die frische Luft hereinzulassen, genoss die Aussicht und war glücklich. Genau wie das erste Mal, als sie Venzy, ihren Schwiegervater in spe, auf dem Land besucht hatte. Sie fühlte sich ein wenig wehmütig, aber dann dachte sie daran, dass Paolo bald aus New York zurückkommen würde und sie gemeinsam seinen Vater besuchen könnten. In aller Ruhe machte sie sich frisch und zog sich an. Trotz des anstrengenden Festes fühlte sie sich gut, was sie ein wenig wunderte, denn normalerweise war sie nach Visionen immer ziemlich geschwächt, vor allem, wenn sie stark und wiederkehrend waren.

Da es für einen Besuch bei der Baronessa noch zu früh war, entschied sie sich nach dem Frühstück, einen Spaziergang durch das Dorf zu machen. Als sie durch die schmalen gepflasterten Gassen schlenderte, wurden Erinnerungen wach: das Plätschern des Brunnens auf dem Dorfplatz, die Gespräche der alten Männer vor der Bar und das Rascheln der Blätter der stattlichen Bäume. Ein wohltuender Kontrast zur Hektik der Stadt. Plötzlich mischte sich ein störender Beigeschmack in ihre Gedanken. Chiara war gerade an der alten Kirchentür vorbeigegangen, als sie wieder die Flammen vor sich sah, die die Baronin verschlungen hatten. Auch wenn es nur eine Erinnerung war, Chiara war verwirrt: Das Bild war genauso lebendig gewesen wie eine Vision. Sie durfte nicht mehr länger warten. »Wenn sich die gleiche Vision mehrmals wiederholt und sich in die Träume und die Erinnerungen drängt, dann ist jemand in Gefahr. Denk an das universelle Bewusstsein, auf dem sich die Welt aufbaut, genau wie das menschliche Gehirn.

Es besteht kein Unterschied zwischen Handlungen und Gedanken, zwischen Vorstellung und Realität. Alles findet auf der gleichen Ebene statt«, hatte ihr Danka erklärt. Die Gefahr war nah, sie konnte sie spüren. Sie musste die Baronessa warnen. Ohne zu zögern, eilte sie zum Gasthof, setzte sich ins Auto und fuhr zur Villa Sannazzaro.

Alfredo teilte ihr mit, dass die Baronessa bereits einen anderen Gast habe und nicht gestört werden wolle. Chiara insistierte: »Sagen Sie ihr, es sei dringend.« Der Diener setzte ein zweites Mal zu einer Erklärung an, doch Chiara war fest entschlossen, nicht nachzugeben. »Warten Sie hier«, sagte er schließlich und ging.

»Baronessa, entschuldigen Sie die Störung, aber eine Frau will Sie unbedingt sprechen.«

»Alfredo, ich habe dir bereits gesagt, dass ich nicht gestört werden möchte.« Vivy saß noch immer neben Smeralda und hielt ihre Hand, aber beide hatten ihre Fassung wiedergewonnen.

»Ich weiß, aber sie sagt, es sei äußerst dringend.«

»Ich denke, ich habe mich klar ausgedrückt.«

Alfredo zog sich leise zurück und stieß fast mit Chiara zusammen, die im Nebenzimmer wartete. »Es geht jetzt nicht«, sagte er, doch Chiara war bereits an ihm vorbeigeschlüpft.

»Entschuldigen Sie, Baronessa, wenn …«, Chiara stutzte, Smeralda Mangano hatte sie hier nicht erwartet. »Entschuldigen Sie, wenn ich ohne Erlaubnis hier hereinplatze, aber ich muss Sie unbedingt sprechen.« Dabei bemühte sie sich, Smeralda Mangano nicht in die Augen zu blicken.

»Baronessa, hören Sie nicht auf sie! Die Frau ist eine Journalistin. Sie hat in meinem Privatleben herumgewühlt und mich vor der Öffentlichkeit bloßgestellt!«

Vivy wandte sich an Chiara: »Sie sind doch die Dame, die gestern auf dem Fest ohnmächtig geworden ist.«

»Ja, mein Name ist Chiara Bonelli.«

»Und sie ist Moderatorin dieser schrecklichen Sendung auf Telestella«, Smeralda gab nicht auf.

Chiara wurde klar, dass sie Smeralda Mangano nicht einfach ignorieren konnte, auch wenn sie das gerne getan hätte. Im Grunde schuldete sie ihr eine Erklärung. »Smeralda, was in der Sendung passiert ist, tut mir leid. Ich versichere Ihnen, dass ich Ihnen nicht schaden wollte.«

»Ihre Entschuldigungen nützen mir jetzt auch nichts mehr. Es ist mir egal, von wem Sie Informationen über mein Privatleben gekauft haben. Auch wenn ich es mir vorstellen kann ...«

»Niemand hat mir etwas verkauft!«

»Sie müssen mich nicht anlügen. Außerdem ist das jetzt ohnehin bedeutungslos.«

»Ich habe von Ihrer Schwangerschaft nicht durch andere Personen erfahren, das müssen Sie mir glauben.«

Smeralda sah sie zögernd an. Etwas in den Augen der Journalistin sagte ihr, dass sie aufrichtig war.

»Sie müssen mir glauben, Smeralda. Und auch Sie, Baronessa. Ich weiß, das ist schwer zu verstehen, vielleicht sogar unmöglich, aber ich habe die Schwangerschaft *gesehen.*«

Die beiden Frauen starrten sich entgeistert an.

Chiara atmete tief durch. Sie hatte keine andere Wahl, sie musste ihnen alles erzählen. Auch wenn das unabsehbare Konsequenzen haben konnte.

»Manchmal«, begann sie zögernd, »kann ich Dinge sehen, die geschehen sind oder noch geschehen werden. Diese Gabe habe ich seit meiner Kindheit.«

»Wollen Sie damit sagen, Sie sind so etwas wie eine Hexe?«, fragte die Baronin irritiert.

»Nein, nein. Das hat nichts mit Okkultismus zu tun, es handelt sich um eine übersinnliche Fähigkeit. Einige Menschen bekommen diese Gabe in die Wiege gelegt, andere erwerben sie im Laufe ihres Lebens, nach einem einschneidenden Erlebnis zum Beispiel. Bei mir ist die Fähigkeit angeboren. Ich habe mit meinem inneren Auge gesehen, wie Smeralda Zwillinge zur Welt gebracht hat. In meiner Vision war alles mit einer roten Staubschicht bedeckt. Danach ist etwas Furchtbares mit den Kindern geschehen.«

Smeralda zitterte. »Sprechen Sie weiter.«

Chiara zögerte, was jetzt kam, war entsetzlich. Sollte sie von den beiden Hunden erzählen, die einem der beiden Kinder den Kopf abgebissen hatten?

»Was passierte dann?«, drängte Smeralda.

»Jemand hat Ihnen die Kinder weggenommen.«

Smeralda schlug die Hände vors Gesicht. »Mein Gott«, flüsterte sie mit zitternder Stimme, sie war totenblass, »das alles ist wahr. Alles, alles ist wahr.« Dann versagte ihr die Stimme.

Vivy zog sie an sich und strich ihr sanft übers Haar, obwohl sie selbst am Ende ihrer Kräfte war.

»Ja, Smeralda, das ist die Wahrheit.« Chiara wartete, bis die junge Frau die ganze Tragweite ihrer Worte erfasst hatte. Dann sah sie Vivy Sannazzaro an. »Und ich habe etwas gesehen, das Sie betrifft, Signora.«

»Etwas Schlimmes?« Vivy war verängstigt. Aber sie brauchte keine Antwort, Chiaras Augen sprachen Bände.

»Ein Brand. Jemand will Ihnen schaden, mehr kann ich Ihnen leider auch nicht sagen. Sie müssen sofort Ihre Sicherheitsvorkehrungen verstärken. Und immer jemanden bei sich haben.«

Vivy hörte das Blut in ihren Ohren rauschen.

»Vielleicht erscheint Ihnen das alles absurd, aber …«

»Nein. Ich bitte Sie, erklären Sie mir genau, was Sie gesehen haben.«

Chiara schluckte und sah ihr direkt in die Augen. Wo sollte sie anfangen? Oder besser: Was durfte sie der Baronessa offenbaren, ohne sie zu sehr zu verunsichern? Bevor sie etwas sagen konnte, begann Vivys Handy auf dem Schreibtisch zu vibrieren. Die drei Frauen sahen sich ängstlich an, dann stand Vivy entschlossen auf, trat zum Schreibtisch und nahm den Anruf entgegen. »Pronto? Wer spricht?«, ihre Stimme zitterte.

Ein paar Sekunden später bellte am anderen Ende eine verstellte Stimme: »Hast du die Nachricht bekommen? Willst du wirklich einen Toten? Den kannst du haben, wenn du nicht zahlst!«

Vivy ließ das Telefon fallen und krallte sich mit beiden Händen am Schreibtisch fest.

»O mein Gott, sie bricht zusammen!« Smeralda sprang auf und half ihr, sich aufs Sofa zu legen. Chiara rief nach Alfredo.

»Die Blutdrucktropfen, schnell!«, keuchte Vivy.

Alfredo brachte eilig die Tropfen und ein Glas Wasser. »Die Baronessa leidet unter abruptem Blutdruckabfall, aber mit den Tropfen erholt sie sich schnell wieder« erklärte er und gab fünfzehn Tropfen ins Wasser. Nach einigen Minuten ging es der Baronin tatsächlich besser und sie bat Alfredo, Marco zu holen.

In der Zwischenzeit hatte Chiara das Handy aufgehoben und die Nummer des Anrufers kontrolliert. Unbekannter Teilnehmer.

»Baronessa, wer war das am Telefon?«

Vivy schüttelte nur den Kopf: »Diese Schwierigkeiten habe ich seit meiner Kindheit. Jedes Mal, wenn ich zu schnell aufstehe oder besonders erschöpft bin ... Ich bitte Sie, Chiara, bleiben Sie noch einen Tag. Jetzt brauche ich etwas Ruhe. Aber ich würde unser Gespräch gerne fortsetzen.«

»Das würde ich wirklich gerne tun, Baronessa, aber heute Nachmittag schneiden wir die Sendung über die gestrige Party.« Auf Vivys Gesicht erschien ein melancholisches Lächeln. »Wer weiß, ob Lupo das von da oben gutheißen würde?«

»Dessen bin ich mir sicher. Sie werden sehen, das wird eine sehr schöne Sendung. Aber Sie müssen mir eines versprechen: Intensivieren Sie sofort die Sicherheitsvorkehrungen und seien Sie äußerst vorsichtig.«

»In Ordnung«, seufzte Vivy und wandte sich dann an Smeralda. »Bitte bleiben Sie noch.«

»Wenn Sie das möchten ...«

»Sie müssen, wir haben noch so vieles zu besprechen ...«

»Ich werde heute Mittag wiederkommen, wenn Sie sich ausgeruht haben.«

»Versprochen?«

»Versprochen, Baronessa«, Smeralda lächelte die alte Dame schüchtern an und drückte ihre Hand.

Chiara musste sie nur ansehen, um zu wissen, dass zwischen den beiden eine besondere Verbindung bestand. Sie erschauderte: Beide Frauen waren in höchster Gefahr, und sie fühlte sich verantwortlich. »Smeralda, was auch immer passiert, ich bin für Sie da.« Chiara reichte ihr ihre Visitenkarte. »Ich weiß, dass Sie im Augenblick viele andere Schwierigkeiten haben, die Sie davon abhalten, die Vergangenheit zu begraben ...«

Bei diesen Worten spürte Smeralda erneut die Tränen in sich aufsteigen. Die Journalistin hatte recht, sie würde sich nie von Scila und Vituzzu Santannas Rache befreien können. Nie wieder würde sie ihre Kinder in die Arme schließen. Sie nahm die Visitenkarte und steckte sie in die Tasche. Dann küsste sie die Baronessa auf beide Wangen und verließ das Haus.

»Hier ist auch eine für Sie.« Chiara reichte der Baronessa ihre Karte. »Wann auch immer Sie etwas Seltsames bemerken, egal, ob bei Tag oder bei Nacht, rufen Sie mich an.«

»Ich danke Ihnen, Signora Bonelli.«

Als Vivy ihr die Karte aus der Hand nahm, berührten sich ihre Finger leicht, und schon glitt Chiara ins Reich der Visionen. Alles verschwamm vor ihren Augen.

»Es geht wieder los«, dachte sie. Ihre Hand war noch immer mit der der Baronessa verbunden, als plötzlich der Edelmann aus dem achtzehnten Jahrhundert aus dem Nebel auftauchte. Er trug die Baronessa auf den Armen. Chiara hatte keinen Zweifel mehr. Ohne es zu merken, sagte sie mit klarer und deutlicher Stimme: »Der Mann aus dem 18. Jahrhundert wird Ihnen helfen. Vertrauen Sie auf seine Worte, sie werden Ihnen den richtigen Weg weisen.«

Vivy starrte Chiara an, dann packte sie sie an den Schultern und schüttelte sie: »Der Mann aus dem achtzehnten Jahrhundert? Was wissen Sie von ihm?«

12

»Der Notarztwagen ist unterwegs!« Der Sicherheitsbeamte Fabio Cesini beugte sich über den leblosen jungen Mann, den Marco Tonioli zusammen mit zwei weiteren Kollegen aus den Flammen gezogen hatte.

»Er hätte den Tod verdient«, sagte Tonioli. In der Hand hielt er den Ausweis, den er aus der Brieftasche des jungen Mannes gezogen hatte.

»Alberto Buzzi, du hast deinen Eltern einen schönen Dienst erwiesen. Nicht nur, dass du dich in den Drogensumpf hast ziehen lassen, jetzt wirst du auch noch wegen Brandstiftung im Knast landen.« Er sah aufmerksam in das blasse, rauchgeschwärzte Gesicht eines jungen Mannes mit Rastalocken, der vor der Zeit gealtert schien. Aus dem halbgeöffneten Mund ragten zwei faulige Zahnstummel.

»Sind Sie sicher, dass das unser Mann ist, Chef?«, fragte Cesini, der versuchte, sich mit dem Hemdsärmel den Ruß aus dem Gesicht zu wischen, Brandgeruch lag in der Luft.

Tonioli reagierte gereizt: »Was glaubst du denn? Reichen ein Feuerzeug, ein Benzinkanister und zerrissenes Zeitungspapier als Beweis nicht aus?«

»Er war noch nicht mal zwanzig«, meinte Cesini traurig.

»Dreiundzwanzig«, verbesserte Tonioli, nachdem er einen Blick auf den Ausweis geworfen hatte. »Mehr als einmal hat die Baronessa seiner Familie finanziell unter die Arme gegriffen. Kannst du dir vorstellen, wie sie das treffen wird, wenn sie erfährt, wer der Verräter war?« Tonioli stupste mit dem Fuß Albertos Arm an, doch der reagierte nicht. Dann drehte er sich um. Zum Glück hatten seine Leute das Feuer im Griff. Die Flammen waren gegen zwei Uhr nachmittags aus den Fenstern des Magazins 4 geschlagen, als die Arbeiter gerade in der Mittagspause waren. Sofort war der Alarm ausgelöst worden, und Toniolis Männer hatten schnell eingreifen können. Trotzdem hatte es mehr als eine Stunde gedauert, bis sie das Feuer unter Kontrolle gebracht hatten. Die Flammen hatten mehrere wertvolle Barrique-Fässer und einige Maschinen zerstört, das ganze Ausmaß der Schäden war noch nicht abzusehen. Zum Glück war außer dem Brandstifter selbst niemand verletzt worden.

Als die Sirenen der Ambulanz zu hören waren, schob Tonioli den Ausweis wieder in die Brieftasche und steckte sie in Buzzis Hosentasche zurück. »Mach du das, Fabio, ich sage inzwischen der Baronessa Bescheid.«

»Danke, Marco. Bitte informiere mich sofort, wenn es etwas Neues gibt. Die Sache bleibt im Augenblick noch unter uns.« Vivy legte auf. Sie seufzte. Auch wenn sie inzwischen zu zittern aufgehört hatte, beruhigt war sie noch lange nicht. Nur wenige Stunden zuvor hatte Chiara Bonelli den Brand vorhergesagt, vor dem Vivy durch einen Edelmann gerettet werden sollte. Und tatsächlich: In dem Augenblick, als das Feuer ausbrach, war sie zwar im Büro gewesen, sie hätte aber genauso gut in Magazin 4 sein können. Gianni Buzzi, Albertos Vater, der seit mehr als fünfzehn Jahren für sie arbeitete, hatte sie gebeten, nach den Barrique-Fässern zu sehen. Vivy wollte das gleich nach dem Mittagessen erledigen, hatte sich aber dann an Chiaras seltsame Worte erinnert. »Der Mann aus dem 18. Jahrhundert wird Ihnen helfen. Vertrauen Sie auf seine

Worte, sie werden Ihnen den richtigen Weg weisen.« Aus diesem Grund hatte sie noch mal einen Blick auf Volfango d'Altinos verschlüsselte Hinweise über den Schatz werfen wollen und war wie immer so sehr in die Lektüre vertieft gewesen, dass sie alles andere vergessen hatte. Dann hatte sie plötzlich die Flammen in den Himmel züngeln sehen und aufgeschrien, während die Alarmsirenen schrillten. Zitternd und betend hatte sie die Rettungskräfte vom Balkon des Wohnzimmers aus beobachtet. Jetzt war die Gefahr zwar vorbei, aber die Angst war geblieben, gemischt mit einer seltsamen Unruhe, die sie nicht näher benennen konnte. Oder traute sie sich einfach nicht, diesem Gefühl einen Namen zu geben? Und wenn Chiara Bonelli recht hatte? Wenn es tatsächlich Volfango gewesen war, der sie vor dem Feuer gerettet hatte?

»Ihr Kamillentee, Baronessa«, Alfredo stellte das Tablett auf den Tisch. »Signorina Mangano ist da, sie sagt, sie hätten heute Mittag eine Verabredung.«

»Ja, sie soll hereinkommen.«

»Baronessa, ich habe von dem Brand gehört ...«, Smeralda wirkte erschüttert.

»Ja, es ist ein Wunder, dass niemand zu Schaden gekommen ist.« Über die genauen Umstände sprach Vivy nicht.

»Wissen Sie, als ich davon gehört habe ...«

»Nicht zu glauben, oder?«, die Baronessa lächelte, »Ich habe es auch erst nicht wahrhaben wollen. Ich bin ein Vernunftmensch, von übersinnlichen Phänomenen, die schon in den sechziger Jahren en vogue waren, halte ich rein gar nichts, aber da waren Sie noch nicht mal geboren. Ich hielt mich immer für stark genug, um auch ohne Magie durchs Leben zu kommen, und dachte, ein starker Wille und eine Prise Glauben würden es auch tun. Aber jetzt? Mein Weltbild ist zerstört.«

Sie seufzte tief. »Heute Morgen habe ich Sie gebeten, mir konkrete Beweise für Ihre Geschichte zu liefern. Bis vor kurzem hätte ich auch darauf bestanden, sie zu bekommen. Und wer weiß, vielleicht hätte ich Sie sogar rauswerfen lassen, wenn Sie dazu nicht bereit gewesen wären.«

Smeralda nickte und hielt den Kopf gesenkt.

»Jetzt will ich nur eines wissen.«

»Alles, was ich Ihnen gesagt habe, ist wahr. Meine Kinder sind Ihre Enkel, das schwöre ich.«

»Wenn es so ist, und ich glaube Ihnen, müssen Sie mir sagen, wer Ihnen die Kinder genommen hat.« Die Baronin sah die Angst in Smeraldas Augen.

»Diese Leute sind äußerst gefährlich. Ich kann nicht auch noch Ihr Leben in Gefahr bringen, Baronessa. Ich flehe Sie an, fragen Sie nichts, worauf ich Ihnen keine Antwort geben kann.«

»Ich habe mein Leben gelebt. Und ich glaube, es ist inzwischen weniger wert als das meiner Enkel. Ich habe einflussreiche Kontakte, ich kann Ihnen helfen. Sie müssen mir nur vertrauen.«

Smeralda lief es kalt den Rücken herunter.

»Auch ich weiß, was es heißt, in Angst zu leben, Smeralda.« Vivy erhob sich und ging zum Schreibtisch. Smeralda verfolgte atemlos jeden ihrer Schritte. »Sie werden uns beide töten, Baronessa, diese Leute kennen keine Gnade.«

Vivy zog eine Schublade auf und nahm mehrere Blätter heraus. »Sie sind nicht die Einzige, die erpresst wird«, sagte sie und hielt Smeralda die Briefe hin.

Die Schauspielerin las den ersten: DU WILLST EINEN TOTEN? DU SOLLST IHN HABEN.

»Mein Gott!« Die Drohung war aus einzelnen Druckbuchstaben zusammengesetzt, die aus Zeitungen ausgeschnitten worden waren. Genau wie bei den Briefen, die sie bekommen hatte. Auch wenn es absurd schien, konnte sie sich doch nicht von dem Gedanken lösen, dass alle Briefe den gleichen Absender hatten. »*Avi a ghittari sanghi!* Sie sollen verrecken, die elenden Hunde! *Abbuccàricci 'u vrodu te fazzu*! An ihrem eigenen Dreck sollen sie ersticken, so wahr ich hier stehe!«, zischte sie unter dem erschrockenen Blick der Baronin. In ihren Augen lag jetzt keine Angst mehr, sondern die wütende Entschlossenheit einer Frau, die zu allem bereit war. »Gut, Baronessa, ich gebe Ihnen die Namen.«

»'u Scimu scheint verrückt geworden zu sein! Er redet völlig unverständliches Zeug. Wenn du nicht sofort mit ihm sprichst, bekommt er einen Anfall«, Rosaly betrat das Büro ihrer Großmutter. Sie fröstelte. Das Thermometer neben der Tür zeigte gerade einmal siebzehn Grad. Maria Manniti war in ihre Zeitungslektüre vertieft.

»Nonna, hier erfriert man ja, du holst dir noch eine Lungenentzündung.«

»Der Herr hat's gegeben, der Herr hat's genommen«, sagte Maria und hob den Blick von der Zeitung. »Ich habe das Feuer überlebt, da überlebe ich auch die Kälte. Was will Carruccio denn?«

»Wenn ich das wüsste. Du bist die Einzige, die sein Gebrabbel verstehen kann. Ich weiß wirklich nicht, wie du ihn erträgst, mir wird schon von seinem Anblick schlecht.«

Maria Manniti verzog das Gesicht, und Rosaly verstand sofort. Sie hatte es wohl wieder mal übertrieben.

»Lass ihn rein.«

»Komm, Carruccio«, Rosaly winkte ihn herein. Kurz darauf humpelte ein Mann ins Zimmer, der durchdringend nach Stall und Schweiß stank. Rosaly hielt den Atem an und wartete auf die Erlaubnis, das Zimmer zu verlassen, dann drehte sie sich auf dem Absatz um und verschwand. Sie fragte sich, wie ihre Großmutter das aushielt. Alle wussten von der starken, unerklärlichen Zuneigung Marias zu dieser Laune der Natur: etwa fünfunddreißig, eins sechzig groß, halb blind und kaum noch Zähne. Böse Zungen behaupteten, die seltsame Freundschaft der beiden zeige, dass nur Sonderlinge wie sie selbst mit ihrer Wohltätigkeit rechnen könnten. Welchen Grund könnte es sonst noch geben? Vor allem, weil Carruccio zu gar nichts nütze war, außer dass vielleicht sein Unglück jenen, die wirklich gar kein Mitgefühl hatten, ein sadistisches Vergnügen bereiten mochte. In Rosalys Augen war die Fürsorge ihrer Großmutter für ein so abstoßendes Geschöpf ein weiterer Beweis für ihr großes Herz.

In Wahrheit aber war Carruccio Maria Mannitis willfähriges Werkzeug. Ù Scimo war lange nicht so beschränkt, wie er aussah, und das war sein Vorteil. So war er unverdächtig und äußerst geeignet für kleine Dienste wie das Ausspionieren von Gesprächen oder das Überbringen geheimer Nachrichten. Die meisten Menschen hielten ihn für geistig zurückgeblieben und scheuten sich deshalb nicht, offen vor ihm zu sprechen. Doch Carruccio hatte ein ausgesprochen feines Gehör.

Im Augenblick war er sehr aufgeregt, verdrehte die Augen, fuchtelte mit den Händen in der Luft herum und gab dabei unkontrollierte Laute von sich.

»Beruhige dich, sonst verstehe ich nichts.« Maria sah ihm fest in die Augen. Im Gegensatz zu den anderen, schaute sie ihm immer ins Gesicht, wenn er sprach. Und sie benutzte auch nicht den heuchlerischen Ton jener, die nur mit ihm sprachen, um sich damit bei ihr lieb Kind zu machen.

Carruccio atmete ein paar Mal tief durch und setzte noch einmal an. Doch er war noch immer zu aufgewühlt, um verständlich sprechen zu können. Trotzdem schnappte Maria einen ihr wohlbekannten Namen auf. Wahrscheinlich wollte ù Scimo sie warnen. Oder doch nicht? Wenn es doch um etwas ganz anderes ging? Sie hätte noch mal nachhaken sollen, tat es aber nicht. Es wäre genauso gewesen, als ob man ihr gesagt hätte, sie könne sich nicht mehr auf ihren Piddu verlassen.

Vivy wusste, dass sie in dieser Nacht ein wenig nachhelfen müsste, um schlafen zu können. Sie fühlte sich so einsam wie nie zuvor. Nach dem Gespräch mit Smeralda hatte sie sich entschieden, nicht zur Polizei zu gehen. Eine Entscheidung, die mit großen Ängsten verbunden war, denn damit stieg die Gefahr neuer Anschläge. Auch die Geschäftsführung war dagegen gewesen. Sobald sie die Augen schloss, sah sie wieder die züngelnden Flammen vor sich. Dazu hörte sie Chiaras Prophezeiungen und Smeraldas schockierendes Geständnis. Ihr Herz begann zu rasen, und sie hörte das Blut in den Ohren rauschen, so lange, bis sie die Augen wieder öffnete.

Sie ging ins Badezimmer, wo sie in der Hausapotheke ein Fläschchen Valium versteckt hatte. Der Medizinschrank hing über dem altmodischen, muschelförmigen Waschbecken mit den vergoldeten Wasserhähnen, die im Laufe der Zeit bronzefarben geworden waren. Neben der Badewanne standen das Trimmfahrrad und eine Liege mit gestreiftem Chintzbezug, auf der sie sich nach dem Sport oder einem Bad in ätherischen Ölen entspannte. Seltsam, wie unwichtig plötzlich der ganze Luxus war. Verlor sie etwa den Genuss an alltäglichen Freuden? Sie durchsuchte den Medizinschrank, konnte das Valium aber nicht finden. Um Alfredo um einen Entspannungstee zu bitten, war es zu spät. Deshalb ging sie zurück ins Schlafzimmer, setzt sich an den Toilettentisch und bürstete ihre weißen

Haare, die einen seltsamen Kontrast zu den veilchenblauen Augen bildeten. Dabei dachte sie wieder darüber nach, was Chiara Bonelli über den Edelmann aus dem achtzehnten Jahrhundert gesagt hatte. Bevor das Feuer ausgebrochen war, hatte sie einige Seiten aus Volfango d'Altinos Memoiren gelesen, aber nichts gefunden, was ihr weiterhalf. Andererseits aber hatte ihr diese Lektüre auf irgendeine Art und Weise das Leben gerettet. Vielleicht waren es nicht die richtigen Passagen gewesen. Sie zog sich den Morgenmantel über, ging ins Wohnzimmer und nahm das Manuskript aus dem Schrank. Dann setzte sie sich aufs Sofa und kuschelte sich unter das Kaschmirplaid. Sie begann zu blättern und begann an der Stelle zu lesen, wo sie das letzte Mal aufgehört hatte.

Eben jetzt hat mir ein vertrauter Mitbruder die Nachricht überbracht, dass mir die Venezianer auf der Spur sind und eine Falle stellen wollen. Auch meiner geliebten Oliva droht ein schreckliches Ende. Allein der Gedanke erfüllt meine Seele mit unsagbarem Schmerz …

Sizilien, 1771

Olivas in ein Laken gehüllter nackter Körper wirkte auf Volfango d'Altino wie ein Aphrodisiakum. Er konnte einfach nicht von ihr lassen, am liebsten hätte er jede Sekunde seines Lebens mit ihr im Bett verbracht. Im Gegensatz zu Eufrasia und den anderen Frauen, mit denen er im Laufe seines Lebens zusammen gewesen war, gab Oliva sich ihm hemmungslos hin und kannte keine Tabus. Volfango lag neben ihr und stützte sich auf den Ellenbogen. Dabei bewunderte er ihren Körper wie ein Kunstwerk, atmete tief den würzigen Geruch ihrer goldschimmernden Haut ein, die nach Wein und einer Nacht voller Leidenschaft duftete. Ihre Jugend, ihr Hunger nach Emotionen und nicht zuletzt ihre vielschichtige Persönlichkeit hielten Volfango in ihrem Bann. Für ihn war sie zärtliche Tochter, leidenschaftliche Geliebte und waghalsige Weggefährtin zugleich. Wenn er sie als Mann verkleidet fechten sah, verlor er fast den Verstand. Er fühlte sich freier, dynamischer, als könne er ihre Jugend in sich aufsaugen. Ihre ungezügelte Lebenslust machte ihm aber auch Angst, erinnerte ihn daran, dass er sie irgendwann verlieren könnte. Wie hätte er ein solches Geschöpf auch ganz besitzen sollen? Während er mit der Fingerkuppe die Linie ihrer Brust nachzeichnete, kehrten diese Ängste zurück. Sie schien die Berührung gar nicht zu bemerken, so fest schlief sie. Ihre Lippen waren halb geschlossen und ihr Atem ging ruhig, wie eine leichte Meeresbrise. Hin und wieder jedoch ballten sich ihre Hände zu Fäusten, und auf ihrer Stirn erschien eine Falte. »Die Sorgen der letzten Tage«, dachte Volfango. Sie waren übereingekommen, die Sache auf sich beruhen zu lassen, es sei denn, sie mussten darüber sprechen. Aber die Anspannung stieg Tag für Tag.

»Herr! Wacht auf! Ein Bote aus Palermo ist eingetroffen. Er sagt, es sei dringend!« Balàs verängstigte Stimme riss ihn aus seinen Gedanken. Es war zwei Uhr morgens, und Oliva hatte im Schlaf ihren Arm über seinen Bauch gelegt, als wolle sie ihn festhalten. Schweren Herzens schob er ihn beiseite. Leise zog er sich an und verließ das Schlafzimmer, um den Boten zu empfangen. Als er später zurückkehrte, saß Oliva wach im Bett. Dieses Mal tat keiner von beiden so, als sei alles in Ordnung. Der Moment, die Übereinkunft zu brechen, war gekommen. Volfango erzählte ihr, was ihm Bruder Michele, der gerade aus Palermo gekommen war, zu berichten hatte. Die Venezianer zogen den Kreis um ihn immer enger. Sie wussten auch, dass er den Schatz inzwischen an einem sicheren Ort verborgen hatte. »Es ist an der Zeit. Wir gehen ein großes Risiko ein, aber wir müssen fliehen. Wir werden erst nach Palermo reisen und uns dann nach London einschiffen«, sagte Volfango. Den grausamsten Teil der Drohung verschwieg er allerdings: Die Venezianer wollten Oliva gefangen nehmen und foltern, damit sie das Versteck des Schatzes preisgab. Dann sollte sie an den Harem eines Sultans verkauft werden.

»Ich habe keine Angst«, antwortete die Marchesa stolz und sprang geschmeidig aus dem Bett. Sie nahm ihre Reisekleidung aus dem Schrank und band sich die Brust mit einem Streifen Stoff ab. Volfango beobachtete fasziniert, wie schnell und routiniert sie inzwischen darin war. »Halt, du musst das hier verstecken«, sagte er und gab ihr ein Säckchen. »Stecke es unter den Stoff.« Die Marchesa stellte keine Fragen und tat wie geheißen. Sie schlüpfte in die Männerhosen und zog sich eines von Volfangos Hemden an. Dann nahm sie Pistole und Schwert, band sich den Gurt mit dem Pulversack um die Taille und schlüpfte in ihre Stiefel.

Als sie fertig war, hauchte Volfango einen Kuss auf ihren warmen Nacken. »Das Versteck ist genial. Nur einem klugen Kätzchen wie dir konnte das einfallen«, flüsterte er und dachte daran, wie sie in einer mondlosen Nacht die kostbaren Steine verborgen hatten. Die restlichen Diamanten hatte er auf mehrere grobe Leinensäckchen verteilt, eines davon ruhte jetzt an Olivas Brust.

Spielerisch löste sich die Marchesa aus seinem Griff. »Schluss jetzt, sonst wird es zu spät«, lachte sie.

Aber Volfango packte sie an den Handgelenken und zwang sie, sich zu ihm umzudrehen. »Schau mir in die Augen und schwöre, dass du tun wirst, was ich dir sage.«

»Ich lasse mir von niemandem etwas vorschreiben, Barone.«

»Es ist wichtig, Oliva.« Er nahm sie bei beiden Händen. »Falls ich sterben sollte …«

»Sag so was nicht!«

»Hör mir zu, ich bitte dich.«

Oliva wandte ihren Blick ab. Allein der Gedanke, sich von ihm trennen zu müssen, erfüllte sie mit Schmerz.

»Du musst mir versprechen, Oliva, dass du, falls mir etwas zustoßen sollte, meine Memoiren an Lupo übergibst und ihm das Rätsel erklärst, mit dessen Hilfe er den versteckten Schatz finden kann. Außerdem musst du ihm den Namen seines geheimen Vormunds enthüllen. Schwöre!«

»Ich schwöre«, sagte Oliva schließlich. Dann setzte sie ungeduldig hinzu: »Jetzt müssen wir aber los, auch ich habe noch eine Rechnung offen, die ich gerne begleichen möchte. Alle Adligen, die sich früher meine Freunde nannten und sich dann auf die Seite von Prinz Gravina geschlagen haben, sollen unter meiner Klinge sterben.« Mit einer schwungvollen Geste hatte sie ihr Schwert gezogen und einen Ausfallschritt markiert.

Volfango trat irritiert einen Schritt zurück. In die Augen seiner Geliebten war ein fanatisches, fast irres Leuchten getreten. Während er sie dabei beobachtete, wie sie das Schwert wieder in die Scheide steckte und sich das Tuch vor das Gesicht band, kam sie ihm vor wie eine Fremde. Er begriff, dass diese Unbekannte vor nichts und niemandem zurückschrecken würde. Blut stachelte sie an, genau wie Wein und Sex, vielleicht sogar noch ein bisschen mehr. Dieses wilde, unzähmbare Geschöpf würde er nie ganz besitzen. Früher oder später würde sie ausbrechen. Und zum ersten Mal musste er, wenn auch widerwillig, zugeben, dass er darüber fast erleichtert war.

In Palermo wichen die Schatten der Nacht, und der Morgen begann zu grauen. In dieser Zeit zwischen Finsternis und Morgendämmerung bewegte sich ein Reitertrupp langsam durch die Straßen. Zu so früher Stunde war kaum eine Menschenseele unterwegs, höchstens Handwerker, die ihre Werkstatt öffneten, oder Bauern mit Körben voller Obst und Gemüse auf den Schultern, die mit gesenkten Köpfen langsam ihres Weges gingen. Hätten sie aufgeblickt, hätten sie einen Mann und einen Jungen gesehen, der ein Tuch vor sein Gesicht gebunden hatte, wahrscheinlich Vater und Sohn. Rechts und links zwei schwerbewaffnete Männer und dahinter ein Trupp wenig vertrauenerweckender Reiter. Diejenigen, die den Mut hatten, ihnen in die Augen zu sehen, blickten rasch wieder zu Boden und beschleunigten ihren Schritt. In Palermo war in dieser Zeit viel Gesindel unterwegs, Überfälle und Morde auf offener Straße waren an der Tagesordnung. Vorsicht war geboten, jede unbedachte Äußerung, jeder allzu neugierige Blick konnte einem zum Verhängnis werden.

Unterdessen hatte der Trupp das Stadtzentrum erreicht. Vor der Chiesa Santa Maria delle Sette Spade hielten sie an. Der Mann und der Junge stiegen vom Pferd und betraten das Gotteshaus, wo sie Seine Eminenz Cosimo Duca di Medinaceli erwartete. Der Kardinal war zuvor durch einen Boten von ihrem Kommen in Kenntnis gesetzt worden.

Mit festem Schritt ging Volfango d'Altino auf die Sakristei zu, während sich Oliva das Tuch vom Gesicht zog. Jetzt brauchte sie sich nicht mehr zu verstecken.

»Eminenz, ich danke Euch von ganzem Herzen für die Güte, uns zu empfangen.« Volfango kniete vor dem Kardinal nieder und küsste den Ring am Finger der behandschuhten Hand. Als der Geistliche ihm ein Zeichen gab, sich zu erheben, sagte d'Altino: »Der Moment, Palermo zu verlassen und nach London aufzubrechen, ist gekommen, Eminenz.«

Der in seinem Kardinalsgewand groß und majestätisch wirkende Purpurträger nickte nur.

Der würdevolle Auftritt des Geistlichen beeindruckte Oliva nicht im mindesten. Sich Autoritäten zu unterwerfen, hatte ihr schon immer widerstrebt. Als es an ihr war, vor dem Kardinal niederzuknien, zögerte sie, bis Volfango sie vorwurfsvoll anblickte. Sie deutete einen flüchtigen Knicks an. Dem Kardinal entging dies nicht, er kannte den revolutionären Geist der rebellischen Marchesa, tat aber so, als bemerke er nichts. Er wartete ab, was der Baron ihm zu sagen hatte.

»Ich werde Euch die Güter meiner Familie anvertrauen, Eminenz. Ihr werdet sie als Vormund für meinen Sohn Lupo d'Altino und die Marchesa Oliva di Regalmici verwalten, weshalb unsere Familien Euch auf ewig dankbar sein werden.« D'Altino machte eine kurze Pause und versuchte, im Gesicht des Monsignore ein Zeichen der Aufmunterung zu lesen. Dann sprach er das aus, wovon er wusste, dass er damit das Herz des Geistlichen erreichen würde: »Als Zeichen meiner ewigen Dankbarkeit überlasse ich der Mutter Kirche zusätzlich eine Summe von dreißigtausend Goldscudi. Ihr wisst, wo das Geld verborgen ist, Eminenz, gut geschützt vor gierigen Verbrecherhänden ...«

Der Kardinal verschränkte die Hände und sah den Baron mit großem Wohlwollen an. »Barone, ich danke Euch für das Vertrauen, mir die Verwaltung Eurer Güter zu übertragen, ganz zu schweigen von Eurer großzügigen Spende, die der Kirche einen großen Dienst erweisen wird, einer Kirche, die, wie Ihr wisst, immer in Nöten ist. Ich erinnere mich noch wie heute an die Zeit, da die Stadt Palermo die der Kirche zugesagten fünfzigtausend Scudi einbehielt und auch Adlige und reiche Kaufleute den Gürtel enger schnallen mussten, so dass wir keine Spenden mehr erhielten und nicht mehr die Mittel hatten, um den Armen Brot zu kaufen.«

»Eminenz, ich weiß, dass mein Geschenk nicht nur dankbar

angenommen wird, sondern der Kirche auch hilft, die Armen weiter so großzügig zu unterstützen«, erwiderte der Baron. Dabei warf er Oliva einen vorwurfsvollen Blick zu, die das Gespräch mit einer Mischung aus Langeweile und Sarkasmus verfolgte und die gedrechselten Phrasen kaum ertragen konnte. »Eminenz, ich und die ebenfalls hier anwesende Marchesa di Regalmici bitten Euch: Helft uns, unsere Verfolger abzuwehren, damit wir sicher auf das Schiff gelangen, das uns nach London bringen wird. Ich bitte Euch auch, das Leben meines Erben Lupo d'Altino zu schützen, dessen Mutter Donna Eufrasia sich, wie Ihr wisst, ins Kloster Santa Maria dell' Ammiraglio zurückgezogen hat.« Als sie das hörte, hätte Oliva am liebsten laut aufgelacht, aber ein drohender Blick des Barons genügte, um sie zur Räson zu rufen. Auch sie wusste nur zu gut, dass sie ohne den Schutz der Kirche nicht aus Palermo herauskommen würden. Dieses eine Mal würde sie ihren Stolz und ihren rebellischen Geist im Zaum halten müssen. Sie kniete demütig mit gefalteten Händen vor dem Kardinal nieder. »Ich weiß nicht, wie ich Ihnen meine Dankbarkeit ausdrücken soll, Monsignore. Doch ich verspreche Ihnen, ich werde auf den vom Herrn vorgezeichneten Weg zurückkehren und alle meine Gebete der Rettung meiner Seele widmen.«

Der Geistliche nickte wohlwollend. Auch Volfango d'Altino war beeindruckt. Hatte der Klosteraufenthalt der Marchesa doch Früchte getragen?

Nachdem er beide gesegnet hatte, nahm der Kardinal Volfango beiseite, um noch einige offene Fragen zu erörtern. Darunter auch eine Angelegenheit, die dem Baron besonders am Herzen lag. »Ich muss mit Ihnen über die Beati Paoli sprechen, Eminenz. Es geht vor allem um den Anführer des Geheimbunds, einen erbitterten Feind all derer, die im Namen der Gerechtigkeit handeln. Ein Feind des Volkes und der Heiligen

Mutter Kirche. Die Beati Paoli verüben schreckliche Verbrechen und versuchen ihre Grausamkeiten anderen Bruderschaften in die Schuhe zu schieben. Sie müssen ausgerottet werden, ehe es zu spät ist. Ich glaube, dass nur Ihr, Eminenz ...«

Heute, am 23. Oktober 1771, habe ich, Volfango d'Altino, in der Sakristei der Chiesa Santa Maria delle Sette Spade Seine Eminenz Cosimo Duca di Medinaceli um Hilfe ersucht. Ich bin überzeugt, dass nur ein mächtiger Kirchenmann wie der Kardinal in der Lage ist, die Feinde des Guten zu besiegen. Deshalb habe ich ihn gebeten, mir, meinem Sohn Lupo und meiner Geliebten Oliva hilfreich zur Seite zu stehen ...

Während sie diese Zeilen las, begann Vivy zu ahnen, was Chiara Bonelli mit ihren Prophezeiungen gemeint haben könnte.

Hinter Chiara lag ein anstrengender Tag im Schneideraum, doch der Aufwand hatte sich gelohnt. Die Party war ein wahres Eldorado für aussagekräftige Interviews, die Gäste hatten bereitwillig Rede und Antwort gestanden. Vielleicht hatte auch der gute Wein die ein oder andere Zunge gelöst. Dem Cutter Sergio Tani war es gelungen, die Interviews so mit Bildern der Stiftungsfeier zu mischen, dass eine interessante Sendung entstanden war. Zusätzlich waren die beeindruckenden Fotos von Lupo d'Altino als Hintergrund eingeblendet worden. Auf diese Weise war es gelungen, das Leben des früh verstorbenen Barons nachzuerzählen und ihn auf diese Weise für wenige Momente wieder lebendig zu machen, wenn auch nur medial. Dieses Ziel hatte auch Vivy Sannazzaro mit der Feier verfolgt.

Abends um halb elf verließen Chiara und Sergio den Schneideraum. Sie waren zuversichtlich, dass auch die Baronessa mit der Hommage an ihren viel zu früh verstorbenen Sohn zufrieden sein würde. Sergio bot Chiara an, sie nach Hause zu fahren, doch Chiara lehnte ab. Sie wollte mit dem eigenen Auto fahren, um sich zu beweisen, dass sie ihre Angst überwunden hatte. Die Angst, verfolgt zu werden. Danka hatte ihr eine Entspannungsübung beigebracht, die dabei helfen sollte, ein Visionstrauma zu überwinden. Dabei wurden die Augen rhythmisch von rechts nach links und von oben nach unten bewegt, während sie sich die Bilder in Erinnerung rief, die die Panik ausgelöst hatten. Die Augenbewegung konnte die Angstblockade auflösen und die Intensität der negativen Gefühle reduzieren, vorausgesetzt, sie wurde korrekt ausgeführt und mit dem traumatischen Bild verknüpft. Chiara hatte die Übung schon ein paar Mal gemacht, und es schien zu funktionieren. Immerhin konnte sie jetzt wieder Auto fahren, ohne bei jedem Hupen zusammenzuzucken.

An diesem Abend hatte sie Glück und fand einen Parkplatz unweit ihrer Wohnung. Sie stellte den Motor ab, zog den Schlüssel aus dem Zündschloss und war schon auf dem Weg zu ihrer Wohnung, als ihr auffiel, dass sie ihren Aktenkoffer auf dem Beifahrersitz liegengelassen hatte. »Ich bin doch wirklich ein Siebhirn«, schimpfte sie und ging zum Auto zurück. Außer dem Klappern ihrer Absätze auf dem Asphalt war kein Geräusch zu hören. Chiara bemühte sich, ruhig zu bleiben. Sie öffnete die Fahrertür und kniete sich auf den Sitz, um den Aktenkoffer zu holen. Als sie wieder aus dem Auto klettern wollte, gaben plötzlich ihre Beine nach, der Koffer fiel ihr aus der Hand, klappte auf und der Inhalt ergoss sich auf die Straße. Alles begann sich zu drehen. Eine Panikattacke? Chiara atmete einige Male tief durch. Dann versuchte sie es mit Dankas Entspannungstechnik. Doch ihre Augen folgten den Impulsen nicht, sie waren schon zu sehr auf einen fernen

Punkt in ihrem Geist fixiert, an dem Vergangenheit, Gegenwart und Zukunft zu einer Einheit verschmolzen. Wieder überschritt sie die Schwelle zum Reich der Visionen.

Zwei Männer versteckten sich hinter der Haustür und warteten auf sie. Der eine zog nervös an seiner Zigarette, der andere hatte die Hände in den Hosentaschen vergraben und schwankte ungeduldig hin und her.

Chiara spürte ein Kribbeln in den Beinen. Die Vision nahm ihr jede Energie, sie sank immer wieder auf den Sitz zurück.

Die Männer standen im Halbdunkel und schwiegen. Plötzlich hielt der eine ein Klappmesser in der rechten Hand und ließ es kreisen. Dann ließ er die Klinge aufschnappen, das geschliffene Metall blitzte kurz auf.

Chiara versuchte weiter, gegen die Trance anzukämpfen. Mit schier übermenschlicher Konzentration nahm sie alle Kraft zusammen, stützte sich an der geöffneten Autotür ab und richtete sich auf.

Der andere Mann stellte sich vor ihn, um die Waffe zu verbergen.

Es dauerte lange, bis Chiara wieder stehen konnte. Ihr Körper war bleischwer, jede Bewegung lief wie in Zeitlupe an. Aber immerhin, sie bewegte sich wieder. Vorsichtig beugte sie sich nach vorn und las die Papiere von der Straße auf.

Die Männer wurden ungeduldig. Der Raucher streckte die Hand nach dem Türöffner aus, doch der andere hielt ihn am Ärmel fest. Besser, noch warten.

Als sie alles wieder eingesammelt und im Aktenkoffer verstaut hatte, ging Chiara langsam auf das Haus zu. Sie fühlte sich noch immer schwach. Auf einmal spürte sie einen stechenden Schmerz auf der linken Gesichtshälfte, als hätte sie sich in die Wange geschnitten. Sie blieb stehen und betastete ängstlich ihr Gesicht. Die Wange war warm, aber unverletzt.

Sie ging weiter. Aber der Schmerz kehrte zurück, und dieses Mal hatte sie sogar das Gefühl, als würde eine warme Flüssigkeit die Wange herunterlaufen. *Blut?* Wieder tastete sie nach ihrer Wange. Die Haut war unversehrt und trocken. »Das ist eine Vorwarnung«, dachte sie und hastete zum Auto zurück. Während sie den Motor startete, sah sie im Rückspiegel zwei Männer aus der Haustür kommen und in der nahe gelegenen Bar verschwinden. Waren das nicht die Männer aus ihrem Alptraum, die die Frau aus dem Fenster gestoßen hatten? Was wäre wohl passiert, wenn sie das Haus betreten hätte? Allein der Gedanke schnürte ihr die Kehle zu. Bevor sie losfuhr, rief sie Silvia an. Die Kommissarin hörte sich ihren Bericht an und versuchte dann, Chiara zu beruhigen. Sie schlug ihr vor, das Auto stehenzulassen und im Hotel zu übernachten. Am nächsten Morgen würden sie noch mal telefonieren und dann in aller Ruhe entscheiden, was zu tun war. Chiara beendete das Gespräch, stieg aus dem Auto und winkte nach einem Taxi. »Residence Villa Fiore, Via Camilluccia, bitte«, sagte sie. Während das Taxi an einer roten Ampel warten musste, sah Chiara die beiden Männer auf dem Bürgersteig stehen. Der eine warf seine Zigarette auf den Boden. Dabei sah er sie im Taxi sitzen. Mit einer wütenden Geste zeigte er auf den Wagen. In diesem Augenblick sprang die Ampel auf Grün. Chiara atmete erleichtert auf. Für heute war sie gerettet.

Am nächsten Morgen erwachte Chiara in ihrem Zimmer in der Residence Villa Fiore. Sie hatte erstaunlich gut geschlafen. Ob und was sie geträumt hatte, wusste sie nicht mehr. Sie erinnerte sich lediglich daran, dass sie in der Gewissheit eingeschlafen war, dass der Portier an der Rezeption keine Unbefugten einlassen würde. Bevor sie die Augen geschlossen hatte, war ihr ein Spiel aus Kindertagen eingefallen, das sie in

Pieve Santo Stefano mit ihrer Freundin Luisa gespielt hatte. Es ging um den Hausgeist. Da man durch das Fenster der einen ins Fenster der anderen sehen konnte, gaben sie sich vor dem Schlafengehen als Gutenachtgruß immer Lichtzeichen. Einmal Aufblenden bedeutete »alles in Ordnung«, zweimal schnelles Aufblenden »der Geist ist in der Nähe«. Von Luisa kam stets das Zeichen »alles in Ordnung«. Und dennoch: Eines Tages kam der Geist und nahm ihr die beste Freundin. Sie kehrte nie wieder zurück. Auch nach so vielen Jahren gab es immer wieder Tage, an denen Chiara das Gefühl hatte, sie könne sich nur dann jemals wieder wirklich sicher fühlten, wenn Luisas Taschenlampe einmal aufblitzen würde.

Draußen schien die Sonne. Chiara duschte rasch und rief dann Silvia an.

Die Kommissarin schlug vor, gleich den ersten Flug nach Mailand zu nehmen. Ispettore Bonadeo würde sie vom Flughafen abholen, wohnen könne sie bei ihr. Chiara war einverstanden. Sie rief Gilla an und bat sie, ihr einige Oberteile, eine Jeans und ein Paar Schuhe zum Wechseln einzupacken. Wäsche, Waschbeutel und Trolley würde sie am Flughafen kaufen.

Sie landete pünktlich. Da sie nur Handgepäck hatte, konnte Chiara sofort auschecken. Dante Bonadeo war nach Linate gekommen und begrüßte sie mit einem freundschaftlichen Kuss auf die Wange. Dann griff er nach ihrem Trolley. Chiara errötete, warum, konnte sie auch nicht sagen. Einen Moment lang war sie sich wie ein junges Mädchen vorgekommen, das sich zum ersten Mal verliebte, und hatte deshalb sofort ein schlechtes Gewissen bekommen. Doch dann war ihr klargeworden, dass sie den Ispettore nur deshalb so anziehend fand, weil er sie an Paolo erinnerte. Beide waren groß, athletisch und echte Gentlemen. Zum Glück kam Paolo bald zurück. Dann würde ihr so etwas nicht mehr passieren.

Auf der Fahrt zu Silvia erzählte Chiara von der Rosso-Bianco-Oro-Party und von Smeralda Mangano.

»Smeralda Mangano? Ich wusste gar nicht, dass die Schauspielerin und die Baronin sich kennen«, sagte der Ispettore.

»Ich auch nicht, ehrlich gesagt. Und das ist wirklich ein Wunder, bei meinem Beruf. Vivy Sannazzaro und sie schienen sich sehr nahezustehen, denn am Tag nach der Party war Smeralda Mangano erneut in der Villa. Ich hatte sogar den Eindruck, dass beide Frauen geweint hatten, bevor ich kam.«

»Auch das noch. Aber ist die Welt nicht gerade deshalb so schön, weil sie so klein und trotzdem voller Überraschungen ist? Wir sind da.« Er parkte vor einem modernen fünfstöckigen Apartmenthaus, stieg aus und öffnete Chiara die Beifahrertür. Dann half er ihr beim Aussteigen, nahm den Trolley aus dem Kofferraum und drückte ihr Silvias Schlüssel in die Hand. »Die Kommissarin erwartet dich im Büro. Aber erst sollst du es dir in aller Ruhe gemütlich machen, meinte sie.«

Silvia hatte das Gästezimmer hergerichtet und frische Handtücher aufs Bett gelegt. Auf dem Tisch stand ein Blumenstrauß, daneben lagen eine Willkommenskarte und etwas Schokolade. Chiara war gerührt, las die Karte, knabberte an der Schokolade, packte ihr weniges Gepäck aus und verstaute es im Schrank. Dann sah sie sich in der Wohnung um. Hier fühlte sie sich sicher. Die Wohnung war genau wie die Kommissarin selbst: nüchtern, ohne Schnickschnack, alles stand an seinem Platz. Nur der Schreibtisch im Arbeitszimmer bildete eine Ausnahme: Er war mit Akten und Papieren übersät. Chiara lächelte, noch eine Gemeinsamkeit zwischen ihnen, so sah es auf ihrem Schreibtisch auch immer aus. Bevor sie ins Kommissariat fuhr, gönnte sie sich eine heiße Dusche. Während sie später in der Küche einen Kaffee trank, dachte sie wieder an Smeralda Mangano und die Baronessa. Sie war sich sicher, dass die beiden an diesem Morgen ihr gegenüber alles getan hatten, um ihre wahren Gefühle zu verbergen. Um diesem Geheimnis auf den Grund zu gehen, versuchte Chiara Kontakt mit ihrem Unterbewusstsein aufzunehmen, aber es gelang ihr nicht. Ein dunkler Schleier hatte ihr inneres Auge blind gemacht.

Sie musste unbedingt mit Silvia darüber sprechen. Immerhin spielte die Schauspielerin, genau wie in ihren Visionen, auch in den polizeilichen Ermittlungen eine Schlüsselrolle. Vielleicht kamen sie gemeinsam der Verbindung zwischen den beiden Frauen auf die Spur.

Die Rückfahrt aus dem Chianti war Smeralda noch länger vorgekommen als die Reise von Palermo nach Mailand vor vielen Jahren. Zu Hause angekommen, hatte sie den Koffer abgestellt und sich erschöpft ins Bett verkrochen. Seitdem sie die Villa verlassen hatte, fuhren ihre Gedanken Karussell. Der Entschluss, den sie gefasst hatte, lastete schwer auf ihren Schultern. Es war die gravierendste Entscheidung, die sie je getroffen hatte: von ihr hing sowohl ihre Zukunft als auch die der Baronessa ab. Dennoch fühlte Smeralda sich befreit von der Bürde dieses Geheimnisses, das sie jahrelang mit sich herumgeschleppt hatte. Die Tränen der Baronessa, die Ergriffenheit, die sie in ihren Augen gelesen hatte, als sie von der Existenz ihrer Enkel erfahren hatte, all das hatte Smeralda die Kraft gegeben, endlich Namen zu nennen.

Während sie das rote Donna-Diabla-Kleid in den Schrank zurückhängte, sah sie wieder das entsetzte Gesicht der Baronessa vor sich. Als sie ihr von der Entführung ihrer Enkel, der möglichen Vermittlung an einen Kinderporno-Ring oder sogar an Organhändler berichtet hatte, war sie totenblass geworden. Die alte Dame hatte ihre Brille aufgesetzt und sich weinend die Namen Vito Santanna und Yelena Marcovich in ihr ledergebundenes Notizbuch geschrieben. Gleichwohl hatte die Baronessa Smeralda Mut gemacht, ihre Hände umfasst und ihr tief in ihre Augen gesehen: »Sei unbesorgt. Von jetzt an bist du nicht mehr allein, gemeinsam werden wir die Kinder finden. Und dann werden sie endlich eine Familie haben.«

Als sie an diesen Moment dachte, wurde ihr eng um die Brust. Sie vertraute Vivy und war ihr dankbar, doch im gleichen Augenblick spürte sie, dass ihre Familie nie wieder vereint sein würde. Während sie die hochhackigen goldfarbenen Sandalen in den Karton zurücklegte, dachte sie an das Phantombild des künstlich gealterten Mädchens, das Ispettore Bonadeo ihr gezeigt und von dem sie geglaubt hatte, es sei sie selbst. Der Polizist hatte ihr das Originalfoto vorgelegt, ihr wenig Hoffnung gemacht, dass man dass verschwundene Mädchen lebend finden würde. Seitdem wurde Smeralda die Augen des Mädchens nicht mehr los. Sie hatte sie sofort wiedererkannt: Es waren die veilchenblauen Augen der Baronessa.

»Ihre Zeitung, Signorina.« Da die Zimmertür offen stand, war Raquel hereingekommen, ohne anzuklopfen. Sie war noch im Mantel, eine Einkaufstüte in der einen und eine Zeitung in der anderen Hand. Smeralda ging ihr entgegen und nahm die Zeitung. »Danke, Raquel.«

»Rufen Sie, wenn Sie mich brauchen, ich bringe rasch den Einkauf in die Küche.«

Smeralda setzte sich an den Schreibtisch und überflog die Wohnungsangebote in der Nähe der Porta Venezia. Auch wenn De Gubertis ihr gestattet hatte, so lange zu bleiben, bis sie etwas Passendes gefunden hätte, wünschte sie nichts mehr, als diese Wohnung, die so voller schlimmer Erinnerungen war, so schnell wie möglich zu verlassen. Sie studierte gerade ein interessantes Angebot, als ihr Handy erst zu vibrieren und dann zu klingeln begann. Sicher Edy Micheli. Ihre Agentin verfolgte sie in letzter Zeit mit den verrücktesten Vorschlägen. Smeralda versuchte das Klingeln zu ignorieren, aber beim sechsten Mal stand sie auf und nahm das Handy vom Bett: Unbekannter Teilnehmer.

»Sag bloß, du hast es diesem Schwein von Principini besorgt, du dreckige Hure ...«

Smeralda erkannte die Stimme sofort: Pelori. Er war offensichtlich betrunken oder stand unter Drogen. Ihr Magen verkrampfte sich. Sie hätte das Gespräch beenden können, doch eine Art masochistische Neugier zwang sie, das Handy ans Ohr zu pressen und sich all die vulgären Attacken anzuhören, die sie in ihrer Würde als Frau und als Mensch verletzten.

»Vergiss nicht, deine Freunde haben dich im Auge. Ich will dich am Boden kriechen sehen, dreckige Schlampe. Glaub ja nicht, dass du noch mal so einen rumkriegst wie diesen armen Idioten Principini.«

Smeralda hatte genug. Sie legte auf. Die Vergangenheit war zurückgekehrt, um sie zu zerstören. Smeralda geriet in Panik: Seitdem sie sich der Baronessa anvertraut hatte, hing ihr Leben an einem seidenen Faden. Wenn Vivy einen Fehler gemacht hatte? Ein falscher Schritt und dieser seidene Faden würde reißen. Diese Männer kannten kein Pardon.

Verzweifelt griff sie nach ihrer Tasche, in der sie das Bildchen der heiligen Eustochia aufbewahrte, und küsste es. »Santa Eustochia, du Gesegnete, hilf mir, gib mir die Kraft weiterzugehen. Rette meine Kinder, ich bitte dich. Beschütze uns.« Dann fiel sie auf die Knie und begann haltlos zu schluchzen. Das Heiligenbildchen hielt sie dabei fest umklammert. Sie holte weiße Kerzen aus der Kommode, zündete sie an, dann betete sie weiter und konzentrierte sich dabei auf die Wachstropfen, die die Kerze herunterrannen. »Auch die heilige Eustochia weint«, dachte sie gerührt. Wie immer nach einem Gebet erfüllte sie plötzlich eine tiefe Ruhe. Smeralda streifte die Schuhe ab, streckte sich auf dem Bett aus und war sofort eingeschlafen.

Es war schon spät am Nachmittag, als sie das Klingeln der Gegensprechanlage aus dem Schlaf riss. Noch ganz benommen, sprang sie aus dem Bett und drückte auf den Knopf des Videodisplays. Als sie das Gesicht des Mannes sah, überkam sie ein tiefes Glücksgefühl.

»Ispettore Bonadeo.«

Sein warmer sizilianischer Akzent ließ ihr Herz höher schlagen.

»Kann ich kurz hochkommen? Es dauert nicht lange.«

»In Ordnung«, Smeralda versuchte, möglichst unbeteiligt zu klingen. Sie rannte ins Bad, um ihre Haare zu richten. Doch ein Blick in den Spiegel genügte, um sie davon zu überzeugen, dass sie leicht verstrubbelt besonders sexy aussah. Jeans und T-Shirt konnten bleiben. Dann ging sie zur Tür.

»Kommen Sie herein, Ispettore.«

Dante Bonadeo trug ein legeres Hemd, eine passende Jacke, dunkelblaue Jeans und Hogans. Auf Smeralda wirkte er umwerfend männlich und zugleich vertrauenerweckend.

»Kann ich Ihnen einen Espresso anbieten?«

»Nein, danke, ich habe gerade einen getrunken. Von zu viel Kaffee werde ich nervös.«

Smeralda hätte ihm gerne gesagt, dass sein Anblick sie auch ohne Kaffee nervös machte. Trotzdem tat sie weiterhin so, als sei sie für die Reize des attraktiven Polizisten völlig unempfindlich. »Wie kann ich Ihnen dieses Mal weiterhelfen?«, fragte sie betont gleichgültig

Bonadeo sah ihr tief in die Augen.

Smeralda fiel es schwer, diesem Blick standzuhalten. »Um was geht es?«, fragte sie noch mal. »Wir können uns auch setzen«, schlug sie vor und zeigte auf das Sofa in der Hoffnung, den peinlichen Moment überspielen zu können.

Bonadeo schüttelte den Kopf. »Nein, ich habe nicht vor, Ihnen länger als nötig zur Last zu fallen. Ich habe nur eine Frage.« Er zögerte, das Ganze war ihm unangenehm. Doch Commissario Giorgini hatte nicht mit sich reden lassen. Er sollte Smeralda Mangano nochmals befragen. »Es ist eine etwas persönliche Frage.«

Erschrocken hielt Smeralda den Atem an.

»Nun, so persönlich dann auch wieder nicht.«

»Fragen Sie.«

Bonadeo räusperte sich: »Wie lange kennen Sie die Baronessa Sannazzaro d'Altino schon?«

Instinktiv trat Smeralda einen Schritt zurück und verschränkte abweisend die Arme vor der Brust. »Von wem wissen Sie, dass wir uns kennen?«, fragte sie kalt.

Bonadeo wandte den Blick ab. Smeralda begriff, dass er sich unbehaglich fühlte, und setzte nach: »Wer hat Ihnen das erzählt?« Doch sie kannte die Antwort bereits: Chiara Bonelli. Die Journalistin hatte Smeralda in der Villa gesehen, als sie mit der Baronin über ihre Kinder gesprochen hatte. Einer der schrecklichsten Momente ihres Lebens. Aber welche Verbindung sollte es zwischen Bonadeo und der Journalistin geben?

»Hören Sie …«, Bonadeo griff nach ihrer Hand und sah sie mitfühlend an. »Sie müssen nicht antworten.«

Smeralda musterte ihn. Dieser Mann meinte, was er sagte. Wut und Verunsicherung waren wie weggeblasen. Plötzlich spürte sie, wie ihre Hand in der des Inspektors zu schwitzen begann, ihr Herz pochte. Bonadeo zog sie sanft, aber bestimmt an sich, und noch bevor sie sich von ihrer Überraschung erholt hatte, nahm er zärtlich ihr Gesicht in beide Hände. Sein Blick schien sie durchdringen zu wollen. Auch wenn sich jede Faser ihres Körpers nach ihm sehnte, machte Smeralda einen letzten halbherzigen Versuch, sich ihm zu entziehen. Bonadeos Lippen legten sich leicht auf die ihren, und sein leidenschaftlicher Kuss raubte ihr den Atem. Seine Hand umfasste ihren Nacken, als ob er Angst hätte, sie könnte ihm entfliehen. Doch Smeralda warf alle Bedenken über Bord und presste sich an ihn.

Von ihrem ersten Zusammentreffen an hatten beide von diesem Augenblick geträumt, und jetzt, da er endlich gekommen war, wünschten sie, er würde niemals enden. Smeralda überließ sich ihren Gefühlen. In Bonadeos Armen wurde sie wieder Maria Catena, ein Mädchen, das das Böse in der Welt noch nicht kannte und nur ein Ziel hatte: die große Liebe. In diesem Moment hatte sie sie gefunden.

»Unser Sohn ist kein Brandstifter! Zu so etwas wäre er gar nicht fähig, glauben Sie mir, Signor Tonioli! Er nimmt Drogen, das stimmt ... und er braucht ständig Geld, aber so weit würde er nicht gehen! Nicht um alles Geld der Welt würde er das Leben anderer Menschen in Gefahr bringen ... Das schwöre ich bei meiner Seele!« Giacomo Buzzi kauerte mit gesenktem Kopf und hängenden Schultern auf dem Sofa. Neben ihm saß seine Frau Adelina mit rotgeweinten Augen und zerfetzte nervös ein Papiertaschentuch.

Marco Tonioli sah die beiden voller Mitgefühl an. Es tat ihm leid, dass er ihnen nicht helfen konnte. Die Buzzis waren rechtschaffene, fleißige Leute, sie gingen jeden Sonntag zur Messe und lebten in einer bescheidenen, aber blitzsauberen Wohnung. Über ihren drogensüchtigen Sohn Alberto sprachen sie nur wenig. Er war wie ein Kreuz, das sie zu tragen hatten. »Unser Sohn liegt im Koma. Die Ärzte wissen nicht, ob er durchkommen wird, und …« Giacomo Buzzi brach mitten im Satz ab und legte einen Arm um seine Frau, die wieder zu weinen begonnen hatte. »Beruhige dich, ganz ruhig«, sagte er und reichte ihr ein frisches Taschentuch. »Entschuldigen Sie mich einen Moment.« Er stand auf, holte eine Pillenschachtel und ein Glas Wasser. »Hier, meine Liebe, nimm das.« Er löste eine Tablette aus der Verpackung und legte sie in die zitternde Hand seiner Frau. »Der Arzt hat ihr zwei pro Tag verordnet«, erklärte er Tonioli, während er darauf wartete, dass sie die Pille in den Mund steckte, damit er ihr das Wasserglas reichen konnte.

Adelina schluckte das Medikament, sackte in sich zusammen und schluchzte haltlos.

Tonioli wusste nicht, was er sagen sollte. Er wandte den Blick ab und wartete, bis Adelina sich beruhigt hatte. Eine unangenehme Situation. Seit dem ersten Drohbrief hatten sie die Schutzvorkehrungen drastisch erhöht und sogar eine externe Sicherheitsfirma beauftragt. Trotzdem konnte der Brandanschlag nicht verhindert werden. Am Anfang waren die Werksangehörigen und ihre Familien die Hauptverdächtigen gewesen, denn sie hatten freien Zugang zum Gelände und den Gebäuden. Alberto war der Polizei bereits einige Male wegen kleiner Diebstähle aufgefallen, er schien der ideale Täter zu sein. Doch jetzt, im Gespräch mit den Eltern, war Tonioli nicht mehr so sicher. Welches Motiv hätte Alberto haben sollen, das Magazin anzuzünden und sich dann eine Überdosis zu setzen?

»Signor Tonioli!« Adelina war plötzlich aufgesprungen und hatte seine Hände gepackt. Sie drückte sie so fest, dass ihre Knöchel weiß hervorstachen. »Jemand muss unseren Alberto benutzt, seine Schwäche ausgenutzt haben. Vielleicht haben sie ihn unter Drogen gesetzt und dann ins Magazin 4 geschleppt, das Feuerzeug und die zusammengerollte Zeitung danebengelegt, damit es so aussah, als sei er es gewesen. Signor Tonioli, diese Möglichkeit dürfen Sie nicht ausschließen. Mein Sohn ist ein guter Mensch, das weiß ich.« Adelina sah ihn verzweifelt an und drückte noch fester zu, um ihren Worten Nachdruck zu verleihen.

»Entschuldigen Sie uns jetzt«, Giacomo Buzzi zog seine Frau von Tonioli weg und nahm sie sanft in den Arm.

»Entschuldigen Sie uns«, wiederholte er und schüttelte den Kopf. Tonioli gab ihm ein Zeichen, er solle sich keine Sorgen machen. »Ich danke Ihnen, aber ich musste Sie befragen. Auch die Baronessa ist untröstlich.«

»Sie ist eine Heilige!«, sagte Adelina unter Tränen.

»Sicher. Bitte informieren Sie mich, wenn es Neues aus dem Krankenhaus gibt.«

»Aber natürlich. Die Baronessa und Sie sind stets willkommen«, antwortete Buzzi und begleitete Marco Tonioli zur Tür.

»Was meinst du?«, fragte Vivy.

Marco Tonioli klappte seinen Laptop zu und verschränkte die Finger. Er hatte gerade die Überwachungsvideos ausgewertet. Ihm war heiß, und seine Augen tränten. Er stand unter Druck, die Zeit drängte.

»Ich weiß es nicht, Baronessa«, seufzte er und sah sie mit müden Augen an. »Was soll ich sagen?«

»Und woher sollte Alberto das Geld für die Überdosis gehabt haben?«

»Kein Ahnung. Auch die Eltern wissen es nicht.«

»Diese Geschichte stinkt an allen Ecken und Enden.«

»Sie kennen meine Meinung.«

»Und die wäre?«

»Ich würde zur Polizei gehen, auch weil ...«

Vivy unterbrach: »Das steht nicht zur Debatte.« Dann fügte sie in versöhnlicherem Ton hinzu: »Vielleicht bist du dir nicht bewusst, mit wem wir es hier zu tun haben, Marco. Das war die Mafia oder die Camorra – was kann die Polizei da schon ausrichten?«

Tonioli erstarrte. Gerade weil die Mafia im Spiel war, wollte er die Polizei einschalten. Aber gegen den Willen der Baronessa konnte er nichts tun. »Wir müssen noch fünf weitere Filme auswerten«, dabei wischte er sich mit einem Taschentuch den Schweiß aus dem Gesicht. »Und wenn wir Glück haben, finden wir etwas.«

Vivy sah ihm fest in die Augen. »Lass uns noch einige Tage warten. Wenn wir einen endgültigen Überblick über alle Verdächtigen, Beweise und Videoaufnahmen haben, dann übergeben wir alles der Polizei.«

Marco nickte, aber zufrieden war er mit dieser Lösung nicht. Vivy Sannazzaro war in Gefahr, und er fürchtete, diese von ihm hochverehrte Frau nicht genügend schützen zu können.

Zurück in der Villa, ließ sich Vivy von Alfredo ein Beruhigungsbad mit Rosmarin und Lindenblüten vorbereiten. Um elf hatte sie eine Verabredung mit Maria Majorana. Für den Termin mit der Altphilologin wollte sie frisch und ausgeruht sein. Am Vorabend hatte Cesco sie informiert, dass Maria das Rätsel gelöst hatte. »Großartig, oder? Einen Teil der Hieroglyphen hatte sie bereits vor der Stiftungsfeier entschlüsselt, aber ich wollte damit warten, bis du den Kopf frei hast.« Vivy brannte vor Neugier.

Im warmen Wasser lösten sich die Verkrampfungen der

letzten Tage. Entspannt dachte sie an Smeralda und ihre Enkelkinder. Zwillinge, nicht die ersten in der Familie Sannazzaro. Doch sie wollte jetzt nicht an die Vergangenheit denken, es gab Wichtigeres. Um sich abzulenken, versuchte sie sich an Smeralda Manganos bürgerlichen Namen zu erinnern. Der Name lag ihr auf der Zunge, Smeralda hatte ihn erwähnt, doch er fiel ihr einfach nicht ein. Die Namen der Entführer dagegen hatte sie nicht vergessen. Das Notizbuch, in dem sie die Namen notiert hatte, befand sich an einem sicheren Ort: Sie hatte es gemeinsam mit den Memoiren ihres Urahns im Geheimfach des Schrankes verborgen.

Als der Wasserdampf die Spiegel beschlug, stieg Vivy aus der Wanne. Ihr Körper war, dank ausgewogener Ernährung und regelmäßiger sportlicher Betätigung, noch immer schlank und beweglich, aber den Blick in den Spiegel versuchte sie zu vermeiden. Die Prüderie des Alters. Oder hatte sie Zweifel an ihrem Spiegelbild? War das überhaupt ihr Körper? Diese schlaffe Haut, die Falten, die lilablauen Krampfadern auf den Beinen? Sie war immer die Schönheit der Familie gewesen und hatte gemeint, die Zeit würde spurlos an ihr vorübergehen. Manchmal hatte sie sogar erwogen, dem mit Hilfe der plastischen Chirurgie etwas nachzuhelfen, wie sie es als junge Frau getan hatte. »Unsinn«, dachte sie und schlüpfte in den Bademantel. Plötzlich sah sie zwei Mädchen vor sich, die sich im Spiegel betrachteten. Eines von ihnen war wunderschön. Vivy seufzte tief. Ob sie sich jetzt ähnlicher wären? Bevor sie ganz im Strudel der Vergangenheit versank, fiel ihr plötzlich Smeraldas Name wieder ein. »Maria Catena Eustochia Smeralda Calogero«, sagte sie laut. Dann cremte sie sich ein und zog sich an, um Maria Majorana zu empfangen.

Maria Majorana war nicht wirklich schön, aber gepflegt und elegant. Mit ihrer frischen Haut und ihrem dezenten Make-up, das ihr markantes, offenes Gesicht vorteilhaft zur Geltung brachte, sah sie wesentlich jünger aus als fünfzig. Sie trug ein weinrotes Kostüm und eine maskulin geschnittene weiße Bluse. Den angebotenen Espresso nahm sie dankend an, verbunden mit der Bitte, rauchen zu dürfen. Nachdem sie einige Höflichkeiten ausgetauscht hatten, kamen sie zur Sache.

»Der Text wurde in Vulgärlatein verfasst, nicht gerade elegant, aber mit einer Prise Humor.«

»Humor?«

»Ja, wahrscheinlich um den Sinn zu verschleiern. Darf ich?« Maria Majorana setzte ihre Brille auf, holte die Übersetzung aus der Tasche und begann zu lesen: »›Die zweisprachige Inschrift auf den beiden Sockeln ist weder phönizisch noch punisch, sondern stammt aus dem Tagebuch eines Literaten, verfasst in Paris.‹«

Vivy runzelte die Stirn. Das sagte ihr überhaupt nichts. »Und die Hieroglyphen?«

Auf Marias Gesicht malte sich ein rätselhaftes Lächeln: »Das sind keine Hieroglyphen, Baronessa. Ich habe mir lange den Kopf zerbrochen, um herauszufinden, was die Zeichen bedeuten.«

»Und?«

»Nun, ich denke, ich habe es geschafft. Dazu brauchen wir einen Spiegel, ein Taschenspiegel reicht.«

Vivy ließ sich ihre Puderdose bringen.

»Glauben Sie, mit diesem ginge es auch?« Vivy reichte ihr den kleinen Spiegel in der Dose.

»Perfekt«, sagte Maria Majorana und hielt ihn über das Blatt, so dass Vivy die Schrift lesen konnte. »Schauen Sie. Was sehen Sie?«

Vivy setzte die Brille auf. »Zeichen, Zahlen oder etwas in der Art. Aber ich verstehe trotzdem nicht …«, sie zuckte enttäuscht mit den Schultern.

Wieder lächelte Maria Majorana geheimnisvoll.

»Nachdem mir bewusst geworden war, dass die Inschrift in Spiegelschrift verfasst ist, genau wie die Aufzeichnungen von Leonardo da Vinci, war die Entschlüsselung ganz einfach. Schauen Sie«, sie schob das Blatt etwas näher zu Vivy, »man kann den Satz nur lesen, wenn man das Blatt gegen das Licht hält, oder eben mit Hilfe eines Spiegels. Der erste Teil des Satzes ist in französischer Sprache verfasst, was den Hinweis auf das Pariser Tagebuch erklärt. Aber Vorsicht, geschrieben ist er in griechischen Buchstaben, lautschriftlich verkürzt und in schlampiger Handschrift. Der zweite Teil ist Latein, aber wieder in griechischen Buchstaben.«

Vivy war jetzt völlig verwirrt. Sie hatte von Anfang an nicht verstanden, worauf Maria Majorana hinauswollte. Volfango d'Altinos Beschreibung von Oliva Regalmici fiel ihr ein, sie hatte bei einem Abt Latein und Griechisch und bei einer Gouvernante Französisch gelernt. Die Marchesa könnte durchaus die Urheberin dieses komplizierten Satzes sein.

»Ich lese Ihnen jetzt das Original und dann die Übersetzung vor«, sagte Maria Majorana stolz.

«Trouverais le trésor in putei media parte ante domum. Du wirst den Schatz in der Mitte des Brunnens vor dem Haus finden«, las sie laut und deutlich.

Vivy lächelte. Das Rätsel war gelöst, endlich. »Ich weiß nicht, wie ich Ihnen danken soll«, sagte sie und schloss die Übersetzerin spontan in die Arme. Für sie war Maria eine Botschafterin aus der Vergangenheit, die Volfango geschickt hatte, um ihr zu helfen. Unglaublich, aber wahr. Chiara Bonelli hatte recht gehabt: Der mutige und kluge Edelmann aus dem

18. Jahrhundert reichte ihr die Hand und wies ihr den Weg zu einem Schatz. Doch was war das für ein Schatz? Vivy war sich sicher: Hier ging es um die Sicherheit ihrer Firma, ihrer Angestellten und auch um ihre eigene. Mit diesem Schatz würde sie die dunklen Kräfte, die sie zerstören wollten, besiegen.

Vor ihrer Reise nach Florenz suchte Vivy etwas Entspannung im Rosengarten, um den sie sich meist selbst kümmerte. Er erinnerte sie an jenen anderen Garten ihrer Kindheit. Hin und wieder hatte ihr Großvater die Mädchen dorthin mitgenommen und ihnen einige Sorten erklärt: »Das sind die Königinnen des Gartens«, hatte er gesagt und auf die Kletterrosen gezeigt. »Die prächtigsten aller Rosen, selbst im Winter sind sie wunderschön mit ihren bunten Beeren. Schaut mal, sind sie nicht herrlich? Die Rambler wachsen wild, sogar unter Bäumen!«

Vivys Lieblingsrose war die »Albertine«. Ihr Großvater hatte ihr die Herkunft des Namens erklärt: Der Name stammte aus einem Roman von Marcel Proust, »Auf der Suche nach der verlorenen Zeit«. Doch damals waren Vivy literarische Vorbilder egal, sie interessierte sich nur für die üppigen aprikosenfarbenen Blüten, die so köstlich aussahen, dass man am liebsten hineingebissen hätte.

Dem anderen Mädchen dagegen hatte die »Félicité Perpétuée« am besten gefallen, eine Sorte, die von einem Gärtner des Königs Louis Philippe, Duc d'Orléans, gezüchtet worden war. Ihr Duft war so betörend aromatisch, dass er einen fast trunken machte. Vor allem aber mochte sie die glänzenden dunkelgrünen Blätter und das Aufbrechen der Knospen, die erst rosé und voll erblüht reinweiß waren. Vielleicht würde auch sie eines Tages aufblühen und genau so schön werden wie Vivy.

Die Baronessa blieb vor einer »Albertine« stehen und versuchte, einen klaren Kopf zu bekommen. Doch nach kurzer Zeit kehrten die düsteren Gedanken zurück. Die Anschläge hatten beträchtliche Schäden verursacht, große Mengen Wein waren vernichtet, das Magazin 4 war völlig zerstört. Ganz zu schweigen von Alberto Buzzi, der im Koma lag und womöglich nie wieder aufwachen würde. Auch sie hatte inzwischen Zweifel an seiner Schuld. Plötzlich fielen ihr die Worte aus dem letzten anonymen Brief wieder ein. *Du willst einen Toten? Du sollst ihn haben.* Galt das für Alberto Buzzi? Vivy seufzte tief. Was hatte das alles zu bedeuten? Und als ob das nicht schon genügte, hatte die Geschäftsführung am Vorabend einstimmig beschlossen, den Fall der Polizei zu übergeben. Sie hatte noch etwas Zeit gewonnen, als sie den schweren Imageverlust ins Spiel brachte, doch der Vorstand hatte sie weiter unter Druck gesetzt. Da aber auch sie nicht wusste, wie man das Problem sonst lösen könnte, hatte sie nachgeben müssen.

Plötzlich hörte sie Schritte hinter sich und fuhr erschrocken herum. Aber es war nur Alfredo.

»Der Wagen steht bereit.«

Das Wetter in Florenz war trübe. Es regnete zwar noch nicht, aber am Himmel drohten bereits dunkle Wolken. Marco Tonioli hatte das Auto am Treffpunkt in der Nähe der Via Tornabuoni abgestellt. Dann folgte er der Baronessa und Bruno Velati. Ihre schnellen Schritte hallten auf dem Kopfsteinpflaster wider. Um diese Uhrzeit waren die Boutiquen in der eleganten Geschäftsstraße noch geschlossen und nur wenige Passanten unterwegs.

Sie betraten einen altehrwürdigen Palazzo und stiegen die Marmortreppe in den ersten Stock hinauf.

»Sollen wir hier warten?«, Marco Tonioli sah die Baronessa fragend an.

»Ja, danke, Marco.« Vivy zitterte vor Kälte und Anspannung. Kurze Zeit später tauchte ein junger Priester auf und brachte sie in ein nüchtern eingerichtetes Büro. Am Schreibtisch saß ein weißhaariger alter Mann in einem elegant geschnittenen schwarzen Talar. Er hatte die gleichen veilchenblauen Augen wie die Baronessa.

»Vivy, meine Liebe, wie geht es dir?« Der Mann hatte sich erhoben, um sie zu begrüßen.

Die Baronin versuchte zu lächeln, was jedoch misslang. »Lieber Cousin, ich brauche deine Hilfe.«

»Ich werde tun, was ich kann. Was hast du auf dem Herzen?«

Vivy hatte sich während der Fahrt die richtigen Worte zurechtgelegt, um möglichst sachlich zu bleiben. Jetzt erzählte sie ihm alles, von ihrer Wut auf die Erpresser, aber auch von ihrer Angst, einen Fehler gemacht zu haben. Dann sprach sie das an, was ihr am meisten am Herzen lag: ihre Enkelkinder, von deren Existenz sie bis vor wenigen Tagen noch nichts geahnt hatte und die sie jetzt um jeden Preis retten wollte.

Der Mann runzelte die Stirn und faltete die Hände, dann überlegte er kurz und nickte. Er griff nach einem Stück Papier und schrieb einen Namen, eine Adresse und eine Telefonnummer sowie eine kurze Nachricht darauf. »In Palermo gibt es jemanden, der dir helfen kann«, sagte er und reichte ihr das Blatt. »Brich gleich morgen früh auf. Der Sekretär seiner Eminenz wird dir sagen, was zu tun ist. Er wird dein Geheimnis wahren, sei unbesorgt. Im Übrigen solltest du besser fliegen, damit ersparst du dir eine Menge Schwierigkeiten. Vergiss nicht, in Palermo sind Augen und Ohren überall, selbst dort, wo du es am wenigsten vermutest. Ich werde für dich beten.«

Vivy standen Tränen in den Augen, sie bedankte sich und küsste seinen Ring.

Der Geistliche schob sie sanft von sich und brachte sie zur Tür. Dort legte er ihr aufmunternd die Hand auf die Schulter. »Gott schütze dich, Viveca.«

Während sie mit Tonioli und Velati die Treppen herunterging, fiel Vivy Sannazzaro auf, dass sie nicht mehr fror.

Am nächsten Morgen war Baronessa d'Altino mit ihren beiden engsten Mitarbeitern nach Palermo geflogen. Das Flugzeug war ihr von ihrem alten Freund Andrea Delli Monti zur Verfügung gestellt worden.

Um halb elf landeten sie in Palermo. Es war zwar bewölkt, aber recht mild. Vor dem Flughafen erwartete sie ein Wagen mit verdunkelten Scheiben und einem Fahrer in Livree, der sie in den Bischofspalast brachte. Während der Fahrt war Vivy äußerst angespannt, sie schloss die Augen und ließ sich in den Sitz sinken. Die vergangenen Ereignisse hatten sie stark geschwächt. Jetzt galt es, ihre Firma und ihre Enkel zu retten, deshalb musste sie mit ihren Kräften haushalten. Einen Moment lang fiel sie in einen unruhigen Halbschlaf. Sie erkannte sich vor dem alten Heuschober über dem Stall, den der Großvater als Spielplatz für seine beiden Enkeltöchter umgebaut hatte. Vor dem Umbau hatte der Wind durch die Bretter gepfiffen, um die Scheune ausreichend zu belüften. Sonst hätte das häufig noch feucht geerntete Heu fermentieren und in Brand geraten können. Der Großvater hatte feste Wände einziehen lassen, durch ein großes Fenster fielen Sonnenstrahlen, die den aufgewirbelten Staub wie goldgelbe Lichtpunkte in der Luft tanzen ließ. Es roch immer noch durchdringend nach Heu. Die Mädchen liebten den süßlichen Duft und verbanden mit ihm all die phantastischen Geschichten, die der Großvater ihnen über den Heuschober erzählt hatte. Hier hatten sich heimlich Liebespaare und Schmuggler getroffen, er hatte aber auch als Versteck für geheime Schätze gedient.

Genau dort, im Geheimversteck ihrer Kindheit, hatte ihre Zwillingsschwester Maria zum ersten Mal von ihrem Verlobten erzählt. »Er wird mich von hier wegbringen und mich heiraten.« Vivy hatte ihr entgegengehalten, dass sie damit großen Kummer über die ganze Familie bringen würde. Wie konnte sie einfach abhauen, noch dazu mit dem Sohn eines Tagelöhners? Doch Maria hatte geantwortet: »Mich wird ja doch keiner vermissen.«

Vivy sah wieder ihr ironisches, fast grausames Lächeln vor sich. Bei diesem Gedanken fühlte sie einen Stich im Herzen, aber nicht weil sie Sehnsucht nach ihrer Schwester hatte, sondern vielmehr als Ausdruck ihres schlechten Gewissens. Lange Zeit hatte sie schlicht vergessen, dass sie überhaupt eine Schwester hatte, sie hatte sie einfach aus ihrem Leben ausgeklammert, sogar der Name war ihr nicht mehr präsent gewesen. Aber jetzt, im Dämmerzustand zwischen Wachsein und Schlaf, mehr ein Gang durch ihr Bewusstsein als ein echter Traum, war ihre Zwillingsschwester zurückgekehrt. War sie gekommen, um die Liebe zu fordern, die sie nie bekommen hatte?

Toniolis Stimme riss sie aus ihren Gedanken: »Wir sind da, Baronessa.«

Vivy öffnete die Augen und sah aus dem Fenster. Draußen schien die Sonne.

Der Sekretär seiner Eminenz, ein hagerer junger Mann mit strengem Gesicht, empfing Vivy Sannazzaro in seinem Büro. Er hörte ihrem Bericht aufmerksam zu, und als Vivy Sannazzaro fertig war, stand er auf, ging zum Fenster, das auf den Hof führte, und schob den Vorhang etwas zur Seite.

Die Baronessa sah ihm schweigend zu, während sie einen handgeschriebenen Zettel aus der Tasche zog und auf den Schreibtisch legte.

»Bitte.«

Der Sekretär nahm wieder Platz, griff nach dem Zettel und studierte ihn aufmerksam.

Er nickte ein paar Mal, las die Liste erneut, um die Namen zu verinnerlichen, dann leerte er den Inhalt eines chinesischen Schüsselchens auf die Tischplatte, legte den Zettel hinein, zündete ihn an und zermalmte die Asche mit einem Briefbeschwerer zu Staub.

Vivy fand sein Verhalten beängstigend. Erst jetzt schien ihr klargeworden zu sein, welches Risiko sie einging. »Ich habe zwei Dinge auf dem Herzen«, sagte sie entschlossen und sah dem Sekretär fest in die Augen. »Wer steckt hinter den Erpressungen? Ich will, dass diese Männer ein für alle Mal aus meinem Leben verschwinden. Dies würde uns beiden nutzen: Das Schutzgeld, das sie verlangen, kann ich genauso gut der Kirche spenden.« Sie machte eine kurze Pause, um die Reaktion des Kirchenmannes abzuwarten, der aber keine Miene verzog. »Die zweite Angelegenheit ist mir noch wichtiger: Ich will meine Enkel finden, damit sie wieder bei ihrer Mutter leben können. Und ich will, dass dieser Santanna für den Mord an meinem Sohn Lupo und für die Grausamkeiten, die er Smeralda und ihren Kindern angetan hat, zur Rechenschaft gezogen wird.« Eine Träne lief ihr über die Wange. Sie tupfte sie mit einem Taschentuch ab und atmete tief durch, um die Fassung wiederzufinden. Vor den Augen eines Fremden wollte sie stark bleiben.

Der Mann nickte. Alle Unnahbarkeit war aus seinem Gesicht gewichen. »Ich verspreche Ihnen nichts, Baronessa, aber ich versichere Ihnen, dass ich alles tun werde, was in meiner Macht steht. Auch Seine Eminenz wird Ihnen beistehen. Die Wege des Herrn sind unergründlich. Beten wir deshalb gemeinsam, dass sich die richtige Tür öffnen wird, damit sich Ihre Wünsche erfüllen können.« Der Mann stand auf, warf ihr ein mitfühlendes Lächeln zu und öffnete die oberste Schublade einer Kommode aus dem 16. Jahrhundert, die neben dem Schreibtisch stand. »Wissen Sie, kurz nach Ihrem Anruf habe ich mich an etwas erinnert, das Ihnen sehr gefallen wird, denke ich.« Er reichte ihr ein altes Manuskript.

»Seine Eminenz wünscht, dass Sie dieses Dokument an sich nehmen. Es betrifft mit aller Wahrscheinlichkeit Ihre Familie. Sehen Sie, es wurde Ende des 18. Jahrhunderts in Palermo von Kardinal Medinaceli verfasst.«

Wieder rannen Tränen über die Wangen der Baronin, dieses Mal allerdings vor Ergriffenheit.

»Der Kardinal erzählt darin von seiner Begegnung mit Volfango d'Altino und einer gewissen Oliva di Regalmici …«

»Haben Sie vielen Dank!« Vivy strahlte ihn an und drückte die Akte an ihre Brust. Wieder hatte Volfango ihr ein Zeichen gegeben. Durch seine Memoiren hatte er sie zu diesem Schriftstück geführt. Ganz so, als ob er ihr zeigen wollte: Du bist auf dem richtigen Weg.

Palermo, 1771

Nachdem seine Eminenz Cosimo di Medinaceli Volfango und Oliva gesegnet hatte, rief er nach seinem Sekretär. Der Mönch verbeugte sich tief, reichte dem Kardinal den Purpurmantel und brachte ihn zum Ausgang der Sakristei.

Kaum waren Volfango und Oliva wieder allein, fielen sie einander in die Arme. Es würde nicht leicht sein, Palermo zu verlassen.

Oliva schwieg. Es tat ihr weh, heimlich wie ein Dieb aus der Stadt zu schleichen. Warum mussten sie auf diese demütigende Weise fliehen? Als mutige und geschickte Kämpferin würde sie sich gegen alle Feinde durchsetzen, egal, ob es die Wächter des Vizekönigs oder die geheimnisvollen Beati Paoli waren. Die Schulterverletzung aus ihrem letzten Kampf hatte ihren Mut nicht geschmälert. Volfangos Entscheidung akzeptierte sie nur aus einem einzigen Grund: Schon immer hatte sie davon geträumt, in einem fremden Land ein neues Leben zu beginnen, und dieser Traum war jetzt zum Greifen nah. Bald würden sie sich einschiffen, um nach London zu segeln. Mademoiselle Francine, die bereits dort gewesen war, hatte wahre Wunderdinge erzählt: »London ist eine Reise in die Zukunft, und die Mode ist *très charmante*, genau wie in Paris.«

»Sag mir, woran du denkst«, Volfango strich ihr übers Haar.

Seine tiefe Stimme riss Oliva aus ihren Gedanken. Instinktiv umfasste sie ihr Schwert. »Lass uns gehen, Volfango. Wir wollen keine Zeit verlieren.«

Heimlich verließen sie die Kirche Santa Maria delle Sette Spade. Inzwischen war es hell geworden, sie mussten sich beeilen: Eine einzige Unachtsamkeit könnte ihr Geheimversteck verraten.

Gemeinsam mit Franzin und Balà huschten sie rasch durch die verwinkelten Gassen bis hin zu einem verfallenen Haus. Die Eingangstür war nicht verschlossen. Drinnen war es dunkel, ein furchtbarer Gestank schlug ihnen entgegen. Franzin schob einen an die Wand gelehnten Strohsack zur Seite und zog an einem kleinen Haken. Ein schmaler Eingang wurde sichtbar. Balà ging voraus.

»Los«, sagte Volfango und schob Oliva durch die Öffnung. Danach schlüpften er und Franzin hinterher. Der Baron schloss den Eingang, und gemeinsam stiegen sie die Treppe in den Untergrund hinab. Im Versammlungsraum saßen einige Männer im Kreis. Einer von ihnen erhob sich und ging Volfango entgegen: »Bruder!« Die beiden umarmten sich herzlich.

»Das ist Chiereghin, Antonio Mario Chiereghin aus Chioggia«, stellte Volfango den Mann vor.

»Marchesa, es ist mir ein Vergnügen, Eure Bekanntschaft machen zu dürfen.« Chiereghin kniete vor Oliva nieder.

Oliva lächelte. Der Edelmann lächelte zurück und wandte sich dann wieder an den Baron: »Das Schiff ist bereit, Volfango. Meine Familie steht Euch zu Diensten, eine Selbstverständlichkeit nach allem, was Ihr für uns getan habt. Und außerdem ...«, Chiereghin lachte und schlug seinem Freund auf die Schulter, »gegen den Dogen zu kämpfen ist ein Vergnügen, auf das ich um nichts in der Welt verzichten möchte. Diese verdammten Venezianer verfolgen uns mit ihrer Kriegsflotte. Die *Milizia da mar* erfindet immer neue Steuern, presst uns bis auf den letzten Scudo aus und unterdrückt das Volk.« Bei diesen Worten erhob sich beifälliges Gemurmel.

»Bruder, es tut gut, Euch so sprechen zu hören.« Volfango umarmte ihn ein weiteres Mal und ging dann zu den anderen hinüber, um ihnen mitzuteilen, wie er einen Teil seiner Besitztümer unter ihnen aufteilen wollte. Wieder beifälliges Gemurmel, doch der Baron bat nochmals um ihre Aufmerksamkeit, um ihnen die zukünftige Strategie der Bruderschaft darzulegen und seinen Nachfolger Giona Ruocco auf seine Pflichten hinzuweisen.

»Seine Eminenz Cosimo di Medinaceli wird der Vormund meines Sohnes Lupo d'Altino und der Verwalter meiner Güter in Sizilien sein. Mit dem Segen der Heiligen Mutter Kirche verkünde ich Euch, dass ich immer einer von Euch sein werde, meine Brüder. Für immer wird mein Herz für Recht und

Ordnung und für das Wohl des Volkes schlagen.« Die Brüder klatschten gerührt Beifall.

Dann kam der Abschied.

Oliva überließ Chiereghin ihr Pferd und ritt zusammen mit Volfango, seine beiden Gefolgsleute gaben ihnen von hinten Deckung.

Während sich Oliva noch fester an Volfango klammerte, wurde ihr klar, dass ihr Leben nie wieder so sein würde, wie zuvor. Was die Zukunft für sie bereithielt, wusste sie nicht. Aber die Angst vor dem Morgen verhinderte nicht, dass sich erst ein schüchternes Lächeln und dann ein Ausdruck purer Freude auf ihrem Gesicht ausbreiteten, als der Hafen in Sicht kam. Jeden Moment konnten die Venezianer auftauchen, aber daran dachte sie nicht. Sie roch nur den salzigen Atem des Meeres, der in ihre Lunge strömte und sie mit neuer Energie erfüllte.

Auf der Mole herrschte reges Treiben: Fischer, Seeleute und Händler, die lautstark ihre Waren feilboten. Das quirlige Leben berauschte Oliva wie ein Becher guten Weins.

Kaum hatte er sie erkannt, eilte ein Seemann auf sie zu und half ihnen vom Pferd. »Rasch, Baron, Euer Schiff ist bereit zum Auslaufen. Das Wetter ist gut, der Wind günstig. Euer Gepäck ist schon unter Deck.«

Oliva lächelte. Während ihr d'Altino an Bord half, blickte sie sich ein letztes Mal um. »*Addio, Sicilia*. Heute wird eine neue Oliva geboren«, flüsterte sie mit Tränen in den Augen. Dann schmiegte sie sich an Volfango. Arm in Arm sahen sie ihre Heimat immer kleiner werden, bis die Menschen auf der Mole nur noch wie Ameisen wirkten.

13

Mailand, 2009

In den würzigen Kaffeeduft mischte sich das süßliche Aroma frisch gebackener Brioches. Chiara stand auf und ließ sich von dem herrlichen Geruch in die Küche locken. Dort hatte Silvia neben einer Tasse und einem Körbchen mit warmen Hörnchen eine kurze Nachricht hinterlassen: »Ich erwarte dich um zehn im Büro.«

Chiara blickte auf die Uhr: kurz nach acht. Genug Zeit, ihren Kaffee zu trinken, ein Brioche mit Honig zu beschmieren, in aller Ruhe zu frühstücken und dabei die Nachrichten auf Sky zu sehen.

Nach dem Frühstück ging sie ins Bad. Als sie am Garderobenspiegel vorbeikam, blieb sie stehen. Sie trat näher, um sich genauer zu betrachten. Seit wann hatte sie diese dunklen Augenringe? Und seit wann war sie so blass? Vielleicht war es nur das Neonlicht ... Nein, auch im Badezimmerspiegel sah sie nicht anders aus. Wahrscheinlich waren die kräftezehrenden Visionen schuld, die sie seelisch und körperlich ausbrannten. Doch hier in Mailand, mit Silvia an ihrer Seite, würde sie bestimmt wieder zu Kräften kommen. So wollte sie Paolo nicht unter die Augen treten.

Sie machte sich frisch, legte ein bisschen Grundierung auf, um die Augenringe zu kaschieren, und fasste ihre Haare zu einem Pferdeschwanz zusammen. Dann zog sie eine Jeans, einen grauen Pulli und ihre schwarze Lederjacke an. Ein erneuter Blick in den Spiegel zeigte eine verwandelte Chiara, jung und dynamisch. Aber als sie nach ihrer Tasche griff, knickten plötzlich ihre Beine ein. Sie konnte sich gerade noch an der Wand abstützen, sonst wäre sie zu Boden gesunken. Die Vision kam mit Macht, und es gab kein Entrinnen.

Smeralda fand keinen Schlaf. Ihr Kissen war feucht von ihren Tränen. Sie starrte an die Decke. Ihre Gedanken rasten. Wieder und wieder sah sie die Szene vor sich. Bonadeos Kuss, den sie leidenschaftlich erwidert hatte. Jedes Mal schien sie etwas mehr von Dante Bonadeo wahrzunehmen, seinen warmen männlichen Körper, die glatte Haut, den Geruch seines Atems. Sie hatte das Gefühl, als wäre er tatsächlich bei ihr. Smeralda ließ sich einen kurzen Augenblick lang in dieses vollkommene Glück hineingleiten. Doch dann hatte die Angst sie wieder fest im Griff. Die Angst, dass Dante Bonadeo genauso enden könnte wie Lupo. In jedem Glücksmoment lauerte ein böses Erwachen. Mit dem Geheimnis, das sie in sich trug, glich Smeralda einer tickenden Zeitbombe, die jeden, der ihr zu nahe kam, mit sich in den Abgrund reißen würde. Sie presste das Kopfkissen an ihre Brust und traf eine Entscheidung. Sie würde sich von Dante Bonadeo fernhalten, so schwer es ihr auch fallen würde. Es war grausam, gerade den Menschen zu meiden, der sie respektiert und ihr das Gefühl gegeben hatte, eine Frau und keine dreckige Hure zu sein. Aber sie spürte, dass sie keine andere Wahl hatte, wenn sie Dante die Hölle ersparen wollte. Die Hölle, in der sie lebte: ein Leben lang erpresst, in der ständigen Angst, ihre Kinder nie wiederzusehen, vorausgesetzt, sie waren überhaupt noch am Leben. Sie hatte irgendwo gelesen, dass eine Mutter immer wusste, wie es ihrem Kind ging, egal, wie weit sie von ihm entfernt war. Sie hoffte, dass das nicht stimmte, denn ihr

Instinkt sagte ihr immer nur, dass ihren Kinder etwas Furchtbares zugestoßen war. Sie dachte wieder an das Foto des dunkelhaarigen Mädchens und an all das, was Bonadeo ihr über den Kinderhandel erzählt hatte. Unschuldige Entführungsopfer, denen die Organe entnommen wurden, um einen florierenden Handel zu bedienen. Die Drahtzieher agierten unerkannt im Hintergrund.

Bei diesem Gedanken schoss ihr das Blut in den Kopf. Wenn sie einen dieser Unmenschen in die Finger bekäme, würde sie ihm die Augen auskratzen und ihn zerfleischen wie ein wildes Tier. Doch selbst der Gedanke an Rache konnte die Angst nicht überdecken. Ihre einzige Hoffnung, ihre Kinder jemals wiederzusehen, war Vivy Sannazzaro.

»Signorina Smeralda«, Rachel stand in der Tür und musterte sie besorgt. Smeralda öffnete die Augen, sie fühlte sich, als ob ihr Kopf in einem Schraubstock steckte.

»Commissario Giorgini möchte Sie sprechen.«

»Sag ihr, ich brauche Ruhe.«

»Das habe ich bereits, aber die Kommissarin lässt sich nicht abwimmeln.«

»Hilf mir bitte«, sagte sie und stieg aus dem Bett. Raquel streifte ihr den Morgenmantel über und brachte ihre Haare in Ordnung.

Silvia Giorgini saß im Wohnzimmer, aber sie war nicht allein. Als Smeralda ihre Begleiterin erkannte, zögerte sie.

»Buongiorno, Signorina Mangano. Ich bin Commissario Giorgini«, Silvia reichte ihr die Hand. «Und das ist …«

»Wir kennen uns bereits«, unterbrach sie Smeralda mit bangem Blick.

Chiara lächelte sie freundlich an. »Machen Sie sich keine Sorgen. Wir sind hier, um Ihnen zu helfen.«

Silvia sah ihre Freundin etwas irritiert an. Es ging um eine mögliche Schlüsselfigur in einer Mordermittlung und nicht um Psychotherapie. Sie räusperte sich vernehmlich und setzte in professionellem Ton hinzu: »Ich möchte Sie darüber informieren, dass wir einen begründeten Verdacht haben, dass Sie in den Mordfall Marcovich-Livraghi verwickelt sind.«

Das Folgende hörte Smeralda nicht mehr. Bei den Worten der Kommissarin überschlugen sich ihre Gedanken.

»… und deshalb, Signorina Mangano, empfehle ich Ihnen, mit uns zusammenzuarbeiten und alles zu erzählen, was Sie wissen. Auch im Kommissariat, wenn Ihnen das lieber ist.«

Smeralda schwieg und starrte Chiara an.

»Haben Sie keine Angst.« Chiara war klar, dass Smeralda zur Ruhe kommen musste. Sie lächelte und umfasste ihre Handgelenke. Während Smeralda zusammenzuckte, spürte Chiara, wie die Energie zu fließen begann. Vor ihrem inneren Auge erschienen Bilder, die außer ihr niemand sehen konnte.

Schlagartig wurde es dunkel, die eleganten Möbel verschwanden, die Umgebung wurde düster und ärmlich, statt Parkettboden sah sie nun rote Erde. Smeralda kauerte mit weit gespreizten Beinen auf dem Boden und umklammerte ihren Bauch, als hätte sie schreckliche Schmerzen. Unter lautem Schreien begann sie zu pressen. Neben ihr stand eine Frau in einem langen Kapuzenmantel. Sie beugte sich über sie und sah sie schweigend an. Kurz darauf glitt eine dunkle, glitschige Masse aus Smeraldas Körper. Unförmig, von dickflüssigem Schleim umhüllt, hob und senkte sich das Etwas wie ein riesiges klopfendes Herz. Bevor Chiara erkennen konnte, was es war, hob die Frau mit der Kapuze das Wesen vom Boden auf und verbarg es unter dem weiten Mantel. Einen Augenblick später wandte sie sich um. Erst da sah Chiara ihr ins Gesicht und schrie …

»Yelena Marcovich!«

»Chiara, Chiara, wach auf! Wir sind bei dir, wach auf! Alles ist gut, es ist vorbei.« Silvia hockte auf dem Boden und hatte Chiara auf die Seite gelegt. Sie hatte die Symptome einer nahenden Vision sofort erkannt: die konvulsiv zuckenden Gliedmaßen, das feuerrote Gesicht und die nach oben gerichteten Augäpfel. Die Seitenlage verschaffte ihr Linderung. Silvia lockerte Chiaras Kleidung und stopfte ihr ein zusammengeknülltes Stofftaschentuch in den Mund, damit sie sich nicht auf die Zunge biss. Mit der anderen Hand fühlte sie den Puls. Nach einigen Minuten ließ das Zucken nach, und Chiara erwachte.

»Es geht wieder, mach dir keine Sorgen«, sagte sie zu Silvia und drückte ihr die Hand.

Smeralda stand noch unter Schock. Sie war einen Schritt zurückgewichen und presste die Hand vor den Mund. Chiaras markerschütternden Schrei würde sie nie vergessen. Chiara Bonelli wusste von Lena Marcovich …

»Ich werde alles sagen, alles«, stammelte sie panisch.

»Ich höre, Smeralda«, sagte die Kommissarin und zog ein Aufnahmegerät aus der Tasche.

Nach kurzem Zögern begann Smeralda zu sprechen: »Es ist wahr, ich kenne die Tote aus dem Eurostar. Ich habe sie vor vielen Jahren kennengelernt, in einem anderen Leben, einem Leben, von dem niemand wissen darf …«

»Machen Sie sich keine Sorgen, bei uns ist Ihr Geheimnis in besten Händen.«

»Ich heiße Maria Catena Calogero und wurde in Mongiuffi in der Provinz Messina geboren. Mein Leben war nicht einfach, manchmal war ich gezwungen, schreckliche Dinge zu tun … Dann, eines Tages, ich arbeitete noch als Hostess, habe ich Lena kennengelernt.« Smeralda hielt inne, um sich die Tränen aus dem Gesicht zu wischen, und fuhr dann fort. Sie erzählte von der Entführung, der Geburt ihrer Kinder und davon, wie ihr Lena Marcovich die Zwillinge weggenommen hatte. Und von ihrer Angst, zur Polizei zu gehen, denn diese Leute schreckten vor nichts zurück.

Sie enthüllte alle Details, nannte aber keine Namen. Während sie der Schauspielerin zuhörte, konnte Chiara ihre ganze Angst spüren, so als hätte sie das alles selbst erlebt. Silvia schaute hin und wieder auf den Recorder, ansonsten behielt sie Chiara und Smeralda im Auge. Sie wusste, dass sich Chiara noch immer in einem tranceartigen Zustand befand und wollte nicht, dass sie zu Schaden kam.

Als sie Smeralda Manganos Wohnung kurze Zeit später verließen, beruhigte Chiara die Kommissarin. Ihr gehe es gut. Allerdings wollte sie unbedingt noch einmal in Anna Principinis Wohnung.

»Ich habe etwas übersehen, ganz sicher«, sagte Chiara.

Amanda Soleri stürzte in die Wohnung. Völlig außer Atem fragte sie: »Wo ist er?« Erst dann ließ sie Tasche und Mantel fallen und hastete in Richtung Kinderzimmer. »Er hat sich beruhigt und ist in seinem Zimmer. Ich hatte solche Angst!«, Nana zitterte am ganzen Körper.

Brandos Zimmer sah aus, als wäre ein Tornado hindurchgefegt. Die Vorhänge waren heruntergerissen, das Spielzeug kaputt und überall verteilt, die Stühle und der kleine Tisch umgeworfen. »Sie hätten das Chaos sehen müssen, bevor ich Ordnung gemacht habe«, sagte das Kindermädchen und hob Tisch und Stühle auf. Amanda atmete tief durch und setzte sich auf Brandos verwüstetes Bett.

Der Kleine lag zusammengekauert auf dem zerwühlten Bettlaken, das Kopfkissen fest über Kopf und Ohren gepresst. Amanda versuchte ihm das Kissen abzunehmen, aber Brando ließ nicht los. So war es immer nach den Anfällen: Brando verkroch sich und wollte nichts und niemanden sehen und hören.

»Dieses Mal hat es länger gedauert als sonst«, Nana hob den abgerissenen Kopf und den Rumpf eines Stoffbären auf und steckte sie in die Tasche, um sie später wieder zusammenzunähen.

»Danke, Nana, Sie können gehen, ich bleibe bei ihm.« Amanda wartete, bis das Kindermädchen die Tür hinter sich geschlossen hatte, dann begann sie lautlos zu weinen. Auch seitdem er bei ihr lebte, hatte sich Brandos Zustand nicht verbessert. Es war ein Fehler gewesen, ihn zu adoptieren. Sie war gescheitert.

»Was habe ich nur falsch gemacht?«, fragte sie sich und presste die Hand auf den Mund, damit Brando ihr Schluchzen nicht hörte. In der letzten Zeit hatten sich die Anfälle gehäuft. Von einer Minute auf die andere konnte seine Stimmung umschlagen. Amanda überlegte. War es der Stress? Oder ihre turbulente Beziehung zu Spargi? Seit Annas Tod waren ihre Nerven zum Zerreißen gespannt. Sie war launisch und gereizt, wie damals, als sie Brandos Gequengel einfach nicht mehr ertragen konnte und seine geliebte Plüschgiraffe aus dem Fenster geworfen hatte.

Brando hatte sich unterdessen keinen Millimeter bewegt und umklammerte immer noch sein Kissen. Amanda strich vorsichtig über seine Hand. Sie hatte Angst. Wie würde er reagieren? Manchmal genügte eine einzige Berührung, um einen Tobsuchtsanfall auszulösen. Während sie ihn ansah, spürte sie plötzlich etwas Feuchtes unter sich und sprang auf. Ein dunkler Fleck breitete sich langsam auf dem Bettlaken aus. Brando hatte wieder ins Bett gepinkelt. Ohnmächtige Wut brandete in ihr auf. Sie packte Brando am Arm und zog ihn aus dem Bett. »Du bist ein böses Kind. Schau, was du gemacht hast. Das erzähle ich deinen Freunden!«, schrie sie.

Wie ein wildes Tier sprang Brando sie an und biss ihr ins

Bein. Er war feuerrot im Gesicht und knurrte wie ein wütender kleiner Hund. Amanda schlug auf ihn ein und stieß ihn brutal von sich weg. Brando schrie wie ein Besessener.

»Signora, was ist los?« Nana kam angelaufen und versuchte, den Jungen festzuhalten und in den Arm zu nehmen. »Hören Sie auf, das macht es nur noch schlimmer!« Brando war nicht zu bändigen, er trat wild um sich.

»Basta, Brando, Schluss jetzt!« Amanda schlug ihm ins Gesicht. Das hatte sie noch nie getan. Einen Augenblick lang waren alle wie versteinert. Brando war so schockiert, dass er nicht einmal weinen konnte. Dann warf er sich in rasender Wut erneut gegen Amanda und schrie: »Ich hasse dich!« Dabei trommelte er mit seinen kleinen Fäusten auf sie ein.

»Hör auf, Brando. Sag so etwas nie wieder zu deiner Mama!« Nana zog ihn weg.

»Ich bin nicht Brando! Und du bist nicht meine Mama! Geh weg, du bist böse. Geh weg!« Dabei hatte er sich aus dem Griff des Kindermädchens befreit. Amanda wollte ihn festhalten, doch er war schneller und riss ihr ein Büschel Haare aus. »Gib mir meine Schwester zurück! Ich will meine Schwester zurück!«, brüllte er.

Mit Hilfe des Kindermädchens öffnete Amanda Brandos Faust, einen Finger nach dem anderen. Der Junge trat um sich und schrie noch immer, dann ließ er sich erschöpft aufs Bett fallen. Amanda wartete, bis er eingeschlafen war, nahm ihn in den Arm und trug ihn in ihr Bett, so dass Nana das Laken wechseln konnte. Als sie sicher war, dass er fest schlief, verließ sie das Schlafzimmer und schloss die Tür hinter sich.

Einige Stunden später schaute sie noch mal nach Brando. Er schlief. Ganz vorsichtig setzte Amanda sich auf die Bettkante und sah ihn an. Ihr war, als sähe sie ihn das erste Mal. Noch nie war er ihr so fremd vorgekommen wie jetzt. Die Worte, die er ihr während des Anfalls entgegengeschleudert hatte, ließen sie nicht los. »Er ist eben ein schwieriges Kind«, hätte der Arzt sie mit Sicherheit beschwichtigt, »am besten, Sie gehen einfach darüber hinweg.« So hatte sie es bisher auch immer gehalten. Nicht zum ersten Mal hatte Brando von einer Schwester gesprochen. Doch der Psychiater hatte Amanda beruhigt: Das sei nur eine Kompensationsphantasie, um das Gefühl der Einsamkeit und das Trauma des Kinderheims zu lindern. Außerdem hatte Pelori ihr mehr als einmal versichert, dass Brando ein Waisenkind war. Es musste so sein. Aber was steckte dann dahinter?

Amanda erinnerte sich an ihre erste Begegnung. Franco hatte den Jungen an der Hand gehalten, er trug ärmliche Kleidung und zu große Schuhe. Vom ersten Augenblick an hatte Amanda eine große Zärtlichkeit für ihn empfunden und die Hoffnung gehabt, dass ab diesem Moment für den Jungen ein neues Leben beginnen würde. Brando würde der Sohn sein, den sie und Franco nie haben könnten, endlich würde er alle Liebe und Zuneigung erfahren, die ihm zustand. Wie er zu ihr gekommen war, spielte keine Rolle, wichtig war nur, dass er da war.

Aber sie hatte sich geirrt. »Schlechte Ware«, hatte Franco Spargi eines Tages gesagt, nachdem Brando wieder einmal einen Anfall gehabt hatte, in einem Ton, als sei der Junge ein fehlerhaftes Kleidungsstück. Amanda hatte nicht darauf reagiert. Um nichts auf der Welt hätte sie sich ihren Traum zerstören lassen. Sie hatte die Zähne zusammengebissen und einfach weitergemacht.

Jetzt musste sie der Realität ins Auge sehen: Sie war am Ende ihrer Möglichkeiten, ihr Traum war endgültig zerplatzt. Sie sah auf die Uhr. Franco müsste längst zu Hause sein.

Immer wenn sie ihn brauchte, war er nicht da. Sie stand auf und verließ das Zimmer. Sie musste unbedingt zur Ruhe kommen. Sie ging ins Bad, um einige Tropfen Valium zu nehmen. Dabei sah sie in den Spiegel: Sie sah schrecklich aus. Sie schminkte sich und fuhr sich durch die Haare. An der Stelle, an der Brando ihr die Haarsträhne ausgerissen hatte, glänzte rote Haut. Sie putzte die Zähne und spülte gründlich den Mund aus, um den bitteren Nachgeschmack des Beruhigungsmittels zu vertreiben.

Während sie auf die Wirkung wartete, zermarterte sie sich den Kopf: Wie sollte sie mit Brando umgehen? Wenn sie eine Antwort auf diese Frage gefunden hätte, würde sie nach Mitteln und Wegen suchen, um ihr zweites großes Problem zu bewältigen: ihre Schulden.

Spargi hatte sich mit einem von Vito Santannas Männern an der Ausfahrt Palazzuolo verabredet. Als er um halb drei dort ankam, war Gigi Iacovone gerade dabei, die Reifen seines metallicblauen Mercedes Kombi zu inspizieren. Er richtete sich auf und nickte Spargi kurz zu. »*Ù prufessuri* muss sofort nach Rumänien. Sagen Sie Principini, die Ware ist da.«

Spargi nickte. Das Geschäft machte ihm keine Sorgen, aber er wollte mit Iacovone unbedingt über das Problem Sannazzaro sprechen. Die Baronessa war ein zäher Brocken, aber bald hatte er sie so weit. »Noch eine letzte Warnung und dann zahlt sie, vorausgesetzt, dieser dämliche Alberto erwacht nicht aus dem Koma«, hatte er gesagt und dann geheimnisvoll hinzugefügt: »Und sag Don Vito Bescheid, dass unsere Freunde mit den erzielten Fortschritten sehr zufrieden sein werden.«

Iacovone sah ihn verwirrt an.

»Hast du mich verstanden? Du sollst Don Vito sagen, dass

unsere Freunde sicher mit dem zufrieden sein werden, was er und ich bei der Baronessa erreicht haben.«

Gigi Iacovone prägte sich Spargis Worte genau ein, auch wenn er nichts verstanden hatte, und versprach, die Nachricht weiterzugeben.

Vito Santanna saß am Küchentisch seines Landhauses. Seine Leute ließen ihn auch hier nicht aus den Augen. Er nahm einen Apfel aus dem Obstkorb und schnitt ihn mit einem Klappmesser klein. Dieses Messer war sein ständiger Begleiter, seitdem er für die Familie den ersten Auftrag erledigt hatte, eine Art Talisman, Symbol der Macht. Als Kind hatte er die Erwachsenen beneidet, die ein Messer in der Tasche trugen und bereit waren, es auch zu benutzen. Damit machten sie unmissverständlich klar: Die Regeln bestimme ich.

Mit den Jahren hatte Vito den Überblick über all die Kehlen verloren, die man vor seinen Augen aufgeschnitten oder die er selbst durchtrennt hatte, aber bis heute hatte sein Klappmesser nichts von seiner Faszination verloren. Jedes Mal, wenn er mit der Hand über seine Jackentasche fuhr, dort, wo er das Messer verwahrte, fühlte er sich nicht als ein von der Kinderlähmung verkrüppelter Schwächling, sondern als starker Mann. Frauen hatten ihn stets verachtet, aber das war Vito Santanna egal. Auch wenn er als Zuhälter immer mehr mit Frauen als mit Männern zu tun hatte, hatte er sich nie zu ihnen hingezogen gefühlt. Frauen waren minderwertige Kreaturen, und dank seiner Macht konnte er sie unter dem Schutz der Familie nach Belieben demütigen oder noch Schlimmeres tun. Bei Männern war das etwas anderes, zu ihnen fühlte er sich hingezogen, wohl wissend, dass er bestimmte Tabus nicht brechen durfte. Was blieb, waren Respekt und Freundschaft, mehr nicht. Wenngleich er stolz war, mächtige Freunde zu haben, frustrierte ihn sein ungestilltes Verlangen.

Er dachte an all die Frauen, die für ihn gearbeitet hatten. Meist billige Huren, mit einer Ausnahme: Scila. Die Frau, die die Familie verraten und in Schwierigkeiten gebracht hatte.

Dank des lukrativen Organhandels war er später in der Hierarchie der Familie aufgestiegen, er war ein kleiner Boss geworden. Selbst die Nigerianer und die Rumänen, die vor nichts und niemandem Respekt hatten, nannten ihn jetzt Don Vito.

Sein Erfolg machte ihn stolz. Er wollte sich gerade genüsslich einen weiteren Apfelschnitz in den Mund stecken, als sich die Küchentür öffnete und Gigi Iacovone hereinkam. Er schien nervös.

Vito verzog den Mund. Er mochte es nicht, wenn man ohne Vorankündigung bei ihm hereinplatzte. »Weißt du nicht, was sich gehört?«

»Verzeiht, Don Vito.«

»Komm rein und mach die Tür zu.« Vituzzu kaute weiter.

»Ich habe mir jedes Wort gemerkt.«

»Wovon redest du?«

»Franco Spargi. Er lässt ausrichten: Eure Freunde werden sicher mit dem zufrieden sein, was Ihr, Don Vito, und Spargi bei der Baronessa erreicht haben.«

Vituzzu wurde blass. *Eure Freunde werden zufrieden sein*? Was hatte das zu bedeuten? Eine Kriegserklärung, eine Drohung, ein Erpressungsversuch? »Verfluchter Bastard«, dachte er wütend. Er hatte ihn großgezogen und einen Soldaten aus ihm gemacht. Und das war der Dank?

Gigi Iacovone wartete in demütigem Schweigen. An Don Vitos Reaktion hatte er erkannt, dass sein Boss Spargis rätselhafte Worte sehr genau verstanden hatte.

»Unsere Freunde werden mit ihm und mir zufrieden sein«, Santanna betonte jedes Wort.

»Genau das hat er gesagt«, bestätigte Iacovone. Er hätte zu gern mehr gewusst, aber er wagte nicht, Don Vito nach einer Erklärung zu fragen. Einige Sekunden lang sagte Santanna gar nichts. Spargi war wirklich ein Stück Scheiße. Die Nachricht war deutlich: Er würde nur weiter mit ihm zusammenarbeiten, wenn die Familie informiert würde. Und das konnte nur eines heißen: Spargi hatte begriffen, dass Vito auf eigene Faust weitermachen wollte. Es war in der Tat allein seine Idee gewesen, Vivy Sannazzaro zu erpressen, genau wie er damals eigenmächtig entschieden hatte, Scila die Kinder wegzunehmen. Die Familie wusste nichts von seinen Alleingängen. Wenn die Baronessa nachgeben würde, wäre die Übernahme des Weingutes nur noch eine Frage der Zeit. Für immer. Vituzzu konnte es nicht zulassen, dass Spargi seine Pläne durchkreuzte.

»Du kannst gehen.« Santanna nahm einen zweiten Apfel aus dem Korb und warf ihn Iacovone zu. Der fing ihn auf und verließ die Küche, während Vituzzu ausholte und das Messer in die Tischplatte rammte, wo es federnd stecken blieb.

Die Sonne stand bereits hoch über Terrasini. Heute war ein entscheidender Tag. In der mit Palmen gesäumten Straße reihte sich ein Luxusauto an das andere. Die meist jungen, gut gekleideten Besitzer eilten die Freitreppe zur Villa hinauf. Sie atmeten tief die frische Meeresbrise ein, in die sich der Duft der Pitosforohecken mischte, die das Anwesen umgaben.

Am Eingang wurden die Gäste von einer jungen Frau empfangen und in den Sitzungssaal gebeten, der von einem riesigen ovalen Glastisch beherrscht wurde. Die Männer nahmen Platz und begannen sich leise zu unterhalten, während die junge Frau Espresso und Mineralwasser servierte.

Die Gespräche verstummten augenblicklich, als die »Schwarze Witwe« am Arm ihrer Enkelin Rosaly den Raum betrat. Die Frau trug einen schwarzen Rock, einen schwarzen Rollkragenpullover, schwarze Strümpfe und schwarze flache Schuhe. Das linke Auge war mit einer schwarzen Klappe verdeckt. So war sie immer gekleidet, egal, ob im Winter oder bei dreißig Grad. Rosaly neben ihr wirkte in ihrem grauen Hosenanzug, der weißen Bluse und den zu einem Zopf geflochtenen Haaren wie eine frischgebackene Uniabsolventin, bereit für den ersten Job. In der Hand trug sie eine schwarze Lederaktentasche.

Die Männer erhoben sich, um die beiden Frauen respektvoll zu begrüßen. Auf ein kurzes Zeichen der Schwarzen Witwe nahmen sie wieder Platz. Keiner sagte ein Wort.

»Ihr kennt alle meine Assistentin Dottoressa Rosaly Calì«, begann Maria Manniti und sah jedem der Anwesenden in die Augen. »Gut. Ab heute wird sie in dieser Kommission für mich sprechen.« Die Männer nickten, und die Schwarze Witwe eröffnete ohne weitere Umstände die Sitzung. Auf der Tagesordnung standen die Bilanzen der verschiedenen Tätigkeitsfelder der Familie. Rosaly zog einige Dokumente aus der Tasche, verteilte sie unter den Kommissionsmitgliedern und begann mit ihrem Vortrag. Es ging um die Geschäftszahlen der Sparten Drogenhandel, Entführungen, Prostitution und Geldverleih. Und natürlich auch um die üppigen Einnahmen aus einem mysteriösen Geschäftszweig namens »Money Laundering«. Diese Gelder wurden später wieder in den Wirtschaftkreislauf eingespeist. Mit dem nunmehr sauberen Geld wurden legale und prosperierende Unternehmen finanziert. Die Bilanzen waren insgesamt zufriedenstellend. Was jedoch die Kinderpornografie und den Organhandel anging, waren die Umsätze enttäuschend. In letzter Zeit häuften sich die Probleme. Neue Ware war nach dem großen Medienecho auf die jüngsten Polizeiermittlungen nur schwer zu beschaffen. Auch die Allianz mit der rumänischen und der nigerianischen Mafia minderte die Gewinne. Probleme gab es zudem mit wichtigen Politikern, hier waren die Verbindungen weniger stabil als früher. Einige wussten die Freundschaft der Familie nicht gebührend zu schätzen, zogen mit hektischem Aktionismus die Aufmerksamkeit der Presse auf sich und brachten damit das ganze System in Gefahr. Rosaly erinnerte die Anwesenden nochmals daran, dass die *consiglieri* die Pflicht hatten, die operative Ebene mit eiserner Hand unter Kontrolle zu halten. Nur treue Gefolgsleute konnten mit einem Anteil am Gewinn rechnen, während Verräter, die auf eigene Faust arbeiteten, angemessen bestraft wurden, auch als Mahnung für die anderen … Rosaly warf der Schwarzen Witwe einen Blick zu. Wieder schaute Maria Manniti jedem Einzelnen in die Augen. Damit war das Thema beendet.

Bevor sie fortfuhr, sah Rosaly nochmals fragend zu ihrer Großmutter hinüber. Diese nickte und gab ihr ein Zeichen, ihr etwas zu trinken einzuschenken.

»Ein hoher Kirchenmann, der in der Vergangenheit einem in Not geratenen Mitglied der Familie zur Seite gestanden hat, fordert jetzt eine Gegenleistung.« Auf diese Worte hin erhob sich missbilligendes Gemurmel. »Eine Gegenleistung, die wir ihm nicht abschlagen können.« Rosalys Stimme war noch ernster geworden.

Die Schwarze Witwe hielt den Atem an. In Gestalt dieser Frau, die ihre Enkel zurückverlangte, hatte die Vergangenheit sie nun endlich eingeholt, um eine Blutschuld einzulösen. Sie sah die längst verdrängt geglaubten Gesichter ihrer Familie vor sich. Die Zwillingsschwester, die ihr so gar nicht ähnlich war, der Vater, der sie verstoßen hatte, die verzweifelte Flucht, das neue Leben als Frau eines Ehrenmannes. Sie hörte die

Explosion, die ihr den Mann geraubt hatte, und sah den Schatten ihres Retters vor sich, einen jungen Priester.

Während Rosaly weitersprach, nahm Maria Manniti einen großen Schluck Wasser. »Piddu, verzeih«, sagte sie in Gedanken, doch der Hass blieb tief in ihrem Herzen.

Der Himmel über Mailand war nur leicht bewölkt, und die Sonne strahlte hell auf die Fassaden der Palazzi und die Gesichter der Passanten. Commissario Giorgini saß neben Chiara auf dem Rücksitz des Streifenwagens und gab dem Fahrer Principinis Adresse.

»Der Professor ist heute auf einem Kongress außerhalb der Stadt. Als ich ihn davon in Kenntnis gesetzt habe, dass wir noch mal in die Wohnung wollen, reagierte er ausgesprochen gereizt. Ermittlungen seien wie medizinische Untersuchungen, sie scheinen einfach kein Ende zu nehmen, hat er gespottet. Auf einen Kaffee sei ich jederzeit willkommen, aber ich solle ihm nicht die Zeit mit unnötigen Untersuchungen stehlen, wo es nichts zu finden gab. Seine ›arme Frau‹ habe nicht gewusst, was sie tat, sie habe getrunken und sei depressiv gewesen.«

Im Vorzimmer der Wohnung warteten Barbera und Bonadeo, sie hatten sich bereits Handschuhe übergestreift. Silvia fiel auf, wie angespannt und müde Bonadeo aussah. »Alles in Ordnung?«, fragte sie. Er wollte gerade antworten, als Chiara an ihm vorbei ins Wohnzimmer stürmte, wo sich Anna Principini aus dem Fenster gestürzt hatte. Bonadeo ging ihr nach, aber Silvia hielt ihn zurück. »Lass sie.«

Die Einrichtung des Wohnzimmers war in einer geschmackvollen Kombination aus antik und modern gehalten, mit zwei großen Sofas aus hellem Leder und einem niedrigen Tisch, auf dem eine Sammlung von Silberwaren stand. An den Wänden hingen Landschaftsbilder aus dem 18. Jahrhundert, aber auch moderne Gemälde, die dem Raum erfrischende Farbtupfer verliehen. Chiara erkannte einen Balla und einen De Pero. In der Ecke stand ein schwarzer Flügel. Obwohl alles sauber und perfekt aufgeräumt war, schien auf allem eine Staubschicht zu liegen, als ob schon lange niemand mehr in diesem Haus wohnte.

»Wie sind die Männer hereingekommen?«, hatte sich Anna Principini gefragt, während sie am Fenster stand. Die Männer kamen immer näher, beide trugen schwarze Handschuhe.

Dieselben Männer hatte Chiara auch vor ihrer Haustür in Rom gesehen. Was wollt ihr von mir? Genau das hatte Anna kurz vor ihrem Tod auch gedacht.

In der Zwischenzeit hatten die Männer Anna gepackt und aufs Fensterbrett gezogen.

Chiara musste handeln. Ich muss sie fragen, bevor sie stürzt.

»Wo ist er? Sag es mir! Anna, ich bitte dich, sag mir, wo ich suchen soll!«

Chiara versuchte sie zu erreichen. Alles schien jetzt in Zeitlupe abzulaufen. Die Männer ließen Anna los, und ihr Körper schwebte für einen Moment in der Luf, der ihr unendlich lang vorkam.

Chiara gab nicht auf. »Anna, ich bitte dich, sag's mir, sag mir, wo ich suchen soll!«, schrie sie, während Silvia, Bonadeo und Barbera sie erschrocken anstarrten.

Anna sah Chiara traurig an. Sie wehrte sich nicht mehr, als ob sie keine Angst mehr vor dem Tod hätte. Ihre Lippen bewegten sich kaum merklich. Chiara schaffte es trotzdem, ihr den Satz von den Lippen abzulesen, und für einen kurzen Moment entspannten sich ihre Gesichtszüge. Doch dann kehrte die Angst zurück: »Nein!«, schrie sie. Aber es hatte keinen Sinn: Anna fiel ins Nichts.

Wie eine Getriebene stürzte Chiara aus dem Wohnzimmer in den Flur, an der Küche vorbei, wo Rosy und José sie verwundert ansahen, und passierte schließlich zwei weitere geschlossene Türen, bis sie vor dem letzten Zimmer ganz am Ende des Flures stehen blieb. Die Polizisten liefen ihr hinterher, dabei versuchte Barbera, die Szene mit der Videokamera festzuhalten, achtete aber darauf, Chiara nicht zu behindern.

Chiara öffnete die Tür und stand im Schlafzimmer. Ihr Blick fiel erst auf den Spiegel neben dem Schrank, dann auf den Mahagonischreibtisch vor dem Fenster und glitt schließlich über die Objekte, die dort standen. Chiara wusste genau, wonach sie suchte: den Brieföffner. Sie griff danach und ging zum Spiegel. Plötzlich wurde sie nervös.

Anna, hilf mir. Wo ist er? Tränen liefen ihr über die Wangen, aber sie bemerkte es nicht. Ihre Hände bewegten sich wie von selbst. Sie tastete die Wand ab und ließ die Finger am Rand des Spiegels über die Seidenverkleidung gleiten, bis sie einen Widerstand fühlte. Mit dem Brieföffner hob sie den Stoff etwas an und zog einen Briefumschlag heraus, auf dem »An Giampiero« zu lesen war. Chiara begann zu schwanken.

Silvia eilte auf sie zu, um sie festzuhalten. »Chiara, alles in Ordnung?«

»Ja«, Chiara stützte sich auf ihren Arm. Aus ihrem rechten Nasenloch tropfte Blut. Das passierte oft, wenn sie sich sehr lange stark konzentrieren musste. Silvia tupfte ihr mit einem Taschentuch das Blut ab und gab Entwarnung: »Alles okay, es ist vorbei. Barbera, hole ihr bitte ein Glas Wasser.«

Pacì Barbera rannte in die Küche, und als er zurückkam, hatte Chiaras Gesicht wieder etwas Farbe bekommen und sie konnte allein stehen.

Ispettore Bonadeo hatte mittlerweile mit einer Pinzette ein in der Mitte gefaltetes Blatt Papier aus dem Umschlag gezogen und reichte es der Kommissarin.

»Lies«, sagte Chiara.

Silvia faltete den Brief auseinander, der zwei Tage vor Annas Tod verfasst worden war, und begann:

Ich hätte diesen Brief gerne mit »Lieber Giampiero« überschrieben, aber ich kann es nicht. Du bist kein »Lieber« mehr, Du bist nicht mehr der Mann, den ich mehr geliebt habe als mich selbst. Seit langem weiß ich, dass Du ein Betrüger bist. Mich betrügst Du mit jeder Hure, die Dir über den Weg läuft. Du betrügst aber auch Dich selbst und missbrauchst das Vertrauen, das mein Vater in Dich gesetzt hat. Der Mann, der mit seinen Forschungen der Wissenschaft immer Ehre gemacht und alles getan hat, Dich als seinen Nachfolger aufzubauen.

Ich weiß schon lange, dass Du mir etwas verschweigst. Deine plötzlichen Reisen, die seltsamen Typen, mit denen Du Dich getroffen hast. Du antwortest nicht auf meine Fragen, wenn es um Deine Arbeit geht. Dein Telefonat und Deine letzte Reise nach Bukarest haben mir die Augen geöffnet. Was hat es mit diesen Transplantationen auf sich?

Aber ich gebe zu, es ist auch meine Schuld, dass wir an diesem Punkt angekommen sind. Ich wollte den Tatsachen einfach nicht ins Auge sehen. Ich habe mich hinter der Eifersucht versteckt, weil sie das kleinere Übel war. Und dabei habe ich gefressen und getrunken, um mich von meiner Ohnmacht abzulenken. Ich denke, ich weiß jetzt, in welche furchtbaren Dinge Du verwickelt bist, und ich habe große Angst. Aber ich gebe nicht auf! Ich gehe den Weg bis zum Ende. Nicht wegen Dir. Nicht wegen meinem Vater. Aber für mich. Denn ich habe endlich gelernt, mich zu lieben.

Anna

Silvia faltete den Brief zusammen und blickte zu Chiara hinüber. Beide waren tief erschüttert. Barbera, der die Szene filmisch festgehalten hatte, schaltete die Kamera aus und schwieg.

»Das sind nicht die Worte einer Frau, die ihrem Leben ein Ende setzen will«, sagte Bonadeo, »Anna Principini hatte irgendetwas Wichtiges über ihren Mann herausgefunden und wollte Klarheit.«

Silvia seufzte. »Ja, und wie es aussieht, hat ihr das große Angst gemacht.« Sie sah wieder zu Chiara hinüber. »Was meinst du?«

»Sie ist nicht gesprungen, man hat sie gestoßen.«

»Aber es gibt keinerlei Einbruchspuren«, wandte Barbera ein.

»Dann muss sie die Mörder gekannt haben«, sagte Chiara. Sie wandte sich wieder Silvia zu: »Glaubst du, dieser Brief reicht aus, um den Professor festzunehmen?«

Die Kommissarin überlegte kurz. »Der ehrenwerte Giampiero Principini wird sich einigen unangenehmen Fragen stellen müssen, das zumindest ist sicher. Bonadeo, bitte verständige sofort den Staatsanwalt. Dieses Mal sind wir auf der richtigen Spur.«

»Pass doch auf, du Blödmann!«, schrie der Mann und beugte sich aus dem Fenster seines Panda. Bevor er in die Kreuzung einbog, hupte er laut.

Dante Bonadeo schreckte hoch. Sein Herz klopfte bis zum Hals. Fast hätte er dem Fiat die Vorfahrt genommen. Er atmete tief durch und fuhr langsamer, die Hände umklammerten das Steuer, während er sich zur Ruhe rief. Wenn ihn ein Kollege von der Verkehrspolizei gesehen hätte, wäre er seinen Führerschein los gewesen. Seit einigen Tagen war er nicht mehr er selbst. Er bewegte sich wie ein Automat, aß kaum noch und konnte nur noch an eines denken. Als er Commissario Giorgini gebeten hatte, ihn von dem Fall Mangano zu entbinden, hatte sie ihn nach dem Grund gefragt. Doch er war aus dem Büro gestürzt und hatte die Tür hinter sich zugeschlagen.

Am nächsten Tag war Ispettore Bonadeo nicht zur Arbeit erschienen. Er musste Smeralda wiedersehen. Unbedingt. Obwohl sie ihm das letzte Mal unmissverständlich zu erkennen gegeben hatte, er solle sie vergessen. Was auch immer zwischen ihnen gewesen sei, es wäre vorbei. Danach war sie nicht mehr zu erreichen. Aber Bonadeo wollte nicht aufgeben. Er hatte Dutzende Male angerufen, hatte vor ihrer Wohnung gestanden und Raquel angefleht, die Tür zu öffnen. Aber Raquel war hart geblieben. »Die Signora ist nicht da.« »Der Signora geht es nicht gut.« »Die Signora hat mir verboten, Sie hereinzulassen. Es tut mir leid …«

Aber jetzt hielt er es nicht mehr aus. Er musste sie sehen, wenn nötig, unter Einsatz von Gewalt.

»Brauchen Sie noch etwas, Signorina?« Raquel stand auf der Schwelle zu Smeraldas Zimmer. Ihr Dienst war vorbei, aber sie hatte den Mantel noch nicht an.

»Nein, Raquel, geh ruhig.« Smeralda lächelte sie müde an. Sie hatte Valium genommen und war zu träge zum Aufstehen.

»Sie sehen so erschöpft aus. Wenn Sie möchten, kann ich die Nacht über hierbleiben.«

»Ich danke dir, Raquel, aber das ist nicht nötig. Heute Nacht werde ich gut schlafen, du wirst sehen.« Smeralda rang sich ein zuversichtliches Lächeln ab. Seit Tagen drohte sie im Sumpf der Melancholie zu versinken, sie konnte das letzte Zusammentreffen mit Dante Bonadeo einfach nicht vergessen.

Um sich zu beweisen, dass sie hart bleiben konnte, hatte sie sich mit ihm in der Bar vor dem Haus getroffen. Ihre Sonnenbrille hatte sie keine Sekunde abgenommen. »Überleg doch mal. Aus uns kann niemals ein Paar werden. Ein Polizist und eine Schauspielerin, die bei jedem Schritt einen Skandal verursacht. Und außerdem: Du weißt doch gar nichts über mich!« Mit ihrer aufgesetzten Schroffheit hatte sie versucht, ihren Schmerz zu verbergen.

Aber Dante Bonadeo hatte sich nicht täuschen lassen. Er hatte ihre Hand genommen und ihr die Sonnenbrille abgesetzt, um ihr in die Augen sehen zu können. »Deine Vergangenheit interessiert mich nicht. Ich liebe dich wie noch keine andere Frau vor dir. Ich will mit dir zusammen sein, alles andere ist mir egal.«

»Sei doch vernünftig, Dante, du ruinierst deine Karriere.«

»Besser, die Karriere als mein ganzes Leben, außerdem muss das ja gar nicht so sein. Ich liebe dich. Was kümmert mich der Rest?«

Smeralda hatte ihm ihre Hand entzogen und war aufgestanden, ihren Espresso hatte sie nicht einmal angerührt. »Wenn dir wirklich so viel an mir liegt, wie du sagst, dann lässt du mich gehen.« Sie setzte die Sonnenbrille wieder auf und stürzte aus der Bar, ihre Tränen sollte er nicht sehen.

Keine fünf Minuten später hatte Dante bei ihr geklingelt. Den ganzen Abend und am folgenden Tag hatte er versucht, sie zu erreichen, hatte auf dem Handy und dem Festnetz angerufen und es so lange klingeln lassen, bis sie schließlich das Handy abgeschaltet und das Telefon ausgestöpselt hatte.

Sie blickte aus dem Fenster. Es war bereits dunkel. Smeralda sah auf die Uhr. Schon sechs. Sie hatte den ganzen Tag im Bett verbracht. Jetzt aber war Schluss. Sie musste sich endlich aufraffen. Eine Dusche wäre gut. Als sie das Badezimmer wieder verließ, hörte sie ein Geräusch aus dem Hausflur, als ob jemand gegen ein Möbelstück gestoßen wäre. Sie schaltete ihr Handy ein, um es als Taschenlampe zu benutzen, und schlich zur Eingangstür. Sie öffnete sie vorsichtig, doch draußen war niemand zu sehen. Sie ging zurück in die Wohnung, ließ die Tür aber angelehnt, damit sie jederzeit flüchten konnte, falls doch jemand in der Wohnung war.

Plötzlich ging das Licht an. Smeralda drehte sich um.

»Buonasera, Signorina Mangano …« Die Stimme traf sie wie ein Peitschenhieb.

Smeraldas Mund war staubtrocken, und ihr Körper gehorchte ihr nicht mehr. Der Mann kam langsam auf sie zu, wie ein Raubtier, das seine Beute gestellt hat. Als er nur noch wenige Meter von ihr entfernt war, lächelte er und streckte ihr einen Schlüsselbund entgegen. »Die hat mir dein Exgeliebter De Gubertis überlassen. Siehst du, das ist wahre Freundschaft. Der Mann zahlt seine Schulden. Du nicht, Drecksstück.« Enzo Pelori verzog den Mund zu einer Grimasse. »Aber jetzt wirst du bezahlen und zwar mit Zins und Zinseszins. Du hast meinen Ruf ruiniert! Ich will, dass du um Gnade winselst.«

Smeralda beobachtete ihn, wie er erst die Krawatte und dann die Jacke auszog. Sie wusste, was geschehen würde. Sie hasste diesen Mann, aber die Angst, die sie vor ihm hatte, hasste sie noch viel mehr.

Pelori ging noch näher auf sie zu, zog den Gürtel aus der Hose, faltete ihn in der Mitte und schlug damit auf die Innenfläche seiner Hand. Wenn er jetzt nach ihr greifen würde, wäre sie verloren.

Plötzlich löste sich Smeraldas Erstarrung. Sie sah dem Eindringling fest in die Augen, versteckte das Handy hinter ihrem Rücken und drückte die Taste mit dem letzten erhaltenen Anruf: Dante Bonadeo. Genau in diesem Augenblick packte Pelori ihre Arme, schleifte sie über den Flur ins Wohnzimmer und stieß sie zu Boden. Smeralda schrie auf und ließ das Handy fallen, das unter ein Möbelstück rutschte. Sie kauerte sich zusammen, die Knie eng an die Brust gedrückt und die Augen fest geschlossen.

»Dreckige Hure! Du wirst sterben, aber erst sollst du leiden!« Pelori kam auf sie zu, drehte sie um und setzte sich auf ihre Brust. Sie versuchte, sich zu wehren, aber der Mann hielt ihre Arme fest und presste sie mit seinem ganzen Körpergewicht so fest auf den Boden, dass sie kaum noch Luft bekam. Smeralda begriff, dass sie keine Möglichkeit hatte, sich zu wehren. Sie presste die Augen noch fester zusammen und gab jeden Widerstand auf. In der Hoffnung, dass alle Ängste in einer dumpfen Bewusstlosigkeit versinken und alles möglichst schnell vorbei sein würde.

Aber die Ohnmacht ließ auf sich warten. Plötzlich waren Schreie zu hören, etwas fiel scheppernd zu Boden. Der Druck auf ihrer Brust ließ nach, sie konnte wieder frei atmen. Als sie die Augen öffnete, glaubte sie zu träumen: Dante Bonadeo war da und attackierte Pelori. »Verfluchter Bastard«, fluchte der Polizist und platzierte einen Hieb auf Peloris Nase, die sofort zu bluten begann. Auf dem Boden lagen die Scherben einer kostbaren chinesischen Vase.

Smeralda robbte zur Wand und rollte sich dort zusammen. Sie konnte es immer noch nicht glauben. »Heilige Eustochia, ich danke dir!«, schluchzte sie immer wieder.

Bonadeo schlug ohne Gnade auf Pelori ein, der wehrlos auf dem Boden lag, das Gesicht geschwollen und blutverschmiert. Erst als Smeralda schrie, er solle aufhören, ließ der Ispettore von ihm ab. Von der Straße hörte man die Sirene eines Polizeiwagens.

»Es ist vorbei.« Bonadeo nahm Smeralda in die Arme. Er

drückte sie fest an sich, küsste sie auf die Haare und wischte ihr die Tränen aus dem Gesicht. Smeralda zitterte vor Angst und Erschöpfung.

Bonadeo zog die Jacke aus und legte sie um ihre Schultern, dann zog er sie erneut an sich. »Als du mich angerufen hast, stand ich gerade vor dem Haus. Genau in diesem Augenblick öffnete eine Frau die Tür ...«

Smeralda nickte, immer noch zitternd.

»Komm her, du bist ja eiskalt.«

»Entschuldige«, stammelte Smeralda.

»Alles wird gut, glaube mir. Jetzt lasse ich dich nie wieder allein.«

Smeralda schmiegte sich an ihn und presste ihren Kopf gegen seine Brust. Sein stürmisch pochendes Herz war das schönste Geräusch, das sie je gehört hatte. Warum konnte dieser Moment nicht ewig dauern?

Der Strafverteidiger Manfredi Mastronardi hätte Enzino Pelori lieber nicht als Klienten gehabt, aber als sein Mandant noch ein allseits geschätztes Parlamentsmitglied war, hatte er ihm den ein oder anderen Gefallen erwiesen, und jetzt galt es, sich zu revanchieren. Nur deshalb hatte er den Fall angenommen. Die Anklage wegen Vergewaltigung machte ihm überhaupt keine Sorgen, und das nicht nur, weil er vor Selbstvertrauen nur so strotzte. In Justizkreisen nannte man ihn »Caterpillar«. Er hatte noch nie einen Prozess verloren. Seine Klienten waren meist einflussreiche Banker, Industrielle und Politiker, bei denen das Risiko, zu verlieren, sehr gering war. »Der Fall Pelori wird ein Spaziergang«, hatte er im Kollegenkreis getönt, und niemand hatte gewagt, ihm zu widersprechen. Mastronardis dominantes Auftreten flößte seiner Umgebung Respekt und Furcht ein. Seine Gegner schien er förmlich zu erdrücken, nicht zuletzt wegen seiner gewaltigen Körperfülle – der Kampf gegen die Pfunde war der einzige, den er nicht gewinnen konnte –, und er hatte die unangenehme Angewohnheit, sich ausgiebig mit Lavendelparfüm einzusprühen. Man wusste sofort, ob er in der Nähe war oder nicht. Es gab Menschen, die ihn wegen seiner Fettleibigkeit unterschätzten, aber wer ihm in die kalten, durchdringenden Augen sah, wusste genau, wozu er fähig war.

Während der Befragung beschränkte sich Mastronardi auf beiläufige Bemerkungen und theatralische Gesten. Mehr hielt er nicht für nötig. Später würde er für seinen Klienten eine detaillierte Verteidigungsstrategie entwickeln.

Enzino Pelori war ruhig und souverän, als er auf die Fragen des Staatsanwalts Saviano Regillo antwortete, einem spindeldürren Mann um die sechzig mit strengem Aussehen. Der Angeklagte fasste das Geschehen so zusammen, dass Smeralda Mangano in möglichst schlechtem Licht erschien. Er erzählte, dass sie früher unter ihrem bürgerlichen Namen Maria Catena Calogero als Prostituierte gearbeitet hatte und im Laufe der Jahre ihren Namen von 'a Minnona über Caty in Scila verändert hatte. Auch wenn sie nicht vorbestraft war, wäre es ein Leichtes, alles über ihre Vergangenheit herauszufinden. Er fügte hinzu, dass er plane, die Zeitungen zu verklagen, die rufschädigend über ihn berichtet hatten, als man ihn eines Abends vor dem Haus der Mangano überrascht hatte. Er erklärte dem Staatsanwalt, dass er an diesem Abend nur bei Smeralda gewesen sei, weil sie ausdrücklich darauf gedrängt habe. Sie hätte ihn wiederholt in ihre Wohnung eingeladen, aber er habe immer abgelehnt. »Ich hätte auch in dieser verdammten Nacht nein sagen sollen, aber sie tat mir leid. Und dann wurde ich in diese peinliche Schlägerei mit ihrem Liebhaber verwickelt, dem Filmproduzenten De Gubertis. In der Wohnung selbst war ich nur ein einziges Mal, bei der Auseinandersetzung mit Ispettore Dante Bonadeo.« An diesem Abend habe Smeralda Mangano ihn massiv bedrängt. Zu allem Überfluss sei auch noch Ispettore Bonadeo ins Wohnzimmer geplatzt, als sie gerade zur Sache kamen. »Es ging temperamentvoll zu, das gebe ich zu, aber alles im Sinne von Signorina Mangano.« Nach Peloris Aussage warf Mastronardi ein: »*Vis sed grata puellae*«. Dann buchstabierte er seine Weisheit noch einmal fürs Protokoll. Außerdem unterstrich auch er, dass er einige Zeitungen wegen diffamierender Aussagen über seinen Mandanten anzeigen werde. Polizei und Justiz rügte er wegen der voreiligen Festnahme seines Mandanten und der völlig haltlosen Anklage wegen Vergewaltigung.

Nachdem er Mastronardis Tiraden zur Kenntnis genommen hatte, wandte sich der Staatsanwalt wieder an den Angeklagten: »Sie sagen also aus, dass Sie sich am besagten Abend zum ersten Mal in der Wohnung der Signorina Calogero Maria Catena aufgehalten haben?«

»Ganz genau.«

Regillo nickte bedächtig. Aus einer Aktenmappe zog er einige Fotos und legte sie auf den Tisch. »Und was können Sie mir hierzu sagen? Wie Sie sehen, sind Datum und Uhrzeit der Aufnahmen genau festgehalten.«

Pelori erblasste. Die Fotos waren eindeutig. Sie zeigten, wie er die Wohnung Smeralda Manganos betrat und sie dann überstürzt wieder verließ. Er musste nicht lange überlegen, um sich an diese Nacht zu erinnern. Er wusste genau, wann das gewesen war.

»Nun? Gerade eben haben Sie ausgesagt, Sie seien nie vorher in der Wohnung gewesen …«

»Was soll das sein? Ein Beweis?« *Avvocato* Mastronardi war

erbost. Dann warf er seinem Mandanten einen fragenden Blick zu.

»Das sind Beweise, Avvocato. Beweise, dass Ihr Mandant nicht die Wahrheit gesagt hat.«

Enzino Pelori biss die Zähne zusammen. Das Lügengebäude, das er mit Mastronardi aufgebaut hatte, drohte in sich zusammenzustürzen. »Gottverdammte Hure«, zischte er und ballte die Fäuste.

Sein Anwalt warf ihm einen vernichtenden Blick zu. Diese Fotos passten so gar nicht zu seiner Verteidigungsstrategie.

Dante Bonadeo, der das Verhör live über Bildschirm verfolgt hatte, war zufrieden. Er hatte dem Staatsanwalt die Fotos übergeben, die ihm Smeralda am Tag nach der Schlägerei anvertraut hatte. Sie hatte ihm alles erzählt, angefangen von ihren Tagen als Prostituierte, erst in Catania, dann in Palermo. Auch von ihrer Vergewaltigung mit dreizehn hatte sie gesprochen und davon, dass sie als Geächtete das Heimatdorf verlassen musste. In Catania war sie unter dem Namen 'a Minnona auf den Strich gegangen, hatte sich dann in Caty umbenannt und endete schließlich als Luxuscallgirl Scila in Palermo. Dort hatte sie auch ihre erste große Liebe kennengelernt. Lupo Sannazzaro d'Altino war ein hochverschuldeter Spieler, aber er liebte sie und wollte sie heiraten. Gemeinsam wollten sie ein neues Leben anfangen, doch ihr Traum wurde jäh zerstört. Lupo wurde ermordet, die Wucherer, denen er Geld schuldete, kannten kein Pardon. Sie hatte auch von den Zwillingen erzählt, von der Entführung und davon, dass die Mafia die Kinder als Faustpfand ihr gegenüber benutzte. Smeralda wurde von ihren Erpressern als Prämie vergeben, erst an Pelori und dann an De Gubertis, der ihr geholfen hatte, Schauspielerin zu werden. Der Abgeordnete Pelori war ein grausamer Sadist und hatte sie mit Gewalt genommen. Vom

Tag der Vergewaltigung stammten die Fotos, die sich nun in den Händen der Staatsanwaltschaft befanden. Die Aufnahmen stammten von Salvo Falcetti, dem Paparazzo, der später überfahren worden war. Smeralda hatte die Fotos der Chefin der Agentur Rasycom abgekauft, die sie wiederum kurz vor Falcettis Tod per Mail erhalten hatte.

An diesem Punkt fügten sich die Hinweise und Indizien langsam zu einem erkennbaren Bild zusammen. Bonadeo hatte Smeraldas Aussage mit der des Augenzeugen verknüpft, der einen Mann gesehen hatte, der Falcetti erst überfahren und ihm dann den Computer und die Kamera gestohlen hatte. Doch einige Puzzleteile fehlten noch. Den entscheidenden Punkt hatte Smeralda verschwiegen: die Namen ihrer Entführer und Erpresser.

Rino Greco, der Laufbursche der Familie, betrat mit einer Plastiktüte in der Hand die Küche.

»Don Vito, der ist für Euch. Von meinem Großvater«, sagte er und holte ein Stück Käse aus der Tüte. »Der ist so lecker, den sollten Sie ganz alleine essen.«

Santanna brummelte etwas und warf Rino einen finsteren Blick zu, um ihm deutlich zu machen, dass er jetzt nicht in Stimmung war. Als er am Morgen die Zeitung aufgeschlagen hatte, war ihm als Erstes die Nachricht von Peloris Verhaftung ins Auge gesprungen. Kein guter Start in den Tag. Der Journalist hatte seine Geschichte mit pikanten Einzelheiten gewürzt und provozierend gefragt, ob es hier wirklich um etwas aus dem Ruder gelaufene Sadomasospielchen ging oder doch um Vergewaltigung?

»*Testa di minchia,* so ein Arschloch!« Santanna hatte die Zeitung zerknüllt und auf den Boden geworfen. Am liebsten hätte er Pelori und die Mangano in der Luft zerrissen.

Rino Greco rührte sich nicht von der Stelle, die Mütze in der Hand, die Augen fest auf den Käse gerichtet.

»Was willst du denn noch?«, fragte Santanna und folgte seinem Blick. Er nahm den Käse in die Hand und sah ihn sich etwas genauer an. An der langen Kante bemerkte er ein kleines Loch. Er nahm sein Messer und schnitt ein großes Stück heraus. Dahinter kam ein zusammengerolltes Zettelchen zum Vorschein.

»A racina è avvelenata«, die Traube ist vergiftet, stand in krakeliger Handschrift darauf. Santanna sah Rino Greco fragend an, der aber weiterhin keine Miene verzog.

Santanna kochte vor Wut. Jemand musste seinen Plan verraten haben, Vivy Sannazzaro zu erpressen. Aber wer? Das konnte nur einer gewesen sein: der Hurensohn von Spargi. Dessen Nachricht fiel ihm wieder ein: *Deine Freunde werden mit den erzielten Fortschritten sehr zufrieden sein …*

»Verflucht!« Santanna sprang auf und rief nach Peppino *la lepre* – dem »Hasen«. Den Spitznamen verdankte Santannas rechte Hand seiner Hasenscharte. »Wir fahren nach Palermo zurück, sofort.«

An der Piazza Beati Paoli stiegen Santanna, Peppino la Lepre und Rino Greco aus. Die beiden Begleiter gingen rechts und links von ihm, während Santanna einige Telefonate mit dem abhörsicheren Handy führte. Gemeinsam betraten sie eine kleine Trattoria an der Ecke.

Sobald der Wirt sie sah, kam er auf sie zu, um sie überschwänglich zu begrüßen: »Vituzzu, wie geht's? Heute gibt's *pasta con pesto alla trapanese*, genau wie du sie magst.«

»Wie gut, dass ich gerade heute vorbeischaue. Ist mein Platz frei, Nino?« Er sah sich in dem rustikalen Lokal mit seinen Holzdielen und rauen Natursteinwänden um. Zu dieser Zeit waren nur wenige Gäste da, man konnte in Ruhe und ohne lange warten zu müssen essen.

»Natürlich ist dein Tisch frei, Vituzzu. Gehören die beiden zu dir?«

»Ja, gib ihnen einen Tisch gegenüber von meinem.«

»Wie du willst. Komm mit.« Nino brachte ihn zu einem Tisch in einer Nische an der Ecke. An der Wand hing ein langer rechteckiger Spiegel. Der Platz war perfekt: vor unliebsamen Mithörern geschützt, und doch hatte man von hier aus das ganze Lokal im Blick.

Rino und Peppino setzten sich an den Tisch gegenüber, um ihm Deckung zu geben, falls es Schwierigkeiten geben sollte. Während Vituzzu die Getränke bestellte, betrat der Mann die Trattoria, mit dem er gerade telefoniert hatte.

Er war mittelgroß, mager und völlig unauffällig. »Schlechte Neuigkeiten«, sagte er leise und nahm neben Santanna Platz. »Sie wissen von deinen Alleingängen in Sachen Schutzgeld. Außerdem gibt es da noch eine alte Geschichte, die jetzt wieder ans Licht gekommen ist ...« Als er den Wirt mit einem Krug Wein und einer Flasche Mineralwasser an den Tisch kommen sah, hielt er kurz inne.

»*Arancini* und Pasta al Pesto für zwei?«, fragte Nino und goss Santanna etwas zu trinken ein.

»Nein, er geht gleich wieder«, Vito wartete, bis sie wieder allein waren. »Weiter.«

»Die Familie weiß, dass jemand den Sohn der Baronessa ermorden und seine Kinder entführen ließ. Die Zwillinge, die ihm die Hure geboren hat.«

Santanna leerte sein Glas in einem Zug.

»Die Familie ist ungehalten. Eine einflussreiche Persönlichkeit hat eine Bitte an sie herangetragen, die sie nicht abschlagen können, jemand, der viel mächtiger ist als du, Vituzzu.«

Während Nino die Reisbällchen servierte, umklammerte Vituzzu sein Weinglas. In seinem Magen brannte es wie Feuer, es ging schon wieder los.

Als Nino in seine Küche zurückgekehrt war, sprach der Mann weiter: »Du bringst die Geschäfte der Familie in Gefahr.« Er hielt kurz inne. »*Ci hai 'nzertato*, du hast richtiggelegen, als du mich vorhin angerufen hast. Mehr kann ich dir nicht sagen.«

Der Mann stand auf, blickte sich prüfend um und verließ schnellen Schrittes das Lokal.

Vito betrachtete die kalt gewordenen Arancini und schob den Teller weg. Er konnte jetzt nichts essen. Wenn er wirklich untergehen sollte, dann nicht, ohne vorher diese verdammte Hure bestraft zu haben. Die Verräterin. Sie war die Einzige, die seinen Namen kannte. Vielleicht hatte sie mit dieser Journalistin gesprochen, die hatte es wiederum jemand anderem erzählt, und dann war es der Familie zu Ohren gekommen.

Smeralda Mangano musste sterben. Aber zuerst hatte Vito Santanna noch etwas anderes zu erledigen.

Er verließ das Lokal und rief Franco Spargi an. Beiläufig fragte er nach Neuigkeiten in der Sache Sannazzaro. Spargi beruhigte ihn, er habe alles im Griff, vielleicht solle man es im Augenblick nicht übertreiben, die Sicherheitsmaßnahmen in der Firma seien verstärkt worden. Es wäre besser, noch etwas zu warten, bis die Kontrollen wieder heruntergefahren würden. Dann würde er die wertvollsten Rebstöcke der Baronessa zerstören, wie besprochen. »Und dann wollen wir doch mal sehen, ob sie nicht doch weich wird.«

Santanna ging nicht weiter darauf ein und wies ihn stattdessen an: »Eine Sache noch. Hol dir den Jungen. Ich will ihn zu Geld machen. Sag der Calogero, dass er ihr Sohn ist. Die Hure muss sterben, aber vorher soll sie erfahren, dass wir mit ihrem Sohn ein gutes Geschäft gemacht haben, verstehst du? Genau wie mit ihrer Tochter.«

»Alles klar.«

Nachdem man Anna Principinis Brief gefunden hatte, erteilte der Staatsanwalt der Kommissarin die Genehmigung, eine Untersuchung gegen Professor Principini einzuleiten. Er schien die Schlüsselrolle in einem komplizierten und äußerst gefährlichen Spiel zu spielen, vorausgesetzt, die Aussagen seiner Frau entsprachen den Tatsachen. Selbst eine unmittelbare Beteiligung des Professors am Tod seiner Frau war nicht mehr ausgeschlossen. Eines war klar: Selbstmord schied als Todesursache aus. Die Ermittlungen hatten ergeben, dass Principini möglicherweise zu einem international operierenden Organhandelring gehörte, der von der Mafia kontrolliert wurde. In einer Privatklinik in Bukarest entnahm man entführten Minderjährigen Organe, die dann Kindern reicher Eltern eingepflanzt wurden.

Silvia saß hinter ihrem Schreibtisch und wartete auf den Haftbefehl. Aufgewühlt betrachtete sie das Foto des dunkelhaarigen Mädchens. Zwar tappte sie nicht mehr völlig im Dunkeln, aber dafür schienen sich ihre schlimmsten Befürchtungen zu bewahrheiten. Je näher sie der Aufklärung des Falles kam, desto grauenvollere Tatsachen kamen ans Licht. Noch wusste sie nichts über die Hintermänner. Unklar war auch noch, ob ein direkter Zusammenhang zwischen der toten Frau im Eurostar und dem ermordeten Pädophilen aus Venedig bestand. Doch Silvia spürte, dass sie kurz vor dem endgültigen Durchbruch stand und damit auch das Rätsel ihrer stummen kleinen Freundin mit den großen blauen Augen lösen würde.

Amanda Soleri rief nach einem der Barkeeper und bestellte einen doppelten Gin ohne Eis. Es war schon der zweite, seit sie sich in ihrem Büro eingeschlossen hatte. Sie hatte die aktuellen Bilanzen auf dem Schreibtisch ausgebreitet. Die Geschäfte gingen nicht mehr so gut wie am Anfang, obwohl Amanda Luxury in letzter Zeit große Anstrengungen unternommen hatte, der Krise zu trotzen. Von Avantgarde-Boutiquen in New York inspirierte Einrichtungsideen, über Ausstellungen junger, aufstrebender Künstler, bis hin zu einem Angebot an Fingerfood in der Bar: Amanda hatte alles versucht. Sie beschäftigte attraktive junge Männer als Kellner, ausgesprochen hübsche junge Verkäuferinnen und nicht zuletzt die besten Änderungsschneiderinnen der Stadt. Besonders im Rampenlicht stand ihr gutaussehender Geschäftsführer. Trotz seiner Launenhaftigkeit war Franco Spargi eine Augenweide für Frauen aller Altersstufen. Aber alle Aktivitäten liefen ins Leere: Der Umsatz stagnierte oder ging sogar zurück. »Von wegen, die Reichen trifft die Krise nicht«, dachte Amanda und schloss das Rechnungsbuch, um es wieder in den Safe zu legen. Gerade Donna Diabla lief nicht so gut wie erwartet. Auch das Kaufverhalten ihrer Kundinnen hatte sich gewandelt. Viele kamen nur noch zum Zeitvertreib in den Laden, zum Schwätzen oder um mit den gutaussehenden Kellnern zu flirten. Ihre Kreditlast war erdrückend, die Schulden stiegen von Tag zu Tag. Und jetzt konnte sie zu allem Übel auch nicht mehr auf die Hilfe Enzino Peloris rechnen. Amandas Blick fiel auf die Zeitung, deren Titelblatt ein Bild des wegen Vergewaltigung angeklagten Abgeordneten zierte. Widerlich.

»Ihr Gin, Signora«, sagte der junge argentinische Barkeeper in perfektem Italienisch.

»Danke, Miguel. Schließe doch bitte die Tür hinter dir.«

Der viele Alkohol tat ihr nicht gut. Würde sie genauso enden wie Anna? Wollte sie damit den Tod ihrer Freundin verdrängen? Oder ihr schlechtes Gewissen ertränken? »Die Arme soff, wurde betrogen und belogen und dann auch noch umgebracht«, murmelte sie wütend und schüttete den Gin in sich hinein. Als sie Franco von Annas Verdacht gegen ihren Ehemann erzählt hatte, hatte sie deren Todesurteil unterschrieben. Giampiero Principini war für sie immer der Inbegriff an Gewissenlosigkeit gewesen. Er hätte dem Teufel seine Seele verkauft, wenn der nur genug gezahlt hätte. Aber jetzt fühlte sie sich nicht viel besser als er und betäubte sich mit Alkohol und Psychopharmaka.

Sie nahm das Valiumfläschchen aus ihrer Tasche, ließ einige Tropfen in das Ginglas fallen, goss etwas Wasser dazu, trank und wartete auf die Wirkung. Doch die düsteren Gedanken ließen sich nicht verdrängen. Jetzt war ihr alles klar. Franco Spargi hatte Annas Tod geplant. Er hatte die Geschenkaktion für die VIP-Kundinnen initiiert, um in den Besitz von Annas Hausschlüssel zu kommen. Der Bote war ein Komplize gewesen. Während Anna mit ihr telefonierte, hatte er einen Abdruck des Schlüssels gemacht. Und sie selbst war blöd genug gewesen, Franco auch noch zu erzählen, dass Annas Angestellte an diesem Tag nicht im Haus waren. Eine Einladung für die von Franco beauftragten Mörder!

Sie war schuld am Tod ihrer Freundin, da gab es keinen Zweifel.

»Miguel, noch einen, bitte.«

Als Miguel den dritten Gin brachte, vermied es Amanda, ihm in die Augen zu schauen. Sie dankte ihm nicht einmal. Miguel begriff, dass er besser nichts sagte, und ging.

Kaum hatte er die Tür hinter sich geschlossen, brach sie in Tränen aus. Dann riss sie sich zusammen und wischte sich das

Gesicht trocken. Gerade jetzt musste sie stark sein. Ihr ganzes Leben hatte sie um Anerkennung gekämpft, hatte allen zeigen wollen, dass sie eine erfolgreiche Unternehmerin war, nicht schlechter als ihre männlichen Konkurrenten. Sie hatte sich eine Existenz aufgebaut, hatte sich gegen viele Widerstände durchgesetzt und war auch vor gefährlichen Kompromissen nicht zurückgeschreckt. Doch jetzt galt es zu handeln. Besser, selbst die Initiative ergreifen, als bei ihrem eigenen Untergang zuzusehen. Sie ließ das Glas stehen und bat Miguel, den Fahrer zu rufen.

Zu Hause angekommen, ging sie sofort ins Schlafzimmer, schloss sich ein und öffnete den kleinen Tresor im Schrank. Sie nahm die Beretta U22 Neos heraus. Die Waffe hatte sie als Mitglied des Schützenvereins erworben. Sie war geladen. Es würde alles ganz schnell gehen. Sie musste sich Mut machen, musste noch etwas trinken.

Sie ging ins Wohnzimmer und versteckte die Pistole unter einem Sofakissen.

»Signora, Brando hatte wieder einen Anfall.« Nana stand in der Tür. Sie hielt den wimmernden Jungen an der Hand, der sich zu verstecken suchte.

»Was ist passiert?« Amanda ging auf Brando zu und nahm ihn in den Arm. »Was hast du schon wieder angestellt?«

Brando schlug die Hände vors Gesicht und schüttelte den Kopf.

»Er hat einem Klassenkameraden mit einem Kugelschreiber fast das Auge ausgestochen. Die Lehrerin meinte, er hätte den Stift gehalten wie ein Messer.«

Brando nahm die Hände vom Gesicht und sah Amanda verängstigt an. Diesem Blick konnte sie nicht widerstehen. Sie hätte schimpfen, ihn bestrafen müssen, aber sie konnte es einfach nicht. »Armes Kind, du bist genau so unglücklich wie ich«, dachte sie und streichelte ihn. »Hab keine Angst, geh mit Nana in dein Zimmer spielen, ich komme bald, und dann schauen wir uns ›Chihiros Reise ins Zauberland‹ an.« Die Kinderfrau starrte sie entgeistert an. Das war mit Sicherheit nicht die Reaktion, die sie erwartet hatte. Sie nahm den Jungen an der Hand und verließ das Zimmer. Amanda goss sich einen Drink ein und setzte sich aufs Sofa neben das Kissen, unter dem sie die Waffe versteckt hatte.

Als Franco Spargi das Wohnzimmer betrat, war das Glas leer. Amanda lag auf dem Sofa und schlief.

»Schon betrunken?« Franco roch angeekelt an ihrem Glas.

Amanda schreckte hoch. Sie blickte ihm erst ängstlich, dann voller Hass ins Gesicht. »Verschwinde!«, schrie sie ihn an.

Spargi zuckte mit den Schultern und grinste unverschämt zurück. »Gut, dass du besoffen bist. Dann regst du dich nicht so auf. Ich habe dir etwas zu sagen.« Wütend knallte er das Glas auf den Tisch.

»Ich bringe das Kind weg. Jetzt.«

»Was?«

»Ich bringe es wieder dorthin, wo es hergekommen is. Es ist nicht dein Kind.«

»Was soll das heißen?«

»Schluss damit, Amanda.« Spargi ging auf sie zu, packte sie an den Schultern und starrte sie voller Verachtung an. »Er war nie dein Sohn, das weißt du ganz genau.« Er schüttelte sie, dann lachte er: »Na, willst du wissen, wessen Kind er wirklich ist?«

»Lass mich los, du Schwein. Hau ab!« Amanda schob ihn mit beiden Händen von sich weg und versuchte aufzustehen, aber in ihrem Kopf drehte sich alles und sie fiel wieder aufs Sofa zurück.

»Brando ist der Sohn dieser kleinen Hure, die immer in die Boutique kommt: Smeralda Mangano, die kennst du doch, oder?«

Amanda wurde schwarz vor Augen. »Was hast du gesagt?«

»Genau das, was du gehört hast.«

»Warum tust du das? Warum erzählst du mir diesen ganzen Schwachsinn?«

»Weil es kein Schwachsinn ist. Brando ist Smeralda Manganos Sohn. Er hatte sogar eine Zwillingsschwester.«

»Was?« Anna verschwamm alles vor den Augen. Sie saß ganz still und wartete, bis sie wieder klar sehen konnte.

»Ein hübsches Mädchen, dunkle Haare, blaue Augen.«

Amanda hielt sich die Ohren zu.

»Du hast es einfach nicht kapiert. *Ich kenne dein Geheimnis*, sagt dir das nichts?« Spargi machte eine Handbewegung, als schreibe er einen Brief.

Amanda starrte ihn an, als sähe sie ihn das erste Mal.

»Ich bin es, der alle Geheimnisse kennt, deine und die deiner blöden Freundinnen, inklusive der heiligen Anna!«

Amanda schleuderte ihm das Glas entgegen.

»Ich zeige dich an! Auch wenn ich mich selbst mit hineinreite, das ist mir egal!« Spargi wehrte das Glas ohne Schwierigkeiten ab. Seine Stimme war eiskalt: »Wenn du das machst, dann bringe ich dich um, genau wie diese Marcovich.«

Er kickte das Glas mit dem Fuß zur Seite und ging zur Tür.

Amanda lief hinter ihm her: »Du machst mir keine Angst! Wo willst du hin?« Sie umklammerte seine Jacke.

»Brando holen«, er schüttelte sie ab.

»Du bringst ihn nirgendwohin. Hast du verstanden?« Amanda schlug ihm ins Gesicht.

Spargi sah sie hasserfüllt an und schob sie von sich weg. »Wollen wir wetten?«, fragte er mit diabolischem Grinsen.

Dann ging er zu Brandos Zimmer und öffnete mit einem Tritt die Türe.

»Signor Spargi, was machen Sie da?« Nana sprang erschrocken zur Seite. »Ich bringe ihn weg«, sagte Spargi und packte Brando am Arm. Der Junge brach in Tränen aus und trat mit den Füßen nach ihm. Nana wollte ihm zu Hilfe kommen, aber Spargi stieß sie brutal zur Seite.

»Heilige Mutter Gottes«, stammelte sie und bekreuzigte sich.

»Brando, mein Liebling, komm zu Mama«, Amanda hatte sich vor Spargi aufgebaut und streckte dem Jungen die Hand entgegen. Doch Spargi hatte ihn fest umklammert. Brando biss ihm in die Hand. »Verdammt«, schrie Spargi und gab ihm eine Ohrfeige, dabei ließ er ihn los.

»Finger weg von ihm!«, schrie Amanda, aber Spargi drängte sie zur Seite und stürzte sich erneut auf den Jungen.

»Du hässlicher Bastard, jetzt wirst du mich kennenlernen. Du wirst genauso enden wie deine Schwester. Erst machen wir viele kleine Stückchen aus dir und die geben wir dann den Kindern, die sie verdient haben.« Er prügelte auf ihn ein.

Einen Moment lang schien die Zeit stillzustehen. Amanda brauchte einige Sekunden, um Spargis Worte zu erfassen. Sie hatte diesen Mann in ihre Wohnung, in ihr Bett, in ihr Leben gelassen. Ein Monster. Wie in einem Film sah sie Anna als Schulkind vor sich, damals, als sie sich kennengelernt hatten, mit ihrem freundlichen Lächeln und den brav gescheitelten Haaren. Später dann im Hochzeitskleid, als glückliche Braut an der Seite Giampiero Principinis, und schließlich in einem schlichten blauen Kleid, in einem mit Samt ausgekleideten

Sarg, geschminkt und zurechtgemacht, als würde sie nur schlafen.

»Nein!«, schrie sie und rannte zurück ins Wohnzimmer.

Spargi sah ihr verwirrt nach. Brando nutzte den Moment und trat ihm gegen das Schienbein.

»Jetzt habe ich die Nase endgültig voll!« Spargi hob ihn hoch. Seine Hände umklammerten seinen Hals. Da sah er Amanda. Sie hielt eine Pistole auf ihn gerichtet.

»Du bist ja verrückt, leg das Ding weg«, sagte er und lachte nervös. Er ließ Brando los und streckte Amanda die Hand entgegen. Der Junge rannte auf sie zu, um sich hinter ihr zu verstecken.

»Amanda, hör auf mit dem Quatsch, wir finden eine Lösung.« Spargi machte ganz vorsichtig einen Schritt nach vorne. »Wir haben ein bisschen die Kontrolle verloren, das stimmt, aber jetzt ist Schluss, wir vertragen uns wieder, okay?«

Seine Stimme klang jetzt warm und verführerisch.

Aber Amanda sah die Angst in Spargis Augen. Ein elektrisierendes Gefühl, einzigartig. Unbeschreiblich schön. Einen Moment später löste sich ein Schuss und Spargi sackte auf der Türschwelle zusammen. Er sah sie ungläubig an, und Amanda begriff, dass sie es geschafft hatte. Nichts würde mehr sein wie zuvor. Sie ließ die Waffe fallen und begann zu lachen. Ein schrilles, verrücktes, befreiendes Lachen. Endlich hatte sie zu sich selbst gefunden.

Die Nachricht von der Verhaftung Giampiero Principinis verbreitete sich wie ein Lauffeuer. Es war kaum zu glauben: ein leuchtendes Vorbild der Gesellschaft, einer der renommiertesten Wissenschaftler Europas, wurde verdächtigt, entführten Kindern illegal Organe entnommen und sie dann Söhnen und

Töchtern reicher Familien eingepflanzt zu haben, die sich die immensen Kosten einer solchen Operation leisten konnten.

Natürlich hatte Principini die Anschuldigungen sofort zurückgewiesen. Mit solchen Machenschaften habe er nichts zu tun.

Im Beisein von Commissario Giorgini, Vicecommissario Barbera und Ispettore Bonadeo hatte der Staatsanwalt eine kurze Pressekonferenz abgehalten, um die wichtigsten Anklagepunkte gegen Principini zu erläutern. Am folgenden Tag hatte die Presse seine vorsichtigen Worte zu Sensationen aufgebauscht. Es gab Stimmen, die sogar behaupteten, Principini sei auch am Tod seiner Frau Anna Bechi mit schuld gewesen, habe möglicherweise gar ihre Ermordung veranlasst. Außerdem hatte die Presse eine Verbindung zwischen dem Organhandel und den Ermittlungen im Fall der toten Frau im Zug und ihrem ermordeten Komplizen Antonio Livraghi hergestellt.

Ergänzt wurden die Anklagepunkte durch das umfangreiche Dossier von Interpol über verschwundene Minderjährige und durch Berichte über Livraghis grauenerregende Machenschaften. Der Pädophile war von einer rivalisierenden Mafiagruppe zum Tode verurteilt worden, vollstreckt wurde das Urteil von Franco Spargi, auch er ein Mitglied der Mafia. Spargi wurde von Amanda Soleri erschossen, der Besitzerin der Mailänder Boutique Amanda Luxury, für die er als Geschäftsführer gearbeitet hatte. Ihrer Aussage war es zu verdanken, dass zwischen dem Doppelmord und der Entführung von Smeralda Manganos Kindern eine Verbindung hergestellt werden konnte. Das Mädchen galt offiziell als verschwunden und war mit großer Wahrscheinlichkeit Opfer der Organhandelmafia geworden.

»Es ist vorbei«, sagte Pacì Barbera erleichtert zu Commissario Giorgini, während sie die Pressekonferenz verließen. Er ging voraus, um seine Chefin vor den Fotografen zu schützen. Einen besonders aufdringlichen Journalisten, der Silvia das Mikro unter die Nase hielt, schob er mit einer entschiedenen Armbewegung zur Seite. »Es reicht«, sagte er und begleitete die Kommissarin zum Auto.

Sie wartete, bis er ihr die Tür geöffnet hatte, und stieg wortlos ein. Sie hätte ihm gerne gedankt, aber sie war zu erschöpft, um auch nur ein einziges Wort zu sagen.

Barbera hatte recht: Es war vorbei. Und doch spürte sie keine Erleichterung.

Auf der Fahrt ins Büro musste sie wieder an das Foto des kleinen Mädchens denken, das sie die ganze Zeit über begleitet hatte, und sie spürte, wie eine große Traurigkeit in ihr aufstieg. Jetzt gab es keinen Grund mehr, ihren imaginären Dialog mit der Kleinen fortzusetzen. Das Mädchen war tot. Oder vielleicht sollte man besser sagen, fast tot, denn ein Teil von ihr, das Herz, eine Niere oder die Leber lebte im Körper eines anderen Kindes weiter. Silvia erschauderte. Smeralda Mangano musste Schreckliches durchmachen, sie fühlte mit ihr. Sie hatte jetzt Respekt und Ruhe verdient.

Genau so hatte sich Chiara das Wiedersehen mit Paolo vorgestellt. Sie kam sich vor wie ein Teenager: Herzklopfen, Atemnot, weiche Knie und die unbändige Lust, ihn zu umarmen und leidenschaftlich zu küssen. »Wenn ich nach einer langen Reise immer so empfangen werde, fahre ich öfter weg«, hatte Paolo scherzhaft gesagt und sie fest in die Arme geschlossen.

»Versuch es erst gar nicht.« Chiara hatte ihn ins Schlafzimmer gezogen und sein Hemd aufgeknöpft. Sie genoss die warme Haut unter ihren Fingern und sog tief seinen leicht herben Duft ein, in dem noch ein Hauch Aftershave lag. Dann liebten sie sich mit einer bisher ungekannten Intensität und waren schließlich schweißgebadet und erschöpft in inniger Umarmung eingeschlafen.

Im Morgengrauen jedoch hatte Chiara zu träumen begonnen.

Das Haus war in einem elenden Zustand. Die Eingangstür hing windschief in den verrosteten Angeln, die Holzdielen waren morsch und löchrig. Die Wände waren feucht und verdreckt und boten allein den Spinnen eine Heimat, die sich in den Ecken dichte Netze gewoben hatten. Alles in dieser Ruine war kaputt. Nur die Kupfertöpfe, die über dem Kamin hingen, waren noch intakt. Wenn die Sonne schien, glänzten sie, als ob sie gerade frisch poliert worden wären. Auf der Arbeitsplatte der rauchgeschwärzten Küche lagen noch Messer mit stumpfen Klingen und schwarze Grillroste. Die Fensterscheiben waren kaputt, der Wind heulte durch die Löcher, nur ein einziges Fenster war noch ganz. Durch dieses Fenster schaute man auf die Felder. Als Kinder hatten sie dieses Fenster »die Guillotine« genannt. Einmal hatten sie versucht, das Fenster nach oben zu drücken, aber es war viel zu schwer für ihre kleinen Arme gewesen. Plötzlich war die Kette, die es in der Halterung hielt, gerissen. Das Fenster war wie ein Fallbeil herabgeschossen, und sie hatten sich vorgestellt, dass der Geist damit die Köpfe der kleinen Kinder abtrennte, die seine Ruhe störten. Die schwarzen Flecke auf dem Fensterbrett stammten von geronnenem Blut, das sich nicht mehr entfernen ließ. Diesen Teil des Hauses hatten sie die »Metzelei« getauft. Es gab auch noch den »Schlachthof« im Keller. Sie hatten diesen Raum eines Tages durch Zufall entdeckt, als sie auf eine morsche Diele getreten waren. Das Holz war gesplittert, und vor ihnen klaffte ein Loch. Nacheinander hatten sie nach unten geblickt und eine Eisenrolle entdeckt, die früher von den Bauern benutzt worden war, um kopfüber Schlachtschweine daran aufzuhängen. Die Großeltern hatten erzählt, dass den armen Geschöpfen bei lebendigem Leib die Halsschlagader geöffnet wurde, um das warme Blut aufzufangen. Die schaurigen Schreie der gequälten Tiere hallten von den Wänden wider, als wüssten sie von ihrem Todesurteil, hatte Nonna Lia einmal gesagt.

Hals über Kopf waren sie geflüchtet. Aber eine von ihnen war in eine Spalte getreten, der Boden war eingebrochen, und sie war in die Tiefe gestürzt.

Seit diesem Tag waren viele Jahre vergangen, und Chiara war nie wieder in das Haus zurückgekehrt. In ihrem Traum schien der Ort unverändert. Auch ihre Angst war immer noch die gleiche. Aber jetzt war ihr klar, dass sie nicht mehr weglaufen würde.

Es war heller Tag, und das Licht, das durch die Ritzen drang, beleuchtete den feinen Staubregen, der alles unwirklich erscheinen ließ. Die quietschenden Bodendielen klangen wie das Wimmern eines Kindes. Sie blieb stehen und sah sich unschlüssig um. Ihr wurde heiß und kalt. Geh weiter. Finde Luisa. Rette sie! Langsam näherte sie sich dem Loch im Boden, blieb am Rand stehen, aber um nach unten zu schauen, fehlte ihr der Mut. Ihr Herz schlug zum Zerspringen. Als sie sich wieder beruhigt hatte, kniete sie sich auf den Boden und zwang sich, nach unten zu blicken. Aus diesem Winkel konnte sie nicht einmal die Flaschenzugrolle erkennen, nur ein Stück Steinfußboden. Als sie sich weiter nach vorn neigte, bemerkte sie in einer Ecke einen Gegenstand, der aussah wie ein Bündel Lumpen. Um besser sehen zu können, steckte sie den Kopf durch das Loch. Das Bündel bewegte sich, und ehe sie erkennen konnte, was es war, schwebte es zu ihr herauf, hielt sich an ihren Haaren fest und zog sie nach unten, als sei sie schwerelos.

»Chiara, hilf mir!«

Chiara landete mit dem Rücken auf dem Steinfußboden. Der Aufprall war so heftig, dass sie die Augen schloss und vor Schmerzen für einige Sekunden keine Luft mehr bekam. Als sie die Augen wieder öffnete, sah sie Luisas dreckverschmiertes Gesicht über sich, ihre Augen waren schreckgeweitet. »Hilf mir!«, wiederholte sie.

»Luisa!«, rief Chiara und streckte ihr die Arme entgegen. Aber das Mädchen sprang einen Schritt zurück und sah sie wütend an. »Du hast mich im Stich gelassen. Du bist nicht mehr meine Freundin.«

Chiara versuchte aufzustehen, aber ihr Rücken schmerzte zu sehr, selbst im Traum. Wieder streckte sie die Arme aus und hielt sie Luisa entgegen. »Nimm meine Hand, ich bringe dich von hier weg. Ich bin gekommen, um dich zu retten.« Das Mädchen bewegte sich nicht, sondern beobachtete jede ihrer Bewegungen wie eine Katze, die auf Beute lauert. Dann, als Chiara sich endlich aufrichten konnte, sprang Luisa sie an und zerkratzte ihr die Haut.

Chiara versuchte sie abzuwehren, doch Luisas Nägel waren wie kleine Widerhaken, die sich immer tiefer in ihre Haut bohrten.

Chiara weinte und schrie: »Es tut mir leid. Verzeih mir, verzeih mir.«

»Mein Schatz, es ist nur ein Traum.« Paolo schüttelte sie sanft und küsste sie auf die Wange. Chiara öffnete die Augen. Sie weinte noch immer, aber sie war glücklich, Paolo neben sich zu spüren.

»Hattest du einen Alptraum?«, fragte Paolo.

Chiara nickte und drückte fest seine Hand.

»Wovon hast du geträumt?«

»Ich erinnere mich nicht«, log sie, »ist schon wieder gut. Soll ich Frühstück machen?«

Paolo schaute auf die Uhr. »Schon neun! Dann gehe ich heute wohl etwas später ins Büro.«

Chiara küsste ihn auf den Mund. Wie sehr hatte sie sein Lächeln vermisst! »Geh duschen, du faules Stück!«, sagte sie und schubste ihn scherzhaft aus dem Bett. Sie war glücklich, dass sie nicht mehr allein war.

Endlich waren die Ermittlungen abgeschlossen, und Smeralda Mangano hatte nach all der Leidenszeit ein klein wenig Frieden und Glück gefunden. Was ihr eigenes Geheimnis anging, ihre Alpträume von Luisa, wusste sie, dass diese schlechten Erinnerungen irgendwann aus ihrem Leben verschwinden würden.

EPILOG

Die Sonne schien, und die Landschaft erstrahlte in sattem Grün. Die junge Frau und das Kind liefen über die Wiese in Richtung Villa, dabei atmeten sie tief den süßen Duft der blühenden Rosenstöcke ein, die den Weg säumten.

Die beiden waren sich wie aus dem Gesicht geschnitten, die gleichen dunklen Locken und die gleichen großen Augen, die Augen des Kindes allerdings waren veilchenblau. Der Junge hielt die Hand seiner Mutter fest umklammert. Hin und wieder blieb er stehen, um einen Stein aufzuheben oder eine Blume zu pflücken. Wenn er in der Villa war, kam er sich vor wie in *Chihiros Reise ins Zauberland*, seinem Lieblingsfilm. In diesem Film waren der Himmel immer blau, die Bäume immer hoch und mächtig, und die Landschaft leuchtete in einem unvergänglichen Grün.

Im Sommer drückte der Kleine während der Fahrt seine Nase an der Scheibe platt und bewunderte die dichtbewachsenen Lehmhügel. Zwischen den Hügeln erstreckten sich weite Ebenen mit Zypressen, Weizen- und Sonnenblumenfeldern, Weinreben und Olivenbäumen.

»Komm, mein Schatz, die Nonna wartet schon.« Smeralda blieb stehen, bis ihr Sohn die weißen Steinchen aufgesammelt hatte, und griff dann wieder nach seiner Hand.

»Die sind für dich, Mama.« Voller Bewunderung blickte er zu ihr auf. Auch ohne Prinzessinnengewand, sondern in Jeans und weißer Bluse war sie für ihn so schön wie eine Fee.

Smeralda strahlte ihn an und gemeinsam rannten sie die Stufen zur Terrasse hinauf.

»Nonna!«, rief der Junge, ließ die Hand seiner Mutter los und lief auf eine weißhaarige Frau zu.

»Lupo, mein Schatz!« Vivy nahm ihren Enkel in die Arme und drückte ihn fest an sich. »Jedes Mal, wenn ich dich sehe, bist du schon wieder ein Stückchen gewachsen.« Sie drückte ihm einen Kuss auf die dunklen Locken. Der Kleine nickte glücklich. Inzwischen hatte er sich an seinen neuen Namen gewöhnt. Am Anfang hatte er nicht reagiert und verwirrt um sich geblickt, überzeugt, immer noch Brando zu heißen. Jetzt gefiel ihm der neue Name, denn damit war er seiner Mutter noch näher.

»Weißt du, ich habe im Laufe meines Lebens auch mehr als einen Namen gehabt: Maria Catena und Eustochia Smeralda.«

Danach hatte Lupo alle Namen seiner Mutter auswendig gelernt. Er wusste, dass er auch einmal Salvatore geheißen hatte, aber an diese Zeit konnte er sich nicht mehr genau erinnern. Er wusste nur noch, dass er mit vielen anderen Kindern, die auch keine Eltern hatten, in einem Zimmer geschlafen hatte. Er erinnerte sich auch an seine Schwester. Oft wachte er nachts auf und rief nach ihr. Dann nahm Smeralda ihn mit in ihr Bett, und er schlief ruhig wieder ein, ohne weitere Alpträume zu haben. »So viele Namen, so viele Leben, mein Schatz«, sagte sie und zog ihn an ihre Brust, »und jetzt bist du mein Lupo, das süßeste und beste Kind der Welt, genau wie dein Papa.«

Seitdem er bei seiner Mutter lebte, war er wie verwandelt, Anfälle hatte er kaum noch, die Traumata aus seinem früheren Leben waren nur noch Erinnerungen aus einer fernen Vergangenheit.

Smeralda hatte ihn gefragt, was er davon hielte, ab jetzt

Lupo – Wolf – zu heißen. Der Name gefiel ihm, er fand ihn witzig. »Cool, ein Tiername!« Er lächelte stolz. Zum ersten Mal hatte man ihn nach seiner Meinung gefragt.

Smeralda hatte ihm erklärt, dass Lupo der Name seines Vaters war, der jetzt im Himmel wohnte. »Zuerst bist du mit deiner kleinen Schwester verloren gegangen, aber dann ist ein Engel gekommen, hat dich gefunden und zu mir zurückgebracht. Ich bin deine Mama, aber wenn du willst, kannst du auch Smeralda zu mir sagen.« Lupo hatte schweigend die Arme um sie gelegt. Er musste sich erst einmal an die neue Situation gewöhnen. Dabei half ihm eine nette Ärztin, die einmal in der Woche mit ihm spielte und malte. Lupo zeichnete seine Träume auf und den Menschenfresser, der ihm seine Schwester gestohlen hatte. Damit er sich nicht so allein fühlte, erzählte ihm Smeralda, dass auch sie manchmal mit der Ärztin sprach: »Man muss über das sprechen, was man fühlt, Schweigen ist nicht gut.« Auch die alte Dame mit den weißen Haaren machte Lupo glücklich. Er durfte sie Nonna Vivy nennen, und zu seinem Geburtstag hatte sie ihm sogar ein Pony geschenkt!

Es war bereits Mittagszeit. Der Tisch im Esszimmer war festlich gedeckt

Vivy warf einen zärtlichen Blick auf ihre Schwiegertochter und ihren Enkel. Die Einsamkeit, die sie in diesem Haus immer empfunden hatte, war verschwunden und mit ihr die Erinnerung an all die traurigen Jahre, die sie ohne ihren geliebten Lupo verbringen musste. Der Fluch, der so viele Jahrhunderte auf der Familie d'Altino gelastet hatte, schien gebrochen.

Auch Smeralda hatte eine neue große Liebe gefunden. Es war fast so, als wäre das Glück der Vergangenheit zurückgekehrt.

Während Vivy die beiden lachen hörte, dachte sie an Baron Volfango, der sie während der ganzen Zeit unterstützt hatte.

Seit dem Besuch bei ihrem Cousin hatte es keine Drohbriefe mehr gegeben, und auch geschäftlich ging es wieder aufwärts. Die Gerechtigkeit hatte gesiegt: Vito Santanna, der Mann, der Smeraldas Leben ruiniert und alles versucht hatte, auch ihr eigenes Leben zu zerstören, war in einer schmalen Gasse in Palermo tot aufgefunden worden. Nach den auffälligen Malen am Hals sowie an den Hand- und Fußgelenken zu urteilen, war er hingerichtet worden.

Schließlich hatte sie mit Hilfe der entschlüsselten Nachricht aus Volfangos Memoiren den verborgenen Schatz gefunden. In einem stillgelegten Brunnenschacht im Hof einer alten Villa, die früher Volfango gehört hatte, war eine mit Wachs versiegelte Amphore versteckt. Darin waren aber keine Edelsteine oder Goldmünzen, sondern ein Metallkästchen. Mit zitternden Händen hatte Vivy den Deckel angehoben und ein Medaillon gefunden. Verblüfft hatte sie es geöffnet: Die Miniatur im Inneren zeigte eine junge Frau in Männerkleidung mit forschem Blick. Das musste Oliva di Regalmici sein, die schöne Abenteurerin, Volfangos große Liebe. Jetzt ruhte das Medaillon sicher neben Volfangos Memoiren. Vivy war glücklich, dass die beiden der Nachwelt nicht Gold und Juwelen, sondern das Zeugnis ihrer großen Liebe hinterlassen hatten. Eines Tages würde ihr Enkel das Medaillon und das Manuskript erben, und Vivy hoffte, dass auch er, genau wie Volfango und ihr Sohn Lupo, eines Tages den Schatz seines Lebens finden würde: die große Liebe.

Nino Filastò:

»… molto italiano« WDR

Der Irrtum des Dottore Gambassi
Ein Avvocato Scalzi Roman
Unter den lieblichen Hügeln der Toskana entdeckt der ägyptische Etruskologe Fami ein sakrales Gewölbe, das Unbekannte für gar nicht heilige Zwecke nutzen. Doch bevor er den vermuteten Schatz heben kann, wird sein Fund ihm zum Verhängnis.
»Ein atemberaubender, erstklassig geschriebener Mafiaroman.« BUCHMARKT
Aus dem Italienischen von Julia Schade. 414 Seiten. AtV 1601

Alptraum mit Signora
Ein Avvocato Scalzi Roman
Florenz – lichte Stadt der Kunst und Stadt düsterer Geheimnisse. Zwei brutale Morde sind an Menschen geschehen, die einem Maler Modell gesessen haben, einem Fälscher, der malt wie die großen Künstler des Quattrocento.
»Ein scharfsinnig komponierter Krimi, in dem alles lebensecht italienisch wirkt – die raffiniert gefälschten Bilder inbegriffen.« BRIGITTE
Aus dem Italienischen von Bianca Röhle. 380 Seiten. AtV 1600

Die Nacht der schwarzen Rosen
Ein Avvocato Scalzi Roman
Im Hafenbecken von Livorno, der Geburtsstadt Modiglianis, wird die Leiche eines Kunstkritikers geborgen. Auf welch tödliches Geheimnis mag er bei seiner Recherche über die Echtheit einiger Skulpturen des Künstlers gestoßen sein? »Italien-Bilder voll authentischer ›Italianità‹: Filastò beschert uns einen überdurchschnittlichen Kriminalroman.« F.A.Z.
Aus dem Italienischen von Barbara Neeb. 352 Seiten. AtV 1602

Forza Maggiore
Ein Avvocato Scalzi Roman
Der Wirt einer Trattoria wird ermordet aufgefunden. Die Schuldigen sind schnell ausgemacht: Witwe und Tochter des Opfers. Doch Scalzi ist von der Unschuld der Frauen überzeugt. Ihr angeblicher »Mord aus Leidenschaft« dient nur dazu, kriminelle Machenschaften weit größeren Ausmaßes zu vertuschen.
»Ein hervorragender Krimi, der nicht nur auf Spannung, sondern auch auf der psychologischen Wetterlage der urigen Hauptfiguren aufgebaut ist.« EX LIBRIS
Aus dem Italienischen von Esther Hansen. 352 Seiten. AtV 1604

Mehr unter
www.aufbau-verlagsgruppe.de
oder bei Ihrem Buchhändler

aufbau taschenbuch

Bernhard Jaumann
Die Vipern von Montesecco
Roman
275 Seiten
ISBN 978-3-7466-2301-6

Ein Dorf sucht seinen Mörder

Gluthitze über den alten Mauern von Montesecco: Abends treffen sich die Familien in der Bar. Sie reden. Über einen Mörder, der zurückgekehrt ist. Über die Schlangen. Und über einen neuerlichen Mord. Eine verschworene Gemeinschaft ist zugleich Täter und Ermittler in diesem Kriminalroman der Extraklasse von Glauser-Preisträger Bernhard Jaumann.

»Ein faszinierender Kriminalroman, der alle Vorurteile über dieses Genre im besten Sinne Lügen straft.« Die Zeit

»Wir sehen dieses italienische Dorf vor uns, die Piazza, die klapprige Bar – wunderbar!« Tobias Gohlis in »Die Zeit«

Mehr Informationen erhalten Sie unter
www.aufbau-verlag.de oder in Ihrer Buchhandlung

aufbau taschenbuch